श्रीमद्दैवज्ञरावलहरिशंकरसूरिसूनुगणपतिकृतः

मुहूर्तगणपतिः

[कान्तिमती-हिन्दीटीकासहितः]

टीकाकारः

डॉ० मुरलीधर चतुर्वेदी

प्रवक्ता-ज्योतिषविभागे,

वाराणस्यां सम्पूर्णानन्द संस्कृत विश्वविद्यालये

मोतीलाल बनारसीदास

दिल्ली, मुम्बई, चेन्नई, कलकत्ता, बंगलौर,

वाराणसी, पुणे, पटना

प्रथम संस्करण : वाराणसी, १९८८
पुनर्मुद्रण : दिल्ली, १९९६, २०००

मोतीलाल बनारसीदास

४१ यू०ए० बंगलो रोड, जवाहर नगर, दिल्ली ११० ००७
२३६ नाइंथ मेन III ब्लाक, जयनगर, बंगलौर ५६० ०११
सनाज प्लाजा, १३०२ बाजीराव रोड, पुणे ४११ ००२
८ महालक्ष्मी चैम्बर, वार्डेन रोड, मुम्बई ४०० ०२६
१२० रायपेट्टा हाई रोड, मैलापुर, चेन्नई ६०० ००४
८ केमेक स्ट्रीट, कलकत्ता ७०० ०१७
अशोक राजपथ, पटना ८०० ००४
चौक, वाराणसी २२१ ००१

मूल्य : **रु० २७५ (सजिल्द)**
रु० १७५ (अजिल्द)

नरेन्द्रप्रकाश जैन, मोतीलाल बनारसीदास, बंगलो रोड, दिल्ली ११० ००७
द्वारा प्रकाशित तथा जैनेन्द्रप्रकाश जैन, श्री जैनेन्द्र प्रेस,
ए-४५ नारायणा, फेज-१, नई दिल्ली ११० ०२८ द्वारा मुद्रित

मुहूर्तगणपतिः

उपोद्घात

परमात्मा की इस सृष्टि की कोई थाह नहीं है। यह कोई नहीं जान पाता कि जैसे हमारे ब्रह्माण्ड में पृथ्वी, ग्रह, नक्षत्र आदि, लाखों-करोड़ों ही नहीं, अरबों-खरबों मील दूर तक फैले हैं, ऐसे ही न जाने कितने ब्रह्माण्ड इस सृष्टि में हैं, जो उस सर्वशक्तिमान् की शक्ति के आधार पर आकाश में अपने-अपने स्थान पर गतिमान् होते हुए भी टिके हैं। अपने तपोबल और योगचर्या के द्वारा ऋषि-महर्षियों ने जितना इस विषय का ज्ञान प्राप्त किया, वही ज्योतिष (नक्षत्र) शास्त्र कहलाया।

मूलतः ज्योतिष के दो भाग हैं—सिद्धान्त और फलित। सिद्धान्त वह है, जिसमें भूगोल, खगोल आदि का बर्णन है। यह एक प्रकार से विज्ञान है, जिसे प्रत्यक्ष किया जा सकता है। सूर्यादि ग्रह, उनकी दूरी, उनके संचरण की प्रक्रिया, एक दूसरे पर उनका प्रभाव आदि का वैज्ञानिक यन्त्रों द्वारा प्रत्यक्ष किया जा सकता है, अतः इसे संसार सत्य मानता है। फलित वह है, जिसमें सिद्धान्त के ज्ञाता ऋषियों ने उसके द्वारा जो अनुभव किया है, उसे आगे की पीढ़ियों के लिए संकलित कर दिया है। जन्म आदि के समय ऐसी ग्रहस्थिति होगी तो यह फल होगा, ऐसे समय में ऐसा कार्य करने से शुभ परिणाम होगा और विपरीत से विपरीत फल होगा आदि। चूंकि फलित आप्त महर्षियों ने अपने अनुभवों द्वारा निश्चित रूप से परखकर बनाया है, अतः उसकी तथ्यता में कोई संशय नहीं है। यदि फलित शास्त्रों में कहा हुआ फल कभी गलत होता है तो वह हमारे (ज्योतिषी के) अपने ज्ञान की न्यूनता है कि हम उसमें ठीक से विचार नहीं कर पाये। फलादेश में केवल शास्त्र ही काम नहीं देता, तात्कालिक स्थिति को समझने की कल्पनाशक्ति भी ज्योतिषी में होनी चाहिये। अस्तु,

फलित ज्योतिष के मुख्य पाँच भेद हैं—१. जातक, २. ताजिक, ३. मुहूर्त, ४. प्रश्न और ५. संहिता। गर्भाधानादि संस्कार, यात्रा तथा अन्य अनेक प्रकार के व्यावहारिक कार्य अमुक समय में करने चाहिये, अमुक में नहीं, इस विषय में ऋषियों ने जो नियम बनाये हैं, वे ही मुहूर्त कहलाते हैं। यों तो अमरकोष के अनुसार १८ निमेष (पलक झपकाना) की एक काष्ठा, ३० काष्ठाओं की एक कला, ३० कलाओं का एक क्षण और बारह क्षणों का एक मुहूर्त होता है। इस प्रकार एक दिन-रात (२४ घण्टे या ६० घड़ी) में ३० मुहूर्त होते हैं, परन्तु यहाँ जिसपर विचार किया जा रहा है, वह मुहूर्त शब्द विशेष लौकिक व्यवहारों एवं ऋषियों द्वारा निर्दिष्ट नियमों के लिए एक प्रकार से रूढ़ सा हो गया है, जैसे अमुक कार्य के लिए मुहूर्त निकालना।

मुहूर्त की शुभाशुभता का बीज

तिथियों, नक्षत्रों, वारों आदि के नाम, उनके देवता या स्वामी, उनका स्वरूप उनकी चर-स्थिर या नन्दा-भद्रा आदि संज्ञाओं के आधार पर उनके स्वरूप के अनुकूल भिन्न-भिन्न कर्मों की शुभाशुभता की कल्पना ही मुहूर्त की शुभता या अशुभता का बीज है। जैसे चरसंज्ञक नक्षत्र में स्थिर कार्य करना या स्थिर संज्ञक में चर कार्य करना शुभ नहीं होता। विवाह में वधू-वर की परस्पर एकनाड़ी, वैरयोनि आदि मेलापक में शुभ नहीं माने जाते। मुहूर्तों का लौलिक व्यवहारों के साथ यह अत्यन्त निकट का सम्बन्ध कब से चला आ रहा है, यह कहा नहीं जा सकता। क्योंकि केवल भारतीय ज्योतिष में ही नहीं, अपितु प्रायः सभी धर्मों, सम्प्रदायों और देशों में किसी न किसी रूप में इन्हें मान्यता प्राप्त है।

मुहूर्त ग्रन्थ

ऐसा प्रतीत होता है कि प्रारम्भ में संहिता ग्रन्थों में ही मुहूर्त भी दिये जाते थे। प्राचीन जितने भी ग्रन्थ मिलते हैं, उनमें मुहूर्त शब्द नहीं लगा है। जैसे लल्ल का रत्नकोश, इसी को आधार मानकर रची गयी श्रीपति की रत्नमाला, भोज का राजमार्तण्ड, लक्ष्मण सेन का अद्भुत सागर, पद्मनाभ का व्यवहारप्रदीप, कालिदास का ज्योतिर्विदाभरण, शिवदास का ज्योतिर्निबन्ध, केशव का विवाहवृन्दावन, शार्ङ्गधर का विवाहपटल आदि। किन्तु बाद में केवल मुहूर्तों को लेकर ही ग्रन्थ लिखे जाने लगे।

इनमें सम्भवतः केशव का मुहूर्ततत्त्व सबसे प्राचीन है। इसके बाद नारायण का मुहूर्तमार्तण्ड पर्याप्त प्रसिद्धि पा चुका है, इसपर स्वयं ग्रन्थकार ने टीका लिखी है। रामदैवज्ञ का मुहूर्तचिन्तामणि इस विषय का अत्यन्त प्रामाणिक और विख्यात ग्रन्थ है, जिसपर स्वयं ग्रन्थकार की प्रमिताक्षरा तथा उनके भतीजे गोविन्द की पीयूषधारा नामक विस्तृत टीकाएँ हैं। यह ग्रन्थ ज्योतिष जगत् में जितना लोकप्रिय हुआ, उतना और कोई ग्रन्थ नहीं। इसके अतिरिक्त शिव नामक ज्योतिषी का मुहूर्तचूड़ामणि, विट्ठल दीक्षित का मुहूर्तकल्पद्रुम, रघुनाथ की मुहूर्तमाला, महादेव ज्योतिषी का मुहूर्तदीपक ग्रन्थ भी पर्याप्त प्रसिद्ध हैं। इसी क्रम में गणपति रावल का मुहूर्तगणपति ग्रन्थ भी आता है, जो सम्प्रति हिन्दी अनुवाद सहित आपके समक्ष प्रस्तुत है।

ग्रन्थकार का परिचय

मुहूर्त गणपति के रचयिता गणपति ने ग्रन्थ के अन्त में एक अध्याय जोड़ा है—ग्रन्थालङ्कारवर्णनम्। जिसमें उसने अपना पर्याप्त परिचय और अन्त में ग्रन्थरचना का काल भी दे दिया है।

ये गुजरात के भारद्वाज गोत्रीय सहस्रौदीच्य ब्राह्मण थे जिन्हें रावल कहा जाता था। ब्रह्मर्षि नामक इनके पूर्वज बहुश्रुत विद्वान् थे। उनके पुत्र यशोधर, यशोधर के पुत्र रामदास हुए जिन्हें कई राजाओं से सम्मान प्राप्त था और उन्होंने भूपचक्र नामक ग्रन्थ की रचना भी की थी, रामदास के पुत्र हरिशङ्कर हुए जो अग्निहोत्री थे और अन्त में काशीवास किये। इन्हीं हरिशङ्कर के पुत्र गणपति थे जिन्होंने प्रस्तुत ग्रन्थ की रचना की।

ये जिस राजवंश से संबद्ध थे उसकी भी चार पीढ़ी का वर्णन इन्होंने किया है। राजा गोपालदास को इन्होंने—"गौडोर्वीशशिरोविभूषणमणि" कहा है और लिखा है कि उसे दिल्लीश्वर से मान्धाता की पदवी मिली थी। मुहूर्त गणपति का जो रचनाकाल दिया है उसके अनुसार संभवतः यह दिल्लीश्वर औरङ्गजेब रहा होगा। गोपालदास का पुत्र राजा मनोहर था, इसकी ग्रन्थकार ने पर्याप्त प्रशंसा की है। मनोहर का पुत्र पुरुषोत्तम सिंह और उसका पुत्र उद्योत सिंह हुआ। राजा मनोहर का दूसरा पुत्र कुंवर लक्ष्मी सिंह था। इन्हीं राजाओं की तुष्टि के लिये ग्रन्थकार ने इस ग्रन्थ की रचना की है। जैसा कि इस अध्याय के श्लोक १० से स्पष्ट होता है।

ग्रन्थ का प्रतिपाद्य विषय

ग्रन्थकार ने इसकी रचना में ज्योतिर्विदाभरण, वसन्तराज, ज्योतिर्निबन्ध, गणकमण्डन, रत्नमाला, मुहूर्ततत्त्वप्रदीप, मुहूर्तमार्तण्ड, मुहूर्तचिन्तामणि, मुहूर्तकल्पद्रुम आदि विशिष्ट प्राचीन ग्रन्थों को आधार बनाया है (देखें प्रकरण २२ का श्लोक १८, १६), ग्रन्थकार की प्रतिपादन शैली बहुत सुन्दर है। इस ग्रन्थ में कुल २२ प्रकरण हैं, १ से छठे प्रकरण तक हम इस ग्रन्थ का संज्ञाध्याय कह सकते हैं क्योंकि इनमें संवत्सर, तिथि, वार, नक्षत्र, योग, करण—इनकी वे सब संज्ञाएँ दी गई है, जिनका मुहूर्तों में उपयोग होता है। ७ से १० तक के प्रकरणों को इस ग्रन्थ का व्यवहाराध्याय कहा जा सकता है। इनमें उपयुक्त तिथ्यादि से संबद्ध और मुहूर्तों को व्यवहार में लाने के लिये उनके चन्द्रतारादि बल, शुभाशुभ, त्याज्य और ग्राह्य एवं लग्न या राशियों का विवरण दिया है। ११ से २१ वें प्रकरण तक मुहूर्ताध्याय है, यह नूतन वस्त्रादि धारण से प्रारम्भ होता है किन्तु इन प्रकरणों में भी केवल मुहूर्त ही नहीं हैं उनसे संबद्ध प्रायः सभी विषय दे दिये हैं ताकि उसके लिये कोई अन्य ग्रन्थ न देखना पड़े। जैसे विवाह प्रकरण में मुहूर्तों के अतिरिक्त स्त्रीविशेषता, प्रश्नलग्न से शीघ्र विवाह ज्ञान, विवाहभङ्गयोग, राशिमैत्री, मेलापक विधि, प्रीतियाँ, पुंजियाँ, गण, कूट, मंगलीदोष आदि वे सभी विषय आ गये हैं जो विवाह में उपयोगी होते हैं। विवाह प्रकरण और यात्राप्रकरण में प्रत्येक दृष्टि से विचार कर मुहूर्त दिये गये हैं अतः ये प्रकरण काफी लम्बे हो गये हैं। २२ वां प्रकरण ग्रन्थालंकार प्रकरण हैं जिसमें ग्रन्थकार ने अपना और अपने आश्रयदाता का परिचय दिया है। अन्त में ग्रन्थ का रचनाकाल "नेत्रा[२]म्भोधि[४]धराधर[७] क्षिति[१] मिते श्रीविक्रमार्के शके" अर्थात् विक्रमसंवत् १७४२ (१५८५ ई०) दिया है (देखें पृ०-श्लोक २३)

प्रस्तुत संस्करण

यह ग्रन्थ मूलमात्र श्री वेंकटेश्वर प्रेस से मुद्रित हुआ था। संप्रति मूलसंस्कृत ग्रन्थों को समझने की क्षमता कम ही लोगों में रह गई है अतः संस्कृत ग्रन्थों के विश्वविश्रुत प्रकाशक **मोतीलाल बनारसीदास** संस्थान के अनुरोध पर मैंने इसका भाषानुवाद कर ग्रन्थ को सर्वजन बोधगम्य बनाने का प्रयास किया है। मैंने यथाशक्ति प्रयत्न किया है कि सरलभाषा में ग्रन्थकार का अभिप्राय पूर्णरूप से अभिव्यक्त कर सकूं ! फिर भी अल्पज्ञता, असावधानता, दृष्टिदोष या मुद्रणदोष से कहीं त्रुटियाँ रह गई हों तो सुधी विद्वज्जनों से निवेदन है, उन्हें सुधार कर मुझे भी सूचित करने की कृपा करें ताकि अगले संस्करण में उन्हें ठीक किया जा सके। इतिशम्।

संपूर्णानन्द संस्कृत विश्वविद्यालय
वाराणसी
कर्क संक्रान्ति–२०४५

विद्वज्जनकृपाविधेय
मुरलीधर चतुर्वेदी

विषय-सूची

विषय पृष्ठ

विषय **पृष्ठ**

विषय पृष्ठ

मुहूर्तगणपतिः

—:०:—

संवत्सरादिप्रकरणम्

मङ्गलाचरणम्

श्रीमत्या कल्पवल्ल्येव हैमवत्या निरत्ययः ।
जयत्यालिङ्गितः कल्पद्रुमः सत्फलदः शिवः ॥ १ ॥

कान्त्या युतं कमपि केशवदेवदेवं
साम्बं शिवं गणपतिं हृदि मारुतिञ्च ।
ध्यात्वा करोमि हि यथामति कान्तिनाम्नीं
व्याख्यामहं गणपतेः समुहूर्त्तकस्य ॥

श्रीमन्मुहूर्त्तगणपतिटीका चेतांसि रञ्जयत्वेषा ।
रचिता गणपतिकृपया गुणवद्गणकाग्रणीविदुषाम् ॥

जिस प्रकार कल्पलता से परिवेष्टित कल्पवृक्ष शुभ फलदायी होता है। उसी प्रकार श्रीमती हैमवती (पार्वतीजी) द्वारा आलिङ्गित अविनाशी श्रीशिवजी शुभ फल देने वाले होवें अर्थात् उन की जय हो ॥ १ ॥

सूर्यवन्दना

प्रवर्तयति सालोकं लोकं यज्ञादिकर्मसु ।
यन्मुहूर्त्ताकरोद्यानं वन्देऽर्कं कालमीश्वरम् ॥ २ ॥

जिनके मुहूर्त्तों की खानों का बगीचा संसार को प्रकाशित करके यज्ञादि कार्यों में प्रवृत्त करता है उन सबके कालस्वरूप ईश्वर श्री सूर्य भगवान् को (मैं गणपति नामक ग्रन्थकार) प्रणाम करता हूँ ॥ २ ॥

कृतज्ञता ज्ञापन पूर्वक ग्रन्थ करण कारण

श्रीविश्वेशं गणेशं गुरुचरणमथो यज्ञमूर्तिं सुकीर्तिं
नत्वा पित्रोः पदाब्जं निखिलमुनिवरान् संहितासंप्रणेतॄन् ।
गर्गात्रिश्रीवसिष्ठाङ्गिरसविरचिताः संहिता मूलभूताः
ज्ञात्वा ज्योतिर्निबन्धानतिललितपदां रत्नमालां विचिन्त्य ॥ ३ ॥

सङ्केतान् संविहाय व्यवहृतिसुखदं बालबोधाय शीघ्रं
ज्योतिर्ग्रन्थोदितार्थैः सुगमलघुपदैः सिद्धकार्यैर्मुहूर्त्तैः ।
ज्योतिस्सिद्धान्तवेत्ता श्रुतिविविधकलाशास्त्रपारीणबुद्धि-
गौडो चौ(इऽचौ ?)नेशमान्यः क्षितिपतितिलकैनार्च्यमानश्च भूयः ॥ ४ ॥
श्रीरामदासजनुषो हरिशङ्करस्य श्रीरावलस्य तनयो विनयोपपन्नः ।
ग्रन्थं मुहूर्तगणपत्यभिधं विधत्ते विद्याविधिर्गणपतिर्गणितागमज्ञः ॥ ५ ॥

ज्योतिष शास्त्र के सिद्धान्तों का जानने वाला, वेदादि अनेक कला शास्त्रों को जानने की बुद्धिवाला, गौड, चीन राजा से सम्मानित चक्रवर्ती नृपों द्वारा बार-बार पूजित, विनयी, श्री रामदासजी का पौत्र, श्री हरिशङ्कर रावलजी का पुत्र 'गणपति रावल' नामधारी मैं गणित का ज्ञाता, विद्यानिधि, श्रीविश्वनाथजी, गणेश जी, सुन्दर यशस्वी, यज्ञ-स्वरूप श्रीगुरुचरण, माता पिता के पादपद्म तथा संहिताओं के बनाने वाले समस्त ऋषियों को प्रणाम करके, गर्ग, अत्रि, वसिष्ठ, व अङ्गिरा मुनि आदि द्वारा ग्रथित संहिताओं को जानकर एवं विविध ज्योतिष ग्रन्थ व रत्नमाला का विचार करके, संकेतों को छोड़कर, बालकों को शीघ्र ज्ञान होने के लिये, प्राचीन ज्योतिष के ग्रन्थों में वर्णित, सुगम व लघु पदों में संवलित कार्य सिद्धि करने वाले तथा व्यवहार में सुखदायी, मुहूर्तों द्वारा 'मुहूर्तगणपति' नामक ग्रन्थ का निर्माण करता हूँ ॥ ३–५ ॥

अथ संवत्सरानयनम्

शककालः पृथक् संस्थो द्वाविंशत्या हतस्तथा ।
भूनन्दाद्व्यब्धियुग् भक्तो बाण ५ शैल ७ गजेन्दुभिः ॥ ६ ॥
लब्धियुग् विहृतः षष्ट्या शेषे स्युर्गतवत्सराः ।
वार्हस्पत्येन मानेन प्रभवाद्या क्रमादमी ॥ ७ ॥

नवीन संवत् जानने की रीति—जिस शक वर्ष में संवत् जानने की इच्छा हो उस शक संख्या को दो स्थानों में लिखकर एक स्थान में २२ बाईस से गुणा करके गुणन फल में ४२९१ चार हजार दो सौ इक्यानवे जोड़कर १८७५ एक हजार आठ सौ पिचत्तर से भाग देकर लब्धि को द्वितीय स्थान में स्थापित शक संख्या में युक्त करके ६० साठ का भाग देने से जो शेष बचे उसमें १ एक जोड़ने पर संख्या तुल्य प्रभवादि संवत् गुरु मान से होता है ॥ ६–७ ॥

अथ षष्टिसंवत्सरनामानि ।

प्रभवो विभवः शुक्लः प्रमोदोऽथ प्रजापतिः ।
अङ्गिरा श्रीमुखो भावो युवा धाता तथेश्वरः ॥ ८ ॥
बहुधान्यः प्रमाथी च विक्रमो वृषवत्सरः ।
चित्रभानुः सुभानुश्च तारणः पार्थिवोऽव्ययः ॥ ९ ॥

सर्वजित् सर्वधारी च विरोधी विकृतिः खरः।
नन्दनो विजयश्चैव जयो मन्मथदुर्मुखौ ॥ १० ॥
हेमलम्बी बिलम्बी च विकारी शार्वरी प्लवः।
शुभकृच्छोभनः क्रोधी विश्वावसुपराभवौ ॥ ११ ॥
प्लवङ्गः कीलकः सौम्यः साधारणविरोधकृत्।
परिधावी प्रमादी स्यादानन्दो राक्षसोऽनलः ॥ १२ ॥
पिङ्गलः कालयुक्तश्च सिद्धार्थी रौद्रदुर्मती।
दुन्दुभी रुधिरोद्गारी रक्ताक्षः क्रोधनः क्षयः ॥ १३ ॥
षष्टिसंवत्सरा ह्येते क्रमेण परिकीर्तिताः।
स्वाभिधानसमं ज्ञेयं फलमेषां मनीषिभिः ॥ १४ ॥

साठ संवतों के नाम—प्रभव १, विभव २, शुक्ल, ३, प्रमोद ४, प्रजापति ५, अङ्गिरा ६, श्रीमुख ७, भाव ८, युवा ९, धाता १०, ईश्वर ११, बहुधान्य १२, प्रमाथी १३, विक्रम १४, वृष १५, चित्रभानु १६, सुभानु १७, तारण १८, पार्थिव १९, अव्यय २०, सर्वजित् २१, सर्वधारी २२, विरोधी २३, विकृति २४, खर २५, नन्दन २६, विजय २७, जय २८, मन्मथ २९, दुर्मुख ३०, हेमलम्बी ३१, बिलम्बी ३२, विकारी ३३, शार्वरी ३४, प्लव ३५, शुभकृत् ३६, शोभन ३७, क्रोधी ३८, विश्वावसु ३९, पराभव, ४०, प्लवङ्ग ४१, कीलक ४२, सौम्य ४३, साधारण ४४, विरोधकृत् ४५, परिधावी ४६, प्रमादी ४७, आनन्द ४८, राक्षस ४९, अनल ५०, पिंगल ५१, कालयुक्त ५२, सिद्धार्थी ५३, रौद्र ५४, दुर्मति ५५, दुन्दुभि ५६, रुधिरोद्गारी ५७, रक्ताक्ष ५८, क्रोधन ५९, और क्षय ६० ये क्रम से ६०, साठ संवत्सर होते हैं। मनीषियों ने नाम के तुल्य ही इनके फल वर्णित किये हैं ॥ ८–१४ ॥

अथ रेवादक्षिणे भागे संवत्सरानयनम्

शाको द्वादशभिर्युक्तो षष्टिहृद् वत्सरो भवेत्।
रेवायां दक्षिणे भागे मानवाख्यः स्मृतो बुधैः ॥ १५ ॥
स एव नवभिर्युक्तो नर्मदायास्तथोत्तरे।
यो वै वाचस्पतेर्मध्यराशिभागेन कथ्यते ॥ १६ ॥

रेवा नदी के दक्षिण व उत्तरभाग में संवत् लाने की विधि—वर्तमान शक में बारह जोड़कर साठ का भाग देने पर रेवा नदी के दक्षिण भाग में मानव नामक संवत् होता है तथा उसी में नव जोड़ने पर रेखा से उत्तर भाग में संवत् होता है। यह गुरु के मध्यम राशि मान से कहा जाता है ॥ १५–१६ ॥

अथ प्रभवसंवत्सरारम्भज्ञानम्

माघे मासि धनिष्ठायाः प्रथमे चरणे गुरुः।
यदोदेति तदा श्रेष्ठः प्रभवो वत्सराग्रणीः ॥ १७ ॥

प्रभव संवत् प्रारम्भ जानने की विधि—जब माघ मास में धनिष्ठा नक्षत्र के प्रथम चरण में गुरु का उदय होता है तब श्रेष्ठ प्रभव नाम वाला पहिला संवत् होता है ॥ १७ ॥

अथ वत्सराणां युगादिसंज्ञा

आदौ संवत्सरो ज्ञेयो युगस्यानन्तदैवतः ।
भानुमत् दैवतः प्रोक्तो द्वितीयः परिवत्सरः ॥ १८ ॥
इडावत्सरसंज्ञश्च तृतीयः सोमदैवतः ।
अनुवत्सरकस्तुर्यः प्राजापत्यः समीरितः ॥ १९ ॥
तथैवेद्वत्सरो गौरीदैवतः स तु पञ्चमः ।
युगं तैः पञ्चभिर्वर्षैः षष्टिर्द्वादशभिर्युगैः ॥ २० ॥

संवतों की युगादि संज्ञा व देवता ज्ञान—युग के आदि में संवत्सर होता है इसका देवता अनन्त, दूसरा परिवत्सर इसका भानु देवता, तीसरा इडावत्सर, इसका सोम देवता, चौथा अनुवत्सर इसका प्रजापति देवता और पाँचवाँ इदवत्सर इसकी देवता गौरी है। उक्त पाँच संवतों का युग होता है। इस प्रकार १२ युगों में साठ संवत्सर व्यतीत होते हैं ॥ १८–२० ॥

युगानां स्वामिनः

तदीशा वह्निजीवेन्द्रपावकत्वष्टृसंज्ञकाः ।
अहिर्बुध्न्यश्च पितरो विश्वेदेवा निशाकरः ॥ २१ ॥
पुरुहूतोऽनलो दस्रो भगश्चैते क्रमात्स्मृताः ।

प्रथम युग का स्वामी अग्नि, दूसरे का जीव, तीसरे का इन्द्र, चौथे का पावक, पाँचवें का त्वष्ट्रा, छटे का अहिर्बुध्न्य, सातवें का पितर, आठवें का विश्वेदेवा, नवें का निशाकर, दसवें का इन्द्राग्नि, ग्यारहवें का अश्विनीकुमार और बारहवें युग का भग देवता स्वामी होता है ॥ २१ ॥

अथ अयनसंज्ञा

मकराद् राशिषट्केऽर्के प्रोक्तश्चैवोत्तरायणे ।
तद् देवदिवसस्तत्र शुभं कार्यं प्रशस्यते ॥ २२ ॥
षट्सु कर्कादितो ज्ञेयं दक्षिणं ह्ययनं रवेः ।
देवरात्रिस्तदेवात्र प्रोक्तं कार्यं प्रसिद्ध्यति ॥ २३ ॥

अयनज्ञान—मकर राश्यादि से मिथुन राश्यन्त तक सूर्य के रहने से उत्तरायण होता है, इसको देवताओं का दिन कहते हैं। इसमें शुभ कार्य करना उत्तम होता है।

कर्क राश्यादि से धनु राश्यन्त तक सूर्य की स्थिति वश दक्षिणायन होता है। इसे देवरात्रि कहते हैं, इसमें जो कार्य कथित हैं उन्हें करने पर सिद्ध होते हैं ॥ २२–२३ ॥

अथ ऋतुनाम

वसन्तो ग्रीष्मसंज्ञश्च तद्वद्वर्षा ततः शरद् ।
हेमन्तः शिशिरश्चैव षडेते ऋतवः स्मृताः ॥ २४ ॥

१ वसन्त, २ ग्रीष्म, ३ वर्षा, ४ शरद, ५ हेमन्त, ६ शिशिर, ये ६ ऋतु होते हैं ॥ २४ ॥

अथ ऋतुसंज्ञा

मीनमेषगते सूर्ये वसन्तः परिकीर्तितः।
वृषभे मिथुने ग्रीष्मो वर्षा सिंहेऽथ कर्कटे ॥ २५ ॥
कन्यकायां तुलायां च शरद् ऋतुरुदाहृतः।
हेमन्तो वृश्चिकद्वन्द्वे शिशिरो मृगकुम्भयोः ॥ २६ ॥

ऋतु ज्ञान—जब सूर्य मीन व मेष राशि में होता है तो वसन्त, वृष-मिथुन में ग्रीष्म, कर्क-सिंह में वर्षा, कन्या-तुला में शरद, वृश्चिक-धनु में हेमन्त और मकर व कुंभ राशि में सूर्य के रहने पर शिशिर ऋतु होती है ॥ २५–२६ ॥

मास नाम

मासश्चैत्रोऽथ वैशाखो ज्येष्ठ आषाढसंज्ञकः।
ततस्तु श्रावणो भाद्रपदोऽथाश्विनसंज्ञकः ॥ २७ ॥
कार्त्तिको मार्गशीर्षश्च पौषो माघोऽथ फाल्गुनः।

१ चैत, २ वैशाख, ३ जेठ, ४ आषाढ़, ५ सावन, ६ भादों, ७ क्वार, ८ कार्तिक, ९ अगहन, १० पूस, ११ माघ, और बारहवाँ फाल्गुन मास होता है ॥ २७–२७½ ॥

चैत्रादि मासानामितरनामानि

तथेतराणि नामानि चैत्रादीनामथ ब्रुवे ॥ २८ ॥
मधुश्च माधवश्चैव शुक्रः शुचिरथो नभः।
नभस्यश्चेष ऊर्जश्च सहश्चाथ सहस्यकः ॥ २९ ॥
तपश्चाथ तपस्यश्च माससंज्ञाः क्रमादमूः।

चैत आदि मासों के अन्य नाम—चैत का नाम मधु, वैशाख = माधव, जेठ = शुक्र, आषाढ़ = शुचि, सावन = नभ, भादों = नभस्य, क्वार = इष, कार्तिक = ऊर्ज, अगहन = सह, पूस = सहस्य, माघ = तप और फाल्गुन का अन्य नाम तपस्य होता है ॥ २८–२९½ ॥

चान्द्र सौरादि मासलक्षणम्

मासो दर्शावधिश्चान्द्रः सौरः सङ्क्रमणाद्रवेः ॥ ३० ॥
त्रिंशद्दिनः सावनिको नाक्षत्रो विधुभभ्रमात्।
प्रोक्तकार्ये त्विमे मासा विज्ञेया कोविदैः सदा ॥ ३१ ॥

अमान्त से अमान्त तक चान्द्रमास, सूर्य संक्रान्त्यादि से संक्रान्त्यन्त तक सौर, तीस सूर्योदय तक ३० दिन का सावन और २७ नक्षत्रों में भ्रमण करने पर नाक्षत्र महिना होता है। उक्त कार्यों में अर्थात् जिस मास में जो कार्य वर्णित हो विद्वानों को वही कार्य करना चाहिये ॥ ३०–३१ ॥

चान्द्रादिमासेषु कर्तव्यानि कार्याणि

सौरे कार्यं विवाहादि ग्रहचारादिकं तथा।
सावने गर्भवृद्ध्यादि नाक्षत्रे मेघगर्भजम् ॥ ३२ ॥
व्रतयज्ञादिकं चान्द्रे मासे परिणयः क्वचित्।

सौरमास से विवाहादि व ग्रह चारादि का, सावन मास से गर्भ की वृद्धि आदि का, नाक्षत्र से मेघगर्भज अर्थात् वर्षा का और चान्द्रमास से व्रत, यज्ञादि का विचार तथा कहीं-कहीं विवाह का भी विचार करना चाहिये ॥ ३२-३२½ ॥

चान्द्रमासस्य द्विविधता

चान्द्रस्तु द्विविधो मासो दर्शान्तः पौर्णिमान्तिमः ॥ ३३ ॥
देवार्थे पौर्णमास्यन्तो दर्शान्तः पितृकर्मणि ॥ ३४ ॥

चान्द्रमास दो प्रकार का होता है एक शुक्ल पक्षीय प्रतिपदादि से अमान्त तक, दूसरा कृष्णपक्षीय प्रतिपदादि से पूर्णिमान्त तक होता है। देवकार्य में पूर्णिमान्त व पितृ कार्य में अमान्त मास ग्रहण करना चाहिये ॥ ३२½-३४ ॥

अथ पक्षसंज्ञा

शुक्लकृष्णावुभौ पक्षौ दैवे पित्र्ये च कर्मणि।
ग्राह्यौ तथा शुभं सर्वं शुक्लपक्षे प्रशस्यते ॥ ३५ ॥

पक्ष ज्ञान—शुक्ल व कृष्ण दो पक्ष होते हैं। दैवकार्य में शुक्ल पक्ष तथा पितृकार्य में कृष्ण पक्ष का ग्रहण करना चाहिये तथा समस्त शुभ कार्य शुक्ल पक्ष में शुभ होते हैं ॥ ३५ ॥

इति श्रीदैवज्ञरावलहरिशङ्करसूरिसूनुगणपतिकृते मुहूर्त्तगणपतौ संवत्सरादि प्रथमप्रकरणम् ॥ १ ॥

इस प्रकार दैवज्ञ रावल हरिशंकर सूरि पुत्र श्रीगणपति विरचित मुहूर्त गणपति ग्रन्थ का (में) संवत्सरादि पहिला प्रकरण समाप्त हुआ ॥ १ ॥

इति मथुरानिवासि-श्रीमद्भागवताभिनवशुकपण्डित केशवदेवचतुर्वेदात्मज मुरलीधर-चतुर्वेदकृता मुहूर्तगणपतिग्रन्थस्य प्रथमप्रकरणस्य कान्तिमती हिन्दी व्याख्या परिपूर्णा ॥ १ ॥

अथ तिथिप्रकरणम्

अब आगे तिथि नामक प्रकरण का प्रारम्भ किया जाता है। इसमें तिथियों के नाम व उनके शुभाशुभ का विचार किया जायेगा।

तिथीनां नामानि

प्रतिपच्च द्वितीया च तृतीया तदनन्तरम्।
चतुर्थी पञ्चमी षष्ठी सप्तमी चाष्टमी ततः ॥ १ ॥

नवमी दशमी चैकादशी द्वादशी ततः।
त्रयोदशी ततो ज्ञेया ततः प्रोक्ता चतुर्दशी ॥ २ ॥
पौर्णिमा शुक्लपक्षे सा कृष्णपक्षे त्वमा स्मृता।

परवा १, दोज २, तीज ३, चौथ ४, पंचमी ५, छट ६, सप्तमी ७, अष्टमी ८, नौमी ९, दशमी, १०, एकादशी ११, द्वादशी १२, तेरस १३, चौदस १४ शुक्ल पक्ष में पूर्णिमा १५ और कृष्ण पक्ष में अमावास्या ३० होती है ॥ १–२½ ॥

तिथीनां स्वामिनः

तिथीशा बह्निधात्रम्बा हेरम्बोरगषण्मुखाः ॥ ३ ॥
रवीशाम्बा यमो विश्वहरिस्मरशिवेन्दवः।
अमावास्यातिथेरीशाः पितरः संप्रकीर्तिताः ॥ ४ ॥

१ प्रतिपदा का स्वामी अग्नि, २ द्वितीया का ब्रह्मा, ३ तृतीया की गौरी, ४ चतुर्थी का गणेश, ५ पंचमी का सर्प, ६ षष्ठी का कार्तिकेय, ७ सप्तमी का सूर्य, ८ अष्टमी का शिव, ९ नवमी की दुर्गा, १० दशमी का यम, ११ एकादशी का विश्वेदेवा, १२ द्वादशी का विष्णु भगवान्, १३ त्रयोदशी का कामदेव, १४ चतुर्दशी का शिव, १५ पौर्णमासी का चन्द्रमा और अमावास्या के स्वामी पितरदेव होते हैं ॥ ३–४ ॥

नन्दा-भद्रादिसंज्ञा

नन्दा भद्रा जया रिक्ता पूर्णाश्च प्रतिपन्मुखाः।
षष्ठ्याद्याश्च क्रमाज्ज्ञेया तथैवैकादशीमुखाः ॥ ५ ॥

प्रतिपदा से पंचमी तक, षष्ठी से दशमी पर्यन्त और एकादशी से पूर्णिमा पर्यन्त पाँच-पाँच तिथियों की नन्दा, भद्रा, जयादि संज्ञा होती है, अर्थात् प्रतिपदा की नन्दा दोज की भद्रा, तीज की जया, चौथ की रिक्ता, पंचमी की पूर्णा, इसी प्रकार षष्ठी व एकादशी से जानना चाहिये ॥ ५ ॥

शुभकार्येषु तिथीनां शुभ, मध्य, नेष्टता

असन्मध्यं शुभं शुक्ले तिथीनां पञ्चकक्रमात्।
कृष्णपक्षे शुभं मध्यं नेष्टं ज्ञेयं शुभे सदा ॥ ६ ॥

मांगलिक कार्य में शुक्ल पक्ष की प्रतिपदा से पंचमी तक तिथियाँ अशुभ फल देने वाली, षष्ठी से दशमी पर्यन्त मध्यम एवं एकादशी से पूर्णिमा तक शुभ संज्ञक—शुभफलदायक होती हैं।

कृष्णपक्षीय प्रतिपदा से पंचमी तक शुभ फलदातृ, छट से दशमी तक मध्यम और एकादशी से अमावास्या पर्यन्त तिथियाँ अशुभ होती हैं ॥ ६ ॥

नन्दासु कर्तव्यानि

गीतं नृत्यं तथा क्षेत्रं चित्रोत्सवगृहादिकम्।
वस्त्रालङ्कारशिल्पादि नन्दास्वेतच्छुभं स्मृतम् ॥ ७ ॥

नन्दा (१।६।११) तिथि में गाना, नाचना, खेती, चित्र, उत्सव, गृहारंभादि, वस्त्र, अलङ्कार, शिल्प (कारीगरी) आदि कार्य करना शुभ होता है ॥ ७ ॥

भद्रासु कर्तव्यानि

विवाहोपनयौ यात्राभूषाशिल्पकलादिकम् ।
गजाश्वरथकृत्यं च भद्रातिथिषु सिद्धिदम् ॥ ८ ॥

भद्रा (२।७।१२) तिथि में विवाह, यज्ञोपवीत, यात्रा, भूषा (अलङ्कार) कारीगरी कलादि, हाथी व घोड़ा सम्बन्धी कार्य सिद्ध होता है ॥ ८ ॥

जयासु कर्तव्यानि

सैन्यसङ्ग्रामशस्त्रादि यात्रोत्सवगृहादिकम् ।
भेषज्यं चैव वाणिज्यं सिद्धयेत् सर्वं जयासु च ॥ ९ ॥

जया (३.८.१३) तिथि में सेना, युद्ध, शस्त्रादि कार्य, यात्रा, उत्सव, घर सम्बन्धी काम, दवाई और व्यापार सिद्ध अर्थात् सफल होता है ॥ ९ ॥

रिक्तासु कर्तव्यानि

शत्रूणां वधबन्धादि विषशस्त्रनियोजनम् ।
कर्तव्यं तच्च रिक्तायां नैव सन्मङ्गलं क्वचित् ॥ १० ॥

रिक्ता (४.९.१४) तिथि में शत्रुओं का वध एवं बन्धन, जहर व शस्त्र का उपयोग करना चाहिये तथा कुछ भी शुभ मांगलिक कार्य नहीं करना चाहिये ॥ १० ॥

पूर्णासु कर्तव्यानि

व्रतबन्धविवाहादि यात्रा राजाभिषेचनम् ।
शान्तिकं पौष्टिकं कर्म पूर्णासु खलु सिद्धयति ॥ ११ ॥

पूर्णा (५.१०.१५) तिथि में यज्ञोपवीत, विवाहादि, यात्रा, नृपाभिषेक, शान्तिक व पौष्टिक काम सिद्ध होते हैं ॥ ११ ॥

अथ सामान्यतः शुभाशुभतिथयः

द्वितीया पञ्चमी चैव तृतीया सप्तमी तथा ।
दशम्येकादशी कृष्णा प्रतिपच्च त्रयोदशी ॥ १२ ॥
पौर्णिमा तिथयो ह्येताः सर्वकार्यशुभावहाः ।
अन्यास्तु तिथयो नेष्टा प्रोक्तकृत्यशुभा मताः ॥ १३ ॥
कृष्णा चतुर्दशी शुक्ला प्रतिपद्दर्शसंज्ञिकाः ।
एताः शुभेषु कार्येषु वर्जनीयाः प्रयत्नतः ॥ १४ ॥

सामान्य रीति से शुभ, अशुभ तिथियाँ—२ दोज, ५ पंचमी, ३ तीज, ७ सप्तमी, १० दशमी, ११ एकादशी, कृष्णपक्ष की प्रतिपदा, १३ तेरस, १५ पूर्णिमा ये समस्त तिथियाँ समस्त कामों में शुभ दायक होती हैं। अन्य तिथियाँ अशुभ होती हैं उनमें जो काम करने को कहा है वही करना शुभ होता है।

कृष्णपक्ष की चौदस, शुक्ल पक्ष की प्रतिपदा और अमावास्या का प्रयत्न पूर्वक शुभ कामों में त्याग करना चाहिये ॥ १२–१४ ।

अथ पक्षरन्ध्रतिथयः

चतुर्थी रसवस्वङ्कद्वादशीशक्रसम्मिताः ।
तिथयः पक्षरन्ध्राख्यास्त्याज्याः सर्वेषु कर्मसु ॥ १५ ॥

पक्षरन्ध्रतिथिज्ञान—चतुर्थी, षष्ठी, अष्टमी, नवमी, द्वादशी और चौदस तिथि की पक्षरन्ध्रसंज्ञा होती है। इनका सब कामों में त्याग करना चाहिये ॥ १५ ॥

पक्षरन्ध्रतिथिषु त्याज्यघट्यः

एतासु वसुनन्देन्द्रतत्त्वदिक्शरसम्मिताः ।
हेयाः स्युर्गदिता नाड्यः क्रमाच्छेषास्तु शोभनाः ॥ १६ ॥

चौथ में ८, छट में ९, अष्टमी में १४, नवमी में २५, द्वादशी में १० और चौदस में ५ घटी का त्याग करके कार्य करना चाहिये ॥ १६ ॥

स्पष्टार्थ सारिणी

तिथयः	४	६	८	९	१२	१४
त्याज्यघटी	८	९	१४	२५	१०	५

अथ तिथिचक्रम्

मेषादीनां चतुर्णां हि चतस्रः प्रतिपन्मुखाः ।
तिथयस्तच्चतुष्कस्य पञ्चमी परिकीर्तिताः ॥ १७ ॥
सिंहकन्यातुलालीनां षष्ठ्यादिस्तिथयः क्रमात् ।
दशम्येतच्चतुष्कस्य तथा चैकादशीमुखाः ॥ १८ ॥
चतस्रो धनुरादीनामेतेषां पूर्णिमाप्यमा ।
पापयुक्तस्य राशेर्या तिथिः सा न शुभावहाः ॥ १९ ॥

मेषादि राशिवश पाप संज्ञकतिथियाँ—मेषादि (मेष, वृष, मिथुन, कर्क) चार राशियों में प्रतिपदादि अर्थात् प्रतिपदा, द्वितीया, तृतीया, चतुर्थी व पंचमी तिथि पापसंज्ञक, तथा सिंहादि चार राशियों में षष्ठी, सप्तमी, अष्टमी, नवमी व दशमी और धनु आदि (धनु, मकर, कुंभ, मीन) राशियों में एकादशी, द्वादशी, तेरस, चौदस, पूर्णिमा व अमावास्या पापसंज्ञक तिथियाँ होती हैं। पापयुक्त राशि शुभफल देनेवाली नहीं होती है ॥१७–१९॥

स्पष्टार्थ पापसंज्ञकतिथिचक्रम्

मे.	वृ.	मि.	क.	सिं.	क.	तु.	वृ.	ध.	म.	कु.	मी.	राशि.
१	२	३	४	६	७	८	९	११	१२	१३	१४	तिथयः
५	५	५	५	१०	१०	१०	१०	१५	१५	१५	१५	तिथयः
								३०	३०	३०	३०	

अथ प्रतिपत्कृत्यम् ।

विवाहोत्सवयात्रा च प्रतिष्ठा वास्तुकर्म च ।
कुर्याच्चौलादिकं कृष्णे न शुक्ले प्रतिपत्तिथौ ॥ २० ॥

प्रतिपदा में करने योग्य काम—विवाहोत्सव, यात्रा, प्रतिष्ठा, वास्तु कार्य, तथा मुण्डनादि कृष्ण पक्ष की प्रतिपदा में करना और शुक्ल पक्ष की प्रतिपदा में नहीं करना चाहिये ॥ २० ॥

अथ द्वितीयाकृत्यम्

राज्यकार्यं विवाहादि मङ्गलं वास्तुभूषणम् ।
व्रतबन्धः प्रतिष्ठा च द्वितीयायां तिथौ स्मृतम् ॥ २१ ॥

दोज में करने योग्य काम—द्वितीया तिथि में राजकीय कार्य, विवाहादि मांगलिक, वास्तु (गृह), भूषण (अलङ्कार), यज्ञोपवीत और प्रतिष्ठा सम्बन्धी काम करना चाहिये ॥ २१ ॥

अथ तृतीयाकृत्यम्

अन्नप्राशनसङ्गीतविद्यासीमन्तशिल्पकम् ।
द्वितीयाप्रोक्तमखिलं तृतीयायां प्रशस्यते ॥ २२ ॥

तृतीया में करने योग्य काम—तृतीया तिथि में अन्न प्राशन, गान विद्या, सीमन्त कर्म, चित्रकारी और जो द्वितीया में कथित हैं, उन्हें करना चाहिये ॥ २२ ॥

अथ चतुर्थीकृत्यम्

शत्रूणां वधबन्धादिविषशस्त्राग्नियोजनम् ।
कर्तव्यं तच्चतुर्थ्यां तु नैव सन्मङ्गलं क्वचित् ॥ २३ ॥

चौथ में करने योग्य काम—चतुर्थी तिथि में शत्रुओं को मारना, बाँधना, जहर देना, शस्त्र से प्रहार करना, अग्नि लगाना ये कर्म करने चाहिये और शुभ माँगलिक कुछ भी नहीं करना चाहिये ॥ २३ ॥

अथ पञ्चमीकृत्यम्

शुभकर्माणि सर्वाणि स्थिराणि च चराणि च ।
ऋणदानं विना यान्ति सुसिद्धं पञ्चमीदिने ॥ २४ ॥

पंचमी में करने योग्य काम—पंचमी तिथि में समस्त शुभ, स्थिर व चञ्चल काम सिद्ध होते हैं । किन्तु कर्ज देना अच्छा नहीं होता है ॥ २४ ॥

अथ षष्ठीकृत्यम्

दन्तकाष्ठगमाभ्यङ्गाँस्त्यक्त्वाथो शिल्पकर्म च ।
रणवास्तुविभूषादि षष्ठ्यां सिद्ध्यति मङ्गलम् ॥ २५ ॥

षष्ठी में करने योग्य काम—षष्ठी तिथि में काठ की दातुन, यात्रा, उबटन तथा चित्रकारी का काम छोड़कर युद्ध, वास्तु, अलङ्कारादि व माँगलिक कार्य सिद्ध होता है ॥२५॥

सप्तमीकृत्यम्

गजकृत्यं विवाहादि सङ्गीतं वस्त्रभूषणम् ।
यात्राप्रवेशसङ्ग्रामाः सिद्धयेयुः सप्तमीतिथौ ॥ २६ ॥

सप्तमी में करने योग्य काम—सप्तमी तिथि में हाथी का कार्य, विवाहादि, नाचना, गाना, वस्त्र, अलङ्कार, यात्रा प्रवेश और लड़ाई के कार्य सिद्ध होते है ॥ २६ ॥

अथ अष्टमीकृत्यम्

नृत्यं स्त्रीरत्नभूषादिसङ्ग्रामाः शस्त्रधारणम् ।
वास्तुशिल्पादिकं कार्यमष्टम्यां सिद्धिमाप्नुयात् ॥ २७ ॥

अष्टमी में करने योग्य कार्य—अष्टमी तिथि में नाचना, स्त्री, रत्न, अलङ्कार, युद्ध, शस्त्रधारण, वास्तु कर्म और चित्रकारी का कार्य सिद्ध होता है ॥ २७ ॥

अथ नवमीकृत्यम्

विग्रहः कलहो द्यूतं मद्यमाखेटकस्तथा ।
विषाग्निशस्त्रकृत्यं च नवम्यां सिद्धिमाप्नुयात् ॥ २८ ॥

नवमी में करने योग्य कार्य—नवमी तिथि में विग्रह, कलह, जुआ, मद्य (शराब), शिकार, जहर, अग्नि एवं शस्त्र सम्वन्धी काम सिद्ध होता है ॥ २८ ॥

अथ दशमीकृत्यम्

विवाहादि शुभं कार्यं भूषायात्राप्रवेशनम् ।
गजाश्वनृपकार्याणि सिद्धचन्ति दशमो दिने ॥ २९ ॥

दशमी में करने योग्य कार्य—दशमी तिथि में विवाहादि मांगलिक कार्य, अलङ्कार, यात्रा, प्रवेश, हाथी, घोड़ा और राजकीय कार्य सिद्ध होता है ॥ २९ ॥

अथैकादशीकृत्यम्

व्रतवन्धो विवाहादि रणः शिल्पं सुरोत्सवः ।
गमागमौ विभूषादि ह्येकादश्यां प्रशस्यते ॥ ३० ॥

एकादशी में करने योग्य कार्य—एकादशी तिथि में यज्ञोपवीत, विवाहादि, युद्ध, चित्रकारी, देवोत्सव, यात्रा, प्रवेश तथा अलङ्कार का काम करना चाहिये ॥ ३० ॥

अथ द्वादशीकृत्यम्

चरस्थिराणि कार्याणि विवाहव्रतबन्धनम् ।
द्वादश्यां तत्प्रकुर्वीत तैलयात्रादिकं त्यजेत् ॥ ३१ ॥

द्वादशी में करने योग्य कार्य—द्वादशी तिथि में चर व स्थिर कार्य, विवाह, जनेऊ करना चाहिये और तेल लगाना व यात्रा नहीं करना चाहिये ॥ ३१ ॥

अथ त्रयोदशीकृत्यम्

यात्राप्रवेशसङ्ग्रामवस्त्रभूषणमङ्गलम् ।
व्रतबन्धं विनान्यत्र शुभा शुक्लत्रयोदशी ॥ ३२ ॥

तेरस में करने योग्य कार्य—तेरस तिथि में यात्रा, प्रवेश, युद्ध, वस्त्र, अलङ्कार, मांगलिक कार्य में यज्ञोपवीत को छोड़कर शुक्लत्रयोदशी शुभावह होती है ॥ ३२ ॥

अथ चतुर्दशीकृत्यम्

विषबन्धाग्निशस्त्रादि प्रकुर्याद्दुष्टकर्म च ।
चतुर्दश्यां शुभं कर्म क्षौरं यात्रां विवर्जयेत् ॥ ३३ ॥

चौदस में करने योग्य कार्य—चौदस तिथि में जहर, बन्धन, अग्नि, शस्त्रादि, दूषित काम शुभ होते हैं तथा क्षौर व यात्रा का त्याग करना चाहिये ॥ ३३ ॥

अथ पौर्णिमाकृत्यम्

माङ्गल्यं भूषणं शिल्पं प्रतिष्ठां यज्ञकर्म च ।
सङ्ग्रामो गृहकृत्यं च पौर्णमास्यां प्रसिद्धचति ॥ ३४ ॥

पूर्णिमा में करने योग्य कार्य—पूर्णिमा तिथि में मांगलिक, अलङ्कार, चित्रकारी, प्रतिष्ठा, यज्ञकर्म, युद्ध, और घर सम्बन्धी कार्य सिद्ध होता है ॥ ३४ ॥

अथामावास्याकृत्यम्

अग्न्याधानं महादानं पितृयागादिकं च यत् ।
प्रोक्तं कर्म प्रकर्तव्यं दर्शे नान्या शुभा क्रिया ॥ ३५ ॥

अमा में करने योग्य कार्य—अमा तिथि में अग्निहोत्र, महादान, पितृ कर्म तथा यज्ञादि काम जो कथित हैं उन्हें करना चाहिए एवं अन्य कार्य शुभद नहीं होते हैं ॥ ३५ ॥

अथ दन्तधावने निषिद्धतिथयः

अमायाञ्च तथा षष्ठयामेकादश्यां रवेर्दिने ।
प्रतिपद्युत्तरे यामे न कुर्याद् दन्तधावनम् ॥ ३६ ॥

दाँत धोने में अशुभ तिथियाँ—अमावास्या, षष्ठी, एकादशी, रविवार, प्रतिपदा तिथि और दूसरे पहर में दाँतुन से मुँह साफ नहीं करना चाहिये ॥ ३६ ॥

अथामलकस्नाने निषिद्धतिथयः

दशमी सप्तमी दर्शद्वितीयानवमोदिने ।
त्रयोदश्यां तथा नैव स्नायादामलकैर्नरः ॥ ३७ ॥

आमले से नहाने में अशुभ तिथियाँ—दशमी, सप्तमी, अमा, द्वितीया, नवमी और तेरस तिथि में आमले से स्नान नहीं करना चाहिये ॥ ३७ ॥

अथ प्रोक्तकार्ये निषिद्धास्तिथयः

क्षौरे चतुर्दशीं चैव षष्ठीं तैले पलेऽष्टमीम् ।
दर्शं स्त्रीसेवने जह्याद् यदीच्छेद्दीर्घजीवितम् ॥ ३८ ॥

उक्त कार्य में निषिद्ध तिथि—क्षौर कार्य चौदस में, षष्ठी तेल मर्दन में, अष्टमी में मांस खाना और अधिक जीने की इच्छा वाले को अमावास्या के दिन स्त्री संभोग नहीं करना चाहिये ॥ ३८ ॥

अथ प्रतिपदादि दर्शान्तासु षोडशतिथिषु त्याज्यवस्तूनि

त्यजेत् प्रतिपदाद्यासु कूष्माण्डं बृहतीफलम् ।
लवणं मूलकं चैव पनसं तैलसेवनम् ॥ ३९ ॥
धात्रीफलं नारिकेलं फलं तुम्ब्याः पटोलकम् ।
निष्पावान्नं मसूराँश्च वृन्ताकं माक्षिकं क्रमात् ॥ ४० ॥
अमायां सुरतं चैव पौर्णमास्यां दुरोदरम् ।

प्रतिपदादि से १६ तिथियों में त्याज्य पदार्थ प्रतिपदा तिथि में पेठा, द्वितीया में भटकटैया, तृतीया में नमक, चतुर्थी में मूली, पंचमी में कटहर, षष्ठी में तेल लगाना, सप्तमी में आमला, अष्टमी में नारियल, नवमी में लौकी, दशमी में परवल, एकादशी में निष्पाव अन्न, द्वादशी में मसूर, तेरस में बेंगन, चौदस में शहद, अमा में संभोग और पूर्णिमा में जुआ नहीं खेलना चाहिये ॥ ३९–४०½ ॥

अथ प्रसङ्गाद्युगादितिथयः

नवमी कार्तिके शुक्ला वैशाखे च तृतीयका ॥ ४१ ॥
त्रयोदश्याश्विने कृष्णा तथा दर्शश्च फाल्गुने ।
कार्तिकेऽभूत् कृतारम्भस्त्रेतारम्भस्तु माधवे ॥ ४२ ॥
फाल्गुने द्वापरारम्भस्त्वारम्भश्चाश्विने कलेः ।

युगारम्भ तिथियाँ—कार्तिक शुक्ल नवमी, वैशाख शुक्ल तृतीया, आश्विन कृष्ण तेरस और फाल्गुन कृष्ण अमावस्या ये चारों युगों की आरम्भ तिथि होती हैं ।

कार्तिक शुक्ल नवमी में सतयुग का, वैशाख शुक्ल तृतीया में त्रेता युग का, फाल्गुन कृष्ण अमावस्या में द्वापर युग का और अश्विन कृष्ण तेरस में कलियुग का प्रारम्भ हुआ है ॥ ४१–४२½ ॥

युगदेवताः

क्रमाच्छम्भुर्हरिर्वेधाः पितरस्तत्र देवताः ॥ ४३ ॥

सतयुग के शिव, त्रेता युग के हरि (विष्णु), द्वापर के ब्रह्मा और कलियुग के देवता पितर होते हैं ॥ ४३॥

युगादि तिथि में दान

तिलाँल्लवणसौवर्णगाश्च दद्याद युगादिषु ।
एते युगादयः पुण्याः शुभे वर्ज्याः मनीषिभिः ॥ ४४ ॥
तत्राक्षय्यतृतीया तु सर्वकार्येति शोभना ।

युगादि तिथियों में तिल, नमक, सुवर्ण व गाय का दान करना चाहिये । ये तिथियाँ अत्यन्त पुण्यवाली होती हैं । इनमें शुभ कार्य नहीं करना परन्तु अक्षय तृतीया में समस्त माँगलिक कार्य करना चाहिये ॥ ४४–४४½

अथ मन्वादितिथयः

आश्विने नवमी शुक्ला माघमासे तु सप्तमी ॥ ४५ ॥
भाद्रे चैत्रे तृतीया च कार्तिके द्वादशी तथा ।
आषाढ़े दशमी प्रोक्ता ज्येष्ठमासे तु पूर्णिमा ॥ ४६ ॥
आषाढी फाल्गुनी चैत्री कार्तिकी पूर्णिमा तथा ।
भाद्रे कृष्णाष्टमी प्रोक्ता पौषे त्वेकादशी सिता ॥ ४७ ॥
अमा भाद्रपदे मासि मन्वाद्यास्तिथयस्त्विमाः ।
अत्र मासाः सुराक्रान्ता विज्ञेया गणकोत्तमैः ॥ ४८ ॥

मन्वादि तिथि ज्ञान—१ आश्विन शुक्ल नवमी, २ माघ शुक्ल सप्तमी, ३ भाद्रपद शुक्ल तृतीया, ४ चैत्र शुक्ल तृतीया, ५ कार्तिक शुक्ल द्वादशी, ६ आषाढ़ शुक्ल दशमी, ७ जेठ पूर्णिमा, ८ आषाढ़ शुक्ल पूर्णिमा, ९ फाल्गुन शुक्ल पूर्णिमा, १० चैत्र शुक्ल पूर्णिमा, ११ कार्तिक शुक्ल पूर्णिमा, १२ भाद्रपद कृष्ण अष्टमी, १३ पौष शुक्ल एकादशी और १४ भाद्रपद कृष्ण अमावास्या ये १४ तिथियाँ मन्वादि तिथि होती हैं । अर्थात् इन तिथियों में मन्वन्तरों का आरम्भ हुआ था । उक्त मास दैवज्ञों ने देवताओं के प्रिय बताये हैं ॥ ४५–४८ ॥

अथार्द्धोदययोगः

माघे मासि रवौ दर्शे व्यतीपाते श्रवान्विते ।
अर्धोदयाभिधो योगः सूर्यपर्वशताधिकः ॥ ४९ ॥
अयमुक्तो दिवायोगः किञ्चिन्न्यूनो महोदयः ॥ ५० ॥

माघ मास की अमावस्या के दिन सूर्योदय काल में व्यतीपात योग या श्रवण नक्षत्र होने पर अर्द्धोदय नामक योग होता है । यह सौ से भी अधिक सूर्य ग्रहणों का फल देता है तथा दिन में होता है रात में नहीं, इसमें कुछ न्यूनता होने पर महोदय नामक योग होता है ॥ ४९–५० ॥

अथ कपिलाषष्ठीयोगः ।

आश्विने कृष्णपक्षे च षष्ठ्यां भौमोऽथ रोहिणी ।
व्यतीपातस्तदा षष्ठी कपिलानन्तपुण्यदा ॥ ५१ ॥

आश्विन मास कृष्ण पक्ष की छठ के दिन भौमवार, रोहिणी नक्षत्र व व्यतीपात योग होने पर कपिला षष्ठी नाम वाला योग होता है । यह अनन्त पुण्य दायी होता है ॥५१॥

अथ गजच्छायायोगः

पितृपक्षे त्रयोदश्यां हस्तेऽर्केऽब्जे मघागते ।
गजच्छायाभिधो योगः श्राद्धेऽक्षय्यफलप्रदः ॥ ५२ ॥

आश्विन मास पितृपक्ष की तेरस तिथि में हस्त में सूर्य और मघा नक्षत्र में चन्द्रमा के रहने पर गजच्छाया योग होता है । इसमें श्राद्ध करने पर अमिट पुण्य फल होता है ॥५२॥

अथ प्रसङ्गादगस्त्योदयः ।

अष्टघ्नपलभासङ्ख्यैरंशैर्युक्ता वसुग्रहाः ।
तादृशेऽर्के मुनेर्ज्ञेय उदयः कुम्भजन्मनः ॥ ५३ ॥

अगस्त्य ऋषि के उदय का ज्ञान—स्वदेशीय पलभा को आठ से गुणा करके उन्हें अंश मान कर उस संख्या में ९८ जोड़कर तीस का भाग देने से जो राश्यादि होगा तत्समान राशि में अगस्त्य का उदय होता है ॥ ५३ ॥

इति श्रीमद्दैवज्ञरावलहरिशङ्करसूनुगणपतिकृते मुहूर्तगणपतौ द्वितीयं तिथिप्रकरणम् ॥२॥

इस प्रकार श्रीमान् दैवज्ञ रावलहरिशङ्करजी के पुत्र श्री पं० गणपतिजी द्वारा रचित मुहूर्तगणपति ग्रन्थ का तिथि नामक दूसरा प्रकरण समाप्त हुआ ॥ २ ॥

इति श्रीमथुरानिवासि-श्रीमदभागवताभिनवशुकपण्डित केशवदेवचतुर्वेदात्मजमुरलीधर-चतुर्वेदकृता मुहूर्तगणपतेः द्वितीयतिथिप्रकरणस्य कान्तिमती हिन्दी टीका परिपूर्णा ॥ २ ॥

अथ वारप्रकरणम्

अब आगे तीसरे वार प्रकरण में—वारों के नाम, स्वामी, स्वभावादि तथा किस वार में क्या-क्या करना चाहिये, इसे बताते हैं ।

वारनामानि

आदित्यश्चन्द्रमा भौमो बुधश्चाथ बृहस्पतिः ।
शुक्रः शनैश्चरश्चैव वासराः परिकीर्त्तिताः ॥ १ ॥

१ रविवार, २ चन्द्र, ३ मंगल, ४ बुध, ५ वृहस्पति, ६ शुक्र और ७ सातवाँ शनिवार होता है ॥ १ ॥

वारस्वामिनः

शिवो दुर्गा गुहो विष्णुर्ब्रह्मेन्द्रः कालसंज्ञकः ।
सूर्यादीनां क्रमादेते स्वामिनः परिकीर्त्तिताः ॥ २ ॥

सूर्य वार का स्वामी महादेव, चन्द्रवार का दुर्गा, मंगलवार का कार्तिकेय, बुधवार का विष्णु, गुरुवार का ब्रह्मा, शुक्र का इन्द्र और शनिवार का स्वामी काल होता है ॥ २ ॥

वाराणां शुभ-पाप संज्ञा

गुरुश्चन्द्रो बुधः शुक्रः शुभा वारा शुभे स्मृताः ।
क्रूरास्तु क्रूरकृत्येषु ग्राह्या भौमार्कसूर्यजाः ॥ ३ ॥

गुरु, चन्द्र, बुध और शुक्रवार की शुभ संज्ञा एवं मंगल, सूर्य, शनि की पाप संज्ञा होती है । शुभ कर्म में शुभ तथा पाप कर्म में पापग्रह के वारों का ग्रहण करना चाहिये ॥ ३ ॥

वाराणां स्थिर-चरादिसंज्ञा

स्थिरः सूर्यश्चरश्चन्द्रो भौमश्चोग्रो बुधः समः।
लघुर्जीवो मृदुः शुक्रः शनिस्तीक्ष्णः समीरितः ॥ ४ ॥

सूर्य = स्थिर, चन्द्र = चर, मंगल = उग्र, बुध = सम, गुरु = लघु, शुक्र = मृदु और शनि = तीक्ष्ण होता है ॥ ४ ॥

स्पष्टार्थ चक्र

वार	रवि	सोम	मंगल	बुध	गुरु	शुक्र	शनि
अधिप	शिव	दुर्गा	गुह	विष्णु	ब्रह्मा	इन्द्र	काल
प्रकृति	स्थिर	चर	उग्र	सम	लघु	मृदु	तीक्ष्ण

अथ प्रत्येकवारकृत्यम्।

अब आगे प्रत्येक बार में क्या करना चाहिये, इसे कहते हैं।

तत्र रविवारकृत्यम्

राज्याभिषेकमाङ्गल्यं यानमन्त्रास्त्रमौषधम्।
रणः पण्याग्निसेवाद्यं सुवर्णादौ रवौ स्मृतम् ॥ ५ ॥

रविवार में करने के कार्य—राजा को गद्दी पर बैठाना, मांगलिक, कर्म, यान यात्रा करना, मन्त्र, अस्त्र, दवाई, युद्ध, बाजार, अग्नि, सेवा नौकरी आदि व सुवर्ण सम्बन्धी काम रविवार के दिन करना चाहिये ॥ ५ ॥

अथ चन्द्रवारकृत्यम्

शङ्खमौक्तिकरौप्यादिभूषा गीतं क्रतुः कृषिः।
भोज्यं स्त्रीक्षुविकारारम्भः कर्मोक्तं सोमवासरे ॥ ६ ॥

सोमवार में करने के कार्य—शङ्ख, मोती, चाँदी के अलङ्कार, गीत, यज्ञ, खेती, भोजन, स्त्री, गुड, राव, चीनी आदि तथा जल सम्बन्धी काम सोमवार में करने चाहिये ॥ ६ ॥

अथ भौमवारकृत्यम्

भेदस्तेयानृतं शाठ्यं विषशस्त्राग्निघातनम्।
प्रवालकरहेमाद्येतत् कुर्यात् कुजेऽह्नि ॥ ७ ॥

मंगल वार में करने के कार्य—भेद, चोरी, झूठ बोलना, धूर्तता, जहर, शस्त्र, अग्नि, मारण, मूंगा, हाथ, और सुवर्ण सम्बन्धी काम मंगलवार को करने चाहिये ॥ ७ ॥

अथ बुधवारकृत्यम्

कलानैपुण्यवाणिज्यं संधिव्यायामसेवनम्।
वेदाध्ययनलेखादि विदध्याद् बुधवासरे ॥ ८ ॥

बुधवार में करने के कार्य—कला, चतुरता, व्यापार, मिलाप, कसरत, वेदाध्ययन वेद पढ़ना, और लिखने आदि सम्बन्धी काम बुधवार में करने चाहिये ॥ ८ ॥

अथ गुरुवारकृत्यम्

यज्ञो धर्मक्रिया विद्या माङ्गल्यं पौष्टिकं गृहाः ।
यात्राभैषज्यभूषाद्या विधेया गुरुवासरे ॥ ९ ॥

बृहस्पतिवार में करने के कार्य—यज्ञ, धार्मिक काम, विद्या, मांगलिक, पुष्टता, घर, यात्रा, दवाई और अलङ्कार सम्बन्धी काम गुरुवार के दिन करने चाहिये ॥ ९ ॥

अथ भृगुवारकृत्यम्

गीतं स्त्रीरत्नशय्यादि वस्त्रं भूषोत्सवं क्रियाः ।
भूपण्यकृषिकोशाद्याः सर्वे सिद्ध्यन्ति भार्गवे ॥ १० ॥

शुक्रवार में करने के काम—गान, स्त्री, रत्न, शय्या, वस्त्र, अलङ्कार, उत्सव, भूमि बेचना, खरीदना, खेती, खजाने आदि के काम सब शुक्रवार में सिद्ध होते हैं ॥ १० ॥

अथ शनिवारकृत्यम्

गृहप्रवेशदीक्षादि गजबन्धः स्थिरक्रियाः ।
दासशस्त्रानृतं स्तेयमेतत् सिद्ध्येच्छनैश्चरे ॥ ११ ॥

शनिवार में करने के काम—गृहप्रवेश, दीक्षा (गुरु से मन्त्र लेना), हाथी को बाँधना, स्थिर कार्य, नौकरी, शस्त्र, झूठ बोलना तथा चोरी सम्बन्धी काम शनिवार में करना चाहिए ॥ ११ ॥

अथ वारविशेषकृत्यम्

खेट्स्योपचयस्थस्य वारे कार्यं शुभावहम् ।
तदेवोपचयस्थश्चेद् यत्नेनापि न सिद्ध्यति ॥ १२ ॥

वार वश विशेष काम—लग्न से उपचयस्थ (३।६।१०।११) ग्रह के वार में कार्यारम्भ शुभ होता है और लग्न जिस भावस्थ ग्रह से उपचय में हो उसके वार में प्रयत्न से भी कार्य सिद्ध नहीं होता है ॥ १२ ॥

अथ तात्कालिकवारकृत्यार्थं होरा प्रोच्यते

स्वदेशमध्यरेखान्तर्योजनैः पादवर्जितैः ।
तावत्पलैर्युतोनाः स्युस्तिथयः परपूर्वतः ॥ १३ ॥
तद्दिनार्द्धान्तरपलैरूनाधिक्ये दिनार्द्धतः ।
ऊर्ध्वं चाधः क्रमाद्वारप्रवेशस्तपनोदयात् ॥ १४ ॥

तात्कालिक वार कृत्य के लिये होरा—स्वदेश व स्वदेशीय रेखा देश के अन्तर योजनों में चार का भाग देकर लब्धि को अन्तर योजनों में घटाने से जो शेष हो उसे पल मान कर १५ पन्द्रह घटी में जोड़ने व घटाने से अर्थात् रेखा देश से अपना देश पूर्व हो तो १५ में जोड़ने से तथा पश्चिम में होने पर घटाने से वार प्रवृत्ति के ध्रुवा के अङ्क होते हैं ।

जिस दिन वार प्रवृत्ति जानने की इच्छा हो उस दिन के दिनमान का आधा भाग करके ध्रुवों में संस्कार करना अर्थात् जिसमें से जो घटे उसे घटाकर शेष तुल्य समय में वार-प्रवृत्ति होती है। यदि दिनार्द्ध में से ध्रुवाङ्क घटे तो सूर्योदय के पश्चात् अन्तर घटी तुल्य या ध्रुवा में से दिनार्द्ध कम हो जाय तो उतने काल तुल्य सूर्योदय से प्रथम वारप्रवेश होगा ऐसा जानना चाहिये ॥ १३–१४ ॥

कालहोराज्ञानम्

वारारम्भाद् गता नाड्यो द्विघ्नाः पञ्चविभाजिताः।
लब्धाङ्के गतहोराः स्युर्वारेशादिति च कमात् ॥ १५ ॥

रविः शुक्रो बुधश्चन्द्रः शनिर्जीवस्ततः कुजः।
एवं क्रमेण विज्ञेयाः कालहोरेश्वरा ग्रहाः ॥ १६ ॥

अभीष्ट समय में वार प्रवृत्ति से जितनी घड़ी व्यतीत हुई हों उन्हें दो से गुणा करके पाँच का भाग देने पर लब्धि तुल्य संख्या गत होरा की होती है। इसमें एक जोड़ने पर वर्तमान काल होरा होती है। यह वारेश के क्रम से छठी-छठी अर्थात् रविवार के दिन प्रथम सूर्य की, दूसरी शुक्र की, तीसरी चन्द्रमा का पुनः शनि, गुरु व मंगल की होती है। अर्थात् ये ग्रह होराओं के स्वामी होते हैं ॥ १५–१६ ॥

होरायां वारोक्तकर्मकालः

यस्मिन् वारे तु यत्कृत्यं पूर्वाचार्यैरुदाहृतम्।
तत्कृत्यं तस्य खेटस्य होरायां खलु सिद्ध्यति ॥ १७ ॥

पूर्व के आचार्यों ने जिस वार में जो काम करने को कहा है वह कार्य उस ग्रह के वार में भी सिद्ध होता है ॥ १७ ॥

वारदोषापवादः

वारदोषाश्च ये प्रोक्ता रात्रौ न प्रभवन्ति ते।
शनिभौमार्कवारेषु विशेषादिति केचन ॥ १८ ॥

पहिले जिन वार दोषों का वर्णन किया है वे रात्रि में नहीं होते हैं। किसी किसी का कहना है कि विशेष कर शनि, मंगल और सूर्यवार का दोष रात में नहीं होता है ॥ १८ ॥

अथ तैलमर्दने वारफलम्

रविस्तापं शशी कान्तिं मृतिं भौमो बुधः श्रियम्।
वित्तहानिं गुरुः शुक्रो विपत्तिं च सुखं शनिः ॥ १९ ॥
तैलाभ्यङ्गान्मनुष्याणां कुरुते नात्र संशयः।

वारों में तेल लगाने का फल—रविवार में तेल लगाने से ज्वर, चन्द्र में कान्ति मंगल में मरण, बुध में लक्ष्मी, गुरु में धन हानि, शुक्रवार में विपत्ति और शनिवार में तेल लगाने से सुख होता है ॥ १९–१९½ ॥

तैलमर्दने निषेधः

रवौ भौमे व्यतीपाते सङ्क्रान्तौ वैधृतावपि ॥ २० ॥
षष्ठ्यष्टम्योश्च विष्ट्यां च तैलाभ्यङ्गो न पर्वसु ।

रविवार, मंगलवार, व्यतीपात, संक्रान्ति, वैधृति, षष्ठी, अष्टमी, भद्रा व पर्वों में तेल नहीं लगाना चाहिये ॥ २०–२०½ ॥

अथ तैलाभ्यङ्गे दोषापवादः

तैलाभ्यङ्गो न दोषाय प्रत्यहं क्रियते च यः ॥ २१ ॥
उत्सवे वातरोगे वा यत्र वाचनिकोऽपि वा ।
भार्गवे गोमयं भौमे मृदं दूर्वा बृहस्पतौ ॥ २३ ॥
रवौ पुष्पं निधायान्तस्तैलाभ्यङ्गो न दोषकृत् ।
मन्त्रितं क्वथितं तैलं सार्षपं पुष्पवासितम् ॥ २३ ॥
द्रव्यान्तरयुतं वापि नैव दुष्येत् कदाचन ।

तेल मर्दन दोष का परिहार—जो मनुष्य प्रतिदिन तेल लगाता है उसके लिये किसी भी वार में दोष नहीं होता है। उत्सव, वायुरोग, अथवा वाचनिक में भी तेल लगाना दोष दायी नहीं होता है।

शुक्रवार के दिन गोबर मिलाकर, मंगल में मिट्टी डाल कर, गुरु में दूर्वा और रविवार के दिन तेल में पुष्प डाल कर लगाने से दोष नहीं होता है।

मन्त्रों से अभिमन्त्रित, उबला (क्वाथ से निर्मित), सरसों का तेल, पुष्पों से सुगन्धित और द्रव्यान्तर से युक्त तेल दोष करने वाला नहीं होता है ॥ २०½—२३½ ॥

इति श्रीदैवज्ञरावलहरिशङ्करसूरिसूनुगणपतिकृते मुहूर्तगणपतौ
तृतीयं वार प्रकरणम् ॥ ३ ॥

इस प्रकार दैवज्ञरावल पं० हरिशङ्करसूरि जी के पुत्र गणपति जी द्वारा रचित मुहूर्त्त-गणपतिग्रन्थ का तीसरा, वारप्रकरण समाप्त हुआ ॥ ३ ॥

इति श्री मथुरानिवासी श्रीमद्‌भागवताभिनवशुकपं० केशवदेवचतुर्वेदात्मजमुरलीधर-चतुर्वेदकृता तृतीयप्रकरणस्य कान्तिमती हिन्दी टीका पूर्णा ॥ ३ ॥

अथ नक्षत्रप्रकरणम्

अब आगे चौथे प्रकरण में नक्षत्र कितने होते हैं, उनके स्वामी कौन-कौन होते हैं, प्रत्येक नक्षत्र में क्या क्या काम करना चाहिये नक्षत्रों, की ध्रुव चरादि संज्ञा, ऊर्ध्व, अधः, तिर्यक् मुख संज्ञा व उनमें कृत्य, अश्विन्यादि नक्षत्रों की तारा संख्या, नक्षत्र स्वरूप, पंचक संज्ञा, गतरात्रि ज्ञान, अन्धादि संज्ञा, मुहूर्त ज्ञान, वारों में त्याज्य मुहूर्त आदिका विवेचन करते हैं ।

नक्षत्रनामानि

अश्विनी भरणी चैव कृत्तिका रोहिणी मृगः ।
आर्द्रा पुनर्वसुः पुष्यस्तथा श्लेषा मघा ततः ॥ १ ॥
पूर्वाफाल्गुनिका तस्मादुत्तराफाल्गुनी ततः ।
हस्तश्चित्रा तथा स्वाती विशाखा तदनन्तरम् ॥ २ ॥
अनुराधा ततो ज्येष्ठा ततो मूलं निगद्यते ।
पूर्वाषाढोत्तराषाढा त्वभिजिच्छ्रवणस्ततः ॥ ३ ॥
धनिष्ठा शतताराख्यं पूर्वाभाद्रपदा ततः ।
उत्तराभाद्रपदाश्चैव रेवत्येतानि भानि च ॥ ४ ॥

१ अश्विनी, २ भरणी, ३ कृत्तिका, ४ रोहिणी, ५ मृगशिरा, ६ आर्द्रा, ७ पुनर्वसु, ८ पुष्य, ९ श्लेषा, १० मघा, ११ पूर्वाफाल्गुनी, १२ उत्तराफाल्गुनी, १३ हस्त, १४ चित्रा, १५ स्वाती, १६ विशाखा, १७ अनुराधा, १८ ज्येष्ठा, १९ मूल, २० पूर्वाषाढा, २१ उत्तराषाढा, २२ अभिजित्, २३ श्रवण, २४ धनिष्ठा, २५ शतभिषा, २६ पूर्वाभाद्रपदा, २७ उत्तराभाद्रपदा २८ रेवती ये नक्षत्र होते हैं ॥ १–४ ॥

अथ नक्षत्रस्वामिनः

अश्विनी दस्रदैवत्या भरणी यमदेवता ।
आग्नेयी कृत्तिका प्रोक्ता विधाता रोहिणीश्वरः ॥ ५ ॥
मृगशीर्षेश्वरश्चन्द्रस्तथैवार्द्रेश्वरः शिवः ।
अदितिस्तु पुनर्वस्वोः पतिः पुष्यस्य वाक्पतिः ॥ ६ ॥
आश्लेषाधिपतिः सर्पो मघेशाः पितरः स्मृताः ।
भगश्च पूर्वफाल्गुन्या उत्तरायाः पतिरर्यमा ॥ ७ ॥
हस्तस्याधिपतिः सूर्यस्त्वष्टा चित्राभिधस्य च ।
स्वातेश्च दैवतं वायुर्विशाखेन्द्राग्निदेवता ॥ ८ ॥

अनुराधेश्वरो मित्रो ज्येष्ठाया इन्द्र उच्यते।
मूलस्य दैवतं रक्षः पूर्वाषाढेश्वरो जलम् ॥ ९ ॥

उषाया दैवतं विश्वे विधिश्चाभिजिताधिपः।
श्रवणस्याधिपतिर्विष्णुर्धनिष्ठा वसुदेवता ॥ १० ॥

वरुणः शततारायाः पूभेशः कथितोऽजयात्।
अहिर्बुध्न्यस्तथोभायाः पूषोक्तो रेवतीपतिः ॥ ११ ॥

नक्षत्रों के स्वामी—अश्विनी नक्षत्र के स्वामी अश्विनीकुमार, भरणी का स्वामी यम, कृत्तिका का अग्नि, रोहिणी का ब्रह्मा, मृगशिरा का चन्द्रमा, आर्द्रा का शिव, पुनर्वसु की अदिति, पुष्य का गुरु, आश्लेषा का सर्प, मघा के पितर, पूर्वाफाल्गुनी का भग, उत्तराफाल्गुनी का अर्यमा, हस्त का सूर्य, चित्रा का त्वष्टा, स्वाती का वायु, विशाखा का इन्द्राग्नि, अनुराधा का मित्र, ज्येष्ठा का इन्द्र, मूल का राक्षस, पूर्वाषाढा का जल, उत्तराषाढा का विश्वेदेव, अभिजित् का ब्रह्मा श्रवण का विष्णु, धनिष्ठा का वसु, शतभिषा का वरुण, पूर्वाभाद्रपद का अजपाद, उत्तराभाद्रपद का अहिर्बुंध्न्य और रेवती का स्वामी पूषा होता है ॥ ५–११ ॥

अथ सामान्यतः शुभाशुभनक्षत्राणि लिख्यन्ते

अब सामान्य रीति से शुभाशुभनक्षत्रों को लिखते हैं।

शुभनक्षत्राणि

रोहिण्यश्विमृगा पुष्यो हस्तश्चित्रोत्तरात्रयम्।
रेवती श्रवणश्चैव धनिष्ठा च पुनर्वसुः ॥ १२ ॥

अनुराधा तथा स्वाती शुभान्येतानि भानि च।
सर्वाणि शुभकार्याणि सिद्धयन्त्येतेषु भेषु च ॥ १३ ॥

रोहिणी, अश्विनी, मृगशिरा, पुष्य, हस्त, चित्रा, तीनों उत्तरा, रेवती, श्रवण, धनिष्ठा, पुनर्वसु, अनुराधा और स्वाती ये शुभ नक्षत्र होते हैं। इनमें समस्त कार्यों की सिद्धि होती है ॥ १२–१३ ॥

साधारणनक्षत्राणि

पूर्वात्रयं विशाखा च ज्येष्ठार्द्रा मूलमेव च।
शतताराभिधेष्वेवं कृत्यं साधारणं स्मृतम् ॥ १४ ॥

तीनों पूर्वा, विशाखा, ज्येष्ठा, आर्द्रा, मूल, शतभिषा इनकी साधारण संज्ञा होती है। इनमें साधारण काम करना चाहिये ॥ १४ ॥

दूषितनक्षत्राणि

भरणी कृत्तिका चैव मघाऽऽश्लेषा तथैव च।
अत्युग्रं दुष्टकार्यं यत् प्रोक्तं भेषु विधीयते ॥ १५ ॥

भरणी, कृत्तिका, मघा व आश्लेषा की उग्र संज्ञा होती है। इनमें दूषित काम करना चाहिये ॥ १५ ॥

अथ प्रत्येकनक्षत्रकृत्यम्

अब आगे प्रत्येक नक्षत्र में क्या क्या करना चाहिये, इसे बताते हैं—

तत्रादावश्विनीकृत्यम्

यात्रौषधविभूषाश्च विद्याशिल्पकलादिकम्।
गजकार्यं विवाहाङ्गं माङ्गल्यं चाश्विभे चरेत् ॥ १६ ॥

अश्विनी में कर्त्तव्य--यात्रा, दवाग्रहण, अलङ्कार, विद्या, चित्रकारी, कलादि, हाथी, विवाहाङ्ग व मांगलिक सम्बन्धी समस्त काम अश्विनी में करने चाहिये ॥ १६ ॥

अथ भरणीकृत्यम्

साहसं दारुणं शत्रुनाशनं विषबन्धनम्।
भरण्यां कूपकृष्याद्यमग्निदाहादिकं चरेत् ॥ १७ ॥

भरणी में कर्त्तव्य—साहस, दारुण (क्रूरता), शत्रुनाश, जहर, बन्धन, कुआ, खेती आदि तथा अग्नि सम्बन्धी काम भरणी में करने चाहिये ॥ १७ ॥

अथ कृत्तिकाकृत्यम्

कृत्तिकायां सभां कुर्यात् साहसाग्निपरिग्रहम्।
रिपोर्वधं विवादं च लोहमण्योश्च कर्म तु ॥ १८ ॥

कृत्तिका में कर्त्तव्य—सभा, साहस, अग्नि ग्रहण, शत्रुनाश, विवाद, लोहा व मणि सम्बन्धी काम कृत्तिका में करने चाहिये ॥ १८ ॥

अथ रोहिणीकृत्यम्

रोहिण्यां पौष्टिकं कुर्याद् विवाहं धनसङ्ग्रहम्।
प्रासादं सुरकृत्यं च माङ्गल्यं भूषणादिकम् ॥ १९ ॥

रोहिणी में कर्त्तव्य—पौष्टिक, विवाह, धन संचय, देवगृह, देव कृत्य, मांगलिक व अलङ्कारादि सम्बन्धी कार्य रोहिणी में करने चाहिये ॥ १९ ॥

अथ मृगशिरकृत्यम्

विवाहोपनयौ यात्रा मृगशीर्षे तु शोभनम्।
सुरसंस्थापनं वास्तु क्षेत्रारम्भादि सिद्धयति ॥ २० ॥

मृगशिरा में कर्त्तव्य—विवाह, यज्ञोपवीत, यात्रा, देव प्रतिष्ठा, वास्तु (घर) और खेती सम्बन्धी काम मृगशिरा नक्षत्र में शुभ एवं सिद्ध होते हैं ॥ २० ॥

अथार्द्राकृत्यम्

आर्द्रायां विग्रहं कुर्याद् बन्धनं छेदनं वधम्।
विषसन्ध्यग्निविद्याद्यं दारुणोच्चाटने तथा ॥ २१ ॥

आर्द्रा में कर्त्तव्य-लड़ाई, बन्धन, छेदन, मारण, जहर, मेलाप, अग्नि, विद्यादि, दारुण (क्रूर) व उच्चाटन सम्बन्धी काम आर्द्रा नक्षत्र में करना चाहिये ॥ २१ ॥

अथ पुनर्वसुकृत्यम्

शान्तिकं पौष्टिकं यात्रा भूषा वास्तुव्रतादिकम् ।
वाहनं कृषिविद्याद्यं पुनर्वसौ विधीयते ॥ २२ ॥

पुनर्वसु में कर्त्तव्य—शान्ति पुष्टता, गमन, अलङ्कार (गहना), घर, व्रतादि, सवारी, खेती, विद्यादि काम पुनर्वसु में करने चाहिये ॥ २२ ॥

अथ पुष्यकृत्यम्

चरस्थिराणि कार्याणि शान्तिकं पौष्टिकोत्सवम् ।
विवाहं वर्जयित्वान्यत् समस्तं पुष्यभे चरेत् ॥ २३ ॥

पुष्य में कर्त्तव्य—चर, स्थिर, शान्ति, पुष्टता, उत्सव सम्बन्धी समस्त कार्य, विवाह को छोड़कर, पुष्य में करने चाहिये ॥ २३ ॥

अथाश्लेषाकृत्यम्

आश्लेषायां रिपोर्घातं वाणिज्यं साहसं तथा ।
विषसर्पादिकृत्यं च स्तेयं कापट्यमाचरेत् ॥ २४ ॥

आश्लेषा में कर्त्तव्य—शत्रुनाश, व्यापार, साहस, जहर सर्पादि, चोरी और कपट सम्बन्धी समस्त काम आश्लेषा नक्षत्र में करने चाहिये ॥ २४ ॥

अथ मघाकृत्यम्

मघायां पैत्रिकं कार्यं तथा शस्यादिरोपणम् ।
जलाशयं विवाहं च कुर्याद् युद्धादिसाहसम् ॥ २५ ॥

मघा में कर्त्तव्य –पैत्रिक कार्य, वृक्ष, बीजादि रोपण, तालाब, कुआ आदि, विवाह, युद्ध और साहस सम्बन्धी समस्त कार्य मघा नक्षत्र में करने चाहिये ॥ २५ ॥

अथ पूर्वाफाल्गुनीकृत्यम्

बन्धनं दारुणं शिल्पं कापट्यं रणकर्म च ।
पूर्वाफाल्गुनिकायां तु चित्रकर्मादि साधयेत् ॥ २६ ॥

पूर्वाफाल्गुनी में कर्त्तव्य—बन्धन, कठिन, क्रूर, कारीगरी, कपटता, युद्ध तथा चित्र सम्बन्धी समस्त कार्य पूर्वाफाल्गुनी नक्षत्र में करने चाहिये ॥ २६ ॥

अथोत्तराफाल्गुनीकृत्यम्

विवाहो व्रतबन्धश्च स्थिरकर्म विभूषणम् ।
उत्तराफाल्गुनीभे स्याद् गृहारम्भप्रवेशनम् ॥ २७ ॥

उत्तराफाल्गुनी में कर्त्तव्य—विवाह, यज्ञोपवीत, स्थिरता, अलङ्कार, घर का आरम्भ और प्रवेश उत्तराफाल्गुनी नक्षत्र में करना चाहिये ॥ २७ ॥

अथ हस्तकृत्यम्

यात्राविद्याविवाहादि विभूषाम्बरमौषधम् ।
गृहारम्भं प्रतिष्ठां च विदध्याद् हस्तभेऽखिलम् ॥ २८ ॥

हस्त में कर्त्तव्य—यात्रा, विद्या, विवाहादि, अलङ्कार, वस्त्र, दवाई, घर का प्रारम्भ, और प्रतिष्ठा सम्बन्धी समस्त कार्य हस्त नक्षत्र में करने चाहिये ॥ २८ ॥

अथ चित्राकृत्यम्

शान्तिकं पौष्टिकं शिल्पं वास्तुभूषाम्बरादिकम् ।
व्रतबन्धं स्थिरं कार्यं चित्रायां कृषिकर्म च ॥ २९ ॥

चित्रा में कर्त्तव्य—शान्ति, पुष्टता, कारीगरी, वास्तु (घर), अलङ्कार, वस्त्र, जनेऊ, स्थिर तथा खेती का काम चित्रा नक्षत्र में करना चाहिये ॥ २९ ॥

अथ स्वातिकृत्यम्

सुरसद्मविधानं च मङ्गलाम्बरभूषणम् ।
बीजारोपं च सङ्ग्रामं शस्त्राद्यं स्वातिभे चरेत् ॥ ३० ॥

स्वाति में कर्त्तव्य—देवालय, मांगलिक, वस्त्र, अलङ्कार, बीजारोपण, युद्ध और शस्त्रादि सम्बन्धी समस्त काम स्वाती नक्षत्र में करने चाहिये ॥ ३० ॥

अथ विशाखाकृत्यम्

वस्तुसङ्ग्रहणं भूषां शिल्पं चित्रं प्रहारकम् ।
रथकार्यं विशाखायां कुर्यादौषधसेवनम् ॥ ३१ ॥

विशाखा में कर्त्तव्य—पदार्थ संग्रह, अलङ्कार, कारीगरी, चित्रकारी, प्रहार, रथ व औषध सेवन सम्बन्धी समस्त काम विशाखा नक्षत्र में करने चाहिये ॥ ३१ ॥

अथानुराधाकृत्यम्

पाणिग्रहव्रतं यात्रां गजाश्वाम्बरभूषणम् ।
चरं स्थिरं शुभं कुर्यादनुराधाभिधेऽखिलम् ॥ ३२ ॥

अनुराधा में कर्त्तव्य—विवाह, जनेऊ, यात्रा, हाथी, घोड़ा, वस्त्र, अलङ्कार, चर, स्थिर, शुभ सम्बन्धी समस्त कार्य अनुराधा नक्षत्र में करने चाहिये ॥ ३२ ॥

अथ ज्येष्ठाकृत्यम्

रिपूणां हनने भेदे प्रहारे लोहकर्मणि ।
शिल्पे स्नेहविधौ चित्रे ज्येष्ठा चैव समीरिता ॥ ३३ ॥

ज्येष्ठा में कर्त्तव्य—शत्रु वध, भेद, प्रहार, लोहा, कारीगरी, स्नेह विधि (अर्क, तेलादि बनाना) और चित्र सम्बन्धी समस्त काम ज्येष्ठा नक्षत्र में करने चाहिये ॥ ३३ ॥

अथ मूलनक्षत्रकृत्यम्

मूलभे च वनारामाः सङ्ग्रामाः सन्धिविग्रहौ ।
वापीकूपतडागाद्या विधेयाः कृषयोऽपि च ॥ ३४ ॥

मूल में कर्त्तव्य—वन, बगीचा, युद्ध. मिलाप, लड़ाई, बावरी, कुआ, तालाब व कृषि सम्बन्धी समस्त काम मूल नक्षत्र में करने चाहिये ॥ ३४ ॥

अथ पूर्वाषाढाकृत्यम्

वापीकूपादिकं कृष्यं विग्रहं बन्धमोक्षणम् ।
क्रूरकार्यं द्रुमच्छेदं पूर्वाषाढाभिधे चरेत् ॥ ३५ ॥

पूर्वाषाढा में कर्त्तव्य—बावरी, कुआ, खेती, विग्रह, जेल से छोड़ना, कठिन काम और पेड़ काटना सम्बन्धी समस्त काम पूर्वाषाढा नक्षत्र में करने चाहिये ॥ ३५ ॥

अथोत्तराषाढाकृत्यम्

स्थापनं मण्डनं वास्तुनिवेशं च प्रवेशनम् ।
बीजारोपविभूषाद्यमुत्तराषाढभे चरेत् ॥ ३६ ॥

उत्तराषाढा में कर्त्तव्य—देवस्थापन, विभूषित करना, गृहारम्भ, यात्रा, प्रवेश, बीजारोपण तथा अलङ्कार सम्बन्धी समस्त काम उत्तराषाढा नक्षत्र में करना चाहिये ॥ ३६ ॥

अथ श्रवणकृत्यम्

देवतास्थापनं गेहं पौष्टिकं शिल्पकर्म च ।
माङ्गल्योपनयं चित्रं शान्तिकं श्रवणे चरेत् ॥ ३७ ॥

श्रवण में कर्त्तव्य—देवस्थापन, घर, पुष्टता, कारीगरी, मांगलिक, जनेऊ, चित्र तथा शान्ति सम्बन्धी समस्त काम श्रवण नक्षत्र में करने चाहिये ॥ ३७ ॥

अथ धनिष्ठाकृत्यम्

चौले चोपनये युद्धे गजाश्वोऽष्ट्रादिकर्मणि ।
गेहोद्यानविभूषासु धनिष्ठा कार्यतोत्तमा ॥ ३८ ॥

धनिष्ठा में कर्त्तव्य—मुण्डन, जनेऊ, युद्ध, हाथी, घोड़ा, ऊँट, घर, बगीचा और अलङ्कार सम्बन्धी समस्त काम धनिष्ठा नक्षत्र में करने चाहिये ॥ ३८ ॥

अथ शतभिषाकृत्यम्

गजाश्वरथनौकानां रौप्यमुक्ताफलस्रजाम् ।
वास्तुसंग्रामशस्त्राणां कार्यं तच्छतभे चरेत् ॥ ३९ ॥

शतभिषा में कर्त्तव्य—हाथी, घोड़ा, रथ, नाव, चाँदी, मोती, फूल, वास्तु, युद्ध और शस्त्र सम्बन्धी समस्त काम शतभिषा नक्षत्र में करना चाहिये ॥ ३९ ॥

अथ पूर्वाभाद्रपदाकृत्यम्

पूर्वाभाद्रपदे शिल्पं साहसं छेदनं कृषिम् ।
विक्रयं महिषोष्ट्राणां जलयन्त्रादिकं शुभम् ॥ ४० ॥

पूर्वाभाद्रपदा में कर्त्तव्य—कारीगरी, साहस, काटना, खेती, भैंस, ऊँटों का बेचना और जलयन्त्र सम्बन्धी समस्त कार्य पूर्वाभाद्रपदा नक्षत्र में करने चाहिये ॥ ४० ॥

अथोत्तराभाद्रपदाकृत्यम्

विवाहो व्रतबन्धश्च देवतास्थापनं गृहम् ।
वास्तुकर्माभिषेकश्चोत्तराभाद्रपदे भवेत् ॥ ४१ ॥

उत्तराभाद्रपदा में कर्त्तव्य—विवाह, यज्ञोपवीत, देवस्थापन, घर, वास्तु और अभिषेक सम्बन्धी समस्त काम उत्तराभाद्रपदा नक्षत्र में करने चाहिये ॥ ४१ ॥

अथ रेवतीकृत्यम्

गेहं देवालयं भूषा बिवाहो व्रतबन्धनम् ।
जलस्थलादिकं कार्यं रेवत्यां सिद्धिमाप्नुयात् ॥ ४२ ॥

रेवती में कर्त्तव्य—घर, देव मन्दिर, अलङ्कार, विवाह, जनेऊ, जल व स्थल सम्बन्धी समस्त काम रेवती नक्षत्र में करने चाहिये ॥ ४२ ॥

अथ पुष्यप्रशंसा

पापैर्विद्धे युते हीने चन्द्रताराबलेऽपि च ।
पुष्ये सिद्धयन्ति सर्वाणि कार्याणि मङ्गलानि च ॥ ४३ ॥

पुष्य की प्रशंसा—पाप ग्रहों से वेधित या मुक्त तथा चन्द्रमा व तारा का बल न प्राप्त हो तब भी समस्त मांगलिक कार्य इस पुष्य में सिद्ध होते हैं ॥ ४३ ॥

अथ नक्षत्राणां विशेषसंज्ञा तत्र कृत्यं चोच्यते ।

अब आगे नक्षत्रों की ध्रुव, स्थिर, मुदु, तीक्ष्णादि विशेष संज्ञा एवं उनमें करने योग्य बातों को बताते हैं ।

ध्रुव, स्थिर संज्ञा कार्याणि च

ध्रुवस्थिरमिति ख्यातं रोहिणीचोत्तरात्रयम् ।
तत्रामरगृहग्रामाभिषेकाद्याः स्थिरक्रियाः ॥ ४४ ॥

तीनों उत्तरा व रोहिणी नक्षत्र की ध्रुव व स्थिर संज्ञा होती है । इन नक्षत्रों में देव मन्दिर, गाँव व अभिषेक सम्बन्धी समस्त स्थिर काम करने चाहिये ॥ ४४ ॥

मृदु, मैत्र संज्ञा कार्याणि च

मृगशिचत्रानुराधा च रेवती मृदुमैत्रिकम् ।
तत्र गीतं रतिं कुर्याद् भूषां माङ्गल्यमम्बरम् ॥ ४५ ॥

मृगशिरा, चित्रा, अनुराधा व रेवती नक्षत्र की मृदु, मैत्र संज्ञा होती है । इनमें गायन रति (विषय), अलङ्कार, मांगलिक और भूषण सम्बन्धीं समस्त काम करने चाहिये ॥ ४५ ॥

लघु, क्षिप्र संज्ञा कार्याणि च

पुष्याश्विन्याभिजिद्धस्तं लघुक्षिप्रमुदाहृतम् ।
तत्र भूषौषधज्ञानं गमनं शिल्पकं रतिः ॥ ४६ ॥

पुष्य, अश्विनी, अभिजित्, हस्त नक्षत्र की लघु, क्षिप्रसंज्ञा होती है । इनमें अलङ्कार, दवा का ज्ञान, यात्रा, कारीगरी व संभोग कार्य करना चाहिये ॥ ४६ ॥

तीक्ष्ण, दारुण संज्ञा कार्याणि च

ज्येष्ठार्द्रामूलमाश्लेषा तीक्ष्णं दारुणमुच्यते ।
तत्र भेदो वधो बन्धो मन्त्रभूतादिसाधनम् ॥ ४७ ॥

ज्येष्ठा, आर्द्रा, मूल, आश्लेषा नक्षत्र की तीक्ष्ण, दारुण संज्ञा होती है। इनमें भेद, वध (मारण) बन्धन, मन्त्र, भूत आदि का साधन करना चाहिये ॥ ४७ ॥

चर, चल संज्ञा कार्याणि च

श्रवणादित्रिभं स्वाती पुनर्वसुश्चरं चलम्।
तस्मिन्, वाजिगजारोहो वाटिकागमनादिकम् ॥ ४८ ॥

श्रवण से तीन नक्षत्र अर्थात् श्रवण, धनिष्ठा, शतभिषा, पुनर्वसु नक्षत्र की चर, चल संज्ञा होती है। इनमें घोड़ा, हाथी पर बैठना, फलवारी लगाना तथा यात्रा आदि कार्य करना चाहिये ॥ ४८ ॥

क्रूर, उग्र, संज्ञा कार्याणि च

भरणी च मघा पूर्वा क्रूरमुग्रमुदाहृतम्।
विषशस्त्राग्निघातादि तत्र च्छेदविनाशनम् ॥ ४९ ॥

भरणी, मघा, तीनों पूर्वा नक्षत्रों की क्रूर, उग्र संज्ञा होती है। इनमें जहर, शस्त्र, अग्नि, घातादि, काटना व नष्ट करना इत्यादि कार्य करना चाहिये ॥ ४९ ॥

मिश्र, साधारण संज्ञा कार्याणि च

विशाखा कृत्तिका सौम्यो मिश्रं साधारणं स्मृतम्।
नीलोत्सर्गोऽग्निकार्यं च मिश्रं तत्र च सिद्धयति ॥ ५० ॥

विशाखा, कृत्तिका, नक्षत्र व बुधवार की मिश्र, साधारण संज्ञा होती है। इनमें बृषोत्सर्ग, अग्नि कार्य तथा मिश्रित कार्य सिद्ध होते हैं ॥ ५० ॥

अथाधऊर्ध्वतिर्यङ्मुखनक्षत्राणितत्कृत्यानि प्रोच्यन्ते

अब आगे नक्षत्रों की अधोमुख, ऊर्ध्वमुख, तिर्यक् मुख संज्ञा तथा उनमें होने वाले कार्य बताते हैं।

अधोमुख नक्षत्राणि कार्याणि च

मूलाश्लेषा मघा पूर्वा विशाखा भरणीद्वयम्।
अधोमुखानि भान्यत्र कर्म सिद्धयेदधोमुखम् ॥ ५१ ॥
वापीकूपतडागादिखातस्तत्र विधीयते।
निधिक्षेपोद्धृती रन्ध्रप्रवेशो गणितं तथा ॥ ५२ ॥

मूल, आश्लेषा, मघा, तीनों पूर्वा, विशाखा, भरणी, कृत्तिका नक्षत्र की अधोमुख संज्ञा होती है। इनमें बावड़ी, कुआ, तालाब, गढ्डा, धन गाड़ना व निकालना तथा गणित विद्या सम्बन्धी अधोमुखवाले कार्य करना चाहिये ॥ ५१–५२ ॥

तिर्यक् मुखसंज्ञा कार्याणि च

पुनर्वस्वनुराधाख्यं ज्येष्ठा हस्तत्रयं मृगः।
रेवतीद्वितयं तिर्यग्वक्त्रं तस्मिंस्तथा क्रियाः ॥ ५३ ॥
गजाश्वरथतन्त्राणां नौकायाश्च गमादिकम्।
शिविकाहलयन्त्राणां कार्यं तिर्यङ्मुखे शुभम् ॥ ५४ ॥

पुनर्वसु, अनुराधा, ज्येष्ठा, हस्त, चित्रा, स्वातो, रेवती और अश्विनी की तिर्यङ्, मुख संज्ञा है इन नक्षत्रों में हाथी, घोड़ा, रथ, तंत्र, नौका (नाव) यात्रादि, पालकी, हल सम्बन्धी कार्य शुभ होते हैं ॥ ५३–५४ ॥

ऊर्ध्वमुख संज्ञा कार्याणि च

उत्तरा रोहिणी चैव पुष्यार्द्रा श्रवणत्रयम् ।
एतान्यूर्ध्वमुखान्यत्र कर्मोक्तं तादृशं बुधैः ॥ ५५ ॥
प्रसादश्च ध्वजश्छत्रप्राकारगृहतोरणम् ।
नृपाभिषेक आराम उत्साहस्तूर्ध्ववक्त्रभे ॥ ५६ ॥

३ उत्तरा, रोहिणी, पुष्य, आर्द्रा, श्रवण, धनिष्ठा और शतभिषा नक्षत्र की उर्ध्वमुख संज्ञा होती है । इनमें ऊर्ध्वमुख कार्य सफल होते हैं । ऊर्ध्व मुख नक्षत्रों में देवघर, ध्वजा, छत्र, पताका, घर, बंदनवार, राजगद्दी, बगीचा और उत्साह सम्बन्धी काम शुभ होते हैं ॥ ५५–५६ ॥

अथाश्विन्यादिभानां तारा संख्या लिख्यते

रामरामाङ्गबाणाग्निभूवेदाग्निशराः शराः ।
नेत्राश्विबाणभूचन्द्रा वेदवेदाग्निशङ्कराः ॥ ५७ ॥
दृगश्विरामरामाब्धिशतं नेत्रेक्षणं रदाः ।
अश्विनीप्रमुखानां तु तारासंख्या यथा क्रमात् ॥ ५८ ॥

अश्विनी की ३, भरणी की ३, कृत्तिका की ६, रोहिणी की ५, मृगशिरा की ३, आर्द्रा की १, पुनर्वसु की ४, पुष्य की ३, आश्लेषा की ५, मघा की ५, पू० फा० की २, उ० फा० की २, हस्त की ५, चित्रा की १, स्वाती की १, विशाखा की ४, अनुराधा की ४, ज्येष्ठा की ३, मूल की ११, पू० षा० की २, उ० षा० की २, अभिजित् की ३, श्रवण की ३, धनिष्ठा की ४, शतभिषा की १००, पू० भा० की २, उ० भा० की २ और रेवती नक्षत्र की ३२ तारा होती हैं ॥ ५७–५८ ॥

स्पष्टार्थं नक्षत्रतारा सारिणी

अश्वि०	भ०	कृ०	रो०	मृ०	आ०	पुन०	नक्षत्र
३	३	६	५	३	१	४	तारा संख्या
पु०	आश्ले०	म०	पू० फा०	उ० फा०	हस्त०	चित्रा	नक्षत्र
३	५	५	२	२	५	१	तारा संख्या
स्वा०	वि०	अ०	ज्ये०	मू०	पू० षा०	उ० षा०	नक्षत्र
१	४	४	३	११	२	२	तारा संख्या
अभि०	श्र०	ध०	श०	पू० भा०	उ० भा०	रे०	नक्षत्र
३	३	४	१००	२	२	३२	तारा संख्या

अथ नक्षत्राणां रूपाणि कथ्यन्ते

अश्विन्यश्वमुखाकारा भरणी भगसन्निभा।
कृत्तिका चतुराकारा रोहिणी शकटाकृतिः ॥ ५९ ॥

मृगो मृगमुखाकारस्तथार्द्रा मणिसन्निभा।
पुनर्वसुर्गृहाकारः पुष्यो बाणसमाकृतिः ॥ ६० ॥

चक्राकृतिरथाश्लेषा मघा शालोपमा स्मृता।
पूफा तु शयनाकारा तथैवोत्तरफाल्गुनी ॥ ६१ ॥

ज्ञेयो हस्ताकृतिर्हस्तश्चित्रा मौक्तिकसन्निभा।
प्रवालसदृशी स्वाती विशाखा तोरणाकृतिः ॥ ६२ ॥

बलितुल्यानुराधाख्या ज्येष्ठा कुण्डलसन्निभा।
सिंहपुच्छनिभं मूलं पूर्वाषाढा तु तल्पवत् ॥ ६३ ॥

उत्तरा गजदन्ताभा त्रिकोणं चाभिजित् स्मृतम्।
श्रवणस्त्रिपदाकारो धनिष्ठा मर्दलाकृतिः ॥ ६४ ॥

शतभं वर्त्तुलाकारं यमाभा पूर्वभाद्रपात्।
उत्तरा शयनाकारा मर्दलाभा तु रेवती ॥ ६५ ॥

अश्विनी नक्षत्र = घोड़े के मुख के तुल्य आकृति वाला, भरणी नक्षत्र = योनि तुल्य आकार का, कृत्तिका = चौकोर, रोहिणी = गाड़ी के आकार के समान, मृगशिरा = हिरन के मुख के सदश, आर्द्रा = मणि तुल्य आकृति, पुनर्वसु घर के आकार तुल्य, पुष्य = बाण समान स्वरूप का, आश्लेषा = चक्र के तुल्य, मघा = शाला के समान, पूर्वाफालगुनी = खाट के सदृश, उत्तराफाल्गुनी = शय्या के तुल्य, हस्त = हाथ के तुल्य, चित्रा = मोती के सदृश, स्वाती = मूंग के तुल्य, विशाखा = बन्दनवार के समान, अनुराधा बलि के सदृश, ज्येष्टा = कुंडल के समान, मूल = सिंह की पूंछ के तुल्य, पू० षा० = मचान के सदृश, उ. षा. = हाथी दाँत तुल्य, अभिजित् = त्रिकोण के समान, श्रवण = तीन पैर के सदृश, धनिष्ठा = मृदङ्ग के आकार तुल्य, शतभिषा = गोलाकार, पू. भा. = यम की आभा, उ. भा. = शय्या के समान और रेवती नक्षत्र मृदङ्ग के समान होता है ।। ५९–६५ ॥

अथ नक्षत्रसा (चा) रः

पूर्वाषाढाद्वयं मूलानुराधार्द्रा मृगः करः।
ज्येष्ठा पुनर्वसुस्तेषां ताराः दक्षिणगाः सदा ॥ ६६ ॥

रोहिणी कृत्तिकाश्लेषा रेवती श्रवणत्रयम्।
पुष्यश्चित्रा नवैतानि मध्यचारीणि भानि हि ॥ ६७ ॥

अश्विनीद्वितयं स्वाती विशाखा फाल्गुनीद्वयम्।
मघा भाद्रपदायुग्ममेतान्युत्तरगानि च ॥ ६८ ॥

नक्षत्रचार ज्ञान—पूर्वाषाढा, उत्तराषाढा, मूल, अनुराधा, आर्द्रा, मृगशिरा, हस्त, ज्येष्ठा, पुनर्वसु नक्षत्र की तारा सदा दक्षिण गमन करने वाली होती हैं।

रोहिणी, कृत्तिका, आश्लेषा, रेवती, श्रवण, धनिष्ठा, शतभिषा, पुष्य एवं चित्रा ये नव नक्षत्र मध्य चारी होते हैं।

अश्विनी, भरणी, स्वातीं, विशाखा, पूर्वाफाल्गुनी, उत्तराफाल्गुती, मघा, पूर्वाभाद्रपदा, उत्तराभाद्रपदा की तारा उत्तर गमन करने वाली होती हैं ॥ ६६–६८ ॥

अथ नभो मध्यादुदयर्क्षज्ञानम्

विशाखादित्रयं पूर्वाषाढाश्लेषाद्र्भे यदा।
रोहिणीभं नभो मध्ये तदा चाष्टमभोदयः ॥ ६९ ॥
नवमर्क्षोक्षमूले च मृगे चाम्बरमध्यगे।
शेषे मध्यगते व्योम्नः सप्तमर्क्षोदयो भवेत् ॥ ७० ॥

आकाशमध्यस्थ नक्षत्रों से उदय लग्न ज्ञान—विशाखा, अनुराधा, ज्येष्ठा, पूर्वाषाढा, आश्लेषा, आर्द्रा और रोहिणी नक्षत्र जब आकाश के मध्य भाग में होते हैं तो सूर्योदय कालीन लग्न से आठवींलग्न तथा मूल, मृगशिरा नक्षत्र जब गगन के बीच में होते हैं तो उदयकालीन लग्न से सप्तम लग्न का उदय होता है ॥ ६९–७० ॥

अथ रविभान्मध्यमादुदयभाद् गतरात्रिज्ञानम्

रविभादस्तभं व्येकं मध्यमं चाष्टहीनकम्।
उद्यद्भं तिथिहीनं वा नखघ्नं नवभाजितम् ॥ ७१ ॥
लब्धरात्रेर्गता नाड्यः शेषं लब्धं पलानि च।

सूर्य नक्षत्र से मध्यम उदय नक्षत्र ज्ञान से गत रात्रि घटी पल ज्ञान—सूर्य के नक्षत्र से जो अस्त नक्षत्र हो उस में ८ घटाने से मध्यम नक्षत्र अर्थात् मध्यरात्रि के उदय का नक्षत्र होता है। कभी-कभी इसमें एक और ऋण करने पर होता है। जब इष्ट काल निकालना हो तो उस समय के नक्षत्र में १५ घटा कर शेष को २० बीस से गुणा करके ९ का भाग देने पर लब्धि घटी और शेष को साठ से गुणा कर नव से भाजित करने पर लब्धि पल होता है। यही घटीं पल गत रात्रि के द्योतक होते हैं ॥ ७१–७१½ ॥

अथ द्वितीयप्रकारेण गतरात्रिज्ञानमुच्यते

अस्तभादर्कभं तिथ्याहीनं मध्यमतोऽष्टभिः ॥ ७२ ॥
उदयर्क्षात्तथा व्येकं विंशतिघ्नं ग्रहैर्भवेत्।
लब्धा घट्यादिका ज्ञेयाश्शेषा रात्रिः स्फुटाऽथवा ॥ ७३ ॥
सप्ताष्टनवहीनं च ह्यस्तोदयप्रमाणतः।
मध्यमे तु विशेषोऽयं ज्ञेयो युक्तो विचक्षणैः ॥ ७४ ॥

दूसरी रीति से गत रात का ज्ञान—अस्त नक्षत्र की संख्या में १५ पन्द्रह घटाने पर जो शेष होता है वह उदय नक्षत्र व ८ आठ घटाने पर मध्यरात्रि का नक्षत्र होता है। तथा

उदय के नक्षत्र में एक घटा कर २० बीस से गुणा करने पर जो हो उसमें नव का भाग देने पर लब्धि घटी, शेष को साठ से गुणा कर के नव का भाग पुनः देने पर लब्धि पल यह शेष रात्रि स्पष्ट होती है।

मध्यरात्रि के नक्षत्रानयन में अस्त, उदय में ७ ८ ९ घटाने पर होता है यह विद्वानों को विशेष रूप से जानना चाहिये ।। ७२-७४ ।।

अथ पञ्चकम्

धनिष्ठार्द्धोत्तरं पञ्च ऋक्षेष्वेषु त्यजेद् बुधः ।
याम्यदिग्गमनं शय्यावितानं गेहगोपनम् ॥ ७५ ॥
स्तम्भोच्छ्रायं प्रेतदाहं तृणकाष्ठादिसङ्ग्रहम् ।
भवेत् पञ्चगुणं चात्र जातं लब्धं मृतं गतम् ॥ ७६ ॥

पञ्चक संज्ञक नक्षत्रों में त्याज्य—धनिष्ठा के उत्तरार्ध से पाँच नक्षत्रों की पंचक संज्ञा होती है। इनमें दक्षिण दिशा की यात्रा, खाट बुनाना, घर को ढकना, खम्मा उठाना, शव का दाह, तिनका, काठ का संग्रह इन कार्यों का त्याग करना चाहिये। इन पंचक नक्षत्रों में उत्पत्ति, विनाशादि पाँच गुने होते हैं ।। ७५-७६ ।।

अथ नक्षत्राणामन्धादिसंज्ञा

अन्धकं मन्दनेत्रञ्च मध्यचक्षुः सुलोचनम् ।
गणयेद् रोहिणीपूर्वं सप्तावृत्या पुनः पुनः ।। ७७ ॥

नक्षत्रों की अन्धादि संज्ञा का ज्ञान—नक्षत्रों की अन्धनेत्र, मन्द नेत्र, मध्य नेत्र और सुलोचन ये चार संज्ञा रोहिणी नक्षत्र से सात बार आवृत्ति करने पर होती है ।। ७७ ।।

अन्धनेत्रादि में फल

अन्धर्क्षे शीघ्र लाभः स्याद्यत्नतो मन्दलोचने ।
श्रवणं मध्यनेत्रे तु नैव लाभः सुलोचने ।। ७८ ॥

अन्धनक्षत्रों में नष्ट वस्तु का शीघ्र लाभ, मध्यलोचन संज्ञकों में प्रयत्न से प्राप्ति, मध्य नेत्र में सुनने को मिलेगी और सुलोचन संज्ञा वाले नक्षत्रों में लाभ नहीं होता है ।। ७८ ॥

अन्धादि की दिशा

अन्धे प्राच्यां गतं वस्तु मन्दनेत्रे तु दक्षिणे।
पश्चिमे मध्यनेत्रे स्यादथोदीच्यां गुलोचने ।। ७९ ॥

अन्ध संज्ञकों में पूर्व, मन्द नेत्र में दक्षिण, मध्यनेत्र में पश्चिम और सुलोचन संज्ञक नक्षत्रों में गई वस्तु की उत्तर दिशा होती है ।। ८० ।।

अथाहोरात्रे पञ्चदश मुहूर्ताः

शिवोऽहिर्मैत्रपितरौ वस्वम्भो विश्ववेधसः ।
विधिरिन्द्रोऽथ शक्राग्नी रक्षोऽन्धीशोऽर्यमा भगः ।। ८० ॥

मूहूर्त्तेशा इति प्रोक्ता दिवा पञ्चदशक्रमात् ।
रात्रौ मूहूर्ताः शिवाजपादहिर्बुध्न्यपूषकाः ॥ ८१ ॥
दास्रात्पञ्चादितिर्जीवो विष्णवर्कौ तक्षमारुतौ ।
दिनमानस्य तिथ्यंशो रात्रेरपि मुहूर्तकः ॥ ८२ ॥
नाक्षत्रनामतुल्येऽस्मिन् कार्यं कुर्यात् स्वभोदितम् ।
दिनमध्येऽभिजित् संज्ञे दोषसंघेषु सत्स्वपि ॥ ८३ ॥

दिन, रात के १५, १५ मूहूर्तों के स्वामी—दिन मान में १५ का भाग देने से दिन के १५ मुहूर्तो के स्वामी क्रम से शिव १, अहि २, मैत्र ३, पितर ४, वसु ५, अम्भ ६, विश्व ७, वेधस ८, ब्रह्मा ९, इन्द्र १०, इन्द्राग्नी ११, रक्ष १२, अब्धीश १३, अर्यमा १४ और भग १५ होते हैं ।

रात्रि के १५ मुहूर्तों के स्वामी क्रम से शिव १, अजपाद् २, अहिर्बुध्न्य ३, पूषा ४, दास्र ५, यम ६, अग्नि ७, ब्रह्मा ८, चन्द्र ९, अदिति १०, जीव ११, विष्णु १२, अर्क १३, तक्ष १४, और मारुत १५ ये होते हैं ।

नक्षत्र के तुल्य नाम वाले मुहूर्त में प्रसन्नता से कार्य करना चाहिये ।

दोपहर १२ बजे से अभिजित् मुहूर्त में अनेक दोष होने पर भी दक्षिण दिशा की यात्रा को छोड़ कर समस्त शुभ कार्य करना चाहिये ॥ ८१–८४ ॥

अथ रव्यादिवारेषु त्याज्यमुहूर्ताः

अर्यमा भानुमद्वारे चन्द्रेऽह्नि विधिराक्षसौ ।
पित्र्यग्नी कुजवारे तु चन्द्रपुत्रे तथाभिजित् ॥ ८४ ॥
पित्र्यब्राह्मौ भृगोर्वारे रक्षःसर्पौ गुरोर्दिने ।
रौद्रसार्पौ शनेरह्नि त्याज्याश्चैते मुहूर्त्तकाः ॥ ८५ ॥

सूर्यादि वारों में त्याज्य मुहूर्तों का ज्ञान—रविवार के दिन अर्यमा, सोमवार में ब्राह्म व राक्षस, मंगल में पित्र्य व अग्नि, बुधवार में अभिजित्, गुरुवार में रक्ष व सर्प, शुक्रवार में पित्र्य व ब्राह्म और शनिवार के दिन रौद्र व सर्प मुहूर्त का त्याग करना चाहिये ॥ ८४–८५ ॥

इति श्रीमद्दैवज्ञरावलहरिशङ्करसूरिसूनुगणपति कृते मुहूर्तगणपतौ नक्षत्रप्रकरणं चतुर्थम् ॥ ४ ॥

इस प्रकार श्रीमान् दैवज्ञ रावल हरिशङ्कर सूरि पुत्र पं० गणपति जी द्वारा रचित मुहूर्तगणपति ग्रन्थ का चौथा नक्षत्र प्रकरण समाप्त हुआ ॥ ४ ॥

इति श्री मथुरानिवासि श्रीमद्भागवताभिनवशुक पं० केशवदेवपुत्रमुरलीधरचतुर्वेदकृता मुहूर्तगणपतिग्रन्थस्य चतुर्थप्रकरणस्य कान्तिमती हिन्दी व्याख्या परिपूर्णा ॥ ४ ॥

अथ योगप्रकरणम्

विष्कम्भः प्रीतिरायुष्मान् सौभाग्यः शोभनाभिधः ।
अतिगण्डः सुकर्माख्यो धृतिः शूलाभिधानकः ॥ १ ॥
गण्डो वृद्धिर्ध्रुवश्चाथ व्याघातो हर्षणाभिधः ।
वज्रम् सिद्धिर्व्यतीपातो वरीयान् परिघः शिवः ॥ २ ॥
सिद्धः साध्यः शुभः शुक्लो ब्रह्मा चैन्द्रोऽथ वैधृतिः ।
योगानां ज्ञेयमेतेषां स्वनामसदृशं फलम् ॥ ३ ॥

१ विष्कम्भ, २ प्रीति, ३ आयुष्मान्, ४ सौभाग्य, ५ शोभन, ६ अतिगण्ड ७ सुकर्मा, ८ धृति, ९ शूल, १० गण्ड, ११ वृद्धि, १२ ध्रुव, १३ व्याघात, १४ हर्षण, १५ वज्र, १६ सिद्धि, १७ व्यतीपात, १८ वरीयान्, १९ परिघ, २० शिव, २१ सिद्ध, २२ साध्य, २३ शुभ, २४ शुक्ल, २५ ब्रह्मा, २६ ऐन्द्र, २७ वैधृति, ये सत्ताईस योगों के नाम हैं। समस्त योग अपने नाम के समान ही फल देते हैं ॥ १–३ ॥

अथ विरुद्धयोगानां त्याज्यांशानाह

वैधृतिव्यतिपाताख्यौ संपूर्णौ वर्जयेच्छुभे ।
वज्रविष्कम्भयोश्चैव घटिकात्रयमादिकम् ॥ ४ ॥
परिघार्धं पञ्च शूले व्याघाते घटिका नव ।
गण्डातिगण्डयोः षट् च हेयाः सर्वेषु कर्मसु ॥ ५ ॥
एतेषामपि योगानां शेषं साधारणं स्मृतम् ।
एके विरुद्धयोगानां पादमाद्यं त्यजन्ति हि ॥ ६ ॥

समस्त शुभ कार्यों में वैधृति व व्यतीपात का पूर्ण अंश, वज्र व विष्कम्भ योग की आदि की तीन घड़ियों का, परिघ का आधा हिस्सा, शूल की ५ व्याघात की ९, और गण्ड व अतिगण्डयोग की आदि की ६, ६ घड़ियों का त्याग करना चाहिये। शेष घड़ी साधारण होती हैं।

किसी का मत है कि विपरीत योगों का आदि का चतुर्थांश त्याग करना उचित होता है ॥ ४–६ ॥

इति श्रीमद्दैवज्ञरावलहरिशंकरसूरिसूनुगणपतिकृते मुहूर्तगणपतौ योगप्रकरणं पञ्चमम् ॥ ५ ॥

इस प्रकार श्रीमान् दैवज्ञरावल हरिशंकर सूरि पुत्र गणपति द्वारा रचित मुहूर्तगणपति ग्रन्थ का योग पाँचवाँ प्रकरण समाप्त हुआ ॥ ५ ॥

इति श्रीमथुरानिवासि श्रीमद्भावताभिनवशुक पं० केशवदेवशास्त्रिसूनुमुरलीधरचतुर्वेदकृता मुहूर्तगणपतिग्रन्थस्य पञ्चमयोगप्रकरणस्य कान्तिमती हिन्दी व्याख्या पूर्णा ॥ ५ ॥

अथ करणप्रकरणम्

चरकरणज्ञानम्

करणानि चराख्यानि बवबालवकौलवम् ।
तैतिलं गरवाणिज्ये विष्टिरेतानि सप्त च ॥ १ ॥

७ चरकरणों के नाम—बव १, बालव २ कौलव, ३, तैतिल ४, गर ५, वाणिज्य ६, और विष्टि ७ ये सात चर करण होते हैं ।' १ ॥

अभीष्टतिथौ करणज्ञानम्

गताश्च तिथयो द्वाभ्यां निघ्नाः शुक्लादितः क्रमात् ।
बवाच्च करणं पूर्वे ज्ञेयं सैकं परे दले ॥ २ ॥

इष्ट दिन में शुक्लपक्ष की प्रतिपदा के उत्तरार्ध से गत तिथि संख्या को दो से गुणा कर सात से भाग देने पर जो प्राप्त हो वह उस तिथि के पूर्वार्ध का करण और १ एक जोड़ने पर परार्ध का करण होता है ॥ २ ॥

४ स्थिर करणज्ञानम्

परे कृष्णचतुर्दश्यां दले च शकुनिर्भवेत् ।
दर्शे चतुष्पदं नागं पूर्वापरविभागयोः ॥ ३ ॥
शुक्ले प्रतिपदः पूर्वे दले किंस्तुघ्नसंज्ञकम् ।
एतेषां करणानां हि चतुष्कं स्थिरसंज्ञकम् ॥ ४ ॥

कृष्ण पक्ष की चौदस के उत्तरार्ध में शकुनि, अमा के पूर्वार्ध में चतुष्पद व उत्तरार्ध में नाग और शुक्लपक्ष की प्रतिपदा के पूर्वार्ध में किंस्तुघ्न नाम का करण होता है । इन चारों की स्थिर संज्ञा होती है ॥ ३–४ ॥

अथ करणानां स्वामिनः

इन्द्रो ब्रह्मा तथा मित्रश्चार्यमाभूरमायमाः ।
कल्युक्षाख्यो नागवायू करणानामधीश्वराः ॥ ५ ॥

करणों के स्वामियों का ज्ञान—१ बव का इन्द्र, २ बालव का ब्रह्मा ३, कौलव का मित्र ३, तैतिल का अर्यमा ५, गर का भूमि ६, वणिज का लक्ष्मी ७, विष्टि का यम ८, शकुनि का कलियुग ९, चतुष्पद का उक्ष १०, नाग का नाग और किंस्तुघ्न करण का स्वामी वायु होता है ॥ ५ ॥

बवादि ११ करणेषु कर्तव्यानि

बवे पौष्टिककार्याणि विप्रकर्माणि बालवे ।
कौलवे स्त्रीसुहृत्कर्मत् तैतिले सुभगाप्रियम् ॥ ६ ॥

गरे बीजाश्रितं कुर्याद् वाणिज्यं वणिजे चरेत्।
दाहपातादिकं विष्ट्यां न शुभं तत्र किञ्चन ॥ ७ ॥
शकुनावौषधं मन्त्रसाधनं पौष्टिकं चरेत्।
राज्यं गोविप्रयोः कर्म पितृकार्यं चतुष्पदे ॥ ८ ॥
सौभाग्यं दारुणं नागे किंस्तुघ्ने मङ्गलं चरेत्।

बव करण में पुष्टता सम्बन्धी कार्य, बालव में ब्राह्मण कार्य, कौलव में स्त्री, मित्र कार्य, तैतिल में सौभाग्यवती का प्रिय कार्य, गर में बीज के आश्रित (बोने का) कार्य, वणिज में व्यापार, भद्रा (विष्टि) में दाह पातादि करना व मंगल काम नहीं करना, शकुनि में दवा मन्त्र साधन, पुष्टता के कार्य, चतुष्पद में पितर राज्य, गाय, ब्राह्मण के कार्य, नाग में सौभाग्यता व क्रूर कार्य और किंस्तुघ्नकरण में माङ्गलिक कार्य करना चाहिये ॥ ६–९ ॥

अथ भद्रायां विशेषः

एकादश्यां चतुर्थ्यां च शुक्ले भद्रा परे दले।
अष्टम्यां पौर्णिमायां च भद्रा पूर्वदले स्मृता ॥ १० ॥
तृतीयायां दशम्यां च कृष्णपक्षे परे दले।
सप्तम्यां च चतुर्दश्यां भद्रा पूर्वदले भवेत् ॥ ११ ॥

भद्रा के विषय में विशेषता—शुक्लपक्ष की एकादशी व चौथ में भद्रा उत्तरार्ध में व अष्टमी पूर्णिणा में पूर्वार्ध में होती है।

कृष्ण पक्ष की तृतीया, दशमी में उत्तरार्ध में और सप्तमी, चतुर्दशी तिथि में भद्रा प्रथमार्ध में होती है ॥ १०–११ ॥

अथ भद्राया अङ्गविभागस्तत्फलञ्च

पञ्च नाड्यो मुखे चैका कण्ठे तु हृदये दश।
पञ्च नाभौ कटौ षट् च विष्टेः पुच्छघटीत्रयम् ॥ १२ ॥

भद्रा अङ्ग विभाग—भद्रा के मुख में ५, कंठ में १, हृदय में १०, नाभि में ५, कमर में ६, पूँछ में ३, घटियों का न्यास करना चाहिये।

शरीररावयवेषु फलम्

कार्यनाशो मृतिर्लक्ष्म्या नाशो बुद्धेर्धृतिः कलिः ॥
जयः क्रमात् फलं विष्टेरिदमङ्गसमुद्भवम्।
कार्येऽत्याऽवश्यके विष्टेर्मुखमात्रं परं त्यजेत् ॥ १३ ॥

मुख की भद्रा में कार्यों का विनाश, कंठ की भद्रा में मरण, हृदय की भद्रा में लक्ष्मी का नाश, नाभि की भद्रा में बुद्धि, की वृद्धि कमर की भद्रा में कलह और पूँछ की भद्रा में विजय होता है। कार्य अत्यावश्यक हो तो मुख मात्र का त्याग करना चाहिये ॥ १३ ॥

स्पष्टार्थक चक्र

शरीरावयव	घटी	फल
मुख	५	कार्यनाश
कंठ	१	मरण
हृदय	१०	लक्ष्मीनाश
नाभि	५	बुद्धि
कमर	६	कलह
पूँछ	३	विजय

अथ भद्राया दिशा मुखञ्च

शक्रानिष्टमुनितिथ्यब्धिदिगीशाग्निमिते तिथौ।
प्रथमादिषु यामेषु दिक्षु पूर्वादितः क्रमात् ॥ १४ ॥
विष्टेर्मुखं विजानीयाच्छुभं पृष्ठेऽग्रतो शुभम् ॥ १५ ॥

भद्रा की दिशा व मुख—चौदस के पहिले प्रहर में पूर्वदिशा में, अष्टमी के दूसरे प्रहर में आग्नेय दिशा में, सप्तमी के तीसरे प्रहर में दक्षिण दिशा में पूर्णिमा के चौथे प्रहर में नैऋत्य दिशा में, चौथ के पाँचवें प्रहर में पश्चिम दिशा में, दशमी के छठे प्रहर में वायव्यदिशा में, एकादशी के सातवें प्रहर में उत्तर दिशा में और तृतीया के आठवें प्रहर में ईशान कोण में भद्रा का मुख होता है। मुख से आगे व पीठ की भद्रा शुभ होती है ॥ १४–१५ ॥

अथ भद्रापुच्छम्

प्रथमे चाष्टमेऽष्टम्याः प्रथमे चाष्टमेऽह्नि।
एकादश्यास्तथा षष्ठे पौर्णमास्यास्तृतीयके ॥ १६ ॥
प्राप्तं घटित्रयं पुच्छं कृष्णपक्षे तथोच्यते।
सप्तमे स्यात्तृतीयायाः सप्तम्यास्तु द्वितीयके ॥ १७ ॥
दशम्यां पञ्चमे यामे चतुर्दश्याश्चतुर्थके।
विष्टिपुच्छे जयो युद्धे कार्यमन्यन्न शोभनम् ॥ १८ ॥

भद्रा की पूँछ का ज्ञान—शुक्लपक्ष की अष्टमी के आठवें प्रहर के अन्त में तीन घटी भद्रा की पूँछ होती है। उसी प्रकार प्रथम दिन से आठवें दिन होती है। शुक्लपक्ष की एकादशी में छठे प्रहर के अन्त में और पूर्णिमा में तीसरे प्रहर की अन्त वाली घड़ियों में भद्रा की पूँछ होती है ॥ कृष्णपक्ष की तृतीया में सातवें प्रहर की अन्त की तीन घटी भद्रा की पूँछ, सप्तमी में दूसरे प्रहर की, दशमी में पाँचवें प्रहर की और चतुर्दशी में चौथे प्रहर की अन्त की तीन घटी भद्रा की पूँछ हो जाती है ॥ भद्रा की पूँछ में केवल लड़ाई में विजय होता है किन्तु अन्य काम शुभ नहीं होते ॥ १६–१८ ॥

अथ भद्रास्वरूपम्

पुरा देवासुरे युद्धे शम्भुकायात् विनिर्गता।
दैत्यघ्नी रासभस्था च विष्टिर्लाङ्गूलिनी त्रिपात् ॥ १९ ॥
सिंहग्रीवा शवारूढा सप्तहस्ता कृशोदरी।
अमरैः श्रवणप्रान्ते सा नियुक्ता शिवाज्ञया ॥ २० ॥
महोग्रा विकरालास्या पृथुदंष्ट्रा भयानका।
कार्यघ्नी भुवमायाति वह्निज्वालासमाकुला ॥ २१ ॥

भद्रा का स्वरूप—पूर्वकाल में देवता व राक्षसों में युद्ध हुआ था उस समय श्रीमहादेवजी के शरीर से दैत्यों को नाश करने वाली, गदहे पर सवार, पूँछ वाली, तीन पैरों से युक्त, सिंह सदृश गर्दन वाली, मुरदे पर बैठी हुई, सात हाथ लम्बी, दुबले पूँछ वाली, शिवजी की आज्ञा से देवताओं के कान के समीप में लगी हुई, बड़ी उग्ररूप, विकराल मुखवाली, बड़े बड़े दाड़ों वाली, कार्य नाश करने वाली और अग्नि की ज्वाला के समान भद्रा उत्पन्न हुई ॥ १९-२१ ॥

अथ भद्रायाः दोषापवादमाह

तिथेः पूर्वार्धजा रात्रौ दिने भद्रा परार्धजा।
भद्रादोषो न तत्र स्यात् कार्येऽत्यावश्यके सति ॥ २२ ॥
अब्जत्रयेऽब्जेऽलिगे च भद्रा स्वर्लोकचारिणी।
कन्याद्वये धनुर्युग्मे चन्द्रे भद्रा रसातले ॥ २३ ॥
कुम्भमीने तथा कर्के सिंहे चन्द्रे भुवि स्थिता।
भूर्लोकस्था सदा त्याज्या स्वर्गपातालगा शुभा ॥ २४ ॥
वैधृतिर्व्यतिपातश्च विष्टिश्च भौमवासरः।
तथैव दुष्टताराः स्युर्मध्याह्नात्परतः शुभाः ॥ २५ ॥

भद्रा दोष का परिहार—तिथि के प्रथम अर्ध भाग की भद्रा रात में तथा दूसरे आधे भाग की भद्रा दिन में हो तो कार्य की आवश्यकता होने पर भद्रा का दोष नहीं होता है ॥

दूसरा—मेष, वृष, मिथुन, वृश्चिक राशि में चन्द्रमा होने पर भद्रा का निवास स्वर्गलोक में, कन्या, तुला, धनु, मकर राशि में भद्रा का निवास रसातल में, कुम्भ, मीन, कर्क, सिंह राशि के चन्द्रमा में भद्रा का निवास भूमि में होता है। भूमि की भद्रा का सदा त्याग करना और स्वर्ग व पाताल की भद्रा शुभ होती है। वैधृति, व्यतीपात, भद्रा, मंगलवार तथा दूषित तारा मध्याह्न के बाद शुभ होती है ॥ २२-२५ ॥

अथ भद्राविषये कस्यचिन्मते विशेषः

शुक्ले तु वृश्चिकी भद्रा कृष्णपक्षे भुजङ्गमा।
सा दिवा सर्पिणी रात्रौ वृश्चिकी चापरे जगुः ॥ २६ ॥

मुखं त्याज्यं तु सर्पिण्या वृश्चिक्याः पुच्छमेव च।
खराश्वा प्रसवे दुर्गपूजने दानकर्मणि।
दाहघातादिके भद्रा शस्ता नान्यत्र शोभना ॥ २७ ॥

शुक्ल पक्ष की भद्रा वृश्चिकी संज्ञा वाली और कृष्ण पक्ष की सर्प संज्ञा वाली होती है।

किसी के मत में दिन की सर्पिणी और रात्रि की वृश्चिकी संज्ञा वाली होती है। सर्पिणी के मुख का और वृश्चिकी की पूँछ का त्याग करना चाहिये।

गदहा, घोड़ा के जन्म में, किले के पूजन, दान, दाह, घातादि में भद्रा का दोष नहीं होता है व अन्य कार्यों में भद्रा शुभ नहीं होती है ॥ २६–२९ ॥

इति श्रीमद्दैवज्ञरावलहरिशङ्करसूरिसूनुगणपतिकृते मुहूर्तगणपतौ करणप्रकरणं षष्ठं समाप्तम् ॥

इस प्रकार श्रीमान् दैवज्ञ रावलहरिशंकरसूरि पुत्र गणपतिजी द्वारा रचित मुहूर्तगणपति ग्रन्थ का छठा करण प्रकरण समाप्त हुआ।

इति श्रीमथुरानिवासी श्रीमद्भागवताभिनवशुक पं० केशवदेवशास्त्रिसूनुमुरलीधरचतुर्वेदकृता मुहूर्तगणपतिग्रन्थस्थषष्ठप्रकरणस्य कान्तिमती हिन्दी व्याख्या परिपूर्णा ॥

अथ चन्द्रताराबलप्रकरणम्

अब आगे इस प्रकरण में चन्द्र व तारा कब बली होते हैं, इसे बताते हैं

अथ नक्षत्राणां प्रत्येकं राशेर्भोगः

सपादर्क्षद्वयं भोगो मेषादीनामनुक्रमात् ॥ १ ॥

सवा दो, दो नक्षत्र की एक राशि होती है ॥ १ ॥

अश्विनी भरणी सर्वा कृत्तिका प्रथमाङ्घ्रिकम्।
मेषः स्यात् कृत्तिकापादत्रितयं रोहिणी तथा ॥ २ ॥
वृषभो मृगपूर्वार्धं तदन्त्यार्द्धं तथार्द्रभम्।
पादत्रयं पुनर्वस्वोः सराशिर्मिथुनाभिधः ॥ ३ ॥
तदन्त्योऽङ्घ्रिस्तथा पुष्यो ह्यश्लेषा कर्कटाभिधः।
मघा पूर्वोत्तराद्योऽङ्घ्रिः सिंहस्तच्चरणत्रयम् ॥ ४ ॥
हस्तश्चित्राभपूर्वार्धं कन्याश्चित्रोत्तरं दलम्।
स्वातिभं च विशाखाद्यं चरणत्रितयं तुला ॥ ५ ॥

तदन्त्याङ्घ्य्रनुराधाख्ये ज्येष्ठाभं वृश्चिकः स्मृतः।
मूलं पूर्वोत्तराषाढा प्रागङ्घ्रिः कथितं धनुः॥ ६॥

उत्तराङ्घ्रित्रयं कर्णो धनिष्ठान्त्यं दलं तथा।
मकराख्यो धनिष्ठान्त्यं दलं च शततारिका॥ ७॥

पूभापादत्रयं कुंभस्तदन्त्यश्चरणस्तथा।
उभा च रेवती चैव मीनराशिः प्रकीर्तितः॥ ८॥

१. अश्विनी, भरणी संपूर्ण नक्षत्र और कृत्तिका का पहिला चरण, मेष राशि है। २. कृत्तिका के तीन चरण, रोहिणी तथा मृगशिरा का प्रथमार्ध वृष, ३. मृगशिरा का उत्तरार्ध, आर्द्रा व पुनर्वसु के तीन चरण मिथुन, ४. पुनर्वसु का चौथा चरण, पुष्य व श्लेषा नक्षत्र की कर्क, ५. मघा पूर्वाफाल्गुनी व उत्तराफाल्गुनी का प्रथम चरण की सिंह, ६. तीन चरण उत्तराफाल्गुनी, हस्त व चित्रा के प्रथमार्ध की कन्या, ७. चित्रा का उत्तरार्ध, स्वाती व विशाखा के १-३ चरण की तुला, ८. चौथा चरण विशाखा, अनुराधा, ज्येष्ठा नक्षत्र की वृश्चिक, ९. मूल, पूर्वाषाढा व उत्तराषाढ नक्षत्र के प्रथम चरण की धनु, १०. उत्तराषाढा के २-४ चरण, श्रवण, धनिष्ठा के पूर्वार्ध की मकर, ११. धनिष्ठा के उत्तरार्ध, शतभिषा, पूर्वाभाद्रपद के प्रथम तीन चरण की कुम्भ १२. पूर्वाभाद्रपद के चौथे चरण, उत्तराभाद्रपद, तथा रेवती नक्षत्र की मीन राशि होती है ॥ २-८ ॥

अथावकहडादि चक्रानुसारेण नक्षत्रचरणवर्णाः कथ्यन्ते

अश्विनी तु चुचेचोला लीलूलेलो भरण्यपि।
कृत्तिका स्यादईऊए रोहिण्योवाविवुस्मृताः॥ ९॥

वेवोकाकी मृगश्चार्द्रा कुघङछाः प्रकीर्तिताः।
केकोहाही पुनर्भस्याद्धुहेहोडा च पुष्यभम्॥ १०॥

आश्लेषा तु डिडूडेडो मामिमूमे मघाह्वयम्।
मोटाटिटू तु पूर्वाख्या टेटोपापि च उत्तरा॥ ११॥

प्रोक्तः पूषणठा हस्तः पेपोरारी तु चित्रका।
रुरेरोता तथा स्वाती तीतूतेतो विशाखिका॥ १२॥

अनुराधा नानिनूने ज्येष्ठा नायायियू मता।
तथा येयोभाभि मूलं पूर्वाषाढा भुधाफढा॥ १३॥

भेभोजाज्युत्तराषाढा जुजेजोखस्तथाभिजित्।
खीखुखेखो श्रवो ज्ञेयो गगिगूगे धनिष्ठिका॥ १४॥

गोसासीसु शताख्यं तु पूभा सेसोददी मता।
उभा दूथझञ ज्ञेया देदोचाची च रेवती॥ १५॥

अथ स्पष्टार्थं होडाचक्र

चूचेचोला	लीलूलेलो	अइउए	ओवावीवू	वेवोकाकी	कुघङछ	केकोहाही
अश्विनी	भरणी	कृत्तिका	रोहिणी	मृगशिरा	आर्द्रा	पुनर्वसु
हूहेहोडा	डीडूडेडो	मामीमूमे	मोटाटीटू	टेटोपापी	पूषणठ	पेपोरारी
पुष्य	आश्लेषा	मघा	पू० फा०	उ० फा०	हस्त	चित्रा
रूरेरोता	तीतूतेतो	नानीनूने	नोयायीयू	येयोभाभी	भूधफढ	भेभोजाजी
स्वाती	विशाखा	अनुराधा	ज्येष्ठा	मूल	पू० षा०	उ० षा०
जूजेजोखा	खीखुखेखो	गागीगूगे	गोसासीसू	सेसोदादि	दूथझञ	देदोचाची
अभिजित्	श्रवण	धनिष्ठा	शतभिषा	पू० भा०	उ० भा०	रेवती

अथ स्पष्टार्थं राशिचक्र

मेष	वृष	मिथुन	कर्क	सिंह	कन्या	तुला	वृश्चिक	धनु	मकर	कुम्भ	मीन
चू	ई	का	ही	मा	टो	रा	तो	ये	भो	गू	दि
चे	उ	की	हू	मी	पा	री	ना	यो	जा	गे	दू
चो	ए	कु	हे	मू	पी	रू	नी	भा	जी जू	गो	थ
ला	ओ	घ	हो	मे	पू	रे	नू	भी	जे जो	सा	झ
ली	वा	ङ	डा	मो	ष	रो	ने	भू	खा	सी	ञ
लू	वी	छ	डी	टा	ण	ता	नो	ध	खी	सू	द
ले	वू	के	डू	टी	ठ	ती	या	फ	खु	से	खे
लो	वे	को	डे	टू	पे	तू	यी	ढ	खो	सो	चा
अ	वो	हा	डो	टे	पो	ते	यू	भे	गा, गी	दा	ची

अवकहडादि चक्र से नक्षत्र चरणों के अक्षर —॥ १५ ॥

अथ चन्द्रस्य शुभाशुभफलम्

स्वजन्मराशिमारभ्य चन्द्रराशिस्थितं फलम् ।
चन्द्रे जन्मस्थिते पुष्टिर्द्वितीये तु सुखं भवेत् ॥ १६ ॥
तृतीये धनलाभश्च चतुर्थे रोगसंभवः ।
पञ्चमे कार्यनाशश्च षष्ठे द्रव्यागमो महान् ॥ १७ ॥
सप्तमे भूपसन्मानस्त्वष्टमे मरणं ध्रुवम् ।
नवमे च भयं ज्ञेयं दशमे कार्यसंपदम् ॥ १८ ॥
एकादशेऽर्थलाभश्च द्वादशे विविधापदः ॥ १९ ॥

जन्मराशि से चन्द्र का शुभाशुभ फलज्ञान—जन्म की राशि से गोचरीय चन्द्रमा १२ स्थानों में होने पर फल—जन्म राशि में चन्द्रमा हो तो पुष्टता करने वाला, दूसरी में सुख, तीसरी में धन का लाभ, चौथी में रोग की संभावना, पाँचवी में कार्य विनाश, छठी में प्रचुर द्रव्य प्राप्ति, सातवों में राजा से सम्मान, आठवीं में निश्चय मृत्यु, नवीं में भय, दसवीं में कार्य सम्पत्ति, ग्यारहवीं में धनलाभ और बारहवीं राशि में चन्द्रमा हो तो अनेक आपत्ति होती हैं ॥ १६–१९ ॥

अथ शुक्लपक्षे विशेषः

द्वितीयः पञ्चमश्चन्द्रो नवमश्च शुभप्रदः।
शुक्लपक्षे विशेषोऽयं तुल्यमन्यत्तथोभयोः ॥ २० ॥
चन्द्रस्येव बलं शुक्ले न तु तारा प्रधानता।
रात्रौ कान्ते बलोपेते स्वातन्त्र्यं न च योषितः ॥ २१ ॥
कृष्णपक्षे तु ताराया बलं ग्राह्यं सदा यतः।
क्षीणे वा प्रोषिते कान्ते गार्हस्थ्यं गेहिनी चरेत् ॥ २२ ॥

शुक्ल पक्ष में विशेष बात—शुक्ल पक्ष में विशेष कर द्वितीय, पंचम, नवम राशिस्थ चन्द्रमा शुभप्रद होता है। अन्यत्र दोनों पक्षों में साधारण शुभ होता है। शुक्ल पक्ष में चन्द्रमा के बल की प्रधानता होती है न कि तारा बल की क्योंकि रात में बली पति होने पर स्त्री की स्वतन्त्रता का अभाव होता है।

कृष्ण पक्ष में तारा का बल सदा ग्रहण करना चाहिये क्योंकि क्षीण चन्द्रमा होने पर या पति परदेश में हो तो गृहस्थी का कार्य पत्नी करती है ॥ २०–२२ ॥

अथावश्यकृत्ये पक्षचन्द्रबलम्

शुभः पक्षस्तु दुष्टेऽब्जे पक्षादौ कृष्णपक्षगे।
शुक्ले तु शुभदे चन्द्रे शुभः पक्षोऽसङ्कटे ॥ २३ ॥

आवश्यक कार्य होने पर २ पक्षों में चन्द्रमा का बल—अधिक संकट होने पर कृष्णपक्ष की प्रतिपदा को दूषित चन्द्रमा हो तो पक्षभर शुभ होता है।

शुक्ल पक्ष की प्रतिपदा को यदि अपना शुभ चन्द्र हो तो पक्ष भर चन्द्रमा शुभ होता है ॥ २३ ॥

अथ ताराबलम्

जन्मभाद्दिनभं यावत्तारा ज्ञेया नवोद्धृता।
जन्म संपद् विपत् क्षेमः पापः सिद्धो वधः क्रमात् ॥ २४ ॥
मित्रातिमित्रसंज्ञा च नामतुल्यफलाश्रिताः।
द्विचतुःषण्णवाष्टम्य स्तारा चैवोत्तमा मताः ॥ २५ ॥
जन्माऽख्या मध्यमा ज्ञेया नेष्टास्त्वन्याः प्रकीर्तिताः ॥ २६ ॥

तारा बल ज्ञान--जन्म के नक्षत्र से अभीष्ट दिन के नक्षत्र तक गिनने पर जो संख्या प्राप्त हो उसमें ९ का भाग देने पर १ लब्धि प्राप्त हो तो जन्म की तारा, २ होने पर संपद् नामिका, ३ में विपत्, ४ में क्षेम, ५ में पाप, ६ में सिद्ध, ७ में वध, ८ में मित्र और ९ लब्धि होने पर अतिमित्र सज्ञक तारा होती हैं। ये ताराऐं अपने नाम के तुल्यफल देने वाली होती हैं। दूसरी, चौथी, छठी, आठवीं, नवीं तारा उत्तम होती हैं। जन्म की तारा मध्यम और अवशिष्ट तीसरी, पाँचवी और सातवीं तारा अशुम होती हैं ।। २४-२६ ॥

अत्यावश्यके कृत्ये दुष्टताराणां त्याज्यांशाः

तारा पूर्णा त्यजेदाद्ये वर्ज्याः पञ्चत्रिसप्तकाः।
द्वितीयं चैव तत्पादांस्तुर्यादितृतीयकान् ॥
तृतीये तु शुभाः सर्वाः कार्येऽत्यावश्यके स्मृताः ॥ २७ ॥

अति आवश्यक कार्य में दूषित ताराओं का त्याज्य भाग—अधिक आवश्यक होने पर प्रथम आवृत्ति में पाँचवीं, तीसरी, तथा सातवीं संपूर्ण तारा का त्याग करना, दूसरी आवृत्ति में पाँचवीं का चौथा चरण, तीसरी का पहिला और सातवीं तारा का तीसरा चरण तथा तीसरी आवृत्ति में संपूर्ण तारा शुभ होती है ॥ २७ ॥

अथ दुष्टतारादानम्

सप्तम्यां तारकायाश्च दद्यात्स्वर्णं तिलानपि।
गुडं तृतीयतारायां पञ्चम्यां लवणं तथा।
दोषापनुत्तये तासां दद्याच्छाकं त्रिजन्मसु ॥ २८ ॥

दूषित तारा में दान सातवीं तारा में सोना व तिल, तीसरी में गुड़, पाँचवीं में नमक और तीनों आवृत्ति में जन्म की तारा में शाक का दान करना चाहिये ॥ २८ ॥

अथ चन्द्रावस्था

प्रवासश्च विनाशश्च मरणं जयहास्यके।
रतिः क्रीडा तथा सुप्ता भुक्ता चाथ ज्वराभिधा ॥ २९ ॥
कम्पिता सुस्थिरावस्था द्वादशैता विधोः स्मृताः।
तासां मानं सपादैकादशनाडीमितं स्मृतम् ॥ ३० ॥
मेषादितः प्रवासाद्या नामतुल्यफलप्रदाः ॥ ३१ ॥

चन्द्रमा की १२ अवस्थाऐं—१ प्रवास, २ विनाश, ३ मरण, ४ जय, ५ हास्य, ६ रति, ७ क्रीडा, ८ सुप्त, ९ भुक्त, १० ज्वर, ११ कम्पित और १२वीं अवस्था सुस्थिर नाम की होती है। इस अवस्था का मान सवा ग्यारह घड़ी होता है। तथा मेषादि राशि से प्रवासादि ये अवस्था होती हैं और अपने नाम के समान ही फल देने वाली होती हैं ॥ २९-३१ ॥

अथ तासां क्रमेणोदाहरणम्

मेषराषौ प्रवासाद्या नाशाद्या वृषभे विधौ।
मृताद्या मिथुने चैवं क्रमाद् द्वादशराशिषु ॥ ३२ ॥

प्रवासादि अवस्थाओं का क्रम से उदाहरण—मेष राशि में प्रवासादि से, वृष में चन्द्रमा के रहने पर नाशादि से, मिथुन राशि में मृतादि से इसी क्रम से १२ राशियों में अवस्था होती है ॥ ३२ ॥

स्पष्टार्थं चक्र

राशि	मेष	वृष	मिथुन	कर्क	सिंह	कन्या	तुला	वृश्चिक	धनु	मकर	कुंभ	मीन
अवस्था	प्रवास	विनाश	मरण	जय	हास्य	रति	क्रीडा	सुप्त	भुक्त	ज्वर	कंपित	स्थिर

अथ कार्यविशेषे ग्रहबलं सर्वचन्द्रबलं च प्रोच्यते

उद्वाहे चोत्सवे जीवः सूर्यो भूपालदर्शने।
संग्रामे धरणीपुत्रो विद्याभ्यासे बुधो बली ॥ ३३ ॥

यात्रायां भार्गवः प्रोक्तो दीक्षायां च शनैश्चरः।
चन्द्रमाः सर्वकार्येषु प्रशस्तो गृह्यते बुधैः ॥ ३४ ॥

कार्य विशेष में ग्रह बल व सर्वत्र चन्द्र बल ज्ञान—विवाह और उत्सव में गुरु बल की प्रधानता, राज दर्शन में सूर्य की, लड़ाई में भौम की, विद्याभ्यास में बुध, यात्रा में शुक्र और दीक्षा में शनि की प्रधानता हांती है तथा समस्त कार्यों में पंडित लोग प्रशस्त बली चन्द्रमा का ग्रहण करते हैं ॥ ३३-३४ ॥

अथ चन्द्रबले कश्चन विशेषः

शुभश्चन्द्रोऽप्यसत् पापात् सप्तमः पापयुक् तथा।
पापमध्यगतः क्षीणो नीचग शत्रुवर्गगः ॥ ३५ ॥

अशुभोऽपि शुभश्चन्द्रो गुरुणालोकितो युतः।
स्वर्क्षोच्चस्थः शुभांशे वा स्वाधिमित्रांशके तथा ॥
अशुभोऽपि शुभो ज्ञेयः कथितो मुनिनिश्चितम् ॥ ३६ ॥

चन्द्र बल में कुछ विशेष बात—पाप ग्रह से सप्तम में शुभ चन्द्रमा होने पर भी यदि पाप से युत, या पाप ग्रहों के बीच में या क्षीण या नीच राशि में या शत्रु के वर्ग में हो तो अशुभ होता है।

अशुभ चन्द्रमा का भी गुरु से दृष्ट या युक्त या अपनी उच्च राशि में या शुभ या अपने अधिमित्र के नवांश में हो तो शुभ होना ऋषियों ने बताया है ॥ ३५-३६ ॥

अथावश्यककृत्ये दुष्टतिथिवारर्क्षचन्द्रतारादीनां दानम्

तन्दुलाँश्च तिथौ दुष्टे वारे रत्नं सकाञ्चनम् ।
गामृक्षे कनकं योगे करणे धान्यमेव च ॥ ३७ ॥
शङ्खं रौप्ययुतं चन्द्रे तारायां सैन्धवं तथा ।
नाड्यां हेमं नृपो दद्यात् कार्येऽत्यावश्यके सति ॥ ३८ ॥

आवश्यक काम में दूषित तिथि-वार-नक्षत्र-चन्द्र-तारादि में दान—तिथि दूषित होने पर चावल, वार में रत्न जटित सुवर्ण, नक्षत्र में गाय, योग में सोना, करण में धान्य (अन्न), चन्द्रमा में चाँदी का शङ्ख, तारा में सेंधा नमक और नाडी दूषित होने पर कार्य की अत्यावश्यकता हो तो राजा को उक्त स्थिति में दान करके अपना कार्य संपादन करना चाहिये ॥ ३७–३८ ॥

इति श्रीमद्दैवज्ञरावलहरिशंकरसूरिसूनुगणपतिकृते मुहूर्त्तगणपतौ
चन्द्रताराबलप्रकरणं सप्तमम् ॥ ७ ॥

इस प्रकार श्रीमान् दैवज्ञ रावल हरिशंकरसूरि के पुत्र पं० गणपति जी द्वारा रचित
मुहूर्त्तगणपति ग्रन्थ का चन्द्रताराबल नाम का सातवां प्रकरण समाप्त हुआ ॥ ७ ॥

इति श्रीमथुरानिवासि श्रीमद्भागवताभिनवशुकपं० केशवदेवचतुर्वेदसूनुमुरलीधरचतुर्वेदकृता कान्तिमती हिन्दी व्याख्या सप्तमप्रकरणस्य समाप्ता ॥ ७ ॥

अथ शुभाशुभप्रकरणम् ।

आगे आठवें प्रकरण में अनेक, शुभ, अशुभ योगों को बताते हैं ।

तत्र तिथिवारोत्थशुभयोगाः

नन्दा भृगौ बुधे भद्रा मन्दे रिक्ता कुजे जया ।
गुरौ पूर्णाऽखिले कार्ये सिद्धियोगाः शुभावहाः ॥ १ ॥
नन्दा भद्रा तथा नन्दा जया रिक्ताऽथ भद्रिका ।
पूर्णा सूर्यादिवारेषु वशिष्ठादिमताच्छुभाः ॥ २ ॥

तिथि व वार के योग से उत्पन्न शुभयोग—शुक्रवार में नन्दा (१.६.११) तिथि हो, बुध में भद्रा (२.७.१२ , शनि में रिक्ता (४.९.१४), मंगल में जया (३.८.१३) और गुरुवार में पूर्णा (५.१०.१५) तिथि होने पर समस्त कार्यों में शुभता को देने वाला सिद्धि योग होता है ।

नन्दा, भद्रा, नन्दा, जया, रिक्ता भद्रा व पूर्णा तिथियों में क्रम से सूर्यादि वार होने पर वसिष्ठादि मुनि संमत शुभयोग होता है ॥ १–२ ॥

१. स्पष्टार्थं चक्र						२. स्पष्टार्थं चक्र						
नंदा	भद्रा	जया	रिक्ता	पूर्णा	तिथि	नन्दा	भद्रा	नन्दा	जया	रिक्ता	भद्रा	पूर्णा
शुक्र	बुध	मंगल	शनि	गुरु	वार	सूर्य	चन्द्र	भौम	बुध	गुरु	शुक्र	शनि

अथ नक्षत्रवारोत्थ योगाः। तत्रादावमृतसिद्धियोगः।

अब आगे नक्षत्र व वार के याग से उत्पन्न योगों को बताते हैं **प्रथम अमृत सिद्धि याग।**

अर्के हस्तो मृगश्चन्द्रे गुरौ पुष्योऽश्विनी कुजे।
अनुराधा बुधे शुक्रे रेवती रोहिणी शनौ ॥ ३ ॥

अमृतः सिद्धियोगः स्यात् सर्वकायार्थसिद्धिदः।
यथा सूर्यस्तमो हन्ति दोषसङ्घांस्तथा त्वयम् ॥ ४ ॥

सूर्य वार में हस्त, साम में मृगशिरा, गुरुवार में पुष्य, मंगल में अश्विनी, बुध मे अनुराधा, शुक्र में रेवती और शनिवार में रोहिणी नक्षत्र होने पर समस्त कामों में सिद्धि दायक अमृतसिद्धि योग होता है। जिस प्रकार सूर्य अन्धकार को नष्ट करता है उसी प्रकार यह योग दोषसमुदाय का नाश कर्ता होता है।

अथ कुत्रचिदमृतसिद्धियोगनक्षत्रस्य त्याज्यत्वम्

पञ्चम्यादितिथौ त्याज्या हस्तार्काद्याः क्रमाच्छुभे।
योगश्चामृतसिद्धाख्यो अन्ये सर्वार्थसाधकाः ॥ ५ ॥

उद्वाहे गुरुपुष्यञ्च प्रवेशे तु कुजाश्विनीम्।
त्येजेदेतत् प्रयत्नेन प्रयाणे शनिरोहिणीम् ॥ ६ ॥

कहीं पर अमृत सिद्धियोग नक्षत्र का त्याग—पंचमी आदि तिथि में हस्त सूर्यादि वार क्रम से होने पर शुभ काम में अमृतसिद्धियोग का त्याग करना चाहिये। अन्य योग तो सब कार्यों में सिद्धि देने वाले होते हैं।

विवाह में गुरु पुष्य योग का, यात्रा में शनिवार, रोहिणी योग का और प्रवेश कार्य में भौम, अश्विनी योग का प्रयत्न पूर्वक त्याग करना चाहिये ॥ ५–६ ॥

अथदोषसङ्घहरो रवियोगः कथ्यते

सूर्यभाद्दशमे षष्ठे तुर्ये विंशे त्रयोदशे।
नवमे चन्द्रनक्षत्रे रवियोगः शुभप्रदः ॥ ७ ॥
अनेकदोषसङ्घानां ध्वंसकोऽयमुदाहृतः ॥ ८ ॥

दोष समूह नाशक रवि योग—सूर्य के नक्षत्र से दसवें, छठे, चौथे, बीसवें, नवें, तेरहवें स्थान में चन्द्रमा का नक्षत्र होने से शुभ दायक, विविध दोष समुदाय का नाशक रवि योग होता है ॥ ७–८ ॥

अथानन्दादियोगाः

आनन्दः कालदण्डोऽथ धूम्राक्षोऽथ प्रजापतिः ।
सौम्यध्वाँक्षध्वजाश्चैव श्रीवत्सो वज्रमुद्गरौ ॥ ९ ॥
क्षत्रं मित्रं क्रमेणैव मानसः पद्मलुम्बकौ ।
उत्पातमृत्युकाणाख्याः सिद्धिश्चैव शुभामृतौ ॥ १० ॥
मुशलं च गदाख्यश्च मातङ्गो राक्षसश्चरः ।
स्थिरः प्रवर्धमानश्च नामतुल्यफला अमी ॥ ११ ॥

आनन्दादि २८ योग—१ आनन्द, २ कालदण्ड, ३ धूम्राक्ष, ४ प्रजापति, ५ सौम्य, ६ ध्वाँक्ष, ७ ध्वज, ८ श्रीवत्स, ९ वज्र, १० मुद्गर, ११ क्षत्र, १२ मित्र, १३ मानस, १४ पद्म, १५ लुम्बक, १६ उत्पात, १७ मृत्यु, १८ काण, १९ सिद्धि, २० शुभ, २१ अमृत, २२ मुशल, २३ गदा, २४ मातंग, २५ राक्षस, २६ चर, २७ स्थिर, २८ प्रवर्धमान ये २८ योग होते हैं। इनका फल भी नाम तुल्य होता है ॥ ९–११ ॥

उक्त २८ योगानां ज्ञानम्

भानुवारेऽश्विनक्षत्रात् साभिजित्कैश्च सर्वभैः ।
भवन्ति क्रमशो योगा अष्टाविंशतिसंख्यकाः ॥ १२ ॥
मृगादारभ्य रात्रीशे श्लेषान्तः कुजवासरे ।
हस्तो बुधेऽनुराधायां गुरुवारे तथैव च ॥ १३ ॥
उत्तराषाढतः शुक्रे शततारादितः शनौ ॥ १४ ॥

उक्त योगों का ज्ञान - इष्ट सूर्यवार होने पर अश्विनी नक्षत्र से चन्द्र नक्षत्र तक अभिजित् के साथ गिनने से जो संख्या हो, उसके समान योग। चन्द्रवार में मृगशिरा से, मंगल में श्लेषा से, बुध में हस्त से, गुरु में अनुराधा से, शुक्र में उत्तराषाढा से और शनिवार के दिन शतभिषा से गणना में जो संख्या हो उसके समान आनन्दादि योग होता है ॥ १२–१४ ॥

अथोत्पातादियोगचतुष्कस्यैव ज्ञानम्

क्रमाच्चतुष्टये भानां विशाखातो रवेर्दिने ।
पूर्वाषाढाभिधाच्चन्द्रे धनिष्ठातः कुजेऽहनि ॥ १६ ॥
रेवत्याश्च बुधे ज्ञेया रोहिणीतो बृहस्पतौ ।
पुष्याच्छुक्रे तथा मन्दे उफातश्च भवन्त्यमी ॥ १६ ॥
योगाश्चत्वार उत्पातमृत्युकाणाख्यसिद्धयः ॥ १७ ॥

उत्पातादि चार योग—रविवार के दिन विशाखा नक्षत्र होने पर उत्पात, अनुराधा हो तो मृत्यु, ज्येष्ठा में काण और मूल नक्षत्र हो तो सिद्धि। तथा चन्द्रवार में पूर्वाषाढा से चार नक्षत्रों में, मंगल में धनिष्ठा से, बुधवार में रेवती से, गुरुवार में रोहिणी से, शुक्र में पुष्य से और शनिवार में उत्तराफाल्गुनी से चार नक्षत्रों में क्रम से उत्पात, मृत्यु, काण, और सिद्धि नामक योग होता है ॥ १५–१७ ॥

स्पष्टार्थ चक्र

सू.	चं.	मं.	बु.	गु.	शु.	श.	वार
विशा.	पू. षा	धनि	रेव.	रो.	पुष्य	उ. फा.	उत्पात
अनु.	उ. षा	शत.	अश्वि.	मृग	श्लेषा	हस्त	मृत्यु
ज्येष्ठा	अभि.	पू. भा.	भर.	आर्द्रा	मघा	चित्रा	काण
मूल	श्रव.	उ. भा	कृत्ति.	पुन.	पू. फा.	स्वाती	सिद्धि

अथ दुर्योगानां त्याज्यघटिकाः

ध्वांक्षमुद्गरवज्राणां घटीः पञ्च क्रमादिषु।
काणमौसलयोर्द्वे द्वे चतस्रः पद्मलुम्बयोः॥ १८॥
एका धूम्रे गदे सप्त चरे तिस्रो घटीस्त्यजेत्।
त्यजेत् सर्वान् शुभे मृत्युकालोत्पाताख्यराक्षसान्॥ १९॥

दूषित योगों की घटिका का त्याग—ध्वांक्ष, मुद्गर व वज्र योग की आदि की पाँच घड़ी, काण व मुसल की २, २, दो दो, पद्म एवं लुम्बक की चार, धूम्र की एक, गद की सात और चर योग की तीन घड़ी का त्याग शुभ काम में करना चाहिये। मृत्यु, काल, उत्पात, राक्षस योग के समस्त भाग का त्याग करना चाहिये॥ १८–१९॥

अथ वारनक्षत्रोद्भवः सिद्धियोगः

मूलं ह्यर्के श्रवश्चन्द्रे भौमे चोत्तरभाद्रपात्।
कृत्तिका बुधवारे तु गुरुवारे पुनर्वसुः।
पूफा शुक्रे शनौ स्वाती सिद्धियोग उदाहृतः॥ २०॥

वार व नक्षत्र की युति से उत्पन्न सिद्धि योग—सूर्यवार में मूल नक्षत्र, सोम में श्रवण, मंगल में उत्तराभाद्रपदा, बुध में कृत्तिका, गुरुवार में पुनर्वसु, शुक्रवार में पूर्वाफाल्गुनी और शनिवार में स्वाती नक्षत्र होने पर सिद्धि योग होता है॥ २०॥

अथ तिथिवारोत्था दुष्टयोगाः॥

अब आगे तिथि, वार के योग से उत्पन्न दूषित योगों को बताते हैं।

हुताशनयोगः

द्वादश्यर्के विधौ षष्ठी भौमे सप्ताष्टमी बुधे।
दश शुक्रे शनौ रुद्राः गुरौ नव हुताशनः॥ २१॥

रविवार के दिन द्वादशी, सोमवार में छठ, मंगल में सप्तमी, बुधवार में अष्टमी, गुरुवार में नवमी, शुक्र में दशमी और शनिवार के दिन एकादशी होने पर हुताशन योग होता है॥ २१॥

दग्धयोग

द्वादश्यर्के विधौ रुद्रा भौमे पञ्च बुधेऽग्नयः।
गुरौ षष्ठ्यष्टमी शुक्रे दग्धाख्यो नवमी शनौ॥ २२॥

रविवार के दिन द्वादशी, सोमवार में एकादशी, मंगल में पञ्चमी, बुधवार में तीज, गुरुवार में षष्ठी, शुक्र में अष्टमी और शनिवार में नवमी होने पर दग्ध नामक योग होता है ॥ २२ ॥

विषयोगः

चतुर्थ्यर्के विधौ षष्ठी द्वितीया ज्ञेऽष्टमी गुरौ।
नव शुक्रे विषाख्यश्च सप्तमी कुजमन्दयोः ॥ २३ ॥

सूर्यवार में चौथ, सोम में छठ, बुध मे द्वितीया, गुरु में अष्टमी, शुक्र में नवमी और मंगल व शनिवार में सप्तमी तिथि हो तो विष नामक योग होता है ॥ २३ ॥

क्रकचयोगः

शनौ षष्ठी भृगौ सप्ताष्टमी जावे बुधे नव।
कुजे दश विधौ रुद्राः क्रकचो द्वादशी रवौ ॥ २४ ॥

शनिवार में षष्ठी, शुक्रवार में सप्तमी, गुरुवार में अष्टमी, बुध में नवमी, मंगल में दशमी, सोम में एकादशी और सूर्यवार में द्वादशी हो तो क्रकच नाम का योग होता है ॥ २४ ॥

संवर्तयोगः

प्रतिपज्ज्ञे रवौ सप्त संवर्तो योग ईरितः।
दग्धादिस्तिथिवारोत्थांस्त्यजेद्योगान् शुभे सदा ॥ २५ ॥

बुधवार में प्रतिपदा, सूर्यवार में सप्तमी होने पर संवर्त योग होता है। तिथि व वार के योग से उत्पन्न दग्धादि योगों का सदा शुभ काम में त्याग करना चाहिये ॥ २५ ॥

अथ तिथिनक्षत्रोत्पन्नः सार्पयोगः कथ्यते।

अब आगे तिथि व नक्षत्र से उत्पन्न सार्प योग को कहते हैं।

द्वितीयामनुराधायां मघायां पञ्चमीतिथिम्।
एकादशी च रोहिण्यां तृतीयां त्र्युत्तरे त्यजेत् ॥ २६ ॥
नवमीं कृत्तिकायां च स्वातौ चित्रे त्रयोदशीम्।
त्यजेत् षष्ठीं च रोहिण्यां पूर्वाभाद्रपदेऽष्टमीम् ॥ २७ ॥

अनुराधा में द्वितीया, मघा में पंचमी, रोहिणी में एकादशी, तीज में तीनों उत्तरा, कृत्तिका में नवमी, स्वाती, चित्रा मे तेरस, रोहिणी में छठ और पूर्वाभाद्रपद नक्षत्र में अष्टमी का त्याग करना चाहिये ॥ २६–२७ ॥

अथ नक्षत्रवारोत्था दुष्टयोगाः।

अब नक्षत्र, वार से उत्पन्न दूषित योगों को बताते हैं।

तत्रादौ यमघण्टयोगः

अर्के मघा विशाखेन्दौ ज्ञे मूलं कृत्तिका गुरौ।
आर्द्रा भौमे शनौ हस्तौ रोहिणी भृगुवासरे ॥ २८ ॥
यमघंटाख्ययोगोऽयं सर्वकार्यविनाशकः ॥ २९ ॥

प्रथम यमघंट योग का ज्ञान—रविवार में मघा, सोमवार में विशाखा, बुध में मूल, गुरुवार में कृत्तिका, मंगल में आर्द्रा, शनि में हस्त और शुक्रवार में रोहिणी नक्षत्र होने पर यमघंट नामक योग होता है जो सब कामों को विगाड़ने वाला है ॥ २८–२९ ॥

अथ मृत्युयोगः

अनुराधा रवौ सोमे उत्तराषाढसंज्ञकाः ।
बुधेऽश्विनी मृगो जीवे शुक्रेऽश्लेषा शनौ करः ॥
भौमे शतभिषक् चायं मृत्युयोगोऽर्थनाशकः ॥ ३० ॥

मृत्यु योग का ज्ञान रविवार में अनुराधा, सोम में उत्तराषाढ़ा, बुध में अश्विनी, गुरु में मृगशिरा, शुक्र में अश्लेषा, शनि में हस्त और मंगलवार में शतभिषा नक्षत्र होने पर धन का नाश करने वाला मृत्यु योग होता है ॥ ३० ॥

अथ दग्धयोगः

भरण्यर्के विधौ चित्रा जीवे चोत्तरफाल्गुनी ।
भौमे चैवोत्तराषाढा धनिष्ठा बुधवासरे ॥ ३१ ॥
शुक्रे ज्येष्ठान्त्यभं मन्दे त्यजेदेतद्विदग्धभम् ॥ ३२ ॥

दग्धयोग का ज्ञान—रविवार में भरणी, सोम में चित्रा, गुरुवार में उत्तराफाल्गुनी, मंगल में उत्तराषाढा, बुध में धनिष्ठा, शुक्र में ज्येष्ठा और शनिवार के दिन रेवती नक्षत्र होने पर दग्ध योग होता है। इसका मांगलिक कार्यों में त्याग करना चाहिये ॥ ३१–३२ ॥

अथ शुभे त्याज्यं त्रिविधं गण्डान्तम्

नक्षत्रतिथिराशीनां गण्डान्तं त्रिविधं त्यजेत् ।
नवपञ्चचतुर्थ्यन्ते द्व्येकार्धघटिकामितम् ॥ ३३ ॥

शुभ में त्याज्य ३ प्रकार का गण्डान्त—नक्षत्र-तिथि-राशि गण्डान्त तीन प्रकार का होता है। इसका शुभ में त्याग करना चाहिये।

तिथिगण्डान्त—नवमी, पञ्चमी व चतुर्थी तिथि के अन्त की तथा दशमी, छट, पंचमी तिथि के आदि की क्रम से २।१।½ घटी का त्याग करना चाहिये ॥ ३३ ॥

तदेव दर्शयति ।

तीन प्रकार के गण्डान्तों को बताते हैं।

नक्षत्रगण्डान्तम्

ज्येष्ठामूलर्क्षयोः सन्धौ रेवत्यश्विभयोस्तथा ।
आश्लेषामघयोरन्तराले नाडीचतुष्टयम् ॥ ३४ ॥

ज्येष्ठा-मूल, रेवती-अश्विनी और आश्लेषा-मघा नक्षत्र के सन्धि की चार घटी गण्डान्त होता है। अर्थात् ज्येष्ठा-रेवती व आश्लेषा नक्षत्र के अन्त की दो घटी और मूल-अश्विनी-मघा नक्षत्र के आदि की दो घड़ी गण्डान्त होता है ॥ ३४ ॥

तिथिगण्डान्तम्

अन्तरे पञ्चमोषष्ठयोः पूर्णिमाद्याह्वयोरपि।
दशम्येकादशीसंधौ गण्डान्तं घटिकाद्वयम् ॥ ३५ ॥

पंचमी-छठ के, पूर्णिमा-प्रतिपदा के और दशमी एकादशी के मध्य में २ घड़ी गण्डान्त होता है ॥ ३५ ॥

राशिगण्डान्तम्

कर्कसिंहाख्ययोर्मीनमेषयोरन्तरे तयोः।
वृश्चिकाख्यधनुस्सन्धौ लग्नस्यैकं घटीमितम् ॥ ३८ ॥

कर्क-सिंह, मीन-मेष और वृश्चिक-धनु राशि की सन्धि की एक घड़ी गण्डान्त संज्ञक होती है। अर्थात् कर्क राशि, मीन राशि व वृश्चिक राशि की अन्त की आधी घड़ी और सिंह-मेष-धनु राशि की ½ घटी की गण्डान्त संज्ञा होती है ॥ ३६ ॥

अथार्द्धयामाः

अर्द्धयामाः परित्याज्या वेदसप्तद्विपंचमाः।
अष्टत्रिषष्ठसङ्ख्याकाः क्रमतो रविवासरात् ॥ ३७ ॥

अर्द्ध याम का ज्ञान रविवार के दिन चौथे प्रहर का आधा, सोम को सातवें का, मंगल को दूसरे का, बुध को पाँचवें का, गुरुवार को आठवें का, शुक्रवार को तीसरे का और शनिवार को छठे प्रहर का आधा भाग अर्द्धयाम होता है ॥ ३७ ॥

अथ कुलिक-कण्टक-कालवेला-यमघंटाख्यत्याज्यमुहूर्तानि

मन्वर्कदशनागर्तुवेदनेत्रमिताः क्षणाः।
कुलिकास्ते रवेर्वारात् क्रमतः कण्टका बुधात् ॥ ३८ ॥
गुरोस्ते कालवेलाख्याः शुक्रात्तु यमघंटकाः।
त्यजेदेतान् शुभे कार्ये निषिद्धैकान् मुहूर्तकान् ॥ ३९ ॥

कुलिक-कण्टक-कालवेला-यमघंट नामक त्याज्य मुहूर्त—सूर्यवार में चौदहवाँ सोम में बारहवाँ, मंगलवार में दसवाँ, बुध में आठवाँ ,गुरु में छटवाँ, शुक्र में चौथा और शनि वार के दिन दूसरा मुहूर्त कुलिक संज्ञक होता है।

बुधवार से क्रम पूर्वक कण्टक, गुरु से काळवेला और शुक्रवार के अंक से यमघंट मुहूर्त दिन में होता है। रात्रि में :४, १२ स्यादि में घटाकर जानना चाहिये ॥ ३८–३९ ॥

दिन में स्पष्टार्थक चक्र **रात में स्पष्टार्थक चक्र**

सू०	चं०	मं०	बु०	गु०	शु०	श०	वार	सू०	चं०	मं०	बु०	गु०	शु०	श०
१४	१२	१०	८	६	४	२	कुलिक	१३	११	९	७	५	३	२
८	६	४	२	१४	१२	१०	कण्टक	७	५	३	१	१३	११	९
६	४	२	१४	१२	१०	८	कालवेला	५	३	१	१३	११	९	७

अथ दुष्टक्षणाः

क्षणश्चतुर्दशः सूर्ये नवमद्वादशौ विधौ।
सप्तमो निशि भौमेऽह्नि तुर्यश्चाथ बुधेऽष्टमः॥ ४०॥
षष्ठद्वादशकौ जीवे चतुर्थनवमौ भृगौ।
शनौ चाद्यद्वितीयौ च त्याज्या दुष्टक्षणा इमे॥ ४१॥

दूषित क्षण का ज्ञान—सूर्यवार में चौदहवाँ सोम में नवाँ व बारहवाँ, मंगल में रात में सातवाँ व दिन में चौथा, बुध में आठवाँ, गुरुवार में छठा, बारहवाँ, शुक्र में चौथा व नवाँ और शनिवार में पहिला व दूसरा मुहूर्त दूषित होता है अतः शुभ कार्य में इसे त्यागना चाहिये॥ ४०–४१॥

अथैतेषामेव सुबोधार्थं पुना रव्यादिषु त्याज्यक्षणा लिख्यन्ते

रवौ षट्दशसप्ताष्टमनुसंख्या मुहूर्त्तकाः।
चन्द्रेऽब्धिवसुषट्विश्वे मनुखेटार्कसंमिताः॥ ४२॥
भौमे द्वित्रिचतुःषष्ठदशसंख्याः क्षणाः स्मृताः।
बुधे वेदाश्विवस्वङ्कमनुदिक्प्रमिताः क्षणाः॥ ४३॥
जीवे भूपाश्वितिथ्यङ्गमनुसूर्यमिताश्च ते।
शुक्रे पञ्चाङ्गषड्वेददिगर्कमनुसंमिताः॥ ४४॥
मन्दे भूनेत्ररुद्राष्टषोडशांशाः क्षणा इमे॥ ४५॥

इन के सुन्दर ज्ञान के लिये पुनः सूर्यादिवार में त्याज्यक्षण—सूर्यवार के दिन ६।१०।७।८।१४ वाँ मुहूर्त, सोमवार में ४।८।६।१३।१४।९।१२वाँ, मंगल में २।३।४।६।१०वाँ, बुध में ४।२।८।९।१४।१०वाँ, गुरुवार में १६।२।१५।६।१४।१२वाँ, शुक्र में ५।९।६।४।१०। १२।१४वाँ और शनिवार के दिन १।२।११।८।१६वाँ मुहूर्त त्याज्य होता है॥ ४२–४५॥

अथ यमघंटकुलकादीनां देशविशेषेण त्याज्यत्वम्

विन्ध्यहिमालययोर्मध्ये मगधे यमघण्टकः।
अङ्गेऽन्ध्रे मत्स्यदेशे वा दोषकृन्नेतरत्र सः॥ ४६॥
काश्मीरे कुलिकस्त्याज्यस्त्वर्द्धयामस्तु सर्वतः॥ ४७॥

यमघंट कुलकादि का देश वश त्याग—विन्ध्याचल व हिमालय के बीच में, मगध देश, अङ्ग, आन्ध्र व मत्स्य देश में यमघंट दोषकारक होता है अन्य देशों में नहीं होता तथा काश्मीर देश में कुलिक का और अर्धयाम का तो सब जगह त्याग करना चाहिये॥ ४६–४७॥

अथ संक्रान्तौ त्याज्यकालः

अयने विषुवे त्याज्यं पूर्वमध्यं परं दिनम्।
शेषे संक्रमणे पूर्वं पश्चात् षोडशनाडिकाः॥ ४८॥

संक्रान्तियों में त्याज्य समय—अयन (कर्क–मकर) तथा विषुव (मेष-तुला) संक्रान्ति में पूर्व, मध्य, पर दिन का त्याग तथा शेष संक्रान्तियों में पहिले व पीछे की सोलह घड़ियों का त्याग करना चाहिये ॥ ४८ ॥

अथ तिथिक्षयववृद्धिदोषः

तिथीनां त्रितयं वारमेकं स्पृशति यत्र वै ।
अवमं तद्दिनं ज्ञेयं शुभकर्मसु संत्यजेत् ॥ ४९ ॥

वाराणां त्रितयं यत्र तिथिमेकां स्पृशेद्यदा ।
वृद्धिस्पृक् चेति सा ख्याता न ग्राह्या मंगलादिषु ॥ ५० ॥

तिथिक्षय व वृद्धि दोष ज्ञान—जब तीन तिथियों को एक वार स्पर्श करे । अर्थात् एक वार में तीन तिथि हो तो तिथिक्षय होता है । तथा एक तिथि तीन वारों में होने पर तिथिवृद्धि होती है । इन दोनों का मांगलिक काम में त्याग करना चाहिये ॥ ४९–५० ॥

अथ मासशून्यानि तिथिनक्षत्रलग्नानि प्रोच्यन्ते अत्र दर्शान्तो मासो ग्राह्यः ।

अब आगे मास शून्य तिथि-नक्षत्र-लग्न को बताते हैं ।

यहाँ मास दर्शान्त ही ग्रहण करना चाहिये ।

मास शून्य, तिथि-ज्ञान

चैत्राष्टमीनवम्यौ च वैशाखे द्वादशी तिथिः ।
श्रावणे द्वितृतीये च भाद्रे भूनेत्रसंमिते ॥ ५१ ॥

दशम्येकादशीं त्वीषे सप्तम्यष्टौ च मार्गके ।
चतुर्थी पञ्चमी पौषे शून्यास्ताः पक्षयोर्द्वयोः ॥ ५२ ॥

कार्तिके पञ्चमी कृष्णा तथा शुक्ला चतुर्दशी ।
आषाढे बहुला षष्ठी शुक्लपक्षे तु सप्तमी ॥ ५३ ॥

चतुर्थी फाल्गुने कृष्णा शुक्ले पक्षे तृतीयका ।
ज्येष्ठे चतुर्दशी कृष्णा शुक्ले चैव चतुर्दशी ॥ ५४ ॥

कृष्णा तु पञ्चमी माघे शुक्ले षष्ठी प्रकीर्तिता ॥ ५५ ॥

मासों में शून्य तिथियाँ—चैत की अष्टमी व नवमी, वैशाख की द्वादशी, सावन की दोज व तीज, भादों की परवा व दोज, आश्विन की दशमी, एकादशी, अगहन की सप्तमी, अष्टमी, पौष की चौथ, पंचमी दोनों पक्षों की शून्य तिथि होती हैं । कार्तिक में कृष्णपक्ष की पंचमी एवं शुक्लपक्ष की चौदस, आषाढ में कृष्ण पक्ष की छठ और शुक्ल पक्ष की तीज, जेठ में कृष्णपक्ष की चौदस व शुक्ल की चौदस तथा माघ में कृष्णपक्ष की पंचमी व शुक्ल पक्ष की छट तिथि की शून्य संज्ञा होती है ॥ ५१–५५ ॥

अथ मासशून्यनक्षत्राणि

अश्विनी रोहिणी चैत्रे चित्रा स्वाती च माधवे।
ज्येष्ठे पुष्योत्तराषाढे धनिष्ठाकाभिधे शुचौ ॥ ५६ ॥
श्रावणे श्रवणोपाख्ये पूर्वाभाद्रपदाऽऽश्विने।
रेवती शतभे भाद्रे कार्तिके कृत्तिका मघा ॥ ५७ ॥
मार्गे चित्रा विशाखा च पौषे त्वार्द्राश्विनीकराः।
फाल्गुने भरणी ज्येष्ठा माघे मूलं श्रवस्तथा।
एतानि मासशून्यानि भानि प्रोक्तानि कोविदैः ॥ ५८ ॥

मासों में शून्य नक्षत्र—चैत मास में अश्विनी, रोहिणी, वैशाख में चित्रा, स्वाती, जेठ में पुष्य, उत्तराषाढा, आषाढ में धनिष्ठा, रोहिणी, सावन में श्रवण, क्वार में पूर्वाभाद्रपदा, भादों में रेवती, शतभिषा, कातिक में कृत्तिका, मघा, अगहन में चित्रा, विशाखा, पूस में आर्द्रा, आश्विनी, हस्त, फागुन में भरणी, ज्येष्ठा और माघ मास में मूल व श्रवण नक्षत्र की शून्य संज्ञा विद्वान् लोगों ने बताई है ॥ ५६–५८ ॥

अथ मासशून्यराशयः

कुम्भो मीनो वृषश्चैव मिथुनं मेषकन्यके।
वृश्चिकोऽथ तुला धन्वी कर्को मकरसिंहकौ ॥ ५९ ॥
चैत्रादिषु क्रमादेते कथिताः शून्यराशयः ॥ ६० ॥

मासों में शून्य राशियाँ—कुम्भ राशि चैत में, मीन वैशाख में, वृष जेठ में, मिथुन आषाढ में, मेष सावन में, कन्या भादों में, वृश्चिक आश्विन में, तुला कार्तिक में, धनु अगहन में, कर्क पौष में, मकर माघ में और सिंह राशि की फागुन मास में शून्य संज्ञा होती है ॥ ५९–६० ॥

अथौजतिथिषु शून्यलग्नानि

आद्ये तिथौ तुलानक्रौ तृतीये मृगसिंहकौ।
पञ्चम्यां मिथुनं कन्या सप्तम्यां कर्कटो धनुः ॥ ६१ ॥
एकादश्यां धनुर्मीनौ नवम्यां सिंहकर्कटौ।
वृषो मीनस्त्रयोदश्यां शून्यलग्नमिदं त्यजेत् ॥ ६२ ॥

विषम तिथियों में शून्य लग्न—प्रतिपदा तिथि में तुला-मकर लग्न, तीज में मकर-सिंह, पंचमी में मिथुन-कन्या, सप्तमी में कर्क-धनु, एकादशी में धनु-मीन, नवमी में सिंह-कर्क और तेरस तिथि में वृष-मीन शून्य लग्न होती हैं। इनका शुभ काम में त्याग करना चाहिये ॥ ६१–६२ ॥

अथ शून्यतिथीनां देशविशेषेण त्याज्यत्वम्

नक्षत्रतिथिलग्नानि मासशून्यानि यानि च।
मध्यदेशे त्यजेत्तानि शुभे नान्यत्र कुत्रचित् ॥ ६३ ॥

मासों में शून्य नक्षत्र, तिथि व लग्न का शुभ काम में त्याग केवल मध्यदेश में करना चाहिये। अन्य देशों में इनका त्याग नहीं होता है ॥ ६३ ॥

अथावश्यके योगानामपवादः

तिथिवारोद्भवान् योगान् दुष्टाख्यांश्च भवारजान्।
तिथिभोत्थाँस्त्रितयजान् हूणे वङ्गे खशे त्यजेत् ॥ ६४ ॥
नाऽन्यदेशे निषिद्धास्ते गुणवत्तिथिभादिषु।
उत्पातमृत्युकाणाख्या वक्षो दग्धाख्यकालकान् ॥ ६५ ॥
क्रकचं यमघंटादीन् शस्ते चन्द्रे शुभान् जगुः।
मध्याह्नोत्तरमित्येके यामोत्तरमथापरे ॥ ६६ ॥
यात्रातिरिक्तकार्येऽन्ये लग्नशुद्ध्या शुभान् जगुः।
कुयोगः सिद्धियोगश्च यदि स्यातां शुभावपि ॥ ६७ ॥
सुयोगो हन्ति दुर्योगं कार्यसिद्ध्यै शुभावहः ॥ ६८ ॥

आवश्यक कार्य में दूषित योगों का परिहार—तिथि-वार से, नक्षत्र-वार से तथा तिथि-नक्षत्र से और तिथि-वार-नक्षत्र इन तीनों से जायमान दूषित योगों का हूण, वंग व खश देश में त्याग करना चाहिये। अन्य देशों में इनका त्याग गुण से युक्त तिथि, नक्षत्र होने पर नहीं होता।

उत्पात, मृत्यु, काण, दग्ध, काल, क्रकच, यमघण्टादि योग प्रशस्त चन्द्रमा होने पर शुभ होते हैं। किसी के मत में मध्याह्न के बाद, किसी के मत में प्रहर के पश्चात् शुभ हैं, अन्य लोग यात्रा को छोड़कर अन्य कार्य में लग्न शुद्धि होने पर शुभ मानते हैं।

यदि दूषित व सिद्धि योग एक साथ पड़ जाय तो शुभ होता है। क्योंकि सुयोग दुर्योग का नाश करके शुभदायी होता है ॥ ६४–६८ ॥

अथ शुभाशुभकार्ये त्रिपुष्करयमलयोगौ

भद्रातिथौ शनीज्यारवारे चेद् विषमाङ्घ्रिभम्।
तदा त्रिपुष्करो योगो यमलो युग्मपादभे ॥ ६९ ॥

भद्रातिथि (२।७।१२) में शनि, गुरु, भौमवार हो एवं विषमाङ्घ्रि, (कृत्तिका, पुनर्वसु, उत्तराफाल्गुनी, विशाखा, उत्तराषाढा, पूर्वाभाद्रपदा) नक्षत्र हो तो त्रिपुष्कर योग होता है।

कथित नक्षत्र, तिथियों में समाङ्घ्रि संज्ञक नक्षत्र (मृगशिरा, चित्रा, धनिष्ठा) हो तो यमल अर्थात् द्विपुष्कर योग होता है ॥ ६९ ॥

अथ सुबोधार्थं रव्यादिवारेषु शुभाशुभयोगाः

शुभः सिद्धियोगः

रवौ हस्तेऽश्विनी मूलं धनिष्ठा चोत्तरात्रयम्।
पुष्यस्तथाष्टमी चैव सिद्धियोगा इमे स्मृताः ॥ ७० ॥

सुन्दर ज्ञान के लिये सूर्यादि वारों में शुभाशुभयोग–शुभ सिद्धि योग–सूर्यवार में हस्त, अश्विनी, मूल, धनिष्ठा, तीनों उत्तरा, पुष्य तथा अष्टमी तिथि हो तो सिद्धि योग होता है ॥ ७० ॥

अशुभो विरुद्धयोगः

विशाखा भरणी सूर्ये मघा ज्येष्ठाऽनुराधिका।
सप्तमी द्वादशी तद्वद् विरुद्धा स्याच्चतुर्दशी ॥ ७१ ॥

सूर्यवार के दिन, विशाखा, भरणी, मघा, ज्येष्ठा, अनुराधा नक्षत्र तथा सप्तमी, द्वादशी, चौदस तिथि होने पर विरुद्ध योग होता है ॥ ७१ ॥

शुभावहः सिद्धियोगः

चन्द्रे च श्रवणः पुष्योऽनुराधा रोहिणी मृगः।
दशमी नवमी वाथ सिद्धियोगः शुभावहः ॥ ७२ ॥

सोमवार में श्रवण, पुष्य, अनुराधा, रोहिणी, मृगशिरा नक्षत्र तथा दशमी, नवमी तिथि होने पर शुभावह सिद्धियोग होता है ॥ ७२ ॥

अशुभो वर्जनीययोगः

पूर्वाषाढोत्तराषाढा स्वाती चित्रा विशाखिका।
सोमे चैकादशी षष्ठी वर्जनीया त्रयोदशी ॥ ७३ ॥

चन्द्रवार में पूर्वाषाढा, उत्तराषाढा, स्वाती, चित्रा, विशाखा नक्षत्र, एकादशी, छठ या तेरस तिथि होने पर वर्जनीय योग होता है ॥ ७३ ॥

सिद्धिदाता योगः

भौमेऽश्लेषाश्विनी मूलं मृगशीर्षस्त्रयोदशी।
तृतीया चाष्टमी षष्ठी सिद्धिदा कीर्तिता बुधैः ॥ ७४ ॥

मंगलवार में आश्लेषा, अश्विनी, मूल, मृगशिरा नक्षत्र तथा तेरस, तीज, अष्टमी, छट तिथि होने पर सिद्धिदाता योग होता है ॥ ७४ ॥

वर्जनीयो योगः

उत्तराषाढभं चार्द्रा धनिष्ठा त्रितयं तथा।
द्वितीया दशमी भौमे वर्जनीया प्रयत्नतः ॥ ७५ ॥

मंगलवार में उत्तराषाढ, आर्द्रा, धनिष्ठा, शतभिषा, पूर्वाभाद्रपदा नक्षत्र तथा दोज, दशमी तिथि हो तो शुभकाम में त्याग करना चाहिये ॥ ७५ ॥

शुभप्रदो योगः

बुधे पुष्योऽनुराधा च कृत्तिका रोहिणी मृगाः ।
द्वितीया सप्तमी चैव द्वादशी च शुभप्रदाः ॥ ७६ ॥

बुधवार में पुष्य, अनुराधा, कृत्तिका, रोहिणी, मृगशिरा नक्षत्र तथा द्वितीया, सप्तमी, द्वादशी तिथि हो तो शुभदायी योग होता है ॥ ७६ ॥

अशुभो विरुद्धयोगः

धनिष्ठा भरणी मूलमश्विनी रेवती बुधे ।
तृतीया प्रतिपद् वापि विरुद्धा नवमी स्मृता ॥ ७७ ॥

बुधवार में धनिष्ठा, भरणी, मूल, अश्विनी, रेवती नक्षत्र तथा तीज, प्रतिपदा वा नवमी तिथि हो तो विरुद्ध योग होता है ॥ ७७ ॥

शुभदो योगः

गुरौ पुष्योऽनुराधा च विशाखाश्विपुनर्वसुः ।
रेवती दशमी चैव पूर्णिमा शुभदा स्मृता ॥ ७८ ॥

गुरुवार में पुष्य, अनुराधा, विशाखा, अश्विनी, पुनर्वसु, रेवती नक्षत्र तथा दशमी, पूर्णिमा तिथि शुभ फल देने वाली होती है ॥ ७८ ॥

अशुभो योगः

जीवे षष्ठ्यष्टमी नेष्टा चतुर्थी शततारका ।
कृत्तिकादि चतुष्कं च तथा चोत्तरफाल्गुनी ॥ ७९ ॥

गुरुवार में छठ, अष्टमी, चौथ तिथि तथा शतभिषा, कृत्तिका, रोहिणी, मृगशिरा, आर्द्रा, उत्तराफाल्गुनी नक्षत्र होने पर नेष्ट (अशुभ) योग होता है ॥ ७९ ॥

सिद्धयोगः

शुक्रे पूषाश्विनी चित्रा रेवती च पुनर्वसुः ।
श्रवणः प्रतिपत् षष्ठो सिद्धा चैकादशी तथा ॥ ८० ॥

शुक्रवार में पूर्वाषाढा, अश्विनी, चित्रा, रेवती, पुनर्वसु, श्रवण नक्षत्र तथा प्रतिपदा, छठ व एकादशी तिथि होने पर सिद्ध योग होता है ॥ ८० ॥

विरुद्धयोगः

भार्गवे रोहिणी ज्येष्ठा पुष्याऽश्लेषा मघा तथा ।
द्वितीया सप्तमी चैव विरुद्धा सर्वकर्मसु ॥ ८१ ॥

शुक्रवार में रोहिणी, ज्येष्ठा, पुष्य, आश्लेषा, मघा नक्षत्र तथा दोज, सप्तमी तिथि होने पर समस्त कार्यों में विरुद्ध योग होता है ॥ ८१ ॥

सिद्धयोगः

शनौ स्वाती श्रवः पूर्वाफाल्गुनी रोहिणी मृगः ।
चतुर्थी नवमी वापि तिथिः सिद्धा चतुर्दशी ॥ ८२ ॥

शनिवार में स्वाती, श्रवण, पूर्वाफाल्गुनी, रोहिणी, मृगशिरा नक्षत्र तथा चौथ, नवमो, चौदस तिथि होने पर सिद्ध योग होता है ॥ ८२ ॥

निषिद्धयोगः

पूर्वाषाढोत्तराषाढा चित्रा हस्तोऽथ रेवती ।
उत्तराफाल्गुनी षष्ठी निषिद्धा सप्तमी शनौ ॥ ८३ ॥

शनिवार में पूर्वाषाढा, उत्तराषाढा, चित्रा, हस्त, रेवती, उत्तराफाल्गुनी नक्षत्र तथा छठ, सप्तमी तिथि होने पर निषिद्ध योग होता है ॥ ८३ ॥

इति श्रीमद्दैवज्ञरावलहरिशङ्करसूरिसूनुगणपतिकृते मुहूर्त्तगणपतौ
शुभाशुभप्रकरणमष्टमम् ॥ ८४ ॥

इस प्रकार श्रीमान् दैवज्ञ रावल पं० हरिशङ्करसूरि पुत्र पं० गणपति जी द्वारा रचित मुहूर्तगणपति ग्रन्थ का शुभाशुभ प्रकरण आठवाँ समाप्त हुआ ॥ ८४ ॥

इति श्रीमथुरानिवासि श्रीमद्भावताभिनवशुक पं० केशवदेवचतुर्वेदात्मजमुरलीधरचतुर्वेदकृता मुहूर्तगणपतिग्रन्थस्याष्टमस्य शुभाशुभप्रकरणस्य कान्तिमती हिन्दी टीका परिपूर्णा ॥ ८५ ॥

अथ त्याज्यप्रकरणम्

अब आगे इस नवें प्रकरण में त्याज्य योगों को बताते हैं ।

वर्जिता योगाः

तिथिनक्षत्रवाराणां दुष्टयोगान् परस्परम् ।
व्यतीपातादिदुर्योगान् विष्टिदर्शार्कसङ्क्रमान् ॥ १ ॥
जन्मर्क्षतिथिमासांश्च तिथ्यर्द्धं त्ववमं दिनम् ।
पापैर्मुक्तं युतं भोग्यं विद्धं लत्तितमक्षकम् ॥ २ ॥
उत्पातग्रहभिन्नं च खग्रासे ग्रहणर्क्षजम् ।
षण्मासावधि मासेषु त्रिषु ग्रासेऽर्द्धके सति ॥ ३ ॥
मासमेकं तु तुर्यांशे ग्रस्ते चन्द्रे च भास्करे ।
अहं प्राग् ग्रहणात् सप्त दिनानि ग्रहणोत्तरम् ॥ ४ ॥
ग्रस्तास्ते तु त्र्यहं पूर्वं त्र्यहं ग्रस्तोदये परम् ।
पूर्णे ग्रासे त्विदं ज्ञेयं खण्डे ग्रस्तेऽनुपाततः ॥ ५ ॥

तिथि, नक्षत्र, वार के परस्पर संयोग से उत्पन्न दूषित योग, व्यतीपातादि दुर्योग, भद्रा, अमावास्या, सूर्यसंक्रान्ति, जन्म के नक्षत्र-तिथि-मास करण का क्षय दिन, पाप ग्रह से

त्यक्त–युक्त–भोग्य–विद्ध तथा लत्तित (लत्ता दोष से युत) नक्षत्र, ग्रहोत्पात नक्षत्र शुभ कर्म में दूषित कहे गये हैं। खग्रास ग्रहण जिस नक्षत्र में हो उसका ६ मास तक, आधा ग्रसित होने पर तीन मास तक, चतुर्थांश में एक मास तक उस नक्षत्र का तथा सूर्य-चन्द्रग्रहण में ग्रहण से तीन दिन पूर्व के व ग्रहण से सात दिन बाद का, ग्रस्तास्त में प्रथम के तीन दिन व ग्रस्तोदय में बाद के तीन दिनों का मांगलिक कार्यों में त्याग करना चाहिये। पूर्ण ग्रसित होने पर यह समझना और खण्डग्रास में अनुपात के द्वारा जानना चाहिये ॥ १–५ ॥

अन्ये दुष्टत्याज्ययोगाः

गण्डान्तं त्रिविधं दुष्टं क्षीणेन्दुं पापकर्त्तरीम्।
पापहोरां खले वारे यामार्द्धं कुलिकादिकान् ॥ ६ ॥
चन्द्रपापयुतं लग्नमंशं वा कुनवांशकम्।
जन्मराशिविलग्नाभ्यामष्टमं लग्नमेव च ॥ ७ ॥
दिनमेकं तु मासान्ते नक्षत्रान्ते घटीद्वयम्।
घटीमेकां तु तिथ्यन्ते लग्नान्ते घटिकार्द्धकम् ॥ ८ ॥
विशाख्या नाडिकाभानां पातमेकार्गलं तथा।
दग्धाहं क्रान्तिसाम्यं च लग्नेशं रिपुमृत्युगम् ॥ ९ ॥
दिनार्द्धे च रजन्यर्द्धे संधौ च पलविंशतिम्।
मलमासं कवीज्यास्तं बाल्यं वार्द्धक्यमेव च ॥ १० ॥
जन्मेशास्तं मनोभङ्गं सूतकं मातुरार्तवम्।
रोगोत्पाताद्यरिष्टानि शुभेत्येतानि संत्यजेत् ॥ ११ ॥

तीन प्रकार के दूषित गण्डान्त, क्षीण चन्द्र, पापकर्त्तरी, पाप होरा, पापग्रह वार, यामार्द्ध, कुलिकादि, पापग्रह से युक्त चन्द्र, लग्न, नवांश, कुत्सित नवांश, जन्म राशि व लग्न से अष्टम राशि लग्न, मास के अन्त का एक दिन, नक्षत्र के अन्त की दो घटी, तिथ्यन्त की एक घटी, लग्न के अन्त की आधी घटी, नक्षत्रों की विष घटी, पात, एकार्गल, क्रान्तिसाम्य, दग्ध दिन, अष्टमस्थ व रिपुस्थ लग्नेश, दिनार्घ, रात्र्यर्ध व संधि में २० पल, मलमास, गुरु-शुक्र का अस्तत्व, बालत्व, वार्धक्य, जन्मेश के अस्त होने, मनो भङ्गता, सूतक, माता का रजोदर्शन और रोग उत्पातादि अरिष्ट इन सब का शुभ कामों में त्याग करना चाहिये ॥ ६–११ ॥

इति श्रीमद्दैवज्ञरावलहरिशङ्करसूरिसूनुगणपतिकृते मुहूर्तगणपतौ
त्याज्यप्रकरणं नवमं समाप्तम् ॥ ९ ॥

इस प्रकार श्रीमान् दैवज्ञरावलहरिशङ्करसूरिपुत्र गणपति जी द्वारा रचित मुहूर्त-गणपति ग्रन्थ का त्याज्य नाम का नवाँ प्रकरण समाप्त हुआ ॥ ९ ॥

इति श्री मथुरानिवासि श्रीमद्भागवताभिनवशुक पं० केशवदेवचतुर्वेदात्मजमुरलीधर-चतुर्वेदकृता कान्तिमती हिन्दी व्याख्या मुहूर्तगणपतिग्रन्थस्थनवमप्रकरणस्य पूर्तिमगात् ॥९॥

अथ लग्नप्रकरणम्

मेषो वृषोऽथ मिथुनं कर्कः सिंहोऽथकन्यका।
तुलाऽथ वृश्चिको धन्वी मकरः कुम्भमीनकौ ॥ १ ॥

१२ राशियों के नाम—१ मेष, २ वृष, ३ मिथुन, ४ कर्क, ५ सिंह, ६ कन्या, ७ तुला, ८ वृश्चिक, ९ धनु, १० मकर, ११ कुम्भ और १२ मीन ये बारह राशियां होती हैं ॥ १ ॥

राशीनां पुंस्त्र्यादि संज्ञा

राशयस्तु क्रमादेते पुंस्त्रियौ क्रूरसौम्यकौ।
ज्ञेयश्चरः स्थिरश्चैव द्विस्वभावः क्रमात् पुनः ॥ २ ॥

इन राशियों की क्रम से पुरुष-स्त्री और क्रूर-सौम्य संज्ञा होती है। जैसे—मेष-पुरुष, वृष-स्त्री, मिथुन-पुरुष, कर्क-स्त्री इत्यादि। इसी क्रम से मेष-क्रूर, वृष-सौम्य आदि, एवं मेष, कर्क, तुला, मकर की चर; वृष, सिंह, वृश्चिक, कुंभ की स्थिर और मिथुन, कन्या, धनु, मीन की द्विस्वभाव संज्ञा होती है ॥ २ ॥

राशीनां पृष्ठोदयादि संज्ञा दिवारात्रिबलित्वं च

पृष्ठोदयो धनुर्मेषौ मकरो वृषकर्कटौ।
उभयोदयवान् मीनस्ततोऽन्ये मस्तकोदयाः ॥ ३ ॥
मेषो वृषो धनुर्युग्मं कर्कनक्रौ निशाबलाः।
दिवाबलास्तु तेभ्योऽन्ये स्वस्वकाले बलाधिकाः ॥ ४ ॥

धनु, मेष, मकर, वृष, कर्क की पृष्ठोदय, मीन की उभयोदय और अन्य राशियों की शीर्षोदय संज्ञा होती है।

मेष, वृष, धनु. मिथुन, कर्क, मकर राशि रात्रि में बली और इनसे अतिरिक्त राशियां दिन में बली तथा अपने २ समय में अधिक बली होती हैं ॥ ३–४ ॥

अथ राशिस्वामिनः

मेषवृश्चिकयोर्भौमो बुधो मिथुनकन्ययोः।
तुलावृषभयोः शुक्रः कर्कटस्य तु चन्द्रमाः ॥ ५ ॥
सिंहस्याधिपतिः सूर्यः शनिर्मकरकुम्भयोः।
धनुर्मीनोभयोर्जीवश्चैते राशीश्वराः स्मृताः ॥ ६ ॥

१२ राशियों के स्वामी ग्रह—मेष-वृश्चिक का मंगल, मिथुन-कन्या का बुध, तुला-

वृष का शुक्र, कर्क का चन्द्रमा, सिंह का सूर्य, मकर-कुंभ का शनि और धनु-मीन राशि का स्वामी गुरु होता है ॥ ५–६ ॥

स्पष्टार्थ चक्र

राशि	मेष	वृष	मिथुन	कर्क	सिंह	कन्या	तुला	वृश्चिक	धनु	मकर	कुंभ	मीन
स्वामी	मं०	शु०	बु०	चं०	सू०	बु०	शु०	मं०	गु०	श०	श०	गु०

अथोच्चगृहाणि

मेषो वृषस्तथा नक्रः कन्याकर्कझषास्तुला।
सूर्यादीनां क्रमादेते कथिता उच्चराशयः ॥ ७ ॥
परमोच्चांशकाः सूर्याद्दिशो रामगजाश्विनः।
बाणचन्द्रशराः शैलदृशः श्वाश्विमिताः क्रमात् ॥ ८ ॥

ग्रहों की उच्च राशि व परमोच्चांश—सूर्य की उच्च राशि मेष, चन्द्रमा की वृष, भौम की मकर, बुध की कन्या, गुरु की कर्क, शुक्र की मीन और शनि की तुला राशि उच्च राशि होती है।

सूर्य १० अंश पर अपनी राशि में परमोच्चांश में होता है तथा चन्द्रमा ३० अंश में, भौम २८ अंश में, बुध १५ अंश में, गुरु ५ अंश में, शुक्र २७ अंश में और शनि २० अंश में परमोच्चांश में होता है ॥ ७–८ ॥

अथ नीचग्रहाः

सूर्यादीनां क्रमान्नीचं स्वोच्चभाद्यं च सप्तमम्।
राहोस्तु कन्यकागेहं मिथुनं स्वोच्चभं स्मृतम् ॥ ९ ॥

ग्रहों की नीच राशि व नीचांश—सूर्यादि ग्रहों की उच्च राशि से सातवीं राशि नीच राशि व उक्त अंश में परम नीच राशि होती है ॥ ९ ॥

स्पष्टार्थ उच्च राशि, उच्चांश, नीच व नीचांश चक्र

ग्रह	सूर्य	चन्द्रमा	भौम	बुध	गुरु	शुक्र	शनि
उच्चरा०	मेष	वृष	मकर	कन्या	कर्क	मीन	तुला
उच्चांश	१०	३	२८	१५	५	२७	२०
नीच रा०	तुला	वृश्चिक	कर्क	मीन	मकर	कन्या	मेष
नीचांश	१०	३	२८	१५	५	२७	२०

अथ मूलत्रिकोणम्

सिंहो वृषभमेषौ च कन्याधन्वितुलाघटाः।
रव्यादीनां क्रमान्मूलत्रिकोणराशयः स्मृताः ॥ १० ॥

ग्रहों की मूल त्रिकोण राशि -- सूर्य की सिंह, चन्द्रमा को वृष, मंगल की मेष, बुध की कन्या, गुरु की धनु, शुक्र की तुला और शनि की कुंभ राशि मूल त्रिकोण राशि होती है ॥ १० ॥

अथ मेषादिलग्नकृत्यानि

अब आगे मेष, वृषादि १२ राशि लग्नों में क्या करना चाहिये, इसे बताते हैं।

मेषलग्ने कार्यम्

प्राकारो धातुकर्माणि भूमिपालाभिषेचनम्।
विरोधः साहसं चैतन्मेषलग्ने प्रसिद्धचति ॥ ११ ॥

मेष लग्न में प्राकार (परकोटा), धातु कार्य, राजा का अभिषेक, विरोध और साहस सम्बन्धी कार्य सिद्ध होते हैं ॥ ११ ॥

वृषलग्ने

क्षेत्रकूपादिकं दानं कुमारीवरणं ध्रुवम्।
गृहप्रवेश उद्‌वाहः सिद्धचेदेतत् वृषोदये ॥ १२ ॥

क्षेत्र (भूमि, खेती), कुआ आदि, दान, कन्या वरण, स्थिर कार्य, गृह प्रवेश विवाह यह सब वृष लग्न में सिद्ध होते हैं ॥ १२ ॥

मिथुनलग्ने

कलाविभूषाविज्ञानं यत्कार्यं वृषभोदये।
तत्सर्वं मिथुने प्रोक्तं होराशास्त्रविचक्षणैः ॥ १३ ॥

होरा शास्त्र के विद्वानों ने वताया है कि कला, भूषण, विज्ञान का कार्य व वृष लग्न में कथित समस्त काम मिथुन लग्न में भी करने चाहिये ॥ १३ ॥

कर्कलग्ने

वारिबन्धनमोक्षं च पौष्टिकं चरकर्म च।
वापीकूपतडागादि कर्कटे कथितं बुधैः ॥ १४ ॥

कर्क लग्न में जल का बाँधना व निकालना, पुष्टता सम्बन्धी, चर कार्य, वापी, कुआ, तालाब जन्य काम करना चाहिये ॥ १४ ॥

सिंहलग्ने

राजसेवा कृषिः पण्यं परयोगो वणिक्पथः।
सिंहे सिद्धचति तत्सर्वं मेषलग्नोदितं च यत् ॥ १५ ॥

सिंह लग्न में राजकीय सेवा, खेती, बाजार, परयोग, व्यापार और जो मेष लग्न में कथित कार्य हैं वह सब सिद्ध होते हैं ॥ १५ ॥

कन्यालग्ने

भूषणं शिल्पविज्ञानमौषधं पौष्टिकं तथा।
चरं स्थिरं तु यत् किञ्चित् कन्यालग्ने प्रसिद्धयति ॥ १६ ॥

कन्या लग्न में अलङ्कार, चित्रकारी, विज्ञान, औषधि, पुष्टता सम्बन्धी, चर व स्थिर कार्य सिद्ध होते हैं ॥ १६ ॥

तुलालग्ने

वाणिज्यं कर्षणं सेवा यात्रा भाण्डतुलाश्रयम्।
तुला लग्ने समाख्यातं मुनिभिस्तत्त्वदर्शिभिः ॥ १७ ॥

तत्व दर्शक ऋषियों ने तुला लग्न में व्यापार, खेती, सेवा, यात्रा, बरतन सम्बन्धी काम और तोलने का कार्य करना कहा है ॥ १७ ॥

वृश्चिकलग्ने

राजसेवाभिषेकौ च साहसं दारुणं तथा।
उग्रं चौर्यं स्थिरं कर्म कर्तव्यं तत्सरीसृपे ॥ १८ ॥

वृश्चिक लग्न में राजकीय नौकरी, अभिषेक, साहस, क्रूर, उग्र, चौर्य और स्थिर कार्य करना चाहिये ॥ १८ ॥

धनुर्लग्ने

उद्वाहः पौष्टिकं यात्रा वाहनाग्निपरिग्रहः।
धनुर्लग्ने चरं कर्म कथितं पूर्वसूरिभिः ॥ १९ ॥

पूर्वाचार्यों ने कहा है—धनु लग्न में विवाह, पौष्टिक, यात्रा, सवारी, अग्नि ग्रहण और चर काम करना चाहिये ॥ १९ ॥

मकरलग्ने

दासी चतुष्पदोष्ट्राद्यमम्भसो बन्धमोक्षणम्।
तथा क्षेत्राश्रयं यात्रा पयसो मकरोदये ॥ २० ॥

मकर लग्न में दासी, चौपाये, ऊँट आदि, जल का बाँधना व छोड़ना, खेती और जल यात्रा करनी चाहिये ॥ २० ॥

कुम्भलग्ने

बीजस्य सङ्ग्रहं नौकाकार्यं वारिगमादिकम्।
तथा ध्रुवं चरं कार्यं कुंभे कुर्यात् सदा बुधः ॥ २१ ॥

कुंभ लग्न में बीज संग्रह, नौका संबन्धी कार्य, जल गमन, ध्रुव, चर काम सदा करना चाहिये ॥ २१ ॥

मीनलग्ने

उद्वाहश्चाभिषेकश्च विद्यालङ्करणादिकम् ।
पशुकर्माम्बुकार्यं च मीनलग्ने प्रकीर्तितम् ॥ २२ ॥

मीन लग्न में विवाह, अभिषेक, विद्या, अलङ्कार, पशु तथा जल सम्बन्धी कार्य करना चाहिये ॥ २२ ॥

फल विशेष:

मेषादिष्वेषु शुद्धेषु यथोक्तं कर्म सिद्धयति ।
पापेक्षितयुतेष्वेषु क्रूरं सिद्धयेन्न चेतरत् ॥ २३ ॥

मेषादि राशियों के शुद्ध रहने पर पूर्वोक्त कार्य सिद्ध होते हैं और क्रूर ग्रह से मेषादि राशि युक्त होने पर क्रूर कामों की सिद्धि तथा अक्रूरों की असिद्धि होती है ॥ २३ ॥

अथ षड्वर्गाः

षड्वर्गो गृहहोराख्यो द्रेष्काणोऽथ नवांशकः ।
द्वादशांशस्तथा त्रिंशांशकः स शुभजः शुभः ॥ २४ ॥

अब आगे षड्वर्ग को बताते हैं । १ गृह, २ होरा, ३ द्रेष्काण, ४ नवांश, ५ द्वादशांश तथा ६ त्रिंशांश ये ६ षड्वर्ग कहलाते हैं । यह षड्वर्ग शुभग्रहों का शुभ होता है ॥ २४ ॥

षड्वर्गज्ञानम्

त्रिंशदंशा ग्रहं राशेरर्द्धं होरेति कथ्यते ।
द्रेष्काणः स्यात्तृतीयांशो नवमांशो नवांशकः ॥ २५ ॥
द्वादशांशो द्विषड्भागः त्रिंशांशस्त्रिंशदंशकः ।
लग्नराशिपतिः खेटो गृहेशः परिकीर्तितः ॥ २६ ॥

एक राशि में ३० अंश होते हैं । १५, १५ अंश की १ होरा, तृतीयांश अर्थात् १० अंश का १ द्रेष्काण, नवाँ हिस्सा अर्थात् ३ अं० २० कला का १ नवांश, २ अंश २० कला का द्वाद्वशांश और तीसवें अंश का त्रिशांश होता है । इसका प्रकार आगे बताया गया है । लग्न के स्वामी ग्रह को गृहेश कहते हैं ।

होरा-आनयनम्

चन्द्रभान्वोः समे राशौ विषमे रविचन्द्रयोः ।

सम राशियों में प्रथम १५ अंश तक चन्द्रमा की होरा इसके बाद १६ अंश से ३० अंश तक सूर्य की होरा और विषम राशियों में पहिले सूर्य को बाद में चन्द्रमा की होरा होती है ।

स्पष्टार्थ चक्र

राशि	मे.	वृ.	मि.	क.	सिं.	क.	तु.	वृ.	ध.	म.	कु.	मी.
अंश १५	सू.	चं.	सू.	चं.	सू.	चं.	सू.	चं.	सू.	चं.	सू.	चं.
अंश १५	चं.	सू.	चं.	सू.	चं.	सू.	चं.	सू.	चं.	सू.	चं.	सू.

द्रेष्काणेश-आनयनम्

द्रेष्काणेशाः क्रमादाद्यपञ्चाङ्कभवनेश्वराः ॥ २७ ॥

प्रत्येक राशियों में प्रथम द्रेष्काणेश उसी राशि स्वामी का, दूसरा उससे पांचवीं का और तीसरा द्रेष्काणेश उससे नवीं राशि स्वामी का होता है ॥ २७ ॥

स्पष्टार्थ चक्र

राशि	मे.	वृ.	मि.	क.	सिं.	क.	तु.	वृ.	ध.	म.	कु.	मी.
अंश	१	२	३	४	५	६	७	८	९	१०	११	१२
१–१०	मं.	शु.	बु.	चं.	सू.	बु.	शु.	मं.	गु.	श.	श.	गु.
अंश	५	६	७	८	९	१०	११	१२	१	२	३	४
११–२०	सू.	बु.	शु.	मं.	गु.	श.	श.	गु.	मं.	शु.	बु.	चं.
अंश	९	१०	११	१२	१	२	३	४	५	६	७	८
२१–३०	गु.	श.	श.	गु.	मं.	शु.	बु.	चं.	सू.	बु.	शु.	मं.

नवांश-आनयनम्

धनुःसिंहोऽथ मेषश्च मेषाद्याश्च नवांशकाः ।
मकरे वृषभः कन्या मकराद्याः प्रकीर्तिताः ॥ २८ ॥
तुलामिथुनकुम्भाख्यास्तुलाद्याः कथिता बुधैः ।
कर्काद्यास्ते तु विज्ञेया मीनवृश्चिककर्कटाः ॥ २९ ॥

धनु, सिंह, मेष राशि में मेष राशि के क्रम से, मकर, वृषभ, कन्या में मकर से, तुला, मिथुन, कुम्भ राशि में तुला से और मीन, वृश्चिक, कर्क में कर्क राशि से नवांश समझना चाहिये ॥ २८–२९ ॥

स्पष्टार्थ सारिणी

मे.	वृ.	मि.	क.	सिं.	क.	तु.	वृ.	ध.	म.	कु.	मी.	राशि
१	१०	७	४	१	१०	७	४	१	१०	७	४	अंक ३।२०
२	११	८	५	२	११	८	५	२	११	८	५	६।४०
३	१२	९	६	३	१२	९	६	३	१२	९	६	१०।०
४	१	१०	७	४	१	१०	७	४	१	१०	७	१३।२०
५	२	११	८	५	२	११	८	५	२	११	८	१६।४०
६	३	१२	९	६	३	१२	९	६	३	१२	९	२०।०
७	४	१	१०	७	४	१	१०	७	४	१	१०	२३।२०
८	५	२	११	८	५	२	११	८	५	२	११	२६।४०
९	६	३	१२	९	६	३	१२	९	६	३	१२	३०।०

द्वादशांश-आनयनम्

द्वादशांशो यथासंख्यं विज्ञातव्यः स्वराशितः।

द्वादशांश का प्रारम्भ सब राशियों में अपनी राशि से ही होता है।

अथ द्वादशांश सारणी

मे०	वृ०	मि०	क०	सिं०	क०	तु०	वृ०	ध०	म०	कुं०	मी०
१	२	३	४	५	६	७	८	९	१०	११	१२
२	३	४	५	६	७	८	९	१०	११	१२	१
३	४	५	६	७	८	९	१०	११	१२	१	२
४	५	६	७	८	९	१०	११	१२	१	२	३
५	६	७	८	९	१०	११	१२	१	२	३	४
६	७	८	९	१०	११	१२	१	२	३	४	५
७	८	९	१०	११	१२	१	२	३	४	५	६
८	९	१०	११	१२	१	२	३	४	५	६	७
९	१०	११	१२	१	२	३	४	५	६	७	८
१०	११	१२	१	२	३	४	५	६	७	८	९
११	१२	१	२	३	४	५	६	७	८	९	१०
१२	१	२	३	४	५	६	७	८	९	१०	११

त्रिंशांश-आनयनम्

विषमर्क्षे तु बाणाश्च वसुशैलशराः क्रमात् ॥ ३० ॥
भौमार्किज्यज्ञशुक्राणां त्रिंशांशाः परिकीर्तिताः।
समर्क्षे तु शरग्राववसुबाणशरांशकाः ॥ ३१ ॥
शुक्रसौम्यांगिरोमन्दभौमानां च यथाक्रमम् ॥ ३२ ॥

त्रिंशांश विषम राशियों में ५।५।८।७।५ अंश क्रम से होता है तथा इनके स्वामी मंगल, शनि, गुरु, बुध, शुक्र क्रमानुसार होते हैं और सम राशियों में ५।७।८।५।५ क्रम से, एवं इनके अधिप ग्रह शुक्र, बुध, गुरु, शनि, मंगल होते हैं ॥ २९—३२ ॥

विषमराशि त्रिंशांश सारणी

अंश	५	५	८	७	५
स्वा.	मं.	श.	गु.	बु.	शु.

समराशित्रिंशांश सारणी

अंश	५	७	८	५	५
स्वा.	शु.	बु.	गु.	श.	मं.

अथ लग्नादिद्वादशभावसंज्ञा

आगे लग्नादि १२ भावों को किस २ नाम से पुकारते हैं, इसे बताते हैं।

५

द्वादशभावानां संज्ञाः

तनुर्धनसहोत्थाख्यं सुहृत् पुत्रारियोषितः ।
निधनं धर्मकर्मायव्ययाः भावास्तनोः क्रमात् ॥ ३३ ॥

प्रथम भाव की तनु, द्वितीय की धन, तीसरे की सहोत्थ, चौथे की सुहृद्, पांचवें की पुत्र, छठे की अरि, सातवें की स्त्री, आठवें की मृत्यु, नवें की धर्म, दसवें की कर्म, ग्यारहवें की आय और बारहवें भाव की व्यय संज्ञा होती है ॥ ३३ ॥

केन्द्रपणफरादिसंज्ञाः

केन्द्रं पणफरं चापोक्लिमं लग्नात् पुनः पुनः ।
नवमं पंचमं स्थानं त्रिकोणं परिकीर्तितम् ॥ ३४ ॥
त्रिदशैकादशं षष्ठं प्रोक्तं चोपचयाह्वयम् ।
जामित्रं सप्तमं द्यूनं द्यूनं च मदनाभिधम् ॥ ३५ ॥
रिष्फं तु द्वादशं ज्ञेयं दुश्चिक्यं स्यात्तृतीयकम् ।
चतुरस्रतुरीयाष्टसंख्या रन्ध्रमथाष्टकम् ॥ ३६ ॥

१।४।७।१० की केन्द्र, २।५।८।११ की पणफर, ३।६।९।१२ की आपोक्लिम, ९।५ की त्रिकोण, ३।११।६ की उपचय, ७ की जामित्र, द्यून, मदन, १२ की रिष्फ, ३ की दुश्चिक्य, ४।८ की चतुरस्र और ८वें भाव की रन्ध्र संज्ञा होती है ॥ ३४–३६ ॥

अथ वर्गोत्तमनवांशाः

आद्यश्चरे नवांशः स्यात् स्थिरे राशौ तु पंचमः ।
नवमो द्विस्वभावाख्यो शुभो वर्गोत्तमो ह्ययम् ॥ ३७ ॥

वर्गोत्तम नवांश का ज्ञान —चर राशियों में प्रथम नवांश, स्थिर में पाँचवाँ और द्विस्वभाव राशियों में अन्तिम वर्गोत्तम नवांश होता है ॥ ३७ ॥

अथ साधारणशुभकार्ये लग्नं ग्रहबलञ्च

सर्वेषु शुभकार्येषु नेष्टाः खेटा व्ययाष्टगाः ।
लग्ने पापारिगाः सौम्याः पापाः केन्द्रत्रिकोणगाः ॥ ३८ ॥
सौम्याः केन्द्रत्रिकोणस्थाः पापास्तु त्रिषडायगाः ।
ते सर्वे लाभगाः खेटाः श्रेष्ठाः स्युः शुभकर्मणि ॥ ३९ ॥
भावः स्वपतिना सौम्यैर्दृष्टो युक्तो बलाधिपः ।
पूर्णं फलं निजं धत्ते व्यस्तं पापयुतेक्षितः ॥ ४० ॥
लग्ने षड्वर्गसंशुद्धे प्रोक्तस्थानस्थिते ग्रहे ।
शुभर्क्षतिथिवारेषु कार्याः सर्वाः शुभाः क्रियाः ॥ ४१ ॥
एतत् सामान्यतः प्रोक्तं ग्रहलग्नबलादिकम् ।
विशेषस्तु यथाशास्त्रं ज्ञेयं तत्तन्मुहूर्तकम् ॥ ४२ ॥

साधारण शुभकाम में लग्न व ग्रहबल का ज्ञान—समस्त मांगलिक कार्यों में बारहवें, आठवें में सब ग्रह, लग्न में पापग्रह, छठे में शुभग्रह और १।४।७।१०।५।९ में पापग्रह त्याज्य होता है।

सब शुभ कामों में १।४।७।१०।५।९ में शुभग्रह, ३।६।११ में पापग्रह और समस्त ग्रह ११वें में शुभ होते हैं॥

प्रत्येक भाव अपने स्वामी से तथा शुभग्रहों से दृष्ट होने पर बलवान् होकर भावस्थ पूर्णफल देने में समर्थ होता है तथा पापग्रह से दृष्ट या युक्त हो तो विपरीत फल होता है।

६ वर्गों से शुद्ध लग्न तथा उक्तस्थान में ग्रह स्थित होने पर शुभ नक्षत्र, तिथि, वार में समस्त शुभ काम करना चाहिये। पूर्वोक्त लग्न एवं ग्रह बल का मैंने सामान्य रीति से वर्णन किया है और विशेष बल का शास्त्रों को देखकर मुहूर्तों का आदेश करना चाहिये॥ ३८–४२॥

इति श्रीमद्दैवज्ञरावलहरिशंकरसूरिसूनुगणपतिकृते मुहूर्तगणपतौ
दशमं लग्नप्रकरणं समाप्तम्॥ १०॥

इस प्रकार श्रीमान् दैवज्ञरावलहरिशंकरसूरि के पुत्र पं० गणपति जी द्वारा रचित
मुहूर्तगणपति ग्रन्थ का लग्न नामक दसवाँ प्रकरण समाप्त हुआ॥ १०॥

इति मथुरानिवासिश्रीमद्भागवताभिनवशुक पं० केशवदेवचतुर्वेदात्मजमुरलीधरचतुर्वेद-कृता मुहूर्तगणपतिग्रन्थस्थलग्नप्रकरणस्य दशमस्य कान्तिमती हिन्दी टीका पूर्तिमगात्॥ १०॥

अथ नूतनाम्बरालङ्कारप्रकरणम्

अब आगे ११वें प्रकरण में नवीन वस्त्र, आभूषणादि धारण आदि अनेक मुहूर्तों को बताते हैं।

हस्तादिपञ्चके पुष्ये धनिष्ठा रेवतीद्वयोः।
त्र्युत्तरे च पुनर्वस्वोः रोहिणी च शुभे तिथौ॥ १॥
बुधशुक्रेज्यवारेषु नूतनाम्बरधारणम्।
सौवर्णं रत्नरौप्यादिभूषणानां धृतिः क्षमा॥ २॥
प्रागुक्तधिष्ण्यवारे च स्वर्णाद्याभरणादिकम्।
रक्तं वासो बुधैर्धार्यं भौमभास्करयोरपि॥ ३॥

हस्त, चित्रा, स्वाती, विशाखा, अनुराधा, पुष्य, धनिष्ठा, रेवती, अश्विनी, तीनों उत्तरा, पुनर्वसु, रोहिणी नक्षत्र, शुभ तिथि, बुध, गुरु, शुक्रवार में नवीन वस्त्र तथा सुवर्ण, रत्न, चांदी आदि के आभूषण धारण करना शुभ होता है। वस्त्र धारण के नक्षत्र वारों में अलंकार भी पहनना चाहिये। लाल कपड़ा मंगल व रविवार में धारण करना भी पंडितों ने बताया है॥ २–३॥

अथ वारफलम्

जीर्णमर्को वधं चन्द्रो भौमः शोकं बुधो धनम् ।
गुरुर्ज्ञानं प्रयाणाप्तिं भार्गवो मलिनं शनिः ॥
कुर्वन्ति वासरा ह्येते नूतनाम्बरधारणात् ॥ ४ ॥

प्रतिवार में वस्त्र धारण का फल—रविवार में नूतन वस्त्र धारण करने से जीर्ण, सोम में वध, मंगल में शोक, बुध में धन लब्धि, गुरु में ज्ञान प्राप्ति, शुक्र में यात्रा और शनिवार में नया कपड़ा पहनने पर वस्त्र मलिन होता है ॥ ४ ॥

अथ नक्षत्रफलम्

वस्त्रप्राप्तिरथाश्विन्यां भरण्यां तद्विनाशनम् ।
कृत्तिकाग्निभयं कुर्याद् रोहिण्यां सर्वसम्पदः ॥ ५ ॥
मृगे मूषकभीतिः स्यादार्द्रायां निधनं भवेत् ।
पुनर्वसौ तथा पुष्ये धनधर्ममहोत्सवाः ॥ ६ ॥
आश्लेषायां भवेच्छोको मघायां मरणं ध्रुवम् ।
राज्यं भवति पूफायामुफायां तु धनागमः ॥ ७ ॥
कर्मसिद्धिस्तु हस्तर्क्षे चित्रायामिष्टसम्पदः ।
मिष्टभोजनदा स्वाती विशाखानन्ददायिनी ॥ ८ ॥
मित्राप्तिरनुराधायां ज्येष्ठायां वाससां हृतिः ।
जलप्लुतिश्च मूलर्क्षे पूर्वाषाढातिरोगदा ॥ ९ ॥
मिष्टान्नदोत्तराषाढा श्रवणो नयनार्तिकृत् ।
धान्यागमो धनिष्ठायां विषभीतिः शताभिधे ॥ १० ॥
पूर्वाभाद्रे जलाद्भीतिरुत्तरायां धनागमः ।
रत्नावाप्तिस्तु रेवत्यां भवेद् वस्त्रस्य धारणात् ॥ ११ ॥

अश्विनी नक्षत्र में नया वस्त्र धारण करने से वस्त्र लब्धि, भरणी में वस्त्र का विनाश, कृत्तिका में जलने का भय, रोहिणी में सब सम्पत्ति, मृगशिरा में चूहे से काटने का भय, आर्द्रा में दरिद्रता, पुनर्वसु व पुष्य में धन, धर्म, महोत्सव, आश्लेषा में शोक, मघा में निश्चय मृत्यु, पूर्वाफाल्गुनी में राज्य, उत्तराफाल्गुनी में धनागम, हस्त में कार्यसिद्धि, चित्रा में इष्ट सम्पत्ति, स्वाती में मीठा भोजन, विशाखा में आनन्द, अनुराधा में मित्रलब्धि, ज्येष्ठा में वस्त्र की चोरी, मूल में जल से गीला होना, पूर्वाषाढा में अधिक रोग, उत्तराषाढा में मीठा अन्न, श्रवण में नेत्र रोग, धनिष्ठा में धान्य का आगमन, पूर्वाभाद्रपदा में जल से डर, उत्तराभाद्रपद में धन की प्राप्ति और रेवती नक्षत्र में नवीन वस्त्र धारण करने से रत्न की प्राप्ति होती है ॥ ५–११ ॥

अथ वस्त्राभरणादिधारणे स्त्रीणां विशेषः

अश्विन्यां च धनिष्ठायां रेवत्यां करपञ्चके ।
सुवर्णरत्नदन्तादिवस्त्राणां धारणं स्त्रियः ॥ १२ ॥

स्त्रियों को नवीन वस्त्र, आभूषण (सुवर्ण) रत्न, दन्तादि का धारण अश्विनी, धनिष्ठा, रेवती, हस्त, चित्रा, स्वाती, विशाखा, अनुराधा नक्षत्र में शुभ होता है ॥ १२ ॥

अथ कज्जलादर्शकृत्यम्

चित्रा चतुष्टयेऽश्विन्यां धनिष्ठारेवतीमृगे।
शुक्रेऽर्केऽह्नि शनौ स्त्रीणां दर्पणाञ्जनयोर्धृतिः ॥ १३ ॥

चित्रा, स्वाती, विशाखा, अनुराधा, अश्विनी, धनिष्ठा, रेवती, मृगशिरा नक्षत्र और शुक्र, रवि, शनिवार में दर्पण देखना व काजल लगाना शुभ होता है ॥ १३ ॥

अथ सौभाग्यवत्या निषेधः

रोहिण्यां त्र्युत्तरे पुष्ये पुनर्वस्वोः कदाचन।
न दध्यात् सुभगा भूषावस्त्राण्यन्ये कुजेऽपि न ॥ १४ ॥

रोहिणी, तीनों उत्तरा, पुष्य, पुनर्वसु नक्षत्र में तथा मंगलवार में भी अन्यों के मत में सौभाग्यवती स्त्री को अलङ्कार व नया कपड़ा नहीं पहनना चाहिये ॥ १४ ॥

अथ नववस्त्रविकृतौ फलम्

वस्त्रस्य नवधा भागे चतुष्कोणे तु देवता।
मध्यत्र्यंशस्थितं रक्षो नराः पार्श्वदशांशयोः ॥ १५ ॥
दग्धे जीर्णे नवे वस्त्रे लिप्ते वा कर्दमादिभिः।
ज्ञेयं रक्षांशकं नेष्टं शुभं देवनरांशके ॥ १६ ॥
सर्वप्रान्तेष्वसच्चैव शयनासनपादुके ॥ १७ ॥

नये वस्त्र के ९ भाग करके चारों कोने में देवता व बीच के तीनों हिस्सों में राक्षस एवं अवशिष्ट अगल, बगल के कोष्ट में मनुष्य का भाग स्थापित करके देखना कि वस्त्र किस भाग में जला, फटा या कीचड़ में सना है। यदि राक्षस भाग में है तो अशुभ और देवता-व मनुष्य भाग शुभ और समस्त भाग विकृत होने पर अशुभ फल होता है। इसी प्रकार खाट, आसन व खड़ाऊँ में विकार आने पर भी फल होता है ॥ १५-१७ ॥

अथ मूहूर्तं विनाऽपि कुत्रचिद्वस्त्रधारणम्

राज्ञा प्रीत्यार्पितं वस्त्रं विवाहे चोत्सावादिषु।
तथा विप्राज्ञया धार्यं निंद्ये धिष्ण्येऽपि वासरे ॥ १८ ॥

विना मुहूर्त के भी वस्त्रधारण विधान—राजा द्वारा प्रेम से प्राप्त, विवाह में, उत्सवादि में और ब्राह्मण की आज्ञा से दूषित नक्षत्र, वार में भी नवीन वस्त्र धारण करना चाहिये ॥ १८ ॥

अथ श्वेत-पीत-कर्बुर-रक्त-वस्त्रधारणम्

शुक्लं वस्त्रोक्तभे धार्यं रवौ शुक्रे गुरौ बुधे।
विशुक्रे कर्बुरं पीतं सभौमे रक्तमम्बरम् ॥ १९ ॥

सफेद-पीला-कबरा-लाल वस्त्र धारण का मुहूर्त—वस्त्र धारण करने में कथित नक्षत्र व सूर्य, शुक्र, गुरु, दुधवार में, सफेद कपड़ा, एवं शुक्र को छोड़कर कबरा व पीला और मंगलवार के सहित उक्त मुहूर्त में लाल वस्त्र धारण करना चाहिये ॥ १९ ॥

अथ कृष्णनीलवस्त्रधारणम्

पुनर्वसुधनिष्ठाख्याश्विभे हस्ताच्चतुष्टयम् ।
पूर्वोत्तरे शनौ सूर्ये नीलकृष्णाम्बरं शुभम् ॥ २० ॥

काला, नीला वस्त्र पहनने का मूहूर्त—पुनर्वसु, धनिष्ठा, अश्विनी, हस्त, चित्रा, स्वाती, विशाखा, तीनों पूर्वा, तीनों उत्तरा नक्षत्र व सूर्य, शनिवार में नीला व काला कपड़ा पहनना शुभ होता है ॥ २० ॥

अथ पट्टदुकूलवस्त्रधारणम्

जीवेऽर्के च बुधे शुक्रे वस्त्रोक्तर्क्षे श्रवान्विते ।
स्थिरेऽङ्गे सद्ग्रहैर्युक्ते पट्टवस्त्रस्य धारणम् ॥ २१ ॥

ओढ़ने के रेशमी वस्त्र धारण करने का मुहूर्त—गुरु, सूर्य, बुध, शुक्रवार तथा वस्त्र-धारण में जो कथित नक्षत्र व श्रवण नक्षत्र तथा शुभग्रह से युक्त स्थिर लग्न में ओढ़ने का रेशमी वस्त्र धारण करना चाहिये ॥ २१ ॥

अथ कौशेयवस्त्रधारणम्

अश्विनी रेवती हस्ते रोहिण्यां श्रवणत्रये ।
पूर्वोत्तरे पुनर्वस्वोः स्वात्यां पुष्ये मघाभिधे ॥ २२ ॥
रवौ चन्द्रे गुरौ धार्यं कौशेयं वसनं जनैः ॥ २३ ॥

रेशमी कपड़ा पहनने का मूहूर्त—अश्विनी, रेवती, हस्त, रोहिणी, श्रवण, धनिष्ठा, शतभिषा, ३ तीनों पूर्वा, ३ तीनों उत्तरा, पुनर्वसु, स्वाती, पुष्य, मघा नक्षत्र में सूर्य, सोम, गुरुवार में रेशमी वस्त्र धारण करना चाहिये ॥ २२–२३ ॥

अथ रोमजवस्त्रधारणम्

नीलवस्त्रोदिते धिष्ण्ये रेवतीपुष्ययोरपि ।
शुक्रे शनैश्चरेऽर्के च धारयेद्रोमजाम्बरम् ॥ २४ ॥

ऊनी वस्त्र पहिनने का मुहूर्त—नीले वस्त्र धारण करने में कथित व रेवती, पुष्य नक्षत्र में भी, शुक्र, शनि, सूर्य वार में ऊनी कपड़ा पहनना शुभ होता है ॥ २४ ॥

अथ सतूलकञ्चुकधारणम्

पुष्योत्तरानुराधान्त्ये धनिष्ठाश्विकरत्रये ।
रोहिण्यां गुरुशुक्रेऽब्जे देहदुर्गधृतिः शुभाः ॥ २५ ॥

रुई भरा हुआ वस्त्र पहनने का मुहूर्त—पुष्य, ३ तीनों उत्तरा, अनुराधा, रेवती, अश्विनी, हस्त, चित्रा, स्वाती, रोहिणी नक्षत्र, गुरु, शुक्र, सोमवार में कवच पहनना शुभ होता है ॥ २५ ॥

अथ सुवर्णरजतमिश्रिततन्तुसंभववस्त्रपरिधानम्

सुवर्णतन्तुसंमिश्रं वासो धार्यं रवौ कुजे।
राजतं तु विशुक्रेऽब्जे वस्त्रधारणभे शुभम् ॥ २६ ॥

सोना या चांदी मिले हुए तार से बने वस्त्र धारण करने का मुहूर्त—सोना व तन्तु (सूत) मिला हुआ वस्त्र, वस्त्र धारण में कथित नक्षत्र व सूर्य या मंगलवार में और चांदी से मिश्रित सूत वस्त्र शुक्र व सोमवार को छोड़ कर वस्त्रधारणोक्त नक्षत्र में पहनना शुभ होता है ॥ २६ ॥

अथ वस्त्रनिर्माणम्

रेवती रोहिणी चित्रानुराधा मृगभोत्तरे।
शनिं हित्वा कुबिन्दानां तन्तुभिः पट्टबन्धनम् ॥ २७ ॥

कपड़ा बनाने का मुहूर्त—रेवती, रोहणी, चित्रा, अनुराधा, मृगशिरा, नक्षत्र में शनिवार को छोड़कर अन्य वारों में जुलाहा या बुनकरों का सूत द्वारा कपड़ा बनाना शुभ होता है ॥ २७ ॥

अथ कुसुम्भादिवस्त्ररञ्जनम्

पुनर्वसुद्वये हस्तपंचके श्रवणद्वये।
अश्विभेऽर्के कवीज्यारे वाससां रञ्जनं शुभम् ॥ २८ ॥

केशरादि से वस्त्र रंगने का मुहूर्त—पुनर्वसु, पुष्य, हस्त, चित्रा, स्वाती, विशाखा, अनुराधा, श्रवण धनिष्ठा व अश्विनी नक्षत्र में तथा शुक्र, गुरु, सूर्यवार में वस्त्र रंगना शुभ होता है ॥ २८ ॥

अथ सूचीकर्ममुहूर्तः

मृगश्चित्रानुराधाश्विपुष्यान्ते रोहिणी करैः।
ज्येष्ठा सद्वासराः सार्काः सूचीकर्मणि सम्मताः ॥ २९ ॥

कपड़ा सीने का मुहूर्त—मृगशिरा, चित्रा, अनुराधा, अश्विनी, पुष्य, रोहिणी, हस्त, व ज्येष्ठा नक्षत्र और सूर्य वार के साथ शुभ ग्रहों के वार में कपड़ा सिलवाना शुभ होता है ॥ २९ ॥

अथ नवीनवस्त्रक्षालनम्

पुनर्वसुद्वयेऽश्विन्यां धनिष्ठाहस्तपंचके।
हित्वाऽर्किकबुधान् रिक्तां षष्ठीं श्राद्धदिनं तथा ॥ ३० ॥
व्रतं पर्व च वस्त्राणि क्षालयेद्रजकादिना ॥ ३१ ॥

नया कपड़ा धोना या धुलाने का मुहूर्त—पुनर्वसु, पुष्य, अश्विनी, धनिष्ठा, हस्त, चित्रा, स्वाती, विशाखा, अनुराधा नक्षत्र में, सूर्य, शनि, बुधवार तथा रिक्ता व षष्ठी तिथि, श्राद्ध दिन, व्रत, पर्व तिथि का त्याग करके वस्त्र धोना या रजकादि से धुलाना शुभ होता है ॥३०-३१॥

अथोपानत्परिधानं चर्मकृत्यञ्च

चित्रापूर्वानुराधा च ज्येष्ठाश्लेषामघामृगे।
विशाखाकृत्तिकामूले रेवत्यां ज्ञार्कसूर्यजे।
उपानत्परिधानं च चर्मकर्मणि शस्यते ॥ ३२ ॥

जूता धारण व चमड़े के काम का मुहूर्त—चित्रा, तीनों पूर्वा, अनुराधा, ज्येष्ठा, आश्लेषा, मघा, मृगशिरा, विशाखा, कृत्तिका मूल, रेवती नक्षत्र, बुध, सूर्य, शनिवार में जूता पहनना और चमड़े का कार्य शुभ होता है ॥ ३२ ॥

अथ वितानतूलिकोपधानादिनिर्माणं वितानबन्धनञ्च

कुर्याद् वस्त्रोदिते धिष्ण्ये तूलिकामुपधानकम्।
वितानाद्यं च बध्नीयादूर्ध्वमूर्ध्वमुखोडुषु ॥ ३३ ॥

शामियाना, रुई की सौर, गद्दा बनाने का व चंदोवा या राउरी लगाने का मुहूर्त— वस्त्रधारण में कथित नक्षत्रों में रुई के धारण करने योग्य वस्त्रों का निर्माण व धारण और ऊर्ध्वमुखसंज्ञक नक्षत्रों में चंदोवा तथा उपरिस्थ कार्य शुभ होते हैं ॥ ३३ ॥

अथ वस्त्रमयगेहादिनिर्माणम्

श्रुतित्रयेऽश्विनीपुष्येऽनुराधा रोहिणी मृगे।
हस्तत्रये पुनर्भेऽन्ये त्र्युत्तरे पटवेश्म सत् ॥ ३४ ॥

कपड़े का घर बनाने का मुहूर्त—श्रवण, धनिष्ठा, शतभिषा, अश्विनी, पुष्य, अनुराधा, रोहिणी, मृगशिरा, हस्त, चित्रा, स्वाती, पुनर्वसु, रेवती, तीनों उत्तरा नक्षत्रों में कपड़े का मकान (तम्बू) बनाना शुभ होता है ॥ ३४ ॥

अथ सुगंधयोगः

श्रुतित्रयेऽश्विनीपुष्येऽनुराधा रोहिणी जले।
हस्तत्रये पुनर्भेऽन्त्ये मृगभे च शुभेऽह्नि ॥ ३५ ॥
चन्दनागरुकस्तूरीपुष्पाणां धारणं शुभम् ॥ ३६ ॥

सुगंध उपयोग मुहूर्त—श्रवण, धनिष्ठा, शतभिषा, अश्विनी, पुष्य, अनुराधा, रोहिणी, पूर्वाषाढ़ा, हस्त, चित्रा, स्वाती, पुनर्वसु, रेवती, मृगशिरा नक्षत्र और शुभग्रह के वार में चन्दन, अगर, कस्तूरी व पुष्पों का धारण शुभ होता है ॥ ३५-३६ ॥

अथ शय्यासनादिभोगः

श्रवणे चानुराधायां त्र्युत्तरे रोहिणी मृगे।
पुनर्वसुद्वये हस्ते चित्रायां रेवतीत्रये ॥ ३७ ॥
भोगः शय्यासनादीनां शुभे वारेऽपि सत्तिथौ ॥

खाट, आसनादि के उपभोग का मुहूर्त—श्रवण, अनुराधा, तीनों उत्तरा, रोहिणी, मृगशिरा, पुनर्वसु, पुष्य, हस्त, चित्रा, रेवती, अश्विनी, भरणी नक्षत्र शुभतिथि, शुभवार में खाट, आसनादि का उपभोग शुभकारी होता है ॥ ३७ ॥

अथ भूषणघट्टनम्

त्रिपुष्कराभिधे योगे त्र्युत्तरे रेवतीद्वये ।
श्रुतित्रये मृगे पुष्ये पुनर्वस्वनुराधयोः ॥
हस्तत्रयेऽपि रोहिण्यां भूषा कार्या शुभेऽहनि ॥ ३८ ॥

अलङ्कार बनवाने का मुहूर्त—त्रिपुष्कर नामक योग, तीनों उत्तरा, रेवती, अश्विनी, श्रवण, धनिष्ठा, शतभिषा, मृगशिरा, पुष्य, पुनर्वसु, अनुराधा, हस्त, चित्रा, स्वाती और रोहिणी नक्षत्र में भी तथा शुभग्रहों के वार में भूषण बनाना शुभ होता है ॥ ३८ ॥

अथ रत्नयुक्तभूषाघट्टनम्

कृत्तिकादित्रये हस्तपञ्चके रेवतीद्वये ।
श्रुतित्रये पुनर्वस्वौ पुष्यभे चोत्तरात्रये ॥
कुजेऽर्के रत्नयुक् भूषाघट्टनं शुभवासरे ॥ ३९ ॥

रत्नयुक्त अलङ्कार बनाने का मुहूर्त—कृत्तिका, रोहिणी, मृगशिरा, हस्त, चित्रा, स्वाती, विशाखा, अनुराधा, रेवती, अश्विनी, श्रवण, धनिष्ठा, शतभिषा, पुनर्वसु, पुष्य, तीनों उत्तरा नक्षत्रों में तथा मंगलवार, सूर्यवार व शुभग्रह के वारों में रत्नयुक्त अलङ्कार बनाना शुभ होता है ॥ ३९ ॥

अथ रौप्यमयमुक्तावज्रयुक्तभूषणनिर्माणम्

रत्नयुग्भूषणे ऋक्षे विशाखाकृत्तिकां विना ।
शुक्रेज्ये भूषणं रौप्यवज्रमुक्तामयं हि सत् ॥ ४० ॥

चाँदी युक्त मोती, हीरा के अलङ्कार बनाने का मुहूर्त—रत्नयुक्त आभूषण बनाने में कथित नक्षत्रों में विशाखा व कृत्तिका नक्षत्र का त्याग करके शुक्र और वृहस्पतिवार में चाँदी से युक्त मोती व हीरा के गहने बनवाना शुभ होता है ॥ ४० ॥

अथ क्षुरकर्म

श्रवणत्रितये हस्तत्रितये रेवतीद्वये ।
ज्येष्ठायां मृगशीर्षे च वैश्वे पुनर्वसुद्वये ॥ ४१ ॥
क्षुरकर्म बुधैः प्रोक्तं त्यक्त्वा भौमं शनिं रविम् ।
अनुराधामुफां चैव कृत्तिकां रोहिणीं मघाम् ॥ ४२ ॥

हजामत बनवाने का मुहूर्त—श्रवण, धनिष्ठा, शतभिषा, हस्त, चित्रा, स्वाती, रेवती, अश्विनी, ज्येष्ठा, मृगशिरा, उत्तराषाढ़ा, पुनर्वसु, पुष्य नक्षत्र में भौम, शनि, रविवार को और अनुराधा, उत्तराफाल्गुनी, कृत्तिका, रोहिणी, व मघा नक्षत्र को छोड़कर हजामत बनवाना शुभ होता है ॥ ४२ ॥

अथ क्षुरकृत्ये वारफलम्

भानुर्मासं शनिः सप्त भौमोऽष्टौ नाशयेत् सुखम् ।
वर्द्धयेद्बोधनः पञ्च मासान् सप्त विशांपतिः ॥ ४३ ॥

शुक्रस्त्वेकादशक्षेमं क्षौरे वाचस्पतिर्दश ॥ ४४ ॥

वारों में हजामत बनवाने का फल—रविवार में हजामत बनवाने से एक मास तक, शनिवार में सात मास पर्यन्त, मंगलवार में क्षौर कराने से आठ मास तक सुख का बिनाश होता है। बुधवार में क्षौर कराने से पाँच मास तक, सोमवार में सात मास तक, शुक्रवार में ग्यारह मास तक और गुरुवार में हजामत बनवाने से दस मास तक सुख की वृद्धि होती है ॥ ४३–४४ ॥

अथ क्षौरकार्ये त्याज्यतिथयः

अष्टमी प्रतिपत् षष्ठी रिक्ता पर्वाणि संत्यजेत् ।
चतुर्दशी त्वमावास्या क्षौरे त्याज्या तु सर्वथा ॥ ४५ ॥

क्षौर काम में वर्जित तिथियाँ—अष्टमी, प्रतिपदा, छट, रिक्ता, पर्व, चौदस व अमावस्या का सर्वथा हजामत में त्याग करना चाहिये ॥ ४५ ॥

अथ निन्द्य नक्षत्राणां दुष्टफलम्

पञ्चकृत्वो मघायां च षट्कृत्वः कृत्तिकास्वपि ।
त्रिवारं चानुराधायां रोहिण्यामष्टवारकम् ॥ ४६ ॥
स वेधसा समानोऽपि यावदब्दं न जीवति ॥ ४७ ॥

दूषित नक्षत्रों में मृत्यु फल—एक वर्ष में, पाँचवार मघा में, छ बार कृत्तिका में, तीन वार अनुराधा में, आठ बार रोहिणी में और वर्ष भर में चार बार उत्तरा फाल्गुनी नक्षत्र में क्षौर कराने से ब्रह्मा के समान होने पर भी एक साल तक मनुष्य जीवित नहीं रहता है ॥ ४६–४७ ॥

अथ क्षौरनिषेधेऽपि तदपवादः

आज्ञया विप्रराज्ञोर्वाग्न्याधाने बन्धमोक्षणे ।
मृताशौचे तु दीक्षायां मुण्डनं स्यात्तु सर्वदा ॥ ४८ ॥

निषिद्ध मुहूर्त में भी विधान—ब्राह्मण व राजा की आज्ञा से, अग्न्याधान में, जेल से छूटने में, मरण सूतक में और दीक्षा ग्रहण में निषिद्ध काल हो तो भी मुण्डन कराना चाहिये ॥ ४८ ॥

अथ राज्ञां श्मश्रुकर्म

क्षौरे भस्योदये राज्ञः पञ्चमेऽहनि चैव हि ।
श्मश्रुकर्म समाख्यातं निषिद्धा तारका न चेत् ॥ ४९ ॥

राजाओं के दाढ़ी बनवाने का मुहूर्त—क्षौर कार्य में वर्णित नक्षत्रों में पाँचवें २ दिन में दूषित तारा न होने पर राजाओं को दाढ़ी वनवानी चाहिये ॥ ४९ ॥

अथ नखदन्तकृत्यम्

ऋक्षेषु क्षौरकर्मोक्तं येषु येषु मनीषिभिः ।
तेषु तेषु च कर्तव्या नखदन्तादिकाः क्रियाः ॥ ५० ॥

नाखून व दांत के काम का मुहूर्त—जिन-जिन नक्षत्रों में पंडितों ने क्षौर कराना कहा है उन नक्षत्रों में नाखून, दांत आदि का काम भी कराना चाहिये ॥ ५० ॥

अथ क्षौरनिषेध:

भुक्तोऽभ्यक्तो व्रती यात्रारणोद्योगी कृताह्निकः।
उत्कटाभरणी रात्रौ सन्ध्ययोरुभयोरपि ॥ ५१ ॥
शुभेच्छुर्नवमे चाह्नि क्षुरकर्म न कारयेत्।
प्राग्वयाः स्नातको राजा योगीन्द्रो गर्भिणीपतिः।
सजीवत्पितृको नैते मुण्ड्याः प्राक्कथिता अपि ॥ ५२ ॥

क्षौर कराने का निषेध—भोजन के बाद, उबटना लगाने के पीछे, व्रत के दिन, यात्रा व युद्ध के समय, आह्निक (सन्ध्यादि) करने के पश्चात्, उत्कट आभूषण धारी को, रात्रि और दोनों संध्याओं में, व नवें दिन शुभ की इच्छा करने वाले को क्षुर (क्षौर) कार्य नहीं कराना चाहिये। अल्प अवस्था वाले को, स्नातक, राजा, योगीन्द्र, गर्भवती के पति को, पिता के जीवित रहने पर तथा पूर्व कथितों को भी मुण्डन नहीं कराना चाहिये ॥ ५१–५२ ॥

अथ क्षुरकर्मणि शुभावहं वाक्यम्

केशवमानर्तपुरं पाटलिपुत्रं पुरीमहिच्छत्राम्।
दितिमदितिं च स्मरतां क्षौरविधौ भवति कल्याणम् ॥ ५३ ॥

क्षौर काम में शुभदायी वचन—क्षौर के समय केशव, आनर्तपुर, पटना, अहिच्छत्रा नगरी, दिति, अदिति का नाम स्मरण करने वालों का शुभ होता है ॥ ५३ ॥

अथ विद्यारम्भः

मृगादिपञ्चके मूले हस्तादित्रितयेऽश्विभे।
श्रवणत्रयपूर्वासु विद्यारम्भः प्रशस्यते ॥ ५४ ॥
रवौ शुक्रे बुधे जीवे वारे लग्नबले शुभे।
दशम्यादित्रिके षष्ठीतृतीयापञ्चमीषु च ॥ ५५ ॥
विद्यारम्भे गुरुः शुक्रो बुधः सर्वार्थसिद्धिदः।
मध्योऽर्को जाड्यकृच्चन्द्रो भौमार्की मृत्युदौ स्मृतौ ॥ ५६ ॥

अध्ययन प्रारम्भ करने का मुहूर्त—मृगशिरा, आर्द्रा, पुनर्वसु, पुष्य, आश्लेषा, मूल हस्त, चित्रा, स्वाती, अश्विनी, श्रवण, धनिष्ठा, शतभिषा, तीनों पूर्वा नक्षत्रों में विद्यारम्भ शुभ होता है।

सूर्य शुक्र, बुध, गुरुवार शुभ बली लग्न, दशमी, एकादशी, द्वादशी, तृतीया, पंचमी, षष्ठी तिथियों में शुभ होता है।

विद्या पढ़ने में गुरु, शुक्र, बुधवार सब सिद्धियों के दाता व सूर्य वार मध्यम, चन्द्रवार मूर्ख बनाने वाला और मंगल व शनिवार मृत्युदायी होते हैं ॥ ५४–५६ ॥

अथ गणितारम्भः

शतद्वयेऽनुराधार्द्रे रोहिणी रेवती करे।
पुष्ये जीवे बुधे कुर्यात् प्रारम्भं गणितादिषु ॥ ५७ ॥

गणित पढ़ने का मुहूर्त—शतभिषा, पूर्वाभाद्रपदा, अनुराधा, आर्द्रा, रोहिणी, रेवती, हस्त, पुष्य नक्षत्र, गुरु व बुधवार में गणित पढ़ने का आरम्भ शुभ होता है ॥ ५७ ॥

अथ व्याकरणारम्भः

रोहिणी पञ्चके हस्तात्पुनर्भे मृगभेऽश्विभे।
पुष्ये शुक्रेज्यविद्वारे शब्दशास्त्रं पठेत्सुधीः ॥ ५८ ॥

व्याकरण पढ़ने का मुहूर्त—रोहिणी, हस्त, चित्रा, स्वाती, विशाखा अनुराधा, मृगशिरा, पुनर्वसु, अश्विनी, पुष्य नक्षत्र एवं शुक्र, गुरु, बुधवार में व्याकरण पढ़ना शुभ होता है ॥ ५८ ॥

अथ न्यायशास्त्राद्यारम्भः

त्र्युत्तरे रोहिणी पुष्ये पुनर्भे श्रवणे करे।
अश्विन्यां शतभे स्वातौ न्यायशास्त्रादिकं पठेत् ॥ ५९ ॥

न्यायशास्त्रादि पढ़ने का मूहूर्त—तीनों उत्तरा, रोहिणी, पुष्य, पुनर्वसु श्रवण, हस्त, अश्विनी, शतभिषा, स्वाती नक्षत्र में न्याय शास्त्रादि पढ़ना चाहिये ॥ ५९ ॥

अथ धर्मशास्त्रपुराणारम्भः

हस्तादिपञ्चके पुष्ये रेवती द्वितये मृगे।
श्रवत्रये शुभारम्भो धर्मशास्त्रपुराणयोः ॥ ६० ॥

धर्मशास्त्र व पुराण पढ़ने का मुहूर्त—हस्त, चित्रा, स्वाती, विशाखा, अनुराधा, पुष्य, रेवती, अश्विनी, मृगशिरा, श्रवण, धनिष्ठा, शतभिषा नक्षत्र में धर्मशास्त्र व पुराण का पढ़ना आरम्भ करना शुभ होता है ॥ ६० ॥

अथ वैद्यविद्यागारुड़ीविद्यारम्भः

हस्तत्रयेऽनुराधायां पुनर्भे श्रवणत्रये।
मूले चान्त्येऽश्विनी पुष्ये ज्येष्ठाश्लेषार्द्रभे मृगे।
वैद्यविद्या कुजेऽब्जेऽर्के ज्येष्ठाहीनेऽत्र गारुड़ी ॥ ६१ ॥

वैद्य विद्या व गारुड़ी विद्यारम्भ का मुहूर्त—हस्त, चित्रा, स्वाती, अनुराधा, पुनर्वसु, श्रवण, धनिष्ठा, शतभिषा, मूल, रेवती, अश्विनी, पुष्य, ज्येष्ठा, आश्लेषा, आर्द्रा, मृगशिरा नक्षत्र में सूर्य-सोम-मंगलवार में वैद्य विद्या और ज्येष्ठा नक्षत्र को छोड़कर अवशिष्ट नक्षत्रों में गारुड़ी विद्या पढ़ना शुभ होता है ॥ ६१ ॥

अथ जैनविद्यारम्भः

श्रवत्रये मघापूर्वानुराधा रेवतीत्रये।
पुनर्भे स्वातिभे सूर्ये शुक्रे जैनागमं पठेत् ॥ ६२ ॥

जैन विद्या पढ़ने का मुहूर्त—श्रवण, धनिष्ठा, शतमिषा, मघा, पूर्वा, अनुराधा, रेवती,

अश्विनी, भरणी, पुनर्वसु, स्वाती नक्षत्र में सूर्य, शुक्रवार में जैन आगम पढ़ना शुभ होता है ॥ ६२ ॥

अथ फारसीविद्यारम्भः

ज्येष्ठाश्लेषा मघा पूर्वा रेवती भरणीद्वये ।
विशाखार्द्रोत्तराषाढा शतभे पापवासरे ॥ ६३ ॥
लग्ने स्थिरे सचन्द्रे च फारसीमारबीं पठेत् ॥ ६४ ॥

फारसी विद्या पढ़ने का मुहूर्त—ज्येष्ठा, आश्लेषा, मघा, पूर्वा, रेवती, भरणी, कृत्तिका, विशाखा, आर्द्रा, उत्तराषाढा शतभिषा नक्षत्र में व पापग्रह के वार में चन्द्रयुक्त स्थिरलग्न मे फारसी व अरबी विद्या पढ़नी चाहिये ॥ ६३–६४ ॥

अथ लेखनारम्भः

शुभे तिथौ शुभे वारे रेवतीयुगले तथा ।
श्रवणे चानुराधायां तथैवार्द्रादिषु त्रिषु ॥
हस्तादित्रितये कुर्याल्लेखनारम्भणं सुधीः ॥ ६५ ॥

लिखना प्रारम्भ करने का मुहूर्त—शुभतिथि, शुभवार, रेवती, अश्विनी, श्रवण, अनुराधा, आर्द्रा, पुनर्वसु, पुष्य, हस्त, चित्रा, स्वाती नक्षत्र में बुद्धिजीवी को लिखना प्रारम्भ करना शुभ होता है ॥ ६५ ॥

अथ रत्नपरीक्षा

पुनर्भे शतहस्तर्क्षे श्रवो ज्येष्ठापरीक्षणम् ।
रत्नानामष्टमीं भूतां हित्वा भौमं शनैश्चरम् ॥ ६६ ॥

रत्न परीक्षण मुहूर्त—पुनर्वसु, शतभिषा, हस्त, श्रवण ज्येष्ठा नक्षत्र में अष्टमी, चौदस तिथि व मंगल-शनिवार को छोड़कर रत्नों की परीक्षा करना शुभ होता है ॥ ६६ ॥

अथ शिल्पविद्यारम्भः

हस्तत्रये श्रवत्र्यर्क्षे त्र्युत्तरे रोहिणी मृगे ।
रेवत्यामश्विनी पुष्ये पुनर्वस्वनुराधयोः ॥
शस्ते तिथौ शुभे वारे शिल्पविद्यां समाचरेत् ॥ ६७ ॥

शिल्प विद्या पढ़ने का मुहूर्त—हस्त, चित्रा, स्वाती, श्रवण, धनिष्ठा, शतभिषा, तीनों उत्तरा, रोहिणी, मृगशिरा, रेवती, अश्विनी, पुष्य, पुनर्वसु, अनुराधा नक्षत्र, प्रशस्त तिथि, शुभवार में शिल्प विद्यारम्भ करना शुभ होता है ॥ ६७ ॥

अथ राजदर्शनम्

त्र्युत्तरे श्रवणद्वन्द्वे मृगे पुष्यानुराधयोः ।
रोहिण्यां रेवतीयुग्मे चित्रा हस्ते शुभेऽह्नि ॥
बलिन्यर्केऽर्कवारेऽपि (हि ?) राजदर्शनमीरितम् ॥ ६८ ॥

राजा के दर्शन का मुहूर्त—तीनों उत्तरा, श्रवण, धनिष्ठा, मृगशिरा, पुष्य, अनुराधा, रोहिणी, रेवती, अश्विनी, चित्रा, हस्त नक्षत्र, शुभ दिन, बली सूर्य और रविवार में ही राजा दर्शन शुभ होता है ॥ ६८ ॥

अथ राजसेवा

हस्तद्वयेऽनुराधायां रेवतीयुगले मृगे ॥ ६९ ॥
पुष्ये बुधे गुरौ शुक्रे सत्तिथौ रविवासरे ।
योनिराशिपयोर्मैत्र्यां स्वामीसेव्योऽनुजीविभिः ॥ ७० ॥

राजा की सेवा करने का मुहूर्त—हस्त, चित्रा, अनुराधा, रेवती, अश्विनी, मृगशिरा, पुष्य नक्षत्र, बुध-गुरु-शुक्रवार, सूर्यवार, शुभ तिथि में स्वामी, सेवक की योनि व राशियों की मित्रता होने पर नौकरी करना शुभ होता है ॥ ६९–७० ॥

अथ दासीसङ्ग्रहः

उत्तरासु च रोहिण्यां दासदास्यादिसङ्ग्रहः ॥ ७१ ॥

दास, दासी एकत्रित करने का मुहूर्त —उत्तरा फाल्गुनी, उत्तराषाढा, उत्तराभाद्रपदा, रोहिणी नक्षत्र में दास-दासी का संग्रह करना शुभ होता है ॥ ७१ ॥

अथ राज्ञां छत्रचामरसिंहासनादिकृत्यम्

चामरच्छत्रदोलादीन् द्वीपिसिंहासनादिकम् ।
पट्टाभिषेकभे सर्वं विदध्याच्छोभने दिने ॥ ७२ ॥

राजाओं के छत्र, चँवर, सिंहासनादि कार्य का मुहूर्त—राजाओं की राजगद्दी में कथित नक्षत्रों में, शुभवार में राजाओं के चँवर, छत्र, पालकी सिंहाकृति, सिंहासनादि के कार्य करना शुभ होता है ॥ ७२ ॥

अथमुद्राकरणम्

त्र्युत्तरे चानुराधायां श्रवणत्रितये तथा ।
पुनर्वसुद्वये हस्तत्रितये रेवतीयुगे ॥ ७३ ॥
मृगशीर्षे च रोहिण्यामष्टमी पञ्चमी दिने ।
तृतीयायां त्रयोदश्यां दशम्यां पूर्णिमातिथौ ॥ ७४ ॥
त्यक्त्वा शनैश्चरं सोमं मुद्राकार्यं प्रशस्यते ॥ ७५ ॥

सिक्का बनाने का मुहूर्त —तीनों उत्तरा, अनुराधा, श्रवण, धनिष्ठा, शतभिषा, पुनर्वसु, पुष्य, हस्त, चित्रा, स्वाती, रेवती, अश्विनी, मृगशिरा रोहिणी नक्षत्र, अष्टमी, पंचमी, तीज, तेरस, दशमो, पूर्णिमा तिथि में शनिवार व सोमवार को छोड़कर सिक्का (टकसाल) बनाना शुभ होता है ॥ ७३–७५ ॥

अथ गजाश्वाद्यारोहणम्

रेवतीयुगले हस्तत्रये कर्णत्रये मृगे ।
पुनर्वसुद्वये कुर्याच्छनिभौमान्यवासरे ॥
गजाश्वरथमुख्यानामारोहं च शुभे तिथौ ॥ ७६ ॥

हाथी व घोड़ा आदि पर बैठने का मुहूर्त —रेवती, अश्विनी, हस्त, चित्रा, स्वाती, श्रवण, धनिष्ठा, शतभिषा, मृगशिरा, पुनर्वसु, पुष्य, नक्षत्र में शनि, भौमवार को छोड़कर अन्य वारों में तथा शुभ तिथि में हाथी, घोड़ा, रथादि पर चढ़ना शुभ होता है ॥ ७६ ॥

अथ शिविकारोहणं तत्कृत्यं च कथ्यते

उत्तरा रोहिणीयुग्मे त्रिभे हस्तात् त्रिभेश्वरात्।
पुनर्वसौ तथा पुष्येऽनुराधाद्वितये मृगे।
रोहणं शिबिकायास्तु सल्लग्ने घटनं तथा ॥ ७७ ॥

पालकी पर बैठने का व बनाने का मुहूर्त—तीनों उत्तरा, रोहिणी, मृगशिरा, हस्त, चित्रा, स्वाती, आर्द्रा, पुनर्वसु, पुष्य, अनुराधा, ज्येष्ठा, मृगशिरा नक्षत्र में पालकी पर बैठना तथा उक्त नक्षत्रों एवं शुभ लग्न में बनवाना शुभ होता है ॥ ७७ ॥

अथ गजकृत्यम्

श्रवणादित्रये हस्तत्रये वा रेवतीद्वये।
मृगे पुष्येऽनुराधायां रोहिण्यामुत्तरे तथा ॥ ७८ ॥
पुनर्वसौ शुभे वारे गजकार्यं शनेर्दिने ॥ ७९ ॥

हाथी के कार्य का मुहूर्त—श्रवण, धनिष्ठा, शतभिषा, हस्त, चित्रा, स्वाती, रेवती, अश्विनी, मृगशिरा, पुष्य, अनुराधा, रोहिणी, तीनों उत्तरा, पुनर्वसु नक्षत्र, शुभवार और शनिवार में हाथी का कार्य करना शुभ होता है ॥ ७८–७९ ॥

अथाश्वकृत्यम्

शुभेऽह्नि तथा हस्ते धनिष्ठा रेवती युगे।
पुनर्वसुद्वये स्वाती मृगशीर्षे शताभिधे ॥
वर्जयित्वा कुजं रिक्तामश्वकार्यं शुभावहम् ॥ ८० ॥

घोड़े के कार्य का मुहूर्त—शुभ दिन, हस्त, धनिष्ठा, रेवती, अश्विनी, पुनर्वसु, पुष्य, स्वाती, मृगशिरा, शतभिषा नक्षत्र में मंगलवार और रिक्ता तिथियों का त्याग करके घोड़े का कार्य करना शुभ होता है ॥ ८० ॥

अथ गजस्याङ्कुशः

अङ्कुशः करिणां योज्यः शनेर्लग्ने शनेर्दिने ॥ ८१ ॥

हाथी के अंकुश बनाने का मुहूर्त—मकर, कुम्भ लग्न व शनिवार में हाथी का अंकुश बनाना शुभ होता है ॥ ८१ ॥

अथ पल्याणादिनिर्माणम्

श्रवणे शतभे हस्ते पुष्ये मूले मृगे शुभे।
पुनर्वसौ गजाश्वोष्ट्रपल्याणकरणं शुभम् ॥ ८२ ॥

हाथी आदि की झूल, रास आदि बनाने का मुहूर्त—श्रवण, शतभिषा, हस्त, पुष्य, मूल, मृगशिरा, पुनर्वसु नक्षत्र में हाथी, घोड़ा, ऊँट की झूल, लगाम, जीन काठी बनाना शुभ होता है ॥ ८२ ॥

अथाश्वस्य विशेषकृत्यानि

चौलोक्ते खरकृत्यानि शिक्षा विद्योक्तभादिषु।
घासग्रासादिकं त्वन्नाशनोक्तर्क्षेषु वाजिनाम् ॥ ८३ ॥

घोड़े के विशेष कार्य का मुहूर्त—चौल में वर्णित नक्षत्रादि में गदहे का कार्य और विद्यारम्भ में कथित मुहूर्त में घोड़ों की शिक्षा (सिखाना) तथा अन्नप्राशन में उक्त नक्षत्रादि में घास का कवल प्रथम देना शुभ होता है ॥ ८३ ॥

अथ रथकृत्यम्

पुष्ये पुनर्वसुज्येष्ठाऽनुराधा रेवतीद्वये ।
श्रवणादित्रिभे हस्तत्रितये रोहिणी मृगे ॥ ८४ ॥
सार्के सौम्यदिने सौम्यविलग्ने रथकर्म सत् ॥ ८५ ॥

रथ कार्य का मुहूर्त—पुष्य, पुनर्वसु, ज्येष्ठा, अनुराधा, रेवती, अश्विनी, श्रवण, धनिष्ठा, शतभिषा, हस्त, चित्रा, स्वाती, रोहिणी, मृगशिरा नक्षत्र, सूर्य, बुधवार, गुरुवार, शुक्रवार, शुभग्रह की लग्न में रथ का काम करना शुभ होता है ॥ ८४–८५ ॥

अथ शस्त्रघट्टनम्

कृत्तिकासु विशाखायां भौमार्कशनिवासरे ।
सल्लग्ने घटितं शस्त्रं नृपाणां जयदायकम् ॥ ८६ ॥

शस्त्र बनाने का मुहूर्त—कृत्तिका, विशाखा नक्षत्र, मंगल, सूर्य, शनिवार व शुभ लग्न में शस्त्र बनवाना राजाओं को जय देने वाला होता है ॥ ८६ ॥

अथ शस्त्रधारणम्

पुनर्वसुद्वये हस्ते चित्रायां रोहिणीद्वये ।
विशाखादित्रये कुर्यात् त्र्युत्तरे रेवतीद्वये ॥ ८७ ॥
रिक्तां विना तिथौ सूर्यशुक्रजीवदिने तथा ।
सन्नाहच्छुरिकाखड्गकुन्तशस्त्रादिधारणम् ॥ ८८ ॥

शस्त्र धारण करने का मुहूर्त—पुनर्वसु, पुष्य, हस्त, चित्रा, रोहिणी, मृगशिरा, अनुराधा, ज्येष्ठा, तीनों उत्तरा, रेवती, अश्विनी नक्षत्र में रिक्ता तिथियों को छोड़कर, सूर्य-शुक्र-बृहस्पतिवार में कवच, छुरा, तलवार, भालादि शस्त्र धारण करना शुभ होता है ॥ ८७–८८ ॥

अथ धनुर्विद्यारम्भः ।

अनुराधा मघा पुष्य मृगशीर्षेऽष्टमीतिथौ ।
धनुर्विद्यादिकं कार्यं द्वादश्यां बुधवासरे ॥ ८९ ॥

धनुष विद्या पढ़ने का मुहूर्त—अनुराधा, मघा, पुष्य, मृगशिरा नक्षत्र, अष्टमी द्वादशी तिथि, बुधवार में धनुष विद्यादि जानना शुभ होता है ॥ ८९ ॥

अथ कुन्तादिसर्वशास्त्राभ्यासः ।

हस्तत्रयोत्तरे ऽश्विन्यां पुनर्भे श्रवणपुष्ययोः ।
शुभाहे विविधे खड्गकुन्तादींश्च समभ्यसेत् ॥ ९० ॥

भालादि समस्त शस्त्रों के अभ्यास करने का मुहूर्त—हस्त, चित्रा, स्वाती, अश्विनी,

पुनर्वसु, श्रवण, पुष्य नक्षत्र तथा शुभ दिन में तलवार, व मालादि समस्त शस्त्रों का अभ्यास करना शुभ होता है ।। ९० ।।

अथाग्निशस्त्रघट्टनं धारणञ्च

विशाखा कृत्तिका पूर्वा मघाश्लेषाश्विनी मृगे ।
मूलार्द्रा भरणी ज्येष्ठे सजीवे क्रूरवासरे ॥ ९१ ॥

आग्नेय शस्त्र बनाने का व धारण करने का मुहूर्त—विशाखा, कृत्तिका, ३ पूर्वा, मघा, आश्लेषा अश्विनी, मृगशिरा, मूल, आर्द्रा, भरणी, ज्येष्ठा नक्षत्र, बृहस्पतिवार तथा पापग्रहों के वार में अग्निशस्त्र बनाना व धारण करना शुभ होता है ।। ९१ ।।

अथ नालिकाख्याग्निशस्त्रकृत्यम्

आश्लेषा कृत्तिका मूलज्येष्ठार्द्राभरणी श्रवे ।
पूर्वा हस्तचतुर्ष्वन्त्ये पुनर्वसु मघाद्वये ॥ ९२ ॥
रिक्ताजयासु पापाहे नालिकास्त्रविधिः शुभः ॥ ९३ ॥

बन्दूक, राइफल आदि नाली शास्त्रों के कार्य का मुहूर्त—आश्लेषा, कृत्तिका, मूल, ज्येष्ठा, आर्द्रा, भरणी, श्रवण, ३ पूर्वा, हस्त, चित्रा, स्वाती, विशाखा, रेवती, पुनर्वसु, मघा नक्षत्र, रिक्ता, जया तिथि व पापग्रह के वार में बन्दूक आदि नाली वाले शास्त्रों का कार्य शुभ होता है ।। ९२–९३ ।।

अथ शत्रुचौरबन्धनं ताडनञ्च

ज्येष्ठार्द्रा भरणी पूर्वा मूलाश्लेषा मघाद्वये ।
शत्रूणां बन्धनं कुर्यात् कशाभिस्ताडनं तथा ॥ ९४ ॥

शत्रु व चोर के बाँधने व मारने का मुहूर्त—ज्येष्ठा, आर्द्रा, भरणी, ३ पूर्वा, मूल, आश्लेषा, मघा नक्षत्र, पापग्रह से युक्त लग्न व पापग्रह, शनि मंगलवार में शत्रुओं को बाँधना और कोड़े से मारना शुभ होता है ।। ९४ ।।

अथ शत्रुसन्धिः

अनुराधा मघा पुष्ये तिथ्यर्द्धे तैतिलाभिधे ।
लग्ने सदृष्टिगेऽष्टम्यां द्वादश्यां सन्धिरिष्यते ॥ ९५ ॥

शत्रु से मिलाप का मुहूर्त— अनुराधा, मघा, पुष्य नक्षत्र, तैतिल करण, शुभग्रह से दृष्ट लग्न और अष्टमी तिथि में शत्रु से मिलाप (मेल) करना शुभ होता है ।। ९५ ।।

अथ मद्यारम्भः

मूलार्द्रा शतभे ज्येष्ठा पूर्वाश्लेषा मघासु च ।
भरण्यां क्रूरवारे च मद्यकर्मेरितं बुधैः ॥ ९६ ॥

शराब आदि नशीले पदार्थों के निर्माण का मुहूर्त—मूल, आर्द्रा, शतभिषा, ज्येष्ठा, ३ पूर्वा, आश्लेषा, मघा, भरणी नक्षत्र, पापग्रह के वार में मद्य सम्बन्धी काम करना पण्डितों ने शुभ बताया है ।। ९६ ।।

अथ मादकवस्तुभक्षणम्

आर्द्राश्लेषा मघा पूर्वा ज्येष्ठामूलशताभिधे।
भरण्यां सुदिने मन्दे चाश्नीयान् मादकं मधुः ॥ ९७ ॥

मतवाले पदार्थ खाने का मुहूर्त—आर्द्रा, आश्लेषा, मघा, ३ पूर्वा, ज्येष्ठा, मूल, शतभिषा, भरणी नक्षत्र, शुभ दिन और शनिवार में नशे की वस्तु खाना, पीना शुभ होता है ॥ ९७ ॥

अथ नवाङ्गनाभोगः

प्रथमाभिगमः शस्तो नववध्वां शुभेऽह्नि।
गर्भाधानोक्तनक्षत्रे शस्ते ज्योत्स्नाकरे निशि ॥ ९८ ॥

नूतन स्त्री संभोग मुहूर्त—रात्रि में प्रशस्त चन्द्रमा होने पर गर्भाधान में उक्त नक्षत्रों में और शुभवार में नववधू के साथ प्रथम संभोग करना शुभ होता है ॥ ९८ ॥

अथ गीतनृत्यारम्भः

रेवत्यामनुराधायां धनिष्ठादिद्वये करे।
रोहिणी युगले पुष्ये त्र्युत्तरे गीतनर्तने ॥ ९९ ॥

गाने व नाचने का प्रारम्भ करने का मुहूर्त—रेवती, अनुराधा, धनिष्ठा, शतभिषा, हस्त, रोहिणी, मृगशिरा, पुष्य, तीनों उत्तरा नक्षत्रों में गाने व नाचने का आरम्भ करना शुभ होता है ॥ ९९ ॥

अथ नटनर्तकीकृत्यम्

मृगार्द्रा रोहिणी पुष्ये पुनर्भे श्रवणत्रये।
चित्रात्रयोत्तरामूले कृत्यं शृङ्गा जीविनाम् ॥ १०० ॥

नट, नर्तकी के कार्य का मुहूर्त—मृगशिरा, आर्द्रा, रोहिणी, पुष्य, पुनर्वसु, श्रवण, धनिष्ठा, शतभिषा, चित्रा, स्वाती, विशाखा, ३ उत्तरा, मूल में नट नर्तकी का कार्य शुभ होता है ॥ १०० ॥

अथ दुंदुभिमृदङ्गादिकरवाद्यम्

हस्तत्रये ऽनुराधान्त्ये पुनर्वसुयुगेऽश्विभे।
श्रवत्रये मृगेऽर्केऽह्नि शुभे पूर्णा जयासु च ॥ १०१ ॥
शुभे दुन्दुभिभेर्यादि करवाद्यं समीरितम्।
वंशाद्यं मुखवाद्यन्तु पूर्वेष्वेव समीरितम् ॥ १०२ ॥

नगारा मृदंगादि हाथ के बाजे बजाने का मुहूर्त—हस्त चित्रा, स्वाती, अनुराधा, रेवती, पुनर्वसु, पुष्य अश्विनी, श्रवण, धनिष्ठा, शतभिषा, मृगशिरा, सूर्यवार व शुभवार, शुभ पूर्णा, जया तिथि में नगारा भेरी आदि हाथ से बजने वाले बाजों का बजाना शुभ होता है।

वांस आदि मुख से बजने वाले बाजों को भी पूर्व कथित मुहूर्त में बजाना शुभदायी होता है ॥ १०१–१०२ ॥

अथ मृगया

आश्लेषा भरणी ज्येष्ठापूर्वार्द्रास्वातिमूलभैः ।
विशाखायां च पापेऽह्नि यायादाखेटकं नृपः ॥ १०३ ॥

शिकार करने का मुहूर्त--आश्लेषा, भरणी, ज्येष्ठा, पूर्वा, आर्द्रा, स्वाती, मूल, विशाखा नक्षत्र, पापग्रह के वार में राजा का शिकार खेलना शुभ होता है ॥ १०३ ॥

अथ जलयन्त्रमार्गक्रिया

पूर्वाश्लेषा मघामूले शतपुष्येऽम्बुचारिणि ।
लग्नेष्वार्किकुजे वारे जलयन्त्रक्रिया शुभा ॥ १०४ ॥

वा रोहिणीतो दिनभे क्रमेण मध्यादिरुद्रान्त दिशं त्रिभिर्भैः ।
मध्येन्द्रदिक्पाश्युत्तररुद्रदिग्भैः शुभं च वह्नित्रयवायुदिक्ष्वसत् ॥ १०५ ॥

जहाज चलाने व बनवाने का मुहूर्त--३ पूर्वा, आश्लेषा, मघा, मूल, शतभिषा, पुष्य नक्षत्र, जलचर राशि लग्न, शनिवार मंगलवार में जहाज आदि चलाना व बनवाना शुभ होता है ।

अथवा रोहिणी नक्षत्र से तीन ३ नक्षत्रों को कुएँ के मध्य, पूर्व, आग्नेय, दक्षिण नैर्ऋत्य, पश्चिम, वायव्य, उत्तर, ईशान दिशा में स्थापित करके दिन के नक्षत्र तक गिनने पर यदि दिन का नक्षत्र मध्य, पूर्व, पश्चिम, उत्तर, ईशान में हो तो जलक्रिया शुभ और आग्नेय, दक्षिण, नैर्ऋत्य, वायव्य में होने पर अशुभ होती है ॥ १०४-१०५ ॥

अथ वापीकूपतडागादीनामारम्भः

अनुराधामघा हस्त रेवतीषूत्तरात्रये ।
रोहिणी युगले पुष्ये धनिष्ठाद्वितये तथा ॥ १०६ ॥

पूर्वाषाढाभिधे चैव शुभे मासि शुभे दिने ।
वापीकूपतडागानामारम्भः कथितो बुधैः ॥ १०७ ॥

बावरी, कुंआ, तालाब आदि निर्माण का मुहूर्त—अनुराधा, मघा, हस्त, रेवती, ३ तीनों उत्तरा, रोहिणी, मृगशिरा, पुष्य, धनिष्ठा, शतभिषा, पूर्वाषाढा नक्षत्र, शुभ महीना, शुभवार में बावरी, कुआ, तालाबादि खुदवाना शुभ होता है ॥ १०६-१०७ ॥

अथ वृक्षलतादिरोपणमामराकृत्यं च

हस्तचित्रोत्तरामूलेऽनुराधारेवतीद्वये ।
विशाखा रोहिणी पुष्येऽप्यारामोप्तिमृगे शुभा ॥ १०८ ॥

पेड़, लतादि लगाने व बगीचे के कार्य का मुहूर्त--हस्त, चित्रा, तीनों उत्तरा, मूल, अनुराधा, रेवती, अश्विनी, विशाखा, रोहिणी, पुष्य, मृगशिरा नक्षत्र में बगीचे में पेड़ लता लगाना शुभ होता है ॥ १०८ ॥

अथ नौकाकृत्यम्

ज्येष्ठोभयं विशाखार्द्रा रोहिणी भरणीद्वयम् ।
आश्लेषां च विहायान्यनक्षत्रेऽर्के गुरो भृगौ ।
सल्लग्ने सत्तिथौ नावो घट्टनं तारणं शुभम् ॥ १०९ ॥

नाव का काम—ज्येष्ठा, मूल, विशाखा आर्द्रा, रोहिणी, भरणी, कृत्तिका, आश्लेषा नक्षत्रों को छोड़कर अन्य नक्षत्र गुरु, सूर्य, शुक्रवार, शुभलग्न, शुभ तिथि में नाव आदि बनवाना व चलाना शुभ होता है ॥ १०९ ॥

ज्येष्ठा, मूल, विशाखा, आर्द्रा, रोहिणी, भरणी, कृत्तिका, आश्लेषा नक्षत्रों को छोड़कर अन्य नक्षत्र गुरु, सूर्य, शुक्र वार, शुभ लग्न, शुभ तिथि में नाव आदि बनवाना व चलाना शुभ होता है ॥ १०९ ॥

अथ सामान्यतः पशुकृत्यं रक्षा च

त्यक्त्वाष्टमीममां रिक्तां रोहिणीमुत्तरात्रयम् ।
चित्राख्यं श्रवणं भौमं पशूनां सर्वकर्म च ॥ ११० ॥
प्रवेशनिर्गमौ चापि न त्याज्यं निजयोनिभम् ॥ १११ ॥

समानरीति से पशुकार्य व रक्षा का मुहूर्त—अष्टमी, अमावास्या, रिक्ता तिथि, रोहिणी, तीनों उत्तरा, चित्रा, श्रवण नक्षत्र, मंगल वार ये पशुओं के समस्त कार्य में निषिद्ध होते हैं। पशुओं का प्रवेश व निर्गम अपनी योनि के नक्षत्र में शुभ होता है ॥ ११०–१११ ॥

अथोष्ट्रमहिष्यादिकृत्यम्

धनिष्ठाद्वितये पूर्वाषाढातिर्यङ्मुखोडुषु ।
अजाविमहिषोष्ट्राणां कृत्यं चाश्वतरीशुनाम् ॥ ११२ ॥

ऊँट, भैंस आदि के कार्य का मुहूर्त—धनिष्ठा, शतभिषा, पूर्वाषाढ़ा व तिर्यक् मुख नक्षत्रों में बकरी, भेड़, भैंस, ऊँट, खच्चरी व कुत्तों का कार्य शुभ होता है ॥ ११२ ॥

अथ नखिकृत्यम्

ज्येष्ठार्द्रा रोहिणीहस्ते विशाखा पुष्यभेऽश्विभे ।
क्रूराहे व्याघ्रमुख्यानां कृत्यं नखबलीयसाम् ॥ ११३ ॥

नख वाले जीवों के कार्य का मुहूर्त—ज्येष्ठा, आर्द्रा, रोहिणी, हस्त, विशाखा, पुष्य, अश्विनी नक्षत्र व क्रूर वार में व्याघ्र (सिंह) आदि नख से बली जीवों का काम शुभ होता है ॥ ११३ ॥

अथ पशूनां क्रयविक्रयौ

विशाखा रेवती पुष्ये धनिष्ठा शतभेऽश्विभे ।
हस्ते पुनर्वसुज्येष्ठे पशूनां क्रयविक्रयौ ॥ ११४ ॥

पशुओं का खरीदना-बेचना—विशाखा, रेवती, पुष्य, धनिष्ठा, शतभिषा, अश्विनी, हस्त, पुनर्वसु, ज्येष्ठा नक्षत्र में पशुओं को खरीदना व बेचना शुभ होता है ॥ ११४ ॥

अथ पक्षिकृत्यम्

शुभाहे सरवौ विर्यङ्मुखे चोर्ध्वमुखेऽपि भे ।
सारिकाशुकमुख्यानां पक्षिणां कृत्यमुत्तमम् ॥ ११५ ॥

पक्षियों के कार्य का मुहूर्त—सूर्यवार व शुभवार, तिर्यक् मुख और ऊर्ध्वमुखसंज्ञक नक्षत्रों में मैना, तोता आदि मुख्य पक्षियों का काम उत्तम होता है ॥ ११५ ॥

अथ सर्ववस्तुक्रयः

शतताराश्विनी चित्रा श्रवणस्वातिभेषु च ।
रेवत्याञ्च क्रयः श्रेष्ठो विक्रयो न कदाचन ॥ ११६ ॥

समस्त पदार्थों के खरीदने का मुहूर्त—शतभिषा, अश्विनी, चित्रा, श्रवण, स्वाती, रेवती नक्षत्र में खरीदना शुभ होता है और इन नक्षत्रों में कभी बेचना नहीं चाहिये ॥ ११६ ॥

अथ सर्ववस्तुविक्रयः

विशाखा कृत्तिकाश्लेषा भरणी पूर्विकात्रये ।
विक्रयः सत्तिथावेषु कर्तव्यो न क्रयः शुभः ॥ ११७ ॥

समस्त पदार्थ बेचने का मुहूर्त—विशाखा, कृत्तिका, आश्लेषा, भरणी, तीनों पूर्वा, शुभ तिथियों में सब पदार्थ बेचना शुभ और खरीदना अशुभ होता है ॥ ११७ ॥

अथ गृहक्षेत्रादिभूमिक्रयविक्रयौ

जीवे शुक्रे च नन्दायां पूर्णायां मूलभे मृगे ।
पूर्वाश्लेषामघान्ते च विशाखाद्वितये तथा ॥ ११८ ॥
पुनर्भे मुनिभिः प्रोक्तं क्रयविक्रयणं भुवः ॥ ११९ ॥

घर, खेत आदि भूमि के खरीदने बेचने का मुहूर्त—गुरुवार, शुक्रवार, नन्दा, पूर्णा तिथि, मूल, मृगशिरा, पूर्वा, आश्लेषा, मघा, रेवती, विशाखा, अनुराधा, पुनर्वसु नक्षत्र में भूमि का खरीदना व बेचना मुनियों ने शुभ बताया है ॥ ११८–११९ ॥

अथ वाणिज्यम्

अनुराधोत्तरापुष्ये रेवती रोहिणी मृगे ।
हस्तचित्राश्विभे कुर्याद् वाणिज्यं दिवसे शुभे ॥ १२० ॥

व्यापार का मुहूर्त—अनुराधा, ३ उत्तरा, पुष्य, रेवती, रोहिणी, मृगशिरा, हस्त, चित्रा, अश्विनी नक्षत्र व शुभ दिन में व्यापार कार्य शुभ होता है ॥ १२० ॥

अथ निधिद्रव्यादिवृद्धिसंग्रहौ

पुष्ये मृगेऽनुराधायां श्रवणत्रितयेऽश्विभे ।
पुनर्भेन्त्ये विशाखायां निधेर्वृद्धिश्च संग्रहः ॥ १२१ ॥

खजाना, द्रव्यादि की वृद्धि संग्रह का मुहूर्त—पुष्य, मृगशिरा, अनुराधा, श्रवण, धनिष्ठा, शतभिषा, अश्विनी, पुनर्वसु, रेवती, विशाखा नक्षत्र में खजाने की वृद्धि और संग्रह शुभ होता है ॥ १२१ ॥

अथ द्रव्यनिधीनां गुप्तस्थाने स्थापनम्

धनिष्ठोफा विशाखाख्ये पूर्वाषाढाभिधेऽन्त्यभे।
रोहिण्यां च निधेर्भूमौ स्थापनं शुभमोरितम् ॥ १२२ ॥

द्रव्य, खजाने को छिपाकर रखने का मुहूर्त—धनिष्ठा, उत्तराफाल्गुनी, विशाखा, पूर्वाषाढ़ा, रेवती, रोहिणी नक्षत्र में भूमि में धन गाड़ना (छिपाना) शुभ होता है ॥ १२२ ॥

अथ द्रव्यप्रयोगः

श्रवणादित्रिभे चित्राचतुष्के रेवतीद्वये।
पुनर्वसुमृगे पुष्ये शुभो द्रव्यप्रयोगकः ॥ १२३ ॥

कर्जा देने का मुहूर्त—श्रवण, धनिष्ठा, शतभिषा, चित्रा, स्वाती, विशाखा, अनुराधा, रेवती, अश्विनी, पुनर्वसु, मृगशिरा, पुष्य नक्षत्र में कर्जा देना शुभ होता है ॥ १२३ ॥

संक्रान्तौ वृद्धियोगे तु हस्तर्क्षे रविभौमयोः।
न च ग्राह्यमृणं यस्मात् तद्वंशे तत्स्थिरं भवेत् ॥
ऋणच्छेदं तथा कुर्याद् धनं देयं न वै बुधे ॥ १२४ ॥

कर्जा न लेने का मुहूर्त—संक्रान्ति, वृद्धियोग, हस्त नक्षत्र, सूर्य व मंगलवार में ऋण (कर्जा) नहीं लेना, लेने पर उसके वंश में कर्जा बरकरार रहता है तथा इसमें कर्जा वापिस करना शुभ और बुधवार में धन न देना शुभ होता है ॥ १२४ ॥

अथ धान्यादिविक्रयः

रोहिण्यां विक्रयोऽन्नस्य धनिष्ठाशतभोत्तरे ॥ १२५ ॥

अन्न बेचने का मुहूर्त—रोहिणी, धनिष्ठा, शतभिषा तीनों उत्तरा में अन्न का बेचना शुभ होता है ॥ १२५ ॥

अथ रससङ्ग्रहः

रससङ्ग्रहणं श्रेष्ठं तोयारम्भोदितोडुषु ॥ १२६ ॥

रस एकत्रित करने का मुहूर्त जलारम्भ करने में कथित नक्षत्रों में रस संग्रह करना शुभ होता है ॥ १२६ ॥

अथ वृद्धयर्थे धान्यप्रयोगः

विशाखा रोहिणी ज्येष्ठा पुनर्भेऽश्विशतत्रये।
त्र्युत्तरे स्वातिपुष्ये तु धान्यवृद्धिः शुभेरिता ॥ १२७ ॥

धान्य वृद्धि मुहूर्त—विशाखा, रोहिणी, ज्येष्ठा, पुनर्वसु, अश्विनी, शतभिषा, पूर्वभाद्रपदा, उत्तराभाद्रपदा, तीनों उत्तरा, स्वाती, पुष्य में अन्नों का संग्रह करने पर वृद्धि होती है ॥ १२७ ॥

अथ हलप्रवहणम्

पुनर्वसुद्वये मूले त्र्युत्तरे रोहिणीद्वये।
हस्तत्रयेऽनुराधायां रेवत्यां श्रवणत्रये ॥
तिथौ वारे शुभेऽश्विन्यां हलप्रवहणं शुभम् ॥ १२८ ॥

हल चलाने का मुहूर्त—पुनर्वसु, पुष्य, मूल, तीनों उत्तरा, रोहिणी, मृगशिरा, हस्त, चित्रा, स्वाती, अनुराधा, रेवती, श्रवण, धनिष्ठा, शतभिषा, अश्विनी नक्षत्र, शुभ तिथि व वार में हल चलाना शुभ होता है ॥ १२८ ॥

अथार्कस्य भुक्तनक्षत्राद्धलचक्रम्

सूर्यस्य भुक्तनक्षत्राद्रामाष्टकनवाष्टकम् ।
अशुभं च शुभं ज्ञेयं हलचक्रे क्रमेण भम् ॥ १२९ ॥

सूर्य के भुक्त नक्षत्र से हल चक्र—सूर्य के भुक्त नक्षत्र से ३।८।९।८ इस क्रम से वर्तमान नक्षत्र तक गिनने पर ३ में अशुभ, ८ में शुभ, ९ में अशुभ और चौथे खण्ड ८ वें में होने पर शुभ फल होता है ॥ १२९ ॥

स्पष्टार्थ चक्र

नक्षत्र	३	८	९	८
फल	अशुभ	शुभ	अशुभ	शुभ

अथ बीजोप्तिचक्रं राहुनक्षत्राल्लिख्यते

हस्तत्रये मघापुष्ये त्र्युत्तरे रोहिणीद्वये ।
धनिष्ठा रेवतीयुग्मे तथा मूलानुराधयोः ॥ १३० ॥

शुभे वारे तिथौ श्रेष्ठा बीजोप्तिस्त्वथ राहुभात् ।
अष्टग्नोन्दुत्रयं चैकं त्रयेन्दुत्रिचतुष्टयम् ॥ १३१ ॥
असच्छुभं क्रमाज्ज्ञेयं दिनर्क्षं फणिचक्रगम् ॥ १३२ ॥

राहु के नक्षत्र से बीज बोने का चक्र व मुहूर्त– हस्त, चित्रा, स्वाती, मघा, पुष्य, तीनों उत्तरा, रोहिणी, मृगशिरा, धनिष्ठा, रेवती, अश्विनी, मूल, अनुराधा नक्षत्र, शुभवार व तिथि में बीज बोना शुभ होता है।

राहु के नक्षत्र से ८।३।१।३।१।३।१।३।४ क्रम से दिन के नक्षत्र गिनने पर ८ में होने पर अशुभ, ३ में शुभ, १ में अशुभ ३ में होने पर शुभ फल होता है। इसी क्रम से आगे भी जानना चाहिये ॥ १३०–१३२ ॥

स्पष्टार्थ राहु के नक्षत्र से फणिचक्र

नक्षत्र	८	३	१	३	१	३	१	३	४
फल	अशुभ	शुभ	अशुभ	शुभ	अशुभ	शुभ	अशुभ	शुभ	अशुभ

अथ सस्यारोपणम्

हस्तत्रयोत्तरा मूले धनिष्ठा रोहिणी मृगे ।
पुष्याश्विन्यनुराधायां मघायां शुभवासरे ॥ १३३ ॥
त्यक्त्वा रिक्ताः शनिं भौमं सस्यस्याङ्कुररोपणम् ॥ १३४ ॥

धान्य के आरोपण का मुहूर्त—हस्त, चित्रा, स्वाती, तीनों उत्तरा, मूल, धनिष्ठा, रोहिणी, मृगशिरा, पुष्य, अश्विनी, अनुराधा, मघा नक्षत्र, शुभ ग्रह वार में रिक्ता तिथियों व शनि, मंगलवार को छोड़कर धान का रोपण करना शुभ होता है ॥ १३३–१३४ ॥

अथ सस्यवृक्षलतादीनां वापनं जलेन सेचनञ्च लिख्यते

सस्यारोपोदिते काले हित्वा ज्ञार्कं मघां करम्।
वृक्षसस्यलतादीनां प्रशस्तं जलसेचनम् ॥ १३५ ॥

धान के पेड़ लतादि का बोने व जल से सींचने का मुहूर्त—धान के रोपा में कथित काल में सूर्यवार, मघा, हस्त नक्षत्र का त्याग करके धान के वृक्ष लतादि का सींचना शुभ होता है ॥ १३५ ॥

अथ धान्यच्छेदः

पूर्वोत्तरा मघाश्लेषा ज्येष्ठार्द्रा श्रवणद्वये।
भरणीद्वितये मूले मृगे पुष्ये करत्रये ॥
धान्यच्छेदः शुभो रिक्तां हित्वा भौमशनैश्चरौ ॥ १३६ ॥

धान काटने का मुहूर्त—तीनों पूर्वा, ३ उत्तरा, मघा, आश्लेषा, ज्येष्ठा, आर्द्रा, श्रवण, धनिष्ठा, भरणी, कृत्तिका, मूल, मृगशिरा, पुष्य, हस्त, चित्रा, स्वाती नक्षत्र में मंगल शनिवार को छोड़कर धान काटना शुभ होता है ॥ १३६ ॥

अथ कणमर्दनम्

अनुराधा श्रवे मूले रेवत्याञ्च मघात्रिभे।
ज्येष्ठायां चैव रोहिण्यां शुभं स्यात् कणमर्दनम् ॥ १३७ ॥

दाना निकालने का मुहूर्त—अनुराधा, श्रवण, मूल, रेवती, मघा, पूर्वाफाल्गुनी, उत्तराफाल्गुनी, ज्येष्ठा, रोहिणी, नक्षत्र में अन्न के वृक्ष लतादि से अन्न निकालना शुभ होता है ॥ १३७ ॥

अथ धान्यानयनं फलपुष्पोत्तारणं च

रोपणोदितनक्षत्रे वासरे मन्दभौमयोः।
अन्नस्यानयनं पुष्पफलाद्युत्तारणं च सत् ॥ १३८ ॥

अन्न लाने का व फल पुष्प तोड़ने का मुहूर्त—आरोपण में कथित नक्षत्र, वार व शनि मंगलवार में अन्न का लाना व पुष्प, फल तोड़ना शुभ होता है ॥ १३८ ॥

अथ सूपाद्यन्नादिपाकक्रिया

मूलचित्रानुराधासु विशाखा कृत्तिका मृगे।
उत्तरारोहिणीज्येष्ठारेवतीषु च विक्रिया ॥ १३९ ॥
त्यक्त्वा चाम्बुचरं लग्नं पक्षरन्ध्रतिथिं शनिम् ॥ १४० ॥

दाल आदि अन्नों के पकाने का मुहूर्त—मूल, चित्रा, अनुराधा, विशाखा, कृत्तिका, मृगशिरा, ३ उत्तरा, रोहिणी, ज्येष्ठा, रेवती नक्षत्र में जलचर लग्न, पक्षरन्ध्र तिथि तथा शनिवार को छोड़कर दाल आदि अन्नों का पकाना शुभ होता है ॥ १३९–१४० ॥

अथ नवान्नविधिर्नवान्नप्राशनं फलमूलाशनञ्च

हस्तचित्रानुराधान्त्ये रोहिणी श्रवणद्वये ।
मृगाश्विन्युत्तरास्वर्के शुभे वारे तिथावपि ॥
नवान्नस्य विधानं च प्राशनं फलमूलयोः ॥ १४१ ॥

नये अन्न की क्रिया तथा फल मूल भक्षण मुहूर्त—हस्त, चित्रा, अनुराधा, रेवती, रोहिणी, श्रवण, धनिष्ठा, मृगशिरा, अश्विनी, तीनों उत्तरा, सूर्यवार, शुभतिथि में नवीन अन्न की क्रिया व फल, मूल का भक्षण उत्तम होता है ॥ १४१ ॥

अथ कोष्ठादौ धान्यस्थितिः

पुनर्भे मृगशीर्षेऽन्त्येऽनुराधा श्रवणत्रये ।
हस्तत्रयेऽश्विनी पुष्ये रोहिण्यामुत्तरात्रये ॥ १४२ ॥
गुरौ शुक्रे रवीन्द्वोः सत् कोष्ठादौ धान्यरक्षणम् ॥ १४३ ॥

कोठी, खत्ती आदि में अन्न रखने का मुहूर्त—पुनर्वसु, मृगशिरा, रेवती, अनुराधा, श्रवण, धनिष्ठा, शतभिषा, हस्त, चित्रा, स्वाती, अश्विनी, पुष्य, रोहिणी, तीनों उत्तरा नक्षत्र, गुरु, शुक्र, रवि, सोमवार में कोठी आदि में धान्य (अन्न) रखना शुभ होता है ॥ १४२–१४३ ॥

अथ बीजसङ्ग्रहः

हस्तत्रये पुनर्वस्वो रोहिण्यां श्रवणद्वये ।
स्थिते लग्ने शुभे वारे विचन्द्रे बीजसङ्ग्रहः ॥ १४४ ॥

बीज एकत्रित करने का मुहूर्त—हस्त, चित्रा, स्वाती, पुनर्वसु, रोहिणी, श्रवण, धनिष्ठा नक्षत्र, स्थिर लग्न, शुभवारों में चन्द्रवार को छोड़कर बीज एकत्रित करना शुभ होता है ॥ १४४ ॥

अथ तृणरज्जुभिर्धान्यबन्धनम्

स्वातौ मूले च हस्तेऽन्त्ये भाद्राषाढाद्वये मृगे ।
रोहिण्यां कोशकोष्ठान्तर्धान्यसंरक्षणं शुभम् ॥ १४५ ॥

तिनका की रस्सी से धान्य बाँधने का मुहूर्त—स्वाती, मूल, हस्त, रेवती, पूर्वाभाद्रपदा, उत्तराभाद्रपदा, पूर्वाषाढा, उत्तराषाढा, मृगशिरा, रोहिणी नक्षत्र में अन्न भण्डार व कोठी, ट्रंक में अन्नों को स्थापित करना शुभ होता है ॥ १४५ ॥

अथ धर्मक्रिया

रेवतीद्वितये हस्तत्रितये रोहिणीद्वये ।
श्रवत्रयोत्तरापुष्ये पुनर्वस्वनुराधयोः ॥ १४६ ॥
ज्ञेज्यशुक्रेन्दुसूर्येषु ज्ञेज्यषड्वर्गशालिनि ।
लग्ने जीवयुते जीवे बलिष्ठे धर्ममाचरेत् ॥ १४७ ॥

धार्मिक काम करने का मुहूर्त—रेवती, अश्विनी, हस्त, चित्रा, स्वाती, रोहिणी, मृगशिरा श्रवण, धनिष्ठा, शतभिषा, तीनों उत्तरा, पुष्य, पुनर्वसु, अनुराधा नक्षत्र, बुध, गुरु, सोम, शुक्र

व रविवार, बुध, गुरु के षड्वर्ग लग्न व गुरु से युक्त लग्न में गुरु के बली होने पर धार्मिक काम करना शुभ होता है ॥ १४६-१४७ ॥

अथ शान्तिकपौष्टिकं कर्म

पुनर्वसुद्वये स्वातित्र्युत्तरे श्रवणत्रये ।
रेवतीद्वितये हस्तेऽनुराधारोहिणीद्वये ॥
शान्तिकं पौष्टिकं कर्म पुण्याहे कीर्तितं बुधैः ॥ १४८ ॥

शान्तिक, पौष्टिक कार्य का मुहूर्त—पुनर्वसु, पुष्य, स्वाती, तीनों उत्तरा, श्रवण, धनिष्ठा, शतभिषा, रेवती, अश्विनी, हस्त, अनुराधा, रोहिणी, मृगशिरा नक्षत्र, पुण्य दिन में शान्तिक, पौष्टिक कार्य करना पंडितों ने शुभ बताया है ॥ १४८ ॥

अथ होमादौ खेटाहुतिफलं सूर्यनक्षत्रात्

रवौ बुधे भृगौ मन्दे चन्द्रे भौमे गुरावगौ ।
केतौ च सूर्यभाज्ज्ञेयं प्रत्येकं भत्रये क्रमात् ॥ १४९ ॥
होमाहुतिः खले नेष्टा शुभदा शुभखेचरे ॥ १५० ॥

सूर्य नक्षत्र से होमादि में ग्रह वश आहुति का फल—सूर्य, बुध, शुक्र, शनि, चन्द्र, मंगल, गुरु, राहु, केतु के क्रम से होम दिन के नक्षत्र को सूर्य के नक्षत्र से ३-३ नक्षत्र गिनकर देखना कि किस ग्रह के नक्षत्र में यह है । यदि पापग्रह के नक्षत्र में है तो आहुति का फल अशुभ व शुभ ग्रह के नक्षत्र में होने पर शुभ फल होता है ॥ १४९-१५० ॥

स्पष्टार्थ सारिणी

ग्रह	सूर्य	बुध	शुक्र	शनि	चन्द्र	मंगल	गुरु	राहु	केतु
नक्षत्र	३	३	३	३	३	३	३	३	३
फल	अशुभ	शुभ	शुभ	अशुभ	शुभ	अशुभ	शुभ	अशुभ	अशुभ

अथ होमादौ वह्निवासफलम्

तिथिवारयुतां सैकां चतुर्भिर्भाजयेदिमाम् ।
शेषे गुणाभ्रे भूमौ च वह्निर्होमे शुभप्रदः ।
नेष्टः स्वर्गे ह्येकशेषे द्विशेषेऽधोऽप्यनिष्टकृत् ॥ १५१ ॥

होमादि में अग्निवास व फल का ज्ञान— जिस दिन होम करना हो उस दिन की, शुक्ल प्रतिपदा से तिथि संख्या के अंक में वार संख्या व एक जोड़कर योग में चार का भाग देने पर यदि शेष ३।० हो तो भूमि में अग्नि का निवास होता है तथा उस दिन होम करना शुभ फलदायी होता है । और १।२ शेष में अग्नि का निवास स्वर्ग व पाताल में होता है । इसमें होम अनिष्टकारी होता है ॥ १५१ ॥

अथमन्त्रादिदीक्षा

रोहिण्यां त्र्युत्तरे मौञ्जीबन्धनोदितभादिषु ।
मन्त्रदीक्षा शुभे चाह्नि ग्रहणेऽप्यागमोदिता ॥ १५२ ॥

मन्त्र ग्रहण मुहूर्त—रोहिणी, तीनों उत्तरा, यज्ञोपवीत में वर्णित नक्षत्रादि और शुभवार में तथा ग्रहण में आगमोक्त दीक्षा लेना शुभ होता है ॥ १५२ ॥

अथ दीक्षाकुण्डली बृहन्नरपतौ

षड्द्व्येकादशमोदितो दिनकरस्त्रिद्व्यायषष्ठे शशी
लग्नात्सौम्यकुजौ शुभावुपचये केन्द्रत्रिकोणे गुरुः ।
शुक्रः षट्त्रिनवान्त्यगोऽष्टमसुतद्व्येकादशे मन्दजो
लग्नांशादिगुरुज्ञचन्द्रमहसां शौरेश्च दीक्षाविधौ ॥ १५३ ॥

बृहत् नरपति में दीक्षा कुण्डली दीक्षा—लग्न से ६।२।११ में सूर्य, ३।२।११।६ में चन्द्रमा, ३।६।१०।११ में बुध, भौम, १।४।७।१०।५।९ में बृहस्पति, ६।३।९।१२ में शुक्र, ८।५।२।११ में शनि शुभ होता है । और लग्न में गुरु, चन्द्र, बुध, शनि का नवांश होना दीक्षा ग्रहण में शुभ होता है ॥ १५३ ॥

अथमन्त्रग्रहणचक्रज्ञानम्

सूर्यर्क्षाच्चतुर्वेदेन्द्रास्तथा सप्तदशैव हि ।
सप्तैकविंशे शस्तानि मन्त्रग्रहणचक्रके ॥ १५४ ॥

दीक्षा ग्रहण चक्र का ज्ञान—सूर्य के नक्षत्र से दिन नक्षत्र पर्यन्त गिनने पर ६।४।१४। १७।७।२१ यह संख्या होने पर मंत्र लेना शुभ होता है ॥ १५४ ॥

अथ मन्त्रयन्त्रव्रतोपवासादि

उफा हस्ताश्विनी कर्णविशाखा मृगभेऽह्नि ।
शुभे सूर्ययुते शस्तं मंत्रयंत्रव्रतादिकम् ॥ १५५ ॥

मन्त्र, यन्त्र, व्रत उपवसादि साधन मुहूर्त—उत्तराफाल्गुनी, हस्त, अश्विनी, श्रवण, विशाखा, मृगशिरा नक्षत्र, रवि व शुभवार में मंत्र, यंत्र, व्रत, उपवासादि साधन शुभ होता है ॥ १५५ ॥

अथ वीरसाधनम्

मघार्द्रा भरणी मूले मृगेऽङ्के सबुधे घटे ।
शुद्धाष्टमे भृगौ तुर्ये वीरवेतालसाधनम् ॥ १५६ ॥

वेताल साधन मुहूर्त—मघा, आर्द्रा, भरणी, मूल नक्षत्र, सिंह लग्न वा कुम्भ लग्नस्थ बुध, अष्टम शुद्ध और चौथे में शुक्र होने पर वीर वेताल साधना शुभ होती है ॥ १५६ ॥

अथौषधकरणं तत्सेवनञ्च

हस्तेत्रयेऽनुराधायां मूले पुष्ये श्रवत्रये ।
मृगभे रेवतीयुग्मे पुनर्वस्वोः विजन्मभे ॥ १५७ ॥

ज्ञेन्दुशुक्रेज्यसूर्याणां वासरे सत्तिथावपि ।
द्विस्वभावे शुभे लग्ने शुद्धे द्यूनमृतिव्यये ॥
भैषज्यं शुभदं प्रोक्तं योगे चायुष्यदायिनी ॥ १५८ ॥

दवा बनाने व खाने का मुहूर्त—हस्त, चित्रा, स्वाती, अनुराधा, मूल, पुष्य, श्रवण, धनिष्ठा, शतभिषा, मृगशिरा, रेवती, अश्विनी, पुनर्वसु तथा विना जन्म नक्षत्र के बुध, सोम, शुक्र, गुरु, रविवार में, शुभ तिथि में द्विस्वभाव व शुभ लग्न में, ७।८।१२वां भाव ग्रह रहित होने पर औषधि बनाना व खाना शुभ एवं आयुप्रद होता है ॥ १५७–१५८ ॥

अथ रसोत्पादनम्

विशाखा कृत्तिका मूले धनिष्ठाश्विकरे मृगे ।
ज्येष्ठायामार्द्र भे सौम्यवासरेषु रसक्रिया ॥ १५९ ॥

रस कार्य मुहूर्त—विशाखा, कृत्तिका, मूल, धनिष्ठा, अश्विनी, हस्त, मृगशिरा, ज्येष्ठा, आर्द्रा नक्षत्र व शुभवार में रसकार्य शुभ होता है ॥ १५९ ॥

अथ वातरोगादौ तैलोपसेवनम्

हि(ज्ञा)त्वाश्लेषा मघा मूलं द्वीशार्द्राभरणीद्वयम् ।
मन्देऽब्जे ज्ञे स्थितिस्तैले तृतीयादित्रिके तिथौ ॥ १६० ॥

वायु रोगादि में तेल लगाने का मुहूर्त—आश्लेषा, मघा, मूल, विशाखा, भरणी, कृत्तिका नक्षत्र, शनि, सोम, बुधवार और तीज, चौथ, पञ्चमी तिथि में तेल लगाना शुभ होता है ॥ १६० ॥

अथ रक्तमोक्षणं विरेकवमनञ्च

हस्तत्रयेऽश्विनी पुष्ये शतभे रोहिणीद्वये ।
श्रवणे चानुराधायां ज्येष्ठायां रक्तमोक्षणम् ॥ १६१ ॥
गुरुभौमार्कवारेषु कार्यं शुभतिथौ तथा ।
विरेकवमनं शुक्रे चन्द्रे चैवोक्तभादिषु ॥ १६२ ॥

रक्त (खून) निकलवाने, जुलाब लेने और वमन (उल्टी) कराने का मुहूर्त—हस्त, चित्रा, स्वाती, अश्विनी, पुष्य, शतभिषा, रोहिणी, मृगशिरा, श्रवण, अनुराधा, ज्येष्ठा नक्षत्र व गुरु, मंगल वार व शुभतिथि में नसों से खून निकलवाना तथा उक्त नक्षत्र, तिथि एवं शुक्र व सोमवार में जुलाब लेना व उल्टी की दवा सेवन करना शुभ होता है ॥ १६१–१६२ ॥

अथ तप्तलोहदाहः

शतचित्राश्विनीमूले विशाखाकृत्तिकार्द्र भे ।
ज्येष्ठाश्लेषा कुजेऽर्केऽङ्गे क्रूरलोहस्य तापनम् ॥ १६३ ॥

दूषित लोहे को गलाने का मुहूर्त—शतभिषा, चित्रा, अश्विनी, मूल, विशाखा, कृत्तिका, आर्द्रा, ज्येष्ठा, आश्लेषा नक्षत्र और भौम, सूर्य के वार व लग्न में दूषित लोहे को गलाना शुभ होता है ॥ १६३ ॥

अथ धनसङ्ग्रहः

ब्रह्मानलार्कमघमूलमहेन्द्रपूर्वा -
पौष्णानु राधगुरुविष्णुविशाखयुक्ते ।
वारे कुजार्कभृगुनन्दनसोमजाना -
मित्थं च कालधनसंग्रहणं नराणाम् ॥ १६४ ॥

धन एकत्रित करने का मुहूर्त—रोहिणी, कृत्तिका, हस्त, मघा, मूल, ज्येष्ठा, तीनों पूर्वा, रेवती, अनुराधा, पुष्य, श्रवण, विशाखा नक्षत्र, मंगल, सूर्य, शुक्र, बुधवार में धन इकट्ठा करना अच्छा होता है ॥ १६४ ॥

अथ रोगोत्पत्तौ नक्षत्रवशात् पीडादिनसंख्या

अश्विनी कृत्तिका मूले ज्वरार्तो नव वासराः।
रोहिण्यामुत्तरे भाद्रे पुनर्वस्वोश्च पुष्यभे ॥ १६५ ॥
उफायां वासराः सप्त मघायां विंशतिस्तथा ।
शतभे भरणी चित्रा श्रवे चैकादश स्मृताः ॥ १६६ ॥
धनिष्ठायां विशाखायां हस्तभे पक्ष एव च ।
मासं मृगोत्तराषाढे कृच्छ्रादन्त्यानुराधयोः ॥
पीडां भुक्त्वा दिनैरुक्तैः सुखी स्यात्तदनन्तरम् ॥ १६७ ॥

रोग की प्राप्ति में नक्षत्र के द्वारा पीड़ा के दिनों की संख्या का ज्ञान—अश्विनी, कृत्तिका, मूल नक्षत्र में ज्वर आने पर ९ दिन तक, रोहिणी, उत्तराभाद्रपद, पुनर्वसु, पुष्य, उत्तराफाल्गुनी नक्षत्र में ७ दिन तक, मघा में २० दिन तक, शतभिषा, भरणी, चित्रा, श्रवण नक्षत्र में ११ दिन तक, धनिष्ठा, विशाखा, हस्त में १५ दिन तक, मृगशिरा, उत्तराषाढ में एक महीना तक, रेवती व अनुराधा नक्षत्र में ज्वर आने पर बहुत समय तक पीड़ा होती है। पूर्व कथित तुल्य दिनों तक रोगी दुःख प्राप्त करने के पश्चात् सुखी होता है ॥ १६५-१६७ ॥

अथ रोगोत्पत्तावशुभफलम्

पूर्वात्रये तथाश्लेषा ज्येष्ठार्द्रास्वातिभेष्वपि ।
रोगोत्पत्तिर्भवेद्यस्य मरणं तस्य निश्चितम् ॥ १६८ ॥

तीनों पूर्वा, आश्लेषा, ज्येष्ठा, आर्द्रा, स्वाती नक्षत्र में जिसको रोग उत्पन्न होता है उसकी मृत्यु अवश्य होती है ॥ १६८ ॥

अथ रोगोपत्तावनिष्टयोगः

आश्लेषा भरणी स्वाती पूर्वाभाद्रपदे तथा ।
शतभे पापबारे च प्रतिपद् द्वादशी दिने ॥ १६९ ॥
चतुर्दश्यां तथाष्टम्यां पूर्णिमायां ज्वरोदयः ।
स नरो मृत्युमाप्नोति स्ववैद्येनापि रक्षितः ॥ १७० ॥

रोग होने पर अनिष्टयोग—आश्लेषा, भरणी, स्वाती, पूर्वाभाद्रपदा, शतभिषा नक्षत्र, पापग्रहवार, प्रतिप्दा, द्वादशी, चौदस, अष्टमी, पूर्णिमा तिथि में ज्वर आने पर चाहें स्वर्गीय वैद्य से भी रक्षित हो तो भी अवश्य मृत्यु होती है ॥ १६९–१७० ॥

अथ रोगाद्युपद्रवे सति दोषज्ञानं प्रश्नलग्नात्

मेषे तु पितृदोषः स्यादुष्णांशोऽथ विवर्णता ।
वृषे खदेवताभूतो दुःस्वप्नो नेत्ररुग्ज्वरः ॥ १७१ ॥
महामायाभवो दोषो द्वन्द्वे वेलानिलज्वरः ।
कर्कटे शाकिनीदोषो मौनं हास्यं च रोदनम् ॥ १७२ ॥
सिंहे प्रेतस्य दोषस्तु वैमनस्यं हिमज्वरः ।
कन्यायां खेटजो दोषो व्यथा क्रोधोऽरुचिर्भवेत् ॥ १७३ ॥
तुलायां क्षेत्रपालस्य दोषः सन्तानपोडनम् ।
नाना दोषोऽलिभे दाहो देहेऽस्मिन् बुद्धिनाशनम् ॥ १७४ ॥
दोषो धनुष देहोत्थः शोकोदर्यरुजां ज्वरः ।
शंपा दोषो मृगे देहभंगोत्रानिलजो ज्वरः ॥ १७५ ॥
दुष्टप्रेतभवो दोषो देहपीडा धने भवेत् ।
दोषो मीने तु योगिन्या ज्वरो मानसविभ्रमः ॥ १७६ ॥
तुला (उक्त) लग्ने तत्र चन्द्रे ज्ञेयं फलमुदाहृतम् ॥ १७७ ॥

प्रश्न लग्न से, किस दोष से रोग हुआ है, इसका ज्ञान—जब प्रश्न समय में मेप लग्न होता है तो गरमी व विवर्णता पितृदोष से रोग, वृप लग्न होने पर दुःस्वप्न, नेत्र रोग, ज्वर आकाश देवता के दोष से, मिथुन हो तो वायु से ज्वर कुछ समय तक महामाया के दोप से, कर्क हो तो मौनता, हँसी, रुदन रोग शाकिनी दोप से, सिंह हो तो वैमनस्य, शीतज्वर, प्रेत दोष से, कन्या होने पर व्यथा, क्रोध, अरुचि रोग ग्रह दोप से, तुला हो तो सन्तान पीड़ा क्षेत्रपाल के दोष से, वृश्चिक हो तो शरीर संताप, बुद्धि विनाश रोग अनेक दोष से, धनु हो तो शोक, पेट पीड़ा, ज्वर रोग देह से उत्पन्न दोष से, मकर हो तो देहभंग, वायु से ज्वर शंपा (शाकिनी) दोष से, कुम्भ हो तो देह पीड़ा, धन पीड़ा दुष्ट प्रेत के दोप से, और प्रश्न के समय मीन लग्न होने पर ज्वर, मन में भ्रम योगिनी के दोष से होता है । उक्त लग्नों में चन्द्रमा के रहने पर फल होता है ॥ १७१–१७७ ॥

अथ प्रश्नलग्ने ग्रहवशाद्दोषज्ञानम् ।

क्षेत्रपालभवो दोषो लग्नेऽन्त्ये चाष्टमे रवौ ।
लग्नारिनिधनाऽन्त्येऽब्जे नभोदेवीसमुद्भवः ॥ १७८ ॥
शाकिन्या दूषणं भौमे द्वादशैकादशे तथा ।
सप्तमे द्वादशे सौम्ये वनदेवीसमुद्भवः ॥ १७९ ॥

देवदोषस्तु यामित्रे रिष्फे चित्रशिखण्डिजे।
अन्त्ये वा सप्तमे शुक्रे दोषोभूद्देवतोद्भवः ॥ १८० ॥
वातामयस्तु शारीरो रिष्फयामित्रगे शनौ।
सिंहिकानन्दने रिष्फे सप्तमे प्रेतसंभवः ॥ १८१ ॥
लग्नाद्वह्नचारिधर्मान्त्ये पापैः खेटैः स्वके कुले।
विषशस्त्रे जले मृत्युमायुषां दोष ईरितः ॥ १८२ ॥
सूर्ये हालाहलैर्भौमे शस्त्रैर्मन्दे जलोर्मिभिः।
राहौ रोगैर्मृतानां स्युर्दोषा आपोक्लिमस्थिते ॥ १८३ ॥
दशमस्थे बुधे मार्गदेव्याः प्रेतभवा गुरौ।
शुक्रे दोषस्तु देवोत्थः पापेन्दुः शाकिनीभवः ॥ १८४ ॥
स्वर्क्षे स्वगोत्रजो दोषः समे त्वन्यकुलोद्भवः ॥ १८५ ॥

प्रश्न लग्न में तथा लग्न से भावस्थ ग्रह वश दोष ज्ञान—प्रश्न लग्न से लग्न, द्वादश तथा आठवें भाव में सूर्य हो तो क्षेत्रपाल के दोष से रोग, लग्न से १।६।८।१२। में चंद्रमा हो तो आकाश देवी दोष से, लग्न से १२।११ में मंगल हो तो शाकिनो दोष से, लग्न से ७।१२ में बुध हो तो वनदेवी के दोष से, लग्न से ७।१२ में केतु हो तो देवदोष से, लग्न से १२।७ में शनि हो तो वायु के दोष से, लग्न से १२।७ में राहु हो तो प्रेत के दोष से, लग्न से ३।६।९।१२ में पापग्रह हो तो अपने कुल के दोष से रोग तथा विष (जहर) शस्त्र से जल में मृत्यु यह आयुवालों का दोष कहा है। यदि उक्त स्थानों सूर्य हो तो विष दोष से, भौम हो तो शस्त्र दोष से, शनि होने पर जल तरङ्गों के दोष से, राहु हो तो रोग के दोष से, यदि आपोक्लिम ३।६।९।१२ में उक्त ग्रह हों तो मरे हुए जनों के दोष से रोंग व मृत्यु होती है।

प्रश्न लग्न से १०वें बुध हो तो मार्गदेवी दोष से रोग, गुरु हो तो प्रेत दोष से, शुक्र हो तो देवोत्थ दोष से तथा पापी चन्द्र हो तो शाकिनी दोष से, अपनी राशि में चन्द्र होने से स्वगोत्र से उत्पन्न दोष से तथा सम राशि में हो तो अन्यकुल के दोष से रोग समझना चाहिये ॥ १७८=१८५ ॥

अथ रव्यादि बलिष्ठेषु वासरेषु वा दोषः।

कुदृष्टिसम्भवः सूर्ये पितृदोषो निशाकरे।
मंगले शाकिनीदोषो व्योमदेवोद्भवो बुधे ॥ १८६ ॥
गोत्रदेवीभवो जीवे जलदेव्यास्तु भार्गवे।
प्रेतपीड़ा शनौ सर्वं शान्त्या शान्तिमुपैति तत् ॥ १८७ ॥

सूर्यादि ग्रहों के बली रहने पर या रव्यादि वारों में दोष ज्ञान—यदि प्रश्न लग्न में बली सूर्य या सूर्यवार हो तो बुरी दृष्टि के दोष से रोग, इसी प्रकार चन्द्र हो तो पितृ दोष से, भौम हो तो शाकिनी दोष से, बुध हो तो आकाश दोष से, गुरु हो तो कुलदेवी दोष से, शुक्र

हो तो जलदेवी दोष से और शनि प्रश्न लग्न में बलवान् या शनिवार हो तो प्रेतपीड़ा के दोष से रोग होता है तथा समस्त दोष शान्ति करने पर नष्ट हो जाते हैं ।। १८६–१८७ ।।

साध्या दोषाः स्वकीयर्क्षे स्वोच्चे चन्द्रे बलान्विते ।
असाध्या विबुधे नीचे स्थिते शत्रुगृहं गते ॥ १८८ ॥
साध्याः सौम्यगृहैर्दोषा बलिभिः केन्द्रसंस्थितैः ।
असाध्याः खेचरैः पापैः केन्द्रगैर्बलशालिभिः ॥ १८९ ॥

साध्य व असाध्य रोग—प्रश्न लग्न के समय अपनी राशि, उच्च राशि में बली चन्द्रमा हो तो रोग कीं निवृत्ति होती है और बुध को छोड़ सूर्यादि ग्रह नीच में या शत्रु राशि में हों तो रोग की शान्ति नहीं होती है । शुभ ग्रह बली केन्द्र में हों तो रोग का नाश होता है और बलवान् पापग्रह केन्द्र में होने पर रोग का प्रशमन नहीं होता है ।। १८८=१८९ ।।

यद्दोषः पूजनं तस्य कुर्यात्तद्दोषशान्तये ।
जलदेव्या जले व्योमदेव्या व्योम्नि बलिं त्यजेत् ॥ १९० ॥
शाकिनीहाकिनीभूतदोषे तच्चत्वरे तथा ।
तदुद्देशेन दृग्दोषे चत्वरे धारयेद् बलिम् ॥ १९१ ॥
गोत्रदेव्युदद्भवे दोषे कुलदेवीं प्रपूजयेत् ।
पितृदोषे तु कर्तव्यो नारायणबलेर्विधिः ॥ १९२ ॥
प्रेतश्राद्धं त्रिपिण्डाख्यं विष्णोस्तर्पणमेव च ॥ १९३ ॥

पूजा का प्रकार—जिस देवता का दोष हो उसका पूजन करने पर दोष की शान्ति होती है । यदि जल देवी का दोष हो तो जल में, आकाश देवी का होने पर आकाश में बलि चढ़ानी चाहिए, तथा शाकिनी, डाकिनी व भूत दोष, दृष्टि दोष में चौराहे पर बलि अर्पण करना । गोत्रदेवी दोष होने पर कुल देवी का पूजन और पितृदोष हो तो नारायण बलि, प्रेतश्राद्ध, त्रिपिण्डी श्राद्ध व विष्णु तर्पण करना चाहिये ।। १९०–१९३ ।।

अथ सर्पदंशे अनिष्टम्

विशाखा कृत्तिका मूले रेवत्यार्द्रामघासु च ।
ऋक्षेऽश्लेषाभिधाने च सर्पदंष्ट्रो न जीवति ॥ १९४ ॥

सर्प के काटने पर मृत्यु योग विशाखा, कृत्तिका, मूल, रेवती, आर्द्रा, मघा, आश्लेषा नक्षत्र में सर्प के काटने पर मरण होता है ।। १९४ ।।

अथ रोगनिर्मुक्त स्नानम्

मघापुनर्वसुस्वातीरोहिणीषूत्तरात्रये ।
आश्लेषां च रेवत्यां भार्गवे चन्द्रवासरे ॥ १९५ ॥
न स्नायाद्रोगनिर्मुक्तः शुभे चन्द्रे तथैव च ।
रिक्तायां निशि भौमार्कवासरे चरलग्नके ॥ १९६ ॥

दुष्टचन्द्रे तथा विष्टयां पाताद्यैर्दूषितेऽहनि।
रोगमुक्तो नरः स्नायाद् दानं कुर्यादनन्तरम् ॥ १९७ ॥

रोग के पश्चात् नहाने का मुहूर्त—मघा, पुनर्वसु, रोहिणी, तीनों उत्तरा, आश्लेषा, रेवती नक्षत्र, शुक्र, सोम, मंगल, रवि वार, शुभ चन्द्र, रिक्ता तिथि रात्रि और चर लग्न का त्याग करके दूषित चन्द्र, पातादि से दुष्ट दिन में रोग हटने पर स्नान करके दान करना चाहिए ॥ १९५–१९७ ॥

अथ रक्तमोक्षणानन्तरं स्नानम्

पौष्टिके रक्तऋक्षे तु स्नानकाले शुभं मतम्।
रोगिणो रुधिरस्नाने निन्द्यकाले तु तत्स्मृतम् ॥ १९८ ॥

खून निकलवाने के बाद स्नान मुहूर्त—पौष्टिक में कथित व रक्त (उग्र) नक्षत्रों में रक्तमोक्षण के पश्चात् रोगी को दूषित समय में नहाना शुभ होता है ॥ १९८ ॥

अथ रोगमुक्तस्य बहिर्गमनम्

सद्वारे गमनोक्तर्क्षे सत्तिथौ शोभने विधौ।
सल्लग्ने रोगमुक्तस्य बहिर्निःसरणं शुभम् ॥ १९९ ॥

रोग छूटने के बाद घर से बाहर निकलने का मुहूर्त—शुभवार, यात्रोक्त नक्षत्र, शुभ तिथि, चन्द्रमा और शुभ लग्न में रोग हटने के बाद घर से बाहर निकलना शुभ होता है ॥ १९९ ॥

अथ होलिकोत्सवस्नानम्

राज्ञः पुरोऽपि सच्चन्द्रे शोभनर्क्षे शुभे तिथौ।
होलिकानन्तरं स्नायाद् विमन्दारदिने प्रजाः ॥ २०० ॥

होली के बाद स्नान का मुहूर्त—शुभ चन्द्र-नक्षत्र व शुभ तिथि में शनि एवं मंगलवार को छोड़कर होली के बाद राजा के सामने प्रजा का स्नान करना शुभ होता है ॥ २०० ॥

अथ मल्लक्रिया

ज्येष्ठार्द्रा भरणी पूर्वा मूलाश्लेषा मघाभिधे।
जयापूर्णासु सद्वारे सार्के शीर्षोदयेऽङ्गके ॥ २०१ ॥
सत्खेटैः केन्द्रगैः सार्कैर्मल्लक्रीडा शुभावहा ॥ २०२ ॥

व्यायाम का मुहूर्त—ज्येष्ठा, आर्द्रा, भरणी, ३ पूर्वा, मूल, आश्लेषा, मघा नक्षत्र, जया, पूर्णा तिथि, रवि व शुभवार, शीर्षोदय लग्न में तथा शुभग्रह व सूर्य के केन्द्रस्थ होने पर मल्लक्रिया करना शुभ होता है ॥ २०१–२०२ ॥

अथ दिव्यपरीक्षा

द्विःस्वभावे चरे लग्ने बलिष्ठेऽब्जे सतारके।
जीवे च श्रवणज्येष्ठापुनर्वस्वभिधे शते ॥ २०३ ॥

त्यक्त्वा शनैश्चरं भौमं भूताञ्च तिथिमष्टमीम् ।
भद्रां जन्मर्क्षमासौ च विलग्ने चाष्टमे रविम् ॥
नाडीभं च यथायोग्यं कुर्याद् दिव्यपरीक्षणम् ॥ २०४ ॥

दिव्य परीक्षा मुहूर्त—द्विस्वभाव व चर लग्न, बली चन्द्र, तारा एवं गुरु के रहने पर या पुष्य नक्षत्र, श्रवण, ज्येष्ठा, पुनर्वसु, शतमिषा नक्षत्र में, शनि, मंगलवार, चौदस, अष्टमी तिथि, मद्रा, जन्म नक्षत्र व मास और लग्नस्थ या अष्टमस्थ सूर्य तथा एकनाडीस्थ नक्षत्र को छोड़कर दिव्य परीक्षण शुभ होता है ॥ २०३–२०४ ॥

अथ सर्पग्रहणम्

भरण्यार्द्रा मघाश्लेषा पूर्वा ज्येष्ठाख्यमूलभे ।
करेऽह्नि केन्द्रगैः पापैर्हित्वा कालमहिग्रहः ॥ २०५ ॥

सर्प पकड़ने का मुहूर्त—भरणी, आर्द्रा, मघा, आश्लेषा, ३ पूर्वा, ज्येष्ठा, मूल नक्षत्र सूर्यवार में, लग्न मे केन्द्रस्थ पापग्रहों को छोड़कर सर्प पकड़ना शुभ होता है ॥ २०५ ॥

अश्वादिपशूनां दमनम्

कृत्तिकारेवतीपुष्ये स्वातीहस्ते श्रवद्वये ।
मृगेऽर्कारे विपुँस्कत्वं दमनं पशुवाजिनाम् ॥ २०६ ॥

घोड़ा आदि पशुओं के दमन का मुहूर्त—कृत्तिका, रेवती, पुष्य, स्वाती, हस्त, श्रवण, धनिष्ठा, मृगशिरा, रवि व मंगलवार में घोड़ा आदि पशुओं का नाथना व बधिया करना शुभ होता है ॥ २०६ ॥

अथ सेतुबन्धः

त्र्युत्तरे रोहिणी स्वाती मृगेऽर्के मंगले गुरौ ।
सेतूनां बन्धनं शस्तं शुभे लग्ने शुभेक्षिते ॥ २०७ ॥

पुल बनाने का मुहूर्त—तीनों उत्तरा, रोहिणी, स्वाती, मृगशिरा नक्षत्र, रवि, मंगल व बृहस्पतिवार, शुभदृष्ट, शुभ लग्न में पुल बाँधना शुभ होता है ॥ २०७ ॥

अथ लवणकृत्यम्

लवणारम्भकृत्यं तु भरणी रोहिणी शिवे ।
शनिवारे दिवा श्रेष्ठं जन्मराशेः शनेर्बले ॥ २०८ ॥

नमक के काम का मुहूर्त —भरणी, रोहिणी, आर्द्रा नक्षत्र, शनिवार, दिन में जन्म राशि से शनि के बली होने पर नमक के काम का आरम्भ शुभ होता है ॥ २०८ ॥

अथ जिनचार्वाकपाखण्डक्रिया

उषाश्विन्यां मृगे स्वातौ पुनर्भे श्रवणत्रये ।
जयापूर्णासु शुक्रेऽब्जे बुधेऽह्नि चरोदये ॥
चार्वाकजिनपाखण्डमण्डलीकरणं शुभम् ॥ २०९ ॥

जैन, नास्तिक, पाखण्डियों की सभा का मुहूर्त—उत्तराषाढ़, अश्विनी, मृगशिरा, स्वाती, पुनर्वसु, श्रवण, धनिष्ठा, शतभिषा नक्षत्र, जया, पूर्णा तिथि, शुक्र, सोम, बुध वार व

चर लग्न में नास्तिक, जैन, पाखण्डियों को सभा करना शुभ होता है ॥ २०९ ॥

अथ शैलूषनटकर्म

चित्रार्द्रा रोहिणी पुष्ये त्र्युत्तरे श्रवणत्रये ।
शुभाहेऽर्के च शैलूषनटकृत्यं समीरितम् ॥ २१० ॥

मदारी या नटकर्म मुहूर्त—चित्रा, आर्द्रा, रोहिणी, पुष्य, तीनों उत्तरा, श्रवण, धनिष्ठा, शतभिषा नक्षत्र, सूर्य व शुभ ग्रहवार में अभिनेता एवं नट का काम शुभ होता है ॥ २१० ॥

अथ तैलिकयन्त्रकृत्यम्

धनिष्ठाश्विकरे चित्रानुराधा पुष्यभे तथा ।
ज्येष्ठायां च पुनर्वस्वौ रेवत्यां शुभवासरे ॥
तैलयन्त्रक्रियां कुर्यात्तैलगन्धादिकं तथा ॥२११॥

तेल यन्त्र (कोल्हू) कार्य का मुहूर्त—धनिष्ठा, अश्विनी, हस्त, चित्रा, अनुराधा, पुष्य, ज्येष्ठा, पुनर्वसु, रेवती नक्षत्र, शुभवार में कोल्हू आदि चलाना तथा सुगन्धित तेल बनाना शुभ होता है ॥ २११ ॥

अथ कुम्भकारकृत्यम्

पुनर्वसुद्वये हस्तत्रयेऽन्त्ये रोहिणी मृगे ।
अनुराधा श्रवे ज्येष्ठे ससूर्ये सौम्यवासरे ॥
तथा चरोदये प्रोक्ता कुम्भकारक्रिया बुधैः ॥२१२॥

कुम्हार के कार्य का मुहूर्त—पुनर्वसु, पुष्य, हस्त, चित्रा, स्वाती, रेवती, रोहिणी, मृगशिरा, अनुराधा, श्रवण, ज्येष्ठा नक्षत्र, रवि व शुभवार तथा चर लग्न में कुम्हार का कार्य पण्डितों ने बताया है ॥ २१२ ॥

अथ काष्ठशिल्पकृत्यम्

हस्तषट्केऽश्विनीपुष्यरेवत्यां श्रवणत्रये ।
पुनर्भे रोहिणीयुग्मे सूत्राधारक्रियोत्तमा ॥२१३॥

काठ की चित्रकारी का मुहूर्त—हस्त, चित्रा, स्वाती, विशाखा, अनुराधा, ज्येष्ठा, रेवती, श्रवण, धनिष्ठा, शतभिषा, पुनर्वसु, रोहिणी, मृगशिरा नक्षत्र में सूत्राधार क्रिया उत्तम होती है ॥ २१३ ॥

अथ स्वर्णकारकृत्यम्

श्रवणत्रयेऽश्विनीपुष्ये मृगहस्तचतुष्टये ।
कृत्तिकायां पुनर्वस्वौ शुभे लग्ने तिथावपि ॥
हेमकारक्रिया शस्ता हित्वा बुधशनैश्चरौ ॥२१४॥

सुनार के काम का मुहूर्त—श्रवण, धनिष्ठा, शतभिषा, अश्विनी, पुष्य, मृगशिरा, हस्त, चित्रा, स्वाती, विशाखा, कृत्तिका, पुनर्वसु नक्षत्र, शुभ लग्न व तिथि में बुध, शनिवार को छोड़कर अन्य वारों में सुनार का काम शुभ होता है ॥ २१४ ॥

अथ लोहाश्ममणीनां कृत्यानि

स्वातौ ज्येष्ठाऽद्वये मूले चित्रार्द्रा भरणीत्रये।
मणिलोहाश्मनां कृत्यं पापे चाह्नि स्थिरोदये ॥२१५॥

लोहा, पत्थर व मणि के काम का मुहूर्त—स्वाती, ज्येष्ठा, मूल, चित्रा, आर्द्रा, भरणी, कृत्तिका, रोहिणी नक्षत्र, पापवार और स्थिर लग्न में मणि, लोहा व पत्थर का काम शुभ होता है ॥ २१५ ॥

अथ नापितकृत्यम्

ज्येष्ठा हस्तत्रये कर्णत्रितयेऽश्विमृगेन्त्यभे।
पुनर्वसुद्वये हित्वा रिक्ता षष्ठ्यष्टमीं तिथिम् ॥
सद्वारे नापितानां च क्षुरादिसकलाः क्रियाः ॥२१६॥

नाई के कार्य का मुहूर्त—ज्येष्ठा, हस्त, चित्रा, स्वाती, श्रवण, धनिष्ठा, शतभिषा, अश्विनी, मृगशिरा, रेवती, पुनर्वसु, पुष्य नक्षत्रों में रिक्ता, छट, अष्टमी तिथि को छोड़कर अवशिष्ट तिथियों में व शुभवारों में नाइयों की उस्तरा आदि की समस्त क्रिया शुभ होती है ॥ २१६ ॥

आभीरजनकृत्यम्

विशाखायां पुनर्भेन्त्ये ज्येष्ठा हस्ताश्विनीमृगे।
पूभाकर्णत्रये पुष्ये ज्ञेऽब्जेऽर्के बल्लवक्रियाः ॥२१७॥

अहीरों के काम का मुहूर्त—विशाखा, पुनर्वसु, रेवती, ज्येष्ठा, हस्त, अश्विनी मृगशिरा, पूर्वाभाद्रपदा, श्रवण, धनिष्ठा, शतभिषा, पुष्य नक्षत्र, बुध, चन्द्र, रविवार में अहीरों की क्रिया शुभ होती है ॥ २१७ ॥

अथ चोरकृत्यम्

विशाखा कृत्तिका पूर्वा मूलार्द्रा भरणामघे।
आश्लेषाज्येष्ठयोर्मन्दभौमयोः शाकुने बले ॥२१८॥
लग्ने वा दशमे भौमे चौर्ये सद्द्रव्यलब्धये ॥२१९॥

चोर कार्य का मुहूर्त—विशाखा, कृत्तिका, तीनों पूर्वा, मूल, आर्द्रा, भरणी, मघा, आश्लेषा, ज्येष्ठा नक्षत्र, शनि, मंगलवार में बली शकुन होने पर लग्नस्थ शनि या दशम में भौम हो तो चोरों को चोरी करने में प्रचुर लाभ होता है ॥ २१८–२१९ ॥

अथ मुहूर्तादौ लग्नादितिथ्यन्तानां बलाबलज्ञानार्थं गुणाः।

सहस्रगुणभृल्लग्नं चन्द्रः शतगुणो बली।
तारा षष्टिगुणा योगो द्वात्रिंशद्गुणभाग्भवेत् ॥२२०॥
तदर्द्धं करणं विन्द्याद् वारस्त्वष्टगुणः स्मृतः।
ऋक्षं चतुर्गुणं ज्ञेयं तिथिरेकगुणा स्मृता ॥२२१॥

मुहूर्त आदि में लग्न से तिथि पर्यन्त बलाबल ज्ञानार्थ गुणज्ञान—लग्न बली होने पर

हजार, चन्द्र में सौ, तारा में साठ, योग में बत्तीस, करण में सोलह, वार में आठ, नक्षत्र में चार और तिथि वलवती होने पर एक गुण होता है ॥ २२०–२२१ ॥

इति श्रीमद् दैवज्ञरावलहरिशंकरसूरिसूनुगणपतिकृते मुहूर्तगणपतौ अनेककार्यमुहूर्त्तनामेकादशप्रकरणं समाप्तम् ॥ ११ ॥

इस प्रकार श्रीमान् दैवज्ञ रावल हरिशंकर सूरिजी के पुत्र गणपति द्वारा रचित मुहूर्तगणपति नामक ग्रन्थ का अनेक मुहूर्त वाला ग्यारहवाँ प्रकरण समाप्त हुआ ॥ ११ ॥

इति श्रीमथुपुरीनिवासि श्रीमद्भागवताभिनवशुक पं० केशवदेवचतुर्वेदात्मजमुरलीधरचतुर्वेदकृता मुहूर्त्तगणपतिग्रन्थस्यैकादशप्रकरणस्य कान्तिमती हिन्दी टीका पूर्णा ॥ ११ ॥

अथ संक्रान्तिप्रकरणम् ।

अब आगे इस प्रकरण में घोरादि संज्ञक सूर्य को संक्रान्ति का उनके पुण्यकाल, मुहूर्त, फल, वाहन वस्त्रादि का वर्णन करते हैं ।

घोरसंज्ञकसंक्रान्तिफलम्

संक्रातिर्भानुवारे स्यात् घोराख्या भरणी मृगे ।
पूर्वात्रये च नक्षत्रे शूद्राणां सुखदा स्मृता ॥१॥

रविवार के दिन भरणी, मृगशिरा, पूर्वाफाल्गुनी, पूर्वाषाढ़ा, पूर्वाभाद्रपदा नक्षत्र में यदि सूर्य संक्रान्ति हो तो वह घोरा नाम वाली तथा शूद्रों को सुख देने वाली होती है ॥ १ ॥

ध्वांक्षीसंज्ञकसंक्रान्तिफलम्

सोमवारेऽभिजित्पुष्याश्विनी हस्ते तथैव च ।
संक्रान्तिः कथिता ध्वांक्षी विशां सौख्यप्रदायिनी ॥२॥

सोमवार के दिन अभिजित्, पुष्य, अश्विनी, हस्त नक्षत्र में संक्रान्ति हो तो वह ध्वाँक्षी नाम की तथा बनियों को सुख देने वाली होती है ॥ २ ॥

महोदरीसंज्ञकसंक्रान्तिफलम्

श्रवणादित्रिभे स्वात्यां पुनर्वस्वौ कुजेऽहनि ।
या भवेत् सा तु चौराणां सौख्यदात्री महोदरी ॥३॥

श्रवण, धनिष्ठा, शतभिषा, स्वाती, पुनर्वसु नक्षत्र तथा मंगलवार के दिन जो संक्रान्ति होती है, वह महोदरी नाम वाली तथा चोरों को सुख देने वाली होती है ॥ ३ ॥

मन्दाकिनीसंज्ञकसंक्रान्तिफलम्

बुधाहे या च रेवत्यां मृगे चित्रानुराधयोः ।
सा तु मन्दाकिनी नाम्ना नृपाणां सौख्यदायिनी ॥४॥

बुधवार के दिन रेवती, मृगशिरा, चित्रा, अनुराधा नक्षत्र में जो संक्रान्ति होती है वह मन्दाकिनी नाम वाली तथा राजाओं को सुख देने वाली होती है ॥ ४ ॥

मन्दासंज्ञकसंक्रान्तिफलम्

बृहस्पतौ यदा जाता रोहिण्यां चोत्तरात्रये।
तदा मन्दाभिधा ज्ञेया विप्राणां हितकारिणी ॥५॥

गुरुवार के दिन रोहिणी, तीनों उत्तरा नक्षत्र में जो संक्रान्ति होती है, वह मन्दा नाम वाली तथा ब्राह्मणों का शुभ करने वाली होती है ॥ ५ ॥

मिश्रासंज्ञकसंक्रान्तिफलम्

भृगोर्वारे विशाखायां कृतिकायां च या भवेत्।
सा तु मि ेति विख्याता पशूनां प्रीतिदायिनी ॥६॥

शुक्रवार के दिन विशाखा या कृत्तिका नक्षत्र में जो संक्रान्ति होती है वह मिश्रा नाम वाली तथा पशुओं को प्रीति देने वाली होती है ॥ ६ ॥

राक्षसीसंज्ञकसंक्रान्तिफलम्

शनौ मूले तथार्द्रायामाश्लेषाज्येष्ठयोरपि।
या भवेद् राक्षसी सा स्याद् दैत्यजानां सुखावहा ॥७॥

शनिवार के दिन मूल, आर्द्रा, आश्लेषा या ज्येष्ठा नक्षत्र में जो संक्रान्ति होती है, वह राक्षसी नाम वाली तथा राक्षसों को सुख देने वाली होती है ॥ ७ ॥

कालानुसारेण संक्रान्तिफलम्

आद्येऽह्नि त्र्यंशके राज्ञो द्वितीये हन्ति वै द्विजान्।
तृतीये वैश्यकान् प्रान्त्ये संक्रान्तिः शूद्रवर्णकान् ॥८॥
प्रतियामं क्रमाद्रात्रौ पिशाचान् राक्षसान् नटान्।
पशुपालगणं हन्ति प्रभाते सर्वलिङ्गिनः ॥९॥

दिन के प्रथम तीसरे भाग में संक्रान्ति होने पर राजाओं का, दूसरे में ब्राह्मणों का, तीसरे में बनियों का और चौथे में शूद्रों का, इसी प्रकार रात्रि के प्रथम पहर में पिशाचों का, दूसरे में राक्षसों का, तासरे में नटों का, चौथे में पशुपालक समुदाय का और सुबह संक्रान्ति का आरम्भ हो तो पाखण्डियों का नाश होता है ॥ ८–९ ॥

अथ संज्ञान्तरम्

वृश्चिके वृषभे सिंहे कुम्भे विष्णुपदी स्मृता।
षडशीतिमुखा मीने कन्यामिथुनधन्विषु ॥१०॥
प्रोक्तं याम्यायनं कर्के मकरे चोत्तरायणम्।
विषुवाख्या तुले मेषे संक्रान्तिः समुदाहृता ॥११॥

वृश्चिक, वृष, सिह, कुम्भ राशि की संक्रान्ति विष्णुपदी, मीन, कन्या, मिथुन, धनु की षडशीतिमुख, कर्क की दक्षिणायन, मकर की उत्तरायण, तुला व मेष राशि की संक्रान्ति विषुव संज्ञा वाली होती है ॥ १०–११ ॥

अथ पुण्यसमयज्ञानम्

पुण्याः षोडशनाडचस्तु पराः पूर्वास्तु संक्रमात् ।
त्रिंशत् कर्कटके पूर्वाश्चत्वारिंशत्परा मृगे ॥१२॥
मध्याह्नादुत्तरं पुण्यं प्राङ्निशीथात्तु संक्रमे ।
निशीथादूर्ध्वकाले तु मध्याह्नात् प्राक्परेऽहनि ॥१३॥
तन्निशीथे द्वयहे पुण्यं परपूर्वविभागयोः ॥१४॥

पुण्यकाल का ज्ञान—संक्रमण काल से पहले व पीछे १६, १६ नाडी पुण्यकाल होता है। विशेष—कर्क की संक्रान्ति से पहिले तीस घड़ी और मकर संक्रान्ति के पश्चात् चालीस घड़ी, अर्ध रात्रि से पहिले संक्रमण होने पर मध्याह्न के बाद, आधी रात के बाद संक्रान्ति हो तो दूसरे दिन सूर्योदय से मध्याह्न तक तथा आधी रात के समय संक्रान्ति होने पर पूर्व व पर दिन अर्थात् दोनों दिन पुण्यकाल होता है ॥ १२–१४ ॥

अयनयोर्विशेषः

अस्तादूर्ध्वं तु मकरे रात्रौ संक्रमणं रवेः ।
तदोत्तरदिने पुण्यं मध्याह्नात् प्राक् प्रकीर्तितम् ॥१५॥
यदा सूर्योदयात् पूर्वं कर्के संक्रमते रविः ।
तदा पूर्वदिने पुण्यं परतश्चेत् परेऽहनि ॥१६॥

अयन संक्रमण में विशेष—जब कि सूर्यास्त के पश्चात् रात में मकर की संक्रान्ति होती है तो दूसरे दिन मध्याह्न से पहिले और कर्क की संक्रान्ति जब सूर्योदय से पूर्व होती है तो पूर्व दिन के मध्याह्न के उपरान्त पुण्य काल होता है ॥ १५–१६ ॥

तत्रापि विशेषः

मकरेऽस्तमितादूर्ध्वं संक्रमे प्राग् घटीत्रयम् ।
यदा पूर्वदिने पुण्यं परतश्चेत् परेऽहनि ॥१७॥
कर्कसंक्रमणं सूर्योदयात् प्राग् घटिकात्रयम् ।
तदा परदिने पुण्यं तत्पूर्वं तद्युतिः स्मृता ॥१८॥
आदौ विष्णुपदे याम्ये मध्ये तु विषुवाभिधे ।
षडशीतिमुखे सौम्येऽयने पुण्यं तदुत्तरम् ॥१९॥

अन्य भी विशेष—जबकि मकर की संक्रान्ति सूर्यास्त के बाद तीन घड़ी पर्यन्त होती है तो पूर्व दिन के पर भाग में अर्थात् मध्याह्न के पीछे, तथा तीन घड़ी के बाद हो तो दूसरे दिन मध्याह्न तक पुण्य काल होता है और कर्क की संक्रान्ति जब सूर्योदय से पूर्व तीन घड़ियों में होती है तो दूसरे दिन तथा तीन घड़ी से पूर्व में हो तो पूर्व दिन में, विष्ण

पदी व कर्क की संक्रान्ति में आदि में, विपुव में मध्य में, षडशीतिमुख और मकर संक्रान्ति में पीछे पुण्यकाल होता है ॥ १७–१९ ॥

अथ सायनार्कसंक्रान्तिः

सायनस्य रवेर्वापि यदा संक्रमणं भवेत् ।
तदा स्यादधिकं पुण्यं रहस्यं विदुषां हि तत् ॥२०॥

सायन संक्रान्ति का फल— जब कि सायन रवि की संक्रान्ति होती है तो अधिक पुण्य होता है। यह विद्वानों के रहस्य की बात है ॥ २० ॥

अथ संक्रान्तिमुहूर्तास्तत्फलं च

पुनर्वसुर्विशाखा च रोहिणी चोत्तरा बृहत् ।
सुभिक्षं तत्र संक्रान्तौ बाणवेदमुहूर्त्तकाः ॥२१॥
भरण्यार्द्रा तथाऽश्लेषा स्वाती ज्येष्ठा जघन्यभम् ।
संक्रान्तौ तत्र दुर्भिक्षं मुहूर्त्ता बाणभूमिताः ॥२२॥
शेषभानि समाख्यानि संक्रान्त्यावर्धसाम्यताम् ।
मुहूर्त्तास्त्रिशदत्रोक्ताः फलं चन्द्रोदयेऽपि सत् ॥२३॥

संक्रमण के मुहूर्त व फल का ज्ञान—पुनर्वसु, विशाखा, रोहिणी, तीनों उत्तरा नक्षत्रों में संक्रमण होने पर बृहत् संज्ञक व तैंतालीस मुहूर्त का और सुभिक्ष कारक होता है। भरणी, आर्द्रा, आश्लेषा, स्वाती, ज्येष्ठा नक्षत्र में जो संक्रान्ति होती है उसकी जघन्य संज्ञा व १५ मुहूर्त वाली तथा दुर्भिक्षकारक होती है। शेष नक्षत्रों में हो तो सम संज्ञक व ३० मुहूर्त वाली और समर्घता कारक होती है। इसी प्रकार द्वितीया के चन्द्रमा का भी फल समझना चाहिये ॥ २१–२३ ॥

अथाब्दविशोपकाः

अब्दविशोपकाः कर्कसंक्रमो दिङ्मिता रवौ ।
चन्द्रे नखा गजा भौमे बुधेऽर्काः सायकाः शनौ ॥
अष्टादशमिताः शुक्रे तत्संख्या गुरुवासरे ॥२४॥

वर्ष विशोपक ज्ञान—जब कर्क की संक्रान्ति रविवार में होती है तो १० दस विश्वा, सोमवार में २० विश्वा, मंगलवार में ८, बुधवार में बारह १२, शनिवार में ५, शुक्र और गुरुवार में कर्क संक्रान्ति होने पर १८ अठारह विश्वा वाली होती है ॥ २४ ॥

अथ संक्रान्तेः स्थित्युपवेशनशयनानि तत्फलं च

नेष्टः सुतो रविर्नागे तैतिलेऽथ चतुष्पदे ।
किंस्तुघ्ने कौलवे तिष्ठन् शकुनौ संक्रमे शुभः ॥२५॥
गरादिपञ्चके मध्यश्चोपविष्टोऽर्घवर्षणे ॥२६॥

संक्रान्ति की स्थिति उपवेशन शयन अवस्था व फल—नाग, तैतिल, चतुष्पद करण में संक्रान्ति होने पर सूर्य की सुप्त अवस्था व अशुभ फल, किंस्तुघ्न, कौलव, शकुनि करण में स्थित (खड़ा) अवस्था तथा शुभ फल, गर, वणिज, विष्टि, बव, बालव करण में संक्रमण हो तो उपविष्ट (बैठा) अवस्था और मध्यम फल होता है। इसी प्रकार पदार्थों के भाव व वर्ण का फल भी जानना चाहिये ॥ २५-२६ ॥

अथ संक्रान्तिवाहनानि

सिंहो व्याघ्रो वराहश्च खरेभौ महिषो हयः।
श्वाजौ गौः कुक्कुटो वाहाः संक्रान्तेः क्रमशो रवेः ॥२७॥

करणवश संक्रान्तियों के वाहन बव करण में संक्रान्ति होने पर सिंह, बालव में व्याघ्र, कौलव में सूअर, तैतिल में गदहा, गर में हाथी, वणिज में भैंसा, विष्टि में घोड़ा, शकुनि में कुत्ता, चतुष्पद में बकरा, नाग में गाय और किंस्तुघ्नकरण में संक्रान्ति होने पर मुर्गा वाहन होता है ॥ २७ ॥

अथ वस्त्राणि

श्वेतं पीतं हरित् पांडु रक्तं श्यामं च मेचकम्।
चित्रं कम्बलदिङ्मेघसन्निभं क्रमतो बवात् ॥२८॥

करण वश में संक्रान्तियों के वस्त्र—बव करण में संक्रान्ति हो तो सफेद, बालव में पीला, कौलव में हरा, तैतिल में पांडु, गर में लाल, वणिज में काला, विष्टि में धम्रवर्ण, शकुनि में चित्र, चतुष्पद में कंबल, नाग में दिशा के समान (नीला) और किंस्तुघ्न में संक्रमण होने पर मेघ समान रंग का वस्त्र होता है ॥ २८ ॥

अथ शस्त्राणि

भुशुण्डी च गदा खड्गो दण्डः कोदण्डतोमरौ।
कुन्तः पाशोऽङ्कुशोऽस्त्रं च बाणश्चैवायुधं क्रमात् ॥२९॥

संक्रान्तियों के शस्त्र—बवादि करणों में क्रम से संक्रान्ति होने पर १ बंदूक, २ गदा, ३ खड्ग, ४ दण्ड, ५ धनुष, ६ तोमर, ७ भाला, ८ पाश, ९ अंकुश, १० अस्त्र, ११ बाण शस्त्र होते हैं ॥ २९ ॥

अथ भक्ष्याणि

अन्नञ्च पायसं भैक्ष्यं पक्वान्नं च पयो दधि।
चित्रान्नं गुडमध्वाज्यं शर्कराभक्षणं तथा ॥३०॥

संक्रान्तियों के भक्ष्य पदार्थ—बव करण में संक्रान्ति हो तो अन्न, तैतिल में पका हुआ (पूड़ी, सुहार आदि), गर में दूध, वणिज में दही, विष्टि में चित्रान्न, शकुनि में गुड, नाग में सहत, चतुष्पद में घी और किंस्तुघ्न करण में संक्रान्ति होने पर चीनी भक्ष्य पदार्थ होता है ॥ ३० ॥

अथ विलेपनानि

कस्तूरी कुंकुमं चैव चन्दनं मृच्च रोचनम् ।
यावश्चोतुमदो वापि हरिद्राञ्जनकोऽगुरुः ॥
कर्पूरश्चेति विज्ञेयं संक्रान्तेश्च विलेपनम् ॥३१॥

संक्रान्तियों के विलेपन—ववकरण में संक्रान्ति होने पर कस्तूरी, बालव में कुंकुम (रोली), कौलव में चन्दन, तैतिल में मिट्टी, गर में गोरोचन, वणिज में महावर, विष्टि में विलार मद, शकुनि में हल्दी, नाग में काजल, चतुष्पद में अगर और किंस्तुघ्न में संक्रमण होने पर कपूर विलेपन होता है ॥ ३१ ॥

अथ जातयः

देवभूतोरगाः पक्षी पशुरेणो द्विजः क्रमात् ।
क्षत्रियो वैश्यशूद्रौ च सङ्करो जातयस्त्विमाः ॥३२॥

संक्रान्तियों की जाति—वव करण में संक्रान्ति हो तो देवता, बालव में भूत, कौलव में सर्प, तैतिल में पक्षी, गर में पशु, वणिज में हिरन, विष्टि में ब्राह्मण, शकुनि में क्षत्रिय, चतुष्पद में वैश्य, नाग में शूद्र और किंस्तुघ्न में संक्रमण होने पर संकर जाति होती है ॥३२॥

अथ पुष्पाणि

पुन्नागजातिबकुलकेतकीविल्वकार्कजम् ।
दूर्वाब्जमल्लिकापुष्पं पाटला च जपा क्रमात् ॥३३॥

संक्रान्तियों के फूल—वव करण में संक्रान्ति हो तो नागकेसर, बालव में चमेली, कौलव में मौलसिरी, तैतिल में केतकी, गर में बेल, वणिज में मदार, विष्टि में दूब, शकुनि में कमल, चतुष्पद में बेला, नाग में पाटल (गुलाब) और किंस्तुघ्न में संक्रमण होने पर दुपहरिया का फूल होता है ॥ ३३ ॥

अथाभरणानि

नूपुरं किकिणी मुक्ता विद्रुमं कंकणं मणिः ।
गुञ्जा वराटका नीलं वज्रं भूषा यथा क्रमात् ॥३४॥

संक्रान्तियों के अलङ्कार— वव में संक्रान्ति होने पर नूपुर, वालव में करधनी, कौलव में मोती, तैतिल में मूँगा, गर में कंकण, वणिज में मणि, विष्टि में गुंजा, शकुनि में कौड़ी, चतुष्पद में नीलम, नाग में हीरा और किंस्तुघ्न में अलङ्कार आभूषण होता है ॥ ३५ ॥

अथ वयांसि

बाला कुमारिका रण्डा मध्या प्रौढा प्रगल्भिका ।
वृद्धा वन्ध्यातिवन्ध्या स्यादसूता योगिनी वयः ॥३५॥

संक्रान्तियों की अवस्था— वव में संक्रान्ति हो तो बाला, बालव में कुमारिका, कौलव में विधवा, तैतिल में मध्या, गर में युवा, वणिज में अधिक युवा, विष्टि में वृद्धा, शकुनि में वंध्या, चतुष्पद में अधिक वन्ध्या, नाग में विना बालक वाली और किंस्तुघ्न करण में संक्रमण होने पर योगिनी अवस्था होती है ॥ ३५ ॥

स्पष्टार्थ स्थिति-वाहन-वस्त्रादि चक्र

करण	स्थिति	वाहन	वस्त्र	शस्त्र	भक्ष्य	विलेपन	जाति	पुष्प	आभरण	वय
बव	उपविष्ट	सिंह	सफेद	बन्दूक	अन्न	कस्तूरी	देवता	नागकेसर	नूपुर	बाला
बालव	उपविष्ट	व्याघ्र	पीला	गदा	खीर	कुंकुम	भूत	चमेली	करधनी	कुमारिका
कौलव	तिष्ठ	सूअर	हरा	खड्ग	भिक्षा	चंदन	सर्प	मौलसिरी	मोती	विधवा
तैतिल	सुप्त	गदहा	पांडु	दण्ड	पक्वान्न	मिट्टी	पक्षी	केतकी	मूँगा	मध्या
गर	उपविष्ट	हाथी	लाल	धनु	दूध	गोरोचन	पशु	बेल	कडूला	युवा
वणिज	उपविष्ट	भैंसा	काला	तोमर	दही	महावर	हिरन	मदार	मणि	अधिकयुवा
विष्टि	उपविष्ट	घोड़ा	धूम्रवर्ण	भाला	चित्रान्न	विलार मद	ब्राह्मण	दूब	घुंघची	वृद्धा
शकुनि	तिष्ठ	कुत्ता	चित्र	पाश	गुड	हल्दी	क्षत्री	कमल	कौड़ी	वन्ध्या
चतुष्पद	सुप्त	बकरा	कंबल	अंकुश	सहत	काजल	वैश्य	बेला	नीलम	अतिवन्ध्या
नाग	सुप्त	गाय	दिशा	अस्त्र	घी	अगर	शूद्र	पादर	हीरा	असूता
किंस्तुघ्न	तिष्ठ	मुर्गा	मेघ	बाण	शक्कर	कपूर	संकर	दुपहरिया	भूषण	योगिनी

अथ संक्रान्तेर्वाहनादीनां दुष्टफलम्

वाहजात्यायुधाहारादीनां तद्धृतिजीविनाम् ।
विनाशः स्याच्च संक्रातेर्वस्त्रादीनां महर्घता ॥३६॥
स्थितोपविष्टसुप्तानां तथा ज्ञेयं विनाशनम् ॥३७॥

संक्रान्ति के वाहन जाति, आयुध, भोजनादि में जिससे जिसकी आजीविका चलती हो उसका विनाश होता है व वस्त्रादि मंहगे होते हैं और स्थित्यादि के अनुसार विनाश होता है ॥३६-३७॥

अथ प्रतिमाससंक्रान्तौ जन्मभस्य पूर्वभात्सदसत्फलम् ।

संक्रान्तिदिनभात्पूर्वनक्षत्रात् त्रिषु चेत्स्वभम् ।
मार्गोदयस्ततः षट्सु सौख्यं पीडा ततस्त्रिभे ॥३८॥
नतोऽङ्गभेऽशुकं ज्ञेयमर्थहानिस्त्रिभे तथा ।
शेषैः पड्भिर्धनप्राप्तिरेवं मासफलं तथा ॥३९॥
यस्य चेज्जन्मनक्षत्रं शुभवारे भवेच्छुभम् ।
पापवारे त्वसत् प्रोक्तं मासि मासि फलं त्विदम् ॥४०॥

प्रति मास संक्रान्ति का जन्म नक्षत्र के पूर्व नक्षत्र से शुभाशुभ फल—संक्रान्ति के पहिले नक्षत्र से तीन नक्षत्रों में यदि जन्म नक्षत्र हो तो मास में मार्ग चलना होता है । इसके

बाद ६ नक्षत्रों में होने पर सुख, पुनः तीन में पीड़ा, फिर ६ में वस्त्र प्राप्ति, इसके बाद तीन में धन की हानि और इसके आगे के ६ नक्षत्रों में जन्म नक्षत्र होने पर धन प्राप्ति होती है। ऐसा मास में फल होता है। जिस मास में जन्म नक्षत्र जिसका शुभवार में होता है वह शुभ फल पाने वाला और पापग्रह के वार में होने पर अशुभ फल होता है। इस प्रकार प्रति-मास फल समझना चाहिये ॥३८–४०॥

अथ दुष्टसंक्रान्तौ दानम्

संक्रान्तिदोषशान्त्यर्थं त्रिकोणे त्रित्रिशूलकम्।
तिलेषु संलिखेच्चक्रं प्रदद्यात् सहिरण्यकम् ॥४१॥

दूषित संक्रान्ति में दान—संक्रमण दोष शान्ति के लिये त्रिकोण में तिलों से तीन त्रिशूल बनाकर उसमें सोना रखकर दान करना चाहिये ॥४१॥

अथाधिकक्षयमासौ

असंक्रान्तिरमान्तो यो मासश्चेत्सोऽधिमासकः।
मलमासाह्वयो ज्ञेयः प्रायश्चैत्रादि सप्तसु ॥४२॥
द्विसंक्रान्तिः क्षयाख्यः स्यात् कदाचित् कार्तिकत्रये।
युग्माख्ये स तु तत्राऽब्दे ह्यधिमासद्वयं भवेत् ॥४३॥
मलमासाविति प्रोक्तौ गर्हितौ सर्वकर्मसु ॥४४॥

अधिक-क्षय मास का ज्ञान—अमान्त से अमान्त तक जिस चान्द्र मास में सूर्य की संक्रान्ति नहीं होती है वह अधिक मास या मल मास होता है। यह चैत्र आदि सात मासों में होता है। जिस चान्द्रमास में सूर्य की दो संक्रान्ति होती हैं वह क्षय मास कार्तिक आदि तीन मासों में होता है और उस वर्ष दो अधिक मास होते हैं इनको मलमास के नाम से पुकारा जाता है ये दोनों समस्त शुभकामों में दूषित होते हैं ॥४२–४४॥

अथ तारादिबलादन्येषां बलम्

ताराया बलतश्चान्द्रं बलं सूर्यस्य चन्द्रतः।
सूर्यतः सर्वखेटानां बलं ज्ञेयं शुभाशुभम् ॥४५॥

तारादि बल से अन्यों का बल—तारा के बल से चन्द्रमा का, चन्द्रमा से सूर्य का और सूर्य से समस्त ग्रहों का शुभ, अशुभ बल जानना चाहिये ॥४५॥

इति श्रीमद्दैवज्ञरावलहरिशंकरसूरिसूनुगणपतिकृते मुहूर्त्तगणपतौ
संक्रान्तिप्रकरणं द्वादशम् ॥१२॥

इस प्रकार श्रीमान् दैवज्ञ रावल हरिशंकर सूरिजी के पुत्र पं० गणपति जी द्वारा रचित मुहूर्तगणपति नामक ग्रन्थ का संक्रान्ति प्रकरण बारहवां समाप्त हुआ ॥१२॥

इति मधुपुरीनिवासी श्रीमद्भागवताभिनवशुक पं० केशवदेवचतुर्वेदात्मजमुरलीधरचतु-र्वेदकृता मुहूर्तगणपतिग्रन्थस्थसंक्रान्तिप्रकरणस्य कान्तिमती टीका पूर्तिमगात् ॥१२॥

अथ गोचरप्रकरणम् ।

अब आगे इस प्रकरण में स्वराशि से गोचरीय ग्रहों के फल को बताते हैं ।

प्रथम जन्मराशि से १२ राशियों में ग्रहों के जाने पर फल को बताते हैं ।

स्वराशितः १२ राशिषु सूर्यफलम्

गमो हानिर्धनं रोगो दैन्यं सौख्यं गती रुजः ।
पापं सौख्यं धर्मपीडे फलं भानोः स्वजन्मभात् ॥१॥

स्वराशि से १२ राशियों में सूर्य का फल—अपनी राशि में सूर्य हो तो यात्रा, दूसरी में हानि, तीसरी में धन, चौथी में रोग, पांचवीं में दीनता, छटी में सुख, सातवीं में यात्रा, आठवीं में रोग, नवीं में पाप, दसवीं में सुख, ग्यारहवीं में धर्म और स्वराशि से बारहवीं राशि में सूर्य के होने पर पीड़ा होती है ॥१॥

स्वराशितः १२ राशिषु चन्द्रमाफलम्

पुष्टिर्वित्तं श्रियो रोगः सुखं लाभो धनं रुजः ।
मानं सौख्यं श्रियः पीडा चन्द्रस्यैतत् फलं क्रमात् ॥२॥

अपनी राशि में चन्द्रमा हो तो पुष्टता, दूसरी में धन, तीसरी में लक्ष्मी, चौथी में रोग, पाँचवीं में सुख, छठी में लाभ, सातवीं में धन, आठवीं में रोग, नवीं में सम्मान, दसवीं में सुख, ग्यारहवीं में लक्ष्मी और जन्म की राशि से बारहवीं राशि में चन्द्रमा होने पर पीड़ा होती है ॥२॥

स्वराशितः १२ राशिषु भौमफलम्

भीतिर्हानिः श्रियो वैरं रुग्लाभौ कार्श्यमेव च ।
भयं रोगः सुखं शोको लाभो हानिश्च भूसुते ॥३॥

स्वराशि में गोचरीय मंगल होने पर भय, दूसरी में हानि, तीसरी में लक्ष्मी, चौथी मे वैर (शत्रुता), पांचवीं में रोग लाभ, छठी में कृशता, सातवीं में भय, आठवीं में रोग, नवीं मे सुख, दसवीं में शोक, ग्यारहवीं में लाभ और बारहवीं राशि में जन्मराशि से भौम हो तो हानि होती है ॥३॥

स्वराशितः १२ राशिषु बुधफलम्

बन्धो लाभो भयं वित्तं शोको लक्ष्मीः क्षयो धनम् ।
रोगो भोगः सुखं बाधा फलं चैतद्बुधस्य तु ॥४॥

स्वराशि में बुध हो तो बन्धन, दूसरी में लाभ, तीसरी में भय, चौथी में धन, पांचवी में शोक, छठी में लक्ष्मी, सातवीं में क्षय, आठवीं में धन, नवीं में रोग, दसवीं में भोग, ग्यारहवीं में सुख और जन्मराशि से बारहवीं राशि में बुध के रहने पर बाधा होती है ॥४॥

स्वराशितः १२ राशिषु गुरुफलम्

भीर्वित्तं रुग् व्ययो लाभः शोकः सौख्यं रुजस्तथा ।
मानो दैन्यं धनं रोगः फलं चैतद्वृहस्पतेः ॥५॥

स्वराशि में गुरु हो तो भय, दूसरी में धन, तीसरी में रोग, चौथी में व्यय, पांचवी में लाभ, छठी में शोक, सातवीं में सुख, आठवीं में राग, नवों में सम्मान, दसवों में दीनता, ग्यारहवीं में लाभ और जन्मराशि से बारहवीं राशि में गुरु के होने पर रोग होता है ॥५॥

स्वराशितः १२ राशिषु शुक्रफलम्

सुखं वित्तं धनं सौख्यं रोगः पीडा विपत् सुखम् ।
धर्मो दुःखं धनं लाभः फलं शुक्रस्य कीर्तितम् ॥६॥

स्वराशि में शुक्र होने पर सुख, दूसरी में वित्त, तीसरी में धन, चौथी में सुख, पाँचवीं में रोग, छठी में पीड़ा, सातवीं में विपत्ति, आठवीं में सुख, नवीं में धर्म, दसवीं में दुःख, ग्यारहवीं में धन और जन्मराशि से बारहवीं राशि में शुक्र के रहने पर लाभ होता है ॥६॥

स्वराशितः १२ राशिषु शनिफलम्

भीतिः शोकः श्रियो दुःखं हानिः सौख्यं भयं रुजः ।
पापं शोको धनं कष्टं शनेरेतत् फलं क्रमात् ॥७॥

स्वराशि में शनि हो तो भय, दूसरी में शोक, तीसरी में लक्ष्मी, चौथी में दुःख, पाँचवीं में हानि, छठी में सुख, सातवीं में भय, आठवीं में रोग, नवीं में पाप, दसवीं में शोक, ग्यारहवीं में धन और जन्मराशि से बारहवीं राशि में शनि के होने पर कष्ट होता है ॥७॥

स्वराशितः १२ राशिषु राहुकेतुफलम्

हानिर्व्ययो धनं वैरं शोको वित्तं विपद् रुजः ।
पापं वैरं सुखं हानी राहुकेत्वोः फलं क्रमात् ॥८॥

स्वराशि में राहु-केतु हों तो हानि, दूसरी राशि में व्यय, तीसरी में धन, चौथी में शत्रुता, पाँचवीं में शोक, छठी में धन, सातवीं में विपत्ति, आठवीं में रोग, नवीं में पाप, दसवीं में शत्रुता, ग्यारहवीं में सुख और जन्मराशि से बारहवीं राशि में राहु या केतु के रहने पर हानि होती है ॥८॥

अथ शुभफलदा ग्रहाः

शुभा एकादशे सर्वे त्रिषट्कदशगो रविः ।
षट्त्र्यायस्था धरापुत्रराहुकेतुशनैश्चराः ॥९॥
दश सप्त त्रिषट्काद्यसंस्थितश्चन्द्रमाः शुभः ।
शुक्लपक्षे तु नवमो द्वितीयः पञ्चमोऽपि वा ॥१०॥
दिगष्टाश्विचतुःषष्ठो गोचरे शुभदो बुधः ।
बृहस्पतिः शुभः प्रोक्तो द्विपञ्चनवसप्तगः ॥११॥
एकद्वित्रिचतुःपञ्चनवाष्टव्ययगो भृगुः ॥१२॥

समस्त ग्रह ग्यारहवीं राशि में, सूर्य ३।६।१० में, मंगल-राहु-केतु-शनि ६।३।११ में, चन्द्रमा १०।७।३।६।१ में तथा शुक्ल पक्ष में २।५।९ में, बुध १०।८।२।४।६ में, और शुक्र १।२।३।४।५।८।९।१२वीं राशि में गोचरीय शुभ होता है ।।९-१२।।

अथ ग्रहाणां क्रमवेधः

अब आगे ग्रहों के वेध को क्रम से बताते हैं ।

अथ रवेः

षष्ठद्वादशगो विद्धो दशमस्तुर्यगो ग्रहः ।
तृतीयो नवमः सूर्यो लाभस्थः पञ्चमस्तथा ।।१३।।

सूर्य वेध ज्ञान—छठें, बारहवें अर्थात् षष्ठ में सूर्य व द्वादश में अन्य ग्रह हो तो विद्ध सूर्य, इसी प्रकार दसवें-चौथे, तीसरे-नवें या ग्यारहवें-पाँचवें सूर्य का वेध होता है ।। १३ ।।

अथ चन्द्रमसः

द्वितीयः सप्तमश्चन्द्रः प्रथमः पंचमस्त्वथा ।
षष्ठद्वादशगो विद्धो अष्टमो लाभसंस्थितः ।।
तृतीयो नवमस्तुर्यो दशमस्थानगः सदा ।।१४।।

चन्द्र वेध ज्ञान—दूसरे में चन्द्रमा और सप्तम में अन्य ग्रह रहने पर चन्द्रमा विद्ध तथा आठवें-ग्यारहवें में, पहिले-पाँचवें में, छठें-बारहवें, तीसरे-नवें और चौथे में चन्द्रमा व दसवें में अन्य ग्रह हों तो चन्द्रमा वेधित होता है ।। १४ ।।

अथ भौमशनिराहुकेतूनाम्

तृतीयं द्वादशं षष्ठं नवमम्प्यलाभगम् ।
विध्येत् पंचमतो भौमं राहुं केतुं शनैश्चरम् ।।१५।।

मंगल-शनि-राहु-केतु का वेध ज्ञान—तीसरे में मंगल या शनि या राहु या केतु हों व बारहवें में अन्य ग्रह हो तो उक्त ग्रह विद्ध एवं छठें-नवें तथा ग्यारहवें में उक्त ग्रह तथा पाँचवें में अन्य ग्रह हो तो ग्रह वेधित होते हैं ।। १५ ।।

अथ बुधस्य

द्वितीयं पंचमं तुर्यं तृतीयो नवमोऽरिगे ।
आद्येऽष्टमं बुधं खस्थमष्टगोऽन्त्यग आयगम् ।।१६।।

बुध का वेध ज्ञान—दूसरे बुध, पाँचवें अन्य ऐसे ही चौथे-तीसरे, नवें-छठे, प्रथम-अष्टम, दशम-अष्टम और बारहवें बुध तथा ग्यारहवें अन्य ग्रह हो तो बुध विद्ध होता है ।। १६ ।।

अथ गुरोः

द्वितीयं गुरुमन्त्यस्थः पंचमं तुर्यगोऽष्टमः ।
लाभगं सप्तमं त्र्यस्थो नवमं दशमो ग्रहः ।।१७।।

गुरु का वेध ज्ञान—गुरु दूसरे में व अन्य ग्रह बारहवें में हो तो विद्ध तथा पाँचवें-चौथे, आठवें-ग्यारहवें, सातवें-तीसरे और नवें गुरु तथा दसवें स्थान में अन्य ग्रह हो तो गुरु वेधित होता है ।। १७ ।।

अथ भृगोः ।

भार्गवं वाधमष्टस्थस्त्रिगमाद्योऽरिगोऽन्त्यगः ।
स्वस्थस्तुर्यं च लाभस्थो नवमं त्रिस्थ आयगम् ॥१८॥
द्वितीयं सप्तमं खेटो नवमं पंचमं तथा ।
पंचमश्चाष्टमं विध्येत् क्रमवेध उदाहृतः ॥१९॥

शुक्र का वेध ज्ञान—जन्म का शुक्र व आठवें अन्य ग्रह हो तो विद्ध, तीसरे-पहिले, छटे-बारहवें, दसवें-चौथे, ग्यारहवें-नवें, तीसरे-ग्यारहवें, दूसरे-सातवें, नवें-पाँचवें, और पाँचवें शुक्र तथा आठवें अन्य ग्रह होने पर शुक्र वेधित होता है ॥ १८-१९ ॥

वेध में विशेष

अविद्धः शुभदः खेटो न वेधस्तातपुत्रकः ।
निन्द्यस्थानगतोऽप्याद्यो विद्धश्चेत् स विलोमतः ॥२०॥

अवेधित ग्रह शुभ फल दाता होता है तथा पिता पुत्र में अर्थात् सूर्य-शनि, चन्द्र-बुध में वेध नहीं होता है। दूषित स्थानों में ग्रह हो तथा शुभस्थान में भी ग्रह होने पर विपरीत वेध होता है ॥ २० ॥

स्पष्टार्थ शुभ व वेधित स्थान सारिणी

	सूर्य				चन्द्र						मं. श. रा. के		
शुभस्था	३	६	१०	११	७	१	११	६	१०	३	३	६	११
वेधस्था	९	१२	४	५	२	५	८	१२	४	९	१२	९	५

	बुध						गुरु					शुक्र								
शुभस्था	२	४	६	८	१०	११	२	११	९	५	७	१	२	३	४	५	८	९	१२	११
वेधस्था	५	३	९	१	८	१२	१२	८	१०	४	३	८	७	१	१०	९	५	११	६	३

शुक्लपक्षीय चन्द्र

शुभ	२	९	५
वेध	६	८	४

अथ देशविभागेन जन्मतो ग्रहतो वा वेधगणना

हेमाद्रिविन्ध्ययोर्मध्ये खेटर्क्षाद्वेधको भवेत् ।
अन्यत्र जन्मराशेस्तु विज्ञेयौ वेध्यवेधकौ ॥२१॥

देश विभाग से जन्म राशि या ग्रह से वेध गणना—हिमालय और विन्ध्याचल के बीच में ग्रह से तथा अन्य देशों में जन्मराशि से वेध्य-वेधक को समझना चाहिये ॥ २१ ॥

अथाष्टकवर्गानुसारेण ग्रहफलम्

स्वाष्टवर्गे यदा खेटोऽधिका रेखास्तु राशितः ।
तदा गोचरदुष्टोऽपि श्रेष्ठो नाल्पकरे खगः ॥२२॥

अष्टक वर्ग के अनुसार ग्रहफल—यदि स्वराशि से गोचरीय ग्रह की राशि में अष्टकवर्ग से रेखा अधिक हों तो दूषित स्थान में स्थित ग्रह होने पर भी श्रेष्ठ होता है और ४ से कम रेखा हों तो अशुभ होता है ॥ २२ ॥

अथ ग्रहाणां निष्फलत्वम्

सत्फलो वीक्षितः पापैः सौम्यैर्दृष्टोऽप्यसत्फलः ।
तावुभौ निष्फलौ ज्ञेयौ गोचरे जातकेऽपि च ॥२३॥
शत्रुक्षेत्रगतः खेटो नीचगोऽप्यस्तगोऽपि वा ।
निष्फलः सोऽपि विज्ञेयः शत्रुदृष्टोऽपि तादृशः ॥२४॥

ग्रहों के फल का अभाव—शुभ फलदायी ग्रह पापग्रह से दृष्ट होने पर व अशुभ फल देने वाला ग्रह शुभ ग्रहों से दृष्ट हो तो गोचर तथा कुण्डली में भी फल प्रदान करने वाला नहीं होता है । इसी प्रकार शत्रु राशि, नीच राशि, अस्त राशि में या शत्रु ग्रह से दृष्ट ग्रह अफल होता है ॥ २३-२४ ॥

अथ ग्रहाणां राशिभोगमानम्

मासं शुक्रो बुधः सूर्यः सार्द्धमासं महीसुतः ।
गुरुरब्दं तमः सार्द्धं शनिः सार्द्धाब्दकद्वयम् ॥
सपादद्विदिनं चन्द्रः पापः खेटभभोगकः ॥२५॥

ग्रहों का एक राशि में भोग का समय—शुक्र, बुध, सूर्य एक मास में, मंगल डेढ़ महीना में, गुरु एक वर्ष में, राहु डेढ़ वर्ष में, शनि ढाई वर्ष में और चन्द्रमा सवा दो दिन में एक राशि का भोग करता है । यह पाप व शुभ ग्रहों का भोग होता है ॥ २५ ॥

अथ ग्रहाणां फलसमयः

राशेरादौ कुजः सूर्यो मध्ये शुक्रबृहस्पती ।
अन्त्ये चन्द्रः शनिर्ज्ञेयः फलदः सर्वदा बुधः ॥२६॥
सूर्यः पंचदिनात् पूर्वं शीतरश्मिर्घटीत्रयात् ।
भौमे घस्राष्टकादर्वाक् शुक्रज्ञौ सप्तवासरात् ॥२७॥
गुरुर्मासद्वयाच्चैव षण्मासात्तु शनैश्चरः ।
राहुर्मासत्रयादेष्यं राशेस्तु फलदाः स्मृताः ॥२८॥
राशिनक्षत्रसंधिस्थाः फलदा ध्रुवमेष्ययोः ।
राशिनक्षत्रयोः खेटाः पूर्वयोश्चेद् विलोमगाः ॥२९॥

ग्रहों का राशियों में फल काल—मंगल, सूर्य, राशि के आदि में; शुक्र, गुरु, मध्य में; शनि चन्द्र अन्त्य में और बुध सर्वदा फलदायी होता है । सूर्य राशि प्रवेश से पांच दिन पहिले, चन्द्रमा तीन घटी पहिले, मंगल आठ दिन पहिले, शुक्र, बुध सात दिन पहिले, गुरु दोमास पहले, शनि ६ मास पहले और राहु तीन मास पहिले फल देता है ।

राशि नक्षत्र की संधि में ग्रह निश्चय ही एक राशि के फल देते हैं और जिस राशि में ग्रह वक्री होता है तो दूसरी राशि में जाने पर भी उसी राशि का फल देता है ॥ २६-२९ ॥

अथ जन्मराशितो ग्रहणफलम्

ग्रहणं जन्मभाच्छ्रेष्ठं दशैकादशषट्त्रिगम् ।
मध्यमं पंचसप्ताश्विनवमस्थानसंस्थितम् ॥३०॥
नेष्टमन्त्याष्टतुर्यस्थं जन्मर्क्षे चेन्मृतिर्भवेत् ॥३१॥

जन्मराशि में ग्रहण का फल—जन्म राशि से दसवीं, ग्यारहवीं, छठीं व तीसरी राशि में ग्रहण होने पर शुभ श्रेष्ठ, पाँचवीं, सातवीं, दूसरी, नवीं में मध्यम और बारहवीं, आठवीं, चौथी राशि में नेष्ट अशुभ तथा जन्म की राशि में ग्रहण होने पर मृत्यु होती है ॥ ३०-३१ ॥

अथ विषमस्थे ग्रहे वर्ज्याणि

आदावकालचर्या च दूरदेशगमो नृपः ।
दुष्टवाजिगजारोहो गमनं परमंदिरम् ॥३२॥
न कार्यं साहसं कर्म विषमेषु ग्रहेषु च ॥३३॥

विषमस्थ ग्रह में त्याज्य—विषमस्थ ग्रह होने पर राजा को असमय का कार्य, दूरदेश की यात्रा, दुष्ट घोड़ा, हाथी पर चढ़ना, दूसरे के घर गमन और साहस सम्बन्धी कार्य नहीं करना चाहिये ॥ ३२-३३ ॥

अथ ग्रहाणां दानानि

ये खेटा गोचरे दुष्टा दशायां स्वाष्टवर्गके ।
जपदानादिना ते स्युः प्रसन्नाः शान्तितोऽपि वा ॥३४॥

ग्रहों की दान वस्तु—जो ग्रह गोचर में, दशा में, अष्टक वर्ग में अशुभ होते हैं वे जप या दान या शान्ति से प्रसन्न होते हैं ॥ ३४ ॥

सूर्यस्य दानवस्तु

माणिक्यधेनुगोधूमा हेमताम्रगुडेन्दुजम् ।
चन्दनं चामरं रक्तं देयं भास्वन्मुदे नृपैः ॥३५॥

सूर्य की दान वस्तु—गोचरीय सूर्य दूषित होने पर माणिक्य, गाय, गेहूँ, सोना, ताँबा गुड़, कमल, रक्त चन्दन, रक्त चँवर राजाओं को सूर्य के प्रसन्नतार्थ देना चाहिये ॥ ३५ ॥

चन्द्रस्य दानवस्तु

मुक्ता रौप्यं सितं वस्त्रं शंखं वंशस्थतन्दुलान् ।
कर्पूरं गोयुगं दद्याद् रत्नं कुम्भं विधोर्मुदे ॥३६॥

चन्द्रमा की दान वस्तु—गोचरीय चन्द्रमा दूषित हो तो मोती, चाँदी, सफेद वस्त्र शंख, वाँस की चावलों से पूर्ण डलिया, कपूर, दो गाय, रत्न तथा घड़ा चन्द्रमा की प्रसन्नतार्थ देना चाहिये ॥ ३६ ॥

मंगलस्य दानवस्तु

प्रवालं हेमगोधूमान् रक्तं वासोऽरुणं वृषम् ।
करवीरं गुडं ताम्रं ममूरान् भौमतुष्टये ॥३७॥

मंगल की दान वस्तु—गोचरीय मंगल दूषित होने पर मूँगा, सोना, गेहूं, लाल कपड़ा, लाल बैल, कनहर का लाल फूल, गुड़, ताँबा और मसूर का दान मंगल की तुष्टि के लिये करना चाहिये ॥ ३७ ॥

बुधस्य दानवस्तु

कांस्यं नीलाम्बरं हेम गजदन्तं गरुत्मकम् ।
मुद्गाज्यं स्वर्णका पुष्पं दद्यात् प्रीत्यै बुधस्य च ॥३८॥

बुध को दान वस्तु—गोचरीय बुध दूषित होने पर कांसा, नीला वस्त्र, सुवर्ण, हाथी दाँत, पन्ना, मूँग, घी और पीले फूल बुध के प्रसन्नतार्थ देना चाहिये ॥ ३८ ॥

गुरोः दानवस्तु

हरिद्राऽश्वः सिता हेमं पीतं धान्यं तथाम्बरम् ।
लवणं पुष्परागश्च देयो वाचस्पतेर्मुदे ॥३९॥

गुरु की दान वस्तु—गोचरीय गुरु दूषित होने पर हलदी, घोड़ा, मिश्री, सोना, पीला अन्न, पीला वस्त्र, नमक और पुखराज रत्न का दान गुरु की प्रसन्नतार्थ करना चाहिये ॥ ३९ ॥

शुक्रस्य दानवस्तु

धेनुश्चित्राम्बरं चाज्यं श्वेताश्वो हेमतन्दुलाः ।
सुगन्धो रजतं वस्त्रं प्रदेयं प्रीतये भृगोः ॥४०॥

शुक्र की दान वस्तु—गोचरीय शुक्र दूषित होने पर गाय, चित्रित वस्त्र, घी, सफेद घोड़ा, सुवर्ण, चावल, सुगन्ध (धूप), चाँदी, सफेद वस्त्र का दान शुक्र की प्रसन्नतार्थ करना चाहिये ॥ ४० ॥

शनेः दानवस्तु

तिलतैलं तथा माषानिन्द्रनीलसिताम्बरम् ।
कृष्णां गां महिषीदानं स्वर्णं दद्याच्छनेर्मुदे ॥४१॥

शनि की दान वस्तु—गोचरीय शनि दूषित हो तो काले तिल, उड़द, नीलम, काला वस्त्र, काली गाय व भैंस और सुवर्ण का दान शनि की संतुष्टि के लिये करना चाहिये ॥ ४१ ॥

राहोः दानवस्तु

गोमेदं तुरगं खड्गं नीलवस्त्रं च कम्बलम् ।
स्वर्णं तैलं तिलान् दद्यात् सैंहिकेयमुदे नृपः ॥४२॥

राहु की दान वस्तु—गोचरीय राहु दूषित हो तो गोमेद, घोड़ा, खड्ग, नीला वस्त्र, कंबल, सोना, तिल, तेल का दान राहु की संतुष्टि के लिये करना चाहिये ॥ ४२ ॥

केतोः दानवस्तु

कस्तूरी कम्बलं शस्त्रं छागं वैदूर्यकाञ्चनम् ।
तिलांस्तैलं महीपालैः प्रदेयं केतुतुष्टये ॥४३॥

केतु की दान वस्तु—राजाओं का गोचरीय केतु दूषित हो तो कस्तूरी, कंबल, शस्त्र, बकरा, लहसुनिया, सुवर्ण, तिल व तेल का दान केतु की संतुष्टि के लिये करना चाहिये ॥४३॥

अथ ग्रहदोषदुष्टग्रहरमौषधिस्नानम्

सूर्यदोषनिवारणार्थम्

एलाषष्ठीमधूशीरताम्रपुष्पाब्जकुंकुमैः ।
स्नानं मनःशिलादेवदारुभी रवितुष्टये ॥४४॥

दूषित ग्रह दूरीकरणार्थ औषधि स्नान—गोचरीय निन्दित सूर्य हो तो इलायची, साठी, सहत, खसखस, ताँबा, पुष्प, कमल, रोली, मैंनसिल और देवदारु औषधियों के स्नान सूर्य प्रसन्नतार्थ करना चाहिये ॥ ४४ ॥

चन्द्रदोषनिवारणार्थम्

पञ्चगव्येन दन्ताम्बुशंखस्फटिकमौक्तिकैः ।
कुमुदैर्मिश्रितं स्नानं चन्द्रदोषापनुत्तये ॥४५॥

चन्द्र दोष निवारणार्थ औषधि स्नान—गोचरीय निन्दित चन्द्र हो तो पंचगव्य (गोमूत्र, गोबर, गो दुग्ध, गो दही, गो घृत) दतुवन, कमल, शंख, स्फटिक, मोती और कुमुद युक्त जल से स्नान करने पर चन्द्र का दोष दूर होता है ॥ ४५ ॥

मंगलदोषनिवारणार्थम्

हिंगूलबिल्वफलिनी मांसी बकुलचन्दनौ ।
रक्तपुष्पैर्वलामिश्रः स्नानं भौमार्तिनुत्तये ॥४६॥

मंगल दोष निवारणार्थ औषधि स्नान—गोचरीय निन्दित मंगल हो तो हींग, बेल, प्रियंगु लता, जटामांसी, मौलसिरी, चन्दन, लाल पुष्प और बला (वरियार) युक्त जल से स्नान करने पर भौम का दोष दूर होता है ॥ ४६ ॥

बुधदोषनिवारणार्थम्

गोमयाक्षतमुक्तागोरोचनामधुहेमभिः ।
फलमूलैर्युतं स्नानं बोधनार्तिविनाशनम् ॥४७॥

बुध दोष निवारणार्थ औपधि स्नान—गोचरीय निन्दित बुध हो तो गोबर, चावल, मोती, गोरोचन, सहत, सोना और फल-मूल युक्त जल से स्नान करने पर बुध के दोष का नाश होता है ॥ ४७ ॥

गुरुदोषनिवारणार्थम्

मालतीकुसुमैः श्वेतसर्षपक्षौद्रसंयुतैः ।
पल्लवैर्मदयन्त्या च स्नायाद् गुरुमुदे ततः ॥४८॥

गुरु दोष निवारणार्थ औषधि स्नान—गोचरीय निन्दित गुरु हो तो मालती पुष्प, सफेद सरसों, सहत और केतकी के पत्तों से युक्त जल से स्नान करने पर गुरु का दोष नष्ट होता है ॥ ४८ ॥

शुक्रदोषनिवारणार्थम्

फला मनःशिला मूलफलकुंकुमवारिभिः ।
स्नानं शुक्रकृतां बाधां नाशयत्येव भूभुजाम् ॥४९॥

शुक्र दोष निवारणार्थ औषधि स्नान—गोचरीय शुक्र निन्दित हो तो प्रियंगु लता, मनसिल, मूल फल व कुंकुम से युक्त जल से स्नान करने पर शुक्र का दोष नाश होता है ॥४९॥

शनिदोषनिवारणार्थम्

बलाञ्जनैः कृष्णतिलैर्लोध्रेण मिश्रितैरपि ।
शतपुष्पान्वितैः स्नायान् मन्दबाधापनुत्तये ॥५०॥

शनि दोष निवारणार्थ औषधि स्नान—गोचरीय शनि निन्दित होने पर बला (बरियार), अंजन, काले तिल, लोध्र और सौंफ से युक्त जल से स्नान करने पर शनि का दोष विनाश होता है ॥ ५० ॥

अथ सर्वग्रहाणां दोषापनुतये सामान्यौषधिस्नानम् ।

लाजकुष्टबलाभिश्च प्रियंगुवनसर्षपैः ।
देवदारुहरिद्राभिः पुंखालोध्रेण संयुतैः ॥५१॥
वारिभिः स्नानमुक्त हि प्रोक्तं दानपुरःसरम् ।
एतत् सामान्यतः सर्वं ग्रहपीडोपशान्तये ॥५२॥
यथा सिद्धौषधै रोगा नश्येयुर्मन्त्रतो भयम् ।
तथा स्नानविधानेन ग्रहदोषः प्रशाम्यति ॥५३॥

समस्त ग्रह दोष निवारणार्थं सामान्य औषधि स्नान—गोचरीय समस्त ग्रह दोष निवारणार्थं भुना धान्य, कुष्ट, वरियार, कांगुनी, वन सरसों, देवदारु, हल्दी, सरफोंका और लोध से युक्त जल से दान पुरःसर स्नान करने से समस्त ग्रहों का दोष दूर हो जाता है । जैसे सिद्ध औषधि से रोग तथा मन्त्र से भय नष्ट होता है वैसे ही स्नान से ग्रह बाधा समाप्त होती है ॥ ५१–५३ ॥

अथ ग्रहप्रीतये रत्नादिधारणम्

शुक्रेन्द्वो रजतं चैव विद्रुमं भानुभौमयोः ।
ज्ञस्य हेमं शनेर्लोहं गुरोर्मुक्ताफलं नरः ॥५४॥
प्रीतये धारयेदङ्गे लाजावतं ततोऽन्ययोः ॥५५॥

ग्रह के प्रसन्नतार्थ रत्न धारण—शुक्र, चन्द्रमा की प्रसन्नता के लिये चाँदी, सूर्य, मंगल की प्रसन्नता के लिये मूंगा, बुध के लिये सोना, शनि के लिये लोहा गुरु के लिये मोती और राहु केतु की प्रसन्नता के लिये शरीर में लाजावर्त धारण करना शुभ होता है ॥ ५४–५५ ॥

अथ नवग्रहमुद्रिका

माणिक्यं तरणेर्मध्ये प्राच्यां वज्रं भृगोर्विधोः ।
आग्नेय्यां मौक्तिकं याम्यां प्रवालं मङ्गलस्य च ॥ ५६ ॥
गोमेदं राक्षसे राहोः पश्चिमे नीलकं शनेः ।
वायौ वैदूर्यकं केतोरुदीच्यां पुष्पकं गुरोः ॥ ५७ ॥
गारुत्मकं तथैशान्यां सोमपुत्रस्य तुष्टये ।
मुद्रिकायां नरैर्धार्यं ग्रहाणां प्रीतये सदा ॥ ५८ ॥

नव ग्रहों की अंगूठी—अंगूठी के मध्य में सूर्य प्रसन्नतार्थ माणिक, शुक्र प्रसन्नतार्थ पूर्व में हीरा, अग्नि कोण में चन्द्र की तुष्टि के लिये मोती, दक्षिण में भौमार्थ मूंगा, नैर्ऋत्य में राहु के लिये गोमेद, पश्चिम में शनि के लिये नीलम, वायव्य कोण में केतु के लिये लहसुनिया, उत्तर में गुरु के लिये पुखराज और ईशान कोण में बुध की सन्तुष्टि के लिये पन्ना मनुष्यों को अंगूठी में धारण करना चाहिये ॥ ५६–५८ ॥

अथ ग्रहपीडोपशमनोपायाः

पालनाद् गुरुवाक्यानां देवब्राह्मणवन्दनात् ।
वेदादिश्रवणाद्वापि साधूनामपि भाषणात्॥५९॥
मनःशुद्धेर्जपाद् दानाद्धोमादध्वरदर्शनात् ।
न कुर्वन्ति ग्रहाः पीडां दुष्टस्थानस्थिता अपि ॥६०॥

ग्रह पीडा प्रशमनार्थ उपाय—गुरु के वचन मानने से, देवता एवं ब्राह्मणों को नमस्कार करने से, वेदादि श्रवण करने से, सज्जनों से वार्ता करने से, मन की शुद्धि से, जप-दान-होम से और यज्ञ के दर्शन से दूषित स्थानों में स्थित ग्रहों की भी पीड़ा नहीं होती है ॥५९–६०॥

इति श्रीमद्दैवज्ञरावलहरिशंकरसूरिसूनुगणपतिविरचिते मुहूर्तगणपतौ त्रयोदशं गोचरप्रकरणं समाप्तम् ॥ १३ ॥

इस प्रकार श्रीमान् दैवज्ञ रावलहरिशंकरसूरिपुत्र गणपति द्वारा रचित मुहूर्त्तगणपति ग्रन्थ का तेरहवाँ गोचर प्रकरण समाप्त हुआ ॥ १३ ॥

इति श्रीमधुपुरीनिवासी श्रीमद्भागवताभिनवशुक पं० केशवदेवचतुर्वेदात्मजमुरलीधर-चतुर्वेद कृता मुहूर्तगणपतिग्रन्थस्थगोचरप्रकरणस्य कान्तिमती हिन्दी टीका पूर्णा ॥ १३ ॥

टीका पूर्णा ॥ १३ ॥

अथ संस्कारप्रकरणम्

तत्रादौ प्रथमं रजोदर्शनम्

वैशाखे फाल्गुने माघे मार्गाख्यश्रवणाश्विने ।
पक्षे शुक्ले शुभाहे च सद्विलग्ने तथा दिवा ।।१।।
श्रवणत्रयेऽनुराधायां रेवतीद्वितये मृगे ।
हस्तत्रये च रोहिण्यां पुष्पभे चोत्तरासु च ।।२।।
सितवस्त्रे शुभं स्त्रीणां प्रथमं पुष्पदर्शनम् ।
ज्येष्ठे पुनर्वसौ मूले मध्यं चान्यत्र निन्दितम् ।।३।।

प्रथम शुभ रजोदर्शन मुहूर्त—वैशाख, फागुन, माघ, अगहन, सावन, क्वार मास, शुक्ल पक्ष, शुभवार, शुभ लग्न, दिन में, श्रवण, धनिष्ठा, शतभिषा, अनुराधा, रेवती, अश्विनी, मृगशिरा, हस्त, चित्रा, स्वाती, रोहिणी, पुष्य, तीनों उत्तरा नक्षत्रों में सफेद कपड़ा पहने हुए स्त्रियों को पहिले २ मासिक धर्म होना शुभ होता है तथा ज्येष्ठ मास, पुनर्वसु, मूल में मध्यम व अन्यों में निन्दित होता है ।। १–३ ।।

दूषितप्रथमरजोदर्शनम्

अष्टम्यां द्वादशीषष्ठ्यो रिक्तादर्शेऽथ संक्रमे ।
भद्रा नन्दा व्यतीपाते ग्रहणे रुजि वैधृतौ ।।४।।
परतातगृहे सन्ध्या कुदेशे कृष्णवाससि ।
प्राग् रजोदर्शनं नेष्टं शान्त्या तु शुभदं भवेत् ।।५।।

दूषित प्रथम रजोदर्शन—अष्टमी, द्वादशी, रिक्ता, अमावास्या, भद्रा, नन्दा तिथि, संक्रान्ति, व्यतीपात, ग्रहण, रोग, वैधृति, दूसरे या पिता के घर, सन्ध्या, दूषित देश, काला वस्त्र धारण किये हुए स्त्रियों का पहिले पुष्पवती होना अशुभ होता है। और से शुभ होता है ।। ४–५ ।।

दूषितस्य परिहारः

प्रागुक्ते विलयं यान्ति रजोदर्शनसम्भवाः ।
सर्वे दोषास्तु सल्लग्ने सितेज्ययुतवीक्षिते ।।६।।

दूषित का परिहार—रजो दर्शन से उत्पन्न पहिले कहे हुए समस्त दोष शुभ लग्न शुक्र, गुरु से युत या दृष्ट होने पर समाप्त हो जाते हैं ।। ६ ।।

ऋतुमत्याः स्नानम्

पुनर्वसौ तथा चित्रा ज्येष्ठा पुष्याभिधेषु च ।
स्नायादृतुमती नारी शुभे वारे शुभे तिथौ ।।७।।

प्रथम ऋतुमती का स्नान मुहूर्त—पुनर्वसु, चित्रा, ज्येष्ठा, पुष्य नक्षत्र, शुभ वार एवं तिथि में प्रथम ऋतुमती स्त्री का स्नान करना शुभ होता है ।। ७ ।।

शीघ्रगर्भधारणम्

रोहिणो द्वितये स्वात्यां हस्तर्क्षे रेवतीद्वये।
स्नाता तु युवती गर्भं विधत्ते शीघ्रमेवहि ॥८॥

जल्दी गर्भ धारण का मुहूर्त—रोहिणी, मृगशिरा, स्वाती, हस्त, रेवती, अश्विनी नक्षत्र में स्नाता स्त्री शीघ्र ही गर्भ धारण करती है ॥ ८ ॥

गर्भाधानम्

जन्मर्क्षं भरणी मूलं दुष्टेन्दुं रेवतीं मघाम्।
पर्वाणां च व्यतीपातं वैधृतिं परिघार्द्धकम् ॥९॥
पित्रोः श्राद्धदिनं सन्ध्यां दिवा षष्ठी च पर्व च।
आर्तवाहश्चतुष्कं च विष्टिरिक्तार्कसंक्रमान् ॥१०॥
तथैव क्रूरवारांश्च गर्भाधाने विवर्जयेत्।

गर्भाधान में त्याज्य—गर्भाधान में जन्म नक्षत्र, भरणी, मूल, रेवती, मघा नक्षत्र, दूषित चन्द्रमा, ग्रहण, व्यतीपात, वैधृति, परिघार्द्ध, माता-पिता का श्राद्ध दिन, संध्या काल, छठ, पर्व तिथि, रजोदर्शन के प्रथम चार दिन, भद्रा, रिक्ता, सूर्य संक्रान्ति और क्रूर ग्रह के वारों का त्याग करना चाहिए ॥९–१०॥

गर्भाधानस्य शुभमुहूर्तम्

स्वातौ हस्तेऽनुराधायां रोहिण्यां वा श्रवत्रये ॥११॥
त्र्युत्तरे मृगशीर्षे च शुभाहे समरात्रिषु।
गर्भाधानं प्रशस्तं स्याच्छस्ते चन्द्रे युगांशगे ॥१२॥

गर्भाधान का शुभ मुहूर्त—स्वाती, हस्त, अनुराधा, रोहिणी, श्रवण, धनिष्ठा, शतभिषा, तीनों उत्तरा, मृगशिरा नक्षत्र, शुभवार, रजोदर्शन से समरात्रि और समांश में शुभ चन्द्रमा होने पर गर्भाधान शुभफलदायो होता है ॥११-१२॥

गर्भाधाने लग्नशुद्धिः

केन्द्रकोणस्थिते सौम्ये पापे च त्रिषडायगे।
पुंलग्ने पुन्नवांशे च तथा पुंग्रहवीक्षिते ॥१३॥

गर्भाधान में लग्न शुद्धि—गर्भाधान की लग्न से १।४।७।१०।९।५ में शुभ ग्रह व ३।६।११ में पापग्रह होने पर तथा पुरुष राशि लग्न पुरुष ग्रह से दृष्ट हो तो गर्भाधान शुभ होता है ॥१३॥

गर्भाधानस्य मध्यमनक्षत्राणि

चित्रा पुनर्वसौ पुष्ये अश्विन्यां मध्यमं स्मृतम् ॥१४॥

गर्भाधान के मध्यम नक्षत्र—चित्रा, पुनर्वसु, पुष्य, अश्विनी नक्षत्र में गर्भाधान मध्यम होता है ॥१४॥

पुंसवनसीमन्तोन्नयने

द्वितीये वा तृतीये वा मासि पुंसवनं स्मृतम्।
मासे षष्ठेऽष्टमेवाद्ये गर्भे सीमन्तकं विदुः ॥१५॥
पुनर्वसुद्वये मूलश्रवणे मृगहस्तयोः।
गुरुभौमार्कवारेषु प्रोक्तं पुंसवनादिकम् ॥१६॥
रेवत्यां त्र्युत्तरे पुष्ये शुक्रे चन्द्रे बुधे जयः।
मासेशे सबले चन्द्रे लग्ने पुंभांशके शुभे॥
सौम्यकेन्द्रे त्रिकोणस्थे पापलाभत्रिषट्कगे ॥१७॥

पुंसवन, सीमन्त का मुहूर्त—प्रथम गर्भ से दूसरे या तीसरे मास में सीमन्त शुभ होता है। ऐसा पण्डितों का कथन है।

पुनर्वसु, पुष्य, मूल, श्रवण, मृगशिरा, हस्त, नक्षत्र, गुरु, मंगल, रविवार में पुंसवनादि संस्कार शुभ होता है॥

रेवती, तीनों उत्तरा, पुष्य नक्षत्र, शुक्र, सोम, बुध में करने से जय होता है। मासेश व चन्द्रमा बली होने पर तथा शुभ लग्नस्थ पुरुष ग्रह के नवांश में, लग्न से १।४।७।१०।९।५ में शुभ ग्रहों की स्थिति में ३।६।११ में पापग्रह होने पर पुंसवन, सीमन्त संस्कार शुभ होता है ॥१५-१७॥

मासेश्वराः

मासाधिपा गुरुर्भौमो गुरुः सूर्येन्दुसूर्यजाः।
बुधो लग्नपतिश्चन्द्रः सूर्यश्चैते यथाक्रमम् ॥१८॥

गर्भ के १० मासों के अधिप—प्रथम मास का गुरु, दूसरे का मंगल, तीसरे का गुरु, चौथे का सूर्य, पाँचवें का चन्द्रमा, छठे का शनि, सातवें का बुध, आठवें का लग्नेश, नवें का चन्द्रमा और दसवें मास का स्वामी सूर्य होता है ॥१८॥

गर्भसंस्कारे विशेषः

विवाहे गर्भसंस्कारे चन्द्रशुद्धिः स्त्रिया अपि।
भूषाम्बरादिकार्येषु भर्तुश्चैवैन्दवं बलम् ॥१९॥
गर्भाधानादिसंस्कारे तथान्नप्राशने शिशोः।
न तत्र गुरुशुक्रास्तमलमासादिदूषणम् ॥२०॥

गर्भ संस्कार में विशेष—विवाह व गर्भ संस्कार में स्त्री की राशि से चन्द्रशुद्धि का और अलङ्कार व वस्त्रादि कार्यों में पुरुष की राशि से चन्द्रशुद्धि का विचार करना चाहिए।

बालक के अन्नप्राशन तथा गर्भाधानादि संस्कार में गुरु व शुक्र का अस्त व मलमास का दोष नहीं होता है ॥१९-२०॥

अथ विष्णुपूजा

सीमन्तोर्ध्वं सिते पक्षे रोहिण्यां श्रवणे तथा।
द्वादशीसप्तमीयुग्मे हर्यर्चा गर्भतुष्टये ॥२१॥

विष्णु पूजन का मुहूर्त—सीमंत संस्कार के पश्चात् शुक्ल पक्ष, रोहिणी, श्रवण नक्षत्र, द्वादशी या सप्तमी तिथि में गर्भ की तुष्टि के लिए विष्णु पूजन करना चाहिए ।।२१।।

अथ सूतिकागृहप्रवेशः

श्रवत्रयोत्तराहस्तत्रये पुष्यानुराधयोः ।
पुनर्भे रोहिणी युग्मे रेवती द्वितये तथा ।।२२।।
शुभाहे प्रसवे युक्ता सूतिका मन्दिरं विशेत् ।।२३।।

सूतिका घर में प्रवेश का मुहूर्त—श्रवण, धनिष्ठा, शतभिषा, तीनों उत्तरा, हस्त, चित्रा स्वाती, पुष्य, अनुराधा, पुनर्वसु, रोहिणी, मृगशिरा, रेवती, अश्विनी नक्षत्र, शुभवारों में सौरी (सूतिका) घर में प्रवेश करना शुभ होता है ।।२२ २३।।

अथ जातकर्म

जातकर्म शिशौ जाते पिता तत्कालमाचरेत् ।
एकादशेऽह्नि वा कुर्याद् द्वादशे वा यथाविधि ।।२४।।
रेवती द्वितये पुष्ये पुनर्वस्वनुराधयोः ।
श्रवणादित्रिभे हस्तत्रितये रोहिणी मृगे ।।२५।।
त्र्युत्तरे जातकर्माद्यं कालातिक्रमणे विदुः ।।२६।।

जातकर्म मुहूर्त—जिस समय बालक का जन्म हो उस समय पिता को जातकर्म संस्कार करना चाहिए । अथवा ग्यारहवें या बारहवें दिन यथा विधि करना । यदि उक्तकाल व्यतीत हो जाय तो रेवती, अश्विनी, पुष्य, पुनर्वसु, अनुराधा, श्रवण, धनिष्ठा, शतभिषा, हस्त, चित्रा, स्वाती, रोहिणी, मृगशिरा, तीनों उत्तरा नक्षत्रों में करना शुभ होता है ।।२४-२६।।

अथ जन्मसमये दुष्कालनिर्णयः, तत्राऽभुक्तमूलम्

ज्येष्ठान्ते घटिकायुग्मं मूलादौ घटिकाद्वयम् ।
अभुक्तमूलमेतत् स्यादित्येवं नारदोऽब्रवीत् ।।२७।।
वसिष्ठस्तु तयोरन्त्याद्ययोरेकद्विनाडिकम् ।
अङ्गिरा घटिकामेकामन्ये षट् चाष्टमत्र तु ।।
जातं शिशुं त्यजेत्तातो न पश्येद्वाष्टहायनम् ।।२८।।

जन्मकालीन दूषित समय का निर्णय—नारद ऋषि ने बताया है कि ज्येष्ठा नक्षत्र के अन्त की २ घड़ी और मूल नक्षत्र के आदि की दो घड़ी की अभुक्त मूल संज्ञा है तथा वशिष्ठ ऋषि ने ज्येष्ठा नक्षत्र के अन्त की एक घड़ी की अभुक्त मूल संज्ञा एवं अङ्गिरा ऋषि के मत में ज्येष्ठा के अन्त की एक घड़ी व मूल नक्षत्र के आदि की एक घड़ी की अभुक्त संज्ञा है और अन्य आचार्यों का कहना हैकि ज्येष्ठा के अन्त की ६ घड़ी की व मूल के आदि की ८ घड़ी की अभुक्त मूल संज्ञा होती है । अभुक्त मूल में उत्पन्न बालक को पिता छोड़ दे या ८ वर्ष तक उसका मुख नहीं देखना चाहिए ।।२७-२८।।

अथ मूलजनने फलम्

मूलाद्ये चरणे तातो द्वितीये जननी तथा।
तृतीये तु धनं नश्येच्चतुर्थोऽपि शुभावहः ॥२९॥

मूल नक्षत्र के चारों चरण में जन्म का फल—मूल नक्षत्र के प्रथम चरण में बालक का जन्म होने पर पिता का, द्वितीय में माता का, तीसरे में धन का विनाश होता है और चौथे में जन्म हो तो शुभ होता है ॥२९॥

अथ मूलवासः

मघाषाढाश्विने भाद्रपदे मूलं वसेद् दिवि।
कार्तिके श्रावणे चैत्रे पौषे मासे तु भूतले ॥३०॥
वैशाखे फाल्गुने ज्येष्ठे मार्गे पातालवर्ति तत्।
भूतले वर्तमाने तु ज्ञेयो दोषोऽन्यथा नहि ॥३१॥

मूलवास ज्ञान—माघ, आषाढ, आश्विन, भादों मास में मूल का निवास स्वर्ग में, कार्तिक, सावन, चैत, पौष में भूमि में, वैशाख, फागुन, ज्येष्ठ, अगहन मास में मूल का निवास पाताल लोक में होता है। भूमि में मूल का निवास होने पर दोष, अन्यथा दोषाभाव होता है ॥३०–३१॥

अथाश्लेषाज्येष्ठागण्डान्तयमलजननादौ नेष्टफलम्

यदुक्तं मूलपादेषु फलं तत्स्याद् विलोमगम्।
आश्लेषायां तु विज्ञेयं शान्तिस्तस्माद् विधीयते ॥३२॥
गण्डान्तत्रितये वापि ज्येष्ठायामशुभा जनिः।
तथा यमलजन्मादिविकृतिर्न शुभावहा ॥३३॥

आश्लेषा-ज्येष्ठा-गण्डांत में यमल जन्म होने पर अशुभ फल—मूल के चरणों में कथित फल आश्लेषा में उल्टा होता है अर्थात् प्रथम चरण में शुभ, द्वितीय में धन व्यय, तीसरे में मातृ व चौथे चरण में पिता को अनिष्ट कारक होता है। इसलिए आश्लेषा में जन्म होने पर भी शान्ति करनी चाहिए। तीनों गण्डान्तों (तिथि-लग्न-नक्षत्र) में व ज्येष्ठा नक्षत्र में जन्म अशुभ होता है तथा दो बालकों की उत्पत्ति भी शुभावह नहीं होती है ॥३२–३३॥

अथ ज्येष्ठायाश्चरणफलम्

आद्ये पादेऽग्रजं हन्ति ज्येष्ठा यामनुजं द्विके।
तृतीये जननीं जातः स्वात्मानं च तुरीयके ॥३४॥

ज्येष्ठा के ४ चरणों में जन्म का फल—ज्येष्ठा नक्षत्र के प्रथम चरण में जन्म होने पर बड़े भाई का, दूसरे चरण में छोटे भाई का, तीसरे में माता का और चौथे में स्वयं जातक का विनाश होता है ॥३४॥

अथ पूर्वोक्ता अन्ये च जनने दुष्टकालाः शान्त्या शुभावहास्तानाह

गण्डान्तः परिघः शूलं व्यतीपातोऽथ वैधृतिः।
मूलाश्लेषाप्यमा ज्येष्ठा यमघण्टोऽर्कसंक्रमः ॥३५॥

वज्रगंडौ मृतिर्भद्रा व्याघातो दग्धवासरः ।
कृष्णा चतुर्दशी पातस्तातसोदरजन्मभे ॥३६॥
तथावमदिनं निन्द्यं जन्मकाले शिशोस्त्रिकम् ।
तद्दोषपरिहाराय शान्ति कुर्याद् यथाविधि ॥३७॥

पूर्वकथित तथा अन्य जन्म के समय में दूषित काल जिनकी शान्ति आवश्यक है—गण्डान्त, परिघ, शूल, व्यतीपात, वैधृति, मूल, आश्लेषा, अमावस्या, ज्येष्ठा, यमघंट, सूर्य संक्रान्ति, वज्र, गंड, मृत्यु, भद्रा, व्याघात, दग्धदिन, कृष्णपक्षीय चादस, पात, पिता व भाई का जन्म नक्षत्र, क्षय दिन व त्रिक दोप बालक के जन्म समय में अशुभ होता है । उक्त दोषों के प्रशमनार्थ विधिपूर्वक शान्ति करनो चाहिए ॥३५-३७॥

अथ त्रिकदोषः

यदि पुत्रत्रयादूर्ध्वं चतुर्थी कन्यका भवेत् ।
एवं कन्यात्रयात् पुत्रस्तदा दोषस्त्रिकाभिधः ॥३८॥

त्रिकदोप ज्ञान—जब कि तीन पुत्र के पश्चात् चौथी कन्या उत्पन्न हो तथा तीन कन्या के उपरान्त चौथा पुत्र होता है तो त्रिक नाम का दोष कहा जाता है ॥३८॥

अथ स्तन्यपानम्

जातकर्मोक्तनक्षत्रे श्रवणे च पुनर्वसौ ।
त्यक्त्वा स्वातीं स्तन्यपानं शुभं प्रोक्तं शुभेऽहनि ॥३९॥

स्तन पान का मुहूर्त—जात कर्म मुहूर्त में कथित नक्षत्र व श्रवण, पुनर्वसु में स्वाती नक्षत्र को छोड़कर शुभवार में बालक को प्रथम स्तन पान कराना शुभ होता है ॥३९॥

अथ सूतिकाक्वाथः

भैषज्यगदिते धिष्ण्ये वारे दुर्योगवर्जिते ।
आरोग्यहेतवे क्वाथः सूतिकायाश्च तच्छिशोः ॥४०॥

प्रसूतिका को काढ़ा पिलाने का मुहूर्त—औषधि सेवन करने में कथित नक्षत्र व वार में दुर्योगों का त्याग करके नारोगता के लिए सूतिका व उसके बच्चे को काढ़ा पिलाना चाहिए ॥४०॥

अथ सूतिकापथ्यम्

अन्नाशनोक्तनक्षत्रे शुभाहे सांशुमालिनि ।
हित्वा रिक्तां च दुर्योगं सूतिकापथ्यमीरितम् ॥४१॥

सूतिका पथ्य मुहूर्त—अन्नप्राशन में कथित नक्षत्र व रवि के साथ शुभवारों में दुर्योग व रिक्ता तिथि का त्याग करके सूतिका को भोजन (पथ्य) कराना शुभ होता है ॥४१॥

अथ पंचमीषष्ठीपूजनम्

जन्मतः पंचमे घस्रे जीवन्त्याः पूजनं निशि ।
षष्ठेऽह्नि षष्ठिका पूज्या गीतैर्जागरणादिभिः ॥४२॥

पञ्चमी षष्ठी पूजा—जन्म दिन से पांचवें दिन जीवंती देवी का और छठे दिन षष्ठीदेवी का पूजन गीत व जागरण आदि के साथ करना चाहिए ॥४२॥

अथ सूतिकास्नानम्

हस्ते मृगेऽनुराधायां रोहिण्यां रेवतीद्वये।
उत्तरात्रितये स्वातौ जीवार्ककुजवासरे ॥४३॥
सूतीस्नानं प्रशस्तं स्याद् विहायार्द्रात्रयं श्रवम्।
विशाखां भरणीं मूलं चित्राख्यं कृत्तिकां मघाम् ॥
रिक्तां बुधशनी षष्ठीं द्वादशीमष्टमीं तथा ॥४४॥

सूतिका के नहाने का मुहूर्त—हस्त, मृगशिरा, अनुराधा, रोहिणी, रेवती, अश्विनी, तीनों उत्तरा, स्वाती नक्षत्र में गुरु, सूर्य मंगलवार में, आर्द्रा, पुनर्वसु, पुष्य, विशाखा, भरणी, मूल, चित्रा, कृत्तिका, मघा नक्षत्र, रिक्ता तिथि, छठ, द्वादशी, अष्टमी तिथि और बुध व शनिवार को छोड़कर सूतिका को स्नान कराना शुभ होता है ॥४३–४४॥

अथ प्रसङ्गात् सर्वेषां नित्यस्नानम्

पुत्रजन्मनि संक्रान्तौ सिद्धजन्मदिने तथा।
नित्यस्नाने च कर्तव्ये तिथिदोषो न विद्यते ॥४५॥

प्रसंगवश सबों के आवश्यक स्नान का मुहूर्त—पुत्र की उत्पत्ति, संक्रान्ति और जन्म के दिन नित्य स्नान करना इसमें तिथि का दोष नहीं होता है ॥४५॥

अथ प्रसङ्गात् स्त्रीणां शतभिषास्नानं निषिद्धं श्रीपतिनिबन्धे

स्नानं कुर्यात्तु या नारी चन्द्रे शतभिषा गते।
सप्तजन्म भवेद्वन्ध्या विधवा दुर्भगा भवेत् ॥४६॥
यदा शतभिषास्नानं नारीणां यदि जायते।
पूजयेत् स्वामिनं तत्र ह्यात्मनः सर्वसत्कृतम् ॥४७॥

प्रसंगवश श्रीपति निबन्ध में उक्त स्त्रियों के शतभिषा स्नान का निषेध—जो स्त्री शतभिषा नक्षत्र में चन्द्रमा के रहने पर स्नान करती है वह सात जन्म में वन्ध्या, विधवा या दूषित भाग्यवाली होती है। यदि शतभिषा में स्नान हो जाय तो नारी को आत्मा से सर्वविध पति की पूजा करनी चाहिए ॥४६–४७॥

अथार्भकस्य दन्तोत्पत्तेः फलम्

स्वात्मानं प्रथमे मासि द्वितीये चानुजं तथा।
तृतीये भगिनीं तुर्ये मातरं पञ्चमेऽग्रजान् ॥४८॥
निहन्याद् दशनोत्पत्तौ सदन्तस्त्वर्भकोऽखिलान्।
षष्ठादौ लभते भोगानधः पंक्त्यावपत्ति च ॥४९॥

बालक के दाँत निकलने का फल—नवजात शिशु के प्रथम मास में दाँत निकले तो स्वयं का, दूसरे में छोटे भाई का, तीसरे में बहिन का, चौथे में माता का, पाँचवें मास में

बड़े भाई का और दांत के साथ जन्म होने पर सबका मरण होता है। छठें, सातवें आदि मास में दन्तोपत्ति हो तो तथा नीचे के दांत पहले निकलने पर बालक अनेक भोगसुख प्राप्त करता है ।।४८–४९ ।।

अथ जलपूजा

पुनर्वसुद्वये हस्ते मृगे मूलानुराधयोः ।
श्रवे गुरौ बुधे चन्द्रे सत्तिथौ जलपूजनम् ।।५०।।

जलपूजा मुहूर्त—पुनर्वसु, पुष्य, हस्त, मृगशिरा, मूल, अनुराधा, श्रवण नक्षत्र, गुरु, बुध, सोमवार और शुभतिथि में जलपूजा शुभ होती है ।।५०।।

जलपूजानिषेधः

गुरौ शुक्रेऽस्तगे चैत्रे पौषे वा मलमासके ।
मासपूर्तौ विरुद्धाहे न कुर्यात्तु जलार्चनम् ।।५१।।

गुरु-शुक्रास्त, चैत, पूस महीना, मलमास, मासपूर्ति और विरुद्ध दिन में जलपूजा नहीं करनी चाहिये ।।५१।।

अथ दोलारोहणम्

स्तन्यपानोक्तनक्षत्रे कुर्याद् दोलाधिरोहणम् ।
धृत्यर्कनृपदिग्दन्तवासरे जन्मतः शिशोः ।।५२।।

पलना में बैठाने का मुहूर्त—बालक के जन्मदिन से १८।१२।१६।१०।३२ वें दिन स्तनपान में वर्णित नक्षत्रों में पलना में बैठाना शुभ होता है ।।५२।।

दोलाचक्रज्ञानम्

रविभात् पञ्चमे सौख्यं ततः पञ्चदशस्वपि ।
अशुभं च ततः शेषे शुभं दोलाधिरोहणम् ।।५३।।

जिस दिन बालक को पलना में झुलाना हो उस दिन के नक्षत्र को सूर्य के नक्षत्र से गिनने पर यदि पाँच संख्या तक नक्षत्र हो तो सुख इसके बाद के पन्द्रह में अशुभ फिर सात में होने पर शुभ होता है ।।५३।।

अथ खट्वारोपणम्

दोलोक्तभे सुपर्यङ्कं जननी वा सुवासिनी ।
योगशायिहरिं ध्यात्वा स्वापयेत् प्राक्शिरः शिशुम् ।।५४।।

शय्या पर सुलाने का मुहूर्त—दोलारोहण में कथित नक्षत्रों में योगशायि विष्णु भगवान् का स्मरण करके पूर्व की ओर शिर करके माता वा सुवासिनी को शय्या पर शिशु को सुलाना चाहिये ।।५४।।

अथार्भकस्य दुग्धपानम्

एकत्रिंशत्तमे घस्रे ऋक्षे चान्नाशनोदिते ।
पूर्वाह्णे च शुभे वारे पयः पानं शिशोः स्मृतम् ।।५५।।

बालक को दूध पिलाने का मुहूर्त—बालक के जन्मदिन से इकतीसवें दिन अन्नप्राशन में कथित नक्षत्रों में, शुभवार, पूर्वाह्न में दूध पिलाना शुभ होता है ।।५५।।

अथ निष्क्रमणम्

तुर्ये निष्क्रमणं मासि यात्रोक्तदिवसे स्मृतम् ।
जन्मतो द्वादशाहे वा कुर्यात् मंगलपूर्वकम् ।।५६।।

बालक को प्रथम घर से निकालने का मुहूर्त—नव शिशु को चौथे मास में या जन्म-दिन से बारहवें दिन यात्रा में वर्णित दिन में माँगलिक विधिपूर्वक घर से बाहर निकालना शुभ होता है ।।५६।।

अथ कच्छाबन्धनगणकमण्डना

कच्छाबन्धः सिते पक्षे सुदिने करपञ्चके ।
ध्रुवर्क्षे दितियुग्मेऽश्विपितृपौष्णेन्दुवासरे ।।५७।।

लँगोट बाँधने का मुहूर्त—शुक्लपक्ष, शुभदिन, हस्त, चित्रा, स्वाती, विशाखा, अनुराधा, ध्रुवसंज्ञक, पुनर्वसु, पुष्य, अश्विनी, मघा, रेवती सोमवार में कच्छाबन्धन शुभ होता है ।।५७।।

अथ कटिसूत्रं भूम्युपवेशनं च

पुष्यहस्ताश्विनी मूले त्र्युत्तरे रोहिणीमृगे ।
ज्येष्ठायामनुराधायां शुभाहे मासि पञ्चमे ।।५८।।
कुजे शुद्धे समभ्यर्च्य वराहं धरणिं भुवि ।
कटिसूत्रमयैर्बध्वा वालकं चोपवेशयेत् ।।५९।।
पुस्तकं लेखनीं शस्त्रं तथा रौप्यं च काञ्चनम् ।
तस्मिन् काले यदादत्ते तद्वृत्त्या जीवनं शिशोः ।।६०।।

कटिसूत्र बाँधने का तथा भूमि में बैठाने का मुहूर्त—पुष्य, हस्त, अश्विनी, मूल, तीनों उत्तरा, रोहिणी, मृगशिरा, ज्येष्ठा, अनुराधा, शुभदिन, पाँचवें मास में भौम की शुद्धि में वराह व भूमि का पूजन करके कटिसूत्र बाँधकर भूमि में बैठाने के पश्चात् बालक के सामने पुस्तक, कलम, शस्त्र, चाँदी, सुवर्ण रखकर देखना कि बालक किस वस्तु का ग्रहण करता है। जिसका ग्रहण करे उसीसे बालक की वृत्ति जीवन में होती है ।।५८–६०।।

अथान्नप्राशनम्

रेवतीद्वितये पुष्ये पुनर्वस्वनुराधयोः ।
श्रवणादित्रये हस्तत्रितये रोहिणीमृगे ।।६१।।
उत्तरायां शुभे लग्ने मीनमेषालिभिन्नगे ।
षष्ठात् मासि समे पुंसः पञ्चमाद्विषमे स्त्रियः ।।६२।।
अन्नप्राशनकं प्रोक्तं शुभाहे सर्वसंमतम् ।
नेष्टं के शतभे वानुराधाख्यजन्मभे ।।६३।।

अन्नप्राशन का मुहूर्त – रेवती, अश्विनी, पुष्य, पुनर्वसु, अनुराधा, श्रवण, धनिष्ठा, शतभिषा, हस्त. चित्रा, स्वाती, रोहिणी, मृगशिरा, तीनों उत्तरा नक्षत्र, मीन, मेष, वृश्चिक लग्न को छोड़कर शुभलग्न शुभदिन में जन्म के छठें मास से सम वर्ष में पुरुष का और स्त्री का पाँचवें मास से विषम मास में अन्नप्राशन शुभ होता है। किसी आचार्य के मत में शतभिषा, स्वाती, अनुराधा, जन्मनक्षत्र में नहीं करना चाहिये ऐसा कथन है ॥६१–६३॥

अथ ताम्बूलभक्षणम्

अनुराधात्रये हस्तत्रितये रेवतीद्वये।
उत्तरासु च रोहिण्यां श्रवणद्वितये मृगे॥ ६४॥
पुनर्वसौ तथा पुष्ये शनिभौमान्यवासरे।
ताम्बूलभक्षणं सार्द्धद्विमासेऽन्नाशनेऽथवा॥
ज्ञार्कीज्यान्यवृषे लग्ने कार्यं ताम्बूलभक्षणम्॥ ६५॥

बालक को पान खिलाने का मुहूर्त—अनुराधा, ज्येष्ठा, मूल, हस्त, चित्रा, स्वाती, रेवती, अश्विनी, तीनों उत्तरा, रोहिणी, श्रवण, धनिष्ठा, मृगशिरा, पुनर्वसु, पुष्य नक्षत्र, शनि, भौमवार को छोड़कर अन्य बार में ढाई मास में या अन्नप्राशन में बुध, शनि, गुरु राशि लग्नों का त्याग करके वृष लग्न में बालक को पान खिलाना शुभ होता है॥ ६४–६५॥

अथ कर्णवेधः

रेवतीद्वितये पुष्ये पुनर्वस्वनुराधयोः।
श्रवणद्वितये चित्रा मृगे हस्ते शुभे तिथौ॥ ६६॥
शुभे वारे हि जन्माहाद् द्वादशे षोडशे दिने।
कर्णवेधोऽथवा मासे षष्ठे सप्ताष्टमेऽपि वा॥ ६७॥
युग्माब्दं जन्ममासं च पौषं चैत्रं हरेः शयम्।
जन्मतारां विहायाथ त्र्युत्तरेऽपि च केचन॥ ६८॥

कर्णछेदन का मुहूर्त—रेवती अश्विनी, पुष्य, पुनर्वसु, अनुराधा, श्रवण, धनिष्ठा, चित्रा, मृगशिरा, हस्त नक्षत्र, शुभ तिथि, शुभवार में जन्मदिन से बारहवें दिन या सोलहवें दिन में अथवा छठे, सातवें, आठवें मास में कर्णछेदन शुभ होता है। समवर्ष, जन्ममास, पौष, चैत्र मास, हरिशयन, जन्मतारा और किसी के मत में तीनों उत्तरा नक्षत्रों का भी निषेध अर्थात् त्यागना कहा गया है॥ ६६–६८॥

अथ कन्याया नासिकाछेदः

कर्णवेधोक्तभे शस्तं कन्याया घ्राणभेदनम्।
त्र्युत्तरा जलपस्वातौ पूर्वाह्णे शुक्लपक्षके॥ ६९॥

कन्या की नासिका छेदन का मुहूर्त—तीनों उत्तरा, शतभिषा, स्वाती व कर्णवेध में कथित नक्षत्र, पूर्वाह्ण और शुक्ल पक्ष में कन्या की नाक में छेद कराना शुभ होता है॥ ६९॥

अथाब्दपूर्तिः

प्रतिवर्षं तु जन्माहे रमायास्तपपूर्वकम् ।
गणेशाम्बां समभ्यर्च्य देवताश्चिरजीविनः ॥ ७० ॥
कृष्णायुष्यश्च विध्युक्तं कर्मदानान्यनेकशः ।
बध्वा मंगलसूत्रं च भुङ्क्ते शिष्टं द्विजैः सह ॥ ७१ ॥
जन्माहे जन्मनक्षत्रे नो चेन्मन्दारयोस्तथा ।
तस्मिन् वर्षे महत् कष्टं कार्यहानिः पदे पदे ॥ ७२ ॥

वर्ष गांठ में कर्तव्य—प्रतिवर्ष जन्म के दिन लक्ष्मी, सूर्य गणेश व देवी का और चिरजीवी देवताओं का विधिपूर्वक पूजन करके अनेक दान देना चाहिये । यदि जन्म के दिन या जन्म नक्षत्र के दिन मन्द (शनि) मंगलवार हो तो उस वर्ष में बड़ा कष्ट और पग-पग पर कार्य हानि होती है ॥ ७०–७२ ॥

अथ चूडाकर्मनिषेधः

जलाशयसुरारामप्रतिष्ठाव्रतबन्धनम् ।
अग्न्याधानं विवाहश्च चौल राज्याभिषेचनम् ॥ ७३ ॥
नवगेहप्रवेशादीन्न कुर्याद् दक्षिणायने ।
गुरुभार्गवयोरस्ते बाल्यवार्द्धकयोरपि ॥ ७४ ॥

चौल मुहूर्त का निषेध—तालाब, कूपादि, देवता व बाग की प्रतिष्ठा, जनेऊ, अग्न्याधान, विवाह, चौल, राजा का अभिषेक, नवीन घर में प्रवेशादि दक्षिणायन और गुरु, शुक्र के अस्त व बाल्य, वार्द्धक्य में नहीं करना चाहिये ॥ ७३–७४ ॥

गुरुशुक्रयोः बाल्यं वार्द्धक्यं च

दशाहं पश्चिमे बाल्यं पञ्चाहं वार्धकं भृगोः ।
प्राच्यान्तु त्रिदिनं बाल्यं पक्षं वार्धकमुच्यते ॥ ७५ ॥
पक्षं बाल्यं च वार्धक्यं गुरोस्त्याज्यं शुभे सदा ।
दशाहं बाल्यवार्धक्ये परे सप्ताहमूचिरे ॥ ७६ ॥
त्र्यहं चावश्यके कृत्ये केचिद्भार्गवजीवयोः ।
अर्धाहं बाल्यमब्जस्य वार्धकं त्रिदिनं विदुः ॥ ७७ ॥

पश्चिम दिशा में जब शुक्र का उदय होता है तो दस दिन तक बाल्य व पाँच दिन वार्धक्य, पूर्व में तीन दिन बाल्य और पन्द्रह दिन वार्धक्य होता है । गुरु का पन्द्रह दिन बाल्य व वार्धक्य होता है । इसका त्याग शुभ कार्य में करना चाहिये ।

किसी के मत में दस दिन, किसी के मत में सात दिन, अन्य मत में आवश्यक कार्य होने पर तीन दिन बाल्य व वार्धक्य होता है । चन्द्रमा का आधा दिन बाल्य और तीन दिन वार्धक्य होता है ॥ ७५–७७ ॥

देशविशेषे बाल्य-वार्धक्य त्यागः

अवन्तिदेशे सप्ताहं षड् वङ्गे दश विन्ध्यके ।
पंच हूणे द्वयोरेते शेषे देशे दिनत्रयम् ॥ ७८ ॥

अवन्ति देश में गुरु-शुक्र का बाल्य वार्धक्य, सात दिन, बंगाल में ६ दिन, विन्ध्य में दस दिन, हूण में पांच दिन और अवशिष्ट देशों में तीन दिन होता है ॥ ७८ ॥

दिशावशेन शुक्रस्य दृश्यादृश्यत्वम्

नेत्रेषुद्विमितैश्चैष दृश्यो भवति भार्गवः ।
वसुशैलमितैस्तत्र यातोऽस्तं नैव दृश्यते ॥ ७९ ॥
खबाणाश्विमितान् घस्रान् प्रचीच्यां दृश्यते भृगुः ।
तत्र वार्ककरग्रस्तो नवा हानिर्न दृश्यते ॥ ८० ॥

शुक्र पूर्व दिशा में उदय होकर २५२ दिन उदय रहता है फिर ७८ दिन अस्त, पश्चिम में २५० दिन उदय और ९ दिन अस्त रहता है ॥ ७९–८० ॥

अथ गुरूदयास्तमानम्

प्रायो वाचस्पतिर्मासं भवेत् पक्षमगोचरः ।
प्राच्यामुदयते मासं याति पश्चात्तु वत्सरान् ॥ ८१ ॥

पूर्व दिशा में जब गुरु अस्त होता है तो प्रायः एक मास तक अस्त रहता है इसके अनन्तर पश्चिम में उदय होने पर एक साल तक उदय रहता है ॥ ८१ ॥

चौलमुहूर्तः

चौलं संवत्सरे पूर्णे त्रितये विषमे चरेत् ।
सौम्यायने विचैत्रे तु ज्ञेज्यशुक्रेन्दुवासरे ॥ ८२ ॥
चरक्षिप्रेन्दुचित्रेन्द्रपौष्णे च शुभवासरे ।
अथवा ब्राह्मणस्यार्के क्षात्रियस्य कुजेऽह्नि ॥ ८३ ॥
मन्दाह्वे वैश्यशूद्राणां क्षौरोक्ततिथिभादिषु ।
लग्ने खेटे बलोपेते चन्द्रतारावलान्विते ॥ ८४ ॥

बालक का चौल संस्कार पहिले वर्ष में या ३।५वें विषम वर्ष में, उत्तरायण सूर्य, माघ, फागुन, वैशाख, ज्येष्ठ, आषाढ मास, बुध, गुरु, शुक्र, सोमवार, स्वाती, पुनर्वसु, श्रवण, धनिष्ठा, शतभिषा, हस्त, अश्विनी, पुष्य, अभिजित, मृगशिरा, चित्रा, ज्येष्ठा, रेवती नक्षत्र में शुभवार अथवा ब्राह्मण का रविवार में क्षत्री का मंगल में, वैश्य शूद्र का शनिवार में तथा क्षौर में कथित तिथि नक्षत्रादि मे, बली लग्नस्थ ग्रह और चन्द्र व तारा बलवान् होने पर करना चाहिये ॥ ८२–८४ ॥

जेष्ठपुत्रस्य ज्येष्ठे निषेधः

ज्येष्ठस्य ज्येष्ठे नो मासे मार्गशीर्षेऽपि केचन ।
मातुर्गर्भे न सच्चौलं पंचमासाधिके शिशोः ॥ ८५ ॥

पंचवर्षाधिके श्रेष्ठं गर्भिण्यामपि मातरि ॥ ८६ ॥

बड़े पुत्र का जेठ मास में तथा किसी के मत में अगहन में भी चौल नहीं करना। पाँच मास से अधिक बड़ा शिशु हो तो माता के गर्भवती होने पर भी नहीं करना और पाँच वर्ष से अधिक बालक हो तो माता के गर्भिणी रहने पर भी करना चाहिये ॥८५–८६॥

अथाक्षरलेखनारम्भः

सौम्यायने शुभे मासि स्वाध्यायदिवसे शुभे।
स्वस्थे जीवबुधे शुक्रे लग्ने खेटबलान्विते ॥ ८७ ॥
रेवतीद्वितये पुष्ये पुनर्वस्वनुराधयोः।
आर्द्राख्ये श्रवणे हस्ते स्वाती चित्राभिधे तथा ॥ ८८ ॥
हेरम्बं विष्णुं वाग्देवीं तथाभ्यर्च्येष्टदेवताः।
पंचमाब्दे नरः कुर्याल् लिप्यारम्भं सदा बुधः ॥ ८९ ॥

अक्षरारम्भ का मुहूर्त—उत्तरायण सूर्य, शुभ मास, अनध्यायरहित शुभदिन, स्वराशिस्थ गुरु, बुध व शुक्र के रहने पर, लग्नस्थ बली ग्रह, रेवती, अश्विनी, पुष्य, पुनर्वसु, अनुराधा, आर्द्रा, श्रवण, हस्त, स्वाती, चित्रा नक्षत्र में, पाँचवें वर्ष गणेश, विष्णु, सरस्वती और इष्ट देवता का पूजन कराकर बालक का अक्षरारम्भ करना शुभ होता है ॥८७–८९॥

अथोपनयनम्

व्रतबन्धस्तु विप्राणां गर्भाद्वा जन्मतोऽष्टमे।
षष्ठेऽब्दे सप्तमे मेध्यो विद्याकामस्य पंचमे ॥ ९० ॥
षष्ठे चैकादशेऽब्दे वा क्षत्रियाणामुदीरितः।
वैश्यानां द्वादशेऽब्दे स्यादष्टमे गर्भतोऽपि वा ॥ ९१ ॥

उपनयन काल—ब्राह्मणों का उपनयन संस्कार गर्भ से या जन्म से आठवें वर्ष या छठें या सातवें वर्ष और विद्या की कामना से पाँचवें वर्ष में शुभ होता है। क्षत्रियों का छठें या ग्यारहवें वर्ष और बनियों का बाहरवें वर्ष या गर्भ से आठवें वर्ष में करना शुभ होता है ॥९०–९१॥

यज्ञोपवीते गौणसमयः

विप्रस्याषोडशाद् वर्षाद् द्वाविंशाच्चैव भूभुजाम्।
वैश्यानामाचतुर्विंशाद् गौणः काल उदाहृतः ॥ ९२ ॥

यज्ञोपवीत में गौण समय—ब्राह्मण का सोलह वर्ष तक, क्षत्रियों का बाइसवें तक और और वैश्यों का चौबीसवें वर्ष तक गौण काल होता है ॥९२॥

शुभप्रदो व्रतबन्धः

निजवर्णेशशाखेशभास्वद्वागीश्वरेन्दुषु।
वीर्यवत्सु द्विजातीनां व्रतबन्धः शुभप्रदः ॥ ९३ ॥

अपना वर्णेश व शाखेश और सूर्य, गुरु, चन्द्रमा बली होने पर ब्राह्मणों का यज्ञोपवीत संस्कार करना शुभदायी होता है ॥९३॥

अथ वर्षेशाः

जीवशुक्रौ तु विप्रेशौ भूभुजां रविमंगलौ ।
विशोऽब्जो ज्ञश्च शूद्राणामन्त्यजानां पतिः शनिः ॥ ९४ ॥

विप्रादि वर्णों के स्वामी ग्रह—गुरु व शुक्र ब्राह्मणों के, सूर्य, मंगल क्षत्रियों के, चन्द्रमा वैश्यों का, बुध शूद्रों का और अन्त्यजों का स्वामी शनि होता है ॥९४॥

अथ वेदाधीशाः

ऋग्वेदेशो गुरुः प्रोक्तो यजुषां भार्गवः पतिः ।
सामवेदेश्वरो भौमः पतिश्चाथर्वणो बुधः ॥ ९५ ॥

वेदों के स्वामी—ऋग्वेद का गुरु, यजुर्वेद का शुक्र, सामवेद का मंगल और अथर्ववेद का स्वामी बुध होता है ॥९५॥

अथ गुर्वादिबलम्

गुरुसूर्यबलं ज्ञेयं विवाहे यद्विवक्ष्यते ।
चन्द्रताराबलं पूर्वमुक्तं ग्राह्यं वटोः शुभम् ॥ ९६ ॥

गुरु आदि बल की आवश्यकता—विवाह प्रकरण में जो गुरु, सूर्य का बल कहेंगे उसको वहाँ से जानना और शुभचन्द्र व तारा का बल पूर्व में कथित है उसका ग्रहण यज्ञोपवीत में करना चाहिये ॥९६॥

अथ मासादिः

माघात् पंचसु मासेषु शुक्ले जीवज्ञभास्करे ।
केचित्तु कृष्णपक्षेऽपि प्रथमत्रिलवे जगुः ॥ ९७ ॥

यज्ञोपवीत में मासादि—माघ से पाँच मासों में अर्थात् माघ, फागुन, चैत, वैशाख, जेठ मास, शुक्ल पक्ष, गुरु, बुध, सूर्यवार में तथा किसी के मत में कृष्णपक्ष की पंचमी तक यज्ञोपवीत करना शुभ होता है ॥९७॥

ब्राह्मणेभ्यो विद्याप्रदं मुहूर्तम्

जनुर्मासभलग्नादौ विप्राणां व्रतबन्धनम् ।
बहुविद्याप्रदं विद्यादाद्यगर्भभुवामपि ॥ ९८ ॥

ब्राह्मणों का जनेऊ जन्ममास, जन्मनक्षत्र व जन्मलग्न में होने से बालक अधिक विद्वान् होता है तथा प्रथम सन्तान का भी इनमें करना शुभ होता है ॥९८॥

अथ तिथयः

द्वित्र्येकादशदिक्पंचद्वादशप्रमिते तिथौ ।
शुक्लपक्षे तथा कृष्णे पंचमी द्वित्रिके शुभम् ॥ ९९ ॥

यज्ञोपवीत में शुभ तिथि—यज्ञोपवीत में २।३।११।१०।५।१५ तिथि शुक्लपक्ष और कृष्णपक्ष की द्वितीया, तृतीया, पंचमी शुभ होती है ॥९९॥

अथोत्तमनक्षत्राणि

हस्तत्रये मृगे पुष्ये श्रवणद्वितयेऽश्विभे ।
रेवत्यां च प्रशस्तं स्यान् मेखलबन्धनं वटोः ॥१००॥

यज्ञोपवीत के उत्तम नक्षत्र—हस्त, चित्रा, स्वाती, मृगशिरा, पुष्य, श्रवण, धनिष्ठा, अश्विनी, रेवती नक्षत्र में शिशु का यज्ञोपवीत शुभ होता है ॥१००॥

अथ मध्यमानि

षष्ठ्यर्केन्दुकुजे मूले पूर्वाश्लेषोत्तराशते ।
पुनर्वस्त्वनुराधार्द्रा रोहिण्यां केचिदिष्यते ॥१०१॥

यज्ञोपवीत के मध्यम मुहूर्त—षष्ठी तिथि, सूर्य, सोम, मंगल वार, मूल, आश्लेषा, तीनों उत्तरा, शतभिषा, पुनर्वसु, अनुराधा, आर्द्रा, रोहिणी नक्षत्र में किसी के मत में करना बताया है ॥१०१॥

अथ प्रतिवेदनक्षत्राणि

आर्द्रा हस्तत्रये मूले पूर्वाश्लेषा श्रवे तथा ।
ऋग्वेदाध्यायिनां जीवे प्रशस्तं व्रतबन्धनम् ॥१०२॥

चारों वेदों के नक्षत्र (ऋग्वेदियों के नक्षत्र व वार)—आर्द्रा, हस्त, चित्रा स्वाती, मूल, तीनों पूर्वा, आश्लेषा, श्रवण नक्षत्र ओर गुरुवार में ऋग्वेदियों का व्रतबन्ध शुभ होता है ॥१०२॥

यजुषां यज्ञोपवीतमुहूर्तम्

त्र्युत्तरे रेवती पुष्ये पुनर्वस्वनुराधयोः ।
मृगे हस्ते च रोहिण्यां भार्गवे यजुषां व्रतम् ॥ १०३ ॥

तीनों उत्तरा, रेवती, पुष्य, पुनर्वसु, अनुराधा, मृगशिरा, हस्त, रोहिणी नक्षत्र और शुक्र वार में यजुर्वेदियों का यज्ञोपवीत शुभ होता है ॥ १०३ ॥

सामगानां यज्ञोपवीत मुहूर्तम्

अश्विन्यां श्रवणे पुष्ये धनिष्ठार्द्रोत्तरात्रये ।
हस्ते भूमिसुते श्रेष्ठं सामगानां व्रतं तथा ॥ १०४ ॥

अश्विनी, श्रवण, पुष्य, धनिष्ठा, आर्द्रा, तीनों उत्तरा, हस्त नक्षत्र और मंगलवार में सामवेदियों का मेखलाबन्धन शुभ होता है ॥१०४॥

अथर्वणां यज्ञोपवीतमुहूर्तम्

मृगे हस्तेऽश्विनीपुष्ये धनिष्ठारेवतीश्रवे ।
पुनर्वस्वनुराधायां बुधे शस्तमथर्वणाम् ॥ १०५ ॥

मृगशिरा, हस्त, अश्विनी, पुष्य, धनिष्ठा, रेवती, श्रवण, पुनर्वसु, अनुराधा नक्षत्र और बुधवार में अथर्ववेदियों का यज्ञोपवीत शुभ होता है ॥१०५॥

अथ साधारणनक्षत्रे विशेषः

पुनर्वसौ व्रतं श्रेष्ठं शतभे चेति केचन ॥ १०६ ॥

साधारण नक्षत्र—पुनर्वसु व शतभिषा नक्षत्र में किन्हीं आचार्यों के मत में व्रतबन्ध शुभ होता है ॥१०६॥

अथ व्रते निषिद्धानि

कृष्णपक्षे शनौ रात्रौ प्रदोषे वा गलग्रहे।
अनध्यायेऽपराह्णे च न कुर्याद् व्रतबन्धनम् ॥ १०७ ॥

यज्ञोपवीत में निषिद्ध—कृष्ण पक्ष, शनि, रात, प्रदोष, गलग्रह, अनध्याय और अपराह्ण समय में यज्ञोपवीत नहीं करना चाहिये ॥१०७॥

अथानध्यायाः

संक्रान्तियुगमन्वादि द्वितीया ज्येष्ठशुक्लजा।
चैत्रकृष्णतृतीया च द्वादशी माघशुक्लजा ॥ १०८ ॥
प्रतिपक्षेऽष्टमी चैव चतुर्दश्या दिनत्रयम्।
रिक्ता च व्रतबन्धादावष्टौ वर्ज्या गलग्रहाः ॥ १०९ ॥

अनध्याय ज्ञान—संक्रान्ति, युगादि व मन्वादि तिथि, जेठ शुक्ल द्वितीया, चैत कृष्ण तृतीया, माघ शुक्ल द्वादशी, प्रतिपक्ष की अष्टमी, चौदस से तीन दिन, रिक्ता तिथि में अनध्याय व आठ गलग्रह तिथि व्रतबन्धादि में निषिद्ध होते हैं ॥१०८–१०९॥

अथात्रलग्नम्

त्रिषट्संस्थाः खलाः सर्वे चन्द्रो द्वियूनदिक्त्रिगः।
सौम्याः केन्द्रत्रिकोणस्था लाभे सर्वे ग्रहाः शुभाः ॥ ११० ॥
जीवेन्दुभृगुलग्नेशा व्रते नेष्टाः षडष्टगाः।
शुक्रेन्दू व्ययगौ नेष्टौ खला लग्नाष्टपञ्चगाः ॥ १११ ॥
ज्ञेज्यशुक्रांशगो लग्ने चन्द्रः शस्तो व्रते मतः।
नान्यत्राथ निजांशेऽब्जः पुनर्वसुश्रवे शुभः ॥ ११२ ॥

व्रतबन्ध में लग्न शुद्धि - यज्ञोपवीत की लग्न से ३।६ में सब पापग्रह, २।७।१०।३ में चन्द्रमा, १।४।७।१०।५।९ में समस्त शुभ ग्रह और ग्यारहवें में संपूर्ण ग्रह शुभ होते हैं। गुरु, चन्द्र, शुक्र, लग्नेश ६।८ में, शुक्र, चन्द्र बारहवें १२ में व पापग्रह १।८।५ वें भाव में अशुभ होते हैं।

बुध, गुरु, शुक्र के नवांश में लग्नस्थ चन्द्रमा शुभ और अन्यत्र अशुभ, स्वनवांश में चन्द्रमा पुनर्वसु, श्रवण नक्षत्र में हो तो शुभ होता है ॥११०–११२॥

अथ केन्द्रस्थखेटस्य फलम्

भूपसेवी वणिङ्मूर्तिः शस्त्रभृत् पाठकोत्तमः।
पण्डितश्चार्थवान् म्लेच्छो विकेन्द्रे त्वर्कतः क्रमात् ॥ ११३ ॥
लग्ने गुरुर्भृगुः कोणे शुक्रांशेऽब्जः शुभो व्रते।
गुरुश्चन्द्रो भृगुर्नेष्टो रविभौमार्किसंयुतः ॥ १ ४ ॥

केन्द्र में सूर्यादि ग्रह का फल—यज्ञोपवीत लग्न से केन्द्र में सूर्य हो तो वटु राजकीय

सेवा में रत, चन्द्र हो तो व्यापारी, भौम हो तो शस्त्र से जीविका करने वाला, बुध हो तो उत्तम पढ़ने वाला, गुरु हो तो पंडित, शुक्र हो तो धनी और शनि केन्द्र में रहने पर बालक म्लेच्छ होता है।

लग्न में गुरु, ९।५ में शुक्र और चन्द्रमा शुक्र के नवांश में शुभ होता है। गुरु, चन्द्रमा, शुक्र ये सूर्य, मंगल, शनि से युक्त हों तो अशुभ होते हैं ॥११३-११४॥

अथ चैत्रप्राशस्त्यम्

चैत्रे मासि रवौ मीने विबलेऽपि गुरौ वटोः।
व्रतबन्धः प्रशस्तः स्याच्चैत्रे मीने यतः शुभः ॥ ११५ ॥

चैत मास की प्रशस्तता—मीन के सूर्य में चैत मास में बालक का गुरु निर्बल हो तो भी यज्ञोपवीत शुभ होता है ॥११५॥

अथ केशान्तसमावर्तनम्

चौलोक्तसमये कार्यं केशान्तं षोडशेऽब्दके।
व्रतबन्धोक्तकाले तु समावर्तनमीरितम् ॥ ११६ ॥

केशान्त-समावर्तन का मुहूर्त—बालक का चौल में उक्त काल में सोलहवें वर्ष में केशांत और व्रतबन्धोक्त समय में समावर्तन संस्कार करना शुभ होता है ॥११६॥

अथात्र मातृरजोदोषे विशेषः

मातू रजस्वलादोषे नान्दीश्राद्धोत्तरं तदा।
आवश्यके व्रतं चौलं शान्तिं कुर्याद् व्रते गृही ॥ ११७ ॥

माता के रजोमती दोष में विशेष—नांदी श्राद्ध के पश्चात् यदि बालक की माता पुष्पवती हो जाय तो आवश्यकता में घर के स्वामी को शान्ति करके व्रतबन्ध व चौल संस्कार करना चाहिये ॥११७॥

अथ राज्ञां छुरिकाबन्धनम्

व्रतोक्तमासतिथ्यादौ विचैत्रे विबले कुजे।
विभौमे छुरिकाबन्धः प्राग्विवाहान् महीभुजाम् ॥ ११८ ॥

राजाओं का तलवार, छुरी बाँधने का मुहूर्त—यज्ञोपवीत में कथित मास, तिथि आदि में चैत मास का त्याग करके, निर्बल भौम और मंगलवार को छोड़ कर विवाह से पूर्व राजाओं का छुरी, तलवार आदि बाँधना शुभ होता है ॥११८॥

इति श्रीमद्दैवज्ञरावलहरिशंकरसूरिसूनुगणपतिकृते मुहूर्तगणपतौ
संस्कारप्रकरणं चतुर्दशम् ॥ १४ ॥

इस प्रकार श्रीमान् दैवज्ञ रावल हरिशंकरसूरि के पुत्र पं० गणपतिजी द्वारा
रचित मुहूर्तगणपति ग्रन्थ का चौदहवाँ प्रकरण समाप्त हुआ ॥ १४ ॥

इति श्रीमधुपुरीनिवासि श्रीमद्भागवताभिनवशुक पं० केशवदेवचतुर्वेदात्मजमुरलीधरचतुर्वेदकृता
मुहूर्तगणपतिग्रन्थस्थचतुर्दशप्रकरणस्य कान्तिमती हिन्दी टीका परिपूर्णा ॥ १४ ॥

अथ विवाहप्रकरणम्

स्त्रीविशेषता

येषां धर्मार्थकामानां साध्वी चेत् साधनं भवेत् ।
शीलं लग्नवशात् तस्याः शुभं लग्नमतो ब्रुवे ॥ १ ॥

स्त्री की विशेषता—जिन धर्म, अर्थ, कामों की सिद्धि शीलयुक्त स्त्री से होती है वह शील, स्वभावादि स्त्री में विवाह की लग्न से होता है इसलिये मैं शुभ लग्न को कहता हूँ ॥१॥

लग्नज्ञानम्

दैवज्ञं सुदिनेऽभ्यर्च्य ताम्बूलश्रीफलादिभिः ।
विज्ञाप्यभं तयोर्वक्ष्ये विवाहं वरकन्ययोः ॥ २ ॥

लग्न ज्ञान—शुभ दिन में ज्योतिषीजी का पान, श्रीफल आदि से पूजन कर वर, कन्या के नक्षत्र बताकर उनसे विवाह सम्बन्धी शुभता-अशुभता पूछनी चाहिये और दैवज्ञ को बताना चाहिये ॥ २ ॥

प्रश्नलग्नात् शीघ्रविवाहयोगः

प्रश्नलग्नाद् दिगीशाग्निबाणशैलस्थिते विधौ ।
सद्यः परिणयो जीवदृष्टे स्याद् वरकन्ययोः ॥ ३ ॥

प्रश्न लग्न से शीघ्र विवाह योग—प्रश्न की लग्न से दसवें या ग्यारहवें या तीसरे या पाँचवें या सातवें भाव में चन्द्रमा रहने पर शीघ्र विवाह होता है ॥ ३ ॥

प्रकारान्तरम्

गोतुलाकर्कलग्ने वा शुभेक्षितयुते तथा ।
विषमर्क्षे स्थितौ शुक्रचन्द्रौ चेत् पश्यतस्तनुम् ॥ ४ ॥
वरदौ तत्र शुक्रेन्दू समभांशगतौ तदा ।

प्रकारान्तर—प्रश्न कालीन वृष या कर्क या तुला लग्न, शुभग्रह से दृष्ट या युक्त हो या विषमराशिस्थ शुक्र, चन्द्र लग्न को देखते हों या शुक्र, चन्द्र समराशि के नवांश में हों तो कन्या को वर की प्राप्ति होती है ॥४–४½॥

विवाहभङ्गयोगः

चन्द्रः षष्ठेऽष्टमे पक्षे बहुले समराशिगः ।
क्रूरेक्षितो विवाहस्य भंगदः परिकीर्तितः ॥ ५ ॥
द्यूने सेन्दुभृगौ रण्डा भौमे विकुलटा शनौ ॥ ६ ॥

विवाह भङ्ग योग—प्रश्न लग्न से समराशिस्थ चन्द्रमा छठे या आठवें भाव में पापग्रह

से दृष्ट तथा कृष्ण पक्ष का हो तो विवाह नहीं होता है। या सातवें चन्द्रमा, शुक्र, भौम हों तो विधवा या शनि से युक्त चन्द्र शुक्र हों तो कन्या प्रसिद्ध व्यभिचारिणी होती है ॥ ५-६ ॥

शीलवती सुभगायोगः

सुशीलसुभगा जीवे बुधे च प्रश्नलग्नतः ॥ ७ ॥

शीलवती सुभगा योग—प्रश्न लग्न से सप्तम में गुरु या बुध हो तो कन्या सुशीला और सुन्दर भाग्यशालिनी होती है ॥ ७ ॥

सन्तानज्ञानम्

यादृक् सन्तानसंयुक्ता योषित् सापि समाव्रजेत् ।
तां विलोक्य तथापत्यं तस्याः प्रश्नं वदेत् सुधीः ॥ ८ ॥

सन्तान ज्ञान—प्रश्न के समय स्त्री जिस प्रकार की सन्तान से युत होकर प्रश्न करे उसी प्रकार की सन्तति उसे देखकर ज्योतिषी को कहनी चाहिये ॥ ८ ॥

शुभाशुभफलम्

शङ्खभेर्यादिनादश्चेत् प्रश्ने स्यान् मङ्गलं तदा ।
वायसश्वशृगालानां नादश्चेदशुभं चरेत् ॥ ९ ॥

शुभाशुभ फल—प्रश्न के समय में शंख, नफीरी आदि का शब्द सुनाई दे तो शुभ और कौआ, कुत्ता, स्यार का शब्द हो तो अशुभ जानना चाहिये ॥ ९ ॥

विवाहे राशिमैत्रीशुभता

दम्पत्योरन्तरा मैत्रीं विवाहो न शुभावहः ।
सत्यां मैत्र्यां शुभस्तेन ब्रुवे मैत्रीमनेकधाम् ॥ १० ॥

विवाह में राशि मैत्री की शुभता—वर, कन्या की राशियों में मित्रता न होने पर बिवाह अशुभ तथा मैत्री होने पर शुभ होता है। इसलिये मैं अनेक मैत्री कहता हूँ ॥ १० ॥

मेलापकविधिः

घटितं प्रथमं ज्ञात्वा शुभदं वरकन्ययोः ।
उद्वाहस्तु विधातव्यस्तेनादौ वच्मि ते तथा ॥ ११ ॥

मेलापक विधि—प्रथम प्रश्न लग्न व शकुन से वर, कन्या का शुभ जान कर तथा आगे वर्णित दश प्रकार के कूटों की प्रीति समझ कर विवाह करना चाहिये। इसलिये मैं अब उन्हों को बताता हूँ ॥ ११ ॥

दश प्रीतयः

पुञ्जी वर्गस्तथा वर्णं वश्यं ताराथ योनिजा ।
ग्रहमैत्री गणौ राशेभं नाडी हीति वै दश ॥ १२ ॥

दस प्रीतियों के नाम—१ पुंजी, २ वर्ग, ३ वर्ण, ४ वश्य, ५ तारा ६ योनि, ग्रहमैत्री, ८ गण, ९ भकूट और १० नाड़ी ये दस प्रकार की प्रीति होती हैं ॥ १२ ॥

आसां बलज्ञानम्

अथोत्तरा बलाश्चेति विज्ञेयास्तु परस्परम् ।
गुणाधिके समुद्वाहः कर्त्तव्यो वरकन्ययोः ॥ १३ ॥

इनके बल का ज्ञान--पुंजी से वर्ग, वर्ग से वर्ण, वर्ण से तारा इत्यादि क्रम से उत्तरोत्तर बलवान् होते हैं। अधिक गुण मिलने पर वर कन्या का विवाह करना चाहिये ॥ १३ ॥

अथ पुञ्जीप्रीतिः कथ्यते

पूर्वभागस्तु रेवत्याः षड्भे आर्द्रादितस्तथा ।
द्वादशस्वपि मध्योऽयं ज्येष्ठान्तो नवकेऽन्त्यकः ॥ १४ ॥
प्राग्भागे जन्मभं तस्याः कन्याया वल्लभः पतिः ।
नृणामपरभागे तु कन्यायाः बल्लभः पतिः ॥ १५ ॥
मध्ये भागे तु दम्पत्योः प्रीतिरुक्ता परस्परम् ॥ १६ ॥

पुंजी प्रीति का ज्ञान--रेवती से विपरीत ६ नक्षत्रों की अर्थात् रेवती, अश्विनी, भरणी, कृत्तिका, रोहिणी, व मृगशिरा की पूर्वभाग, आर्द्रा से बारह नक्षत्रों की मध्यभाग और ज्येष्ठा से ९ नक्षत्रों की परभाग संज्ञा होती है। पूर्व भाग में कन्या का और पर भाग में पुरुष का नक्षत्र होने पर कन्या को पति प्रिय होता है। मध्यभाग में दोनों का नक्षत्र हो तो आपस में दोनों की मित्रता होती है ॥ १४–१६ ॥

अथ वर्गप्रीतिः

अवर्गो गरुडः प्रोक्तो मार्जारस्तु कवर्गकः ।
चवर्गः केशरी ज्ञेयो टवर्गः श्वा प्रकीर्तितः ॥ १७ ॥
तवर्गः सर्पसंज्ञः स्यात् पवर्गो मूषको मतः ।
यवर्गो हरिणाख्यश्च शवर्गो मेष उच्यते ॥ १८ ॥

वर्ग ज्ञान--अवर्ग के अक्षरों का गरुड़, कवर्ग का मार्जार चवर्ग का सिंह, टवर्ग का कुत्ता, तवर्ग का साँप, पवर्ग का मूषक (चूहा), यवर्ग का हिरन और श, ष, स, ह अक्षर का मेष वर्ग होता है ॥ १७–१८ ॥

स्पष्टार्थं वर्गचक्रम्

वर्गाः	अ	अ, इ, उ, ए, ओ	गरुड़
	क	क, ख, ग, घ, ङ,	मार्जार
	च	च, छ, ज, झ, ञ	सिंह
	ट	ट, ठ, ड, ढ, ण,	श्वान
	त	त, थ. द, ध, न	सर्प
	प	प, फ, ब, भ, म	मूषक
	य	य, र, ल, व	मृग
	श	श, ष, स, ह,	मेष

वर्गप्रीति ज्ञानम्

गरुडोरगयोर्वैरं मिथ आखुबिडालयोः।
शार्दूलमृगयोर्वैरं तथा मेषशुनोरपि ॥ १९ ॥
वर्गारित्वे महद्दुःखं वर्गैक्ये प्रीतिरुत्तमा।
कन्यकाबरयोश्चैव स्वामिसेवकयोरपि ॥ २० ॥

वर्ग प्रीति ज्ञान— गरुड़ व सर्प का, मूषक व विडाल का, सिंह और हिरन का तथा बकरे व कुत्ते का परस्पर वैर होता है। कन्या व वर के वर्ग में शत्रुता होने पर बड़ा दुःख और एक वर्ग में उत्तम प्रीति होती है। इसका विचार स्वामी व सेवक में भी करना चाहिये ॥१९–२०॥

अथ वर्णप्रीतिः

कर्कवृश्चिकमीनाख्या ब्राह्मणा अथ बाहुजाः।
मेषसिंहधनुष्काख्या वृषकन्यामृगा विशः ॥ २१ ॥
तुलाद्वन्द्वघटाः शूद्राश्चैते वर्णाश्च राशिजाः।
वर्णाधिक्ये वरः श्रेष्ठो न कन्या वर्णतोऽधिकाः ॥ २२ ॥

वर्ण मित्रता का ज्ञान—कर्क, वृश्चिक, मीन राशि का ब्राह्मण वर्ण, मेष, सिंह, धनु का क्षत्रिय, वृष, कन्या. मकर का वैश्य और तुला, मिथुन, कुम्भराशि का शूद्रवर्ण होता है। उत्तम वर्ण का वर श्रेष्ठ और वर से कन्या उत्तम वर्ण की श्रेष्ठ नहीं होती है ॥२१–२२॥

स्पष्टार्थं वर्णचक्रम्

राशि	कर्क, वृश्चिक, मीन	मेष, सिंह, धनु	वृष, कन्या, मकर	तुला, मिथुन, कुम्भ
वर्ण	ब्राह्मण	क्षत्रिय	वैश्य	शूद्र

अथ वश्यावश्यम्

युग्मं कुंभस्तुला कन्या प्राग्दलं धनुषो द्विपात्।
परार्धं धनुषश्चैव पूर्वार्द्धं मकरस्य च ॥ २३ ॥
केशरी वृषभाख्यश्च मेषश्चैते चतुष्पदः।
नक्रोत्तरदलं मीनो जलचारी प्रकीर्तितः ॥ २४ ॥
कर्कट कीटसंज्ञश्च वृश्चिकस्तु सरीसृपः।

राशियों की द्विपदादि संज्ञा --मिथुन, कुम्भ, तुला, कन्या व धनु के प्रथमार्ध की द्विपद, धनु के उत्तरार्ध, मकर के पूर्वार्ध, सिंह, वृष. मेष राशि की चतुष्पद, मकर के उत्तरार्ध व मीन की जलचर, कर्क की कीट और वृश्चिक राशि की सरीसृप संज्ञा होती है ॥२३–२४½॥

स्पष्टार्थं द्विपदादिचक्रम्

द्विपद	चतुष्पद	जलचर	कीट	सरीसृप	संज्ञा
कुं० मि० क०	सिं० वृ० मे०	मक० उत्त०	कर्क	वृश्चिक	राशि
तु० ध० पू०	ध० उ० म०पू०	मीन			

वश्यावश्यज्ञानम्

द्विपदानां वशाः सर्वे हित्वा केशरिणं तथा ॥ २५ ॥
भक्ष्या वारिचरास्तेषां भयस्थाने तु वृश्चिकः ।
लोकाद्विज्ञेयमन्यं तु सिंहवश्यादिवृश्चिकः ॥ २६ ॥

सिंह राशि को छोड़ कर समस्त राशियाँ द्विपद राशि के वश में होती हैं और जलचर राशि उनकी भक्ष्य और वृश्चिक भय देने वाली तथा सिंह के अधीन वृश्चिक अन्य वश्यावश्य संसार के व्यवहार से जानना चाहिये ॥२४½–२६॥

अथ तारामैत्री

कन्याभं वरभाद् गण्यं वरभाद् बरभं तथा ।
नवहृच्छेषभे नेष्टे सप्तपञ्चत्रिसंख्यके ॥ १७ ॥

तारा की मित्रता—वर के नक्षत्र से कन्या के नक्षत्र तक और कन्या के नक्षत्र से वर के नक्षत्र तक गिनने पर जो संख्या हो उसमें ९ नव का भाग देने पर शेष ७ या ५ या ३ अवशिष्ट रहे तो उचित नहीं होता है ॥२७॥

अथ योनिमैत्री

अश्विन्याः शतभस्याश्वो महिषः स्वातिहस्तयोः ।
पूभाधनिष्ठयोः सिंहो भरण्यंत्यभयोर्गजः ॥ २८ ॥
कृत्तिकापुष्ययोर्मेषः श्रुतिपूषाद्वयोः कपिः ।
उषाभिजिद्वयोर्बभ्रू रोहिणीमृगयोरहिः ॥ २९ ॥
ज्येष्ठानुराधयोरेणः श्वा मूलार्द्राभयोस्तथा ।
पुनराश्लेषयोरोतुराखुः पूभामघर्क्षयोः ॥ ३० ॥
विशाखाचित्रयोर्व्याघ्रो गौरुफोत्तरभाद्रयोः ।
मैत्री वैरं विचार्यैवं भानां प्रोक्तास्तु योनयः ॥ ३१ ॥

२७ नक्षत्रों की योनि—अश्विनी व शतभिषा की अश्व योनि, स्वाती और हस्त की महिष, पूर्वाभाद्रपदा एवं धनिष्ठा की सिंह, भरणी तथा रेवती की गज, पुष्य कृत्तिका की मेष, श्रवण, पूर्वाषाढ़ा की वानर, उत्तराषाढ़ा, अभिजित् की नकुल, रोहिणी, मृगशिरा की सर्प, ज्येष्ठा, अनुराधा की हिरन (मृग), मूल, आर्द्रा की श्वान, पुनर्वसु, आश्लेषा की विडाल, पूर्वाफाल्गुनी, मघा की मूषक, विशाखा, चित्रा की व्याघ्र और उत्तराफाल्गुनी एवं उत्तरा-भाद्रपदा की गौ (गाय) योनि होती है। उक्त नक्षत्रों की योनि की मित्रता व शत्रुता का विचार कर फलादेश करना चाहिये ॥२८–३१॥

स्पष्टार्थं योनिचक्रम्

नक्षत्र	अ.	भ.	कृ	रो.	मृ.	आ.	पु.	पु	आ.	म.	पू.	उ.	ह.	चि.
योनि	अश्व	गज	मेष	सर्प	सर्प	श्वान	विडाल	मेष	विडाल	मूषक	मूषक	गौ	महिष	व्याघ्र
	स्वा.	वि.	अ.	ज्ये.	मू.	पू.	उ.	अ.	श्र.	ध.	श.	पू.	उ.	रे.
	महिष	व्याघ्र	मृग	मृग	श्वान	वानर	नकुल	नकुल	वानर	सिंह	अश्व	सिंह	गौ	गज

अथ परस्परमहद्वैरम्

गोव्याघ्रं महिषाश्वं च वैरं मार्जारमूषकम् ।
सिंहेभं कपिमेषं च वैरं तु नकुलोरगम् ॥ ३२ ॥
त्याज्यं परस्परं चैतद् दम्पत्योः स्वामिभृत्ययोः ॥ ३३ ॥

योनियों की आपस में बड़ी शत्रुता—गाय व व्याघ्र का, घोड़े व भैंसे का, कुत्ता व हिरन का, बिलाव व मूसे का, सिंह-हाथी का, वानर-बकरे का और न्यौला व सर्प का परस्पर स्वभाव से वैर होता है। वर-कन्या के मेलापक में एवं सेव्य सेवक के निर्णय में इसका त्याग करना चाहिये ॥३२–३३॥

अथ ग्रहमैत्री

मित्राणि कुजचन्द्रेज्या शत्रू शनिसितौ रवेः ।
मित्रे सूर्यबुधावेतौ रिपुः कोऽपि न शीतगोः ॥ ३४ ॥
जीवेन्दुसूर्या भौमस्य मित्राणि बोधनो रिपुः ।
सूर्यशुक्रौ हितौ शत्रुश्चन्द्रमा बोधनस्य तु ॥ ३५ ॥
मित्राणि सूर्यभौमाब्जा विच्छुक्रौ त्वहितौ गुरोः ।
मित्रे सौम्यशनी शत्रू भार्गवस्येन्दुभास्करौ ॥ ३६ ॥
सुहृदौ वित्सितौ सौरेः शत्रवोऽर्ककुजेन्दवः ।
सर्वेषामेव खेटानामनुक्तास्ते समाः स्मृताः ॥ ३७ ॥

ग्रहों की नैसर्गिक मैत्री का ज्ञान—सूर्य के मंगल, चन्द्रमा, गुरु मित्र, शनि, शुक्र, शत्रु, बुध सम (उदासीन)। चन्द्रमा के सूर्य, बुध, मित्र, मंगल, गुरु, शुक्र, शनि सम, शत्रु का अभाव। मंगल के गुरु, चन्द्रमा, सूर्य मित्र, बुध शत्रु, शुक्र, शनि सम। बुध के सूर्य, शुक्र, मित्र, चन्द्रमा शत्रु, मंगल, गुरु, शनि सम। गुरु के सूर्य, चन्द्रमा, मंगल मित्र, बुध, शुक्र शत्रु, शनि सम। शुक्र के बुध, शनि, मित्र, सूर्य, चन्द्रमा शत्रु, मंगल, गुरु सम। शनि के शुक्र, बुध मित्र, सूर्य, चन्द्रमा, मंगल शत्रु, गुरु सम होता है ॥३४-३७॥

स्पष्टार्थं मित्र, शत्रु, समचक्रम्

ग्रह	सू.	चं.	मं.	बु.	गु.	शु.	श.
मित्र	मं. चं. गु.	सू. बु.	गु. चं. सू.	सू. शु.	सू. चं. मं.	बु. श.	शु. बु.
सम	बु.	मं. गु. शु. श.	शु. श.	मं. गु. श.	श.	मं. गु.	गु.
शत्रु	श. शु.		बु.	चं.	बु. शु.	सू. चं.	सू. चं. मं.

शुभाशुभता

दम्पत्यो राशयोर्मैत्री मिथः स्याच्छोभनं तदा ।
अहिते त्वहितं विद्यात् समे वै मध्यमं स्मृतम् ॥ ३८ ॥

वर-कन्या की राशियों में मित्रता होने पर शुभ व शत्रुता में अशुभ और सम भाव में मध्यम फल होता है ॥३८॥

अथ गणमैत्री

हस्तः स्वाती श्रुतिः पुष्योऽनुराधा रेवतीद्वयम्।
पुनर्वसुर्मृगश्चैव प्रोच्यते देवता गणः ॥ ३९ ॥
रोहिणि भरणी पूर्वोत्तरार्द्रा मानुषो गणः।
चित्राश्लेषा मघा मूलं धनिष्ठा शततारकाः ॥ ४० ॥
विशाखा कृत्तिका ज्येष्ठा एष रक्षोगणोत्तमः।

नक्षत्रों कों गण संज्ञा—हस्त, स्वाती, श्रवण, पुष्य, अनुराधा, रेवती, अश्विनों, पुनर्वसु, मृगशिरा नक्षत्रों का देवता गण, रोहिणी, भरणी, तीनों पूर्वा, तीनों उत्तरा, आर्द्रा का मनुष्यगण, और चित्रा, आश्लेषा, मघा, मूल, धनिष्ठा, शततारका, विशाखा, कृत्तिका, ज्येष्ठा नक्षत्र का राक्षस गण होता है ॥३९-४०॥

गणप्रीतिज्ञानम्

गणैक्ये परमा प्रीतिर्देवमानुषयोः समः।
देवराक्षसयोर्वैरं मृत्युर्मानवरक्षसोः ॥ ४१ ॥

एक गण में वर-कन्या की परम प्रीति (प्रेम), देव-मनुष्य में समता, देव-राक्षस में शत्रुता और मनुष्य-राक्षस में मरण होता है ॥ ४१ ॥

अथ गणदोषापवादः

मैत्र्यां राशीशयोरंशस्वामिनोर्वरकन्ययोः।
न तत्र गणदोषः स्याद् विवाहः शुभदो मतः ॥ ४२ ॥
यदि रक्षो गणा कन्या वरश्चेन्नृगणो भवेत्।
तदोद्वाहो गुणाधिक्ये कार्यस्त्वावश्यके सति ॥ ४३ ॥
रक्षोऽमरगणा नारी चेत्तदोद्वाहनं नयोः।
योनिमैत्र्यादिना कार्यमिति गर्गेण भाषितम् ॥ ४४ ॥

गण दोष का परिहार—वर-कन्या को राशियों में या नवांश स्वामियों में मित्रता होने पर मेलापक में गण दोष का अभाव होकर शुभता होती है। यदि कन्या राक्षसगण की वर मनुष्य गण का हो तो आवश्यकता होने पर अधिक गुण मिलने पर विवाह शुभ होता है। यदि स्त्री राक्षस या देवगण की हो और वर मनुष्यगण का हो तो योनियों में मैत्री होने पर विवाह करना चाहिये, ऐसा गर्ग जी ने बताया है ॥ ४२-४४ ॥

अथ राशिकूटम्

राश्योः षट्काष्टके मृत्युस्त्रिकोणेप्वनपत्यता।
नैस्वं द्विर्द्वादशे ज्ञेयं सौख्यमन्यत्र चोभयोः ॥ ४५ ॥
कुमार्या विषमाद् राशेः षष्ठे तु वरभं तथा।
समराशेः शुभं षष्ठं विपरीतमसत् स्मृतम् ॥ ४६ ॥

राशि कूट ज्ञान—वर-कन्या को राशि परस्पर में छठी, आठवी हों तो मृत्यु, नवीं-पांचवी में सन्तान हीनता, दूसरी-बारहवीं होने पर निर्धनता एवं अन्य राशियां में सुख होता है।

कन्या की विषम राशि से छटी वर की राशि हो तो शुभ, समराशि से छटी वर की राशि अशुभ होती है ॥ ४५–४६ ॥

अथ दुष्टकूटापवादः

प्रोक्ते दुष्टभकूटेति राश्योरेकाधिपत्यके ।
मैत्र्या चोद्वाहनं श्रेष्ठं ह्येकनाडी न चेत्तयोः ॥ ४७ ॥

तुलावृषभयोर्मीनसिंहयोः कुम्भकन्ययोः ।
धनुः कर्कटयोर्नक्रयुग्मयोश्चालिमेषयोः ॥ ४८ ॥
प्रीतिः षट्काष्टकं चैतदन्यं संत्याज्यमेव हि ।
राशिपौ वैरभावेऽपि मैत्रो चेत् स्यात्तदंशयोः ।
नाडीं पश्येच्च ताराणां शुद्धमुद्वाहनं शुभम् ॥ ४९ ॥

अशुभ कूट का परिहार – दूषित कूट होने पर यदि वर-कन्या की राशियों का स्वामी एक ग्रह हो या परस्पर में मित्रता हो एवं दोनों को एक नाड़ी न हो तो विवाह श्रेष्ठ होता है।

तुला-वृष, मीन-सिंह, कुंभ-कन्या, धनु-कर्क मकर-मिथुन और वृश्चिक-मेष इन ६ षट्काष्टकों को प्रीति षट्काष्टक कहते हैं इनमें विवाह शुभ होता है। इनसे भिन्न षट्काष्टक का त्याग ही करना अच्छा होता है।

वर-कन्या के नवांश स्वामियों में मित्रता हो तथा राशि नाथों में शत्रुता रहने पर भी यदि नाड़ीं व तारा की शुद्धि हो तो विवाह शुभ होता है ॥ ४७–४९ ॥

अथ नाडीशुद्धिः

ज्येष्ठा मूलाश्विन्यार्द्राख्यद्वयं शतभिषग् द्वयम् ।
उत्तराफाल्गुनीयुग्ममाद्यनाडीयमीरिता ॥ ५० ॥
मृगश्चित्रानुराधा च भरणी वसुपुष्यकौ ।
जलभं योनिवुध्न्ये च मध्यनाडी प्रकीर्तिता ॥ ५१ ॥
रोहिणी कृत्तिकाश्लेषा मघा स्वातीद्वयं तथा ।
रेवती चोत्तराषाढा श्रवणश्चान्त्यनाडिका ॥ ५२ ॥

नक्षत्रों की नाड़ी का ज्ञान—ज्येष्ठा, मूल, अश्विनी, आर्द्रा, पुनर्वसु, शतभिषा, पूर्वाभाद्रपदा उत्तराफाल्गुनी, हस्त नक्षत्र की आदि नाड़ी, मृगशिरा, चित्रा, अनुराधा, भरणी, धनिष्ठा, पुष्य, पूर्वाषाढा, पूर्वाफाल्गुनी और उत्तराभाद्रपद की मध्यनाड़ी तथा रोहिणी, कृत्तिका, आश्लेषा, मघा, स्वाती, विशाखा, रेवती, उत्तराषाढा और श्रवण नक्षत्र की अन्त्य नाड़ी संज्ञा होती है ॥ ५०–५२ ॥

नाडीशुद्धिज्ञानम्

दम्पत्योरेकनाडीस्थे ऋक्षे नेष्टः करग्रहः ।
मध्यनाडीगते मृत्युस्तस्मात्तां परिवर्जयेत् ॥ ५३ ॥

वर व कन्या का नक्षत्र यदि एक नाडी में हो तो विवाह अशुभ और मध्य नाडी दोनों का होने पर मरण होता है। अतः उसका त्याग करना चाहिये ॥ ५३ ॥

अथ नाडीदोषापवादः

राश्यैक्ये भिन्नभेऽप्येकभेऽन्यराशौ तथैकभे।
भिन्नेंऽघ्रौ न द्वयोर्दोषो गणनाडीभकूटजः ॥ ५४ ॥

नाडी दोष का दूरीकरण—वर कन्या की एकराशि व भिन्न नक्षत्र होने पर या एक नक्षत्र तथा अलग-अलग राशि हो या एक नक्षत्र में दोनों के भिन्न चरण में जन्म हों तो गण, नाडी और भकूट जन्य दोष नहीं होता है ॥ ५४ ॥

अथैकभेऽपि विशेषः

विशाखार्द्राश्रवः पुष्यो रोहिण्युत्तरभाद्रपात्।
रेवती च मघा श्रेष्ठं नेतरश्चैकभे द्वयोः ॥ ५५ ॥

एक नक्षत्र में भी विशेष—विशाखा, आर्द्रा, श्रवण, पुष्य, रोहिणी, उत्तराभाद्रपदा, रेवती, मघा में दोनों का नक्षत्र हो तो नाड़ी दोष नहीं होता है ॥ ५५ ॥

अथ नाड्यादिदोषदानानि

हेमाज्यं रत्नगोदानं मृत्युञ्जयजपस्तथा।
कुर्यादावश्यकोद्वाहे नाडीदोषापनुत्तये ॥ ५६ ॥
ताम्रं द्विर्दादशे दद्यात् सुवर्णं च षडष्टके।
गोयुग्मं नवपञ्चाख्ये स्वर्णं वर्णादिदूषणे।
हेमान्नं वसनं धेनुं सर्वदोषापनुत्तये ॥ ५७ ॥

नाडी आदि दोष में दान—विवाह की आवश्यकता होने पर सोना, घी, रत्न, गाय का दान व मृत्युञ्जय का जप कराकर विवाह कराने में नाड़ी का दोष नहीं होता है। दूसरे बारहवें में ताँबा, छटे, आठवें में सोना, नवें, पाँचवें राशिकूट में दो गाय, वर्णादि दोष में सोना और समस्त दोष शान्ति के लिये सुवर्ण, अन्न, वस्त्र व गाय का दान करना चाहिये ॥५६-५७॥

अथ वर्णादिगुणाः

एकैकवृद्धितो ज्ञेया वर्णादीनां गुणाः क्रमात्।
विवाहे शुभदास्तेषां गुणे त्वष्टादशाधिके ॥ ५८ ॥

वर्णादि के गुण—वर्णादि के गुण क्रम से एक-एक की वृद्धि करके समझना चाहिये। विवाह में वर्णादि के गुण अठारह से अधिक होने पर शुभ होते हैं ॥ ५८ ॥

अथ प्रकारान्तरेण वर्णादीनां गुणाः

एको वर्णोत्तमे तुल्ये वर्णैक्ये कथितो वरे।
हीने शून्यं गुणश्चैके वदन्ति सदृशे फलम् ॥ ५९ ॥

वर्ण गुण ज्ञान—वर उत्तम वर्ण का हो तथा दोनों (वर-कन्या) का एक वर्ण हो तो

एक गुण, हीन वर्ण में शून्य गुण होता है। किसी आचार्य का कथन है कि समान वर्ण होने पर आधा गुण होता है ॥ ५९ ॥

वश्यगुणज्ञानम्

वश्यभक्ष्ये दलं वश्यं वैरे ह्येको गुणः स्मृतः।
गुणद्वयं द्वयोः सख्ये वैरं भक्ष्ये च खं स्मृतम् ॥ ६० ॥

वर-कन्या का वश्य भक्ष्य हो तो आधा, वश्यों में शत्रुता हो तो एक, मित्रता में दो गुण और भक्ष्यों में वैर हो तो शून्य गुण होता है ॥ ६० ॥

तारागुणज्ञानम्

शुभा चेदेकतस्तारा तदा सार्धगुणोदयः।
शुभा चेद् स्युस्त्रयः शून्यं चोभयोश्चेत्त्रयोऽशुभाः ॥ ६१ ॥

वर-कन्या में एक की तारा शुभ हो तो डेढ गुण, दोनों की शुभ तारा होने पर तीन गुण और दोनों की अशुभ हो तो शून्य गुण होता है ॥ ६१ ॥

योनिगुणज्ञानम्

अतिमैत्रे तु चत्वारो योन्योर्मैत्रे त्रयो गुणाः।
औदासीन्ये द्वयं चैकं वैरं खं चातिशात्रवे ॥ ६२ ॥

वर व कन्या की योनियों में अधिक मित्रभाव हो तो चार गुण, सामान्य मैत्री में तीन गुण, समभाव में दो, शत्रुभाव में एक और दोनों योनियों में अतिशत्रुभाव होने पर शून्य गुण होता है ॥ ६२ ॥

ग्रहमैत्रीगुणज्ञानम्

मिथो वैरे तु शून्यं स्यात् समवैरे गुणार्धकम्।
एकं शात्रवमैत्रे च द्वयोः साम्ये त्रयो गुणाः ॥ ६३ ॥
समं मैत्रे तु चत्वारः पञ्चैकाभास्वरे तथा।
मित्रत्वे चोभयोस्तद्वद् राश्योश्च वरकन्ययोः ॥ ६४ ॥

वर-कन्या दोनों के राशि स्वामियों में शत्रुता होने पर शून्य गुण, सम, वैर-भाव में आधा गुण, शत्रु, मित्र भाव में एक गुण, दोनों में समभाव होने पर तीन गुण, सम, मित्रता में चार, एकाधिपत्य में पांच और दोनों में मित्रता हो तो भी पांच गुण होते हैं ॥ ६३–६४ ॥

गणगुणज्ञानम्

मानुष्यां च स्त्रियं दैवे वरे तुल्यं गणेऽपि षट्।
पंचान्यथा स्त्रियं दिव्यामेको रक्षोगणे वरे ॥ ६५ ॥
रक्षो गणा यदा कन्या वरो देवस्तदा तु खम्।
रक्षोमानुषयोः खं स्यादन्योन्यवरकन्ययोः ॥ ६६ ॥

मनुष्य गण की कन्या व दैव गण का वर हो या दोनों का गण एक हो तो ६ गुण अन्यथा ५ गुण, कन्या का देवगण और वर का राक्षस गण हो तो एक गुण, कन्या का राक्षस

गण व वर का देवगण तथा वर का राक्षस गण और कन्या का मनुष्य गण हो तो शून्य गुण होता है ॥ ६५–६६ ॥

भकूटगुणज्ञानम्

द्वयोरेकपदाभावे भकूटे योनिमैत्रतः ।
कन्यादूरेऽपि चत्वारो ह्येकोऽप्येकतरे तयोः ॥ ६७ ॥
सत्कूटे योनिवैरत्वे नरदूरे षडीरिताः ।
राश्यैक्ये भिन्नभे पंच सप्तान्यत्र भकूटके ॥ ६८ ॥
कन्याया वरभं दूरे कन्यादूरं हि तच्छुभम् ।
वरभाद्भीरुदूरं तद् विवाहे न शुभप्रदम् ॥ ६९ ॥

भकूट की शुद्धि न होने पर योनियों में मित्रता हो तो भकूट शुद्धि होती है । वर की राशि से कन्या की दूर हो तो चार गुण, यदि तीनों भकूटों में से एक भी दूर हो तो उक्त चार गुण, सत्कूट व योनि शत्रुता रहने पर वर की राशि दूर हो तो ६ गुण, दोनों की राशि एक हो तथा भिन्न नक्षत्र हो तो पांच गुण, अन्यत्र भकूट में सात गुण होता है । कन्या की राशि से वर राशि दूर होने पर कन्या दूर शुभ होता है और वर की राशि से कन्या की राशि दूर हो तो अशुभ होता है ॥ ६७–६९ ॥

नाडी गुण ज्ञान

नाडीभेदे गुणाश्चाष्टौ तदैवान्येऽपि सार्थकाः ।
अजागलस्तनायन्ते नाड्यैके सकला गुणाः ॥ ७० ॥

वर-कन्या की भिन्न-भिन्न नाड़ी होने पर आठ गुण हाते हैं । नाड़ी की भिन्नता से ही अन्य गुण सार्थक होते हैं । अन्यथा जंसे बकरी के गले में उत्पन्न स्तन लटकता हुआ निष्फल होता है वैसे ही अन्य गुण निष्फल होते हैं ॥ ७० ॥

अथ जन्मकाले भौमदोषः

मूतौ तुर्येऽष्टमे भौमे सप्तमेऽन्त्ये च जन्मनि ।
भर्तुर्योषिद्विनाशः स्यात् स्त्रिया भर्तृविनाशनम् ॥ ७१ ॥
एवं विधे कुजे संख्ये विवाहो न कदाचन ।
कार्यो वा गुणबाहुल्ये कुजे वा तादृशे द्वयोः ॥ ७२ ॥

मंगला दोष ज्ञान—वर के जन्माङ्ग में १।४।८।७।१२ स्थानों में से किसी स्थान में मंगल के रहने पर स्त्री विनाश और स्त्री कुण्डली में भी यदि उक्त स्थान में भौम हो तो पति का विनाश होता है । इस प्रकार की स्थिति में विवाह कभी नहीं करना चाहिये । अथवा गुण अधिक हों या दोनों की कुण्डली में भौम समान स्थान में स्थित हो तो विवाह करना शुभ होता है ॥ ७१–७२ ॥

अथ त्रिविधविषकन्यायोगः

सूर्यभौमार्किवारेषु तिथिभद्रा शताभिधम् ।
आश्लेषा कृत्तिका चेत् स्यात्तत्र जाता विषाङ्गनाः ॥ ७३ ॥

जनोर्लग्ने रिपुक्षेत्रे संस्थितः पापखेचरः ।
द्वौ सौम्यावपि योगेऽस्मिन् संजाता विषकन्यका ॥ ७४ ॥
लग्ने शनैश्चरो यस्याः सुतेऽर्को नवमे कुजः ।
विषाख्या सापि नोद्वाह्या त्रिविधा विषकन्यकाः ॥ ७५ ॥

जिस कन्या का जन्म सूर्य, मंगल, शनिवार, भद्रा तिथि और शतभिषा, आश्लेषा, कृत्तिका नक्षत्र में होता है वह विष कन्या होती है। जिसकी जन्म लग्न में शत्रु क्षेत्र में पाप-ग्रह हो तथा दो शुभ ग्रह भी हों तो विष कन्या होती है या लग्न में शनि, पाचवें सूर्य व नवें मंगल हो तो भी विष कन्या होतो है। इन तीन प्रकार की विष कन्या के साथ विवाह नहीं करना चाहिये ॥ ७३–७५ ॥

अथ विषकन्यादोषपरिहारः

सावित्र्यादिव्रतं कृत्वा वैधव्यविनिवृत्तये ।
अश्वत्थादिभिरुद्वाह्य दद्यात्तां चिरजीविने ॥ ७६ ॥

विष कन्या दोष का परिहार—विधवापन दूर करने के लिये सावित्री व्रत करके पीपल के साथ विवाह कराकर चिरजीवी वर के लिये देना शुभ होता है ॥७६॥

अथ जन्मकालिकदुनक्षत्रफलम्

आश्लेषाख्यसमुत्पन्नौ श्वश्रूं कन्यासुतौ हतः ।
मूलजा श्वसुरं हन्ति ज्येष्ठोत्था स्वधवाग्रजम् ॥ ७७ ॥

जन्मकालीन दूषित नक्षत्र का फल—आश्लेषा नक्षत्र में उत्पन्न पुत्र, पुत्री सास का विनाश करने वाले, मूल में जायमान कन्या श्वसुर का और ज्येष्ठा में उत्पन्न कन्या अपने जेठ (पति का बड़ा भाई) का विनाश करने वाली होती है ॥७७॥

अस्यापवादः

आश्लेषाप्रथमः पादः पादो मूलान्तिमस्तथा ।
विशाखाज्येष्ठयोराद्यास्त्रयः पादाः शुभावहाः ॥ ७८ ॥

दूषित नक्षत्र का परिहार—आश्लेषा नक्षत्र का प्रथम चरण, मूल का अन्तिम और विशाखा, ज्येष्ठा नक्षत्र का पहिला चरण शुभ होता है ॥७८॥

अथ वाग्दानं कुमारीवरणम्

विवाहोदितिभे पूर्वा धनिष्ठा कृत्तिकाश्रवे ।
कुमारीवरयोः कार्यं वरणञ्च शुभेऽहनि ॥ ७९ ॥

वाग्दान व कन्या का वरण करने का मुहूर्त—विवाह में कथित नक्षत्र व तीनों पूर्वा, धनिष्ठा, कृत्तिका, श्रवण नक्षत्र में तथा शुभ वार में कन्या व वर का वरण करना चाहिये ॥७९॥

अथ विवाहादिकृत्ये निषिद्धसमयः

जलाशयगृहारामप्रतिष्ठारम्भणे तथा ।
व्रतारम्भसमाप्तौ च दीक्षां सोमाध्वरादिकम् ॥ ८० ॥
महादानमुपाकर्माग्रयणारम्भमष्टकम् ।
केशान्तं वृषभोत्सर्गं देवतास्थापनं प्रपा ॥ ८१ ॥
व्रतबन्धमथोद्वाहं मुण्डनं कर्णवेधनम् ।
गर्भाधानादिसंस्कारान् कालातिक्रमणे शिशोः ॥ ८२ ॥
देवतीर्थेक्षणं चाद्यं भूमिपालाभिषेचनम् ।
अग्न्याधानञ्च संन्यासं चातुर्मास्यमथो गमम् ॥ ८३ ॥
वेदव्रतं व्रतोत्सर्गमाद्यं वध्वाः प्रवेशनम् ।
अस्ते शुक्रेज्ययोर्बाल्ये वार्धके सिंहगे गुरौ ॥ ८४ ॥

विवाहादि मांगलिक कार्य में त्याज्य काल—तालाब, कूपादि, घर, बगीचा, प्रतिष्ठा का आरम्भ, व्रत की समाप्ति व आरम्भ, दीक्षा (मन्त्र ग्रहण), सोम यज्ञादि, महादान, उपाकर्म, आग्रयण का आरम्भ, अष्टका श्राद्ध, केशान्त, वृषोत्सर्ग, देवस्थापन, प्याऊ, व्रतबन्ध, विवाह, चौल, कनछेदन, समय व्यतीत होने पर गर्भाधानादि संस्कार, प्रथम देव व तीर्थ दर्शन, राज्याभिषेक, अग्न्याधान, संन्यास, चातुर्मास्यव्रत, यात्रा, वेदव्रत, व्रत का उत्सर्ग (उद्यापन) व प्रथम वधू का प्रवेश शुक्र, गुरु के अस्त, वार्द्धक्य या बाल्यकाल में नहीं करना चाहिये ॥८०-८४॥

अन्यो निषिद्धकालः

त्रयोदशदिने पक्षे मासे न्यूनेऽधिके त्यजेत् ।
धार्यं नेति जगुः केचिदस्तादौ भूषणादिकम् ॥ ८५ ॥
सुवर्णरत्नदन्तानां संधार्यमिति चापरे ।
केचिद्वक्रेतिचारेऽपि नीचराशिगते गुरौ ॥ ८६ ॥
धनुर्मीनगते सूर्ये गुरुणा संयुतेऽपि च ।
हेयं मासद्वयं जीवे नक्रस्थे शुभमीप्सुभिः ॥ ८७ ॥

तेरह दिन का पक्ष, अधिक व क्षय मास का त्याग करना चाहिये। किसी-किसी का मत है कि गुरु, शुक्र के अस्तादि में आभूषण धारण नहीं करना, अन्य का मत है कि सोना, रत्न, दाँत का धारण करना, किन्हीं का मत है कि गुरु के वक्र, अतिचार, नीच राशिस्थ का त्याग करना चाहिये। धनु या मीनस्थ सूर्य में गुरु भी हो तो उन दोनों मासों का तथा मकरस्थ गुरु का कल्याण की इच्छा रखने वालों को त्याग करना चाहिये ॥ ८५-८७ ॥

अथ गुरोर्वक्रातिचारे विशेषः

वक्रातिचारगे जीवे त्वष्टाविंशतिवासरान् ।
परित्यज्य ततः कुर्याद् व्रतोद्वाहादिकं शुभम् ॥ ८८ ॥

गुरु के वक्र व अतिचार में विशेष —गुरु के वक्र व अतिचार में अट्ठाईस दिनों का याग करके विवाहादि कार्य शुभ होता है ॥ ८८ ॥

अथ वक्रातिचारदोषापवादः

त्रिकोणद्व्यायसंस्थे तु जीवे वक्रातिचारगे ।
न दोषस्तत्र विज्ञेयः कुर्यादुद्वहनादिकम् ॥ ८९ ॥

वक्र व अतिचार दोष का परिहार—जन्म राशि से पाँचवें, नवें, दूसरे, ग्यारहवें गुरु रहने पर वक्र और अतिचार दोष नहीं होता है । इसलिए विवाहादि शुभ कार्य करना चाहिये ॥ ८९ ॥

अथ सिंहस्थगुरोर्दोषः

सिंहसिंहांशके जीवे विवाहादि न कारयेत् ।
गोदाया उत्तरे भागे भागीरथ्याश्च दक्षिणे ॥ ९० ॥

सिंह के गुरु का दोष – सिंह राशिस्थ सिंह के नवांश में गुरु का गोदावरी से उत्तर और गंगा से दक्षिण में त्याग करना चाहिये ॥ ९० ॥

अथ देशविशेषेण सिंहस्थे गुरुदोषाभावः

गोदाया याम्यदिग्भागे भागीरथ्यास्तथोत्तरे ।
विवाहाद्यखिलं कार्यं सिंहस्थेऽपि बृहस्पतौ ॥ ९१ ॥

देश विशेष में सिंह के गुरु दोष का अभाव—गोदावरी नदी के दक्षिण भाग में और गंगा के उत्तर भाग में सिंह राशि में गुरु होने पर भी विवाहादि समस्त शुभ कार्य करना चाहिये ॥ ९१ ॥

अथ सिंहस्थगुरौ सर्वदेशेषु दोषापवादः

सिंहराशिस्थिते जीवे मेषेऽर्के तु न दूषणम् ।
आवश्यके विवाहादौ सर्वदेशेष्वपि स्मृतम् ॥ ९२ ॥

सिंहस्थ गुरु में समस्त देशों में दोष का अभाव —सिंह राशि के गुरु में मेषस्थ सूर्य में आवश्यकता होने पर विवाहादि मांगलिक कार्य करने में दोष नहीं होता है ॥ ९२ ॥

अथ मकरस्थगुरौ विशेषः

मगधे गौडदेशे च सिंधुदेशे च कौंकणे ।
विवाहादि शुभे त्याज्यो नान्यस्मिन् नक्रगो गुरुः ॥ ९३ ॥

मकर के गुरु में विशेष —मकरस्थ गुरु का मगध, गौड, सिंधु, कोंकण देशों में त्याग करना और अन्य देशों में शुभ होता है ॥ ९३ ॥

अथ लुप्तसंवत्सरः

देवपूज्योऽतिचारेण दशमासात् पुरा यदि ।
राश्यन्तरगते भूयो ऋते कुम्भचतुष्टयात् ॥ ९४ ॥

प्राग्राशिर्यदि नो याति लुप्तसंवत्सरस्तदा ।
गंगानर्मदयोर्मध्ये देशः सोऽत्यन्तनिन्दितः ॥ ९५ ॥

लुप्त संवत् का ज्ञान—यदि गुरु दस मास से पहले अतिचारी होने के कारण कुम्भ, मीन, मेष, वृष राशियों को छोड़कर दूसरी राशि में गमन करके पुनः उसी राशि में प्रवेश न करे तो लुप्त संवत् होता है। यह गंगा व नर्मदा नदी के मध्यस्थ देशों में मांगलिक कार्यों मे बड़ा दूषित होता है ॥ ९४–९५ ॥

अथ कार्यविशेषे नामजन्मर्क्षयोः प्राधान्यम्

देशग्रामगृहद्यूतव्यवहारे रणे ज्वरे ।
दाने मन्त्रे च सेवायां काकिण्यां वर्गयोजने ॥ ९६ ॥
पुनर्भुमेलने ज्ञेया नामराशेः प्रधानता ।
अतोऽन्यत्र विवाहादौ प्राधान्यं जन्मभस्य हि ॥ ९७ ॥

कार्य विशेष में नाम व जन्म राशि की प्राधान्यता—देश, गाँव, घर, जुआ, व्यवहार, युद्ध, बुखार, दान, मन्त्र, सेवा (नौकरी), काकिणी, वर्ग व पुनर्भू मेलापक के विचार में नाम राशि की प्रधानता होती है। इसके अतिरिक्त विवाहादि में जन्म राशि की प्रधानत होती है ॥ ९६–९७ ॥

अज्ञातजन्मराशौ मेलनम्

अज्ञातजनयिष्ये तु नामभादेव चिन्तयेत् ।
जायापत्योर्भकूटाद्यं गोचराद्यखिलं तथा ॥ ९८ ॥
एकस्यापि तु दम्पत्योरज्ञाते जन्मभे तथा ।
जन्मभात्तु गुरुद्व्यादि (गुरोः शुद्धि) मेलनं नामभाद् द्वयोः ॥ ९९ ॥

अज्ञात जन्मराशि होने पर नाम राशि से वर-कन्या के भकूटादि का और गोचर आदि का समस्त विचार करना चाहिये।

यदि वर-कन्या में एक की राशि मालूम न हो तो ज्ञात जन्मराशि से गुरु की शुद्धि विचार और दोनों की नाम राशि से मेलापक करना चाहिये ॥ ९८–९९ ॥

अथ विवाहे संवत्सरादिशुद्धिः

गर्भाज् जन्मदिनाद् वापि हायनात् पंचमात् परम् ।
आदशाब्दे तु कन्याया विवाहो समवत्सरे ॥ १०० ॥
गौरी स्यादष्टवर्षा तु रोहिणी नववार्षिकी ।
दशाब्दा कन्यका ज्ञेया तस्मादूर्ध्वं रजस्वला ॥ १०१ ॥

विवाह में वर्ष शुद्धि—कन्या के गर्भ या जन्म दिन से पाँचवें वर्ष के बाद दसवें वर्ष तक समवर्ष में विवाह शुभ होता है। वह आठवें वर्ष में गौरी, नवें में रोहिणी व दसवें में कन्या होती है। इसके पश्चात् रजस्वला कहलाती है ॥ १००–१०१ ॥

तत्र विशेषः

ज्ञेया गुरुबला गौरी रोहिणी भानुमद्बला।
कन्या चन्द्रबला ग्राह्या ततो लग्नबलेतरा ॥ १०२ ॥

वहाँ बिशेषता—गौरी का गुरु बल से, रोहिणी का सूर्य बल से, कन्या का चन्द्रबल से और इसके अतिरिक्त का लग्न बल से ग्रहण करना चाहिये ॥ १०२ ॥

अथ विवाहे रविगुरुचन्द्रबलम्

गुरोर्बलं तु कन्याया वरस्याथ बलं रवेः।
ग्राह्यं परिणये प्राज्ञैर्बलं चान्द्रं तथोभयोः ॥ १०३ ॥

विवाह में सूर्य, गुरु, चन्द्रमा का बल—विवाह में कन्या का गुरु बल, वर का सूर्य बल और दोनों का चन्द्रबल ग्रहण करना पंडितों ने बताया है ॥ १०३ ॥

अथ कन्याया वटोश्च गुरुबलम्

जन्मराशेर्गुरुः श्रेष्ठः पंचमो नवमो द्विगः।
एकादशः सप्तमस्थः कन्यायाश्च वटोर्व्रते ॥ १०४ ॥
त्रिषड्दशाद्यमो मध्यो नेष्टस्तुर्योऽष्टमोऽन्त्यगः।
एकया पूजया मध्यस्तुर्योऽन्त्यो द्विगुणार्चया।
कालातिक्रमणे त्विष्टो ह्यष्टमस्त्रिगुणार्चनात् ॥ १०५ ॥

कन्या और शिशु का गुरु बल—वटु या कन्या की जन्म राशि से ५।९।२।११।७। में गुरु व्रतबन्ध व विवाह में श्रेष्ठ होता है। १।३।६।१० राशि में मध्यम और ४।८।१२वों में अशुभ होता है। यदि समय निकल गया हो तो एक पूजा से मध्यम गुरु तथा दुगुनी से४।१२वाँ गुरु व तिगुनी पूजा से आठवाँ गुरु शुभ होता है ॥ १०४–१०५½ ॥

गुरोः परिहारः

गुरुः स्वोच्चे स्वमित्रे वा स्वांशे वर्गोत्तमेऽपि वा ॥ १०६ ॥
शुभस्तुर्योऽष्टमोऽन्त्योऽपि नीचारिस्थे शुभोऽप्यसत्।
वक्रातिचारगो वापि यस्मिन् राशौ समागतः ॥ १०७ ॥
तद्राशिजफलं धत्ते जीवो नो पूर्वराशिजम् ॥ १०८ ॥

गुरु अपनी उच्च राशि, मित्र राशि, अपने नवांश या वर्गोत्तम नवांश में स्थित यदि ४।८।१२वें में हो तो शुभ और नीचराशि में या शत्रुराशि में शुभ स्थानों में स्थित होकर भी अशुभ फलदायक होता है।

गुरु वक्री या अतिचारी होकर जिस राशि में संचार करे उसी का फल होता है, पूर्व राशि का फल नहीं मिलता है ॥ १०५½–१०८ ॥

अथ वरस्य रविबलम्

रविस्त्रिषड्दशायस्थो वरस्योद्वहने शुभः।

मध्यः पञ्चमद्विः सप्त नवमः पूजयोत्तमः ॥
द्विरर्च्यो द्वादशस्तुर्योऽथाष्टमस्त्रिगुणार्चनात् ॥ १०९ ॥

वर के सूर्य बल का ज्ञान—वर की जन्मराशि से तीसरे, छठे, दसवें, ग्यारहवें स्थान में विवाह में सूर्य शुभ होता है। पाँचवें, दूसरे, सातवें, नवें में मध्यम पूजा से उत्तम होता है। बारहवें व चौथे में दुगुनी और आठवें स्थान में होने पर तिगुनी पूजा से शुभ होता है॥ १०९ ॥

अथोभयोश्चन्द्रबलम्

ग्राह्यं प्रागुक्तमुद्वाहे द्वयोश्चान्द्रमसं बलम् ॥ ११० ॥

दोनों का चन्द्रबल—वर-कन्या के विवाह में दोनों का पूर्व कथित चन्द्रबल ग्रहण करना चाहिये ॥ ११० ॥

अथ मासादि दोषापवादः

जन्ममासादिके ज्येष्ठे विवाहो वरकन्ययोः।
आद्यगर्भभुवोर्नेष्टो नानाद्यजनुषोस्तयोः ॥ १११ ॥
नेष्टस्त्रिज्येष्ठमुद्वाहे द्विज्येष्ठं मध्यमं स्मृतम्।
कृत्तिकास्थे(न्ते) रवौ केचित् त्रिज्येष्ठं च शुभं जगुः ॥ ११२ ॥

मासादि दोष का अपवाद—जिस कन्या व बर का जन्म आदि गर्भ में होता है उन दोनों का जेठ मास में विवाह अशुभ होता है। किसी आचार्य का कहना है कि कृतिका के (अन्तिम) सूर्य में विवाह शुभ होता है। ग्रन्थान्तर में कृतिका को छोड़कर बिबाह करना शुभ बताया है ॥ १११–११२ ॥

अथात्र प्रसंगाद् विवाहाद्युपयुक्तः शास्त्रार्थः

नेष्टं त्र्युद्वाहनं केचिज् ज्येष्ठयोस्तु परस्परम्।
पुत्रोद्वाहात्तु परमान्न कन्याकरपीडनम् ॥ ११३ ॥
मण्डनान्मुण्डनं कुर्यात् षण्मासाभ्यन्तरे नहि।
सीमन्तोद्वाहनं चौलं केशान्तं व्रतबन्धनम् ॥ ११४ ॥
गुरुमंगलभे तत् स्यात्तदन्यल्लघुमंगलम्।
गुरुमंगलयोर्नेष्टं षण्मासाल्लघुमंगलम् ॥ ११५ ॥
शुभत्रयं तथा पित्र्यकृत्यं स्वीयकुले न सत्।
सहोदरप्रसूतानां भ्रातॄणां च समक्रिया ॥ ११६ ॥
षण्मासाभ्यन्तरे नेष्टा कन्यकानां तथैव च।
प्रागुक्तमंगलं कुर्यादब्दभेदेऽथवा पुनः ॥ ११७ ॥

प्रसंगवश विवाहादि उपयोगी शास्त्र तत्त्व—तीन जेठ (कन्या-वर और जेठ मास) होने पर विवाह अशुभ, दो (वर-कन्या) ज्येष्ठों का परस्पर में विवाह कोई-कोई न करना बताते है। पुत्र विवाह के पश्चात् कन्या का विवाह नहीं करना चाहिये।

मण्डन (विवाह) के बाद ६ महीने तक मुण्डन (चौल, व्रतबन्ध आदि) नहीं करना चाहिये।

सीमंत विवाह, चौल, केशान्त, यज्ञोपवीत ये गुरु मंगल कहलाते हैं। इनसे भिन्न शुभकार्य लघुमंगल होते हैं। बड़े मांगलिक कार्य के पश्चात् ६ मासतक लघु मंगल नहीं करना। अपने वंश में तीन शुभ काम व पितृ सम्बन्धी कार्य करना अशुभ होता है। सहोदर भाइयों का तुल्य मंगल कार्य साथ-साथ नहीं करना चाहिये। या पूर्व कथित मंगल वर्ष का परिवर्तन होने पर करना चाहिये ।। ११३–११७ ।।

चतुर्दिनान्तरे वापि संकटे तु दिनान्तरे।
एकाहे विप्रकुर्वीत सरिद्गिरिगृहान्तरे ।। ११८ ।।
तथा मण्डपभेदेऽपि लग्नभेदे यथोचितम्।
यमलानां विशेषोऽयं कार्याः सर्वाः सहक्रियाः ।। ११९ ।।
एकोदरसमुत्पन्नमेकस्मै कन्यकाद्वयम्।
न देयं नैव कुर्याच्च सोदराभ्यां सहोदरे ।। १२० ।।
विवाहनिश्चयादूर्ध्वं वरे वध्वा कुलस्य च।
पित्रादेर्मरणे जाते विवाहो न तयोः शुभः ।। १२१ ।।
अथवा वत्सरादूर्ध्वं मासषट्कादथापि वा।
मासोर्ध्वाद् सूतकान्तं वा शान्त्या शस्तः करग्रहः ।। १२२ ।।

या चार दिन वाद करना, संकट होने पर एक दिन के पश्चात्, या एक ही दिन नदी, पर्वत, घर या भिन्न मण्डप या भिन्न लग्न में जैसा उचित हो वैसा करना चाहिये।

यमलों के समस्त शुभ काम साथ-साथ ही करने चाहिये। यह इनकी विशेषता है। एक ही गर्भ से उत्पन्न दो कन्याओं का विवाह एक ही व्यक्ति से नहीं करना चाहिये और दो सहोदर बहिनों का दो सहोदर भाइयों से भी विवाह नहीं करना चाहिये। विवाह निश्चय होने के पश्चात् यदि वर या कन्या के कुल में पित्रादि का मरण हो तो दोनों का विवाह शुभ नहीं होता है। अथवा एक वर्ष के या ६ मास के या आशौच समाप्त होने के पश्चात् शान्ति करके विवाह करना शुभ होता है ।। ११८–१२२ ।।

अथ विवाहे शुभमासाः

मेषवृश्चिककुम्भेषु मकरे मिथुने वृषे।
रवौ पाणिग्रहः श्रेष्ठो युग्मे विष्णुशयावधि ।। १२३ ।।
वैशाखः फाल्गुनो माघो ज्येष्ठश्चैते शुभप्रदाः
मास उद्वहने मार्गो मध्योऽन्ये त्वशुभा मताः ।। १२४ ।।
वृश्चिके मकरे मेषे विद्यमाने दिवाकरे।
कार्तिकः पौषचैत्रौ च विवाहे तेऽपि शोभनाः ।। १२५ ।।
मार्गशीर्षे धनुष्यर्के मीनार्कः फाल्गुनेऽशुभः।
सौरो व्रतविवाहादौ मासः सर्वत्र शस्यते ।। १२६ ।।

विवाह में उपयुक्त शुभमास—मेष, वृश्चिक, मकर, मिथुन, वृषराशि में सूर्य होने पर विवाह श्रेष्ठ होता है तथा मिथुनस्थ सूर्य में विष्णु शयन से पूर्व ही शुभ होता है।

वैशाख, फाल्गुन, माघ, जेठ मास विवाह के लिये उत्तम और अगहन मध्यम तथा अवशिष्ट मास अशुभ होते हैं।

वृश्चिक, मकर व मेषस्थ सूर्य में क्रम से कार्तिक, पौष व चैत्र में विवाह करना भी शुभ होता है। धनु के सूर्य में अगहन और मीनस्थ सूर्य में फागुन मास में विवाह अशुभ होता है। क्योंकि यज्ञोपवीत व विवाह आदि शुभ कार्यों में सब जगह सौर मास ही लिया जाता है ॥ १२३–१२६ ॥

देशविशेषेण विशेषः

चान्द्रो मासस्तु विन्ध्याद्रेर्भागे दक्षिणके मतः।
योगस्तयोर्विवाहादौ शोभनः सौरचान्द्रयोः ॥ १२७ ॥

विन्ध्य पर्वत के दक्षिण भाग में चान्द्रमास शुभ होता है। सौर-चान्द्र का योग विवाह आदि में अत्यन्त सुन्दर होता है ॥ १२७ ॥

अथ विवाहे तिथि नक्षत्राणि

षष्ठी दर्शोऽष्टमी रिक्ता कृष्णपक्षान्त्यपञ्चके।
शुक्ला च प्रतिपन्नेष्टास्तिथयोऽन्ये च शोभनाः ॥ १२८ ॥
सौम्यवाराः शुभा मध्यौ सूर्यमन्दौ कुजोऽधमः।
रोहिण्यामुत्तरं मूले पितृमैत्रान्तिमे मृगे ॥ १२९ ॥
हस्ते स्वात्यां मृगाक्षीणां शोभनं करपीडनम्।
सीतोढा पूर्वफाल्गुन्यां नो लेभे शमतो न सत् ॥ १३० ॥

विवाह में तिथि, नक्षत्र—छठ, अमावास्या, अष्टमी, रिक्ता, कृष्णपक्षीय अन्तिम पांच तिथि और शुक्लपक्ष की प्रतिपदा विवाह में अशुभ तथा इनके अतिरिक्त समस्त तिथियां शुभ होती हैं। शुभवार शुभ एवं सूर्य, शनिवार मध्यम व मंगलवार अधम होता है।

रोहिणी, तीनों उत्तरा, मूल, मघा, अनुराधा, रेवती, मृगशिरा, हस्त व स्वाती नक्षत्र में कन्या का विवाह शुभ होता है।

पूर्वाफाल्गुनी नक्षत्र में सीताजी का विवाह होने के कारण उन्हें शान्ति नहीं मिली। इसलिये इसमें विवाह अशान्ति प्रद होता है ॥ १२८–१३० ॥

अथ विवाहे दशदोषाः

वेधः पातो युतिः क्रान्तिर्लत्तैकार्गलपञ्चकम्।
दग्धोपग्रहजामित्रं दोषास्त्याज्या इमे दश ॥ १३१ ॥

विवाह में १० दोष—१ वेध, २ पात, ३ युति, ४ क्रान्ति, ५ लत्ता, ६ एकार्गल, ७ पञ्चक, ८ दग्धा तिथि, ९ उपग्रह और १० जामित्र ये दस दोष योग विवाह में त्याज्य होते हैं ॥ १३१ ॥

अथ वेधदोषः

रेखाः पञ्चोर्ध्वतिर्यक्स्था द्वे द्वे रेखे च कोषयोः ।
चक्रं पञ्चशलाकाख्यं विवाहे वेधसाधनम् ॥ १३२ ॥
इति द्वितीयरेखातः साभिजित् कृत्तिकादिकम् ।
लिखेत् सव्यक्रमात्तत्र ग्रहा ज्ञेया यथायथम् ॥ १३३ ॥

वेध दोष ज्ञान—पाँच रेखा खड़ी और पाँच रेखा तिरछी बनाकर, चारों कोणों में दो-दो रेखा करने से पञ्चशलाका चक्र बनता है। इससे विवाह में वेध का ज्ञान करना चाहिये। ईशान कोण की दूसरी रेखा में कृत्तिका नक्षत्र लिख कर सव्य क्रम से अभिजित् सहित नक्षत्रों को लिख कर उनमें ग्रहों का यथास्थान न्यास करना चाहिये ॥ १३२–१३३ ॥

स्पष्टार्थं पंचशलाका चक्रः

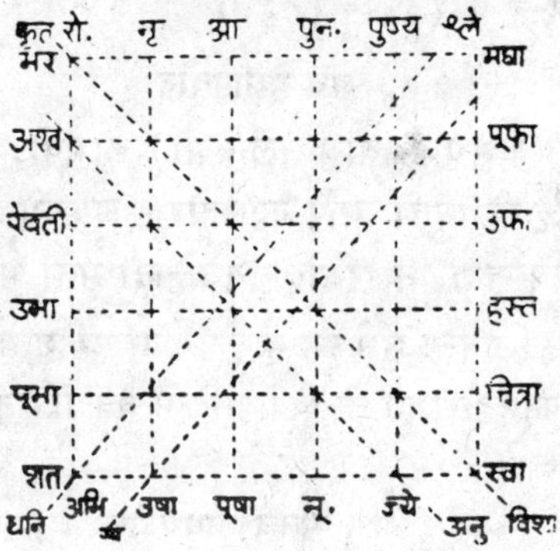

ग्रहवेधज्ञानम्

विवाहर्क्षैकरेखस्थे ग्रहवेधो भवेदिह ।
पापैर्विद्धं त्यजेत् सर्वमृक्षं तच्चरणं शुभे ॥ १३४ ॥

ग्रह वेध ज्ञान—जब विवाह का नक्षत्र व ग्रह एक रेखा में होता है तो वेधित नक्षत्र कहलाता है। पाप ग्रह से विद्ध होने पर विवाह में उस पूर्ण नक्षत्र का त्याग और शुभ से वेधित हो तो उसके एक चरण का त्याग करना चाहिये ॥ १३४ ॥

अभिजित् नक्षत्रज्ञानम्

उत्तराषाढतुर्याङ्घ्रिराद्यस्तिथ्यंशकः श्रवे ।
सोऽभिजित्तद्गतः खेटो रोहिणी यत्र विध्यति ॥ १३५ ॥

अभिजित् नक्षत्र का ज्ञान—उत्तराषाढ़ नक्षत्र के चौथे चरण का व श्रवण के आदि चरण का पन्द्रहवाँ हिस्सा अभिजित् होता है। इसका रोहिणी से वेध होता है ॥ १३५ ॥

अथ विवाहर्क्षाणां वेधस्योदाहरणम्

रेवत्युत्तरफाल्गुन्योर्भरण्याख्यानुराधयोः ।
मघाश्रवणयोर्वेधः स्वातीशतभिषाख्ययोः ॥ १३६ ॥

वेधो मूलपुनर्वस्वोरुषाख्यामृगयोरपि ।
रोहिण्यभिजितयोर्वेध उत्तराभाद्रहस्तयोः ॥ १३७ ॥
अन्यथोद्वाहनाज्ज्ञेयो वेधः सप्तशलाकजः ।
पापवेधे च नक्षत्रं सम्पूर्णं त्याज्यमेव हि ॥ १३८ ॥
शुभवेधे च तुर्या द्यौः पादयोर्द्वितृतीययोः ।

वेधित विवाह के नक्षत्रों का उदाहरण—पंचशलाका चक्र में रेवती-उत्तरा फाल्गुनी, भरणी-अनुराधा, मघा-श्रवण, स्वाती-शतभिषा, मूल-पुनर्वसु, उत्तरा षाढ़-मृगशिरा, रोहिणी-अभिजित् और उत्तरा भाद्रपद व हस्त का वेध होता है। इसके अतिरिक्त यज्ञोपवीतादि में सप्तशलाका चक्र से वेध का ज्ञान करना चाहिये। पाप ग्रह से वेध होने पर समस्त का त्याग करना तथा शुभ ग्रह से वेधित हो तो चरण का त्याग करना चाहिये। पाद वेध प्रथम-चतुर्थ व दूसरे-तीसरे चरण में होता है ॥ १३६–१३८½ ॥

अथ वेधापवादः

लग्ने शुभग्रहे वाथ लग्नेशो लाभपोऽथवा ॥ १३९ ॥
सौम्यैर्दृष्टो युतो वापि कालहोरा शुभस्य वा ।
वेधदोषस्तदा न स्याद् विवाहादौ सतां मतम् ॥ १४० ॥

वेध का परिहार—लग्नस्थ शुभ ग्रह होने पर या लग्नेश या लाभेश शुभ ग्रह से दृष्ट या युक्त हो या शुभ ग्रह की कालहोरा हो तो विवाहादि में वेध दोष नहीं होता है। ऐसा पंडितों का मत है ॥ १३९–१४० ॥

अथ पातचण्डायुधदोषः

शूलहर्षणसाध्यानां वैधृतिव्यतिपातयोः ।
गण्डस्यान्ते च यद्विष्ट्यां तच्चण्डायुधपातितम् ॥ १४१ ॥

पात चण्डायुध दोष का ज्ञान—शूल, हर्षण, साध्य, वैधृति, व्यतीपात, गण्डान्त तथा विष्टि का अन्त जिस नक्षत्र में हो वह पात चण्डायुध दोष होता है ॥ १४१ ॥

अथ पातानयनं प्रकारान्तरेण

अनुराधा मघाश्लेषा श्रवश्चित्रा च रेवती ।
यत्रैतद्वक्रगास्तत्र रेखा कार्या विचक्षणैः ॥ १४२ ॥
रविभाद्भानि विन्यस्य त्वशिवभाद्गणयेत् क्रमात् ।
यत्र भे तत्रगा रेखा तत्र पातो भवेद्ध्रुवम् ॥ १४३ ॥

प्रकारान्तर से पात का आनयन—सूर्य के नक्षत्र से रेखाओं में अठ्ठाइस नक्षत्रों को लिखकर अनुराधा, मघा, आश्लेषा, श्रवण, चित्रा व रेवती नक्षत्र को जान कर उन स्थानों में तिरछी रेखा करके देखना चाहिये कि विवाह का नक्षत्र यदि तिरछी रेखा में हो तो पात दोष होता है ॥ १४२–१४३ ॥

अथ युतिदोषः

राशीशके चरे चन्द्रे दोषः स्यात् संग्रहाभिधः ।
स त्याज्यः शोभने केचिन्नेत्याहुः सबुधेज्यके ॥ १४४ ॥

युति दोष का ज्ञान—चन्द्र राशि में ग्रह हो तो संग्रह नामक दोष होता है। इसका शुभ काम में त्याग करना चाहिये। किसी के मत में बुध या गुरु के साथ चन्द्र हो तो नहीं त्यागना चाहिये, ऐसा कथन है ॥ १४४ ॥

अथ युतिदोषापवादः

स्वर्क्षस्थः स्वोच्चगश्चन्द्रो मित्रक्षेत्रगतोऽपि वा ।
गुरुश्च स्वीयवर्गस्थो बली केन्द्रगतो विधुः ॥ १४५ ॥
विलोकयन्ति चेद्दोषं नाशयत्येष संग्रहः ।

युति दोष का परिहार—चन्द्रमा स्वराशि का या उच्च राशि या मित्र राशि का या बली केन्द्रस्थ हो उसे अपने वर्ग में स्थित गुरु देखता हो तो संग्रह दोष का विनाश होता है ॥ १४५–१४५½ ॥

अथ प्रकारान्तरेण युतिदोषः

चन्द्रर्क्षे पापयुक्कृत् स्याद्युतिदोषस्तदोदितः ॥ १४६ ॥

प्रकारान्तर से युति दोष—जब चन्द्रमा के नक्षत्र में पाप ग्रह होता है तो युति दोष होता है ॥ १४६ ॥

अथ तस्यापवादः

धिष्ण्यैक्ये राशिभेदेभपापयुग् राशिगं त्यजेत् ॥ १४७ ॥

इसका परिहार—चन्द्र व पाप ग्रह का नक्षत्र एक हो व राशि भिन्न हो तो शुभ तथा पाप ग्रह युक्त राशि का त्याग अर्थात् नक्षत्र भिन्न होने पर राशि एक हो तो त्याग करना चाहिये ॥ १४७ ॥

अथ क्रान्तिसाम्यदोषः

ऊर्ध्वरेखात्रये चैव तिर्यग्रेखात्रयं तथा ।
क्रान्तिसाम्यं बुधैर्ज्ञेयं मध्ये मीनं तु योजयेत् ॥ १४८ ॥
मेषसिंहौ तुला कुम्भौ गोनक्रौ कर्कवृश्चिकौ ।
कन्यामीनौ धनुर्युग्मौ तत्रान्योन्यं स्थितावुभौ ॥
रविचन्द्रौ तदा ज्ञेयः क्रान्तिसाम्यस्य सम्भवः ॥ १४९ ॥

क्रान्ति साम्य दोष ज्ञान—तीन खड़ी और तीन तिरछी रेखा बनाकर मध्य की रेखा में मीन राशि को लिखकर सव्य क्रम से अन्य राशियों को लिखने से क्रान्ति साम्य चक्र होता है। इसमें मेष-सिंह, तुला-कुंभ, वृष-मकर, कर्क-वृश्चिक, कन्या-मीन, धनु-मिथुन राशि में परस्पर सूर्य, चन्द्र हों तो क्रान्ति साम्य का संभव होता है ॥ १४८–१४९ ॥

स्पष्टार्थं क्रान्तिसाम्यचक्रम्

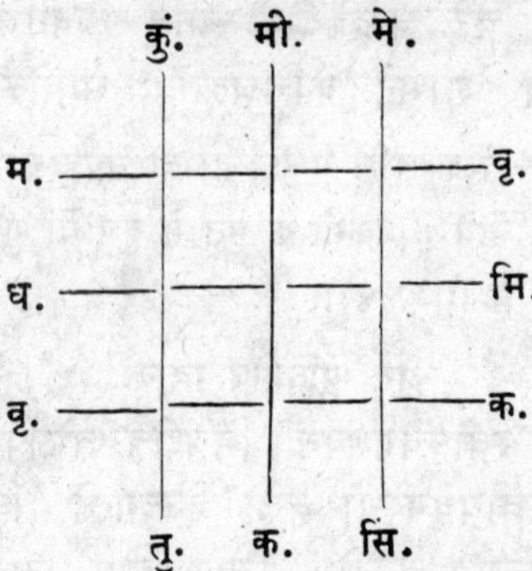

अथ प्रकारान्तरेण क्रान्तिसाम्यसम्भवः

वृद्धियोगे चतुर्थेऽङ्घ्रौ ब्रह्मयोगाद्विभे तथा ।
क्रान्तिसाम्यस्य संभूतिस्तत्र प्रायो भवेदपि ॥ १५० ॥

प्रकारान्तर से क्रान्ति साम्य संभव—वृद्धि योग के चौथे चरण तथा ब्रह्म योग के प्रथम चरण में क्रान्ति साम्य का संभव प्रायः होता है ।। १५० ॥

अथ गणितागतमेव क्रान्तिसाम्यं त्याज्यम्

प्रागुक्तसम्भवस्येयं यदि स्याद्गणितागतम् ।
क्रान्तिसाम्यं तदा नेष्टं मध्यमं यत्र सम्भवैः ॥ १५१ ॥
त्रयस्त्रिशत् कलाल्पत्वे दोषः क्रान्त्यन्तरे तयोः ।
रवीन्द्वोः क्रान्तिसाम्यस्य नाधिके दोष ईरितः ॥ १५२ ॥

गणित से सिद्ध ही क्रान्ति साम्य का त्याग—पहिले कथित क्रान्ति साम्य में यदि गणित से आगत का भी संभव हो तो क्रान्ति साम्य दोष विशेष अनिष्टकारी होता है । अन्यथा मध्यम फलकारक होता है ।

तैंतीस कला के भीतर सूर्य, चन्द्रमा के क्रान्त्यन्तर में क्रान्ति दोष पूर्ण होता है और इससे अधिक अन्तर में नहीं होता है ।। १५१–१५२ ।।

अथ लत्तादोषः

स्वराशेर्द्वादशः सूर्यः षष्ठे जीवोऽष्टमः शनिः ।
तृतीये धरणीपुत्रः पुरो लत्ता परिग्रहः ॥
पश्चात् सप्तमभं सौम्यो नवमं सिंहिकासुतः ॥ १५३ ॥

लत्ता दोष का ज्ञान—स्वराशि से आगे बारहवीं राशि सूर्य की लत्ता, छठी राशि गुरु की, आठवीं शनि की, तीसरी मंगल की और पीछे की सातवीं बुध की व नवीं राहु की लत्ता होती है ॥ १५३ ॥

अथैकार्गलदोषः

योगाङ्के विषमे सैके साष्टाविंशतिके समे ।
तदर्धसङ्ख्यभे मूर्ध्नि चक्रे खार्जूरिके त्यजेत् ॥ १५४ ॥

एकार्गल दोष ज्ञान—योग की संख्या विषम होने पर उसमें एक जोड़ कर तथा सम हो तो अठ्ठाईस जोड़ कर आधा करने पर जो संख्या हो उसे अश्विनी नक्षत्र से गिन कर एकार्गल चक्र की मूर्ध रेखा पर लिख कर क्रम से अन्य नक्षत्रों को लिखना चाहिये ॥ १५४ ॥

अथ तस्योदाहरणम्

व्यतीपाते यदाश्लेषा व्याघाते तु पुनर्वसुः ।
अतिगण्डेऽनुराधा च मूर्ध्निभं परिघे मघा ॥ १५५ ॥
विष्कुम्भे चाश्विनी पुष्यो वज्रे चित्रा तु वैधृतौ ।
यथा शूले मृगो गण्डे मूलभं मूर्ध्नि विन्यसेत् ॥ १५६ ॥

एकार्गल का उदाहरण—व्यतीपात योग होने पर आश्लेषा को, व्याघात में पुनर्वसु, अतिगण्ड में अनुराधा, परिघ में मघा, बिष्कम्भ में अश्विनी, वज्र में पुष्य, वैधृति में चित्रा, शूल में मृगशिरा और गण्डयोग होने पर मूर्ध रेखा पर मूल को लिखना चाहिये । एकार्गल योग की उत्पत्ति इन्हीं योगों में होती है । इनके अतिरिक्त योगों में नहीं होती है ॥१५५–१५६॥

अथ तस्य चक्रम्

एका चोर्ध्वगता रेखा तिर्यक् कार्यास्त्रयोदश ।
मूर्ध्निभं मूर्ध्नि विन्यस्य साभिजिच् च ततो न्यसेत् ॥ १५७ ॥
एकार्गलाऽभिधश्चैकरेखागश्चेद् विधू रविः ।
विवाहादि शुभे कार्ये नेष्टस्त्वेकार्गलाभिधः ॥ १५८ ॥

एकार्गल चक्र न्यास—एक खड़ी रेखा बनाने के पश्चात् तेरह तिरछी रेखा करने से एकार्गल चक्र होता है । इसकी मूर्ध रेखा पर मूर्ध नक्षत्र को लिखकर अन्य अभिजित् सहित नक्षत्रों को लिखना चाहिये । यदि एक रेखा में सूर्य चन्द्र का नक्षत्र हो तो एकार्गल दोष होता है । यह विवाहादि शुभ कार्यों में निषिद्ध बताया गया है ॥ १५७=१५८ ॥

स्पष्टार्थं चक्रम्

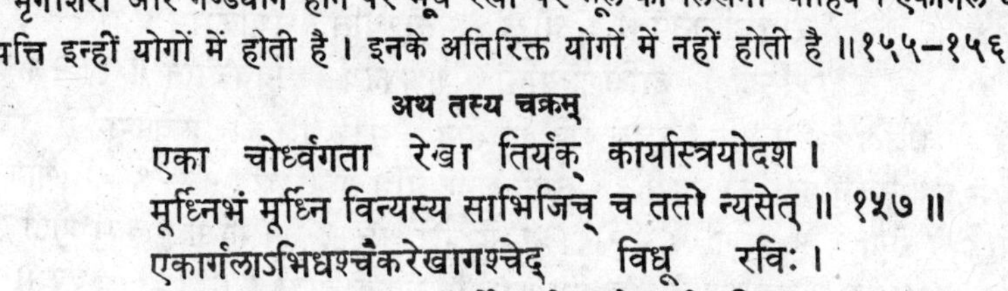

अथ पञ्चकदोषः

षट्त्र्येकाष्टचतुःसंख्या संक्रान्त्यंशैर्गतैर्युताः ।
पञ्चशेषैर्ग्रहैर्भक्तं विज्ञेयं पञ्चकं बुधैः ॥ १५९ ॥

रोगो वह्निर्नृपश्चौरो मृतिर्वै पञ्चके क्रमात् ।
शेषैक्ये नवभिर्भक्ते पञ्चशेषे सशल्यकम् ॥ १६० ॥

पंचक दोष का ज्ञान—जिस दिन बाण का ज्ञान अभीष्ट हो उस मास की संक्रान्ति के गत अंश को पाँच स्थानों में रख कर ५।६।१।८।४ संख्या जोड़ कर ९ का भाग देने से पाँच शेष मिलने पर क्रमशः रोग, अग्नि, नृप, चौर और मृत्यु बाण होता है। अर्थात् प्रथम स्थान में ५ शेष रहे तो रोग, दूसरे में ५ शेष हो तो अग्नि, तीसरे में नृप, चौथे में चोर और पाँचवें स्थान में ५ शेष होने पर मृत्यु बाण होता है। ९ के भाग देने पर यदि पाँच शेष न बचे तो बाण नहीं होता है।

पाँच शेष प्राप्त होने पर सब का योग करके ९ का भाग देने से पाँच शेष में सशल्य बाण होता है ॥ १५९–१६० ॥

अथ दाक्षिणात्यप्रसिद्धं पञ्चकम्

शुक्लाद्यास्तिथयो याता लग्नाढ्या भाजिता ग्रहैः ।
शेषेष्टद्विचतुस्तर्कभूमिते बाणपञ्चकम् ॥ १६१ ॥
रोगोऽग्निनृपती चौरो मृत्युश्चेति यथाक्रमम् ।
प्रसिद्धं दाक्षिणात्यानां शुभकार्ये विवर्जयेत् ॥ १६२ ॥

दक्षिण देश में प्रसिद्ध पंचक दोष का ज्ञान—शुक्ल पक्ष की प्रतिपदा से गत तिथि संख्या तक गिनने पर जो संख्या हो उसमें लग्न राशि संख्या जोड़ कर ९ का भाग देने पर शेष ८ में रोग, २ में अग्नि, ४ में रोग, ६ में चोर और १ शेष में मृत्यु बाण होता है। यह बाण दक्षिण देश में प्रचलित है और शुभ कार्य में त्याज्य होता है ॥ १६१–१६२ ॥

अथ तयोरपवादव्यवस्था

रात्रौ चौररुजौ जह्याद् दिवसे राजपञ्चकम् ।
सन्ध्ययोरुभयोर्मृत्युः सर्वदा वह्निपञ्चकम् ॥ १६३॥

दोनों के परिहार—रात्रि में चोर व रोग बाण का, दिन में नृप, दोनों सन्ध्याओं में मृत्यु और सर्वदा अग्नि बाण का त्याग करना चाहिये ॥ १६३ ॥

वारवशेन परिहारः

रवौ रोगं नृपं मन्दे बुधे मृत्युं परित्यजेत् ।
भौमे तु पावकं चौरं लग्ने हीनबले न सत् ॥ १६४ ॥

वार वश परिहार—रविवार में रोग बाण का, शनिवार में नृप का, बुधवार में मृत्यु और मंगलवार में अग्नि व चोर बाण का त्याग करना चाहिये। निर्बल लग्न होने पर बाण शुभप्रद नहीं होता है ॥ १६४ ॥

लग्नवशेन परिहारः कार्येषु त्यागश्च

लग्ने पूर्णबलोपेते न दोषः पञ्चकस्य च ।

रोगे रोगं गृहे वह्निं मार्गे तु चौरपंचकम् ॥
विवाहे मृत्युसंज्ञं च सेवायां राजपंचकम् ॥ १६५ ॥

लग्न वश परिहार व बाणों का कार्यों में त्याग—पूर्ण बली लग्न में पंचक का दोष नहीं होता है। रोग में रोग का, घर बनाने में अग्नि का, विवाह में मृत्यु का, यात्रा में चोर का और नौकरी में नृप बाण का त्याग करना चाहिये ॥ १६५ ॥

अथ दग्धातिथिः

द्वितीया धन्विमीनेऽर्के चतुर्थी वृषकुंभयोः ।
षष्ठी कर्काजयोः प्रोक्ताष्टमी मिथुनकन्ययोः ॥ १६६ ॥
सिंहाल्योर्दशमी ज्ञेया द्वादशीतुलनक्रयोः ।
इत्येतास्तिथयो दग्धा विवाहादौ न शोभनाः ॥ १६७ ॥

दग्धा तिथि का ज्ञान--धनु, मीन के सूर्य में द्वितीया, वृष-कुम्भ में चौथ, कर्क-मेष में छट, मिथुन-कन्या में अष्टमी, सिंह-वृश्चिक में दशमी और तुला-मकर के सूर्य में द्वादशी तिथि दग्धा होती है ॥ १६६–१६७ ॥

अथोपग्रहदोषः

अष्टमं पंचमं चाष्टादशं वाथ चतुर्दशम् ।
द्वाविंशैकोनविंशे च त्रयोविंशे तथैव च ॥ १६८ ॥
चतुर्विंशस्तथैतानि नक्षत्राण्यष्टसूर्यभात् ।
उक्तान्युपग्रहाख्यानि त्याज्यान्युद्वाहनादिषु ॥ १६९ ॥
दिक्सप्ततिथितत्त्वाख्यास्वर्गसंख्यानि भानि च ।
एतान्यपि जगुश्चौपग्रहर्क्षाणीति केचन ॥ १७० ॥

उपग्रह दोष का ज्ञान—सूर्य के नक्षत्र से इष्ट दिन के नक्षत्र तक गिनने पर, ८।५।१८।१४।२२।१९।२३।२४ संख्यक नक्षत्र होने पर उपग्रह नामका दोष होता है। इसका विवाहादि शुभ कार्यों में त्याग करना चाहिये।

किसी-किसी के मत से १०।७।१५।२५।२१ संख्यक चन्द्र नक्षत्र हो तो उपग्रह दोष होता है ॥ १६८–१७० ॥

अथ लत्तोपग्रहपातदोषदुष्टस्य त्याज्यापवादः

यत्संख्यं चरणे खेटस्तत्संख्यं चरणं त्यजेत् ।
लत्तोपग्रहपातेषु त्याज्या नैवांघ्रयः परे ॥ १७१ ॥

लत्ता, उपग्रह, पात दोषों का त्याज्य भाग व परिहार—लत्ता, उपग्रह, पात में नक्षत्र के जिस चरण में ग्रह हो उसी चरण का त्याग करना अन्य चरण शुभ होते हैं ॥ १७१ ॥

अथ जामित्रदोषः

चन्द्राद्वा लग्नतो वापि सप्तमो यदि खेचरः ।
तदा जामित्रदोषः स्यात् क्रूरोत्थस्त्वतिनिन्दितः ॥ १७२ ॥

चतुर्दशे वा नक्षत्रे जामित्रे कैश्चिदुच्यते।
नवांशे पञ्चपञ्चांशे सूक्ष्मजामित्रगं परे॥ १७३॥

जामित्र दोष का ज्ञान—चन्द्रमा या लग्न से सातवें स्थान में ग्रह होने पर जामित्र दोष होता है। यह पापग्रह के रहने पर अधिक दूषित होता है।

अथवा किसी ने बताया है कि चौदहवें नक्षत्र में होता है। अन्य लोगों का कहना है कि पचपनवें नक्षत्र में सूक्ष्म जामित्र होता है॥ १७२–१७३॥

अथ लत्तोपग्रहजामित्रैकार्गलकर्तरीदोषाणामपवादः

लत्तोपग्रहजामित्रपातैकार्गलकर्तरी।
एते दोषा विनश्यन्ति लग्नेऽर्के दुर्बलान्विते॥ १७४॥

लत्ता, उपग्रह, जामित्र, एकार्गल, कर्तरी दोषों का परिहार—लत्ता, उपग्रह, जामित्र, पात, एकार्गल, कर्तरी ये समस्त दोष लग्न में निर्बल भी सूर्य हो तो नष्ट हो जाते हैं॥१७४॥

अथ देशविशेषेण दोषव्यवस्था

कुरुवाल्हिकयोर्देशे त्यजेदुपग्रहर्क्षकम्।
सौराष्ट्रे मालवे लत्तां पातं वङ्गकलिङ्गयोः॥ १७५॥
एकार्गलं तु काश्मीरे विद्धभं सर्वदेशके। १७६॥

देश विशेष वश दोष व्यवस्था—कुरु, वाल्हिक देश में उपग्रह, सौराष्ट्र व मालव में लत्ता, बंगाल तथा कलिङ्ग में पात, काश्मीर में एकार्गल और समस्त देशों में वेधित नक्षत्र का त्याग करना चाहिये॥ १७५–१७६॥

अथैकविंशतिमहादोषाः

आदौ पञ्चाङ्गजो दोषः संक्रान्तिश्चैव कर्तरी।
संग्रहः कुनवांशाख्यो गण्डान्तैकार्गलाभिधौ॥ १७७॥
दुःक्षणो वारिजा दोषाः पापभं विषनाडिकाः।
विद्धर्क्षं क्रान्तिसाम्यं च तथा वृष्टिरकालजा॥ १७८॥
ग्रहणोत्पातनक्षत्रं पापषड्वर्गकस्तथा।
जन्मलग्नेन्दुराशिभ्यामष्टमं लग्नमेव च॥ १७९॥
षडष्टान्त्यगतश्चन्द्रो भृगुः षष्ठः कुजोऽष्टमः।
लग्नास्तोत्थ इति प्रोक्ता एकविंशतिसंख्यकाः॥ १८०॥

२१ दोषों के नाम—१ पञ्चाङ्ग, २ संक्रान्ति, ३ कर्तरी, ४ संग्रह, ५ कुनवांश, ६ गण्डान्त, ७ एकार्गल, ८ दूषित क्षण, ९ वार जन्य, १० पाप नक्षत्र, ११ विष नाडी, १२ विद्ध नक्षत्र, १३ क्रान्ति साम्य, १४ अकाल वृष्टि, १५ ग्रहण नक्षत्र, उत्पात नक्षत्र, १६ पाप षड्वर्ग, १७ जन्म लग्न से अष्टम राशि जन्म राशि से अष्टम लग्न, १९ छठें, आठवें चन्द्र, छठें शुक्र, २० आठवां मंगल और २१लग्नास्त ये २१ महादोष होते हैं॥१७७-१८०॥

एषां त्यागे विशेषः

महादोषा विवाहादौ शुभे त्याज्याः शुभेप्सुभिः ।
विवाहादन्यकार्ये तु जामित्रं नैव चिन्तयेत् ॥ १८१ ॥

कल्याण की कामना वालों को इन महादोषों का त्याग शुभ विवाहादि कार्य में करना और विवाह के अतिरिक्त जामित्र दोष का विचार नहीं करना चाहिये ॥ १८१ ॥

कर्तरीदोषज्ञानम्

द्रविणव्यययोर्लग्नाच्चन्द्राद्वा पापखेचरौ ।
यदि स्यातां तदा ज्ञेया कर्तरी तां परित्यजेत् ॥ १८२ ॥

पूर्व कथित दोषों से बचे हुए दोषों को अब बताते हैं (कर्तरी दोष का ज्ञान)— चन्द्रमा अथवा लग्न से दूसरे स्थान में और बारहवें स्थान में पापग्रह हों तो कर्तरी दोष होता है । अतः शुभ काम में इसका त्याग करना चाहिये ॥ १८२ ॥

अथ कर्तरीदोषापवादः

लग्नाद्द्विरिःफगौ क्रूरौ त्रयमेतत् समांशकम् ।
तदा कर्त्तरिजा दोषा अन्यथा भावजं फलम् ॥ १८३ ॥
धने मार्गी व्यये वक्री वक्रौ वा मार्गजावुभौ ।
लग्ने वा द्वादशे सौम्यो यदिचेत् कर्त्तरी न सा ॥ १८४ ॥
शुक्रजीवबुधैः केन्द्रकोणगैः सा न दुःखदा ।
कर्त्तरी कारकौ पापौ शत्रुनीचर्क्षगौ यदि ॥ १८५ ॥
अथवास्तमितो तत्र न दोषः कर्त्तरीभवः ॥ १८६ ॥

कर्तरी दोष का परिहार—लग्न या चन्द्र तथा दूसरे, बारहवें में स्थित पापग्रह, ये तीनों समान नवांश में हों तो कर्त्तरीजन्य दोष होता है ।

द्वितीय में मार्गी बारहवें में वक्री या दोनों में वक्री या मार्गी ग्रह हों लग्न में या बारहवें में शुभग्रह हो तो कर्तरी दोष नहीं होता है। शुक्र, गुरु और बुध यदि केन्द्र या त्रिकोण में हों तो कर्तरी दोष कष्ट नहीं देता । कर्तरी कारक दोनों पापग्रह शत्रु राशि या नीच राशि में हों तो कर्तरी दोष नहीं होता ॥ १८३–१८६ ॥

अथ नक्षत्रविषघटिकाः

खबाणाश्च जिनास्त्रिशत् खवेदा मनवः क्रमात् ।
स्वर्गास्त्रिशन्नखा दन्ताः खरामा विंशतिर्धृतिः ॥ १८७ ॥
भूनेत्राः खयमाः शक्रा रुद्राः काष्ठाश्चतुर्दश ।
षट्पंचाशज् जिनाश्चैकविंशतिः ककुभो दिशः ॥ १८८ ॥
धृतिभूपा जिनास्त्रिशदश्विभाद् घटिकाः स्मृताः ।
आभ्यश्चतुष्टयं त्याज्यं घटिकानां विषाभिधम् ॥ १८९ ॥

नक्षत्रों में विषघटी का ज्ञान—चक्र से अर्थ स्पष्ट है । इन घटियों के आगे की ४ घड़ी विषघटियों की होती हैं, शुभ कामों में इनका त्याग करना चाहिये ॥ १८७–१८९ ॥

स्पष्टार्थं चक्र

नक्षत्र	अ.	भ.	कृ.	रो.	मृ.	आ.	पु.	पु.	आश्ले.	म.	पू. फा.	उ. फा.	ह.	चि.
वि.घ.	५०	२४	३०	४०	१४	२१	३०	२०	३२	३०	२०	१८	२१	२०
नक्षत्र	स्वा.	वि.	अ.	ज्ये.	मू.	पू. षा.	उ. षा.	श्र.	ध.	श.	पू. भा.	उ. भा.	रे.	×
वि.घ.	१४	११	१०	१४	५६	२४	२१	१०	१०	१८	१६	२४	३०	×

स्पष्टविषघटीज्ञानम्

सर्वर्क्षघटिकाभिश्च प्रोक्तर्क्षघटिका हताः ।
षष्टया भक्ताः स्फुटा नाडयस्तथा स्युर्विषनाडिकाः ॥ १९० ॥

नक्षत्र को भभोग घटिकाओं से कथित घटियों को गुणा करके साठ का भाग देने से लब्धि तुल्य स्पष्ट विष घड़ी होती है ॥ २९० ॥

अथ तिथिविषघटिकाः

तिथिबाणाष्टसप्तांगपंचवेदाष्टभूधराः ।
दिग्वह्न्यर्कमनुक्ष्माभृद्वसवो घटिकाः क्रमात् ॥ १९१ ॥
आभ्यो घटीचतुष्कं च विषं प्रतिपदादितः ॥ १९२ ॥

तिथियों में विषघटिका का ज्ञान—प्रतिपदा में १५ घटी के बाद, द्वितीया में ५, तीज में ८, चौथ में ७, पंचमी में ६, छठ में ५, सप्तमी में ४, अष्टमी में ८, नवमी में ७, दशमी में १०, एकादशी में ३, द्वादशी में १२, तेरस में १४, चौदस में ७ और पूर्णिमा व अमावास्या में ८ घड़ी के पश्चात् ४ घटिका विषघड़ी होती है ॥ १९१–१९२ ॥

स्पष्टार्थं तिथिविषघटीचक्रम्

तिथि	१	२	३	४	५	६	७	८	९	१०	११	१२	१३	१४	१५(३०)
घटी	१५	५	८	७	६	५	४	८	७	१०	३	१२	१४	७	८

अथ वारविषघटिका

नखयुग्मार्कदिक्सप्तबाणतत्त्वमिताः क्रमात् ।
आभ्यो घटीचतुष्कं च विपं तद्रविवासरात् ॥ १९३ ॥

वारों में विष घटी का ज्ञान—रविवार में २० घटी के बाद, सोमवार में २ के, मंगल में १२ के, बुध में १० के, गुरु में ७ के, शुक्र में ५ के और शनिवार में २५ घटी के अनन्तर ४ घटी विप होती हैं ॥ १९३ ॥

स्पष्टार्थं वारविपघटीचक्रम्

वार	सू.	चं.	मं.	बु.	गु.	शु.	श.
घटी	२०	२	१२	१०	७	५	२५

अथ विषनाडीदोषापवादः

कोणस्त्वब्धिनभः संस्थः सुहृत् सौम्येक्षितोऽपि वा ।
सद्राशौ वा विधुः स्वांशे लग्ने वा केन्द्रकोणगः ॥ १९४ ॥
निहन्यादखिलं दोषं विषनाडीसमुद्भवम् ॥ १९५ ॥

विष नाड़ी दोष का परिहार—५।९ में या ४ में या १० में या मित्र या शुभ ग्रह से दृष्ट या शुभ राशि में स्वनवांश में लग्नस्थ या केन्द्र या कोण में चन्द्रमा हो तो विष नाडी जन्य समस्त दोष का विनाश करता है ॥ १९४–१९५ ॥

अथ ग्रहदृष्टिः

तृतीयदशमौ पादं त्रिकोणेऽङ्घ्रिद्वयं ग्रहः ।
पश्येत्तुर्येऽष्टमे पादत्रयं पूर्णं तु सप्तमम् ॥ १९६ ॥

ग्रहों की दृष्टि का ज्ञान —समस्त ग्रह स्व स्थान से तीसरे, दसवें स्थान को एक चरण दृष्टि से, पाँचवें नवें को दो चरण दृष्टि से, चौथे व आठवें स्थान को तीन चरण दृष्टि से और सातवें स्थान को पूर्ण दृष्टि से देखते हैं ॥ १९६ ॥

पूर्ण दृष्टौ विशेषः

पूर्णं तु त्रिदशं मन्दो पंचमं नवमं गुरुः ।
भौमोऽष्टमं चतुर्थं च सप्तमं सकला ग्रहाः ॥ १९७ ॥

शनि तीसरे व दसवें को, गुरु नवें, पाँचवें को, मंगल चौथे, आठवें को और सब ग्रह सातवें स्थान को पूर्ण दृष्टि से देखते हैं ॥ १९७ ॥

अथ लग्नसप्तशुद्धिः

लग्ने लग्नलवे वापि लग्नेशेंऽशयुतेक्षिते ।
लवेशः शुभमित्रश्चेद् दृष्टे वा स्वामिनं शुभम् ॥ १९८ ॥
द्यूनांशे द्यूनलग्ने वा द्यूनेशेंऽशयुतेक्षिते ।
द्यूनांशपतिसन्मित्रदृष्टे वध्वाः शुभं स्मृतम् ॥ १९९ ॥
लग्नेशो लग्नमंशे यः स्वांशं पश्यति वा मिथः ।
तद्वरस्य शुभं ज्ञेयमन्यथा नैव शोभनम् ॥ २०० ॥
द्यूनेशोऽस्तं तथास्तेशयतिर्द्यूनांशमीक्षिते ।
सन्मिथो वा तदा वध्वाः शुभं त्वितरथा नहि ॥ २०१ ॥

लग्न व सप्तम शुद्धि ज्ञान—विवाह लग्नेश लग्न में या लग्न के नवांश में या नवांशेश से युक्त हो या दृष्ट हो तो पति का शुभ होता है। सप्तमेश सप्तम हो या सप्तमांश में या सप्तमांशेश से दृष्ट या युक्त या स्वयं शुभ या मित्र ग्रह से दृष्ट हो तो पत्नी का शुभ होता है।

लग्नेश लग्न के नवांश में स्थित अपने नवांशेश को देखता हो या आपस में दृष्ट हों तो वर के लिये शुभ अन्यथा अशुभ होता है।

सप्तमेश सातवें को तथा सप्तमांशेश को देखता हो या परस्पर दृष्ट हों तो वधू के लिये हितकारी और इसके अभाव में शुभ नहीं समझना चाहिये ॥ १९८–२०१ ॥

अथ पंग्वन्धादित्याज्यलग्नानि

दिवापङ्गुर्घटौ ज्ञेयौ बधिरौ तुलवृश्चिकौ।
अंधो मेषः वृषः सिंहः संधौ कुब्जा मृगात् त्रयः ॥२०२॥
रात्रौ पङ्गुर्झषश्चान्धाः कन्यामिथुनकर्कटाः।
बधिरौ तु धनुर्नक्रौ तत्काले तान् परित्यजेत् ॥२०३॥

पंगु, अंधादि त्याज्य लग्न ज्ञान—दिन में कुंभ पंगु, तुला-वृश्चिक बधिर, मेष, वृष, सिंह अंध और सन्धिकाल में मकर, कुम्भ, मीन लग्न कुब्ज होती हैं।

रात में मीन पंगु, कन्या-मिथुन-कर्क अंध, धनु-मकर बधिर होती हैं। इनका उक्तकाल में त्याग करना चाहिये ॥ २०२–२०३ ॥

अथ होलिकाष्टकम्

ऐरावत्यां विपाशायां शतद्रौ पुष्करत्रये।
होलिका प्राग्दिनान्यष्टौ विवाहादौ शुभे त्यजेत् ॥२०४॥

देश वश होलिकाष्टक का त्याग—ऐरावती नदी, विपाशा, शतद्रू और त्रिपुष्कर नदी के तट के देशों में होली के पहिले आठ दिन से विवाहादि शुभ काम करना निषिद्ध होता है ॥ २०४ ॥

अथ केषांचिद्दोषाणामपवादः

राशयो मासशून्याश्च लग्नकाणान्धपङ्गुवत्।
तत्त्याज्यं मालवे गौड़े नान्यत्राशुभदं स्मृतम् ॥२०५॥
हन्याद् दिनर्द्धिजं दोषं तिथिसिद्धिसमुद्भवम्।
गुरुः केन्द्रगतः शून्यतिथिजं लाभगः शुभः ॥२०६॥

कुछ दोषों का परिहार—मास शून्य तिथि और काण, अंध, पंगु लग्न मालव (मालवा) देश तथा गौड देश में निषिद्ध तथा अन्य देशों में शुभ होती हैं। तिथि वृद्धि दोष का नाश सिद्धा तिथि होने पर होता है। केन्द्रस्थ या लाभस्थ गुरु शून्य तिथि जन्य दोष का नाशक होता है ॥ २०५-२०६ ॥

अथ गण्डान्तदोषापवादः

बली दुर्हन्ति दोषं च तिथिगण्डान्तसंभवम्।
लग्नगण्डान्तजं दोषं बलिष्ठः शक्रपूजितः ॥
त्रिविधं चातिगण्डान्तमभिजिच्छुभदः क्षणः ॥२०७॥

गण्डान्त दोष का परिहार—बली चन्द्रमा तथा गुरु दुर्योग, तिथि गण्डान्त, लग्न गण्डान्त का विनाश करते हैं और अभिजित् मुहूर्त तीनों प्रकार के गण्डान्त का नाशक होता है ॥ २०७ ॥

अथ गुलिकयमघण्टयोरपवादः

सहजं वासराधीशो बलोपेतो भवेद् यदि।
लग्नगो वा तदा दोषो निहन्ति कुलिकोद्भवम् ॥२०८॥

केन्द्रे कोणे शुभः खेटो लग्नाद्वा राशितोऽपि वा।
यमघंटोद्भवं दोषं निहन्ति गरलोपमम् ॥२०९॥

कुलिक व यमघंट का परिहार—दिन का स्वामी लग्न से तीसरे स्थान में बली स्थित हो या लग्न में हो तो कुलिक जन्य दोष का नाश होता है। लग्न से या राशि से केन्द्र में या त्रिकोण में शुभग्रह हो तो विष के तुल्य यमघंट जन्य दोष का विनाश करता है ॥२०८-२०९॥

अथाष्टमलग्नदोषापवादः

वृषभो वृश्चिको मीनः कन्यामकरकर्कटाः।
लग्नेष्वेतेषु नो दोषो जन्मताराष्टमेष्वपि ॥२१०॥

अष्टम लग्न दोष का परिहार—वृष, वृश्चिक, मीन, कन्या, मकर, कर्क लग्न में जन्म की तारा और अष्टम लग्न का दोष नहीं होता है ॥२१०॥

अथाब्दाद्यंधकाणादिलग्नदोषापवादः

अब्दायनर्तुमासर्क्षपक्षदग्धाहसंभवाः।
अन्धकाणादि लग्नोत्थाः सपापेन्दुनवांशकाः॥
दोषा नश्यन्ति जीवज्ञशुक्रैः केन्द्रत्रिकोणगैः ॥२११॥

अब्दादि, अंध काणादि लग्न दोष का परिहार—वर्ष, अयन, ऋतु, मास, नक्षत्र, पक्ष, दग्ध दिन दोष, अन्ध, काणादि लग्न जन्य और सपाप चन्द्र नवांश जन्य दोषों का केन्द्र में या त्रिकोण स्थान में गुरु, बुध, शुक्र हों तो विनाश होता है ॥२११॥

अथ कुनवांशादिदोषापवादः

कुनवांशग्रहोद्भूताः षड्वर्गक्षणलग्नजाः।

कुत्सित नवांशादि दोष का परिहार—दूषित नवांशस्थ ग्रहजन्य दोष और षड्वर्ग, मुहूर्त, लग्न से उत्पन्न समस्त दोषों का चन्द्रमा ग्यारहवें हो तो अवश्य विनाश होता है ॥२१२॥

अथ सर्वदोषापवादः

लग्ने वर्गोत्तमे वेन्दौ द्युनाथे लाभगेऽथवा।
केन्द्रे कोणे गुरौ दोषा नश्यन्ति सकला अपि ॥२१३॥
केन्द्रे कोणे विजामित्रे दोषाणां च शतं बुधः।
शुक्रः शतद्वयं हन्याल्लक्षं तु वचसां पतिः ॥२१४॥
लग्नेशो वा लवाधीशो लाभे केन्द्रे च संस्थितः।
दोषराशिं दहत्याशु तूलराशिमिवानलः ॥२१५॥

समस्त दोषों का परिहार—वर्गोत्तम नवांश का लग्न हो या चन्द्रमा वर्गोत्तम नवांश में हो या सप्तमेश ग्यारहवें हो या गुरु केन्द्र या त्रिकोण में हो तो समस्त दोषों का नाशक होता है।

सातवें भाव को छोड़कर केन्द्र में या त्रिकोण में बुध हो तो सौ दोषों का, शुक्र हो तो दो सौ दोषों का और केन्द्र या त्रिकोण में गुरु हो तो लाख दोषों का विनाश होता है।

लग्नेश या नवांशाधीश लाभ में या केन्द्र में हो तो जैसे अग्नि रुई का विनाश करती है वैसे ही दोषराशि का विनाश होता है ॥२१३-२१५॥

अथ विवाहे शुभनवांशाः

कन्यायुग्मधनुस्तौलिनवांशाः शुभदाः स्मृताः।
विवाहेऽन्ये तु मीनस्य नवांशं शुभदं जगुः ॥२१६॥
लववर्गोत्तमं हित्वा विवाहो नान्तिमेंऽशके।
चरांशे विचरे लग्ने तुलानक्रस्थिते विधौ ॥२१७॥

विवाह में शुभनवांश—विवाह में कन्या, मिथुन, धनु, तुला राशि का नवांश शुभ होता है और कुछ मीन के नवांश को भी शुभ बताते हैं। वर्गोत्तम नवांश को छोड़कर अन्तिम नवांश में विवाह शुभ नहीं होता तथा चर रहित राशियों के चरांश में लग्न होने पर तुला या मकर राशिस्थ चन्द्रमा में विवाह शुभ होता है ॥२१६-२१७॥

अथ विवाहलग्ने भंगदा ग्रहाः

लग्ने शनैश्चरः सूर्यो लग्नारिनिधने शशी।
लग्नेऽष्टमे महीसूनुरष्टमे बुधवाक्पती ॥२१८॥
राहुः सूर्यो विलग्ने च निधनारिगतो भृगुः।
द्यूने च खेचराः सर्वे विवाहे भंगदाः स्मृताः ॥२१९॥
कुजः खे द्वादशे मन्दो लग्नेशो निधनारिगः।
तृतीये भार्गवश्चन्द्रो व्यये ते नैव शोभनाः ॥२२०॥

विवाह की लग्न में भंगद ग्रह ज्ञान—लग्न में शनि, सूर्य, लग्न या छटें या आठवें चन्द्रमा, लग्न या आठवें मंगल, आठवें में बुध, गुरु, लग्न में राहु, सूर्य, आठवें या छठे में शुक्र और सातवें स्थान में सब ग्रह अशुभ फलदाता होते हैं।

दसवें स्थान में मंगल, बारहवें शनि, आठवें या छठे लग्नेश, तीसरे में शुक्र और बारहवें स्थान में चन्द्रमा शुभ नहीं होता है ॥११८-२२०॥

अथ भङ्गदग्रहापवादः

शत्रुनीचर्क्षगः शुक्रो न दोषा अरिसंस्थिताः।
नाशुभश्चाष्टमो भौमो शत्रुनीचास्तगो यदि ॥२२१॥
नीचनीचांशगश्चन्द्रो नाशुभोऽष्टारिरिष्फगः।
लग्ने बली गुरुः शुक्रश्चन्द्रो वा शुभवर्गगः ॥
शुभदृष्टो निहन्त्येव दोषं रिष्फारिचन्द्रजः ॥२२२॥

भङ्गद ग्रह परिहार में षष्ठस्थ शुक्र, शत्रु, नीच या अस्तराशि में हो तो दोष नहीं होता इसी प्रकार शत्रु, नीच या अस्त राशि में आठवें मंगल भी अशुभ नहीं होता। नीच, नीचांश में आठवें या छठें या बारहवें चन्द्रमा अशुभ फलदायी नहीं होता है।

लग्न में बली गुरु, शुक्र या चन्द्रमा शुभग्रहों के वर्ग में, शुभ दृष्ट हो तो बारहवें या छठें में चन्द्रमा के दोष का विनाश करता ही है ॥ २२१–२२२ ॥

अथ विवाहलग्ने रेखाप्रदा ग्रहाः

निधनारित्रिलाभस्था अर्कोऽर्किशिखिराहवः ।
लाभत्रिशत्रुगो भौमो द्वित्रिलाभगतः शशी ॥२२३॥
खास्ताष्टान्त्यं विना सौम्ये द्यूनाष्टान्त्यं विना गुरुः ।
अष्टास्तारिव्ययं हित्वा शुक्रो रेखाप्रदः शुभः ॥२२४॥

विवाह लग्न में रेखाप्रद ग्रहों का ज्ञान—सूर्य, शनि, केतु, राहु ८।६।३।११ में, मंगल ११।३।६ में, चन्द्रमा २।३।११ में तथा बुध १०।७।८।१२ को छोड़कर, गुरु ७।८।१२ को छोड़कर और शुक्र ८।७।६।१२ वें को त्यागकर अन्य स्थानों में शुभ रेखा देने वाला होता है ॥ २२३–२२४ ॥

अथ मध्यमफलदा ग्रहाः

सदसत्स्थानतोऽन्यत्र स्थिता मध्यफला ग्रहाः ॥२२ ॥

मध्यम फलप्रद ग्रह—शुभ, अशुभ स्थानों से भिन्न स्थानों में ग्रह मध्यम फलदायी होते हैं ॥२२५॥

अथ रेखाप्रदग्रहाणां विंशोपकाः

सार्धत्रयं रविः सार्धं भौमार्किशिखिराहवः ।
द्वौ शुक्रो ज्ञश्च पञ्चेन्दुरंशान् त्रीन् वितरेद् गुरुः ॥२२६॥
लग्नं शुभं विवाहे स्याद्दश विंशोपकाधिकम् ॥२२७॥

रेखाप्रद ग्रहों के विंशोपक विश्वा—सूर्य रेखाप्रद होने पर साड़े तीन विश्वाबल, भौम, शनि, केतु, राहु हों तो डेढ़, शुक्र हो तो दो, बुध हो तो भी दो, चन्द्रमा हो तो पांच, गुरु हो तो तीन और विवाह लग्न शुभ हो तो दस विश्वा बल होता है ॥२२६–२२७॥

अथेष्टकालज्ञानम्

परं दिनं द्युमानेन नवघ्नतिथिभाजितम् ।
विलब्धं चाङ्गुलाद्यं यत् सा भवेद् दिनमध्यमा ॥२२८॥
पादे भा मध्यमा हीना सप्तयुग्द्विगुणा ततः ।
भजेत् सप्तहतं यत्तन्मानं लब्धास्तु नाडिकाः ॥२२९॥
प्रत्यगर्के तु शेषास्ताः प्रागर्के तु गताः स्मृताः ।
रात्रीष्टकालविज्ञानं चतुः पूर्वमुदाहृतम् ॥२३०॥

इष्टकाल का ज्ञान—परम दिनमान में से अभीष्ट दिन के दिनमान को घटाकर ९ से गुणा करके पन्द्रह का भाग देने से लब्धि अंगुलादि दिन मध्य की छाया होती है। फिर शंकु से मध्याह्न की छाया का ज्ञानकर मध्य छाया में घटाकर, सात जोड़ने के पश्चात् दो से गुणाकर जो संख्या हो उसमें पूर्वागत से भाग देने पर इष्ट होता है। पश्चिम सूर्य में वह दिन शेष घटी और पूर्वार्क में गत घटी इष्ट जानना चाहिये। इसी प्रकार रात्रि में भी समझना चाहिये ॥२२८–२३०॥

अथेष्टकालाल्लग्नानयनम्

सायनार्केष्टभागघ्ना निजोदयविनाडिकाः।
खत्रिभक्ता भवेद्भोग्यकालो लब्धः कलात्मकः ॥२३१॥
शोध्योऽभीष्टघटीभ्यश्च तदग्रमनिजोदयाः।
शोध्या शेषकरामघ्नमशुद्धमिति भाजितम् ॥२३२॥
लब्धमंशादिकं योज्यं मेषाद्यैः शुद्धराशिभिः।
अयनांशविहानं तद्विलग्नं तत्स्फुटं भवेत् ॥२३३॥

इष्टकाल से लग्न का आनयन-- इष्टकालीन स्पष्ट सूर्य को तत्कालीन अयनांशों से युक्त कर अंशादि को ३० अंश में से घटा देने पर भोग्यांश होते हैं। इन भोग्यांशों को सायन सूर्य के उदयमान से गुणा करके तीस का भाग देने से लब्ध भोग्य पलादि की अभीष्ट पलादि में घटाकर शेष में से सायन सूर्य की आगे वाली राशियों के उदयमानों को जब तक न्यून हों तब तक घटना चाहिये। जिस राशि का उदयमान अन्तिम घटा हो उसकी संख्या को एक स्थान पर स्थापित करके शेष को ३० से गुणा करके अशुद्ध राशि से भाग देने पर लब्ध अंशादि को राशि के आगे लिखकर उसमें अयनांश घटाने पर इष्टकालीन स्पष्ट लग्न होती है ॥२३१-२३३॥

लग्नानयने विशेषः

भोग्यकालो न शुद्ध्येच्चेदिष्टकालः पलात्मकः।
खरामघ्नो हृतः स्वीयोदयेनाप्तं लवात्मकम् ॥२३४॥
योज्यं पूर्वे स्फुटं लग्नभयनांशविवर्जितम्।
रात्रीष्टकालतो वापि स्वषड्भार्काच्च पूर्ववत् ॥२३५॥

जबकि इष्टकाल में से भोग्यकाल न न्यून हो तो इष्ट पलों को तीस से गुणा करके अपने उदयमान के पलों से भाग देकर लब्ध अंशादिकों को अयनांश रहित सूर्य में जोड़ने से स्पष्ट लग्न होता है ॥२३४-२३५॥

अथ स्पष्टलग्नादिष्टकालानयनम्

भानोर्भोग्यस्तु यः कालो भुक्तकालस्तथा तनोः।
तदैक्यमेतयोर्मध्योदयाढ्यं समयस्फुटम् ॥२३६॥

स्पष्ट लग्न से इष्टकाल का आनयन—सूर्य का भोग्यकाल तथा लग्न के भुक्तांशकाल को उसके उदयमान से गुणा करके तीस का भाग देने से लब्ध भुक्तकाल को भोग्यकाल में जोड़कर उनमें सूर्य व लग्न मध्यवर्ती उदयमान के पलों को जोड़ने से इष्टपल होते हैं। इनमें साठ का भाग देने से घट्यात्मक इष्ट होता है ॥२३६॥

इष्ट कालानयने विशेषः

यद्येकर्क्षे तु लग्नार्कौ तयोर्भागान्तरैर्हतः।
स्वीयोदयः खरामाप्तोऽभीष्टकालः स्फुटस्तथा ॥२३७॥

जब सूर्य व लग्न एक राशि में हों तो उनके अंशों का अन्तर करके स्वनिष्ठ राशि के उदयपलों से गुणने के पश्चात् तीस का भाग देने से लब्ध इष्टकाल होता है ॥२३७॥

अथ विवाहलग्ने प्रशस्तयोगाः

शुभैर्लग्नगतैः खेटैरशुभैर्निधनोपगैः ।
ध्वजोऽयं परिणीताऽत्र युवती प्रियवल्लभा ॥२३८॥
कुजेऽर्के लाभगे षष्ठे शनौ चन्द्रे द्वितीयगे ।
धर्मस्थैः खेचरैरन्यैः श्रीवत्सो योग उत्तमः ॥२३९॥

विवाह में शुभ योग— विवाह कालीन लग्न में शुभग्रह और आठवें में पापग्रह हों तो श्रीवत्स योग होता है । इसमें जिस कन्या का विवाह होता है वह पति की कृपापात्र होती है । जब विवाह लग्न से ग्यारहवें भौम, सूर्य, छठे शनि, दूसरे में चन्द्रमा और नवें में अन्य ग्रह हों तो उत्तम श्रीवत्सयोग होता है ॥२३८-२३९॥

आनन्दकर्ता योगः

यदि स्यात् कन्यका लग्ने तृतीये चन्द्रवाक्पती ।
पंचमे भृगुरानन्दयोगश्चानन्दकृत् स हि ॥२४०॥

कन्या लग्न में तीसरे चन्द्रमा, गुरु हो और पांचवें स्थान में शुक्र हो तो आनन्द करने वाला आनन्द योग होता है ॥२४०॥

अर्धचन्द्रयोगः

लाभेऽर्केऽरिगृहे भौमो दुश्चिक्येऽथ शनैश्चरः ।
योगोऽयमर्द्धचन्द्राख्यस्तत्रोढा शुभगा सती ॥२४१॥

ग्यारहवें सूर्य, छठे मंगल और तीसरे स्थान में शनि हो तो अर्द्धचन्द्र योग होता है । इसमें विवाहित कन्या भाग्यशालिनी और सती (पतिव्रता) होती है ॥२४१॥

गजशंखयोगौ

गुरौ धर्मे बुधे मूर्तौ लाभे मन्दे गजाभिधः ।
परिणीतेह वामा श्रीसाध्वी धर्मार्थदायिनी ॥
खतुर्यनवगैः सौम्यैः शंखोऽयं शुभकृत् सदा ॥२४२॥

नवें गुरु, लग्न में बुध और ग्यारहवें शनि हो तो गज नाम का योग होता है । इसमें विवाहित स्त्री साध्वी और धर्म अर्थ को देने वाली होती है ।

दसवें, चौथे और नवें स्थान में सब शुभग्रह हों तो शुभकारी शंख योग होता है ॥ २४२ ॥

अथ नेष्टयोगाः

पापाश्चक्रस्य पूर्वार्द्धे परार्द्धे सौम्यखेचराः ।
विवाहे चक्रयोगोऽयं तदोढा जारिणी भवेत् ॥ २४३ ॥

अनिष्ट योग—जारिणी (व्यभिचारिणी) योग—विवाह लग्न के पूर्वार्ध में पाप ग्रह और परार्ध में शुभ ग्रह हों तो चक्रयोग होता है । इसमें विवाहित कन्या व्यभिचारिणी होती है ॥ २४३ ॥

वापीकोदंडयोगौ

सर्वैः केन्द्रगतैः पापैर्वापीयोगोऽपि निन्दितः ।
सौम्यैर्लग्ने व्यये वित्ते पापैः कोदण्डकोऽप्यसत् ॥ २४४ ॥

समस्त पापग्रह केन्द्र में हों तो दूषित वापी योग और शुभग्रह लग्न में तथा बारहवें, दूसरे स्थान में पापग्रहों के रहने पर विवाह में अशुभ कोदण्ड योग होता है ॥ २४४ ॥

कुठारयोगः

भौमे द्वादशगे षष्ठे शुक्रे तुर्ये शनैश्चरे ।
कुठारोऽयं समाख्यातः शुभवल्लीविदारणः ॥ २४५ ॥

विवाह लग्न से बारहवें मंगल, छठें में शुक्र और चौथे में शनि होने पर कुठार योग होता है । इसमें वंश लता का नाश होता है ॥ २४५ ॥

कर्मनामा योगः

व्ययेऽर्के द्रविणे शुक्रेऽरिगे मन्देऽष्टमे विधौ ।
योगः स्यात् कर्मनामाऽयं नवोढा भिक्षुकी भवेत् ॥ २४६ ॥

बारहवें सूर्य, दूसरे में शुक्र, छठे में शनि और आठवें स्थान में चन्द्रमा के होने पर कर्मनामा योग होता है । इसमें विवाहित कन्या भीख मांगने वाली होती है ॥ २४६ ॥

मुसलयोगः

रवौ लग्ने व्यये मन्देऽष्टमेऽब्जे मुसलाभिधः ।
तत्रोढा या कुमारी सा कुलमारी भवेद्ध्रुवम् ॥ २४७ ॥

विवाह लग्न में सूर्य, बारहवें शनि और आठवें भाव में चन्द्रमा होने पर मुसल योग होता है । इसमें विवाहित कन्या कुल का नाश करने वाली होती है ॥ २४७ ॥

अथ गोधूलिलग्नम्

निन्द्यादिकुलिकं क्रान्तिविद्धभं पापयुक् तथा ।
लग्नाष्टारिगतं चन्द्रं लग्ने गोधूलिके त्यजेत् ॥ २४८ ॥
नान्ये गोधूलिके चिन्त्या दोषाश्चण्डायुधस्तथा ।
प्रपद्यन्ते यतः सर्वे गोरजोभिः समन्ततः ॥ २४९ ॥

गोधूलि में त्याज्य—गोधूलि लग्न के समय दूषित कुलकादि, क्रान्तिसाम्य, वेधित नक्षत्र, पाप से युक्त लग्न, आठवें व छठें में स्थित चन्द्रमा का त्याग करना चाहिये । अन्य दूषित योगों का विचार नहीं करना क्योंकि गायों के खुरों को धूलि चारों ओर व्याप्त हो जाने से कुत्सित योग नष्ट हो जाते हैं ॥ २४८-२४९ ॥

श्रेष्ठा मध्यमा च गोधूलिः

द्वित्रिलाभस्थिते चन्द्रे श्रेष्ठं गोधूलिकं मतम् ।
लग्नास्तशत्रुतोऽन्यत्र चन्द्रे संस्थे तु मध्यमम् ॥ २५० ॥

दूसरे, तीसरे, ग्यारहवें चन्द्र होने पर श्रेष्ठ और लग्न, सप्तम व छठे स्थान से भिन्न स्थानों पर रहने पर मध्यम गोधूलि लग्न होता है ॥ २५० ॥

गोधूलि लग्ने विचारणीया दोषाः

दोषाः पञ्चाङ्गजा लग्नग्रहजामित्रसंभवाः ।
लत्तापाताष्टमस्था नवांशक्षणजास्तथा ॥ २५१ ॥
एतेऽन्येऽप्यखिला नैव हेया गोधूलिके सदा ॥ २५२ ॥

पञ्चाङ्गीय दोष, लग्न ग्रह, जामित्र, लत्ता, पात, अष्टम स्थान, नवांश और मुहूर्त दोष का सर्वदा गोधूलि लग्न में विचार करना चाहिये ॥ २५१–२५२ ॥

अथ गोधूलिसमयः

अर्धास्तात्पूर्वमप्यूर्ध्वं घटिकार्धं तु गोरजः ।
स कालो मङ्गलः श्रेयान् विवाहादौ शुभप्रदः ॥
अर्द्धबिम्बात् परं केचिद् घटीद्वयमितं जगुः ॥ २५३ ॥

गोधूलि काल ज्ञान—आधा सूर्य अस्त होने से पहिले व पीछे की आधी घड़ी गोधूलि समय होता है। किसी-किसी आचार्य का कथन है कि आधा सूर्य बिम्ब अस्त होने के पश्चात दो घड़ी गोधूलि काल होता है ॥ २५३ ॥

ऋतुवशेन गोधूलिज्ञानम्

निदाघे सार्धबिम्बेऽर्के पिण्डीभूते हिमागमे ।
मेघकाले तु पूर्णेऽस्ते प्रोक्तं गोधूलिकं स्मृतम् ॥ २५४ ॥

ग्रीष्म ऋतु में आधा सूर्य अस्त होने के बाद, शीतकाल में मण्डलाकार लाल होने पर और वर्षा ऋतु में पूर्ण सूर्य बिम्ब छिपने के पश्चात् शुभ गोधूलि लग्न होता है ॥ २५४ ॥

गोधूलिग्रहण

अलब्धे घटिकालग्ने विप्राणां गोरजः स्मृतम् ।
गोरजो हीनवर्णानां शूद्रादीनामथो स्मृतम् ॥ २५५ ॥

जब शुभ घटी लग्न प्राप्त न हो तो ब्राह्मणों के लिये हीन वर्ण व शूद्रों को गोधूलि लग्न शुभ होता है ॥ २५५ ॥

अथ विवाहलग्नाच्छ्वशुरादीनां शुभाशुभफलम्

लग्नं देहो भृगुः श्वश्रूः श्वशुरोऽर्को पुनः शशी ।
भर्त्ता कान्ता कलत्रेशस्तद्बलात्तत् सुखं भवेत् ॥ २५६ ॥
पतिं सूर्याद् विधोः कान्तां धनं भौमात् सुतान् बुधात् ।
सुखं जीवाद् भृगोर्धर्मं वेश्मार्केर्मूलतो वदेत् ॥ २५७ ॥
सुखं स्वोच्चादिभिर्ज्ञेयं दुखं नीचास्तगादिभिः ॥ २५८ ॥

विवाह लग्न से श्वसुरादिकों का शुभ, अशुभ फल—विवाह कालीन लग्न शरीर, शुक्र सास, सूर्य श्वसुर, चन्द्रमा पति और सप्तमेश स्त्री होता है। इनके बली होने पर देह, सास आदि का सुख होता है। सूर्य से पति का, चन्द्रमा से स्त्री का, मंगल से धन का, बुध से पुत्रों

का, गुरु से सुख का, शुक्र से धर्म का और शनि से गृहादि का सुख, दुःख कहना चाहिये। उक्त ग्रह उच्चादि में हों तो सुख और नीच, अस्तादि में स्थित हों तो दुःख कहना चाहिये ॥१५६-२५८॥

अथावश्यके राज्ञां खड्गविवाहे विशेषः

चन्द्रपञ्चाङ्गसंशुद्धौ सौम्यायनविवाहभे।
राज्ञां गोधूलिके लग्ने खड्गोद्वाहः प्रशस्यते ॥ २५९ ॥

आवश्यकता में राजाओं के खड्ग विवाह में विशेष—चन्द्र व पञ्चाङ्ग की शुद्धि होने पर, उत्तरायण, विवाह नक्षत्र और गोधूलि लग्न में राजाओं का खड्ग विवाह शुभ होता है ॥२५९॥

अथ हीनजातीनां विवाहे विशेषः

अनुक्ततिथिमासर्क्षैः संकीर्णानां शुभप्रदः।
विवाहे धनपुत्रायुः प्रीतिसौख्यकरो भवेत् ॥ २६० ॥

हीन जातियों के विवाह में विशेष—जिन तिथि, मास, नक्षत्रों को विवाह में नहीं कहा गया है उनमें हीन जाति के जनों का विवाह धन, पुत्र, आयु, प्रेम व सुख के लिये शुभ होता है ॥२६०॥

अथ शूद्रादीनां स्त्रियाः पुनर्विवाहः

शूद्रादीनां विवाहर्क्षे पुनरुद्वहनं स्त्रियाः।
रात्रौ कुर्यान्न तत्रास्ततिथिमासादिदूषणम् ॥ २६१ ॥

शूद्रादिकों की स्त्री के पुनर्विवाह का मुहूर्त—शूद्रादि के विवाह नक्षत्र में रात्रि का पुनर्विवाह करना, इसमें तिथि, मास, अस्तादि दोष नहीं होता है ॥२६१॥

गान्धर्वविवाहे शुभाशुभनक्षत्राणि

सूर्यभाद्वेदनेत्राग्निभूचन्द्राब्धिरसाग्नयः।
भूरामसम्मिता तारा गान्धर्वादिविवाहके ॥ २६२ ॥
नेष्टाः श्रेष्ठाः क्रमादेताः स्त्रियश्च गदिता बुधैः ॥ २६३ ॥

सूर्य के नक्षत्र से ४।२।३।१।१।४।६।३।१।३ क्रम से लिखकर हीन जाति की स्त्री के गान्धर्व विवाह में अशुभ और शुभ फल जानना चाहिये ॥२६१-२६३॥

स्पष्टार्थ चक्र

४	२	३	१	१	४	६	३	१	३
अ०	शु०	अ०	शु०	अ०	शु०	अ०	शु०	अ०	शु०

अथ विवाहाङ्गकार्यम्

कार्यं विवाहकार्याङ्गविवाहोदितभादिभिः।
विबलञ्च विधुं हित्वा त्रिषष्ठनवमं दिनम् ॥ २६४ ॥
विशाखा भरणी चित्रा ज्येष्ठाख्यामश्विनी शतम्।
आर्द्राचतुष्टयं हित्वा कुर्याद् वैवाहिकं विधिम् ॥ २६५ ॥

हेरम्बपूजनं तैलं सकलं चाङ्कुरार्पणम् ।
भूषणं कङ्कणाद्यश्च वेदिकामण्डपादिकम् ॥ २६६ ॥

विवाह संबन्धी कार्य मुहूर्त—वैवाहिक कार्य विवाह में वर्णित तिथि, नक्षत्रादि में, बली चन्द्रमा में, तीसरे, छठे या नवें दिन पूर्व, विशाखा, भरणी चित्रा, ज्येष्ठा, अश्विनी, शतभिषा, आर्द्रा, पुनर्वसु, पुष्य और आश्लेषा नक्षत्र को छोड़कर करना चाहिये ।

जैसे गणपति पूजा, तेल, अंकुरार्पण, कंकणादि आभूषण, वेदी, और मण्डपादि का समस्त कार्य करना चाहिये ॥२६४-२६६॥

अथ तैलादि लेपने दिन संख्या

मेषादिराशिजातानां कुर्यात्तैलादिलेपनम् ।
शैलदिग्बाण सप्ताङ्ग इषुपञ्चेषवः शराः ।
बाणशैलास्त्रयश्चैव क्रमात् कैश्चिदितीरितम् ॥ २६७ ॥

तेल लगाने की दिन संख्या—मेषादि राशि वालों को क्रम से विवाह के पूर्व अर्थात् मेष राशि को सात दिन, वृष को दस, मिथुन को पांच, कर्क को सात, सिंह को छै दिन, कन्या को पांच, तुला को पांच, वृश्चिक को पांच, धनु को पांच, मकर को पांच, कुम्भ को सात और मीन राशि वाले का तीन दिन तेल लगाने को किसी-किसी ने बताया है ॥२६७॥

अथ विवाहवेदिकाः

चतुरस्रां करोच्छ्रायां चतुर्हस्तां सुवेदिकाम् ।
वेश्मनो वामभागे च कुर्यात् स्तम्भोपशोभिताम् ॥ २६८ ॥

विवाह वेदी निर्माण—घर के बाँये भाग में खम्भों से सुसज्जित चार हाथ चौकोर और एक हाथ ऊँची सुन्दर वेदी का निर्माण करना चाहिये ॥२६८॥

वेदिकायाः प्रथमं स्तम्भज्ञानम्

ऐशान्यां स्थापयेत् स्तम्भं सिंहादित्रिभगे रवौ ।
वृश्चिकादित्रिभे वायोर्नैऋत्यां कुम्भतस्त्रिभे ।
वृषात्त्रये तथाग्नेय्यां स्तम्भखातस्तथैव हि ॥ २६९ ॥

सिंह, कन्या, तुला के सूर्य में प्रथम ईशान कोण में, वृश्चिक, धनु, मकर में वायव्य कोण में, कुम्भ, मीन, मेष में नैऋत्य में और वृष, मिथुन, कर्क के सूर्य में अग्निकोण में स्तंभ आरोपण एवं इसी प्रकार खात (गढ्ढा) भी करना चाहिये ॥२६९॥

अथ विवाहानन्तरं मण्डपोद्वासनम्

मण्डपोद्वासनं षष्ठं हित्वा कुर्यात् समेऽह्नि ।
पंचमे सप्तमे वापि शुभर्क्षे शुभवासरे ॥ २७० ॥

विवाह के पश्चात् मण्डप उठाने का मुहूर्त—विवाह से छठा दिन छोड़कर समदिन में, शुभ नक्षत्र वार में पाँचवें या सातवें दिन भी मण्डप विसर्जित करना शुभ होता है ॥२७०॥

अथ विवाहानन्तरं वधूप्रवेशः

लग्नादह्नि समे पञ्चसप्तकेऽप्यथ षोडशान् ।
ततस्त्वापञ्चमाद्वर्षादोजाहे मासि वत्सरे ॥ २७१ ॥
यथेच्छं तु ततो बध्वाः प्रवेशः शुभदः स्मृतः ।
श्रवणद्वितये मूलेऽनुराधा रोहिणी मृगे ॥ २७२ ॥
हस्तत्रये मघा पुष्ये त्र्युत्तरे रेवतीद्वये ।
प्रवेशः शुभदो वध्वाः सोमे शुक्रे गुरौ शनौ ॥२७३॥
मध्यो बुधे कुजेऽर्के तु नेष्टो रिक्तातिथौ तथा ।
शुभवर्गे बलोपेते लग्ने चांशे शुभः स्मृतः ॥२७४॥

विवाह के पश्चात् वधू प्रवेश मुहूर्त—विवाह लग्न से समदिनों में सोलह दिन तक तथा इसके पश्चात् पांच वर्ष तक विषम वर्ष-मास-दिनों में, इसके अनन्तर अपनी इच्छानुसार वधू प्रवेश (पति घर में) शुभ होता है ।

श्रवण, धनिष्ठा, मूल, अनुराधा, रोहिणी, मृगशिरा, हस्त, चित्रा, स्वाती, मघा, पुष्य, तीनों उत्तरा, रेवती, अश्विनी, नक्षत्र, सोम, शुक्र, शनिवार, शुभवर्ग, बल युक्त लग्न में नई बहू का पति के घर में प्रवेश करना शुभ होता है ।

प्रवेश में बुधवार मध्यम और मंगल, सूर्यवार, रिक्ता तिथि अशुभ होती है ॥२७१-२७४॥

अथ विवाहोत्तरं प्रथमाऽब्दे मासविशेषेण बध्वा निवासदोषः

उद्वाहात् प्रथमे ज्येष्ठे यदि पत्युर्गृहे वसेत् ।
पत्युर्ज्येष्ठं तदा हन्ति पौषे च श्वसुरं तथा ॥२७५॥
श्वश्रूं चाषाढमासे तु चाधिमासे स्वकं पतिम् ।
आत्मानं तु क्षये मासे तातं तातगृहे मधौ ॥२७६॥

विवाह के पश्चात् एक वर्ष के भीतर मास विशेष में वधू का पति के घर में रहने पर दोष का ज्ञान—विवाह के पीछे पहिले जेठ महीने में यदि बधू का पति के घर में निवास होता है तो वह पति के बड़े भाई का, पूस में रहने पर श्वसुर का, आषाढ में सास का, अधिक मास में अपने पति का, क्षय मास में अपना और चैत मास में पिता के घर रहने पर अपने पिता का बेटी विनाश करती है ॥२७५-२७६॥

अथ द्विरागमनम्

विवाहाद् विषमे वर्षे कुंभमेषालिगे रवौ ।
बलिन्यर्के विधौ जीवे शुभाहे चाश्विनो मृगे ॥ २७७ ॥
रेवती रोहिणी पुष्ये त्र्युत्तरे श्रवणत्रये ।
हस्तत्रये पुनर्वस्वौ तथा मूलानुराधयोः ॥ २७८ ॥
कन्यामीनतुले युग्मे वृषे प्रोक्तबलान्विते ।
लग्ने पद्मदलाक्षीणां द्विरागमनमिष्यते ॥ २७९ ॥

द्विरागमन (गौना) मुहूर्त—विवाह से विषम वर्ष, कुंभ या मेष या वृश्चिक का सूर्य, बली सूर्य, चन्द्र, गुरु, शुभवार, अश्विनी, मृगशिरा, रेवती, रोहिणी, पुष्य, तीनों उत्तरा, श्रवण, धनिष्ठा, शतभिषा, हस्त, चित्रा, स्वाती, पुनर्वसु, मूल, अनुराधा नक्षत्र, कन्या, मीन, तुला, मिथुन और वृष लग्न में कथित बलयुक्त होने पर कमलदललोचनी स्त्रियों का द्विरागमन शुभ होता है ॥२७७-२७९॥

द्विरागमने निषिद्धम्

सम्मुखे दक्षिणे शुक्रे नो गच्छेत्तु कदाचन ।
गर्भिणी तु विगर्भास्यान्नवोढा वन्ध्यतामियात् ॥ २८० ॥
बालकश्च विपद्येत विगेहादपि चेद् व्रजेत् ॥ २८१ ॥

सामने या दाहिने शुक्र होने पर द्विरागमन नहीं करना चाहिये । यदि कभी हो जाय तो गर्भवती का गर्भस्राव होता है, नवोढा वन्ध्या होती है, बालक हो तो दूसरे के घर से जाने पर उसका भी मरण होता है ॥१८०-२८१॥

अथ दीपमालाप्रवेशे दोषापवादः

सिंहस्थे वा गुरौ शुक्रे सम्मुखे संगतेऽपि वा ।
शुभो दीपोत्सवे वध्वाः प्रवेशः पतिमन्दिरे ॥ २८२ ॥

दीवाली के दिन प्रवेश में दोष का अभाव—सिंहस्थ गुरु या सन्मुख शुक्र या गुरु युक्त सिंहस्थ शुक्र होने पर भी दीवाली के दिन पति के घर में बहू का प्रवेश शुभ होता है ॥२८२॥

अथ प्रतिशुक्रदोषापवादः

एकस्मिन्नगरे ग्रामे देशे राज्ञ उपद्रवे ।
दुर्भिक्षे तीर्थयात्रायां नववध्वाः प्रवेशने ॥ २८३ ॥
विवाहे सर्वदोषाय प्रतिशुक्रस्तथा बुधः ।
अत्र्यङ्गिरोवसिष्ठानां वत्सकश्यपयोभृगोः ॥ २८४ ॥
भरद्वाजमुनेर्गोत्रे प्रतिशुक्रो न दुष्यति ।
पित्र्यागारे यदि स्त्रीणां स्तनपुष्पोद्गमो भवेत् ॥ २८५ ॥
गमनं प्रतिशुक्रेऽपि प्रशस्तं पतिवेश्मनि ॥ २८६ ॥

प्रतिशुक्र दोष का परिहार—एक नगर या ग्राम में, देश में राजकीय उपद्रव होने दुर्भिक्ष में, तीर्थ यात्रा में, नई वधू के प्रवेश में और विवाह में प्रतिशुक्र तथा बुध का दोष, अत्रि, अंगिरा, वशिष्ठ, वत्स, कश्यप, भृगु और भरद्वाज मुनि के वंशजों में नहीं होता है। यदि पिता के घर में कुच व रज का उद्गम हो गया हो तो प्रतिशुक्र होने पर भी पति के घर जाना शुभ होता है ॥ २८३–२८६ ॥

इति श्रीमद्दैवज्ञरावलहरिशंकरसूरिसूनुगणपतिविरचिते मुहूर्त्तगणपतौ पञ्चदशं मतान्तर विवाहप्रकरणं समाप्तम् ॥ १५ ॥

इस प्रकार श्रीमान् दैवज्ञ रावलहरिशंकरसूरिपुत्र गणपति द्वारा रचित मुहूर्त्तगणपति ग्रन्थ का पन्द्रहवाँ द्विरागमन, वधूप्रवेश, विवाह प्रकरण समाप्त हुआ ॥ १५ ॥

इति श्रीमधुपुरीनिवासी श्रीमद्भागवताभिनवशुक पं० केशवदेवचतुर्वेदात्मजमुरलीधर-चतुर्वेद कृता मुहूर्तगणपतिग्रन्थस्थद्विरागमन-वधूप्रवेश-विवाहप्रकरणस्य कान्तिमती हिन्दी टीका पूर्णा ॥ १५ ॥

अथाग्निहोत्रम्

सौम्यायने विशाखायां कृत्तिका रोहिणी मृगे ।
त्र्युत्तरे रेवती ज्येष्ठा पुष्येऽग्न्याधानमिष्यते ॥ १ ॥

उत्तरायण का सूर्य, विशाखा, कृत्तिका, रोहिणी, मृगशिरा, तीनों उत्तरा, रेवती ज्येष्ठा और पुष्य नक्षत्र में अग्न्याधान करना शुभ होता है ॥ १ ॥

निषेधः

कुजेऽर्केऽब्जगुरौ शुक्रे नो नीचास्तं गतेऽरिभे ।
नो रिक्तायां तिथौ कर्के लग्ने नैव मृगत्रये ॥ २ ॥
अग्न्याधानं प्रकुर्वीत नेन्दौ लग्नगतेऽपि च ।

भौम, सूर्य, चन्द्र, गुरु, शुक्र ग्रह के नीच राशि वा शत्रुराशि में या अस्त रहने पर रिक्ता तिथि, कर्क, मकर, कुम्भ, मीन लग्न और लग्नस्थ चन्द्रमा में भी अग्न्याधान नहीं करना चाहिये ॥ २–२½ ॥

लग्नशुद्धिः

त्रिकोणोपचये केन्द्रे सूर्यजीवकुजेन्दुषु ॥ ३ ॥
शेषे चोपचये शुद्धे रन्ध्रेऽग्न्याधानमुत्तमम् ।
लग्ने जीवे धनुर्गे वा द्यूने खे वा यमे कुजे ॥ ४ ॥
चन्द्रे वा त्रिषडायस्थे सूर्ये वा दीक्षितो भवेत् ॥ ५ ॥

सूर्य, गुरु, मंगल, चन्द्र ग्रह केन्द्र, त्रिकोण व उपचय में होने पर तथा शेष ग्रह उपचय में हों और अष्टम में ग्रह का अभाव हो तो अग्न्याधान उत्तम होता है ।

लग्नस्थ या धनराशि में गुरु सप्तम या दशम या दूसरे में मंगल अथवा चन्द्र या ३।६।११ में सूर्य हो तो दीक्षित होना शुभ होता है ॥ २½–५ ॥

अथ राज्याभिषेकः

उदितेऽब्जे गुरौ शुक्रे विचैत्रे चोत्तरायणे ।
जन्मेशे वा कपिङ्गेशे रवौ भौमे बलान्विते ॥ १ ॥

रोहिणीद्वितये पुष्ये ज्येष्ठायां त्र्युत्तरे तथा।
रेवतीयुगले हस्ते चित्रायां श्रवणेऽपि च ॥ २ ॥
तिथौ वारे शुभेऽर्केऽपि कुर्याद् राज्याभिषेचनम्।

राजा को गद्दी पर आसीन करने का मुहूर्त—चन्द्रमा, गुरु, शुक्र के उदय काल, दोषरहित उत्तरायण, जन्म राशीश वा दशमेश सूर्य, मंगल के बली रहने पर रोहिणी, मृगशिरा, पुष्य, ज्येष्ठा, तीनों उत्तरा, रेवती, अश्विनी, हस्त, चित्रा, श्रवण नक्षत्र, शुभ तिथि, शुभवार और रविवार में राजा का अभिषेक करना चाहिये ॥ १–२$\frac{१}{२}$ ॥

लग्नशुद्धिः

स्थिरे चोपचये लग्ने जन्मतो मस्तकोदये ॥ ३ ॥
शुभैर्युतेक्षिते पापैः दोषदृग्योगवर्जिते।
धनकेन्द्रत्रिकोणाख्यैः रहितैः पापखेचरैः ॥ ४ ॥
सौम्यैरषष्ठगैः सर्वैर्व्ययमृत्युविवर्जितैः।
केन्द्रत्रिकोणगैः सौम्यैरसौम्यैः षट्त्रिलाभगैः ॥ ५ ॥
सुहृत्स्वर्क्षोच्चगैः खेटैर्नीचारातिभवर्जितैः।
राजयोगोचिते लग्ने शुभं राज्याभिषेचनम् ॥ ६ ॥

जन्मराशि से स्थिर उपचय राशि या शीर्षोदय राशि लग्न में, शुभ दृष्ट, युक्त, पाप दोष, दृष्टि व संयोग से रहित, २।१।४।७।१०।५।९ में पापग्रह न होने पर, शुभग्रह ६।१२।८ में न हों तथा केन्द्र, त्रिकोण में शुभग्रह, ३।६।११ में पापग्रह मित्र या अपनी, या उच्च राशि में हों और नीच व शत्रु राशि में न हों तथा राजयोगोचितलग्न में राजा का अभिषेक शुभ होता है ॥ २$\frac{१}{२}$–६ ॥

अथ युवराज्याभिषेकः

युवराज्याभिषेकः स्यादभिषेकोक्तभादिषु ॥ ७ ॥

युवराज का अभिषेक मुहूर्त—राजा के अभिषेक में कथित नक्षत्रादि में युवराज का अभिषेक शुभ होता है ॥ ७ ॥

अथ पुत्राऽभावेऽन्यस्याभिषेचनम्

स्वजाते राज्ञि तत्स्थाने पुत्राभावे कुलोद्भवम्।
नो चिन्त्यास्तिथिवाराद्यास्तत्कालमभिषेचनम् ॥ ८ ॥

पुत्र के अभाव में दूसरे के अभिषेक का मुहूर्त—पुत्र के अभाव में राजा को अपने वंश के किसी को गद्दी पर तत्काल बैठाना चाहिये। इसमें तिथि, वार आदि का विचार नहीं करना चाहिये ॥ ८ ॥

अथ राजचिह्नधारणम्

चामरच्छत्रदोलादि द्वीपिसिंहासनादिकम्।
पट्टाभिषेकभे सर्वं विदध्याच्छोभनेऽह्नि ॥ ९ ॥

चँवर, छत्र, झूल, द्वीपि, सिंहासनादि का पट्टाभिषेक में उक्त नक्षत्र और शुभवार में धारण करना चाहिये ॥ ९ ॥

इति श्रीमद्दैवज्ञरावलहरिशंकरसूरिसूनुगणपतिकृते मुहूर्तगणपतौ अग्न्याधान-राज्याभिषेकयोः षोडशं प्रकरणं समाप्तम् ॥ १६ ॥

इस प्रकार श्रीमान् दैवज्ञ रावल हरिशंकरसूरि के पुत्र पं० गणपतिजी द्वारा रचित मुहूर्तगणपति ग्रन्थ का अग्न्याधान व राज्याभिषेक नामक सोलहवाँ प्रकरण समाप्त हुआ ॥ १६ ॥

इति श्रीमधुपुरीनिवासि श्रीमद्भागवताभिनवशुक पं० केशवदेवचतुर्वेदात्मजमुरलीधरचतुर्वेदकृता मुहूर्तगणपतिग्रन्थस्थषोडशप्रकरणस्य कान्तिमती हिन्दीटीका पूर्तिमगात् ॥ १६ ॥

अथ यात्राप्रकरणम्

विज्ञातजन्मनां राज्ञां ज्ञात्वा शुभफलोद्भवम् ।
योज्या यात्रा बुधैः शस्तं प्रश्नादज्ञातजन्मनाम् ॥ १ ॥

जिन राजाओं की जन्मराशि ज्ञात है उनकी यात्रा का विचार उससे करना चाहिये जिनकी जन्मराशि ज्ञात नहीं है विद्वानों को प्रश्न लग्न से उनका विचार करना चाहिये ॥१॥

अथ प्रश्नलग्नाद् यात्रायाः शुभाशुभफलम्

जनुषो लग्नराशी वा लग्नेऽस्ते वा तदीश्वरे ।
ताभ्यां चोपचये लग्ने तदा राज्ञां जयो भवेत् ॥ २ ॥
जन्मतो लग्नभे शत्रौ तुर्येऽस्ते वा तयोः पतौ ।
ताभ्यामुपचयाभ्यां वा जयः स्याद् वैरिसंभवः ॥ ३ ॥
जयो लग्ने स्वसद्वर्गे भवेच्छीर्षोदयेऽपि वा ।
शुभयुक्तेक्षिते वापि शुभा यात्रा चरोदये ॥ ४ ॥

जन्म की लग्न या राशि से सातवीं राशि प्रश्न लग्न हो या सातवीं राशि का स्वामी लग्न में हो या दोनों उपचय राशि प्रश्न लग्न हो तो राजाओं की विजय होती है ।

जन्म की लग्न व राशि से छठी या चौथी या सातवीं राशि लग्न हो या दोनों के पति लग्न में हों या उनसे उपचय राशियाँ प्रश्नलग्न में हों तो शत्रु से विजय की सम्भावना होती है ।

अपने शुभ वर्ग में प्रश्न लग्न हो या शीर्षोदय लग्न हो या शुभग्रह से दृष्टयुक्त प्रश्न लग्न हो तो चर लग्न में यात्रा शुभ होती है ॥ २–४ ॥

प्रकारान्तरेण योगः

स्थिरोदये गमो न स्याच्छुभैर्दृष्ट्युते शुभः।
द्विस्वभावोदये पापैर्युक्ते वाथ निरीक्षिते ॥ ५ ॥
प्रस्थितोऽपि निवर्तेत निर्जितोऽरिजनैः पुनः।
रम्ये भूमितले दृष्टे श्रुते भोगोऽल्पवस्तुनि ॥ ६ ॥
अत्यादरेऽपि वा प्रश्ने जयलाभोऽपि यास्यताम्।

स्थिर लग्न में प्रश्न हो तो यात्रा अशुम और शुमग्रह से दृष्ट, युक्त होने पर शुम, द्विस्वभाव लग्न पापग्रह से दृष्ट या युक्त होने पर यात्रा करने पर भी शत्रु से पराजित होकर लौटना पड़ता है।

सुन्दर रमणीक स्थान में प्रश्न हो या अल्प पदार्थ का भोग दृष्ट या श्रुत हो या अधिक समादर से प्रश्न हो तो जाने वाले राजा की विजय और लाभ होता है ॥ ५–६½ ॥

विजययात्रायोगः

भृगौ लग्ने बुधे तुर्ये सहोत्थार्के सुते गुरौ ॥ ७ ॥
लाभगैरवरैः शत्रून् जित्वाभ्येति नृपो गृहे।
लग्ने भौमेऽथवा मन्दे सुखे जीवेऽथ खे रवौ ॥ ८ ॥
लाभे कर्मणि वा चन्द्रे शुक्रेऽपि विजयो ध्रुवम्।

लग्न में शुक्र, चौथे में बुध, तीसरे में सूर्य, पाँचवें में गुरु और ग्यारहवें में अन्य ग्रह हों तो राजा शत्रुओं को जीतकर शीघ्र अपने घर आता है।

लग्न में मंगल या शनि, चौथे गुरु, दसवें सूर्य, ग्यारहवें या दसवें में चन्द्र, शुक्र होने पर यात्रा विजय देने वाली होती है ॥ ६½–८½ ॥

यात्राभंगदयोगः

लग्ने भौमेन्दुयुक्ते वा दिनेशतनुजेक्षिते ॥ ९ ॥
चन्द्रे वा निधनेऽस्तस्थे भास्करे लग्नवर्तिनि।
पापैर्वा द्यूनलग्नाष्टे हिबुकोपगतैर्ग्रहैः ॥
एभिस्त्रिभिश्च दुर्योगैः प्रष्टुर्भङ्गो न संशयः ॥ १० ॥

प्रश्न लग्न में मंगल, चन्द्रमा से युक्त अथवा शनि से दृष्ट हो, या चन्द्रमा सातवें या आठवें हो, और लग्न में सूर्य हो, या पापग्रह ७।१।८।४ में हो तो इन तीनों दूषित योगों में प्रश्नकर्ता की यात्रा स्थगित होती है ॥ ८½–१० ॥

यात्रा योग, अयोग

कोणे भौमाद् बुधेज्यार्किशुक्रो वैषु चतुर्ष्वपि।
एकश्चेद् गमनं न स्यात् सूर्याद् वा कोणगे विधौ ॥ ११ ॥
भवेद् वा स्वदिशं सोऽत्र यः खेटो बलवान् तयोः।
प्रश्ने गम्ये दिशाधीशात् पञ्चमोऽपि बली ग्रहः ॥ १२ ॥

प्रश्नकुण्डली में मंगल से पाँचवें या नवें स्थान में बुध, गुरु, शनि, शुक्र हों या इनमें से एक भी ग्रह हो या सूर्य से त्रिकोण (५।९) में चन्द्रमा हो तो गमन नहीं होता है। अथवा अभीष्ट दिशा का स्वामी प्रश्न लग्न में जहाँ स्थित हो उससे पाँचवें में जो बली ग्रह हो उसकी दिशा में यात्रा होती है ॥ ११–१२ ॥

अथ संक्रान्तिषु यात्राफलम्

मेषसिंहधनुःसंस्थैर्यात्रा शस्तांशुमालिनि ।
कुंभे नक्राङ्गनायुग्मशुक्रसंस्थे तु मध्यमा ॥ १३ ॥
कर्कालिमीनगेऽर्के तु यात्रा दीर्घप्रवासदा ॥ १४ ॥

संक्रान्तियों में यात्रा का फल—मेष, सिंह, धनु के सूर्य में यात्रा शुभ, कुंभ, मकर, कन्या, मिथुन, वृष, तुला के सूर्य में मध्यम और कर्क, वृश्चिक व मीनस्थ सूर्य में यात्रा लम्बा प्रवास देने वाली होती है ॥ १३–१४ ॥

अथ दशादिबलवशात् त्रिविधयात्राफलम्

दशादेः सफले पाके यात्रा श्रेष्ठाथ मध्यमा ।
गोचरादिबले न्यूनफला पञ्चाङ्गशुद्धितः ॥ १५ ॥

दशादि बल वश तीन प्रकार की यात्रा का फल—बली ग्रह की दशा व अंतर्दशा में श्रेष्ठ, गोचर बल से बली ग्रह में मध्यम और केवल पंचाङ्गशुद्धि बल से यात्रा करने पर यात्रा अल्प फलदायिनी होती है ॥ १५ ॥

अथ यात्रायां चन्द्रतारातिथ्यादिशुद्धिः

तारा त्रिपंचसप्ताद्या रिक्ता या पूर्णिमाष्टमी ।
शुक्लाद्या द्वादशीषष्ठ्यौ हित्वा चन्द्रबले गमः ॥ १६ ॥

यात्रा में चन्द्र, तारा, तिथि आदि शुद्धि—तीसरी, पाँचवीं, सातवीं, पहिली तारा व रिक्ता, पूर्णिमा, अष्टमी, शुक्लपक्ष की प्रतिपदा, द्वादशी, छठ तिथि को छोड़कर बलवान् चन्द्रमा में यत्रा शुभ होती है ॥ १६ ॥

अथ यात्रायां पृथक् तिथिफलानि

कृष्णा च प्रतिपच्छ्रेष्ठा नो शुक्ला गमनादिषु ।
द्वितीया कार्यसिद्ध्यै स्यात् तृतीया क्षेमसम्पदे ॥ १७ ॥
चतुर्थी क्लेशदा ज्ञेया लाभदा पंचमी तथा ।
व्याध्यार्तिदायिनी षष्ठी सप्तमी भोग्यभोज्यदा ॥ १८ ॥
रोगदा चाष्टमी ज्ञेया नवमी मृत्युदा सदा ।
दशमी लाभदा नित्यं हेमदैकादशी स्मृता ॥ १९ ॥
प्राणहृद् द्वादशी प्रोक्ता सर्वसिद्धा त्रयोदशी ।
शुक्ला चतुर्दशी नेष्टा कृष्णपक्षे विशेषतः ॥ २० ॥

पूर्णिमा मध्यमा प्रोक्ता त्याज्यो दर्शस्तु सर्वथा।
तिथीनां फलमेतद्धि ज्ञातव्यं गमने बुधैः॥ २१॥

यात्रा में तिथियों का अलग-अलग फल—यात्रा में कृष्णपक्ष की प्रतिपदा श्रेष्ठ और शुक्ल पक्ष की निषिद्ध, द्वितीया कार्य सिद्धि कराने वाली, तृतीया कल्याण व संपत्तिदायिनी, चौथ क्लेशकारिणी, पंचमी लाभदायक, छठ रोग, दुःखदायिनी, सप्तमी भोग व भोजन देने वाली, अष्टमी रोगदायिनी, नवमी मरण कराने वाली, दशमी प्राप्ति करने वाली, एकादशी धनदात्री, द्वादशी प्राण हरने वाली, तेरस समस्त सिद्धि देने वाली, दोनों पक्षों की चौदस नेष्ट, पूर्णिमा मध्यमफल देने वाली और अमावास्या का सर्वथा यात्रा में त्याग करना चाहिये। पंडितों ने उक्त फल बताया है, इसे जानकर यात्रा करना शुभ होता है॥ १७-२१॥

अथ यात्रायां शुभाशुभवाराः

सत् खेटवासरे चेष्टोपचयस्थस्यापि वासरे।
यात्रा श्रेष्ठा बुधे मध्या लोके शास्त्रे तु न क्वचित्॥ २२॥

यात्रा में शुभ, अशुभ वार—यात्रा शुभग्रह के वार में या यात्रा लग्न से उपचयस्थ (३।६।११) ग्रह के वार में यात्रा श्रेष्ठ और बुधवार में मध्यम होती है यह लोक में प्रसिद्ध है किन्तु शास्त्र में नहीं॥ २२॥

अथ वारे कालविशेषे यात्रा कैश्चिदुक्ता

रवौ सूर्योदये यायादुषःकाले शनैश्चरे।
भौमे भुक्त्वा सदान्यत्र वारे कैश्चिदुदीरितम्॥ २३॥

वारों में समय विशेष से किन्हीं लोगों ने यात्रा कही है—रविवार के दिन सूर्योदय में, शनिवार को उषाकाल में, मंगलवार को भोजन करके और अन्य वारों में सब समय यात्रा करनी चाहिए ऐसा किसी किसी का कहना है॥ २३॥

अथ यात्रायामुत्तममध्यमनेष्टनक्षत्राणि

धनिष्ठा श्रवणो हस्तोऽनुराधा रेवतीद्वयम्।
मृगः पुनर्वसुः पुष्यः श्रेष्ठान्येतानि भानि च॥ २४॥

यात्रा में उत्तम, मध्यम, नेष्ट नक्षत्र (उत्तम नक्षत्र)—धनिष्ठा, श्रवण, हस्त, अनुराधा, रेवती, अश्विनी, मृगशिरा, पुनर्वसु और पुष्य नक्षत्र यात्रा में उत्तम होते हैं॥२४॥

मूलं पूर्वात्रयं ज्येष्ठा रोहिणी शततारकम्।
उत्तराणां त्रयं याने मध्यान्येतानि भानि च॥ २५॥

मूल, तीनों पूर्वा, ज्येष्ठा, रोहिणी, शतभिषा और तीनों उत्तरा नक्षत्र यात्रा में मध्यम होते हैं॥ २५॥

चित्रात्रयं मघाश्लेषा कृत्तिकार्द्राभरण्यपि।
वर्ज्यान्येतानि धिष्ण्यानि यात्रायां जन्मभं तथा॥ २६॥

चित्रा, स्वाती, विशाखा, मघा, आश्लेषा, कृत्तिका, आर्द्रा, भरणी और जन्म नक्षत्र यात्रा में त्याज्य होता है॥ २६॥

अथ वर्ज्यनक्षत्राणामावश्यके त्याज्यघटिकाः

पूर्वासु षोडशैवाद्या कृत्तिकास्त्वेकविंशतिः ।
मघास्वेकादश त्याज्या भरण्यां सप्त नाडिकाः ॥ २७ ॥
स्वात्यश्लेषाविशाखासु ज्येष्ठायाश्च चतुर्दश ।
यायाल्लग्ने बले शेषनाड्योष्टावश्यके सति ॥ २८ ॥

त्याज्य नक्षत्रों में आवश्यकता होने पर त्याज्य घटी ज्ञान—तीनों पूर्वा नक्षत्रों की आदि की सोलह घड़ी, कृत्तिका की इक्कीस घड़ी, स्वाती, आश्लेषा, विशाखा, ज्येष्ठा की चौदह और अन्य त्याज्य नक्षत्रों की आदि की आठ घटिकाओं का आवश्यकता होने पर त्याग करके बली लग्न में यात्रा करनी चाहिये ॥ २७–२८ ॥

अथात्र मतान्तरम्

कृत्तिकाया मघास्वात्योरेके पूर्वदलं जगुः ।
उत्तरार्धं तु चित्राया भरण्याश्लेषयोरपि ॥ २९ ॥

त्याज्य घटियों में मतान्तर—कृत्तिका, मघा, स्वाती का पूर्वार्ध और चित्रा, भरणी, आश्लेषा का उत्तरार्ध किसी एक आचार्य के मत में वर्जित होता है ॥ २९ ॥

अथोशनसो मते तु

सर्वं स्वातीमघा त्याज्योशनसो मतमीदृशम् ॥ ३० ॥

उशना के मत में—शुक्र के मत में स्वाती, मघा समस्त वर्जित होते हैं ॥ ३० ॥

अथ नक्षत्रविशेषे विजययात्राप्रकारः

संप्रस्थायानुराधायां स्थित्वा ज्येष्ठाभिधे ततः ।
मूले गच्छेन् महीपालो यदिस्याच्च जयो ध्रुवम् ॥ ३१ ॥
हस्ते प्रस्थाय वा स्थित्वा तत्रैव स्वातिचित्रयोः ।
विशाखायां व्रजन् भूयो विजयं लभते ध्रुवम् ॥ ३२ ॥
प्रस्थाय मृगशीर्षे वा स्थित्वार्द्रायां ततो व्रजेत् ।
पुनर्वस्वोर्महीपालो लभते च जयश्रियम् ॥ ३३ ॥
रेवत्यां पुष्यभे वापि धनिष्ठायां महीश्वरः ।
उषित्वा स्वीयशिविरे रात्रौ गच्छन् जयत्यरीन् ॥ ३४ ॥

नक्षत्र विशेष में विजय यात्रा का प्रकार—अनुराधा में प्रस्थान करके ज्येष्ठा में स्थिर होकर मूल नक्षत्र में यदि राजा यात्रा करता है तो उसकी निश्चय ही विजय होती है।

हस्त नक्षत्र में प्रस्थान करके और चित्रा, स्वाती में वहीं पर रह कर जो राजा विशाखा में यात्रा करता है तो अवश्य ही विजय प्राप्त करता है। या मृगशीर्ष नक्षत्र में प्रस्थान करके आर्द्रा में विश्राम कर पुनर्वसु नक्षत्र में यात्रा करने से राजा को जयश्री प्राप्त होती है।

रेवती या पुष्य या धनिष्ठा नक्षत्र में गमन कर अपने शिविर में उषःकाल तक रह कर जो राजा रात्रि में यात्रा करता है वह शत्रुओं को पराजित करता है ॥ ३१–३४ ॥

अथ दिक्शूलम्

दिक्शूलं पूर्वदिग्भागे ज्येष्ठायां शनिसोमयोः ।
पूर्वाभाद्रपदे याम्यां तथैव गुरुवासरे ॥ ३५ ॥
रवौ शुक्रे च रोहिण्यां पश्चिमायां त्यजेद् बुधः ।
उदीच्यामुत्तराफाल्गुन्यभिधे मंगले बुधे ॥ ३६ ॥

दिशा शूल—पूर्व दिशा में ज्येष्ठा नक्षत्र और शनि, सोमवार, दक्षिण में पूर्वाभाद्रपद नक्षत्र तथा गुरु वार, पश्चिम में रोहिणी नक्षत्र, शुक्र, रविवार और उत्तर दिशा में उत्तरा फाल्गुनी नक्षत्र एवं मंगल व बुध वार में दिशा शूल होता है, अतः इसमें यात्रा नहीं करनी चाहिये ॥ ३५–३६ ॥

अथ विदिक्शूलं वारेषु

आग्नेय्यां तु गुरौ चन्द्रे नैर्ऋत्यां रविशुक्रयोः ।
ईशान्यां चन्द्रजे वायौ मंगले गमनं त्यजेत् ॥ ३७ ॥

वारों में विदिशा (कोण) शूल—अग्नि कोण में गुरु, सोमवार में, नैर्ऋत्य में शुक्र, सूर्यवार, ईशान में बुधवार और वायव्य कोण में मंगलवार में दिशा शूल होने से यात्रा नहीं करनी चाहिये ॥ ३७ ॥

अथ दिक्शूलदोषापनुत्तये विधिः

सूर्ये घृतं पयश्चन्द्रे गुडं भौमे बुधे तिलान् ।
गुरौ दधि यवान् शुक्रे माषान् मन्दे नरस्तथा ॥ ३८ ॥
संप्राश्यावश्यके गच्छन् दिक्शूले न च दोषभाक् ।

दिक्शूल दोष परिहार विधि—सूर्यवार में दिशा शूल हो तो घी खाकर, सोमवार में दूध, मंगल में गुड़, बुध में तिल, गुरुवार में दही, शुक्रवार में जौ और शनिवार में दिशा शूल हो तो आवश्यकता वश उड़द खाकर यात्रा करने से दिशा शूल का दोष नहीं होता है ॥ ३८½ ॥

प्रकारान्तरेण परिहारः

ताम्बूलं भास्करे चन्द्रे चन्दनं मंगले मृदः ॥ ३९ ॥
बुधे पुष्पं दधीज्ये च घृतं शुक्रे तिलान् शनौ ।
दत्त्वा भुक्त्वाथ धृत्वा वा न दोषः शूलयोगतः ॥ ४० ॥

अथवा रविवार में पान, सोमवार में चन्दन, मंगलवार में मिट्टी, बुधवार में फूल, गुरुवार में दही, शुक्र में घी और शनिवार में दिशा शूल होने पर तिल को देकर या खाकर या धारण करके यात्रा करने पर दिशा शूल का दोष नहीं होता है ॥ ३८½–४० ॥

अथ समयविशेषे त्याज्यभानि

पूर्वाह्णे रोहिणी धिष्ण्यं विशाखा कृत्तिकोत्तराः ।
मध्याह्नसमये ज्येष्ठाश्लेषार्द्रामूलभं तथा ॥ ४१ ॥

अपराह्णे परित्याज्या गमने चाश्विनी तथा।
चित्रान्त्यमनुराधा च यामिन्याः प्रथमेंऽशके ॥ ४२ ॥
मध्येंऽशके त्यजेत् पूर्वात्रितयं भरणी मघा।
प्रान्त्ये पुनर्वसुस्वातिधनिष्ठा शततारका ॥ ४३ ॥

कालवश त्याज्य नक्षत्र—पूर्वाह्ण में रोहिणी का, मध्याह्न में विशाखा, कृत्तिका, तीनों उत्तरा का, अपराह्ण में ज्येष्ठा, आश्लेषा, आर्द्रा, मूल का, रात्रि के प्रथम भाग में अश्विनी, चित्रा, रेवती, अनुराधा का, मध्य के अंश में तीनों पूर्वा, भरणी, मघा का और रात के अन्तिम तीसरे भाग में पुनर्वसु, स्वाती, धनिष्ठा, शतभिषा नक्षत्र का यात्रा में त्याग करना चाहिये ॥ ४१-४३ ॥

अथ सर्वकाले यात्रायां नक्षत्राणि

श्रवे पुष्ये मृगे हस्ते श्रेष्ठा यात्रा च सर्वदा ॥ ४४ ॥

सर्वकालीन यात्रा नक्षत्र— श्रवण, पुष्य, मृगशिरा और हस्त में सर्वदा यात्रा उत्तम होती है ॥ ४४ ॥

अथ युद्धयात्रायां विशेषः

राहुभुक्तानि ऋक्षाणि जीवपक्षस्त्रयोदश।
मृतपक्षस्तु भोग्यानि कर्तरी तदधिष्ठितम् ॥ ४५ ॥
ततः पञ्चदशे ग्रस्तं चिन्त्यं युद्धे गभादिषु।
जीवपक्षः शुभो ज्ञेयो मृतपक्षस्त्वशोभनः ॥ ४६ ॥
मृतपक्षाच्छुभं ग्रस्तं ग्रस्तभात् कर्तरी शुभा।
मृतपक्षे सहस्रांशौ जीवपक्षे विधौ स्थिते ॥ ४७ ॥
यात्रायां विजयस्तत्र विपरीते पराजयः।
उभौ चेज्जीवपक्षस्थौ यात्रा तत्रापि शोभना ॥ ४८ ॥
चेन्दुभौ मृत्युपक्षस्थौ रवीन्दू तत्र कष्टदौ।
यायिनो जयदश्चन्द्रो जीवपक्षे व्यवस्थितः ॥ ४९ ॥
भानुमान् जीवपक्षस्थः स्थायिनो विजयावहः ॥ ५० ॥

युद्धयात्रा में विशेष—राहु के भुक्त तेरह नक्षत्रों की जीवपक्ष संज्ञा और भोग्य तेरह नक्षत्रों की मृतपक्ष संज्ञा होती है और जिस नक्षत्र में राहु हो, उसकी कर्तरी और कर्तरी संज्ञक से पन्द्रहवें नक्षत्र की ग्रस्त संज्ञा होती है। इनका युद्धयात्रा में विचार करना चाहिये।

जीवपक्ष शुभ, मृतपक्ष अशुभ, मृतपक्ष से ग्रस्त नक्षत्र और ग्रस्त से कर्तरी शुभ होता है। मृतपक्ष में सूर्य तथा जीवपक्ष में चन्द्रमा स्थित रहने पर यात्रा में विजय और इसके विपरीत में पराजय होता है।

सूर्य, चन्द्रमा दोनों जीवपक्ष में रहने पर भी यात्रा शुभ होती है। दोनों मृतपक्ष हों तो

सूर्य, चन्द्रमा यात्रा में कष्ट देने वाले होते हैं। जीवपक्ष में चन्द्रमा होने पर यायी (जो चढ़ाई करता है) की और सूर्य जीवपक्ष में हो तो स्थायी (जिसपर चढ़ाई की जाती है) की जय होती है॥ ४५–५०॥

अथाकुल-कुल-कुलाकुलसंज्ञास्त्रिविधास्तत्फलं च

धनिष्ठा भरणी स्वाती हस्ताश्लेषा पुनर्वसुः।
रोहिणी त्र्युत्तरं चान्त्यानुराधे विषमा तिथिः॥ ५१॥
सूर्येन्दुगुरुमन्दाख्यवाराश्चैष गणोऽकुलः।
अत्र संप्रस्थितो राजा शत्रूञ्जयति सङ्गरे॥ ५२॥

अकुल संज्ञा व फल—धनिष्ठा, भरणी, स्वाती, हस्त, आश्लेषा, पुनर्वसु, रोहिणी, तीनों उत्तरा, रेवती, अनुराधा नक्षत्र, विषम तिथि, रवि, सोम, गुरु, शनिवार की अकुल गण संज्ञा होती है। इसमें प्रस्थान करने पर राजा युद्ध में शत्रुओं को पराजित करता है॥ ५१–५२॥

अथ कुलगणः

पूर्वाश्विनी मघा पुष्यः कृत्तिका श्रवणो मृगः।
चित्रा ज्येष्ठा विशाखा च कुजशुक्रौ चतुर्दशी॥ ५३॥
अष्टार्काशिवमितास्तिथ्यो गणोऽयं कुलसंज्ञकः।
संग्रामे यायिनो भङ्गः स्थायिनोऽत्र जयो भवेत्॥ ५४॥

कुल गण संज्ञा तथा फल—तीनों पूर्वा, अश्विनी, मघा, पुष्य, कृत्तिका, श्रवण, मृगशिरा, चित्रा, ज्येष्ठा, विशाखा नक्षत्र, मंगल, शुक्रवार, चौदस, अष्टमी, द्वादशी, द्वितीया तिथि की कुलगण संज्ञा होती है। इसमें यात्रा करने वाले राजा की युद्ध में हार और स्थायी की विजय होती है॥ ५३–५४॥

अथ कुलाकुलगणः

अभिजिन् मूलमार्द्रा च शतभं बुधवासरः।
द्वितीया दशमी षष्ठी कुलाकुलगणस्त्वयम्॥
राज्ञः संप्रस्थितस्यात्र सन्धिर्भवति वैरिणाम्॥ ५५॥

कुलाकुल गण संज्ञा एवं फल—अभिजित्, मूल, आर्द्रा, शतभिषा नक्षत्र, बुधवार, द्वितीया, दशमी, छठ तिथि की कुलाकुलगण संज्ञा होती है। इसमें प्रस्थानकर्ता राजा की शत्रुओं से सन्धि (मेल) होती है॥ ५५॥

अथ नामादिवर्णवशान्नैसर्गिकवर्णस्वरः

कच्छडाधभवानां स्यादकारो वर्णजः स्वरः।
खजढानमषानां तु स्वर ईकार उच्यते॥ ५६॥
गञतपयशा वर्णा उकारस्वरसंज्ञिनः।
घटथा फरसा वर्ण एकारस्वरसंज्ञकाः॥ ५७॥

जठदा बलहाश्चैषामोकारः कथितः स्वरः।
नाम्नि यश्चादिमो वर्णस्तद्वशाद् वर्णजः स्वरः॥ ५८॥

नाम के आदि अक्षर से स्वाभाविक वर्ण स्वर का ज्ञान—क, छ, च, ड, ध, म, व इन अ रों का 'अ' वर्ण स्वर। ख, ज, ढ, न, म, ष का ईकार। ग, झ, त, प, य, श इनका उकार। घ, ठ, त, फ, र, स इनका एकार स्वर और ज, ठ, द, ब, ल, ह अक्षरों का ओकार वर्ण स्वर होता है। नाम के आदि अक्षर से वर्ण स्वर होता है॥ ५६-५८॥

स्पष्टार्थं वर्णस्वर चक्र

स्वर	अ	इ	उ	ए	ओ
वर्ण	क, च, छ, ड, ध, म, व	ख, ज, ढ, न, म, ष	ग, झ, त, प, य, श	घ, ठ, थ, फ, र, स	ज, ठ, द, ब, ल, ह

अथ तिथिस्वरः

अकारादिस्वराः पंच नन्दाद्यास्तिथयः क्रमात्।
निजस्वरतिथेर्ज्ञेया बालप्रभृतयः स्वराः॥ ५९॥
आद्यो बालः कुमारोऽन्यो युवा वृद्धस्तथा मृतिः।

तिथि स्वर ज्ञान—नन्दादि तिथियों के अकारादि पांच स्वर क्रम से होते हैं। जैसे नन्दा तिथि का अकार, भद्रा का इकार, जया का उकार, रिक्ता का एकार और पूर्णा तिथि का ओकार स्वर होता है। नन्दादि तिथि स्वरों की बालादि स्वर संज्ञा होती। अर्थात् नन्दा तिथि का बाल, भद्रा का कुमार, जया का युवा, रिक्ता का वृद्ध और पूर्णा का मृत स्वर होता है॥ ५९-५९½॥

स्पष्टार्थं सारिणी

स्वर	अ	इ	उ	ए	ओ
तिथि	नन्दा	भद्रा	जया	रिक्ता	पूर्णा ३०
	१।६।११	२।७।१२	३।८।१३	४।९।१४	५।१०।१५
बालादि	बाल	कुमार	युवा	वृद्ध	मृत

बालादि स्वरों का फल

ईषल्लाभकरस्त्वाद्यः कुमारस्त्वर्धलाभदः॥ ६०॥
सर्वां सिद्धिं युवा कुर्याद् वृद्धो मध्योऽधमोऽन्तिमः॥ ६१॥

बालादि स्वरों का फल—बालस्वर थोड़ा लाभ कराने वाला, कुमार आधा लाभ देने वाला, युवा समस्त सिद्धिदाता, वृद्ध मध्यम और मृतस्वर अधम होता है। ६०-६१॥

अथ तात्कालिकः स्वरः

तिथेर्गतैष्ययोगस्य यः स्यादेकादशांशकः।
तात्कालिकः स्वरश्चासौ स्वावस्थातः क्रमात् स्मृतः॥ ६२॥

तात्कालिक स्वर का ज्ञान—तिथि के गत व एष्य काल का योग करके ग्यारहवाँ भाग जान कर वर्तमान में जो होता है वह तिथि वश बालादि स्वर होता है ॥ ६२ ॥

अथ पथि राहुचक्रम्

विशाखा पुष्यभाश्लेषाऽनुराधाश्विशताभिधम् ।
धनिष्ठैतानि धर्मे स्युश्चक्रेऽस्मिन् पथि राहुके ॥ ६३ ॥
भरणी श्रवणो ज्येष्ठा मघा स्वाती पुनर्वसुः ।
पूर्वाभाद्रपदैतानि भान्यर्थे गदितानि च ॥ ६४ ॥
चित्रार्द्रा कृत्तिका मूलपूर्वाफाल्गुनिकाभिजित् ।
तथा भाद्रोत्तरैतानि कामे धिष्ण्यानि सप्त च ॥ ६५ ॥
उत्तराफाल्गुनी हस्तो रोहिणी रेवती मृगः ।
पूर्वाषाढद्वयं मोक्षे भान्येतानि बुधा जगुः ॥ ६६ ॥

यात्रा में राहुचक्र—विशाखा, पुष्य, आश्लेषा, अनुराधा, अश्विनी, शतभिषा, धनिष्ठा इनकी धर्म मार्ग संज्ञा, भरणी, श्रवण, ज्येष्ठा, मघा, स्वाती, पुनर्वसु, पूर्वाभाद्रपदा नक्षत्र की अर्थ संज्ञा, चित्रा, आर्द्रा, कृत्तिका, मूल, पूर्वाफाल्गुनी, अभिजित्, उत्तरा भाद्रपदा नक्षत्र की काम संज्ञा और उत्तरा फाल्गुनी, हस्त, रोहिणी, रेवती, मृगशिरा, पूर्वाषाढा, उत्तराषाढा नक्षत्र की मोक्ष मार्ग संज्ञा पंडितों ने बताई है ॥ ६३–६६ ॥

स्पष्टार्थ चक्र

धर्म	वि.	पु.	आ.	अ.	अ.	श.	ध.
अर्थ	भ.	श्र.	ज्ये.	म.	स्वा.	पुनः	पू. भा.
काम	चि.	आ.	कृ.	मू.	पू. फा.	अभि.	उ. भा.
मोक्ष	उ. फा.	ह.	रो.	रे.	मृ.	पू. षा.	उ. षा.

राहुचक्रफलम्

धर्मर्क्षसंस्थिते सूर्येश्चन्द्रो मोक्षार्थगः शुभः ।
अर्थर्क्षे भास्करे चन्द्रः प्रशस्तो धर्ममोक्षगः ॥ ६७ ॥
सूर्यः कामर्क्षे श्रेष्ठे मोक्षधर्मार्थगः शशी ।
मोक्षधिष्ण्यस्थिते सूर्ये चन्द्रमा धर्मगः शुभः ॥ ६८ ॥
अन्यथा त्वशुभो ज्ञेयो यात्रायां शुभमीप्सुभिः ॥ ६९ ॥

राहु चक्र फल—धर्म संज्ञक नक्षत्र में सूर्य व मोक्ष या अर्थ संज्ञक में चन्द्रमा के रहने पर यात्रा शुभ, वा अर्थ नक्षत्र में सूर्य तथा धर्म या मोक्ष संज्ञक नक्षत्र में चन्द्रमा के रहने पर यात्रा प्रशस्त होती है।

काम नक्षत्र में सूर्य एवं मोक्ष या धर्म या अर्थ संज्ञक में चन्द्रमा हो तो यात्रा श्रेष्ठ अथवा मोक्ष में सूर्य और धर्म में चन्द्रमा रहने पर शुभ की इच्छा करने वालों को यात्रा शुभ होती है अन्यथा अशुभ होती है ॥ ६७–६९ ॥

अथ यात्रायां गोरक्षकमतेन तिथिचक्रं तत्फलञ्च

मासे शुक्लादिके पौषे तिथिः प्रतिपदादितः।
द्वितीयाद्यास्तु माघे स्युस्तृतीयाद्यास्तु फाल्गुने ॥ ७० ॥
एवं चान्येषु मासेषु तिथ्यो द्वादशसंज्ञकाः।
लेख्याश्चक्रे त्रयोदश्याः संविहाय तिथित्रयम् ॥ ७१ ॥

यात्रा में गोरक्षक मत से सफल तिथि चक्र—पौष मास की शुक्ल पक्षीय प्रतिपदा से, माघ की द्वितीया से, फागुन की तृतीया से, चैत की चतुर्थी से इसी प्रकार आगे के मासों में १२ बारह तिथियों तक तेरस, चौदस, पूर्णिमा का त्याग कर लिखना चाहिये ॥ ७०-७१ ॥

फलज्ञानम्

तृतीयादित्रये यत्तत् त्रयोदश्यादिके फलम्।
मासेषु तिथिकोष्ठस्थतिथीनां क्रमतः फलम् ॥ ७२ ॥
याने प्राच्यादिकाष्ठासु वक्ष्ये द्वादशधा क्रमात्।

फल ज्ञान—तृतीयादि तीन तिथियों में जो फल वर्णित है वही तेरस, चौदस, पूर्णिमा का फल होता है। मासों में तिथि कोष्ठस्थ तिथियों का फल पूर्वादि दिशाओं के आधार पर बारह भागों में कह रहा हूँ ॥ ७२-७२½ ॥

सौख्यं शून्यं धनार्त्तिश्च लाभः प्रीतिर्भयं धनम्। ७३ ॥
कष्टं सौख्यं कलिर्मृत्युः शून्यं प्राच्यां फलं भवेत्।

पूर्वदिशा का फल—१ सुख, २ शून्य, ३ धन नाश, ४ लाभ, ५ प्रीति, ६ भय, ७ धन, ८ कष्ट, ९ सुख, १० कलह, ११ मरण, १२ शून्य, पूर्व दिशा में फल होता है ॥ ७३-७३½ ॥

क्लेशो नैःस्वं व्यथा सौख्यं द्रव्याप्तिर्लाभपीडने।
सौख्यं लाभो व्ययालाभः सौख्यं याम्यदिशि ध्रुवम् ॥ ७४ ॥

दक्षिण दिशा का फल—क्लेश, निर्धनता, व्यथा, सुख, धन प्राप्ति, लाभ, पीडा, सुख, लाभ, खर्च, अलाभ और सुख, दक्षिण दिशा का फल होता है ॥ ७४ ॥

भयं नैःस्वं प्रियाप्तिश्च भद्रं, द्रव्यं मृतिर्धनम्।
क्लेशो लाभोऽर्थसिद्धिश्च स्वलाभो मृत्युश्च पश्चिमे ॥ ७५ ॥

पश्चिम दिशा का फल—भय, दरिद्रता, इष्टाप्ति, कल्याण, धन, मरण, धन, क्लेश, लाभ, अर्थ सिद्धि, धन लाभ, मृत्यु पश्चिम दिशा का फल होता है ॥ ७५ ॥

धनं मित्रं धनं लाभो सौख्यं लाभो व्यथा सुखम्।
कष्टं द्रव्यत्वशून्यत्वं कष्टमुत्तरदिक् फलम् ॥ ७६ ॥

उत्तर दिशा का फल—धन, मित्रता, धन, लाभ, सुख, लाभ, व्यथा, सुख, कष्ट, द्रव्य, शून्य, कष्ट यह उत्तर दिशा का फल होता है ॥ ७६ ॥

स्पष्टार्थं सफल तिथि चक्र

मास	पौ.	मा.	फा.	चै.	वै.	जे.	आ.	श्रा.	भा.	आ.	का.	अ.	पू.	द.	प.	उ.
तिथि	१	२	३	४	५	६	७	८	९	१०	११	१२	सुख	क्लेश	भीति	धन
,,	२	३	४	५	६	७	८	९	१०	११	१२	१	शून्य	निर्धनता	दरिद्रता	मित्रता
,,	३	४	५	६	७	८	९	१०	११	१२	१	२	धन कष्ट	व्यथा	प्रियाप्ति	धन
,,	४	५	६	७	८	९	१०	११	१२	१	२	३	लाभ	सुख	भद्र	लाभ
,,	५	६	७	८	९	१०	११	१२	१	२	३	४	प्रीति	धन लाभ	धन	सुख
,,	६	७	८	९	१०	११	१२	१	२	३	४	५	भय	लाभ	मृत्यु	लाभ
,,	७	८	९	१०	११	१२	१	२	३	४	५	६	धन	पीड़ा	धन	व्यथा
,,	८	९	१०	११	१२	१	२	३	४	५	६	७	कष्ट	सुख	क्लेश	सुख
,,	९	१०	११	१२	१	२	३	४	५	६	७	८	सुख	लाभ	लाभ	कष्ट
,,	१०	११	१२	१	२	३	४	५	६	७	८	९	कलह	व्यय	अर्थ सिद्धि	द्रव्य
,,	११	१२	१	२	३	४	५	६	७	८	९	१०	मरण	अलाभ	धन	शून्य
तिथि	१२	१	२	३	४	५	६	७	८	९	१०	११	शून्य	सुख	मृत्यु	कष्ट

अथ सर्वाङ्कयोगफलम्

तिथिनक्षत्रवारैक्यं सप्ताष्टाग्निविभाजितम् ।
आदिशून्येति पीडा स्यान्मध्यशून्ये भयं तथा ॥ ७७ ॥
शून्येऽन्त्ये वपुषो रोगो मृत्युः शून्यत्रये ध्रुवम् ।
जयश्चार्थागमः सौख्यं शेषे च स्थानकत्रये ।
नित्यमेतद्धि यात्रादौ शुक्लाद्यास्तिथयोऽत्र तु ॥ ७८ ॥

समस्त अंक योग फल—यात्रा तिथि की संख्या शुक्ल प्रतिपदा से जान कर उसमें नक्षत्र व वार संख्या को जोड़ कर तीन स्थानों में रख कर ७।८।३ से भाग देने पर यदि प्रथम स्थान में शून्य शेष हो तो यात्रा में पीड़ा, मध्य स्थान में शून्य होने पर भय और अन्तिम स्थान में शून्य होने से शरीर में रोग एवं तीनों स्थानों में शून्य प्राप्त हो तो यात्रा में मृत्यु होती है। इसका यात्रा में नित्य विचार करना चाहिये ॥ ७७–७८ ॥

अथाडलभ्रमौ त्याज्यौ

रविभात् साभिजिच्चान्द्रे सप्तहृद् द्वयाद्रिशेषके ।
आडलोऽथ त्रिषट्शेषे भ्रमो नेष्टौ गमे त्विमौ ॥ ७९ ॥

आडल, भ्रम दोष का त्याग—सूर्य के नक्षत्र से अभिजित् सहित चन्द्र नक्षत्र तक की संख्या में सात का भाग देने से २।७ शेष में आडल और ३।६ शेष होने पर भ्रम दोष होता है। ये दोनों यात्रा में अशुभ होते हैं ॥ ७९ ॥

अथ प्रशस्तो हैबरयोगः

चन्द्रभं सूर्यभाद्युक्तं पक्षादितिथिवासरैः ।
नवाप्तं सप्तशेषे तु हैबरः स्याच्छुभो गमे ॥ ८० ॥

शुभ हैबर योग—सूर्य नक्षत्र से चन्द्र नक्षत्र तक की संख्या में तिथि व वार की संख्या को जोड़ कर योग में ९ का भाग देने पर सात शेष बचे तो हैबर योग होता है। यह यात्रा में शुभ होता है ॥ ८० ॥

अथ घबडाख्यशुभयोगः

रविभाच्चान्द्रभं त्रिघ्नं तिथियुक् सप्तभाजितम् ।
घबाडस्तु त्रिशेषे स्याद् गमने श्रेष्ठ ईरितः ॥ ८१ ॥

घबाड शुभ योग—सूर्य के नक्षत्र से चन्द्र नक्षत्र तक की संख्या को तीन से गुना कर तिथि संख्या जोड़ कर सात का भाग देने पर तीन शेष में घबाड़ योग यात्रा में शुभ होता है ॥ ८१ ॥

अथ घातचन्द्रः

जन्मस्थो मेषराशेः स्याद्वृषभस्य तु पंचमः ।
नवमो मिथुनस्येन्दुर्द्वितीयः कर्कटस्य च ॥ ८२ ॥

षष्ठस्तु सिंहराशेश्च कन्यायाः दशमः स्मृतः।
तृतीयस्तु तुलाराशेर्वृश्चिकस्य च सप्तमः॥ ८३॥
चतुर्थो धान्वनो ज्ञेयो मकरस्याष्टमस्तथा।
कुम्भस्यैकादशः प्रोक्तो मीनस्य द्वादशः स्मृतः॥ ८४॥

१२ राशियों के घात चन्द्रमा—मेष राशि वाले को जन्म का अर्थात् मेष का, वृष को पाँचवाँ, मिथुन को नवाँ, कर्क को दूसरा, सिंह को छठा, कन्या को दसवाँ, तुला को तीसरा, वृश्चिक को सातवाँ, धनु को चौथा, मकर को आठवाँ, कुंभ को ग्यारहवाँ और मीन राशि वालों को बारहवाँ चन्द्रमा घातक होता है॥ ८२-८४॥

घातकचन्द्रस्य त्यागः

घातचन्द्रा इमे वर्ज्या यात्रायां राजदर्शने।
विवादे वाहनारोहे युद्धभैषज्यसेवने॥
विवाहादिशुभेऽन्यत्र नैते चिन्त्या मनीषिभिः॥ ८५॥

घातक चन्द्र का त्याग – घातक चन्द्रमा का यात्रा, नृप दर्शन, विवाद, सवारी पर चढ़ना, लड़ाई, दवाई खाना, विवाह आदि शुभ मांगलिक कार्य में त्याग करना इन से पृथक् कामों में इन का विचार नहीं करना चाहिये॥ ८५॥

अथ घातनक्षत्राणि

मेषे मघा वृषे हस्तो मिथुने स्वातिरुच्यते।
कर्कटे चानुराधाख्यं सिंहे मूलं प्रकीर्तितम्॥ ८६॥
कन्यायां श्रवणो ज्ञेयस्तुलायां शततारका।
वृश्चिके रेवती धिष्ण्यं भरणी धनुषि स्मृता॥ ८७॥
मकरे रोहिणी कुंभे चार्द्राश्लेषा तु मीनभे।
एतानि घातधिष्ण्यानि जन्मराशौ नरस्य च॥ ८८॥

१२ राशियों के घातक नक्षत्र—मेष राशि वालों को मघा, वृष को हस्त, मिथुन को स्वाती, कर्क को अनुराधा, सिंह को मूल, कन्या को श्रवण, तुला को शतभिषा, वृश्चिक को रेवती, धनु को भरणी, मकर को रोहिणी, कुंभ को आर्द्रा और मीन राशि वालों को आश्लेषा नक्षत्र घातक होता है॥ ८६-८८॥

अथ घातवाराः

मेषे रविर्बुधः कर्के मिथुने चन्द्र एव च।
कन्यावृषभसिंहेषु शनिः स्यान्मकरे कुजः॥ ८९॥
धनुर्वृश्चिकमीनेषु शुक्रोऽथ तुलकुम्भयोः।
जीवश्चैते जन्मराशौ घातवाराः बुधैः स्मृताः॥ ९०॥

१२ राशियों के घातक वार—जन्म की मेष राशि वालों को रविवार, कर्क को बुधवार,

मिथुन को सोमवार, कन्या-वृष-सिंह को शनिवार, मकर को मंगल वार, धनु-वृश्चिकमीन को शुक्र वार और तुला, कुंभ राशि वालों को गुरुवार घातक वार होता है ॥ ८९-९० ॥

अथ घाततिथयः

मेषवृश्चिकयोर्नन्दा भद्रा मिथुनकर्कयोः ।
कन्यावृषभमीनेषु पूर्णा घाततिथिः स्मृता ॥ ९१ ॥

घातक तिथि—मेष, वृश्चिक राशि वालों को नन्दा तिथि, मिथुन, कर्क को भद्रा, कन्या, वृष, मोन को पूर्णा तिथि घातक होती है ॥९१॥

विशेष—यहाँ शेष राशियों की घातक तिथियों का वर्णन नहीं है अतः पाठकों की जिज्ञासा के लिये ग्रन्थान्तर से दे दिया है। जैसे—मकर-तुला को रिक्ता और सिंह, धनु, कुंभ राशि वालों को जया तिथि घातक होती है ॥९१॥

अथ घाततिथीनां त्याज्यघटिकाः

कार्येऽत्यावश्यके नाडीषट्कं घाततिथौ बुधः ।
आदिमंशं परित्यज्य नो निन्द्या शेषनाडिकाः ॥ ९२ ॥

घातक तिथियों में निषिद्ध घड़ी—काय की अत्यावश्यकता होने पर घातक तिथि की आदि की ६ नाडियों का त्याग कर शेष में कार्य करना निषिद्ध नहीं होता है ॥९२॥

अथावश्यके घातचन्द्रस्य नक्षत्रपादास्त्याज्याः

मेषे तु कृत्तिकाद्योऽङ्घ्रिः वृषो चित्रा द्वितीयकः ।
युग्मे शते तृतीयोऽङ्घ्रिर्मघाया अपि कर्कटे ॥ ९३ ॥
धनिष्ठाद्यस्तथा सिंहे त्रयश्चार्द्रातृतीयकः ।
तुले मूलद्वितीयोऽङ्घ्रिरलौ चाहिस्तृतीयकः ॥ ९४ ॥
पूभातुर्यं धनुः सिंहे मघातुर्यं मृगे तथा ।
कुम्भे मूलचतुर्थोऽङ्घ्रिर्मीने पूभा तृतीयकः ॥ ९५ ॥
त्यात्या घातविधौ चोक्ताः पादा आवश्यके बुधैः ॥ ९६ ॥

आवश्यकता होने पर मेष राशि वालों को कृत्तिका नक्षत्र का पहिला चरण, वृ को चित्रा का दूसरा चरण, मिथुन को शतभिषा का तीसरा कर्क को मघा का तीसरा सिंह को धनिष्ठा का पहिला, कन्या को आर्द्रा का तीसरा, तुला को मूल का दूसरा, वृश्चि को आश्लेषा का तीसरा, धनु को पूर्वाभाद्रपदा का चौथा, मकर को मघा का चौथा, कुं को मूल का चौथा और मीन राशि वालों पूर्वा भाद्रपदा का तीसरा चरण त्याग चाहिये ॥९३-९६॥

अथ रव्यादयो घातग्रहास्तत्रादौ घातसूर्याः

वेदेभार्काश्विनन्देन्दुरसदिक्शैलसम्मताः ।
रुद्रनेत्राग्निसंख्याश्च घातसूर्यास्त्विमेऽजतः ॥ ९७ ॥

सूर्यादि घात ग्रह वर्णन में पहिले घातक सूर्य का ज्ञान—मेष राषि वालों को चौथा, वृष को आठवां, मिथुन को बारहवाँ, कर्क को सातवाँ, सिंह को नवाँ, कन्या को पहिला, तुला को छठा, वृश्चिक को दसवाँ, धनु को सातवाँ, मकर को ग्यारहवाँ, कुम्भ को दूसरा और मीन राशिवालों को तीसरा सूर्य घातक होता है ॥९७॥

अथ घातचन्द्राः प्रसंगात् पुनरपि

इन्दुबाणाङ्कनेत्राङ्गदिगग्निनगसंख्यकाः ।
वेदाष्टेशार्कसंख्याका मेषाद् घातेन्दवः क्रमात् ॥ ९८ ॥

पुनः प्रसंगवश घातक चन्द्र—मेष राशि वालों को पहिला, वृष को पाँचवाँ, मिथुन को नवाँ, कर्क को दूसरा, सिंह को छठा, कन्या को दसवाँ, तुला को तीसरा, वृश्चिक को सातवाँ, धनु को चौथा, मकर को आठवाँ, कुम्भ को ग्यारहवाँ और मीन राशिवालों को बारहवाँ चन्द्रमा घातक होता है ॥९८॥

अथ घातभौमाः

बाणाङ्केन्दुरसाशाहक्शैलरुद्रेभसम्मताः ।
सूर्याऽग्न्यब्धिमिता मेषात् क्रमाद् घातधरात्मजाः ॥ ९९ ॥

१२ राशियों के घातक मंगल—मेष राशि वालों के लिये पाँचवाँ, वृष के लिये नवाँ, मिथुन के लिये पहिला, कर्क के लिये छठा, सिंह के लिये दसवाँ, कन्या के लिये दूसरा, तुला के लिये सातवाँ, वृश्चिक के लिये ग्यारहवाँ, धनु के लिये आठवाँ, मकर के लिये बारहवाँ, कुंभ के लिये तीसरा और मीन राशि वालों के लिये चौथा मंगल घातक होता है ॥९९॥

अथ घातबुधाः

नेत्राङ्गाशाग्निशैलेशवेदाष्टेष्वङ्कसम्मिताः ।
द्वादशेन्दुमिता घातबोधनाः क्रमतस्त्वजाः ॥ १०० ॥

१२ राशियों के घातक बुध—मेष राशि को दूसरा, वृष को छठा, मिथुन को दसवाँ, कर्क को तीसरा, सिंह को सातवाँ, कन्या को ग्यारहवाँ, तुला को चौथा, वृश्चिक को आठवाँ, धनु को पाँचवाँ, मकर को नवाँ, कुंभ को बारहवाँ और मीन को प्रथम बुध घातक होता है ॥१००॥

अथ घातगुरवः

रसाशानेत्रशैलेशवह्निनागार्कसम्मिताः ।
नन्देन्द्वब्धीषुसंख्यास्ते घातेज्याः मेषतः क्रमात् ॥ १०१ ॥

१२ राशियों के घातक बृहस्पति—मेष राशि को छठा, वृष को दसवाँ, मिथुन को तीसरा, कर्क को सातवाँ, सिंह को ग्यारहवाँ, कन्या को तीसरा, तुला को आठवाँ, वृश्चिक को बारहवाँ, धनु को नवाँ, मकर को पहिला, कुंभ को चौथा और मीन राशि को पाँचवाँ बृहस्पति घातक होता है ॥१०१॥

अथ घातभृगवः

शैलदिग्वह्निनागार्कवेदनन्देन्दुभिर्मिताः ।
आशाशिवबाणाङ्गसंख्या घातशुक्रास्तु मेषभात् ॥ १०२ ॥

१२ राशियों के घातक शुक्र—मेष राशि को सातवाँ, वृष को दसवाँ, मिथुन को तीसरा, कर्क को आठवाँ, सिंह को बारहवाँ, कन्या को चौथा, तुला को नवाँ, वृश्चिक को पहिला, धनु को दसवाँ, मकर को दूसरा, कुम्भ को पाँचवां और मीन राशि को छठा शुक्र घातक होता है ॥ १०२ ॥

अथ घातशनयः

वह्निशैलेशवेदाष्टसूर्यबाणाङ्कषण्मिताः ।
दिगिन्दुनेत्रसंख्यास्ते मेषाद् घातशनैश्चराः ॥ १०३ ॥

१२ राशियों के घातक शनि—मेष राशि को तीसरा, वृष को सातवाँ, मिथुन को ग्यारहवाँ, कर्क को चौथा, सिंह को आठवाँ, कन्या को बारहवाँ, तुला को पाँचवाँ, वृश्चिक को नवां, धनु को छठा, मकर को दसवाँ, कुम्भ को पहिला और मीन को दूसरा शनि घातक होता है ॥ १०३ ॥

अथ स्त्रीणां घातचन्द्राः

भूनागाश्वाङ्कवेदाग्निरसाद्व्याशाशिवेषुभिः ।
सूर्यैश्च प्रमिता मेषाद् घातचन्द्राः मृगीदृशाम् ॥ १०४ ॥

स्त्रियों के घातक चन्द्रमा—स्त्रियों में मेष को पहिला, वृष को आठवाँ, मिथुन को सातवाँ, कर्क को नवाँ, सिंह को चौथा, कन्या को तीसरा, तुला को छठा, वृश्चिक को दूसरा, धनु को दसवाँ, मकर को ग्यारहवाँ, कुम्भ को पाँचवाँ और मीन राशि को बारहवाँ चन्द्रमा घातक होता है ॥ १०४ ॥

अथ चन्द्रावासः

मेषसिंहधनुःसंस्थः पूर्वस्यां दिशि चन्द्रमा ।
दक्षिणस्यां वसेन्नित्यं कन्यावृषभनक्रगः ॥ १०५ ॥
तुलामिथुनकुम्भस्थः पश्चिमायां निशाकरः ।
कर्कवृश्चिकमीनेषु गतस्तिष्ठेत्तथोत्तरे ॥ १०६ ॥

दिशाओं में चन्द्र का निवास—मेष, सिंह, धनु राशिस्थ चन्द्रमा पूर्व दिशा में, वृष, कन्या, मकर का दक्षिण में, तुला, मिथुन, कुम्भ का पश्चिम में और कर्क, वृश्चिक, मीन राशि का उत्तर दिशा में निवास करता है ॥ १०५–१०६ ॥

चन्द्रनिवासफलम्

सन्मुखेऽब्जेऽर्थलाभः स्यात् सुखं सम्पच्च दक्षिणे ।
पृष्ठगे निधनं यातुर्वामभागे वसुक्षयः ॥ १०७ ॥

चन्द्रवासस्तु संप्रोक्तो दिशो राश्यनुसारतः।
लोकाद्वा व्यवहाराय मूलं तस्य विचिन्त्यताम् ॥ १०८ ॥
नाड्यः सप्तदश प्राच्यां याम्यां तिथिमितास्ततः।
ततः स्वर्गमिताः प्रत्यगुत्तरस्यां तु षोडश ॥ १०९ ॥
पुनः सप्तदश प्राच्यां दक्षिणस्यां चतुर्दश।
पश्चिमे नखसंख्यास्ता उदीच्यां पंचभूमिताः ॥ ११० ॥
वासद्वयं भ्रमश्चेन्दोः स्ववासस्थानतः क्रमात्।
एकराशिस्थितोऽपीह तद्दिशाजं फलं दिशेत् ॥ १११ ॥

चन्द्र निवास का फल—यात्रा में सामने चन्द्रमा में लाभ, दाहिने में सुख, सम्पत्ति, पीछे में मरण और बायें चन्द्रमा में धन का क्षय होता है।

राशिवश चन्द्र निवास यहाँ कहा गया है। इसका सांसारिक व्यवहार में विचार करना चाहिये ॥ १०७–१०८ ॥

आवश्यकता में एक राशिस्थ भी चन्द्रमा घटी भ्रमण से चारों दिशा में घूमता है, यह किसी-किसी आचार्य का पक्ष है।

चन्द्रमा १७ सत्रह घटी पूर्व में, फिर पन्द्रह १५ घटी दक्षिण में, २१ इक्कीस पश्चिम में, १६ सोलह उत्तर में, पुनः सत्रह १७ पूर्व में, १४ चौदह दक्षिण में, २० बीस पश्चिम में और १५ पन्द्रह घटी उत्तर में निवास करता है।

जिस दिशा में चन्द्रमा हो, उसी दिशा से घटियों के आधार पर घूमता भिन्न दिशास्थ अभीष्ट समय में होने पर उसी का फल देता है ॥ १०९–१११ ॥

अथ योगिनीवासः

नवमीप्रतिपत्तिथ्योः प्राच्यां तिष्ठति योगिनी।
अग्निकोणे तृतीयायामेकादश्यां तथैव हि ॥ ११२ ॥
त्रयोदश्यां च पञ्चम्यां दक्षिणस्यां तु योगिनी।
द्वादश्यां नैर्ऋते ज्ञेया चतुर्थ्यामपि सर्वदा ॥ ११३ ॥
चतुर्दश्यां च षष्ठ्यां च पश्चिमायां दिशि ध्रुवम्।
वायुकोणे तु सप्तम्यां पूर्णिमायां तथैव च ॥ ११४ ॥
योगिन्युत्तरदिग्भागे द्वितीया दशमी दिने।
अमायां च तथाष्टम्यामीशान्यां योगिनी भवेत् ॥ ११५ ॥

१।९ नवमी व प्रतिपदा तिथि में पूर्व दिशा में, ३।११ तृतीया, एकादशी में अग्नि कोण में, १३।५ तेरस, पंचमी में दक्षिण दिशा में, १२।४ द्वादशी, चौथ में नैर्ऋत्य कोण में, १४।६ चौदस, छठ में पश्चिम में, ७।१५ सप्तमी, पूर्णिमा में वायु कोण में, द्वितीया, दशमी २।१० में उत्तर दिशा में और ३०।८ अमावास्या, अष्टमी तिथि में ईशान कोण में योगिनी का निवास होता है ॥ ११२–११५ ॥

योगिनीनिवासफलम्

योगिनी सन्मुखे द्यूते गमे युद्धे च मृत्युदा ।
अशुभा दक्षभागस्था पृष्ठे वामे जयप्रदा ॥ ११६ ॥

योगिनी निवास का फल—यात्रा, जुआ और युद्ध में योगिनी सम्मुख दिशा में होने पर मृत्यु देने वाली, दाहिने अशुभ और पीछे व वाम भाग में हो तो विजय देने वाली होती है ॥ ११६ ॥

अथ तात्कालिकयोगिनी

प्राच्युत्तराग्निनैर्ऋत्ययाम्यपश्चिमवायुपु ।
ईशान्यां योगिनी गच्छेत् स्वदेशः कथितः क्रमात् ॥ ११७ ॥
यामार्धभोगकालेऽस्यास्तिथौ द्विभ्रमणं सदा ।
तत्कालयोगिनी चैषा जयदा पृष्ठवामगे ॥ ११८ ॥

पूर्व, उत्तर, अग्नि, नैर्ऋत्य, दक्षिण, पश्चिम. वायव्य, ईशान कोण में दिशा क्रम से योगिनी आधे-आधे प्रहर के हिसाव से दिन में दो बार तिथि में भ्रमण करती है । यह तत्काल योगिनी पीछे व बायें होने पर विजयश्री प्रदान करती है ॥ ११७–११८ ॥

अथ कालवासः

उत्तरस्यां रवेर्वारे वायौ चन्द्रदिने भवेत् ।
भौमवारे प्रतीच्यां तु नैर्ऋत्यां बुधवासरे ॥ ११९ ॥
यमाशायां गुरोर्वारे वह्नेर्दिशि भृगोर्दिने ।
प्राच्यां दिशि शनेर्वारे कालः प्रोक्तो मनीषिभिः ॥ १२० ॥
कालस्याभिमुखः पाशो वैपरीत्यं तयोर्निशि ।
तावभौ सन्मुखौ त्याज्यौ वामदक्षिणगौ शुभौ ॥ १२१ ॥

पाश, काल निवास ज्ञान—रविवार में काल का निवास उत्तर दिशा में, सोमवार में वायुकोण में, मंगलवार में पश्चिम में, बुधवार में नैर्ऋत्य कोण में, गुरुवार में दक्षिण दिशा में, शुक्रवार में अग्निकोण में और शनिवार में पूर्व दिशा में काल का वास होता है और काल में संमुख पाश का निवास होता है तथा रात्रि में दोनों की स्थिति विपरीत होती है । ये दोनों संमुख होने पर त्याज्य एवं बायें या दायें हों तो शुभ होते हैं । ॥११९–१२१॥

अथ यामार्धात्मकश्च द्विविधो राहुः

पूर्वाद्दिवा परा रात्रौ षष्ठी षष्ठी दिशं तमः ।
यामार्द्धं भ्रमतीशानात्तुर्यात्तुर्यो घटीद्वयम् ॥ १२२ ॥

यामार्धात्मक दो प्रकार का राहु—राहु दिन में पूर्व दिशा से तथा रात में पश्चिम दिशा से छठी, छठी दिशा में आधे आधे पहर और ईशान दिशा से चौथी दिशा में दो-दो घटी प्रमाण से घूमता है ॥१२२॥

दिवसे प्रहरात्मकराहुदिशाज्ञानम्

राहुयामार्धमानेन माति सूर्योदयात् क्रमात् ।
शक्रवायुयमेशाम्बुवह्निग्लौरक्षसां दिशि ॥ १२३ ॥

दिन में प्रहरात्मक राहु दिशा ज्ञान—सूर्योदय से राहु आधे-आधे पहर पूर्व, वायव्य, दक्षिण, ईशान, पश्चिम, आग्नेय, उत्तर और नैऋत्य दिशा में क्रम से भ्रमण करता है ॥१२३॥

रात्रौ अर्धप्रहरात्मकराहुभ्रमणदिशा

रात्रौ वरुणअग्नीन्दुरक्षः शक्रो मरुद्दिशि ।
याम्यां शैवदिशि प्रोक्तो भ्रमो यामार्धमानतः ॥ १२४ ॥

रात्रि में अर्ध प्रहरात्मक राहु भ्रमण दिशा—रात्रि में राहु आधे आधे प्रहर पश्चिम, आग्नेय, उत्तर, नैऋत्य, पूर्व, वायव्य, दक्षिण और ईशान दिशा में क्रम से घूमता है ॥१२४॥

मुहूर्तात्मकराहुभ्रमणदिशा

ईशान्तकमरुच्चक्ररक्षश्चन्द्रानलाम्भसाम् ।
दिशि भ्रमत्यगुर्नाडीद्वयमानाद्दिवानिशम् ॥ १२५ ॥
ज्ञेयोऽत्र षोडशांशस्तु मुहूर्त्तोऽयं दिवानिशम् ॥ १२६ ॥

मुहूर्तात्मक राहु भ्रमण दिशा—राहु दिन में दो दो घड़ी ईशान, दक्षिण, वायव्य, पूर्व नैऋत्य, उत्तर, आग्येय और पश्चिम दिशा में क्रम से घूमता है। दिन रात का सोलहवाँ भाग मुहूर्त होता है ॥१२५–१२६॥

द्विविधराहुफलम्

द्विविधः पृष्ठगो राहुः शुभदो दक्षिणोऽपि च ।
स चेद् योगिनिकायुक्तस्तदा युद्धे जयो ध्रुवम् ॥ १२७ ॥
वामगः सन्मुखस्त्याज्यो यत्नाद् युद्धशुभेप्सुना ॥ १२८ ॥

दो प्रकार के राहु का फल—दोनों प्रकार का राहु पीछे व दाहिने होने पर शुभकारी और यही योगिनी से युक्त हो तो लड़ाई में अवश्य विजय करता है। युद्ध में शुभ की कामना करने वालों को प्रयत्न पूर्वक संमुख व वाम राहु का त्याग करना चाहिये ॥१२७–१२८॥

अथ परिघदण्डः

कृत्तिकातश्चतुर्दिक्षु सप्त सप्त च पूर्वतः ।
परिघं लङ्घयेन्नैव वायव्यानलदिग्गतम् ॥ १२९ ॥

परिघ दण्ड दोष ज्ञान—पूर्व दिशा से चारों दिशाओं में कृत्तिका नक्षत्र से सात, सात नक्षत्र स्थापित करके वायव्य कोण से अग्निकोण तक रेखा करने से परिघ दण्ड रेखा का निर्माण होता है, इसका यात्रा में उल्लंघन नहीं करना चाहिये। अर्थात् उक्त दिशा के नक्षत्रों में कथित दिशा की यात्रा शुभ और विपरीत या भिन्न दिशा की यात्रा अशुभ होती है ॥१२९॥

अथ परिघे विदिङ्निर्णयः

पूर्वदिग्द्वारभैर्यायाद्दिशमग्नेः प्रदक्षिणम् ।
विदिक्ष्वेवं तथान्यासु जयेप्सुर्नृपतिः सदा ॥ १३० ॥

परिघ में विदिशाओं का निर्णय—जय की कामना वाले राजा को पूर्व दिशा के नक्षत्रों में अग्निकोण की, दक्षिण दिशा के नक्षत्रों में नैऋत्य कोण की, पश्चिम के नक्षत्रों में वायव्य की और उत्तर दिशा के नक्षत्रों में ईशान कोण की यात्रा करनी चाहिये ॥ १३० ॥

स्पष्टार्थ परिघ दण्ड चक्र

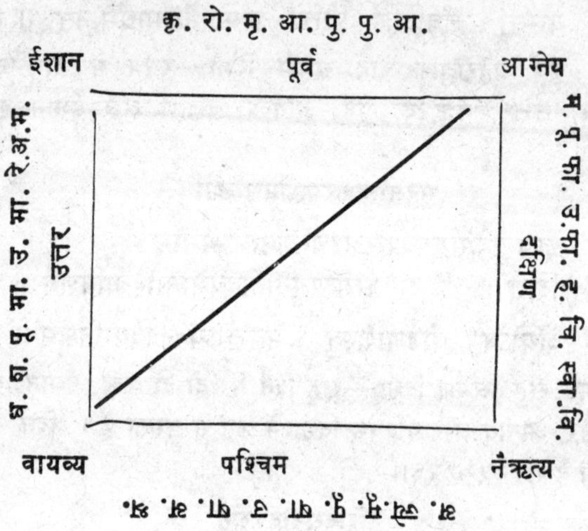

अथावश्यके परिघोल्लंघनम्

कृत्ये चावश्यके गच्छेद् विलंघ्य खलु पारिघम् ।
त्यक्त्वा शूलं यदा शुद्धिर्दिग्लग्नस्य तदा नृपः ॥ १३१ ॥

आवश्यकता में परिघ का उल्लंघन—कार्य की आवश्यकता होने पर दिशा शूल को छोड़कर दिग् लग्न की शुद्धि वश राजा को परिघ दण्ड का उल्लंघन करके भी यात्रा करनी चाहिये ॥१३१॥

अथ सर्वदिग्यात्रायां श्रेष्ठानि भानि

पुष्यहस्तानुराधाद्ये सर्वदिग्गमनं शुभम् ॥ १३२ ॥

समस्त दिग्गमन में श्रेष्ठ मुहूर्त—पुष्य, हस्त, अनुराधा, अश्विनी नक्षत्र में समस्त दिशाओं की यात्रा शुभ होती है ॥१३२॥

अथ वक्रग्रहस्य त्याज्यवारादिकम्

ग्रहः केन्द्रगतो वक्रो लग्नं वा वक्रिवर्गगम् ।
वक्रिखेटस्य वारे वा तत्र यातुर्विनाशनम् ॥ १३३ ॥

वक्री ग्रह के त्याज्य वारादि—केन्द्रस्थ या लग्नस्थ वक्री ग्रहों के वर्ग में या वक्री ग्रह के वार में यात्रा कर्ता का विनाश होता है ।।१३३।।

अथानुकूलम्

दिवा सौम्यायने सूर्ये यायादुत्तरपूर्वयोः ।
चन्द्रे सौम्यायने रात्रौ प्रोक्ता यात्रा तयोर्दिशोः ॥ १३४ ॥
सूर्ये याम्यायने गच्छेत् प्रत्यग्दक्षिणयोर्दिवा ।
दिशयोस्त्वेतयोश्चन्द्रे रात्रौ याम्यायने गते ॥ १३५ ॥
उभौ सौम्यायने यायात्तदा चोत्तरपूर्वयोः ।
तौ चेद् याम्यायने प्रत्यग् याम्ययोस्तु दिवानिशम् ॥ १३६ ।
अन्यथा गमने नृणां भवेद्बन्धो वधोऽपि वा ॥ १३७ ॥

यात्रा में अनुकूलता—उत्तरायण सूर्य में उत्तर व पूर्व दिशा की दिन में, चन्द्रमा उत्तरायण में हो तो भी उत्तर व पूर्व की दिशा की यात्रा रात्रि में शुभ और दक्षिणायन सूर्य में पश्चिम व दक्षिण दिशा की यात्रा दिन में एवं दक्षिणायन चन्द्रमा में पश्चिम व दक्षिण की यात्रा रात्रि में शुभ, सूर्य, चन्द्र दोनों उत्तरायण में हों तो उत्तर, पूर्व दिशा की यात्रा और दोनों दक्षिणायन में हों तो दक्षिण, पश्चिम की यात्रा दिन व रात में शुभ होती है। इसके विपरीत यात्रा करने पर मनुष्यों का बन्धन वा मरण होता है ।।१३४–१३७।।

अथ त्रिविधः प्रतिशुक्रः

यत्रोदेति भृगुर्यत्नात्तां दिशं सन्मुखीं त्यजेत् ।
भार्गवाधिष्ठितो राशिर्दिशि वा यत्र लग्नतः ।। १३८ ॥
कृत्तिकादिषु दिग्द्वारभेषु यत्र स्थितोऽथवा ।
त्याज्या सापि दिशा यस्मात् सम्मुखस्त्रिविधो भृगुः ।। १३९ ।।

तीन प्रकार का प्रतिशुक्र—जिस दिशा में शुक्र का उदय हुआ हो वही दिशा संमुख होने पर यात्रा में प्रयत्न से या लग्न से जिस राशि में स्थित हो उस दिशा का या कृत्तिकादि दिग्द्वारस्थ नक्षत्रों में संमुख दिशा होने पर प्रतिशुक्र होता है। इन तीनों का यात्रा में त्याग करना चाहिये ।।१३८–१३९।।

अथ प्रतिशुक्रदोषापवादः

रेवत्यां मेषगे चन्द्रे भवत्यन्धो भृगोः सुतः ।
यात्रादौ नैव दोषाय सम्मुखो दक्षिणोऽपि वा ।। १४० ॥
भृग्वादिगोत्रजातानां न दोषः प्रतिशुक्रजः ।। १४१ ॥

प्रतिशुक्र का परिहार—रेवती नक्षत्र तथा मेषस्थ चन्द्रमा के नक्षत्र में शुक्र अन्धा होता है, अतः यात्रादि में संमुख, दक्षिण होने पर भी दोष दायक नहीं होता। भृगु, कश्यपादि ऋषियों के गोत्रों में प्रतिशुक्र का दोष नहीं होता है ।।१४०–१४१।।

अथ गमने शुक्रस्यास्तादिदोषः

वक्रनीचगतैः खेटैर्जिते चास्तंगते भृगौ ।
यो गच्छेत् स वशं याति प्रबलोऽपि द्विषां नृपः ॥ १४२ ॥

यात्रा में शुक्र के अस्तादि का दोष—बलवान् राजा भी शुक्र के यदि वक्र, नीच, ग्रहों से पराजित या अस्त होने पर यात्रा करता है तो शत्रु के वशीभूत होता है ॥१४२॥

अथ बुधोऽपि सम्मुखस्त्याज्यः

अनुकूले बुधे यायादित्थंभूतेऽपि भार्गवे ।
सम्मुखस्थे बुधे सर्वे वृथा खेटाः शुभा अपि ॥ १४३ ॥

बुध का भी संमुख होने पर त्याग—जिस रीति से अनुकूल शुक्र होता है, उसी प्रकार बुध की अनुकूलता में भी यात्रा शुभ होती है । सम्मुख बुध होने पर यदि अन्य ग्रह शुभ भी हों तो व्यर्थ होते हैं ॥१४३॥

अथ सामान्ययात्रायां प्रतिशुक्रादिदोषाभावः

नृणां प्रथमयात्रायां प्रतिशुक्रादिदूषणम् ।
जयार्थिनो नृपस्यापि नान्येषां तु कदाचन ॥ १४४ ॥

सामान्य यात्रा में प्रतिशुक्र दोष का अभाव – मनुष्यों की पहली यात्रा में तथा जयार्थी राजा की यात्रा में भी प्रतिशुक्र का दोष होता है । अन्यों की यात्रा में कभी दोष नहीं होता है ॥१४४॥

अथावश्यकतीर्थयात्रायां च न दोषः

अर्धोदयोपरागादौ पुण्ययोगे सुदुर्लभे ।
तीर्थार्थी च सुखं यायात् कालेऽप्यस्तादिकेष्वपि ॥ १४५ ॥

आवश्यक तीर्थ यात्रा में प्रति शुक्र दोष का अभाव—अर्धोदय, ग्रहण, दुर्लभ पुण्य योग होने पर शुक्र के अस्तादि दोष में भी तीर्थ की कामना वालों को सुख से यात्रा करनी चाहिये ॥१४५॥

अथ मार्गे शुक्रास्तादौ तत्रैव स्थितिः

मध्यमार्गे तु यात्रायां भृगावस्तेऽथ सन्मुखे ।
तावत् कालमुषित्वा च शुभकाले व्रजेन्नृपः ॥ १४६ ॥

मार्ग में शुक्रास्तादि दोष में वहीं पर रहना—यात्रा के बीच में शुक्र के अस्त या सम्मुख होने पर राजा को तब तक निवास करना चाहिये जब तक शुभ काल प्राप्त न हो और शुभ काल में यात्रा करनी चाहिये ॥१४६॥

अथ यात्रायां लग्नविचारस्तत्रादौ त्याज्यलग्नानि

कुम्भलग्ने च कुंभांशे न गच्छेत् सर्वथा नृपः ।
मीने मीनांशके यातुः पंथा वक्रो धनक्षतिः ॥ १४७ ॥

निषिद्धा गमने कैश्चिन् मीनवृश्चिककर्कटाः ।
लग्नस्था वा नवांशस्थाः प्रोक्ता राज्ञां जयार्थिनाम् ॥ १४८ ॥
भूभुजां जन्मलग्नाद् वा जन्मराशेश्च लग्नगे ।
निधने निधनांशे वा गमनं निधनाय वै ॥ १४९ ॥
वैरिणो जन्मराशेस्तु रिपुभे ना तदीश्वरः ।
यात्राकाले विलग्नस्थे सापि यात्रा विषायते ॥ १५० ॥

यात्रा में लग्न का विचार, उसमें पहिले त्याज्य लग्न—कुंभ लग्न या कुंभ राशि के नवांश में सर्वथा राजा को यात्रा नहीं करनी चाहिये और मीन लग्न या मीन के नवांश में यात्रा करने वाला बीच में से ही वापिस घर आता है या घन का विनाश होता है। किसी-किसी के मत से विजयार्थी राजा को मीन, वृश्चिक, कर्क लग्न में या लग्नस्थ मीनादि नवांश में यात्रा नहीं करना बताया है।

राजा की जन्म लग्न या जन्म राशि लग्न में या इनसे अष्टम लग्न या अष्टमांश में यात्रा मरण कारक होती है।

शत्रु की जन्मराशि से छठी लग्न या उसका स्वामी लग्नस्थ हो तो वह भी यात्रा विष समान अथात् अशुभ होती है ॥१४७–१५०॥

अथ शुभलग्नानि

जन्मराशीश्वरो जन्मलग्नेशो वा शुभग्रहः ।
तौ विलग्नगतौ वा तद्राशिलग्ने शुभोगमः ॥ १५१ ॥
लग्ने वर्गोत्तमे वेन्दौ यात्रोक्ता कार्यसिद्धये ।
अम्भोराशौ तदंशे वा नौकायानं प्रशस्यते ॥ १५२ ॥
जनौ यः शुभयुग् राशिर्वेशिसंज्ञोऽथवा भवेत् ।
स्वारिभान्निधनस्थो वा स राशिः शुभगः शुभः ॥ १५३ ॥
श्रेष्ठं शीर्षोदये लग्ने यात्रा सर्वार्थदायिनी ।
राजयोगोचिते लग्ने प्रशस्ता वसुधाभुजाम् ॥ १५४ ॥

यात्रा में शुभ लग्न—जन्म राशि का या जन्म लग्न का स्वामी या शुभ ग्रह या दोनों (जन्म लग्नेश और जन्म राशि स्वामी) लग्न में स्थित हों या दोनों की राशि यात्रा लग्न हो तो यात्रा शुभ होती है।

लग्न में वर्गोत्तम नवांश हो या चन्द्रमा वर्गोत्तम नवांश में होने पर यात्रा कार्य की सिद्धि करने वाली होती है या जल राशि लग्न हो या जल राशि का नवांश का लग्नस्थ हो तो यात्रा शुभ होती है।

जन्म काल में जो राशि शुभ ग्रह से युक्त हो या बारहवीं राशि शुभ ग्रह से युक्त या शत्रु राशि से आठवीं राशि लग्न हो तो यात्रा शुभ होती है।

शीर्षोदय लग्न में समस्त सिद्धियों को देने वाली या राजयोग कारक लग्न में राजा की यात्रा शुभ होती है ॥१५१–१५४॥

अथ दिग्राशयः

मेषादिराशयो दिक्षु चतसृष्वपि पूर्वतः ।
पूर्वतस्त्रिःक्रमाद् गण्याः प्रोक्ता दिग्द्वारराशयः ॥ १५५ ॥
लग्ने दिग्द्वारराशिस्थे यात्रा स्याज्जयकारिणी ।
प्रतिलोमे तु विघ्नार्तिकारिणी भङ्गदायिनी ॥ १५६ ॥

दिशाओं की राशि—मेषादि राशि चारों दिशाओं में पूर्व दिशा से तीन भ्रमण कराने पर दिग्द्वार राशियाँ दिशाओं की होती हैं। दिग्द्वार राशि लग्न में यात्रा विजयदायिनी और पीछे की राशियों में यात्रा विघ्न व दुःख दाता या भङ्गदायिनी होती है ॥१५५–१५६॥

स्पष्टार्थं चक्र

दिशा	पूर्व	दक्षिण	पश्चिम	उत्तर
लग्न	मेष	वृष	मिथुन	कर्क
लग्न	सिंह	कन्या	तुला	वृश्चिक
लग्न	धनु	मकर	कुम्भ	मीन

अथ दिगीशाः

रविः शुक्रः कुजो राहुः शनिश्चन्द्रो बुधो गुरुः ।
पूर्वादीनां क्रमादेते दिशामीशाः प्रकीर्त्तिताः ॥ १५७ ॥

दिशाओं के स्वामी—पूर्व दिशा का स्वामी सूर्य, अग्निकोण का शुक्र, दक्षिण का मंगल, नैऋत्य का राहु, पश्चिम का शनि, वायव्य का चन्द्रमा, उत्तर का बुध और ईशान कोण का स्वामी गुरु होता है ॥१५७॥

स्पष्टार्थं दिक् स्वामी चक्र

दिशा	पू.	आ.	द.	नै.	प.	वा.	उ.	ई.
स्वामी	सू.	शु.	म.	रा.	श.	च.	बु.	गु.

अथ लालाटिकयोगः

दिगीशः स्वीयदिक्संस्थो लालाटी कथितो ग्रहः ।
लग्नादौ सन्मुखस्त्याज्यो गमे मृत्युकरो यतः ॥ १५८ ॥

लालाटिक योग ज्ञान—दिशा का स्वामी अपनी दिशा की लग्न में होने पर लालाटिक योग कारक होता है। इस योग में यात्रा करने से मृत्यु होती है। इसलिये सम्मुख लग्नस्थ हो तो त्याग करना चाहिये ॥१५८॥

अथ दिगीशे अन्यकेन्द्रगे शुभं फलम्

दिगीशे केन्द्रगे गच्छेन्नतु लालाटगे क्वचित् ॥ १५९ ॥

दिशा स्वामी अन्य केन्द्रस्थ होने पर शुभ फल दाता—दिशा का स्वामी लग्न को छोड़कर अन्य केन्द्र में हो तो यात्रा शुभ फल देने वाली होती है। और लालाटिक हो तो कभी यात्रा नहीं करनी चाहिये ॥१५९॥

अथ ललाटस्पष्टीकरणम्

प्राच्यां लग्नगते सूर्ये शुक्र आयगतेऽनले ।
भौमे कर्मगते याम्या रन्ध्रेऽङ्केऽगौ च नैर्ऋतौ ॥ १६० ॥

शनौ द्यूने च वारुण्यां वायौ पुत्रारिगो विधौ ।
बुधे तुर्ये तथोदीच्यामीशान्यां द्वित्रिगे गुरौ ॥ १६१ ॥
इत्थं ललाटगे खेटे सन्मुखे गमनं त्यजेत् ॥ १६२ ॥

ललाट योग की स्पष्टता—लग्नस्थ सूर्य में पूर्व की यात्रा में, ग्यारहवें शुक्र में अग्निकोण की, दसवें मंगल में दक्षिण दिशा की, आठवें या नवें राहु में नैऋत्य की, सातवें शनि में पश्चिम की, पांचवें या छठे चन्द्रमा में वायव्य की, चौथे बुध में उत्तर दिशा की और दूसरे या तीसरे यात्रा लग्न से गुरु में ईशान कोण की यात्रा में ललाटिक योग होता है । इस प्रकार संमुख लालाटिक योग में यात्रा का त्याग करना चाहिये ॥१६०–१६२॥

अथोक्तसमये लग्नाद्यभावे उक्तान्यदिशि प्रशस्ता यात्रा

उषः शस्तं विना प्राचीं यामीं याने तथाभिजित् ।
निशीथस्तु विनोदीचीं गोधूलिर्वारुणं विना ॥ १६३ ॥

कथित काल में लग्नादि के अभाव में उक्त दिशा से भिन्न दिशा की शुभ यात्रा—उषा काल को छोड़कर पूर्व की, अभिजित् काल के बिना दक्षिण की, अर्ध रात्रि का त्याग कर उत्तर की और गोधूलि समय को छोड़कर पश्चिम की यात्रा करनी चाहिये ॥१६३॥

अथ यात्रायां शुभाशुभग्रहाः

हित्वा सप्तमगं शुक्रं केन्द्रकोणे शुभाः शुभाः ।
पापाश्चोपचये शस्ता याने नो दशमः शशी ॥ १६४ ॥

चन्द्रस्तु गमने नेष्टो लग्नारिव्ययरन्ध्रगः ।
द्यूने षडाष्टरिष्फस्थो लग्नेशोऽपि न शोभनः ॥ १६५ ॥

सुरे शस्याहितो लग्ने सत्खेटोऽपि न शोभनः ।
पापोऽपि चेत् सुहृत्तस्य तनौ भाव्यफलप्रदः ॥ १६६ ॥

जनितौ जन्मलग्नेशाज्जन्मराशीश्वरोदये ।
सुहृच्चेत् कर्मगो खेटो नेष्टोऽपीष्टो विलग्नगः ॥ १६७ ॥

यात्रा में शुभ, अशुभ ग्रह—सातवें में शुक्र को छोड़कर अन्य शुभ ग्रह शुभ होते हैं । पापग्रह उपचय में शुभ और दसवें चन्द्रमा शुभ नहीं होता है ।

यात्रा में १।६।१२।८ चन्द्रमा तथा ७।६।८।१२वें में लग्नेश अशुभ होता है । गुरु का

शत्रु ग्रह शुभ भी लग्न में अशुभ होता है गुरु का मित्र पापग्रह लग्न में शुभ फल दायक होता है।

जन्म की लग्न से जन्मराशीश्वर की लग्न में मित्र पापग्रह दशमस्थ में भी लग्न में शुभ होता है ॥१६४-१६७॥

अथ यात्रायां योगप्रशंसा

वक्ष्यमाणैः शुभैर्योगैर्यात्रा सिद्धा महोभुजाम्।
भूदेवानां तु सद्दक्षैश्चोराणां शकुनैर्भवेत् ॥ १६८ ॥
विषायतेऽमृतो योगो विषमप्यमृतायते।
विहाय स्वं फलं खेटा दद्युस्तद्योगजं फलम् ॥ १६९ ॥
तिथिवासरयोगेषु लग्नेन्दुकरणोडुषु।
दुष्टेष्वपि शुभा यात्रा योगैरुक्ता मनीषिभिः ॥ १७० ॥

यात्रा में योग की प्रशंसा — राजाओं की आगे कहे हुए शुभ योगों में यात्रा शुभ, ब्राह्मणों की शुभ नक्षत्रों में तथा चोरों की शुभ शकुन वश यात्रा शुभ होती है। योगवश अमृत योग विष और विष भी अमृत होता है। ग्रह स्वकीय फल का त्याग करके योग से उत्पन्न फल को देता है। तिथि, वार, योग, नक्षत्र, करण, लग्न, चन्द्रमा अशुभ हों तो भी योगवश यात्रा पंडितों ने शुभ बताई है ॥१६८-१७०॥

अथ योगाः

लग्ने गुरौ रिपौ भौमे लाभेऽर्के सहजे शनौ।
जयत्याशु रिपून् यानेऽनुकूलो यदि भार्गवः ॥ १७१ ॥

स्पष्टार्थ चक्र

विविध यात्रा योग—यात्रा में अनुकूल शुक्र होने पर लग्न में गुरु, छठे में मंगल, ग्यारहवें में सूर्य, तीसरे शनि हों तो राजा शत्रुओं को शीघ्र पराजित करता है ॥ १७१ ॥

लग्ने गुरौ बुधे तुर्ये खेऽब्जे भ्रातृगते रवौ।
सुते शुक्रे रिपौ भौमे मन्दे यात्रातिशोभना ॥ १७२ ॥

स्पष्टार्थ चक्र

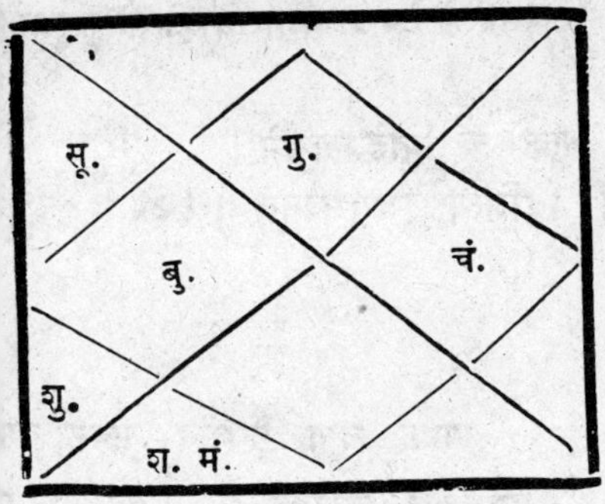

लग्न में गुरु, चौथे बुध, दसवें चन्द्रमा, तीसरे में सूर्य, पाँचवें शुक्र और छठे में मंगल, शनि यात्रा में अधिक शुभ-दाता होते हैं ॥ १७२ ॥

गुरौ लग्नेऽष्टमे चन्द्रे षष्ठे सूर्ये जयत्यरीन् ।
तनौ जीवेऽथवा शेषैर्वित्तायस्थैर्जयो गमे ॥ १७३ ॥

स्पष्टार्थ चक्र

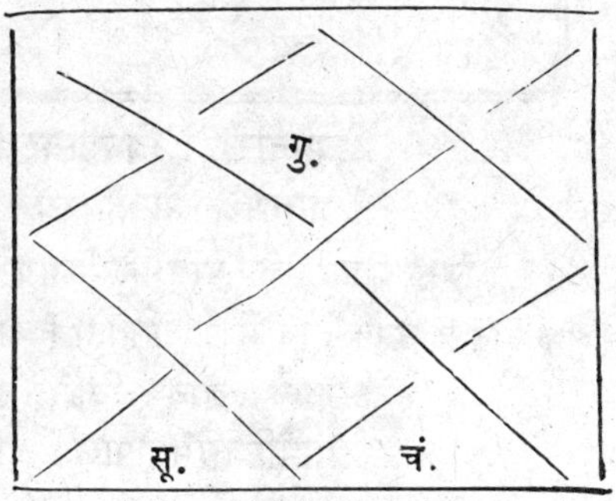

लग्न में गुरु, आठवें चन्द्रमा, छठे सूर्य होने पर राजा शत्रुओं को जीतता है। अथवा लग्न में गुरु और शेष ग्रह २।११ में हों तो यात्रा में विजय होती है ॥ १७३ ॥

लग्ने सूर्ये विधौ द्यूने धनस्थैर्ज्ञेज्यभार्गवैः ।
प्रयाति नृपतिः सोऽरीन् जयेत्तार्क्ष्य इवोरगान् ॥ १७४ ॥

स्पष्टार्थ चक्र

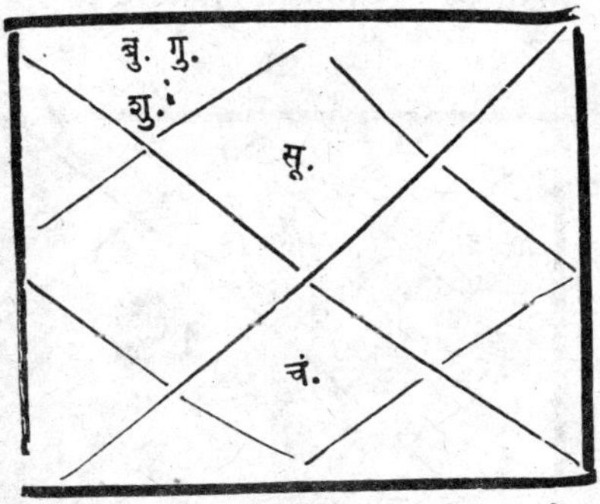

लग्न में सूर्य, सातवें में चन्द्रमा और दूसरे में बुध, गुरु, शुक्र होने पर जो राजा यात्रा करता है वह गरुड़ जैसे सर्पों को जीतता है वैसे ही शत्रुओं को परास्त करता है ॥ १७४ ॥

वित्तेऽर्के वित्तगे लग्ने भार्गवे यायिनां जयः ।
लग्नेऽर्के वा शनौ षष्ठे खेऽब्जे गच्छन्नरीन् जयेत् ॥ १७५ ॥

द्वितीय में सूर्य, लग्न या दूसरे में शुक्र होने पर चढ़ाई करने वाले राजा की विज होती है। अथवा लग्न में सूर्य, छठे में शनि और दसवें में चन्द्र यात्रा में हो तो शत्रुओं राजा जीतता है ॥ १७५ ॥

मन्दे कुजे तनौ खेऽर्के शुक्रे च विदि लाभगे।
स व्रजन् भूपतिः शत्रून् विजित्य श्रियमश्नुते ॥ १७६ ॥

स्पष्टार्थ चक्र

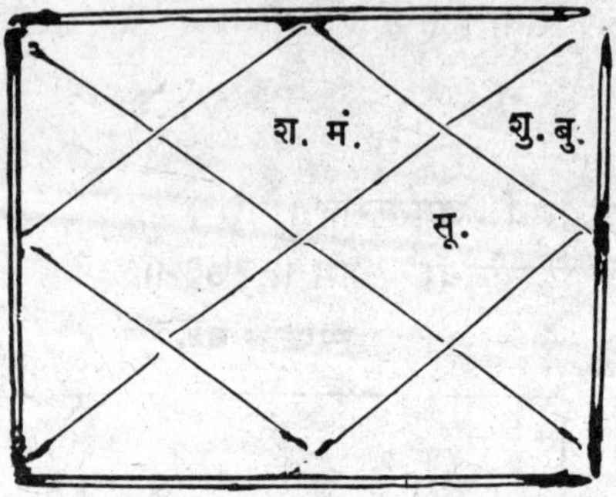

यात्रा लग्न में शनि, मंगल, दस सूर्य और ग्याहरवें शुक्र, बुध होने प जो राजा यात्रा करता है, वह शत्रुओं जीत कर धन प्राप्त करता है ॥ १७६

मन्दारौ त्रिषडायस्थौ बलिनो ज्ञेज्यभार्गवाः।
प्रयाणे भूपतेर्यस्य बसुधा तस्य हस्तगा ॥ १७७ ॥

जिस राजा की यात्रा के समय ३। ६। ११ में मंगल, शनि और बली बुध, गु शुक्र होते हैं उसके हाथ में पृथ्वी होती है अर्थात् शत्रु की भूमि प्राप्त होती है ॥ १७७ ॥

लग्ने जीवे विधौ द्यूने चतुर्थे ज्ञे तथा भृगौ।
पापैस्त्रिगैर्महीपालः प्रस्थितो लभते श्रियम् ॥ १७८ ॥

लग्न में गुरु, सातवें चन्द्रमा, चौथे बुध, शुक्र, तीसरे में पाप ग्रह होने पर राजा य यात्रा करता है तो लक्ष्मी प्राप्त होती है ॥ १७८ ॥

लाभेऽर्के खे बुधे शुक्रे दुश्चिक्ये भूमिजे शनौ।
द्यूनेऽब्जे तनुगे जीवे प्रस्थितस्य भवेज्जयः ॥ १७९ ॥

स्पष्टार्थ चक्र

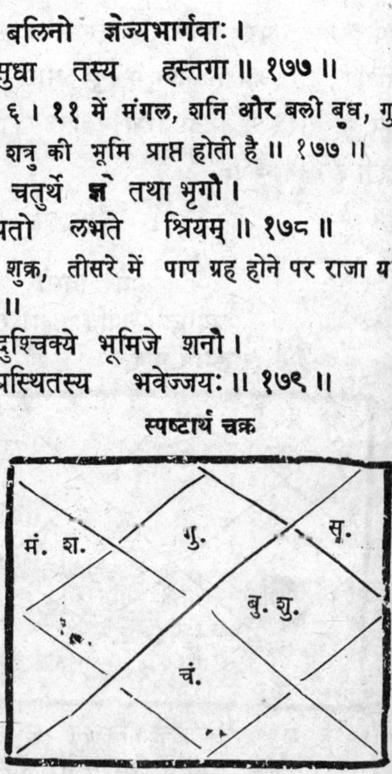

ग्यारहवें सूर्य, दसवें बुध, शुक्र, तीसरे मंगल शनि, सातवें चन्द्रमा और लग्नस्थ गुरु में यात्रा करने वाले की विजय होती है ॥ १७९ ॥

लग्नेऽब्जे वा गुरौ षष्ठे सूर्ये व्योमगते शनौ।
सुतेज्ये हिबुके शुक्रे राजा हन्ति गमे रिपून्॥ १८०॥

स्पष्टार्थ चक्र

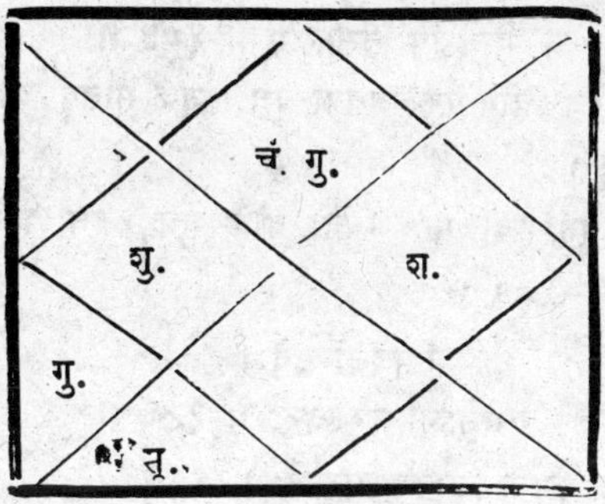

लग्न में चन्द्रमा या गुरु, छठे सूर्य दसवें शनि, पाँचवें गुरु, चौथे शुक्र होने पर यात्रा में राजा शत्रुओं का वध करता है॥ १८०॥

बलिनीन्दुसुते लग्ने केन्द्रे जीवेऽथ निर्बले।
त्रिषष्ठान्त्यं गते चन्द्रे स व्रजन् श्रियमाप्नुयात्॥ १८१॥

स्पष्टार्थ चक्र

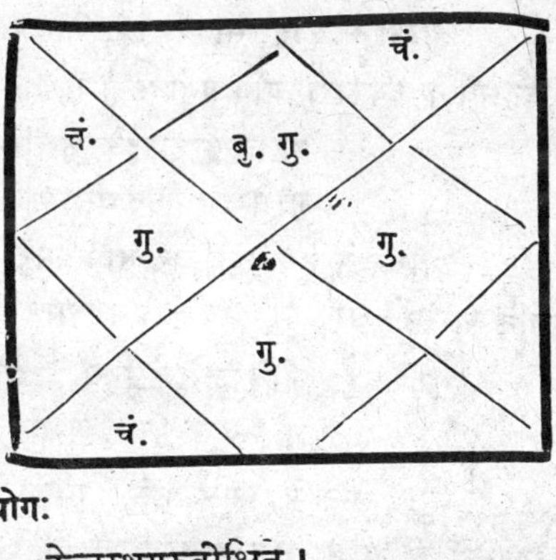

बलवान् बुध लग्न में, गुरु केन्द्र में, निर्बल चन्द्र ३।६।१२ वें रहने पर यात्रा करने वाला लक्ष्मी प्राप्त करता है॥ १८१॥

बहुलाभदो योगः

शुक्रे तुर्येऽधिलाभस्थे केन्द्रस्थगुरुवीक्षिते।
सप्ताष्टाङ्कगतैः पापैर्योगोऽयं बहुलाभदः॥ १८२॥

यात्रा में केन्द्रस्थ गुरु से दृष्ट शुक्र चौथे, तीसरे, ग्यारहवें और पापग्रह सातवें, आठवें, नवें में होने पर लाभदायक योग होता है॥ १८२॥

जयदो योगः

शुभैर्दृष्टे बुधे व्योमरिपुलग्नतुरीयगे।
योगोऽयं जयदः पापैर्द्यूनलग्नान्त्यवर्जितैः॥ १८३॥

शुभग्रह से दृष्ट बुध दसवें या छठे या लग्न या चौथे में हो और पापग्रह सातवें, लग्न, बारहवें भाव को छोड़कर अन्य भाव में हों तो यात्रा में विजयदायी योग होता है॥ १८३॥

ईज्ये लग्ने खलाभस्थैः पापै राज्यागमो भवेत् ।
द्यूने वा बोधने शुक्रे तुर्येऽब्जे प्रोक्तवत् फलम् । १८४ ॥
षडाद्यष्टगतैः शुक्रजीवाब्जैर्गमने जयः ।
तुर्ये वोशनसि प्रोक्तं ज्ञे च मन्देऽपि तत्फलम् ॥ १८५ ॥

लग्न में गुरु और दसवें, ग्यारहवें पाप ग्रह होने पर अथवा बुध, शुक्र सातवें और चन्द्रमा चौथे स्थान में यात्रा में जयकारी होता है ।

यात्रा में लग्न, छठे, आठवें में शुक्र, गुरु, चन्द्रमा अथवा चौथे शुक्र, बुध, शनि हो तो यात्रा विजय कराने वाली होती है ॥ १८४–१८५ ॥

बुधभार्गवयोरन्तर्याते कुमुदबान्धवे ।
तुर्यस्थेऽब्जे जयत्याशु गमनेऽरान्नरेश्वरः ॥ १८६ ॥
लग्नास्तार्यम्त्रुवह्निस्थैः शुक्रेज्यार्कबुधार्कजैः ।
योगोऽयं क्रमतः प्रोक्तो गमने जयदो बुधैः ॥ १८७ ॥

राजा की यात्रा में बुध, शुक्र के मध्य में सूर्य, चौथे चन्द्रमा होने पर वह शीघ्र शत्रुओं को जीत लेता है ।

यात्रा में लग्न, सातवें, छठे, चौथे, तीसरे में शुक्र, गुरु, सूर्य, बुध, शनि होने पर विद्वानों ने जयकारी योग बताया है ॥ १८६–१८७ ॥

षट्त्रिखारीन्दुवेदेशसंस्थितैस्तपनादिभिः ।
गोचरैः क्रमतो जीववारे योगोऽयमुत्तमः ॥ १८८ ॥

गोचर से सूर्य छठे, चन्द्रमा तीसरे, मंगल दसवें, बुध छठे, गुरु पहिला, शुक्र चौथा, शनि ग्यारहवें और गुरु वार होने पर यात्रा में उत्तम योग होता है ॥ १८८ ॥

जीवेऽङ्गेऽर्केऽरिगे भौमे त्रिगे रन्ध्रगते भृगौ ।
ज्ञे द्यूने च शुभा यात्रा भूभुजां जयदायिनी ॥ १८९ ॥

गुरु लग्न में, सूर्य छठे, मंगल तीसरे, शुक्र आठवें और बुध सातवें में हो तो राजाओं की यात्रा शुभ व जयदायक होती है ॥ १८९ ॥

शत्रुसमूहनाशको यात्रायोगः

शुक्रार्कज्यैस्त्रितुर्यस्थैः शत्रुस्थे मन्दभूमिजे ।
यात्रा भूमिभुजां शस्ता शत्रुवृन्दविदारिणी ॥ १९० ॥
नवांशाद् भौमसंयुक्तादंशेंऽशे तमसि स्थिते ।
गुरौ वा भार्गवे यात्रा शत्रुसंघविदारिणी ॥ १९१ ॥

शुक्र, सूर्य, गुरु तीसरे, चौथे और शनि, मंगल छठे होने पर राजाओं की यात्रा शुभ और शत्रु समुदाय को नष्ट करने वाली होती है ।

भौम के नवांश में राहु अथवा गुरु या शुक्र होने पर यात्रा शत्रु समुदाय को नाश करने वाली होती है ॥ १९०-१९१ ॥

शतांशादूर्ध्वगे चेन्दौ भास्करातमजभौमयोः।
यात्रायां नृपतिर्हन्ति विद्विषां महतीं चमूम् ॥ १९२ ॥

शुक्रादाराद् गुरौ वापि मन्दाङ्कोत्तर ऋक्षगे।
योधनं गमने राजा जयेच्चैव द्विषद्वलम् ॥ १९३ ॥

शनैश्चर या मंगल से सौ अंश दूर चन्द्रमा में यात्रा करने वाला राजा शत्रुओं की बड़ी सेना का भी विनाश करता है।

शुक्र या मंगल से गुरु शनि के आगे के नक्षत्र में होने पर राजा यात्रा में शत्रु सेना से युद्ध करने पर शत्रु सेना को परास्त करता है॥ १९२–१९३ ॥

नैरन्तर्ये तु खेटाश्चेद् व्यर्कस्थानेषु पंचसु।
संस्थिताः पृष्ठदिग्भागे याने राज्ञां जयप्रदाः ॥ १९४ ॥

बारहवें भाव को छोड़ कर पीछे के पाँच भावों में क्रम से ग्रह होने पर यात्रा में राजा विजय प्राप्त करता है॥ १९४ ॥

अथ योग–अधियोग–योगाधियोगाः कथ्यन्ते

बुधेज्यभृगुपुत्राणामेकश्चेत् केन्द्रकोणगः।
तदा योगोऽत्र गमने क्षेमो भवति भूभुजाम् ॥ १९५ ॥

अधियोगो भवेद् द्वाभ्यामत्र क्षेमजयौ ध्रुवम्।
त्रिभिर्योगाधियोगोऽत्र यशःक्षेमधनागमः ॥ १९६ ॥

बुध, गुरु, शुक्र में से एक भी केन्द्र या त्रिकोण में हो ता योग होता है। राजा की यात्रा में यह कल्याण दायक होता है।

बुधादि में से दो ग्रह हों तो अधियोग होने से कल्याण और जय दोनों होते हैं। बुध, गुरु, शुक्र केन्द्र, त्रिकोण में हों तो योगाधियोग होता है। इसमें यश, कल्याण और धनागम ये तीनों होते है॥ १९५-१९६ ॥

अथ मितं समं बृहदिति त्रिविधं गमनं कथ्यते

प्रमाणं मितसंज्ञं तद् यावद् द्वादशयोजनम्।
ततोऽधिकं समं यावत् पञ्चविंशतियोजनम् ॥ १९७ ॥

अत ऊर्ध्वं बृहत् प्रोक्तं खण्डावधि बुधैरिदम्।

परिमित, समान, बृहत् तीन प्रकार की यात्रा—बारह योजन तक की यात्रा मित, पच्चीस योजन पर्यन्त यात्रा सम और इससे अधिक योजन की यात्रा बृहत् कहलाती है॥१९७॥

मितसमादियात्रासु वर्जितम्

योगिनी शूलपञ्चाङ्गकालजांस्तु मिते गमे ॥ १९८ ॥
समे तु तैः समं दोषांल्लग्नजानपि संत्यजेत्।
दोषान् प्राक्कथितान् योगयात्रोत्थांश्च बृहद्गमे ॥ १९९ ॥

मित यात्रा में योगिनी, शूल, पञ्चाङ्ग, कालज योगों का, सम में सम दोष और लग्नोत्पन्न दोष का और लम्बी यात्रा में पूर्व कथित तथा योग यात्रा से जायमान दोषों का त्याग करना चाहिये ।। १९९ ।।

अथ विजयदशम्याः प्रशंसा

आश्विने दशमी शुक्ला विजया सर्वसिद्धिदा ।
श्रवणेन युताऽत्यन्तजयदा नृपतेर्गमे ।। २०० ।।

विजय दशमी की प्रशंसा—आश्विन शुक्ल दशमी विजया सर्वसिद्धि दायिनी और श्रवण से युक्त हो तो राजा की यात्रा में अत्यन्त विजय प्रद होती है ।। २०० ।।

अथ चित्तोत्साहादि प्राशस्त्यम्

प्रसादश्चेतसः श्रेष्ठैर्निमित्तैः शकुनैः शुभैः ।
प्राप्तलग्नबलं राज्ञो गच्छतो विजयो ध्रुवम् ।। २०१ ।।
चेतोविशुद्धिः प्रबला निमित्ताच्छकुनादिभिः ।
सत्यामस्यामतो यायान्नैव यायात्तु तां विना ।। २०२ ।।

यात्रा में मन उत्साहादि की प्रधानता—चित्त प्रसन्न होने पर शुभशकुन में लग्न बल प्राप्त कर यदि राजा यात्रा करे तो अवश्य विजयी होता है ।

कारण व शकुनादि से मन की शुद्धि प्रबल होती है इसलिये मन की प्रसन्नता में ही यात्रा करना और अप्रसन्न मन से यात्रा नहीं करनी चाहिये ।। २०१–२०२ ।।

अथ यात्रायां शकुनादिप्राशस्त्यम्

यात्रायां शकुनं जीव उषो गर्गः प्रशंसति ।
अङ्गिरा मानसोत्साहं विष्णुर्वाचं द्विजन्मनाम् ।। २०३ ।।

यात्रा में शकुनादि की शुभता—बृहस्पतिजी यात्रा में शकुन की, गर्गाचार्य उषः काल की, अङ्गिरा ऋषि मन के उत्साह की और विष्णुजी ब्राह्मणों के वचन की प्रशंसा करते हैं ।। २०३ ।।

अथोत्सवाद्यसमाप्तौ यात्रा न कार्या

प्रतिष्ठोद्वाहमुत्साहं व्रतं चौलश्च सूतकम् ।
असमाप्य न गन्तव्यमार्तवं योषितामपि ।। २०४ ।।

उत्सवादि के बिना समाप्त हुए यात्रा न करना—प्रतिष्ठा, विवाह, यज्ञोपवीत, चौल, सूतक, स्त्री का मासिक धर्म समाप्त हुए विना यात्रा नहीं करनी चाहिये ।। २०४ ।।

अथाकालवृष्टिदोषः

अकाले वर्षणे विद्युद्दर्शने गर्जितेऽपि च ।
सप्तरात्रं न गन्तव्यमुत्पाते च शुभेप्सुभिः ।। २०५ ।।

असमय वर्षा दोष—उत्पात, असमय में वर्षा, बिजली दीखना और बादलों की गर्जना में भी शुभ की आकांक्षा वालों को सात दिन तक यात्रा नहीं करनी चाहिये ।।२०५ ।।

अकालवर्षा दोषज्ञानञ्च

अकालवर्षणं प्रोक्तं पौषान्मासचतुष्टये ।
भूयान् दोषो महावृष्ट्यामल्पो दोषोऽल्पवर्षणे ॥ २०६ ॥

अकाल वर्षा व दोष ज्ञान – पौष मास से चार मासों में (पौष, माघ, फागुन, चैत) र्षा होने पर अकाल वर्षा कहलाती है । अधिक वर्षा में अधिक और अल्प में लघु दोष ोता है ॥ २०६ ॥

अकालवर्षणे दोषाभावस्त्याज्यदिनानि च

न दोषो वृष्टिजस्तावद्यावद् भूर्न पदाङ्किता ।
अकाले वर्षणे जाते कृत्ये चावश्यके त्यजेत् ॥ २३७ ॥

त्र्यहं पौषे द्व्यहं माघे दिनमेकन्तु फाल्गुने ।
चैत्रे घटीद्वयं दोषो नायं गर्भसमुद्भवे ॥ २०८ ॥

वर्षा से भूमि जब तक पादों से चिह्नित न हो तब तक अकाल वर्षा का दोष नहीं होता ै । अकाल वर्षा होने पर आवश्यक कार्यों में तीन दिन पूस महिना में, दो दिन माघ में, ्क दिन फागुन में और दो घटी चैत में दोष वश त्यागना चाहिये और केवल बादल होने र दोष नहीं होता है ॥ २०७–२०८ ॥

अथाकालवृष्टिदोषपरिहारः

सूर्याचन्द्रमसोर्बिम्बे कृत्वा हेममये तथा ।
तदा भूमिपतिर्यायात् कार्येऽत्यावश्यके सति ॥ २०९ ॥

अकाल वृष्टि दोष का परिहार—अत्यावश्यक कार्य होने पर राजा को सूर्य, चन्द्रमा ी सोने की प्रतिमा का दान करके यात्रा करनी चाहिये ॥ २०९ ॥

अथैकस्मिन् दिने यात्राप्रवेशयोर्विचारः

ग्रामाद् ग्रामान्तरं राजा यद्येकस्मिन् दिने व्रजेत् ।
तदा वारर्क्षशूलादि प्रतिशुक्रं न चिन्तयेत् ॥ २१० ॥

एकस्मिन् दिवसे यात्रा प्रवेशोऽपि यदा भवेत् ।
कालः प्रवेशिकस्तत्र विचार्यो नतु यात्रिकः ॥ २११ ॥

प्रवेशानन्तरं यात्रा प्रवेशो गमनात्तथा ।
नवमेऽह्नि तिथौ धिष्ण्ये नैव कुर्यान्नरः क्वचित् ॥ २१२ ॥

एक दिन में यात्रा व प्रवेश का विचार—यदि एक दिन में राजा एक गांव से दूसरे ाँव की यात्रा करने वाला हो तो, वार, नक्षत्र शूलादि व प्रतिशुक्र दोष का विचार नहीं करना चाहिये । जब एक ही दिन में यात्रा व प्रवेश हो तो यात्रा मुहूर्त का विचार न करके ्रवेश मुहूर्त का विचार करना चाहिये ।

नवें दिन, नवें नक्षत्र और नवीं तिथि में प्रवेश के बाद यात्रा और यात्रा से प्रवेश ़मो नहीं करना चाहिये ॥ २१०–२१२ ॥

अथ यात्राविधिः

हुत्वा पावकमभ्यर्च्य देवद्विजदिगीश्वरान् ।
कृतस्वस्त्ययनो विप्रैर्दत्त्वा दानं नरेश्वरः ॥ २१३ ॥
गम्यदिक्पालमिन्द्राद्यं ध्यायन् हृष्टमना व्रजेत् ॥ २१४ ॥

यात्रा की विधि—अग्नि में हवन करके देवता, ब्राह्मण, दिक्पालों की पूजा व ब्राह्मणों द्वारा स्वस्तिवाचन कराकर उन्हें दान देकर राजा को गम्य दिशा के देवता का ध्यान करते हुए प्रसन्न मन से यात्रा करनी चाहिये ॥ २१३–२१४ ॥

अथ नक्षत्रदोहदम्

कुल्माषांस्तिलसम्मिश्रतन्दुलान् माषकांस्तथा ।
गव्यं दधि घृतं दुग्धं मृगमेणस्य शोणितम् ॥ २१५ ॥
पायसं चाषमांसञ्च मृगशावं च षष्टिकान् ।
प्रियंगुकापूपमयान् मसूरान् सत्फलं तथा ॥ २१६ ॥
कूर्मं च सारिकां गोधां शल्यं मांसं हविष्यकम् ।
कृशरान्नञ्च मुद्गान्नं यवानां पिष्टमेव च ॥ २१७ ॥
मत्स्यान्नञ्चैव चित्रान्नं दध्योदनमिदं क्रमात् ।
अश्विभाद्दोहदं प्राश्य गच्छन् विजयते नृपः ॥ २१८ ॥

नक्षत्रशूल का परिहार—अश्विनी नक्षत्र में कुलथी, भरणी में तिल मिले हुए चावल, कृत्तिका में उरद, रोहिणी में गाय का दही, मृगशिरा में गाय का घी, आर्द्रा में गाय का दूध, पुनर्वसु में हिरन का मांस, पुष्य में हिरन का खून, आश्लेषा में खीर, मघा में नीलकण्ठ का मांस, पूर्वाफाल्गुनी में मृग मांस, उत्तरा फाल्गुनी में खरगोश का मांस, हस्त में साठी, चित्रा में कांगुनी, स्वाती में मालपुआ, विशाखा में मसूर, अनुराधा में उत्तम फल, ज्येष्ठा में कछुआ का मांस, मूल में मैना का मांस, पूर्वाषाढा में गोह का मांस, उत्तराषाढा में शल्य मांस, अभिजित् में हविष्यान्न, श्रवण में खिचड़ी, धनिष्ठा में मूंग, शतभिषा में जौ का आटा, पूर्वाभाद्रपदा में मत्स्यान्न (मछली युक्त अन्न), उत्तराभाद्रपदा में चित्रान्न और रेवती दिक् शूल नक्षत्र हो तो दही भात खाकर राजा का प्रस्थान विजय प्रद होता है ॥ २१५–२१८ ॥

अथ तिथिदोहदम्

पक्षादितस्तिथौ चार्कपत्रं तन्दुलवारि च ।
घृतं शाणं हविष्यान्नं हिमतोयमपूपकम् ॥ २१९ ॥
बीजपूरं जलं शुद्धं गोमूत्रं च यवान्नकम् ।
पायसञ्च गुडं चासृक् मुद्गान् भुक्त्वा व्रजेन्नरः ॥ २२० ॥

तिथि शूल परिहार - प्रतिपदा तिथि में आक का पत्ता, द्वितीया में चावल का जल, तीज में घी, चौथ में यवागू, पंचमी में हविष्यान्न, छट में ठंडा जल, सप्तमी में मालपुआ, अष्टमी में बिजौरा, नवमी में शुद्ध जल, दशमी में गोमूत्र, एकादशी में यव (जौ), द्वादशी में खीर,

तेरस में गुड, चौदस में खून और पूर्णिमा के दिन मूंग खाकर यात्रा करने पर तिथि का दोष नहीं होता है ॥ २१९–२२० ॥

अथ वारदोहदम्

रसालां पायसं चाद्यात् काञ्जीमुष्णं पयो दधि ।
पयोऽश्रितं तिलान् सूर्याद्दोहदं गमनं क्रमात् ॥ २२१ ॥

वार शूल परिहार—रविवार में चीनी, सोमवार में खीर, मंगलवार में कांजी, बुधवार में गरम दूध, वृहस्पतिवार में दही, शुक्रवार में कच्चा दूध और शनिवार में तिल खाकर या देकर या स्पर्श करके गमन करना शुभ होता है ॥ २२१ ॥

अथ दिग्दोहदम्

प्राचीं गच्छेद् घृतं प्राश्य दक्षिणाशां तिलोदनम् ।
पश्चिमां दोहदं मीनमुदीचीं तु पयस्तथा ॥ २२२ ॥

दिशा शूल परिहार—पूर्व दिशा में घी, दक्षिण में तिलभात, पश्चिम में मछली खाकर और उत्तर दिशा की यात्रा दूध पीकर करने से दिशा दोष नहीं होता है ॥ २२२ ॥

अथ दोहदे भक्ष्याभक्ष्यविचारः

कथितं दोहदे द्रव्यं भक्ष्याभक्ष्यं विचार्य च ।
भक्ष्यमास्वाद्य संयायादभक्ष्यमवलोक्य च ॥ २२३ ॥

दोहद में भक्ष्य, अभक्ष्य का विचार—दोहद में कहे हुए पदार्थों का भक्ष्य व अभक्ष्य का विचार करके भक्ष्य को खाकर और अभक्ष्य का स्पर्श कर या देख कर यात्रा करनी चाहिये ॥ २२३ ॥

अथ दोहदालाभे अस्पर्श्यत्वे च तद्ध्यानम्

दोहदस्याप्यलाभे तु ध्यात्वा तद्दोहदं व्रजेत् ॥ २२४ ॥

दोहद के अलाभ व स्पर्श के अभाव में उसका ध्यान—दोहद पदार्थ की अप्राप्ति में उसका ध्यान कर यात्रा करनी चाहिये ॥ २२४ ॥

अथ वहन्नाडीपदेन गच्छेदेतस्य प्रसङ्गादोहदस्वरविचारः कथ्यते ।

चलती हुई नाडी के पैर को आगे करके चलना इसके प्रसङ्ग से दोहद स्वर का विचार कहते हैं—

यदुक्तं स्वरतत्त्वज्ञै रहस्यं यामलादिषु ।
वक्ष्ये तच्चोपयुक्तञ्च संक्षेपाद् गमनादिषु ॥ २२५ ॥
नाडीडा वामगा चान्द्री पिङ्गला दक्षिणा रवेः ।
सुषुम्णा शाम्भवी मिश्रा सा तु योगीन्द्रगोचरा ॥ २२६ ॥

स्वर के वेत्ताओं ने जो यामल आदि ग्रन्थों में रहस्य की बात बतलाई है उसे यात्रादि में उपयुक्त समझ कर मैं संक्षेप से कह रहा हूं। बायीं नाडी इडा चन्द्रमा की, दाहिनी पिङ्गला सूर्य की होती है जिसका ज्ञान सभी को होता है और सुषुम्णा शाम्भवी (महादेव जी की) मिश्रित नाड़ी है जिसे योगी ही जान सकते हैं ॥ २२५–२२६ ॥

अथ तिथिपरत्वेन स्वरोदयः

शुक्ले प्रतिपदारम्भादादौ चन्द्रतिथित्रयम् ।
ततो दिनत्रयं सूर्यो ज्ञेयमेवं पुनः पुनः ॥ २२७ ॥
कृष्णे तु प्रथमं सूर्यस्ततश्चन्द्रोऽन्यदुक्तवत् ।
निजनाड्युदयाद् घटयः पञ्चस्वीयस्वरोदयः ॥ २२८ ॥
ततोऽन्यस्य तथा चैवं तिथौ द्वादशसंक्रमात् ॥ २२९ ॥

तिथि वश स्वर का उदय—शुक्ल पक्ष में प्रतिपदा से तीन तिथियों (प्रतिपदा, द्वितीया, तृतीया) का चन्द्रस्वर, पुनः आगे तीन का सूर्य स्वर, इसी प्रकार आगे भी और कृष्ण पक्ष में प्रतिपदा, द्वितीया, तृतीया का सूर्य स्वर, फिर तीनों का चन्द्र स्वर होता है इसी क्रम से आगे भी जानना चाहिये। स्वकीय स्वर से पाँच-पांच नाड़ियाँ एक स्वर में १२ बारह परिवर्तन से एक तिथि में होती हैं ॥ २२७–२२९ ॥

अथ वारपरत्वेन निजस्वरोदयः

त्रयः सूर्यस्वराः ज्ञेया भानुजीवधरात्मजाः ।
शनिभार्गवचन्द्रज्ञाः प्रोक्ताश्चन्द्रस्वरा इमे ॥ २३० ॥
स्ववारस्वस्वरारम्भो नाड्यः पञ्चोदयाद् रवेः ।
निजस्वरोदितं कार्यं स्ववारे स्वस्वरोदये ॥ २३१ ॥
काले सूर्यस्वरस्येन्दोः स्वरे चन्द्रो रवेः स्वरे ।
उद्वेगश्चाशुभं हानिः स्वस्वकालेऽखिलं शुभम् ॥ २३२ ॥

वार वश स्व स्वर उदय ज्ञान—रविवार, बृहस्पतिवार, मंगलवार के दिन सूर्य का स्वर और शनिवार, शुक्रवार, सोमवार, बुधवार को चन्द्रमा का स्वर होता है। अपने वार में अपने स्वर के आरम्भ से सूर्योदय से पाँच-पाँच घड़ी सूर्य, चन्द्र क्रम से अंतस्वर की होती हैं।

अपने स्वरों में कथित कार्य वारों में जब अपना स्वर हो तब करना चाहिये। सूर्य के काल में चन्द्रमा और चन्द्रमा के काल में सूर्य का स्वर होने पर यात्रा में उद्वेग, अशुभ व हानि (नुकसान) होती है। इसलिये स्वकाल में स्व स्वरोदय में समस्त कार्य शुभ होता है ॥ २३०–२३२ ॥

अथ प्रातः स्वस्वरपूर्वकमुत्थानम्

प्रातर्नित्यं समुत्तिष्ठेत् स्ववारस्य स्वरेण हि ।
अयने दक्षिणेऽब्जस्य स्वरेणैवोत्तरे रवेः ॥ २३३ ॥
निजस्वरो यदा कार्ये न चेत्स प्रोक्तवत्तदा ।
प्राणायामादियत्नेन वाहयेत्तं स्वरं सुधीः ॥ २३४ ॥

प्रातःकाल में अपने स्वरवश उठना—प्रतिदिन सुबह अपने वार के स्वर में सोकर उठना चाहिये। दक्षिणायन चन्द्रमा का और उत्तरायन सूर्य का स्वर होता है। जब कार्य में कथित रीति से अपने स्वर का उदय न हुआ हो तो प्राणायाम आदि प्रयत्न से इष्ट स्वर का उदय करना चाहिये ॥ २३३–२३४ ॥

अथ चन्द्रस्वरकृत्यम्

प्रवेशोद्वाहयात्राश्च वस्त्रालङ्कारधारणम् ।
सन्धिः शुभानि कार्याणि कार्याणीन्दुस्वरोदये ॥ २३ ॥
पौष्टिकं शान्तिकं प्रीतिमौषधञ्च रसायनम् ।
योगाभ्यासादिकं कर्म सिद्धयेत् सर्वं विधोः स्वरे ॥ २३६ ॥
श्रान्तः शोकविषार्तश्च मूर्च्छितो ज्वरितोऽपि वा ।
सज्जनानां प्रबोधे च चन्द्रनाडीं प्रवाहयेत् ॥ २३७ ॥

चन्द्र स्वर में कार्य —प्रवेश, विवाह, यात्रा, कपड़ा व गहना पहिनना, संधि और शुभ काम चन्द्रमा के स्वर उदय होने पर करने चाहिये ।

पुष्टता, शान्ति, प्रेम, औषधि, रसायन और योग अभ्यास आदि समस्त काम चन्द्र स्वर के उदय में सिद्ध होते हैं ।

थकावट, शोक व जहर से दुःखी, मूर्च्छित, ज्वरी या सज्जनों के प्रबोध में चन्द्र स्वर का उदय करना शुभ होता है ॥ २३५–२३७ ॥

अथ सूर्यस्वरकृत्यम्

कुर्यात् सूर्यस्वरे युद्धं व्यवहारञ्च भोजनम् ।
मैथुनं विग्रहं द्यूतं स्नानं भंगं भयं तथा ॥ २३८ ॥
विद्विषां मारणे स्तम्भं मोहनोच्चाटने वशम् ।
सूर्यनाड्यामियात् सिद्धिमत्युग्रं कर्म चाखिलम् ॥ २३९ ॥
मन्दाग्निभोजनादूर्ध्वं वश्यार्थं योषितामपि ।
सूर्यनाड्यां नरः स्वप्यात् प्रयत्नेनापि सर्वदा ॥ २४० ॥
आलिङ्गने प्रसङ्गे यो वश्यार्थशयने स्त्रियाः ।
चन्द्र स्वरं स्वसूर्येण स कामस्तु पिबन् भवेत् ॥ २४१ ॥

सूर्य स्वर में काम—सूर्य स्वर में युद्ध, व्यवहार, भोजन, मैथुन, विग्रह, जुआ, स्नान, भंग और भय का कार्य करना चाहिये ।

शत्रुओं का मारण, स्तंभन, मोहन, उच्चाटन, वशोकरण और समस्त भयंकर कार्य सूर्य स्वर में सिद्ध होते हैं ।

मन्दाग्नि में भोजन के पश्चात्, स्त्रियों के वशीकरण में सर्वदा प्रयत्नपूर्वक सूर्य के स्वरोदय में शयन करना चाहिये ।

आलिङ्गन, स्त्री संभोग और स्त्री को वशीभूत करने के लिये अपने सूर्यस्वर से स्त्री के चन्द्रस्वर को खींचना चाहिये ॥ २३८–२४१ ॥

अथ बृहन्नाडीस्वरकृत्यम्

पूर्णा नाडीस्थिते पूर्णं कार्यं सिद्धयति प्रश्नके ।
शून्यनाडीस्थिते शून्यं संक्रमेऽपि न सिद्धयति ॥ २४२ ॥

अग्रं दत्त्वा व्रजेद्धीमान् पूर्णनाड्या पदत्रयम् ।
प्रवेशसमये नाड्या यात्राद्यं सर्वसिद्धिदम् ॥ २४३ ॥
दूरयुद्धे स्वरश्चान्द्रः समासन्ने रवेः शुभः ।
पापे चन्द्रस्वरे जाता स्थायी सूर्यस्वरे जयौ ॥ २४४ ॥
रिक्तमङ्गरिपुं कृत्वा वहन्नाड्यां स्थितो जयेत् ।
शून्य भागे स्थितः शत्रुर्हन्यते नात्र संशयः ॥ २४५ ॥

बहती नाडी के स्वर में कार्य—प्रश्नकर्ता यदि चलते हुए स्वर की तरफ बैठकर प्रश्न करे तो कार्य पूर्णतया सिद्ध और शून्य नाडी स्वर की ओर हो या स्वर परिवर्तन काल होने पर कार्य की असिद्धि होती है ।

यात्रादि व प्रवेश के समय जिस स्वर का उदय हो उस पैर को आगे करके तीन पद तक चलने पर सब कार्यों की सिद्धि होती है ।

दूर युद्ध में चन्द्र स्वर और पास की लड़ाई में सूर्य स्वर शुभ होता है । चढ़ाई करने वाले राजा की चन्द्र स्वर में और स्थायी की सूर्य स्वर में जीत होती है ।

शत्रु को रिक्त शरीर करके चलते हुये स्वर से विपरीत स्थिर जानकर चढ़ाई करने से अवश्य ही विजय होती है ॥ २४२–२४५ ॥

अथ पंचघटचात्मके स्वरे तत्त्वोदयः

तत्त्वानि पञ्च भूरापस्तेजो वायुर्नभः क्रमात् ।
एकैकस्य घटीभोगे पञ्चघटचात्मके स्वरे ॥ २४६ ॥

पांच घटी मित स्वर में एक-एक घड़ी के विभाग से भूमि, जल, तेज, वायु व आकाश तत्त्व का उदय होता है ॥ २४६ ॥

अथ तत्त्वानां विचारः

भुवो मध्ये जलस्याधः सर्वदोर्ध्वं च तेजसः ।
वायोस्तिर्यक् प्रवाहः स्यात् सङ्क्रमे नभसोर्द्वयोः ॥ २४७ ॥

तत्वों का विचार—बीच में स्वर चले तो भूमि तत्त्व, कुछ नीचे चलता हो तो जलतत्त्व, ऊर्ध्व व्यापी होने पर तेज तत्त्व, तिरछे में वायु तत्त्व, और दोनों स्वरों का उदय होवे तो आकाश तत्त्व होता है ॥ २४७ ॥

अथ स्वरतत्त्वानां फलम्

विजयस्तैजसे तत्त्वे सिद्धिराप्ये रणे भवेत् ।
भूतत्त्वं सक्षतं युद्धे वायौ भंगोऽथ खे मृतिः ॥ २४८ ॥

स्वर तत्त्वों का फल—युद्ध में तेजस्तत्त्व से विजय, जल तत्त्व में सिद्धि, भू तत्त्व में शरीर में घाव, वायु में भंग और आकाश तत्त्व में मरण होता है ॥२४८॥

अथ यात्रासमये प्रस्थानविधिः

स्वस्य देवस्य वा गेहाद् गुरोर्वा मुख्ययोषितः ।
हविष्यं प्राश्य भूपालो ब्राह्मणैरनुमोदितः ॥ २४९ ॥

श्रृण्वन् सन्मङ्गलान्येव संयायाद् विजयी प्रभुः ।
गम्या दिक् सन्मुखं दत्वा वहन् नाडीपदं पुरः ॥ २५० ॥
द्वात्रिंशच्च पदान्यस्मान् निर्गत्य वसुधापतिः ।
दैवज्ञद्विजवर्येभ्यः सहेमतिलयात्रकम् ॥ २५१ ॥
घृतपात्रं च सद्द्रव्यं दत्वाऽरोहेच्च वाहनम् ।
कैश्चित्तु दक्षिणं पादमग्रे दत्वा व्रजेदिति ।
प्रोक्तं तत्तु स्वकालोक्तः स्वरश्चेन्न भवेत्तदा ॥ २५२ ॥

यात्रा में प्रस्थान की विधि—अपने देवता या गुरु या प्रधान स्त्री के घर हविष्य अन्न भोजन करके ब्राह्मण की आज्ञा से शुभ मांगलिक शब्द सुनता हुआ राजा यात्रा करने पर विजय श्री प्राप्त करता है ।

यात्रा की अभीष्ट दिशा को सामने करके उदित स्वर के पैर को आगे करके बत्तीस कदम चल कर ज्योतिपी व श्रेष्ठ ब्राह्मणों को सुवर्ण के साथ तिल व घृत भाजन दक्षिणा सहित देकर सवारी पर बैठ कर यात्रा करनी चाहिये ।

किसी-किसी आचार्य के मत में दाहिना पैर आगे करके चलना कहा है किन्तु यह कथन उसी समय उचित प्रतीत होता है जब कि स्व समयानुसार स्वर का उदय नहीं होता है ॥२४९-२५२॥

अथ प्रतिदिशं यात्रायां वाहनानि

प्राच्यां गजं रथं याम्यां प्रतीच्यां तुरगोत्तमम् ।
उदीच्यां शिबिकां भूयः समारुह्य व्रजन् जयेत् ॥ २५३ ॥

यात्रा में प्रत्येक दिशा की सवारी—पूर्व दिशा में हाथी पर चढ़कर, दक्षिण में रथ पर, पश्चिम में घोड़ा पर और उत्तर दिशा में पालकी में बैठ कर चलने से राजा विजयी होता है ॥२५३॥

अथ दिश्युक्तवाहनाभावे ध्यानम्

दिश्युक्तवाहनाभावे ध्यात्वा तद्वाहनं व्रजेत् ॥ २५४ ॥

दिशा में कथित सवारी के अभाव में ध्यान—उक्त दिशा की सवारी के अभाव में उसका ध्यान करके यात्रा करनी चाहिये ॥२५४॥

अथ स्वगमनविलम्बे प्रतिनिधित्वेन प्रस्थानकरणम्

विलम्बः स्वगमे राज्ञः कार्याद्यैर्यदिचेत्स्तयम् ।
छत्रचामरशस्त्रादि गम्याशां प्रति प्रेषयेत् ॥ २५५ ॥
चालयेयुश्च विप्राद्या उपवीतमथायुधम् ।
क्षौद्रं धात्रीफलञ्चापि प्रस्थाने चात्मनः प्रियम् ॥ २५६ ॥

अपनी यात्रा में विलम्ब होने पर प्रतिनिधि रूप से पदार्थ चालन—राजा को कार्य वश शुभ मुहूर्त में यात्रा करने में बिलम्ब प्रतीत हो तो यात्रा की दिशा में छत्र, चामर,

शस्त्रादि को, ब्राह्मण को यज्ञोपवीत, क्षत्री को शस्त्र, वैश्य को मिष्ठान्न और शूद्र को आमले का फल तथा अपनी अभीष्ट वस्तु को भेजना चाहिये ।।२५५–२५६।।

अथ प्रस्थितस्य गमनप्रदेशाः

गर्गो गेहान्तरं गेहाद् भृगुः सीमान्तरं जगौः ।
प्रस्थानं तु भरद्वाजो बाणविक्षेपणावधि ॥ २५७ ॥
पुराद्बहिर्वसिष्ठोऽन्ये धनुषां शतपञ्चकम् ।
केचिच्छतद्वयं चैके धनुर्दशमितं जगुः ॥ २५८ ॥
एतदुक्तमिते देशे गम्याशाभिमुखो नृपः ।
सम्प्रस्थितस्तदा यात्रा मुमुहूर्त्तफलप्रदा ॥ २५९ ॥

प्रस्थान रखने का स्थान—गर्ग जी के मत में एक घर से दूसरे घर तक, भृगु जी के मत में सीमान्तर तक अर्थात् अपने गाँव से दूसरे गाँव तक, भरद्वाज जी के मत में जितनी दूर तक बाण जाता हो, वसिष्ठ जी के मत में नगर से बाहर, अन्य मत मे पाँच सौ धनुष पर्यन्त, किसी के में दो सौ और किसी के में दस धनुष पर्यन्त प्रस्थान वस्तु को भेजना चाहिये। इन इन उक्त प्रमाणों के आधार पर गम्य दिशा के संमुख राजा प्रस्थान करता है तो शुभ मुहूर्त का फल होता है ।।२५७–२५९।।

अथ कृतप्रस्थानस्यापि ततो गमः

कृतप्रस्थानको वापि स्वयं संप्रस्थितोऽपि वा ।
ततोऽपि गमने चिन्त्यं सच्चन्द्रशकुनादिकम् ॥ २६० ॥

प्रस्थान पदार्थ भेजने के पश्चात् अथवा स्वयं प्रस्थान किया हो तो भी यात्रा में शुभ चन्द्रमा व शकुनादि का विचार करना चाहिये ।।२६०।।

अथ प्रस्थितस्य गमनविधिः

प्रथमेऽह्नि नृपः क्रोशं द्वितीयेऽह्नि योजनम् ।
क्रोशषट्कं तृतीयेऽह्नि यथेच्छन्तु ततः परम् ॥ २६१ ॥

प्रस्थान की यात्रा का क्रम—राजा को पहिले दिन एक कोश, दूसरे दिन एक योजन, तीसरे दिन ६ कोश और इसके आगे अपनी इच्छानुसार यात्रा करनी चाहिये ।।२६१।।

अथ प्रस्थाने प्रस्थितस्य कार्यवशाद्विलम्बे दिननिर्णयः

प्रस्थाने भूपतिस्तिष्ठेन्नैकत्र दशरात्रकम् ।
सप्तरात्रं तु सामन्तः पञ्चाहं प्राकृतो जनः ॥ २६२ ॥

प्रस्थान करने के पश्चात् कार्यवश विलम्ब होने में दिन निर्णय—राजा को यात्रा में दस दिन, ग्राम व नगर के मुखिया को सात दिन और अन्य जनों को पाँच दिन तक एक जगह नहीं रहना चाहिये ।।२६२।।

अथ दिक्परत्वेन प्रस्थानम्

सप्ताहान्येव पूर्वस्यां प्रस्थानं पञ्च दक्षिणे ।
पश्चिमे त्रीणि शस्तानि सौम्यायां तु दिनद्वयम् ॥ २६३ ॥

स्वयं पञ्च दिने तिष्ठेद्दिनं भार्या दशावरम् ।
त्रिर्मन्त्री वाहनं सप्त स्वर्णं मासं द्विरायुधम् ॥ २६४ ॥

दिशा वश प्रस्थान स्थिति—पूर्व दिशा में सात दिन, दक्षिण में पाँच दिन, पश्चिम में तीन दिन और उत्तर में दो दिन प्रस्थान शुभ होता है ।

प्रस्थान में स्वयं पाँच दिन, स्त्री दस दिन, मन्त्री तीन दिन, सवारी सात दिन, सोना एक मास और शस्त्र दो मास तक रहना शुभ होता है ॥२६३–२६४॥

अथ प्रस्थानोक्तदिनाधिक्ये पुनर्यात्रा

राज्ञश्चातिक्रमश्चेत्स्यात् प्रस्थानस्य दिनावधेः ।
सन्मुहूर्त्ते पुनर्यात्रां कुर्याद् गेहात्ततोऽपि च ॥ २६५ ॥

प्रस्थान में कथित दिन से अधिक होने पर दुबारा यात्रा विधि—राजा के प्रस्थान की अवधि समाप्त होने पर पुनः घर से शुभ मुहूर्त में यात्रा करनी चाहिये ॥२६५॥

अथ यात्रायाः पूर्वं त्याज्यानि

यात्राहात् पूर्वतः सप्त रात्रीः स्त्रीसेवनं त्यजेत् ।
आसक्तश्चेन् नृपश्चैकरात्रं तु सर्वथैव हि ॥ २६६ ॥
जह्याद् दुग्धं त्रिरात्रोस्तु क्षौरञ्च पञ्चवासरात् ।
तैलं विरेकं वमनं क्षौरं यद् वासरे त्यजेत् ॥ २६७ ॥
क्रोधं च सुरतं तैलं पक्वमांसं गुडं पयः ।
सेवित्वा नृपतिर्गच्छेल् लभते विविधापदः ॥ २६८ ॥
अवमान्य स्त्रियं विप्रान् विरुध्य स्वजनैः सह ।
ऋतुमत्यां च भार्यायां गच्छन् मृत्युमवाप्नुयात् ॥ २६९ ॥
ऋतुस्नानोत्तरं नार्या यात्रात्यावश्यका यदि ।
कृतभोगो नरो यायाद् दानं शान्ति विधाय च ॥ २७० ॥

यात्रा के पहले त्याज्य—यात्रा दिन से पहिले सात दिन स्त्री संभोग का त्याग करना, यदि राजा की अधिक स्त्री में आसक्ति हो तो एक दिन का सर्वथा त्याग करना चाहिये । तीन दिन पहिले दूध का, पाँच दिन पूर्व हजामत का, तेल, उलटी, जुलाब व क्षौर का यात्रा के दिन त्याग शुभ होता है । क्रोध, सुरत, तेल, पका हुआ मांस, गुड़ एवं दूध का सेवन कर राजा यात्रा करता है तो अनेक आपत्ति प्राप्त करता है ।

स्त्री व ब्राह्मणों का अपमान कर, अपने जनों से विरोध कर और स्त्री के मासिक धर्म में यात्रा करने पर मृत्यु होती है ।

स्त्री के मासिक धर्म के पश्चात् यदि यात्रा अत्यावश्यकी हो तो स्त्री संभोग करके दान देकर शान्ति कर यात्रा करनी चाहिये ॥२६६–२७०॥

अथ यात्रायां शुभशकुनाः

दधि दूर्वाक्षता रौप्यं पूर्णकुंभोऽथ सर्षपाः ।
दीपो गोरोचनादर्शो प्रज्वलन् हव्यवाहनः ॥ २७१ ॥
वेदघोषः शुभा वाचो जयमंगलसंयुताः ।
शङ्खदुन्दुभिवीणा हि मृदुमर्दलनिःस्वनाः ॥ २७२ ॥
सिद्धमन्नञ्च ताम्बूलं मीनो दुग्धं घृतं मधु ।
मदिरा रुधिरं मांसं भक्ष्यं नानाविधं फलम् ॥ २७३ ॥
इक्षवः सितपुष्पाणि पदमुद्धृतगोमयम् ।
ध्वजः सिंहासनं छत्रं नृपाणां कुसुमायुधम् ॥ २७४ ॥
दोलावितानसद्वस्त्रं रत्नालङ्कारदीपिका ।
विप्रो भूयो गुरुर्वृद्धः पुत्रपौत्रादिभिर्वृतः ॥ २७५ ॥

यात्रा में शकुन—यात्रा में दही, दूर्वा, अक्षत, चाँदी, भरा हुआ घड़ा, सरसों, दीपक, गोरोचन (चन्दन), दर्पण, जलती अग्नि, वेद घोष, जय मंगल से युक्त शुभवचन, शंख, नगाड़ा, बीणा, मृदङ्ग और ढप का शब्द, पका अन्न, पान, मछली, दूध, घी, सहत, शराब, खून, मांस, खाने योग्य अनेक फल, गन्ना, सफेद फूल, कमल, खड़ी गाय का गोबर, ध्वजा, सिंहासन, छत्र, पुष्प, शस्त्र, झूला, तंबू, शुभ वस्त्र, रत्न, अलङ्कार (गहना), दीपिका, ब्राह्मण, राजा, गुरु और पुत्र पौत्रादि से युक्त वृद्ध शुभ सूचक होते हैं ॥ २७१–२७५ ॥

अन्य शुभ शकुन

दैवज्ञः कन्यका योषा शुभगा पुत्रसंयुता ।
वराङ्गना तपस्वी च वदान्योऽथ नरः शुचिः ॥ २७६ ॥
रजको धौतवस्त्रञ्च शवं रोदनवर्जितम् ।
तोयार्थं पूर्णकुम्भश्चाऽनुगो वामे मृदोऽञ्जनम् ॥ २७७ ॥
गजो वाजिरथौ धेनुः सवत्सा तु विशेषतः ।
श्वेतो वृषोऽन्यवर्णोऽपि बद्धो कैश्चित्तदा शुभः ॥ २७८ ॥
वर्णी स्वमित्रमुष्णीषं दर्भो हंसो मयूरकः ।
नकुलश्च भरद्वाजश्चाषः काकस्तथैव च ॥ २७९ ॥
चित्तोत्साहकरं वस्तु शुभान्येतानि दर्शनात् ॥ २८० ॥

अन्य शुभ शकुन—ज्योतिषी, कन्या, पुत्र से युक्त सौभाग्यवती स्त्री, वेश्या, तपस्वी, दानी, पवित्र मनुष्य, धुले वस्त्र से युक्त धोबी, रुदन से रहित लाश, जलकी इच्छा से जल का घड़ा लिये बायें या पीछे पुरुष, मिट्टी, काजल, हाथी, घोड़ा, रथ, गाय, विशेष कर बछड़े के साथ, सफेद बैल, या अन्य वर्ण का बँधा हुआ बैल, किसी के मत में, वर्णी, अपना मित्र, पगड़ी, कुशा, हंस, मोर, न्यौला, भरद्वाज, पपीहा, कौआ और चित्त प्रसन्न करने वाली समस्त वस्तु यात्रा में शुभ होती है ॥ २७६–२८० ॥

अथ शुभवस्तुनि विशेषः

कीर्तनाच्छ्रवणं श्रेष्ठं श्रवणात्तु विलोकनम् ।
दर्शनात् स्पर्शनं चैषां दध्यादीनां गमादिषु ॥ २८१ ॥
शुभदं दर्शनं येषामभिवाद्यैव तान्नृपः ।
कृत्वा दक्षिणतः सर्वान् गच्छन् सिद्धिमवाप्नुयात् ॥ २८२ ॥

शुभ वस्तु में विशेष—यात्रा में शुभ शकुन की वस्तुओं का नाम लेने से सुनना श्रेष्ठ, सुनने से देखना और देखने से दधि आदि का स्पर्श करना शुभ होता है। शुभ प्रद दर्शनीय पदार्थों का अभिवादन कर उन्हें दाहिनी ओर करता हुआ जाने से यात्रा में सिद्धि प्राप्त होती है ॥ २८१–२८२ ॥

अथ दुश्शकुनाः

कर्पासं कृष्णधान्यञ्च लोहकारश्च रोदनम् ।
लोहञ्च रक्तपुष्पञ्च गुडं तैलं क्षुतं तथा ॥ २८३ ॥
पिण्याकतृणतक्राणि भस्मास्थि लवणं तुषः ।
पाषाणेन्धनमर्चादि सधूमो वह्निरौषधम् ॥ २८४ ॥
मत्तो वान्तः खलो हिंस्रो मुण्डितश्च बुभुक्षितः ।
जटिलश्च तथा रोगी संन्यासी मलिनो रिपुः ॥ २८५ ॥
खञ्जो नग्नोऽङ्गहीनश्च तैलाभ्यक्तोऽथ गर्भिणी ।
कषायवस्त्रधारी च मुक्तकेशोऽथ पाशवान् ॥ २८६ ॥
वन्ध्या च शृङ्खली चौरः षण्ढो यानपलायनम् ।
खरोष्ट्रमहिषारूढाः कुवाक्यश्रवणं तथा ॥ २८७ ॥

दूषित शकुन— कपास, काला अन्न, लोहार, रोना, लोहा, लालपुष्प, गुड़, तेल, छींक, पिण्याक, तिनका, मठा, भस्म (राख), हड्डी, नमक, भूसा, पत्थर, इंधन, चमड़ा, धुआँ सहित अग्नि, औषधि (दवाई), मतवाला, अन्तःकरण का दुष्ट, हिंसक, शिर मुड़ा हुआ, भूखा, जटिल, रोगी, संन्यासी, दूषित, शत्रु, लंगड़ा, नंगा, अंग हीन, तेल से लिप्त, गर्भिणी स्त्री, गेरुआ वस्त्र पहिने, खुले बाल, फाँसी लिये हुए, बाँझ स्त्री, हथकड़ी धारी, चोर, नपुंसक, सवारी का दौड़ना, गदहा, ऊँट व भैंसा पर बैठा हुआ और बुरे वचनों का सुनना यात्रा में अशुभ होता है ॥ २८३–२८७ ॥

अन्य अशुभ शकुन

कृष्णसर्पोऽथ मण्डूकः सरठो ग्रामशूकरः ।
कृपणः पतितो व्यङ्गः कुब्जोऽन्धो वधिरो जडः ॥ २८८ ॥
आर्द्रवासा च विधवा स्वर्णकारो रजस्वला ।
उपानत् कर्दमाङ्गी च पुरीषं च वसा तृणम् ॥ २८९ ॥

तथा रजस्वलापुष्पं कृष्णोक्षा महिषो वृषः ।
स्वगेहदहनं युद्धं मार्जारं स्वकुले कलिः ॥ २९० ॥
गोक्षुतं प्राणिनामङ्गशिरःश्रोत्रप्रकम्पनम् ।
मार्जारो मार्गरोधश्च स्खलनं रिक्तकुंभकः ॥ २०१ ॥
एते दुःशकुना याने सर्वकार्यनिरोधकाः ॥ २९२ ॥

अन्य अशुभ शकुन—काला साँप, मेढक, गिरगिट, गाँव का सूअर, कृपण (लोभी), पतित(भ्रष्ट), अंगहीन, कुबड़ा, अंधा, बहिरा, मूर्ख, गीले वस्त्र पहिने विधवा, सुनार, रजस्वला, जूता लिये, कीचड़ लगाये, पाखाना जाता हुआ मनुष्य, चर्बी, तिनका, रजोमती का रुधिर, काला बैल, भैंसा, बैल, अपने मकान का जलना, लड़ाई, बिलार, अपने वंश में कलह, गाय की छींक, प्राणियों के शरीर, गर्दन, कानों का काँपना, बिल्ली द्वारा रास्ता काटना और खाली घड़े का गिरना ये बुरे सगुन यात्रा में समस्त कार्य के प्रतिरोधक होते हैं ॥ २८८–२९२ ॥

अथ महापशकुनाः

छिक्का विडालसर्पाभ्यां मार्गरोधो मृतेर्वचः ।
मार्जारं माहिषं युद्धं शुनः कर्णप्रकम्पनम् ॥ २९३ ॥
अतिधूमान्वितो वह्निः षडेते मरणप्रदाः ॥ २९४ ॥

बड़ा अपसगुन—छींक, विलाव या सर्प का मार्ग काटना, किसी का मरण सुनना, बिलाव व भैंसों का युद्ध, कुत्ता का कान काँपना, अधिक धुआँ से युक्त अग्नि ये ६ अपसगुन यात्रा में मरण प्रद होते हैं ॥२९३–२९४॥

अथ वामतस्त्याज्या दुःशकुना

एते दुःशकुना वामे कृताश्चेच्छकुनोत्तरम् ।
अदुष्टा एव ते ज्ञेयाः शकुना दक्षिणे शुभाः ॥ २९५ ॥

बायीं ओर बुरे सगुन त्याज्य—ये पूर्व कथित बुरे सगुन बायीं ओर होने पर और शुभ सगुन दाहिनी तरफ हों तो शुभ फल देने वाले होते हैं ॥२९५॥

अथ केषाञ्चित् कीर्तनं केषांचिद्दर्शनं शुभमशुभञ्च

शशजाहकगोधानां सर्पशूकरयोरपि ।
कीर्तनं शुभदं नाम्ना नो रुतं न च दर्शनम् ॥ २९६ ॥
ऋक्षवानरयोर्याने दर्शनञ्च रुतं शुभम् ।
नामसंकीर्तनं श्रेष्ठं दक्षिणे च खरस्वनः ॥ २९७ ॥

किन्हीं सगुनों का कीर्तन, किन्हीं का दर्शन शुभ और अशुभ—खरगोश, कछुआ, गोह, सर्प, सूअर का यात्रा में नाम लेना शुभ और किलकिला व देखना अशुभ होता है। यात्रा में रीछ, बन्दर का देखना व शब्द करना, नाम लेना एवं दाहिनी तरफ गदहा का शब्द शुभ होता है ॥२९६–२९७॥

अथ वामभागे शुभाः

शूकरी कोकिला पल्ली छुच्छुका पिंगला रला।
पोतकी च शिवा सर्वे पुमाख्या वामगाः शुभाः ॥ २९८ ॥
मध्याह्नोत्तरतः श्रेष्ठौ चाषबभ्रू च वामगौ ॥ २९९ ॥

बायीं तरफ शुभ सगुन—सूहरिया, कोयल, छिपकली, छछून्दर, भैरवी, रला (पक्षी विशेष) कबूतरी, सियारिन और समस्त पुरुष संज्ञक बायीं ओर शुभ होते हैं। मध्याह्न के बाद नीलकण्ठ और न्यौला वाम भाग में श्रेष्ठ होते हैं ॥२९८–२९९॥

अथ वामभागे शुभस्वनः

खरोलूकशृगालानां वामे पृष्ठे शुभस्वनः ॥ ३०० ॥

बायीं ओर शुभ शब्द—गदहा, उल्लू और सियार का शब्द बायें व पीछे शुभ होता है ॥३००॥

अथ दक्षिणभागे शुभः

श्रीकण्ठो वानरो भासश्छिक्करः पिक्कको रुतः।
श्वा रिक्षो वायसः श्रेष्ठः स्त्रीसंज्ञाश्चापि दक्षिणे ॥ ३०१ ॥
वनश्वा मृगवच्छस्तः सन्ध्यायां दक्षिणः शिखी ॥ ३०२ ॥

दाहिनी तरफ शुभ सगुन—नीलकंठ, बन्दर, मुर्गा या गीध, मैना, कुत्ता, रीछ, कौआ तथा स्त्री संज्ञक यात्रा में दाहिनी तरफ दीखें या शब्द करें तो शुभ होता है, जंगली (भेड़िया) भी मृग की भाँति शुभ माना जाता है। सन्ध्या के समय दाहिनी ओर मोर का दीखना शुभ होता है ॥३०१–३०२॥

अथ प्रदक्षिणगताः शुभाः

प्रदक्षिणगताः शस्ता याने तु मृगपक्षिणः।
विषमाश्चेदतिश्रेष्ठा व्रजन्तो भूपतेर्मृगाः ॥
वामाद् दक्षिणगाः श्रेष्ठा मृगबभ्रूपतत्त्रिणः ॥ ३०३ ॥

दाहिनी तरफ शुभ सगुन—यात्रा में दाहिनी तरफ हिरनों का झुण्ड शुभ और विषम संख्या में राजा की यात्रा में अधिक श्रेष्ठ होते हैं। यात्रा में बायीं ओर से दाहिनी तरफ हिरन व न्यौला का जाना शुभ होता है ॥३०३॥

अथ वामगाः शुभाः

शृगालः सारमेयश्च दक्षिणाद्वामगः शुभः ॥ ३०४ ॥

बायीं तरफ शुभ सगुन—यात्रा में सियार व कुत्ता का दाहिनी ओर से बायीं ओर जाना शुभ होता है ॥३०४॥

अथात्र विशेषः

पूर्वदिग्गमने पूर्णवदतां करटः पिकः।
वामगो दक्षिणे काकः शुभोऽन्यत्र गमेऽन्यथा ॥ ३०५ ॥

चाषपूर्णाननो व्योम्नि विधत्ते यदि तोरणम् ।
अन्यो वा विजयस्तत्र काकश्चेन्मरणं ध्रुवम् ॥ ३०६ ॥

विशेष सगुन—पूर्व दिशा की यात्रा में कौआ या पपीहा पूर्ण शब्द करे या बायीं तरफ से दाहिनी ओर कौआ जाय तो शुभ और प्रवेश में अशुभ होता है। तोरण उठाकर नीलकण्ठ आकाश में दीखे या अन्य पक्षी का दर्शन हो तो यात्रा में विजय और उक्त रीति से कौआ दीखे तो अवश्य मृत्यु होती है ॥३०५–३०६॥

अथ श्वचेष्टाविशेष

शीर्षोदरहनुघ्राणहृत्कण्ठस्कन्धपृष्ठकम् ।
श्वा दक्षिणेन पादेन कण्डूयन् गमनादिषु ॥ ३०७ ॥
लाभं क्षेमं जयं धत्ते दक्षिणाङ्गे विशेषतः ।
वामपादेन सर्वस्य नाशं प्रोक्तं फलस्य च ॥ ३०८ ॥
विष्ठापङ्कादिलिप्ताङ्गः श्रवणास्फालनं क्षुतम् ।
दन्तप्रकाशनं निद्रालस्यं कुर्वन् मृतिप्रदः ॥ ३०९ ॥

कुत्ते की विशेष चेष्टा का फल—यात्रादि में सिर, पेट, ठोड़ी, नाक, हृदय, कंठ कन्धा, पीठ को कुत्ता दाहिने पैर से खुजावे तो लाभादि होता है। बायें पैर से खुजाने पर समस्त फल का नाश होता है। विष्टा या कीचड़ से सना हुआ कान फटफटाता हुआ, छींकता हुआ, मुख फैला कर दाँत दिखाता हुआ या निद्रा के आलस्य से जंभाई लेता हुआ कुत्ता मरण करने वाला होता है ॥३०७–३०९॥

अथ यात्रोक्तशकुनानां वामदक्षिणभागयोः प्रवेशादौ व्यत्ययः

प्रवेशे निम्नगोत्तारे नष्टसंवीक्षणे भये ।
इडानाड्या प्रवाहे च द्यूते भैषज्य कर्मणि ॥ ३१० ॥
युद्धे ते व्यत्ययाः ज्ञेयाः प्रागुक्ता शकुनाश्च ये ।
वामे वा दक्षिणे ये च संप्रोक्ता शकुनाश्च ते ॥ ३११ ॥
वैपरीत्येन विज्ञेयाः प्रवेशे नृपतेर्बुधैः ।
यात्रोक्ताः शकुनाः ये च त एव शुभदर्शने ॥ ३१२ ॥

वाम दक्षिण भाग के यात्रा में कथित सगुनों का प्रवेशादि में विपरीत फल—प्रवेश नदी उतरने, नष्ट वस्तु खोजने, भय, बाम नाड़ी चलने, जुआ, औषधियाँ सम्बन्धीकार्य और युद्ध में पूर्व कथित सगुन उलटे होते हैं।

बायें, दायें जो सगुन कथित हैं वे राजा के प्रवेश में पंडितों ने उलटे शुभ कहे हैं। जो यात्रा में सगुन प्रतिपादित हैं वे ही राजा के दर्शन में भी शुभ होते हैं ॥३१०–३१२॥

अथ वायोः शुभाशुभसूचकत्वम्

शुभदो दक्षिणे पृष्ठे मन्दः शीतोऽथ मारुतः ।
प्रचण्डः सम्मुखे वामे भङ्गदः समरादिषु ॥ ३१३ ॥

यात्रा में हवा का शुभ, अशुभ फल—यात्रा में दाहिने या पीछे से धीरे-धीरे शीतल हवा चले तो शुभ फल और प्रचंड सामने की या बायों तरफ की चले तो युद्धादि में भंग होता है ॥३१३॥

अथ शकुनादौ शुभाशुभदिग्विचारः

अर्धयामावशेषायां रात्रेर्यामप्रमाणतः ।
अष्टास्वह्नि क्रमाद् दिक्षु भ्रमणं भास्वतः स्मृतम् ॥ ३१४ ॥
ज्वलन्ती भानुना युक्ता प्रोज्झिता दग्धसंज्ञिता ।
गम्या धूमवती चैता दीप्तास्तिस्रोऽशुभाः दिशः ॥ ३१५ ॥
आभ्यः शान्ताभिधास्तिस्रः पञ्चभ्यः शुभदा दिशः ।
मध्यगं दिग्द्वयं मिश्रं विज्ञेयं शकुनादिषु ॥ ३१६ ॥

शकुनादि में शुभ, अशुभ दिशा का विचार—आधा पहर रात बाकी रहने पर एक-एक पहर सूर्य पूर्वादि आठ दिशाओं में निवास करता है। जिस दिशा में सूर्य रहता है, वह ज्वलन्ती, जिसको छोड़ता है, वह दग्ध संज्ञक और जिसमें जाने वाला हो, वह दिशा धूमवती संज्ञा वाली होती है। ये तीनों दिशा अशुभ होती हैं। इन तीनों से पाँचवीं शान्ता दिशा होती है, वह शुभ होती है। मध्य को दो दिशा शकुनादि में मिश्रित होती हैं ॥३१४–३१६॥

अथ दुःशकुने जाते कर्तव्यमाह

याने दुःशकुने साज्यं स्वर्णं दत्वा व्रजेत् सुखम् ।
आद्यं दुःशकुनं प्राणानेकादशमितान् व्रजेत् ॥ ३१७ ॥
स्थित्वा सुशकुनं भूयो दृष्ट्वा हृष्टो व्रजेत् पुनः ।
द्वितीये गमने भूयो दुष्टेऽपि शकुने व्रजेत् ॥ ३१८ ॥
प्रतीक्ष्य षोडश प्राणान् गच्छेन्नैव तृतीयके ।
विरुद्धे शकुने पादौ प्रक्षाल्याचम्य भूपतिः ॥ ३१९ ॥
स्थित्वा तु क्षीरिवृक्षाधो भूपः सुशकुनैर्व्रजेत् ॥ ३२० ॥

दूषित सगुन होने पर करणीय काम—यात्रा में बुरा सगुन होने पर घृत (घी) के साथ सोना देकर सुख से यात्रा करना तथा पहिले बुरे सगुन में ग्यारह श्वांस रुक कर जब शुभ सगुन देख ले तब प्रसन्न चित्त से यात्रा करनी चाहिये। पुनः दूसरा अपसगुन होने पर सोलह श्वांस रुक कर यात्रा करना और तीसरा बुरा सगुन हो जाय तो यात्रा नहीं करनी चाहिये। तथा विपरीत सगुन होने पर पैरों को धोकर आचमन करके वट आदि दूध वाले वृक्ष के नीचे ठहर कर राजा को अधिक शुभ सगुन होने पर यात्रा करना शुभ होता है ॥ ३१७–३२० ॥

अथ यात्रायां त्याज्यदोषाणां सङ्ग्रहः

तिथ्यर्क्षायनमासाहर्भवाः शूलादयश्च ये ।
सम्मुखस्थो भृगुः सौम्यो भृगोर्वक्रादिकं तथा ॥ ३२१ ॥

लालाटी पारिघो दण्डो रजः सूतकमुत्सवः ।
मृतपक्षोऽर्कषड् रिक्तातिथयः पापवासराः ॥ ३२२ ॥
पृष्ठवामगतश्चन्द्रोऽभिजिद् याम्यां भपञ्चकम् ।
जन्मराशिभतो रन्ध्रं लग्ने शत्रुभतोऽरिभम् ॥ ३२३ ॥
रिपुराशिभवौ लग्ने लग्नांशौ कुंभमीनगौ ।
लग्नपृष्ठोदयं पृष्ठदिक्स्थमृक्षं शनिस्तु खे ॥ ३२४ ॥
द्यूने शुक्रस्तथा केन्द्रे वक्री वक्रगवासरः ।
एतेऽन्येऽपि विवाहोक्ता दोषा नेष्टाः प्रयाणके ॥ ३२५ ॥

यात्रा में त्याज्य दोषों का संग्रह —तिथि–नक्षत्र–अयन–मास–दिन जन्य, शूलादि, संमुख शुक्र, बुध शुक्र का वक्रादि, लालाटिक, परिघ दंड, रजस्वला, सूतक, उत्सव, मृतपक्ष, छठा सूर्य, रिक्ता तिथि, पापग्रहवार, पीछे या बायें चन्द्रमा, अभिजित् व धनिष्ठादि पाँच नक्षत्र दक्षिण यात्रा में, जन्म राशि व जन्म लग्न से आठवीं राशि लग्न, शत्रु की राशि से छठी लग्न लग्नस्थ षष्ठेश, लग्नस्थ कुंभ-मीन का नवमांश व लग्न, पृष्ठोदय लग्न, पीछे की दिशा का नक्षत्र, दशमस्थ शनि, सप्तमस्थ शुक्र तथा केन्द्रस्थ वक्री ग्रह का वार ये दोष व विवाह में वर्णित दोष यात्रा में अशुभ होते हैं ॥ ३२१–३२५ ॥

अथ राज्ञां द्यूतकर्ममुहूर्त्तः

अधोवक्त्रे च नक्षत्रे वारे चोपचयावहे ।
चन्द्रताराबलोपेते कुमारे शुभवासरे ॥ ३२६ ॥
कालजे दिग्भवे वापि स्वस्य पूर्णबले स्वरे ।
योगिनी कालदिक्शूलचन्द्रतारानुकूलके ॥ ३२७ ॥
दशायाष्टवर्गे वा गोचरे लाभगे स्वगे ।
युद्धोक्तजयदे योगे शोभने देहजे स्वरे ॥ ३२८ ॥
द्यूतं कार्यं विनोदाय धनलाभाय भूमिपैः ।

राजाओं के जुआ खेलने का मूहूर्त —अधोमुख नक्षत्र, उपचयस्थ वार, या उपचयस्थ भौम, बली चन्द्र व तारा, कुमार अवस्था गत शुभवार, कालज या दिशा स्वर, या अपना पूर्ण बली स्वर, योगिनी, काल, दिशाशूल, अनुकूल चन्द्र-तारा, दशा का अष्टक वर्ग अर्थात् अष्टक वर्ग ग्रह की दशा या अपनी राशि में स्थित गोचर से ग्यारहवें ग्रह की दशा, युद्ध में प्रतिपादित शुभप्रद योग और शुभ देहज स्वर में प्रसन्नता या मन लगाने के लिये एवं धन प्राप्त करने के लिये राजा को जुआ खेलना चाहिये ॥ ३२६–३२८½ ॥

तिथिषु तात्कालिकदिशास्वरः बालादि अवस्थाज्ञानञ्च

पूर्वादितश्चतुर्दिक्षु नन्दाद्यास्तिथयः क्रमात् ॥ ३२९ ॥
मध्ये पूर्णा इमे पञ्च ह्यकाराद्याः स्वरास्तथा ।
तिथिदिक्चरतश्चैवं घटोषट्कप्रमाणतः ॥ ३३० ॥

तात्कालिकं क्रमाज्ज्ञेयो दिक्स्वरस्तत्त्ववेदिभिः।
बालप्रभृतयोऽवस्थास्तेषां ज्ञेयाः क्रमाद् बुधैः॥ ३३१॥

तिथियों में तात्कालिक दिशा स्वर व बालादि अवस्था ज्ञान—पूर्वादि॰चारों दिशाओं में क्रम से पूर्णादि तिथियों की स्थापना करके अर्थात् पूर्व में नन्दा, दक्षिण में भद्रा, पश्चिम में जया, उत्तर में रिक्ता और मध्य में पूर्णा तिथि की स्थापना कर क्रम से अकारादि स्वरों को लिखना चाहिये तथा तिथियों के अन्तर्गत तिथियों की दिशाओं में ६।६ घड़ी के प्रमाण से तात्कालिक स्वर होता है ऐसा स्वर-रहस्य को जानने वालों का कहना है। अकारादि स्वरों की बालादि अवस्था क्रम से होती हैं॥ ३२८½–३३१॥

स्पष्टार्थं चक्र

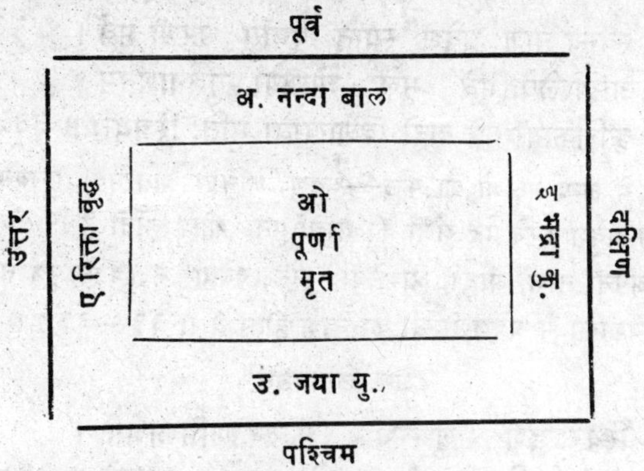

दिशास्वरस्य फलम्

पूर्णाज्जयः स्वरे यूने बाले घाताज्जयो भवेत्।
ईषद्घातात् कुमारे च वृद्धे भङ्गो मृतौ मृतिः॥ ३३२॥
स्वयं स्वरबलोपेते दिशि स्थित्वाथ शात्रवम्।
कृत्वाऽन्यत्र दिशि द्यूतं युद्धे कुर्वञ्जयेन्नृपः॥ ३३३॥

दिशा स्वर का फल—युवा स्वर में पूर्ण जय, बाल स्वर में कुछ घात से विजय, कुमार स्वर में अल्पघात से जय, वृद्ध स्वर में भङ्ग और मृत स्वर में मृत्यु होती है। स्वर बल से बली दिशा में राजा स्वयं बैठकर और शत्रु को अन्य दिशा में करके यदि जुआ खेलता या लड़ाई करता है तो विजय होती है॥ ३३२–३३३॥

अथ यात्रानिवृत्तौ गृहप्रवेशः

प्रवेशो भूपतेर्यात्रानिवृत्तौ निजमन्दिरे।
श्रेष्ठे वारे गुरौ शुक्रे बुधे चन्द्रे शनैश्चरे॥ ३३४॥
चित्रोत्तरानुराधाख्ये रोहिणी रेवती मृगे।
त्यक्त्वा रिक्तां मघां सूर्यं भौमं लग्नं चरं बलम्॥ ३३५॥
पुष्ये हस्ते धनिष्ठायां शते युक्तः शुभः परैः॥ ३३६॥

यात्रा समाप्त करके घर में प्रवेश का मुहुर्त—राजा की यात्रा समाप्त होने पर उसको अपने घर में गुरु, शुक्र, बुध, शनि और सोमवार, चित्रा, तीनों उत्तरा, अनुराधा, रोहिणी, रेवती, मृगशिरा नक्षत्र में रिक्ता तिथि, मघा नक्षत्र, सूर्य, मंगलवार और चर लग्न को छोड़कर प्रवेश करना शुभ होता है तथा अन्य आचार्यों के मत में पुष्य, हस्त, धनिष्ठा और शतभिषा नक्षत्र में भी प्रवेश करना शुभ होता है ॥ ३३४–३३६ ॥

अथ गृहप्रवेशेऽन्यनक्षत्राणां फलम्

श्रवत्रये पुनर्वस्वोः स्वातिः पुष्याश्विभेषु च।
प्रवेशे च पुनर्यात्रा शीघ्रं भवति भूपतेः॥ ३३७॥
स्वस्य नाशः प्रवेशे स्यात् पूर्वासु भरणी मघे।
आर्द्राश्लेषाभिधे मूले ज्येष्ठायां पुत्रनाशनम्।
कृत्तिकायां गृहे दाहो विशाखायां मृतिः स्त्रियाः॥ ३३८॥

गृह प्रवेश में अन्य नक्षत्रों का फल—श्रवण, धनिष्ठा शतभिषा, पुनर्वसु, स्वाती, पुष्य अश्विनी नक्षत्र, में प्रवेश करने पर राजा की यात्रा पुनः शीघ्र होती है। तीनों पूर्वा, भरणी, मघा में प्रवेश से अपना नाश, आर्द्रा, आश्लेषा, मूल, ज्येष्ठा नक्षत्र में पुत्र नाश, कृत्तिका में घर जलना और विशाखा में प्रवेश से स्त्री का नाश होता है ॥ ३३७–३३८ ॥

अथ लग्नबलम्

स्थिरेऽङ्गेंऽशे शुभैरथं केन्द्रकोणत्रिलाभगैः।
पापैर्लभत्रिषट्संस्थैः शुद्धे तुर्ये तथाष्टमे॥ ३३९॥
प्रवेशो भूभुजामिष्टो विजनुर्भाष्टमे स्मृतः॥ ३४०॥

बली लग्न ज्ञान—स्थिर लग्न, स्थिरलग्नस्थ नवांश में, द्वितीय, केन्द्र त्रिकोण, तृतीय, ग्यारहवें शुभग्रह, ११।३।६ में पापग्रह होने पर, चौथे आठवें में ग्रहाभाव रहने पर तथा जन्म लग्न व अष्टम लग्न को छोड़कर राजाओं का यात्रा के बाद घर में प्रवेक्ष शुभ होता है ॥ ३३९–३४० ॥

इति श्रीमद्दैवज्ञरावलहरिशंकरसूरिसूनुगणपतिकृते मुहूर्तगणपतौ
यात्राप्रकरणं सप्तदशं समाप्तम् ॥ १७ ॥

इस प्रकार दैवज्ञ रावल पं० हरिशंकरसूरि के पुत्र पं० गणपतिजी द्वारा रचित
मुहूर्तगणपति ग्रन्थ का सत्रहवाँ यात्रा प्रकरण समाप्त हुआ ॥ १७ ॥

इति श्रीमधुपुरीनिवासी श्रीमद्भागवताभिनवशुक पं० केशवदेवचतुर्वेदात्मज मुरलीधरचतुर्वेदकृता मुहूर्त्तगणपतिग्रन्थस्य सप्तदश यात्राप्रकरणस्य कान्तिमती हिन्दी टीका समाप्ता ॥ १७ ॥

अथ वास्तुप्रकरणम्

तत्रादौ वासार्थं शुभाशुभो ग्रामः प्रोच्यते

स्वनामराशितो ग्रामराशिद्व्यङ्केषु दिक्शिवैः।
सम्मितश्चेत्तदा स्वस्य तद्ग्रामे वास उत्तमः॥ १ ॥
रोगोऽष्टद्वादशे तुर्ये वैरभावे च सप्तमे।
हानिः षष्ठे तृतीये च ग्रामराशौ स्वनामभात् ॥ २ ॥

वास्तु प्रकरण का कथन—अपनी नामराशि से गाँव की राशि दूसरी, नवीं, पाँचवीं, दसवीं या ग्यारहवीं हो तो उस गाँव में अपना निवास करना उत्तम होता है। यदि गाँव की राशि अपनी नामराशि से चौथी, आठवीं या बारहवीं होतो निवास से रोग, प्रथम, सातवीं में शत्रुता और तीसरी व छठी में हानि होती है ।। १–२ ।।

अथ काकिणिका विचारः

स्ववर्गं द्विगुणं कृत्वा परवर्गान्वितं गजैः।
भजेच्छेषात्तु काकिण्यः कार्याश्चैवं परस्परम् ॥ ३ ॥
अधिका यस्य काकिण्यो भवेदर्थस्य सोऽर्थदः।
इत्थं काकिणिकाधिक्ये निवसन्नगरे नरः ॥ ४ ॥

काकिणी का विचार—अपने नाम की वर्ग संख्या को दूना करके उसमें गाँव की याअन्य के नाम की वर्ग संख्या को जोड़कर आठ का भाग देने पर जो शेष हो या गाँव अथवा दूसरे की संख्या को दूना करके अपनी वर्ग संख्या जोड़कर आठ का भाग देने से जो शेष आवे इन दोनों में जिसका अधिक शेष हो तो अर्थात् गाँव का अधिक होने पर गाँव रहने वाले को धनदायी होता है अन्यथा गाँव में नहीं रहना चाहिये तथा दूसरे का अल्प हो तो उससे मित्रता या सेवक नहीं बनाना चाहिये ।।३–४।।

अथ ग्रामे निवासे दिग्विचारः

मध्ये ग्रामस्य गोद्वन्द्वनक्रसिंहाख्यराशयः।
मीनालिकन्यकाः पूर्वे दक्षिणे कर्कराशिकः ॥ ५ ॥
धन्विनः पश्चिमे मेष-तुलाकुम्भास्तथोत्तरे।
नो वसेयुर्नराः सौख्यधनलाभात्मजार्थिनः ।। ६ ॥

गाँव के निवास में दिशा का राशि वश फल—वृष-मिथुन-मकर व सिंह राशि वाले को गाँव के बीच में, मीन वृश्चिक-कन्या राशि को पूर्व दिशा में, कर्क को दक्षिण में, धनु को पश्चिम में और मेष-तुला-कुंभ राशि वाले को उत्तर में सुख, धन लाभ पुत्रकी कामना हो तो निवास नहीं करना चाहिये ॥ ५–६ ॥

वर्गवशेन ग्रामे निवासः

वैनतेयमुखा वर्गा बलिष्ठाः पूर्वतः क्रमात् ।
स्वदिशास्थगृहं श्रेष्ठं पञ्चम्यां दिशि मृत्युदम् ॥ ७ ॥

वर्ग वश गाँव में निवास—गरुडादि वर्ग क्रम से पूर्वादि दिशाओं में बलवान होते हैं। अतः अपने वर्ग की दिशा में निवास श्रेष्ठ और वर्ग से पाँचवीं दिशा में निवास मृत्युदायक होता है ॥ ७ ॥

वर्णवशेन निवासः

ग्रामे चतुर्थकोणेषु वसेयुर्हीनजातयः ।
विप्राद्यास्तु दिशि स्वे स्वे मध्ये वापि सुखेप्सवः ॥ ८ ॥

वर्ण वश निवास—गाँव के चारों कोणों में हीन जाति को और सुख की इच्छा से ब्राह्मणादि वर्णों को अपनी-अपनी दिशा में अथवा बीच में भी निवास करना शुभ होता है ॥ ८ ॥

अथ भूमिविचारः

श्वेता भूमिस्तु विप्राणां रक्ता शस्ता धनुर्भृताम् ।
विशां पीताऽथ शूद्राणां श्यामा मिश्रेतरस्य च ॥ ९ ॥

विप्रादि वर्ण की भूमि—सफेद रंग की भूमि ब्राह्मणों को, लाल क्षत्रियों को, पीली वैश्यों को, काली शूद्रों को और अन्यों को मिश्रित भूमि शुभ होती है ॥ ९ ॥

रसगंधभूमिविचारः

मधुरः कटुकस्तिक्तः कषायश्च रसाः क्रमात् ।
आज्यासृग्धान्यमद्यानां गन्धा वर्णभवा इमे ॥ १० ॥

रस व गन्ध वश विप्रादि वर्णों की भूमि—मीठी भूमि ब्राह्मण वर्ण की, कडुवी क्षत्रिय की, तीती वैश्य की और कसैले स्वाद की शूद्र वर्ण की होती है ।

घी की सुगन्ध वाली ब्राह्मण की, खून केगन्ध की क्षत्रियों की, धान्य के गन्ध की वैश्यों की और जिसमें मद्य (शराब आदि) की गन्ध हो वह शूद्रा होती है ॥ १० ॥

प्रागादि प्रवणा भूमिः विप्रादीनां शुभा क्रमात् ।
सर्वदिक् प्रवणा भूमिर्विप्राणां तु गृहादिषु ॥ ११ ॥

ढाल वश वर्णों की भूमि—पूर्वादि दिशाओं में ढालू भूमि ब्राह्मणादि वर्णों के लिये क्रम से शुभ और ब्राह्मण को घर बनाने में समस्त दिशाओं में ढाल होने पर भी शुभ होती है ॥ ११ ॥

अथ भूमौ शल्यज्ञानम्

गृहप्रश्नाक्षरं पूर्वं यदि वर्गादिसम्मतम् ।
शल्यं तद्दिशि जानीयाद् द्व्यक्षरैर्भमध्यमं वदेत् ॥ १२ ॥

भूमि में हड्डी का ज्ञान—घर विषयक प्रश्न का पहिला अक्षर जिस वर्ग की दिशा में हो उस दिशा में हड्डी, यदि मिला अक्षर प्रथम हो तो बीच में हड्डी समझनी चाहिये ॥ १२ ॥

अथ गृहभूमेः शुभाशुभपरीक्षा

गेहभूमौ खनेद्गर्त्तं हस्तमात्रं निशामुखे।
जलपूर्णं यदि प्रातः सजलं चेच्छुभं तथा ॥ १३ ॥

घर की भूमि का शुभ, अशुभ फल—सूर्यास्त समय में घर की भूमि में एक हाथ नीचा गढ्ढा खोद कर उसे पानी से भर देना और प्रातः काल में यदि उस में पानी हो तो शुभ और पानी सूख कर दराज हो जाय तो अशुभ भूमि समझनी चाहिये ॥ १३ ॥

अथ गेहार्थे भुवः शोधनम्

ज्ञात्वा गेहोचितां भूमिमाजलं निखनेत् त्वधः।
आमृद्भेदनृमात्रं वा पूरयेच्चोत्तमाश्मभिः ॥ १४ ॥

घर के लिये भूमि का शोधन—घर बनाने के लिये उचित भूमि समझ कर उसे जल-पर्यन्त खोद कर अथवा मिट्टी के परिवर्तन तक अथवा मनुष्य मात्र तक खोद कर अच्छे पत्थरों से भर देना चाहिये ॥ १४ ॥

अथ भूमेः प्रथमखनने शुभाशुभफलम्

क्षेत्रे तु खन्यमाने प्राग् दृश्यन्ते श्याम इष्टिकाः।
तदारोग्यधनाप्तिः स्यात् कर्तुस्तद्भवनादिषु ॥ १५ ॥
कपालाङ्गारकेशास्थिदर्शने निधनं भयम् ॥ १६ ॥

भूमि पहिले खोदने पर शुभ, अशुभ फल— घर की भूमि को खोदने से यदि प्रथम काली ईंट निकले तो उसमें मकान बनाने वाले के लिये आरोग्यता और धन की लब्धि होती है। यदि खोदने पर पहिले कपाल या कोयला या बाल या हड्डी का दर्शन हो तो गृहस्वामी की मृत्यु या डर होता है ॥ १५-१६ ॥

अथ समभूमौ दिक्साधनम्

साधिन्या वा जलेनापि कृत्वा भूमिं समां ततः।
तत्र दिक्साधनं कृत्वा गेहारम्भं समाचरेत् ॥ १७ ॥
दिक्शुद्धिरहितं गेहं प्रासादो वा जलाशयः।
कुर्याद्धानिं मृतिं तस्मादादौ दिक्साधनं चरेत् ॥ १८ ॥
द्विघ्नायमामितं सूत्रं द्विपाशं प्रान्त्ययोर्दृढम्।
कृत्वा यामतृतीयेऽङ्घ्रौ चिह्नं तत् कर्षणाय च ॥ १९ ॥
विस्तारार्द्धे तु कोणार्द्धं क्षेत्रमध्यगसूत्रतः।
प्रान्त्ये शङ्कुद्वये पाशौ कृत्वाऽथो कर्षणाभिधम् ॥ २० ॥
चिह्नमाकृष्य कोणार्थे चिह्ने शङ्कुं निधापयेत्।
एवं कृते चतुष्कोणः स्वेष्टक्षेत्रे भवन्ति च ॥ २१ ॥

समान भूमि में दिशा का साधन— साधिनी यन्त्र से अथवा जल से भी भूमि को समान कर दिशा का साधन करके घर बनाना चाहिये। दिशा शुद्धि से रहित भूमि में घर

या प्रासाद या जलाशय बनाने पर हानि व मरण होता है। इसलिये दिशा साधन करके ही घर आदि बनाना शुभ होता है। घर की लम्बाई से दूना मजबूत सूत लेकर उसके दोनों कोनों में पाश को बाँध कर लम्बाई के तीसरे हिस्से पर खेंचने के लिये चिह्न कर कोण के लिये चौड़ाई के आधे भाग में चिह्न करना चाहिये। फिर घर की भूमि के बीच भाग में सूत्र स्थापित कर फन्दों को भूमि के दोनों किनारों में डाली हुई दोनों मेखों में डाल कर कर्षण नामक चिह्न को पकड़ कर खींचने से जहाँ तक जाय वहीं एक कोण होता है। इसी प्रकार उस सूत्र को उलट कर करने से दूसरा कोण होगा तथा उक्त रीति से अन्य दो कोण भी सिद्ध होते हैं ।। १७–२१ ।।

अथ गेहस्यायाः

आयाः क्रमाद् ध्वजो धूम्रः सिंहश्श्वा वृषभः खरः ।
गजो ध्वांक्ष इमे ज्ञेयाः प्राज्ञैर्गेहादिकर्मसु ॥ २२ ॥

घर की आयों के नाम—पंडितों ने घर आदि कार्य के लिये क्रम से ध्वज १, धूम्र २, सिंह ३, श्वान ४, वृष ५, खर ६, गज ७, ध्वांक्ष ८ ये आठ आयों को बताया है ॥ २२ ॥

आयानयनम्

विस्तारगुणिते क्षेत्रे व्यायामेऽथाष्टभिर्हृते ।
शेषे ध्वजादितश्चायः प्रशस्तो विषमोऽखिलः ॥ २३ ॥

आय का आनयन—घर की लम्बाई से चौड़ाई को गुणा कर आठ से भाग देने पर जो शेष हो उससे ध्वजादि आय होता है और विषम समस्त आय शुभ होते हैं ॥ २३ ॥

आयानां दिशाबलम्

प्राचीतो वलिनश्चाया ध्वजाद्या क्रमतस्त्विमे ।
सर्वदिक्षु ध्वजे वक्त्रं सिंहे प्राग्दक्षिणोत्तरम् ॥ २४ ॥
प्राच्यां वृषे गजे याम्यपूर्वयोः शुभमालयम् ।
ध्वजे प्रत्यङ्मुखं वापि सिंहे कुर्यादुदङ्मुखम् ॥ २५ ॥
दक्षिणाभिमुखं नागं कुर्यात् प्राचीमुखं वृषे ।

आयों का दिशा बल—पूर्व दिशा से ध्वजादि आय क्रम से बली होते हैं। जैसे पूर्व में ध्वज, अग्नि कोण में धूम्र, दक्षिण में सिंह इत्यादि आगे भी जानना चाहिये। ध्वज आय में मकान का मुख समस्त दिशाओं में, सिंह में पूर्व, दक्षिण, उत्तर मुख, वृष में पूर्व मुख, गज में दक्षिण, पूर्व मुख, करना चाहिये। ध्वज में पश्चिम सिंह में उत्तर गज में दक्षिण और वृष आय में पूर्व मुख का भी मकान शुभ होता है ॥ २४–२५½ ॥

आयविचारस्य निषेधः

द्वात्रिंशद्धस्तकं यावदेकादशयवात्परम् ॥ २६ ॥
चिन्त्यमायादिकं तावन्नो चिन्त्यमधिके ततः ।
आलिन्दादिषु तार्णे वा मन्दिरे वा चतुर्मुखम् ॥ २७ ॥

आयादिकन्तु नो चिन्त्यं तार्णे मासादयोऽपि च ॥ २८ ॥

आय विचार का निषेध—ग्यारह यव से बत्तीस हाथ तक के घर में आयादि का चिन्तन करना और इससे अधिक बड़ा होने पर आयादि का विचार नहीं करना तथा बरामदा, तृण (तिनका) के मकान वा चारों ओर मुख वाले मकान में आयादि का विचार नहीं करना चाहिये। तिनके के घर में मासादि का भी विचार नहीं करना चाहिये ॥ २६–२८ ॥

क्षेत्रफलादायाद्यानयनम्

क्रमान्नन्दाङ्कषण्नागत्रिनागाष्टाब्धिवारणैः ।
हृते क्षेत्रफलेऽष्टाङ्गनन्दाष्टार्कभसंख्यकैः ॥ २९ ॥
तिथ्यर्क्षैः खाश्वभूमिश्च तष्टे शेषमिते तथा ।
क्रमादायोऽथ वारोंऽशो द्रविणं व्ययधिष्ण्यके ॥ ३० ॥
तिथिर्योगस्तथायुष्यमेते ज्ञेया गृहादिषु ॥ ३१ ॥

क्षेत्रफल से आयादि का आनयन—क्रम से ९।९।६।८।३।८।४।८ इन अंकों से अलग-अगल क्षेत्र फल को गुणा कर गुणन फल में क्रम से ८।६।९।८।१२।२७।१५।५ से भाग देने पर घर के क्रम से शेष वार, अंश, द्रव्य, खर्च, नक्षत्र, तिथि, योग और आय होते हैं। जैसे

$\frac{\text{क्षेत्रफल} \times ९}{८}$ = वार $\frac{\text{क्षे०फ०} \times ९}{६}$ = अंश $\frac{\text{क्षे० फ०} \times ६}{९}$ = द्रव्य। इत्यादि ॥२९–३१॥

अथ नक्षत्राद्राशिज्ञानम्

अश्विन्यादित्रये मेषे मघातस्त्रितयं हरौ ।
मूलात् त्रयं धनुष्येवं द्वे द्वे भे शेषराशिषु ॥ ३२ ॥

नक्षत्र से राशि का ज्ञान—घर का नक्षत्र अश्विनी, भरणी, कृत्तिका हो तो मेष राशि, मघा, पूर्वाफाल्गुनी, उत्तरा फाल्गुनी हो तो सिंह राशि, मूल से तीन नक्षत्र में से होने पर धनु राशि और दो दो नक्षत्र की अन्य राशियाँ होती हैं ॥ ३२ ॥

अथ घटितम्

देशे ग्रामे पुरे गेहे प्रभौ मित्रेऽन्ययोषिति ।
एकनाडी प्रशस्ता स्याद् विरुद्धा भिन्ननाडिका ॥ ३३ ॥
गेहगेहेशयोर्मैत्र्यां वर्णाद्यास्तु विवाहवत् ।
गेहेशालयभैक्ये तु मृत्युदं तद्गृहं स्मृतम् ॥ ३४ ॥

मेलापक विचार—देश, गाँव, नगर, घर, मित्र और दूसरे की स्त्री के विचार में एक नाडी शुभ और भिन्न नाडी अशुभ होती है।

घर व घर के स्वामी की राशि में मित्रता होने पर शुभ व वर्णादि विवाह की तरह विचार करना चाहिये। यदि घर और घर स्वामी की राशि एक हो तो मकान मरण करता है ॥ ३३–३४ ॥

अथ व्ययानयनम्

गेहनक्षत्रसंख्याके नागतष्टे व्ययो भवेत्।
बह्वायं शुभदं चाल्पव्ययं वेश्म न चान्यथा॥ ३५॥

व्यय का आनयन—घर के नक्षत्र की संख्या में आठ का भाग देनेपर जो शेष होता है वह व्यय होता है। अधिक आय व अल्प व्यय वाला मकान शुभ और अधिक व्यय व थोड़ी आय का घर शुभ नहीं होता है॥ ३५॥

अथेन्द्रराजयमांशानयनम्

ध्रुवादिनामवर्णैश्च युक्तं क्षेत्रफलं तथा।
त्रिभिस्तष्टेंऽशकाः शेषे शक्रान्तकनृपाः क्रमात्॥ ३६॥
इन्द्रभूपौ शुभावंशौ यमो नेष्टो गृहादिषु॥ ३७॥

इन्द्र, राज, यमांश का आनयन—घर की ध्रुवादि आय की अक्षर संख्या में क्षेत्रफल को जोड़ कर योग में तीन का भाग देने से शेष क्रम से इन्द्र, यम, राजा के अंश होते हैं। घर आदि में इन्द्र व राजा का अंश शुभ और यम का अंश अशुभ होता है॥ ३६–३७॥

अथ स्वेष्टायनक्षत्राभ्यां पिण्डानयनम्

एकोनितेष्टधिष्ण्येन निघ्ना नेत्रशरेन्दवः।
रूपो नेष्टाय निघ्नेन्दुनागैर्युक्तास्तथा पुनः॥ ३८॥
नगचन्द्रमितैर्युक्ता विभक्तास्ते नृपाश्विभिः।
शेषं क्षेत्रफलं खेटनक्षत्रायसमुद्भवम्॥ ३९॥

अपनी इष्ट आय व नक्षत्र से पिण्ड का साधन—इष्ट नक्षत्र में एक घटा कर उसे १५२ से गुणा कर अलग रखना तथा इष्ट आय में १ घटा कर उसे ८१ से गुणा करके पूर्व स्थापित फल में जोड़ कर सत्रह और मिला कर उसमें २१६ का भाग देने से शेष नक्षत्र आय से उत्पन्न क्षेत्रफल होता है॥ ३८–३९॥

अथ क्षेत्रफलाद् दैर्घ्यविस्तारज्ञानम्

भक्ते क्षेत्रफले स्वेष्टविस्तारेण च दीर्घता।
स्वेष्टं दीर्घे तथा भक्ते विस्तारो वेश्मनः स्फुटः॥ ४०॥

क्षेत्रफल से लम्बाई, चौड़ाई का ज्ञान—क्षेत्रफल में चौड़ाई का भाग देने से लम्बाई और लम्बाई का भाग देने पर घर की चौड़ाई होती है॥ ४०॥

अथ गृहारम्भसमयः

चैत्रशुक्लादिके शोको वैशाखे धान्यवर्धनम्।
ज्येष्ठे कर्त्तुर्भवेन्मृत्युराषाढे पशुपीडनम्॥ ४१॥
श्रावणे धनवृद्धिः स्यान्नाशो भाद्रपदे भवेत्।
आश्विने तु भवेद् युद्धं कार्तिके मृत्युनाशनम्॥ ४२॥
लक्ष्मीलाभो भवेन्नृणां मार्गे पौषेऽथ फाल्गुने।
माघे त्वग्निभयं विद्याद् गृहारम्भे न संशयः॥ ४३॥

घर बनाने का मुहूर्त (घर बनाने में मासों का फल)—चैत के शुक्ल पक्ष में मकान का आरम्भ करने से शोक, वैशाख में अन्न की वृद्धि, जेठ में स्वामी की मृत्यु, आषाढ़ में पशु पीड़ा, सावन में धन की वृद्धि, भादों में नाश, क्वार में युद्ध, कार्तिक में मृत्यु, नाश, अगहन, पूस, फागुन में लक्ष्मी का लाभ और माघ में गृहारम्भ करने पर निश्चय ही आँच लगने का डर होता है ॥ ४१–४३ ॥

गृहारम्भे अशुभतिथिवाराः

त्यक्त्वा चतुर्दशीं षष्ठीं चतुर्थीमष्टमीममाम्।
नवमीं च रविं भौमं गृहारम्भो विधीयते ॥ ४४ ॥

गृहारम्भ में अशुभ तिथि वार—चौदस, छठ, चौथ, अष्टमी, नवमी और अमावास्या तिथि तथा रवि, मंगल वार को छोड़ कर शेष तिथि वार में गृहारम्भ शुभ होता है ॥ ४४ ॥

गृहारम्भे शुभनक्षत्राणि

पुण्ये मृगेऽनुराधायां धनिष्ठायुगलोत्तरे।
हस्तत्रये च रोहिण्यां रेवत्यां गृहमारभेत् ॥ ४५ ॥
सूतिकामन्दिरं कुर्यात् पुनर्भेऽभिजिति श्रुतौ।

गृहारम्भ में शुभ नक्षत्र—पुष्य, मृगशिरा, अनुराधा, धनिष्ठा, शतभिषा, तीनों उत्तरा, हस्त, चित्रा, स्वाती, रोहिणी, रेवती नक्षत्र में घर बनाने का प्रारम्भ शुभ होता है। पुनर्वसु, अभिजित् और श्रवण नक्षत्र में प्रसूतिका का घर आरम्भ करना शुभ होता है ॥ ४५–४५½ ॥

सफलं वृषभचक्रम्

गृहारम्भेऽर्कभाद्रामैः शीर्षस्थैर्दाह ईरितः।
अग्रपादस्थितैर्वेदैः शून्यं स्याद्वृषचक्रके ॥ ४६ ॥
स्थिरतापृष्ठपादस्थैर्वेदैः पृष्ठे श्रियस्त्रिभिः।
लाभो वेदैर्दक्षकुक्षौ रामैः पुच्छपतिक्षतिः ॥ ४७ ॥
कुक्षौ वामेऽब्धिभैर्नैःस्वं मुखं पीडा त्रिभिश्चभैः ॥ ४८ ॥

सफल वृषभ चक्र—गृहारम्भ के दिन सूर्य नक्षत्र से तीन ३ नक्षत्र वृष के मस्तक पर इन नक्षत्रों में आरम्भ नक्षत्र होने पर दाह, फिर ४ नक्षत्र आगे के पैर में इनमें शून्यता, ४ नक्षत्र पीछे के पैर में स्थिरता, ३ नक्षत्र पीठ में लक्ष्मी, ४ नक्षत्र दायीं कूंख में लाभ, ३ नक्षत्र पूंछ में स्वामी का नाश, ४ नक्षत्र बायीं कूंख में निर्धनता और ३ तीन नक्षत्र मुख में उनमें आरम्भ नक्षत्र हो तो पीड़ा होती है ॥ ४५½–४८ ॥

अथैतदेव पुनः स्पष्टम्

अर्कभात् सप्तमैः रुद्रैर्दिग्भिः स्यादसदिष्टदम् ॥ ४९ ॥

इसी का फिर स्पष्टीकरण—सूर्य के नक्षत्र से ७।११।१० में क्रम से अशुभ, शुभ फल होता है ॥ ४९ ॥

अथ सौरमासाद् गृहादौ वास्तोर्मुखं पुच्छं कटिश्च

देवालये त्रये मीनाद् गेहे सिंहाद् रवौ स्थिते।
जलाशये मृगाद् वास्तोर्मुखमीशाद् त्रिलोमतः ॥ ५० ॥

विलोमभ्रमणात् पृष्ठगतायां च दिशि स्मृतः।
सूर्यस्य मुखतः पुच्छं सन्मुखायां दिशि स्मृतः।
इत्युक्ते पृष्ठदिग्भागे वास्तोः खातं गृहादिषु ॥ ५१ ॥

सौर मास से गृहादि में वास्तु पुरुष का मुख, पूंछ, और कमर—देवालय वनाने में तीन-तीन राशि मीन से ईशान कोण के क्रम से विपरीत कोणों में सूर्य के भ्रमण पर वास्तु पुरुष का मुख होता है। गृहारम्भ में सिंह राशि से, जलाशय में मकर राशि से तीन-तीन राशि में ईशान, वायव्य, नैॠत्य व अग्निकोण में वास्तु पुरुष का मुख होता है। मुख से पीछे की दिशा में खात करना शुभ होता है। सूर्य के मुख के पीछे संम्मुख दिशा पूंछ होती है इस कथन से घर आरम्भादि में पूंछ में गढ्ढा करना शुभ होता है ॥ ५०–५१ ॥

अथ गृहे खातदिक्स्पष्टीकरणमुच्यते

आग्नेय्यां खननं कुर्यात् सिंहाद्राशित्रये रवौ।
ईशान्यां च तथा चोक्तं वृश्चिकादित्रये रवौ ॥ ५२ ॥
कुंभादित्रितये वायौ नैॠत्ये वृषभत्रये ॥ ५३ ॥

घर बनाने में प्रथम गढ्ढा करने की स्पष्ट दिशा—सिंह, कन्या, तुला के सूर्य में अग्नि-कोण में, वृश्चिक, धनु, मकर के सूर्य में ईशान में, कुम्भ, मीन, मेष के सूर्य में वायव्य कोण में और वृष, मिथुन, कर्क राशि के सूर्य में नैॠत्य कोण में गढ्ढा करना चाहिये ॥ ५२-५३ ॥

अथ चन्द्रमासाद् वारनिश्चयार्थं खातार्थे च वास्तुशिरः कथ्यते

सिते भाद्रपदाद् वास्तुक्रमान्मासत्रिषु त्रिषु।
प्रागाशादिशिरो गेहे द्वारं शीर्षं दिशि स्मृतम् ॥ ५४ ॥
वास्तोः शीर्षं दिशि ज्ञेयं पुच्छं सन्मुखदिग्गतम् ॥ ५५ ॥

चान्द्र महीने से वार निश्चय के लिये व खात के लिये वास्तु के मस्तक का ज्ञान—भाद्रपद शुक्ल प्रतिपदा से तीन-तीन मास क्रम से पूर्वादि दिशाओं में वास्तु (मकान) का मस्तक होता है। इसी में दरवाजा होता है। मस्तक के सामने की दिशा पूंछ होती है ॥ ५४-५५ ॥

अथ वास्तोर्वामकुक्षौ खाते शङ्क्वारोपणम्

वसुलोचनभागेषु हित्वैतान् दश सप्त च।
पुच्छे त्वेकादशे खातं वामभागे च मध्यतः।
गेहारम्भे मुहूर्त्तेऽत्र शङ्कुं दत्त्वाश्मपूरणम् ॥ ५६ ॥

वास्तु की बायीं कूंख के खात में शंकु गाड़ने का मुहूर्त—८।२।१०।७ भागों को छोड़कर पूंछ या ग्यारहवें हिस्से में मध्य से वाम भाग में गृहारम्भ के मुहूर्त्त में गढ्ढे में कील गाड़ कर उसे पत्थरों से भर देना चाहिये ।। ५६ ।।

अथ संक्रान्तिपरत्वेन गृहद्वारनिर्णयः

कुम्भेऽर्के फाल्गुने मासि श्रावणे कर्कसिंहयोः ।
पौषे नक्रगृहं कुर्यात् पूर्वपश्चिमदिङ्मुखम् ।। ५७ ।।
मार्गे तुलालिगे भानौ वैशाखे वृषभाजयोः ।
दक्षिणे दिङ्मुखं श्रेष्ठं मन्दिरं नेष्टमन्यथा ।। ५८ ।।

सूर्य संक्रान्ति वश घर के दरवाजे का निर्णय—कुम्भ के सूर्य में फागुन मास में, कर्क-सिंह के सूर्य में सावन में और मकर राशि के सूर्य में पूस महीना में पूर्व व पश्चिम दिशा मुख वाला, अगहन में तुला, वृश्चिक के सूर्य में, वैशाख में मेष, वृष के सूर्य में दक्षिण दिशा में मुख वाला घर शुभ और इससे विपरीत में अशुभ द्वार दिशा होती है ।। ५७-५८ ।।

अथात्र कैश्चिद् गेहारम्भे विशेष उक्तः

मेषे चैत्रे वृषे ज्येष्ठे आषाढ़े कर्कटे रवौ ।
सिंहे भाद्रपदे तौलिकन्याश्विकार्तिकेऽलिगे ।। ५९ ।।
पौषे नक्रे तथा माघे मकरे कुंभगेऽपि च ।
प्रकुर्यान् मन्दिरे विद्वानः न्यैकैश्चिदितीरितम् ।। ६० ।।
कृष्णपक्षादयो मासा विज्ञेया ह्यत्र सूरिभिः ।। ६१ ।।

मकान बनाने के मासों में अन्य कथित विशेष—किन्हीं आचार्यों ने मेष राशि के सूर्य में चैत, बृष में जेठ, कर्क में आषाढ़, सिंह में भादों, तुला-कन्या में क्वार, बृश्चिक में कार्तिक, मकर में पूस मास में और माघ में मकर कुम्भ में घर बनाना शुभ बताया है । विद्वानों को कृष्णपक्ष से प्रारम्भ मासों को यहाँ ग्रहण करना चाहिये ।। ५९-६१ ।।

अथ गेहे सुखार्थं तिथिविचारः

पूर्णिमाद्या नव त्याज्यास्तिथयः प्राङ्मुखे गृहे ।
कृष्णपक्षे नवम्याद्या उत्तराभिमुखे तु षट् ।। ६२ ।।
पश्चिमाभिमुखे हेया दर्शाद्यास्तिथयो नव ।
शुक्ले षट् च नवम्याद्यास्त्याज्या दक्षिणदिङ्मुखे ।। ६३ ।।

मकान में सुख के लिये तिथि का विचार—पूर्णमासी से नव दिन अर्थात् कृष्णपक्ष की अष्टमी तक पूर्वाभिमुख घर, कृष्णपक्ष की नवमी से चौदस तक उत्तर मुख का, अमावास्या से शुक्लपक्ष की अष्टमी तक पश्चिम मुख वाला और शुक्ल पक्ष की नवमी से चौदस तक दक्षिण मुखवाले घर का आरम्भ नहीं करना चाहिये ।। ६२-६३ ।।

अथ ध्रुवादिषोडशगृहाणि

ध्रुवं धान्यं जयं नन्दं खरं कान्तं मनोरमम् ।
सुमुखं दुर्मुखं चोग्रं रिपुदं वित्तदं तथा ।।
नाश आक्रन्दविपुलं विजयं चेति षोडश ।। ६४ ।।

ध्रुवादि सोलह ग्रहों के नाम—१ ध्रुव, २ धान्य, ३ जय, ४ नन्द, ५ खर, ६ कान्त, ७ मनोरम, ८ सुमुख, ९ दुर्मुख, १० उग्र, ११ रिपुद, १२ वित्तद, १३ नाश, १४ आक्रन्द, १५ विपुल और १६ सोलहवाँ विजय नामक घर होता है ।। ६४ ।।

अथ ध्रुवादिगेहज्ञानम्

दिक्षु पूर्वादितश्चन्द्रनेत्राम्भोधिगजैर्मिता ।
गेहाद्यत्र भवेच्छालस्तदंका कथिता इमे ।। ६५ ।।
शालाशांकयुतिः सैका ज्ञेयं गेहं ध्रुवादिकम् ।। ६६ ।।

ध्रुवादि घर का ज्ञान—पूर्वादि चारों दिशा के क्रम से १।२।४।८ ध्रुवा होती है। मकान में जिस जिस दिशा में शाला हो उनके ध्रुवांक का योग कर उसमें एक जोड़ने से ध्रुवादि घर की संख्या होती है ।। ६५-६६ ।।

अथ ध्रुवादिगेहे नामाक्षरसंख्या

आषाष्टं दशमं विश्वं मन्दिरं द्व्यक्षराभिधम् ।
शेषाणि त्र्यक्षराणि स्युः सप्तमं चतुरक्षरम् ।। ६७ ।।

ध्रुवादि मकान के नाम की अक्षर संख्या—प्रथम से छै तक, दसवें, तेरहवें, मकान के नाम में दो अक्षर का और अवशिष्टों का तीन अक्षर का नाम होता है ।। ६७ ।।

अथ ध्रुवादिगेहज्ञानार्थं प्रस्तारः

चत्वारो गुरवः स्थाप्या लघुमाद्यं गुरोरधः ।
विन्यस्याग्रे यथा चोर्ध्वं तथा शेषं प्रपूरयेत् ।। ६८ ।।
एवं भूयो लघोः पश्चात् पूरयेद् गुरुभिः पुनः ।
एकमेवासकृत् कार्यं यावत् स्युर्लघवोऽखिलाः ।। ६९ ।।
प्रादक्षिण्येन गेहस्य मुखाच्चालिन्दसंज्ञकम् ।
लघुस्थानस्थिते चैवं भेदाः प्राच्यास्तु षोडश ।। ७० ।।

ध्रुवादि घर ज्ञान के लिये प्रस्तार—प्रथम चार गुरु स्थापन कर पहिले गुरु के नीचे एक लघु की स्थापना करना आगे जिस प्रकार ऊर्ध्व हों वैसे ही शेष भागों को पूर्ण कर इसी प्रकार बार-बार लघु के पीछे गुरुभाग को पूर्ण करके जितने लघु हों, उन्हीं से आरम्भ करके गुरु भाग को पूर्ण करना चाहिये। मुख्य द्वार से दक्षिणावर्त अलिन्द संज्ञक होता है। लघु भाग में इसी रीति से सोलह भेद होते हैं ।। ६८-७० ।।

अथ प्रकारान्तरेण प्रस्तारः

लिखेदेकान्तरादाद्ये एकमेकं गुरुं लघुम् ।
द्वयं द्वयं द्वितीये तु चतुरश्चतुरस्त्रिके ॥ ७१ ॥
अष्टावष्टौ चतुर्थेऽयं प्रस्तारः षोडशावधि ॥ ७२ ॥

प्रकारान्तर से प्रस्तार—एक-एक के अन्तर से प्रथम एक गुरु फिर एक लघु, दूसरे में दो गुरु व लघु, तीसरे में चार गुरु, चार लघु और चौथे में आठ गुरु तथा आठ लघु भाग होते हैं। इस प्रकार सोलह भाग होते हैं ॥ ७१-७२ ॥

अथ गृहारम्भे लग्नबलविचारः

द्विस्वभावस्थिरे लग्ने शुभैर्व्यष्टान्त्यगैर्ग्रहैः ।
पापैस्त्वायारिगैः कुर्यान्मन्दिरारम्भणं बुधैः ॥ ७३ ॥

घर बनाने में लग्न बल का विचार—द्विस्वभाव तथा स्थिर लग्न में, आठवें व बारहवें शुभ ग्रहाभाव में ३।६।११ में पापग्रह होने पर घर बनाने का प्रारम्भ करना चाहिये ॥ ७३ ॥

अथ गृहारम्भे शुभयोगाः

लग्ने गुरौ रवौ षष्ठे द्यूने ज्ञे भार्गवे सुखे ।
मन्दे त्रिगे कृतं तिष्ठेन् मन्दिरं शरदां शतम् ॥ ७४ ॥
तनौ शुक्रे सहस्थेऽर्के षष्ठे भौमे सुते गुरौ ।
समारब्धं गृहं तिष्ठेद्धायनानां शतद्वयम् ॥ ७५ ॥
सूर्ये लाभगते शुक्रे तनौ नभसि चन्द्रजे ।
गेहं वर्षशतायुष्यं निर्मितं नृवरैर्भवेत् ॥ ७६ ॥

गृहारम्भ के शुभ योग—लग्न में गुरु, छठे में सूर्य, सातवें बुध, चौथे, शुक्र और तीसरे स्थान में शनि रहने पर गृहारम्भ में घर सौ वर्ष तक स्थिर रहता है।

लग्न में शुक्र; तीसरे सूर्य, छठे मंगल, पाँचवें गुरु रहने पर मकान का निर्माण कराने पर उसकी दो सौ वर्ष की आयु होती है।

ग्यारहवें सूर्य, लग्न में शुक्र तथा दसवें बुध होने पर घरनिर्माण से सौ वर्ष की आयु का होता है ॥ ७४-७६ ॥

स्पष्टार्थ चक्र-१

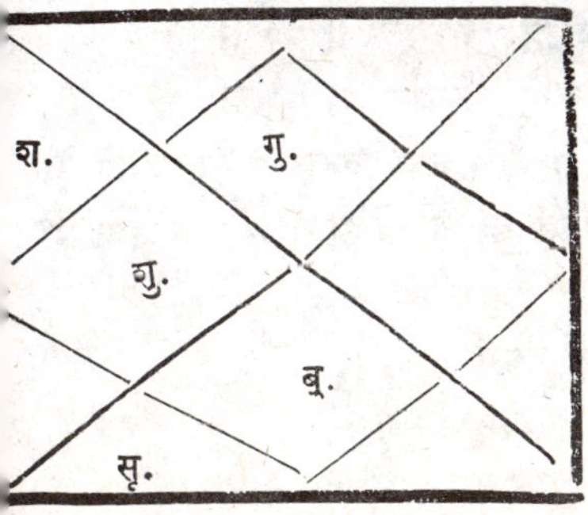

स्पष्टार्थ चक्र-२

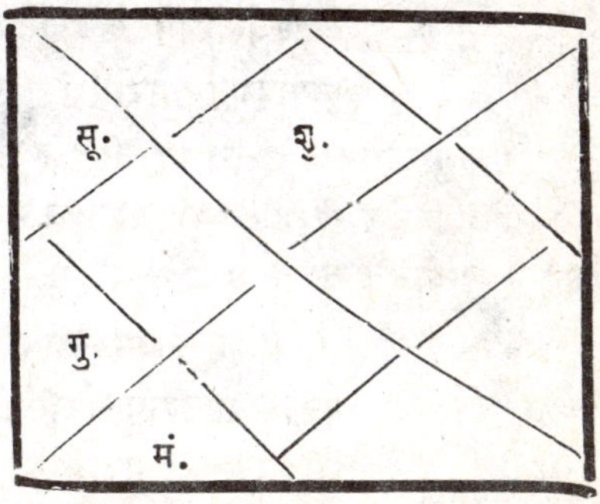

स्पष्टार्थ चक्र–३

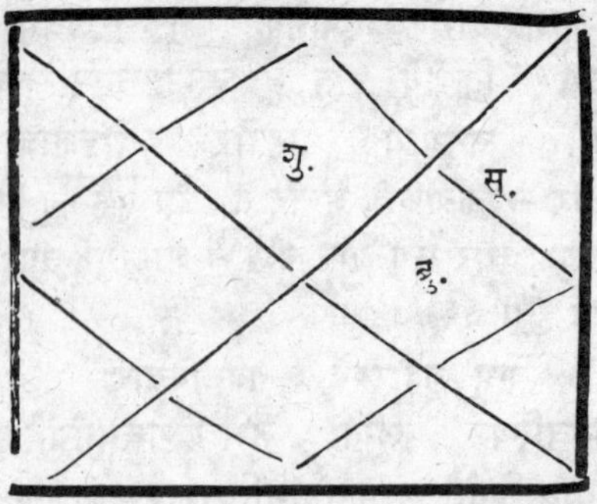

अन्य शुभ योग

चतुर्थे वाक्पतौ लाभे भौमे मन्दे च खे विधौ ।
अशीतिहायनमायुष्यमारब्धं मन्दिरं स्मृतम् ॥ ७७ ॥
शुक्रे स्वोच्चे तनौ वाथ जीवे पातालगेऽथवा ।
लाभगे वा शनौ स्वोच्चे सम्यगुक्तं गृहं चिरम् ॥ ७८ ॥
लग्नस्थे स्वर्क्षगे चन्द्रे केन्द्रे जीवेऽथ खेचरैः ।
स्वोच्चमित्रांशगैर्गेहं लक्ष्म्या युक्तं स्थिरं भवेत् ॥ ७९ ॥

चौथे गुरु, ग्यारहवें मंगल, शनि और दसवें चन्द्रमा होने पर निर्माण कराने पर मकान की आयु अस्सी वर्ष होती है ।

शुक्र उच्चस्थ लग्न में या गुरु चौथे में या लाभस्थ शनि उच्च में होने पर घर निर्माण से वह अधिक समय तक स्थिर रहता है ।

स्वराशिस्थ चन्द्रमा लग्न में, गुरु केन्द्र में या समस्त ग्रह अपने उच्च में या मित्र के नवांश में हों ऐसे में निर्मित घर लक्ष्मी से युक्त होता है ॥ ७७–७९ ॥

अथ नेष्टयोगाः

नीचांशस्थैस्तथा खेटैर्निधनं मन्दिरं हि तत् ।
खेटश्चैकोऽपि खे द्यूने परांशस्थोऽत्र मध्यतः ॥ ८० ॥
कुर्याद्गेहं परायत्तं लग्नेशो यदि निर्बलः ॥ ८१ ॥

अशुभ योग—समस्त ग्रह नीच के नवांश में होने पर मकान बनाने से मृत्यु होती है। यदि लग्नेश निर्बल हो और एक भी ग्रह परांश से दसवें या सातवें हो तो बनाया हुआ घर दूसरे के आधीन होता है ॥ ८०–८१ ॥

अथ नक्षत्रविशेषेषु सत्सु फलम्

पूर्वाषाढोत्तरापुष्यैराश्लेषा रोहिणीमृगे ।
जीवयुक्ते गुरोर्वारे गेहं धान्यसुतप्रदम् ॥ ८२ ॥

पूर्वाषाढामघाहस्तपुष्यमूलान्त्यगे कुजे ।
कुजेऽह्नि निर्मितं गेहं भस्मसादग्निना भवेत् ।। ८३ ।।
उफाहस्ताश्विनी चित्रा रोहिणी च मृगे बुधे ।
बुधेऽह्नि मन्दिरारम्भः सुखपुत्रार्थसिद्धये ।। ८४ ।।
भरणीस्वात्यनुराधा ज्येष्ठापूभाद्वये शनौ ।
शनिवारे कृतं गेहं रक्षोभूतयुतं भवेत् ।। ८५ ।।

नक्षत्र, वार योग वश विशेष फल—पूर्वाषाढा, उत्तराषाढा, पुष्य, आश्लेषा, रोहिणी, मृगशिरा, नक्षत्र गुरु से युक्त और गुरुवार में मकान बनाने पर घर धान्य व पुत्र देने वाला होता है।

पूर्वाषाढा, मघा, हस्त, पुष्य, मूल, रेवती नक्षत्र मंगल से युक्त व मंगलवार में घर बनाने पर अग्नि से भस्म होता है।

उत्तराफाल्गुनी, हस्त, अश्विनी, चित्रा, रोहिणी, मृगशिरा नक्षत्र बुध से युक्त बुधवार में मकान निर्माण से सुख, पुत्र, धन की प्राप्ति होती है।

भरणी, स्वाती, अनुराधा, ज्येष्ठा, पूर्वाभाद्रपदा, उत्तराभाद्रपदा शनि से युक्त शनिवार में घर बनाने पर राक्षस, भूत से युक्त होता है ।। ८२–८५ ।।

अथ द्वारशाखारोपः

अश्विन्यामुत्तराहस्तपुष्यश्रुतिमृगेषु च ।
रोहिण्यां स्वातिभेऽन्त्ये च द्वारशाखां प्ररोपयेत् ।। ८६ ।।

द्वार शाखा का प्ररोपण—अश्विनी, तीनों उत्तरा, हस्त, पुष्य, श्रवण, मृगशिरा, रोहिणी, स्वाती, रेवती नक्षत्र में द्वारशाखा लगानी चाहिये ।। ८६ ।।

अथ द्वारचक्रम्

सूर्यभाद्वेदभैः शीर्षे संस्थितैर्धनसंपदः ।
गृहस्योद्वासनं तस्मादष्टभिः कोणसंस्थितैः ।। ८७ ।।
शाखा त्वष्टमितेस्तस्माद्धनं सौख्यं भवेद् गृहे ।
देहल्यां तु त्रिभिर्धिष्ण्यैर्मृत्युर्गृहपतेर्भवेत् ।। ८८ ।।
चतुर्भिर्मध्यगैस्तस्माद् द्रव्यलाभं सुखं भवेत् ।
एतच्चक्रं विचार्यादौ द्वारं कुर्यात् स्वमन्दिरे ।। ८९ ।।

सफल द्वार चक्र—सूर्य के नक्षत्र से चार ४ नक्षत्र मस्तक पर दरवाजा लगाने का नक्षत्र होने पर धन संपत्ति, पुनः ८ नक्षत्र कोग के में हो तो घर का उजाड़, फिर ८ नक्षत्र शाखा में होने पर धन व सुख, पुनः ३ देहली पर होने से उसमें हो तो मकान मालिक की मृत्यु, फिर ४ नक्षत्र मध्य में होने पर उसमें दरवाजा लगाने का नक्षत्र हो तो धन लाभ व सुख होता है। इस प्रकार द्वार चक्र का विचार करके दरवाजा लगाना चाहिये ।।८७–८९।।

अथ राशिपरत्वेन द्वारस्य दिङ्निर्णयः

मीनालिकर्कराशीनां गेहं प्राङ्मुखमीरितम् ।
कन्यामिथुननक्राणां शस्तं दक्षिणदिङ्मुखम् ॥ ९० ॥
तुलावृषभकुंभानां पश्चिमाभिमुखं स्मृतम् ।
उदङ्मुखं धनुर्मेषसिंहराशिभुवां तथा ॥ ९१ ॥

राशि व दरवाजे की दिशा का निर्णय— मीन, वृश्चिक, कर्क राशिवालों को पूर्वमुख, कन्या, मिथुन, मकर को दक्षिण मुख, तुला, वृष, कुंभ को पश्चिम मुख और धनु, मेष, सिंह राशि वालों को उत्तर मुख मकान शुभ होता है ॥ ९०–९१ ॥

अथ गवाक्षनिर्णयः

पूर्वोदितासु शस्तासु गवाक्षं दिक्षु कारयेत् ॥ ९२ ॥

झरोखा का निर्णय—पूर्व कथित दिशाओं में झरोखा लगाना शुभ होता है ॥ ९२ ॥

अथ द्वारस्य तिर्यङ्मानप्रदेशनिर्णयः

आयामे नवधा भक्ते द्वारमेकांशमानतः ।
प्राच्यां तुर्ये तृतीये वा रुद्रकोणाद् विधीयते ॥ ९३ ॥
याम्यां षष्ठे तृतीये वा तुरीयेंऽशेऽथ पञ्चमे ।
उदीच्यां च प्रतीच्यां वा सव्यमार्गेण धीमता ॥ ९४ ॥

द्वार के तिरछे मान प्रदेश का निर्णय—दीवार की लम्बाई का नवां भाग द्वार होता है। पूर्व में ईशान कोण से तीसरे वा चौथे भाग में, दक्षिण में तीसरे या छठे भाग में, उत्तर, पश्चिम दिशा में सव्य मार्ग से चौथे या पांचवें भाग में दरवाजा लगाना चाहिये ॥९३–९४॥

अथ द्वारस्योच्चता

गेहोच्चस्य चतुर्थांशो द्विगुणो द्वार उच्यते ॥ ९५ ॥

दरवाजे की ऊँचाई—मकान की ऊँचाई का द्विगुणित चौथा हिस्सा दरवाजे की ऊँचाई होती है ॥ ९५ ॥

अथ गेहौच्च्यम्

विस्तारः षोडशो भागश्चतुर्भिर्यः करैर्युतः ।
गेहोच्चं तन्मितं ज्ञेयं न्यूनाधिक्यमसत् स्मृतम् ॥ ९६ ॥

घर की ऊँचाई—घर की चौड़ाई के सोलहवें हिस्से में चार हाथ जोड़ने से जो होता है वह घर की ऊँचाई होती है। इससे कम ज्यादा ऊँचाई अशुभ होती है ॥ ९६ ॥

अथ द्वारादौ वेधविचारः

कोणमार्गभ्रमद्वारं कर्दमस्तम्भभूरुहे ।
देवालयप्रकूपानां वेधो द्वारेऽथ सम्मुखे ॥ ९७ ॥

दरवाजे आदि में वेध का विचार—कोण मार्ग से भ्रमण करके पूर्वोक्त दरवाजे के सामने कीचड़, खम्भा, वृक्ष, देवालय व कुआं होने पर द्वार का वेध होता है ॥ ९७ ॥

अथ वेधापवादः

गेहोच्चे द्विगुणाधिक्ये प्रान्तरे संस्थिते सति।
नैककोणेषु वेधः स्याद् भित्तिमार्गोत्तरेऽपि च ॥ ९८ ॥

वेध का परिहार—घर की ऊँचाई दूने से अधिक होने पर या मध्य में रास्ता हो तथा एक कोण में वेध होने पर रास्ता या भीत या उसके उत्तर मार्ग हो तो एक कोण में वेध नहीं होता है ॥ ९८ ॥

अथ षोडशगृहनिर्माणम्

प्राच्यास्तु क्रमतः स्नानपाकशय्यायुधस्य च।
भोजनस्यान्नभाण्डारदेवतानां गृहाः स्मृताः ॥ ९९ ॥
मिथुनाज्यपुरीषाख्यविद्याभ्यासशुचां क्रमात्।
रतिभैषज्ययोः सर्वधाम्नस्ते मध्यगा गृहाः ॥ १०० ॥
अल्पत्वे वा भुवः शक्तेः स्नानादींश्च गृहान् बुधः।
शक्तेर्भुवोऽनुसारेण प्रकुर्वीत यथारुचि ॥ १०१ ॥
उलूखलाम्बुस्थानं च तथा तुल्यादिकं तथा।
क्षालनं पितृपादानां गेहाद्दक्षिणतः शुभम् ॥ १०२ ॥

सोलह मकानों का निर्माण—स्नान, रसोई, शयन, शस्त्र, भोजन, अन्न, वर्तन और देवता का घर पूर्व आदि दिशा क्रम से आठों दिशाओं में बनाना चाहिये। दही मथने का, घी रखने का, पुरीष स्थान, विद्याभ्यास घर, शोक, मैथुन, दवाई का घर ये पूर्वोक्त घरों के बीच में बनाने चाहिये। भूमि की अल्पता या अधिकता जैसा हो उसी के आधार पर अपनी इच्छानुसार नहाने आदि का मकान बनाना शुभ होता है। ऊखली व जल स्थान समान दिशा में और पितृतर्पण करने का घर दक्षिण दिशा में बनाना शुभ होता है ॥९९-१०२॥

विशेष—यहाँ घर शब्द प्रकोष्ठ (कमरा) अर्थ में है। घर में इन इन कार्यों के लिए ये-ये कमरे इन दिशाओं में होने चाहिये यह तात्पर्य है।

अथ कूपखननप्रदेशः

पुष्टिरैश्वर्यवृद्धिश्च पुत्रनाशो मृतिः स्त्रियः।
मृतिः सम्पद्रिपोर्भीतिः सौख्यमीशानतः क्रमात् ॥ १०३ ॥
गेहस्य मध्यभागेऽर्थनाशः कूपे कृते भवेत् ॥ १०४ ॥

कुआँ खोदने का स्थान—घर से ईशान दिशा में कुआँ बनाने से पुष्टता, पूर्व में ऐश्वर्य की वृद्धि, अग्निकोण में पुत्र नाश, दक्षिण में स्त्री को मृत्यु, नैऋत्य में मरण, पश्चिम में सम्पत्ति, वायव्य कोण में शत्रु भय उत्तर में सुख और घर के बीच में कुआँ बनाने पर धन का नाश होता है ॥१०३-१०४॥

अथेष्टकारम्भः सुधालेपश्च

स्थिरेऽङ्गेऽर्के गुरौ मन्द इष्टकारम्भमाचरेत् ।
तथा गेहे सुधालेप इष्टकारम्भभादिषु ॥ १०५ ॥

इंट बनाने व सफेदी कराने का मुहूर्त—तीनों उत्तरा, श्रवण, पुष्य, ज्येष्ठा, रेवती, रोहिणी, हस्त नक्षत्र में, स्थिर लग्न और सूर्य, गुरु, शनिवार में इंट बनाना प्रारम्भ करना चाहिये । तथा इंट बनाने के मुहूर्त में ही सफेदी भी करानी चाहिये ॥१०५॥

अथ गृहोपकरणं वह्निकृत्यं च

पूर्वार्द्रारोहिणीपुष्य उत्तरात्रितयेऽश्विभे ।
स्थितिर्महानसस्येष्टा गेहोपकरणैः सह ॥ १०६ ॥

उपकरण संग्रह व रसोई घर सजाने का मुहूर्त—तीनों पूर्वा, रोहिणी, पुष्य, तीनों उत्तरा, अश्विनी नक्षत्र में भोजन के उपकरणों के साथ रसोई घर को सुसज्जित करना शुभ होता है ॥१०६॥

अथ चित्रारम्भः

हस्तत्रयेऽनुराधान्त्ये मृगेऽश्विन्यां श्रवत्रये ।
पुनर्भे रोहिणी पुष्ये पूर्वाषाढाभिधे तथा ॥ १०७ ॥
नन्दायां च शुभे वारे प्रकुर्याद्रराजवेश्मनि ।
चित्रं नानाविधं रम्यं शिल्पी रामायणं विना ॥ १०८ ॥

चित्रकारी का मुहूर्त – हस्त, चित्रा, स्वाती, अनुराधा, रेवती, मृगशिरा, अश्विनी, श्रवण, धनिष्ठा, शतभिषा; पुनर्वसु, पुष्य, पूर्वाषाढ़ा नक्षत्र, नन्दा तिथि, शुभ वार में राजा के घर में रामायण को छोड़कर शेष की चित्रकारी करना शुभ होता है ॥१०७–१०८॥

अथ गृहाङ्गणे शुभवृक्षाः

पुन्नागश्चम्पकोऽशोकः पिप्पली दाडिमी शमी ।
वकुलस्तिलको द्राक्षा पिचुमन्दोऽमरो जपा ॥ १०९ ॥
नारिकेलं तथा जाती पाटला गेहमल्लिका ।
मल्लिकापूगबन्धूकाः पनसः सरसीरुहम् ॥ ११० ॥
एते गृहाङ्गणे वृक्षा आरोप्या मंगलप्रदा ॥ १११ ॥

घर के आँगन में शुभ वृक्ष—नागकेसर, चम्पा, अशोक, पीपल, अनार, छोंकरा, मौलसरी, चन्दन, मुनक्का, नींव, आँवरा, गुड्हर, नारियल, केला, चमेली, पाकर, गृह मल्लिका, जुही, सुपारी, दुपहरिया, कटहर और कमल का वृक्ष घर के आँगन में लगाना शुभ होता है ॥१०९–१११॥

अथ गेहप्रदेशात् प्रतिदिशं वृक्षारोपणम्

न्यग्रोधं रोपयेत् प्राच्यां गेहाद् याम्यामुदुम्बरम् ।
उदग्दिशि च कर्कन्धूं प्रतीच्यां कुञ्जराशनम् ॥ ११२ ॥

घर के मध्य से प्रत्येक दिशा में लगाने के वृक्ष—घर की पूर्व दिशा में बड़, दक्षिण में गूलर, पश्चिम में पीपल और उत्तर दिशा में बैर का वृक्ष लगाना शुभ होता है ॥११२॥

अथ केषाञ्चिन्मते सर्वेऽपि वृक्षा अङ्गणे अशुभाः

केचिदूचुर्न चारोप्यो निजवासगृहाङ्गणे ।
कोऽपि वृक्षो यतः स्वर्णद्रुमोऽपि न शुभोऽङ्गणे ॥ ११३ ॥

किसी के मत में समस्त पेड़ आँगन में अशुभ—किसी ने बताया है कि अपने निवास घर के आँगन में किसी प्रकार का वृक्ष तथा पियावाश वृक्ष भी नहीं लगाना चाहिये ॥११३॥

अथ पुरग्रामप्राकारादीनां निर्माणे सूत्रसाधनम्

प्राकारपत्तनग्रामनिर्मितौ सूत्रसाधनम् ।
प्रशस्तं स्याच्छुभे काले गेहारम्भोक्तभादिषु ॥ ११४ ॥

नगर, गाँव, पर कोटा आदि के निर्माण में सूत्र साधन—परकोटा, शहर, गाँवके निर्माण के लिये शुभ समय में घर बनाने में उक्त नक्षत्रादि में सूत्र साधन करना चाहिये ॥११४॥

अथ देवालयमठाद्यारम्भः

गृहारम्भोक्तनक्षत्रैर्मठं कुर्यात्तु साश्विभैः ।
सर्वदेवालयं तैस्तु पुनर्भश्रवणान्वितैः ॥ ११५ ॥

देव मन्दिर मठादि बनाने का मुहूर्त—अश्विनी के सहित गृहारम्भ में कथित नक्षत्रों में मठ बनाना तथा पुनर्वसु, श्रवण के साथ गृहारम्भ में वर्णित नक्षत्रों में समस्त देव मन्दिरों का बनाना शुभ होता है ॥११५॥

अथ जैनालयप्रपादरीणामारम्भः

पूर्वार्द्राभरणीधिष्ण्ये रोहिण्यां च स्थिरोदये ।
शुभाहे जैन्यगेहस्य प्रपादर्योः कृतिः शुभा ॥ ११६ ॥

जैन मकान, प्याऊ, कन्दरा (गुफा) बनाने का मुहूर्त—तीनों पूर्वा, भरणी, रोहिणी नक्षत्र, स्थिर लग्न, शुभ वार में जैनों का घर, प्याऊ, गुफा बनाना शुभ होता है ॥११६॥

इति श्रीमद्दैवज्ञरावलहरिशंकरसूरिसूनुगणपतिकृते मुहूर्तगणपतौ वास्तुप्रकरणमष्टादशं प्रकरणम् ॥१८॥

इस प्रकार श्रीमान् दैवज्ञ पं० हरिशंकर सूरि के पुत्र पं० गणपतिजी द्वारा निर्मित मुहूर्त्तगणपति ग्रन्थ का अठारहवाँ वास्तु प्रकरण समाप्त हुआ ॥१८॥

इति श्रीमधुपुरीनिवासी श्रीमद्भागवताभिनवशुक पं० केशवदेवचतुर्वेदात्मज मुरलीधर-चतुर्वेद कृता मुहूर्त्तगणपतिग्रन्थस्थाष्टादशप्रकरणस्य कान्तिमती हिन्दी टीका समाप्तिमगात् ॥१८॥

अथ गृहप्रवेशप्रकरणम्

प्रवेशकाल:

प्रवेशं नवगेहस्य कुर्यात् सौम्यायने नृपः।
प्रारम्भोदितमासेऽपि कृत्वा प्राग्वास्तुपूजनम् ॥ १ ॥

घर के प्रवेश का प्रकरण—पहिले वास्तु पूजा करके उत्तरायण, गृहारम्भ में कथित मास में भी राजा को नये मकान में प्रवेश करना चाहिये ॥१॥

गृहप्रवेशे शुभमासा:

माघफाल्गुनवैशाखज्येष्ठाः शस्ता नवे गृहे।
प्रवेशे श्रावणो मार्गः कार्तिकोऽपि प्रशस्यते ॥ २ ॥

घर के प्रवेश में शुभ मास—माघ, फागुन, वैशाख, जेठ, सावन, अगहन व कार्तिक भी नये घर के प्रवेश में शुभ होता है ॥२॥

पुनर्विनिर्मिते जीर्णे गृहेऽप्युक्तस्तथैव हि।
आवश्यके प्रवेशे नो कुर्यादस्तविचारणम् ॥ ३ ॥

खंडहर से नये बने मकान में भी उक्त मासों में प्रवेश करना और आवश्यकता होने पर प्रवेश में अस्त का विचार नहीं करना चाहिये ॥३॥

गृहप्रवेशनक्षत्राणि

त्र्युत्तरे चानुराधायां रेवत्यां रोहिणीद्वये।
चित्रायां प्रविशेद्गेहं द्वारभेऽपि विशेषतः ॥ ४ ॥

घर के प्रवेश में शुभ नक्षत्र—तीनों उत्तरा, अनुराधा, रेवती, रोहिणी, मृगशिरा, चित्रा नक्षत्र तथा दरवाजे के नक्षत्रों में भी विशेष कर प्रवेश करना शुभ होता है ॥४॥

अथ जीर्णगृहप्रवेशः

धनिष्ठाद्वितये पुष्ये त्र्युत्तरे रोहिणीद्वये।
चित्रास्वात्यनुराधासु प्रविशेज्जीर्णमन्दिरम् ॥ ५ ॥

पुराने मकान में प्रवेश का मुहूर्त—धनिष्ठा, शतभिषा, पुष्य, तीनों उत्तरा, रोहिणी, मृगशिरा, चित्रा, स्वाती और अनुराधा नक्षत्र में पुराने घर में प्रवेश शुभ होता है ॥५॥

अथ प्रवेशेऽन्यनक्षत्रफलम्

श्रवणादित्रयेऽश्विन्यां स्वात्यां पुष्ये तथा करे।
पुनर्वसौ पुनर्यात्रा राज्यनाशो मघाभिधे ॥ ६ ॥

पूर्वात्रये भरण्यां च विशाखायां विधूक्षयः।
ज्येष्ठाऽश्लेषाख्यमूलार्द्रा कुमारो नाशमाप्नुयात् ॥ ७ ॥

कृत्तिकायां दहेद्गेहं प्रवेशे नवमन्दिरे।
तथा यात्रानिवृत्तौ च भूतानां फलमीदृशम् ॥ ८ ॥

प्रवेश में अन्य नक्षत्र का फल—श्रवण, धनिष्ठा, शतभिषा, अश्विनी, स्वाती, पुष्य, हस्त, पुनर्वसु इन नक्षत्रों में नये घर में प्रवेश करने से पुनः यात्रा और मघा नक्षत्र में करने से राज्य का नाश होता है।

तीनों पूर्वा, भरणी, विशाखा, चन्द्रक्षय, ज्येष्ठा, आश्लेषा, मूल और आर्द्रा नक्षत्र में घर में प्रवेश करने से कुमार का नाश होता है।

कृत्तिका नक्षत्र में नये घर में प्रवेश करने से घर जलता है और यात्रा से लौटने पर घर में प्रवेश करने पर घर में भूतों का भय होता है ॥६-८॥

अथ वारफलम्

गुरुशुक्रबुधाख्येषु वारेषु च सुखार्थदम्।
प्रवेशे तु शनौ स्थैर्यं किञ्चिच्चोरभयं भवेत् ॥ ९ ॥

वारों का फल—गुरु, शुक्र, बुधवार में घर में प्रवेश करने से सुख और धन लाभ एवं शनिवार में प्रवेश करने से स्थिरता तथा थोड़ा चोर का डर होता है ॥९॥

अथ प्रवेशे त्याज्याः

चैत्रो मासः कुजार्कौ च रिक्ता दग्धास्त्वमा मृतिः।
दुष्टश्चन्द्र इमे त्याज्या नवगेहप्रवेशने ॥ १० ॥

प्रवेश में त्याज्य—चैत महीना, मंगल, सूर्यवार, रिक्ता, दग्धा, मृता तिथि और दूषित चन्द्रमा का नवीन घर के प्रवेश में त्याग करना चाहिये ॥१०॥

अथ लग्नबलम्

चरे लग्ने चरांशस्थे प्रवेशो न शुभावहः।
शुभांशेन युते चोपचयस्थे तु चरेऽपि सत् ॥ ११ ॥
शुभैः केन्द्रत्रिकोणायद्विगैरायत्रिषष्ठगैः।
पापैः शुद्धेऽष्टमे तुर्ये विजनुर्भाष्टमेऽङ्गके ॥ १२ ॥
शुभे भकूटके गेहे विधायाग्रे द्विजन्मनः।
जलपूर्णं घटं कृत्वा माङ्गल्येन गृहं विशेत् ॥ १३ ॥
रन्ध्रात्मजकुटुम्बायात् पञ्चमे भास्करे स्थिते।
पूर्वाशादिगृहे श्रेष्ठं क्रमाद्द्वारा मुते रविः ॥ १४ ॥

बली लग्न का ज्ञान—चर लग्न व चर लग्न के नवांश में प्रवेश शुभ नहीं होता है तथा जन्म राशि से तीसरे, छठे या ग्यारहवें या दशवें चर लग्न में शुभ नवांश होने पर प्रवेश शुभ होता है। शुभग्रह १।४।७।१०।११।९।२ में, पापग्रह ११।३।६ में हो और अष्टम व चौथे भाव में ग्रहाभाव होने पर, जन्म लग्न व अष्टम लग्न के अभाव में, घर व घर के मालिक में शुभ भकूट होने पर ब्राह्मणों को व जल से भरे हुए घड़े को आगे करके मांगलिक शब्दों के साथ नये घर में प्रवेश करना चाहिये। पूर्व दिशा के दरवाजे में अष्टम से, दक्षिण के

में पञ्चम से, पश्चिम के में दूसरे से और उत्तर दिशा के द्वार में ग्यारहवें से पाँचवें भाव में सूर्य होने पर बायाँ होता है ॥११-१४॥

अथ गृहद्वारवशात्तिथयः

प्रवेशे प्राङ्मुखे पूर्णा नन्दा याम्यमुखे शुभा ।
भद्रा प्रत्यङ्मुखेऽथोदङ्मुखे गेहे तथा जये ॥ १५ ॥

घर के द्वारवश तिथि—पूर्व मुख दरवाजे में पूर्णा तिथि, दक्षिण मुख में नन्दा, पश्चिम मुख में भद्रा और उत्तर मुख द्वार होने पर जया तिथि में प्रवेश शुभ होता है ॥१५॥

अथ गेहे तत्प्रवेशे च विशेषः

वेश्मकृत्यं दिवाशस्तं प्रवेशो रजनौ क्वचित् ।
सतीन्द्वर्के बले यात्रा द्वादश्यां न भृगौ निशि ॥ १६ ॥

घर व उसके प्रवेश में विशेष— घर व प्रवेश का कार्य दिन में शुभ होता है तथा प्रवेश कभी रात में भी शुभ होता है। सूर्य, चन्द्र बली होने पर यात्रा शुभ और द्वादशी तिथि व शुक्रवार में रात में यात्रा अशुभ होती है ॥१६॥

अथ गृहप्रवेशे कलशचक्रम्

अर्कभाद्भूमिते वक्त्रे वह्निदाहः प्रवेशने ।
उद्वासोऽब्धिमितैः प्राच्यां याम्यां लाभोऽब्धिसंमितैः ॥ १७ ॥
पश्चिमेऽब्धिमितैर्लक्ष्मीरुदग्वेदमितैः कलिः ।
नाशो युगमितैर्मध्येऽधः कण्ठे त्रित्रिभैः शुभम् ॥ १८ ॥

घर के प्रवेश में सफल चक्र का ज्ञान—सूर्य के नक्षत्र से प्रवेश नक्षत्र तक गिनने पर यदि एक संख्या हो तो कलश के मुख में होने से प्रवेश में घर अग्नि से जलता है। पुनः ४ में पूर्व में होने से उद्वास, फिर ४ में दक्षिणस्थ होने से लाभ, पुनः चार पश्चिम में लक्ष्मी प्राप्ति, फिर चार उत्तर में कलह, पुनः चार मध्य में नाश और तीन, तीन नीचे और कंठ में होने पर शुभ होता है ॥१७-१८॥

अथ तदेव स्पष्टयति

भान्यष्टौ सूर्यभात् षष्ठाद्द्वाविंशाच्चैव भानि षट् ।
कुम्भचक्रे वरिष्ठानि गेहं प्रविशतां नृणाम् ॥ १९ ॥

स्पष्टार्थं कलश चक्र

नक्षत्र संख्या	१	४	४	४	४	४	३	३
स्थान	मुख	पूर्व	दक्षिण	पश्चिम	उत्तर	मध्य	अधः	कंठ
फल	अग्निदाह	उद्वास	लाभ	लक्ष्मी	कलह	नाश	शुभ	शुभ

प्रकारान्तर से कलश चक्र—सूर्य नक्षत्र से छठा नक्षत्र हो तो उससे आठ नक्षत्र तथा सूर्य के बाईसवें से ६ नक्षत्रों में घर का प्रवेश शुभ होता है ॥१९॥

अथ प्रवेशे विधिः

अथोक्तसमये राजा वितानैर्तोरणैः युतम् ।
वेदमङ्गलनिर्घोषैः संप्रविश्य गृहं शुभम् ॥ २० ॥
शिल्पिनं गणितज्ञं च विधिज्ञं च पुरोधसम् ।
पूजयेच्च यथा देवं हेमरत्नैस्तथाम्बरैः ॥ २१ ॥

प्र वेश की विधि—राजा को उक्त काल में चंदोवा व वंदन वार से घर को सजाकर वैदिक मांगलिक उद्घोष के साथ शुभ मकान में प्रवेश करके चित्रकार, कारीगर, ज्योतिषी व विधि के जानकार, पुरोहित की देवता की भाँति सोना, रत्न और आभूषणों से पूजा करनी चाहिये ॥२०–२१॥

अथ त्रिविधः प्रवेशः कथ्यते

अपूर्वो नवगेहादौ प्रवेशो मुनिभिः स्मृतः ।
सपूर्वस्तु प्रवेशान्ते पूर्वापूर्वं इतः परः ॥ २२ ॥
आरम्भोदितभैर्भूपैः कार्यः पूर्वः प्रवेशकः ।
पूर्वापूर्वोऽश्विनीमूलश्रवोपेतैः करस्थितैः ॥ २३ ॥
सपूर्वस्तूत्तराचित्राऽनुराधारेवतीमृगे ।
रोहिण्यां कथितः प्राज्ञः प्रवेशस्त्रिविधो गृहे ॥ २४ ॥

तीन प्रकार के प्रवेश का कथन—नवीन मकान आदि में प्रथम प्रवेश अपूर्व संज्ञक, प्रवेश के पश्चात् पुनः प्रवेश सपूर्व और इसके अनन्तर जो प्रवेश होता है वह पूर्वापूर्व संज्ञक होने से तीन प्रकार का घर में प्रवेश ऋषियों ने बताया है। घर निर्माण के नक्षत्रादि अपूर्व संज्ञक प्रवेश, अश्विनी, मूल, हस्त, श्रवण नक्षत्र में पूर्वापूर्व और तीनों उत्तरा, चित्रा, अनुराधा, रेवती, मृगशिरा, रोहिणी नक्षत्र में सपूर्व संज्ञक प्रवेश शुभ होता है ॥२२–२४॥

इस प्रकार वास्तु पूजन विना किये गृह में प्रवेश नहीं करना चाहिये।

अशुभप्रवेशः

जातु न प्रविशेद्धीमाननाच्छन्नं नवं ग्रहम् ।
कपाटरहितं तद्वद्वास्तुपूजनवर्जितम् ॥ २५ ॥

अशुभ प्रवेश—बुद्धिमान को बिना पटे हुए तथा किवाड़ से रहित मकान में एवं बिना वास्तु पूजन के घर में भूल कर भी प्रवेश नहीं करना चाहिये ॥२५॥

अथ वास्तुपूजनम्

श्रवत्रये मृगे मूलेऽनुराधान्त्ये करत्रये ।
पुनर्भे त्र्युत्तरे पुष्ये रोहिण्यामश्विभे तथा ॥ २६ ॥
वास्तोरभ्यर्चनं शस्तं बलिदानपुरस्सरम् ॥ २७ ॥

वास्तु पूजा का मुहूर्त—श्रवण, धनिष्ठा, शतभिषा, मृगशिरा, मूल, अनुराधा, रेवती, हस्त, चित्रा, स्वाती, पुनर्वसु, तीनों उत्तरा, पुष्य, रोहिणी, अश्विनी नक्षत्र में बलिदान के साथ वास्तुपूजा करना शुभ होता है ॥२६–२७॥

अथ नवदुर्गपुरप्रवेशः

रोहिणी रेवतीहस्तत्रये पुष्ये श्रवत्रये ।
अनुराधोत्तरे नव्ये पुरे दुर्गप्रवेशनम् ॥ २८ ॥

नवीन किला व नगर प्रवेश मुहूर्त—रोहिणी, रेवती, हस्त, चित्रा, स्वाती, पुष्य, श्रवण, धनिष्ठा, शतभिषा, अनुराधा, तीनों उत्तरा नक्षत्र में नवीन नगर व किले में प्रवेश करना चाहिये ॥२८॥

अथ जितस्य शत्रोः पुरे प्रवेशः

विशाखाकृत्तिकापूभोत्तराषाढाभिधे तथा ।
शनौ वार्के जितस्यारेर्विजयी नगरं विशेत् ॥ २९ ॥

शत्रु से जीते नगर में प्रवेश का मुहूर्त—विशाखा, कृत्तिका, पूर्वाभाद्रपदा, उत्तराषाढ़ा नक्षत्र तथा शनि या रविवार में शत्रु से विजय में प्राप्त नगर में प्रवेश करना चाहिये ॥२९॥

इति श्रीमद्दैवज्ञरावलहरिशंकरसूरिसूनुकृते मुहूर्तगणपतौ गृहप्रवेशप्रकरणमेकोनविंशतितमं समाप्तम् ॥१९॥

इस प्रकार श्रीमान् दैवज्ञरावल पं० हरिशंकरसूरिपुत्र गणपति द्वारा रचित मुहूर्तगणपति ग्रन्थ का उन्नीसवाँ गृहप्रवेश प्रकरण समाप्त हुआ ॥१९॥

इति श्रीमधुपुरीनिवासी श्रीमद्भागवताभिनवशुक पं० केशवदेवचतुर्वेदात्मज मुरलीधरचतुर्वेदविहिता मुहूर्त्तगणपतिग्रन्थस्यैकोनविंशतितमगृहप्रवेशप्रकरणस्य कान्तिमती हिन्दी टीका परिपूर्णा ॥१९॥

अथ देवालयादिप्रतिष्ठाप्रकरणम्

प्रासादामरयोः कार्या प्रतिष्ठा चोत्तरायणे ।
तथा जलाशयारामोत्सर्गः शस्तो विचैत्रके ॥ १ ॥

चैत्रो मासः प्रतिष्ठायां मध्यमः कैश्चिदीरितः ।
शुक्लपक्षेऽनुराधान्त्ये पुनर्भे रोहिणीमृगे ॥ २ ॥

श्रवत्रयोत्तराहस्तत्रये पुष्ये विधौ शुभे ।
वारनक्षत्रतिथिषु मूर्तीनां स्थापनं स्मृतम् ॥ ३ ॥
विष्ण्वादिदेवमुख्यानां विलग्ने शुभलौकिके ॥ ४ ॥

देव मन्दिर व देव प्रतिष्ठा मुहूर्त —देव मन्दिर और देवता की प्रतिष्ठा उत्तरायण सूर्य तथा जलाशय (सरोवर), व बाग की भी प्रतिष्ठा चैत्र मास को छोड़कर उत्तरायण में करना शुभ होता है। प्रतिष्ठा में किन्हीं पण्डितों ने चैत्रमास को मध्यम बताया है। शुक्लपक्ष अनु-

राधा, रेवती, पुनर्वसु, रोहिणी, मृगशिरा, श्रवण, धनिष्टा, शतभिषा, तीनों उत्तरा, हस्त, चित्रा, स्वाती, पुष्य, नक्षत्र शुभ चन्द्र व अपने वार, नक्षत्र, तिथि में शुभ दृष्ट लग्न में मूर्ति की तथा बिष्णु आदि मुख्य देवताओं की स्थापना शुभ होती है ॥१–४॥

अथ देवताविशेषेण नक्षत्रविशेषः

विष्णोः पूर्वोदितेर्भेऽनुराधाचित्राद्वयोदिते ।
रोहिणी श्रवण ज्येष्ठा पुष्ये चाभिजितीरितम् ॥ ५ ॥

विधिवासवयोः सम्यक् प्रतिष्ठापनमार्यकैः ।
भानोर्हस्तेऽनुराधायां कुबेरस्कन्दयोरपि ॥ ६ ॥

मूले दुर्गादिकानां च श्रवणे सुजिनस्य च ।
रेवत्यां धर्महेरम्बफणिप्रमथरक्षसाम् ॥ ७ ॥

यक्षभूतसुराणां च वाग्देव्याः स्थापनं शुभम् ।

प्रत्येक देवता के विशेष नक्षत्र—पूर्वोक्त नक्षत्रों में बिष्णु भगवान् की और अनुराधा, चित्रा, स्वाती, रोहिणी, श्रवण, ज्येष्ठा, पुष्य, अभिजित् नक्षत्र में ब्रह्मादि देवगण की, हस्त, अनुराधा में सूर्य, कुबेर तथा स्वामि कार्तिक जी की, मूल में दुर्गादि की, श्रवण में जिन देवता की और रेवती में धर्मराज, गणेश, शेष, प्रमथ, राक्षस, यक्ष, भूत, देव, सरस्वती की प्रतिष्ठा शुभ होती है ॥ ५–७½॥

व्यासागस्त्यग्रहाणां च वाल्मीकेः पुष्यभे तथा ॥ ८ ॥

यत्र सप्तर्षयो यान्ति धिष्ण्ये तेषां तु तत्र च ।
सर्वेषामेव रोहिण्यामुत्तरात्रितये तथा ॥
धनिष्ठायां दिगीशानां प्रतिष्ठापनमीरितम् ॥ ९ ॥

पुष्य नक्षत्र में व्यास, अगस्त्य, ग्रह व वाल्मीकिजी की, जिस नक्षत्र में सप्तर्षि हों उस में उनकी, रोहिणी, तीनों उत्तरा में समस्त देवताओं की और धनिष्ठा नक्षत्र में दिगीश्वरों की प्रतिष्ठा शुभ होती है ॥७½–९॥

अथ देवताविशेषे लग्नविशेषः

सिंहे सूर्यः शिवो द्वन्द्वे लग्ने स्थाप्यः स्त्रियां हरिः ।
कुम्भे वेदाश्चरे क्षुद्रा द्वयङ्गे देव्यः स्थिरेऽखिलाः ॥ १० ॥

मुख्य देवों की मुख्यलग्न—सूर्य भगवान् की सिंहलग्न में, शिवजी की मिथुन में, हरि की कन्या में, वेदों की कुंभ में, क्षुद्रों की चर लग्न में, देवी की द्विस्वभाव में और समस्त देवताओं की प्रतिष्ठा स्थिर लग्न में शुभ होती है ॥ १० ॥

अथ वारफलम्

प्रतिष्ठोग्रा तथा क्षेमा वह्निदा वरदा दृढा ।
आनन्ददायिनी कल्पस्थायिन्यर्कादिवासरे ॥ ११ ॥

वारों का फल = रविवार में प्रतिष्ठा उग्र, सोमवार में कल्याणकारी, मंगल में अग्नि दायक, बुध में वरदाता, गुरुवार में दृढ, शुक्रवार में आनन्द देने वाली और शनिवार में कल्प तक स्थिर रहने वाली होती है ॥ ११ ॥

अथ देवताविशेषे मासविशेषः

याम्यायनेऽपि वाराहमातृभैरववामनान् ।
महिषासुरहन्त्रीं च नृसिंहं स्थापयेद् बुधः ॥ १२ ॥
श्रावणे स्थापयेद् लिङ्गमाश्विने जगदम्बिकाम् ।
मार्गशीर्षे हरिं चैत्र सर्वान् पौषेऽपि केचन ॥ १३ ॥

विशेष देवों के विशेष मास—दक्षिणायन में भी वाराह भगवान्, मातृ, भैरव, वामन, महिषासुरमर्दिनी और नृसिंह जी की, सावन में शिव जी को, आश्विन में जगदम्बिका की, अगहन में हरि की स्थापना करनी चाहिये और किसी-किसी के मत में पूस में भी प्रतिष्ठा शुभ होती है ॥ १२–१३ ॥

अथ प्रतिष्ठायां लग्नबलम्

केन्द्रकोणद्विलाभस्थैः शुभैः पापैश्च सेन्दुभिः ।
आयारिगैः सुतैश्वर्यप्रदा वा च प्रतिष्ठिताः ॥ १४ ॥

प्रतिष्ठा में लग्नबल—शुभग्रह १।४।७।१०।५।९।२।११ में और पापग्रह व चन्द्रमा ११।६ में होने पर प्रतिष्ठा सुत (पुत्र) ऐश्वर्य देने वाली होती है ॥१४॥

इति श्रीमद्दैवज्ञरावलहरिशंकरसूरिसूनुगणपतिकृते मुहूर्तगणपतौ जलाशयारामदेवताप्रासादप्रतिष्ठाप्रकरणं विंशतितमम् ॥ २० ॥

इस प्रकार दैवज्ञ रावल पं० हरिशंकरसूरि के पुत्र ज्योतिषीगणपतिजी द्वारा रचित मुहूर्तगणपति ग्रन्थ का वीसवाँ जलाशयारामदेवताप्रासाद प्रतिष्ठा नामक प्रकरण पूर्ण हुआ ॥२०॥

इति श्रीमधुपुरीनिवासि श्रीमद्भागवताभिनवशुक पं० केशवदेवचतुर्वेदात्मजमुरलीधरचतुर्वेदकृता मुहूर्त्तगणपतिग्रन्थस्थजलाशयारामदेवताप्रासादप्रतिष्ठानामकविंशतितमप्रकरणस्य कान्तिमती हिन्दी टीका परिपूर्णा ॥ २० ॥

अथ मिश्रप्रकरणम्

तत्रादावङ्गस्फुरणफलम्

अङ्गस्फूर्तिफलं वक्ष्ये दक्षिणाङ्गसमुद्भवम् ।
पुरुषाणां तु तज्ज्ञेयं वामभागे मृगीदृशाम् ॥ १ ॥

प्रथम शरीर के अवयव फड़कने का फल—पुरुषों के दाहिनो और स्त्रियों के वाम हिस्से को फड़कने के फल को मैं कहता हूँ ॥ १ ॥

अवयवफलम्

पृथ्वीलाभः शिरःस्थाने स्थानलाभो ललाटके।
प्रियाप्तिः स्याद् भ्रुवोर्मध्ये भ्रुवोर्युग्मे सुखं महत् ॥ २ ॥

अवयवों के फल —शिर फड़कने पर भूमिलाभ, भाल में स्थान (पद) लाभ, भौहों बीच में प्रिय लब्धि और दोनों भौंह फड़कने पर अधिक सुख मिलता है ॥ २ ॥

शुभा वार्ता श्रुतिः कर्णे लोचने प्रियदर्शनम्।
दृक्कोणभागयोर्लक्ष्मीरधः पक्ष्मणि संजयः ॥ ३ ॥
गण्डदेशे स्त्रियाः सौख्यं नासायां गन्धजं सुखम्।
उत्तरोष्ठे तु वाग्वादश्चुम्बनं चाधरे स्त्रियाः ॥ ४ ॥
हनुदेशे भयं ज्ञेयं मुखे मधुरभोजनम्।
भूषाप्तिः कण्ठदेशे स्याद् ग्रीवायां रिपुजं भयम् ॥ ५ ॥
ज्ञेयः पराजयः पृष्ठे स्कन्धे मित्रसमागमः।
प्रियाप्तिः बाहुदेशे स्यान् मध्ये बाह्वोर्धनागमः ॥ ६ ॥

कान फड़कने से अच्छी बात सुनने को मिलती है। नेत्र (आँख) फड़कने से प्रिय का र्शन, आँखों के कोनों को फड़कने से लक्ष्मी प्राप्ति, पलक फड़कने से जय, गाल फड़कने से स्त्री ख, नाक फड़कने से सुगन्ध सुख, ऊपर का ओंठ फड़कने से झगड़ा, नीचे के ओठ से ी का चुम्बन, ठोड़ी फड़कने से भय, मुख से मीठा भोजन, कण्ठ से भूषण प्राप्ति, गर्दन से त्रु जनित भय, पीठ से पराजय, कंधा से मित्र मिलाप, बाहु से प्रिय प्राप्ति और हाथ के च में फड़कन होने से धन आगम होता है ॥५-६॥

द्रविणाप्तिः करे विद्याद् विजयं वक्षसि ध्रुवम्।
प्रमोदश्च बलं कट्यां पार्श्वे प्रीतिमनुत्तमाम् ॥ ७ ॥
स्थानात् प्रचलनं नाभौ कोशवृद्धिरथान्त्रके।
कोशाप्तिरुदरे नार्या जघने पतिसङ्गमः ॥ ८ ॥
स्फिग्गुदे वाहनाप्तिः स्याल्लिङ्गे योषित्समागमः।
वृषणे पुत्रलाभश्चाभ्युदयं वस्तिदेशके ॥ ९ ॥

हाथ फड़कने पर धनलब्धि, छाती फड़कने से निश्चय विजय, कमर से प्रसन्नता व ल, नाभि से स्थान से चलन, आंतों से खजाने की वृद्धि, उदर से खजाने की प्राप्ति, स्त्री जाँघ से पति समागम, चूतर व गुदा से सवारी प्राप्ति, लिङ्ग से स्त्री समागम, अंडकोश से त्रलाभ और वस्ति देश फड़कने से उदय होता है ॥७-९॥

ऊर्वोः सद्वाससां प्राप्तो रिपुसन्धिस्तु जानुनी।
क्वचिद्धानिस्तु जंघायां स्थानाप्तिश्चरणोपरि ॥ १० ॥
पादाधो लाभदं ज्ञेयमङ्गस्फूर्तिफलं त्विदम्।
वामे पुंसां फलं चैतद्बुधैर्ज्ञेयं विपर्ययात् ॥ ११ ॥

नारीणां दक्षिणेऽङ्गे स्यादङ्गप्रस्फुरणे तथा।

अथांगे तिले च कण्डूत्यां चेदमेव फलं लभेत्

अङ्गस्फूर्तिः समा ज्ञेया लाञ्छनं मशकास्तिलाः ॥ १२ ॥

कण्डूतिर्दक्षिणे पाणौ नृपाणां जयदा स्मृता।
अन्येषां लाभदा पादतले गमनकारिणी ॥ १३ ॥

घुटना फड़कने से शुभ कपड़ों की प्राप्ति, जाँघ से शत्रु से मिलाप, तथा कमी हानि पर का ऊपरी भाग फड़के तो स्थान की प्राप्ति, पैर के नीचे फड़कन होने से लाभ होता है यह शरीर फड़कने का फल पुरुषों का वाँया हिस्सा और स्त्रियों का दाहिना भाग फड़कने उलटा होता है अर्थात् शुभ फल अशुभ व अशुभफल शुभ होता है। इन अंगों में तिल खुजली होने पर भी उक्त फल होता है।

शरीर के अवयव फड़कने का जो फल होता है वही उन अंगों में तिल, मस्सा, लहसु का भी होता है। राजाओं के हाथ में खुजली होने से विजय अन्यों को लाभ प्रद और पै के नीचे खुजली होने से यात्रा होती है ॥१०-१३॥

अथ पल्लीपतनम्

तत्र शुभाशुभतिथिवारनक्षत्राणि

भूनेत्राग्निशराङ्गाशाविश्वदित्येशसम्मिताः।
तिथयः शुभदाः पल्लीपातेऽन्यास्त्वशुभा मताः ॥ १४ ॥

छिपकली गिरने का फल—छिपकली गिरने में शुभ, अशुभ तिथि—प्रतिपदा, द्वितीय पंचमी, छट, दशमी, तेरस, द्वादशी और एकादशी तिथि में छिपकली गिरना शुभ तथा इन भिन्न तिथियों में अशुभ होता है ॥ १४ ॥

शुभाशुभवाराः नक्षत्राणि च

सौम्यवाराः शुभाः प्रोक्ता पापा दुष्टफलप्रदाः ॥ १५ ॥

पुष्याश्वि रोहिणीद्वन्द्वपुनर्भोफा करत्रयम् ॥ १६ ॥
दक्षिणाङ्गेऽखिले पुंसां वामाङ्गे तु मृगीदृशाम्।

शुभाशुभ वार व नक्षत्र—शुभ ग्रहों के वार में छिपकली गिरना शुभ, पापग्रहों अशुभ, पुष्य, अश्विनी, रोहिणी, मृगशिरा, पुनर्वसु, उत्तराफाल्गुनी, हस्त, चित्रा, स्वा नक्षत्र में शुभ और अन्य नक्षत्रों में अशुभ होता है ॥१५-१६॥

नाभौ हृद्युदरे चैव मस्तके हनुवर्जिते ॥ १७ ॥

पल्लीपातः शुभो ज्ञेयस्ततोऽन्यत्र न शोभनः।
यत्फलं पतने पल्ल्याः सरठारोहणेऽपि तत् ॥ १८ ॥

सरठस्य प्रपाते च पल्ल्यारोहे वृथा फलम्।
स्नातव्यं स्पर्शने पल्ल्याः सरठस्य सवाससा ॥ १९ ॥

जन्मर्क्षे मृत्युयोगेऽह्नि दग्धे विष्ट्यादिदूषिते ।
लग्ने पापयुते चन्द्रेऽष्टमेऽरिष्टं प्रजायते ॥ २० ॥
तत्र शान्तिं जपं होमं रुद्रं मृत्युञ्जयादिकम् ।
पंचगव्ययुतं स्नानं कुर्यादाज्यावलोकनम् ॥ २१ ॥

शरीर के अवयवों में छिपकली गिरने का फल पुरुषों के दाहिने अंग में और स्त्रियों के बायें अंग में नाभि, हृदय, पेट, मस्तक और ठोड़ी को छोड़कर छिपकली गिरना शुभ होता है तथा इनसे भिन्न अंग में पतन अशुभ होता है जो फल छिपकली के गिरने में कहा है वही गिरगिट के चढ़ने में होता है। गिरगिट के पतन व छिपकली के चढ़ने में वृथा फल होता है। छिपकली के स्पर्श में स्नान और गिरगिट के स्पर्श में वस्त्र सहित स्नान करना चाहिये।

जन्म के नक्षत्र में, मृत्यु योग, दग्ध दिनादि, भद्रादि दूषण, पाप युत लग्न और आठवें चन्द्रमा में गिरने से अरिष्ट होता है।

ऐसा होने पर शान्ति, जप, होम, रुद्राभिषेक, मृत्युञ्जय जपादि, पंचगव्य से युक्त स्नान और घी का अवलोकन करना चाहिये ॥ १७–२१ ॥

अथ स्वस्यारिष्टज्ञानम्

यस्य सूर्यस्वरोऽजस्रं षोडशाहं वहेत्तदा ।
सद्यो मृत्युस्ततो न्यूने न्यूनाहमिति मासके ॥ २२ ॥
एवं वामस्वरे सौख्यं तयोर्नाशे मृतिः क्षणात् ।
यस्य सूर्यायते चन्द्रः सूर्यश्चन्द्रायते सदा ॥ २३ ॥
अह्नो द्वयं त्रयं तस्य षण्मासाभ्यन्तरे मृतिः ।
निष्प्रभं भास्करं पश्येन् म्रियते दशभिर्दिनैः ॥ २४ ॥

अपने अरिष्ट का ज्ञान—जिसका सूर्य स्वर निरन्तर सोलह दिन तक चलता है तो शीघ्र मृत्यु और न्यून दिन चलने पर अल्प दिनों में एक महिना के अन्दर मृत्यु होती है। इसी प्रकार चन्द्र स्वर चलने पर सुख और दोनों के न चलने पर क्षणभर में मरण होता है। जिसका चन्द्र प्रवाह के समय में सूर्य और सूर्य प्रवाह में चन्द्र स्वर चलता है उसकी दो या तीन दिन में या छै मास के भीतर मृत्यु होती है। जो कान्ति से रहित सूर्य को देखता है उसकी दस दिन में मृत्यु होती है ॥ २२–२४ ॥

पुनः अरिष्टज्ञानम्

जाग्रत् पश्यति यः स्वप्नं सोऽपि वर्षं न जीवति ।
न विन्देत् कर्णघोषं यो नासाग्रं रसनां भ्रुवम् ॥ २५ ॥
मेढ्ं वामं न पश्येद्यः षण्मासान्न स जीवति ।
मणिबन्धं ललाटस्थं यदि सूक्ष्मं न पश्यति ॥ २६ ॥
यो दुर्गन्धिर्विना हेतुं निःश्रीको वाति दीप्तिमान् ।
कृशाङ्गः स्थूलदेहः स्यात् क्षरत्केशनखोऽपि वा ॥ २७ ॥

स्रवद्वामेक्षणो वापि मासषट्कं न जीवति ।

पुनः अरिष्टज्ञान—जो जागता हुआ स्वप्न देखता है वह भी एक वर्ष तक नहीं जीता, जो कान में हाथ रखने पर शब्द नहीं सुनता है, नाक का अग्र, जिह्वा भौंह और टेढे बायें लिङ्ग को जो नहीं देखता है वह ६ मास तक जीवन प्राप्त नहीं करता है। जो हाथ का पौंचा ललाट में लगाने पर थोड़ा भी नहीं देख पाता है, जो विना कारण दुर्गन्धि का अनुभव करता या चेष्टा हीन या अधिक चमकदार हो जाय या दुबला या मोटा हो जाय या बाल वा नाखून झरने लग जाँय या बायें नेत्र से पानी गिरने लगे तो वह ६ मास पर्यन्त नहीं जीता है ॥२५–२७½॥

प्रकारान्तरेण अरिष्टज्ञानम्

ध्रुवं विष्णोः पदं चैवारुन्धतीं मातृमण्डलम् ॥ २८ ॥
भूगोलं चन्द्रभं चिह्नमपश्यन्नैव जीवति ।
कफो मज्जति यस्याप्सु पङ्कादौ खण्डितं पदम् ॥ २९ ॥
स्नातस्य प्रागुरः शुष्येद् धूमाली स्याच्च मूर्धनि ।
नो सुभुक्तो धृतिं धत्ते स्थूलदेहः कृशोऽपि वा ॥ ३० ॥
विपर्यासः स्वभा स्य नो मासेऽस्याङ्गुलित्रयम् ॥ ३१ ॥

प्रकारान्तर से अरिष्ट ज्ञान - जो ध्रुव, विष्णु पद, अरुन्धती, मातृ मण्डल, भूगोल व चन्द्र नक्षत्र चिह्न को नहीं देख पाता है वह शीघ्र मरण प्राप्त करता है।

जिसका कफ पानी में डूब जाता है, कीचड़ में पाँव खण्डित दीखता है, नहाने के बाद प्रथम हृदय सूखता है, मस्तक से धुआँ निकलता है, या अचानक पूर्ण भोजन से भी तृप्ति धारण नहीं करता या मोटा या दुबला या स्वभाव उल्टा हो जाता है या तीन अंगुलियों को नहीं पहिचान सकता है तो शीघ्र मरण हो जाता है ॥ २७½–३१ ॥

अथ सङ्ग्रामे अशुभचिह्नम्

जिह्वाशोपः प्रकम्पश्च ताम्बूले रागहीनता ।
वाणी सगद्गदा यस्य तस्य मृत्यू रणे भवेत् ॥ ३२ ॥

युद्ध में अशुभ चिह्न - जिसकी लड़ाई में जीभ सूख जाय, शरीर काँपने लगे या पान खाने पर मुख में लालिमा न हो या वाणी गद्गद हो जाती है उसकी मृत्यु होती है ॥ ३२ ॥

अथ युद्धे जयलक्षणम्

प्रफुल्लितभुजश्चैव रोमाञ्ची स्थिरदृग्भटः ।
धैर्योपेतः समुत्साही विजयी स रणे भवेत् ॥ ३३ ॥

युद्ध में विजय का लक्षण—युद्ध में जिसकी भुजा प्रफुल्लित हो, रोमांच हो, दृष्टि स्थिर रहती हो, बली, धैर्य व उत्साह से युक्त हो वह विजयी होता है ॥ ३३ ॥

अथ छायापुरुषदर्शनरीतिस्तत्फलञ्च कथ्यते

प्रातः पृष्ठगते सूर्य स्नात्वा प्रत्यङ्मुखो नरः ।
सम्पूर्णावयवन्त चेत् सम्मुखे श्वेतमीक्षते ॥ ३४ ॥

यावद्वर्षं सुखं क्षेमं विजयं प्राप्नुयान्नरः ।
दृष्टे तस्मिञ्छिरोहीने मासषट्कं स जीवति ॥ ३५ ॥
विकर्णे ह्रायनं चैकं व्यङ्गे चेन्मासससप्तकम् ।
सरन्ध्रहृदये सप्तदश मासान् निर्हस्तके ॥ ३६ ॥
त्रिपार्श्वो निष्पुरस्के द्वौ व्यास्ये मासं हि जीवनम् ।
द्विदेहदर्शने मृत्युः मद्य एव न संशयः ॥ ३७ ॥

छाया पुरुष देखने की रीति व उसका फल कथन—प्रातःकाल स्नान करके सूर्य की ओर पीठ कर पश्चिम मुख खड़ा होकर सामने अपना संपूर्ण शरीर की छाया सफेद दीखने से मनुष्य वर्ष भर सुख, कल्याण व विजय श्री प्राप्त करता है । यदि छाया मस्तक से हीन दीखती है तो ६ मास तक जीवन, बिना कान के दीखने से एक वर्ष, अङ्गहीन से सात मास, छिद्र के साथ हृदय से सात मास, बिना हाथ के दीखने से दस मास, पसुली व पुरस्क के बिना दीखने से दो मास और दो देह छाया के दीखने पर अवश्य मृत्यु होती है ॥ ३४–३७ ॥

अथ प्रकारान्तरेण फलम्

मित्रनाशो विपादे च बन्धुनाशो विबाहुके ।
आत्मनाशो विशीर्षे स्यात् सर्वाभावे कुलक्षयः ॥ ३८ ॥
दुर्भिक्षं दारुणे देशे कर्बुरे च पराङ्मुखे ।
रोगः स्याद्धूम्रिते रूक्षे भिन्ने छिन्ने विघातनम् ॥ ३९ ॥
पीते रुजोऽरुणे हानिः कृष्णे मृत्युः प्रजायते ।
द्वितीये मासषट्केन त्रिभिर्मासैस्तृतीयके ॥ ४० ॥

प्रकारान्तर से फल—बिना पैर की छाया दीखने से मित्रनाश, बिना बाहु की से बन्धुनाश, बिना शिर की से आत्मनाश, छाया न दीखने से कुल का नाश, कबरी व उलटी दीखने से देश में दारुण दुर्भिक्ष, धूम्र रंग की या रूक्ष से रोग, छिन्न-भिन्न से मरण, पीली से रोग, लाल से हानि, काली से मृत्यु, दो छाया दीखने से ६ मास जीवन और तीन से तीन मास में मृत्यु होती है ॥ ३८–४० ॥

अथ स्वप्नदर्शनम्

आद्ययामे निशि स्वप्नो वर्षेण फलदो भवेत् ।
प्रातः सद्यःफलः स्वप्नस्ततः स्वप्यान्न चेन्नरः ॥ ४१ ॥
रोगचिन्तोद्भवा व्यर्थाश्चिरपाकादिर्वाक्षताम् ॥ ४२ ॥

स्वप्न दीखने का फल—रात के पहिले पहर में स्वप्न दीखने से एक वर्ष में फलदायी होता है । प्रातःकालीन स्वप्न शीघ्र फलदायी होता है जब कि देखने वाला पुनः शयन नहीं करता । रोगी व चिन्ताग्रस्त का स्वप्न व्यर्थ होता है क्योंकि लम्बी दशा उनकी अशुभ होती है ॥ ४१–४२ ॥

अथ शुभदाः स्वप्नाः

सद्राजा ब्राह्मणा देवाः सिद्धगन्धर्वकिन्नराः ।
गुरुः श्वेताम्बरा नारी तेषामासीच्च दर्शनम् ॥ ४३ ॥
प्रासादगजशैलानां श्वेतोक्षासनवाजिनाम् ।
दर्शनं रोहणे लाभः सिंहस्यारोहणं तथा ॥ ४४ ॥
छत्रध्वजसुवर्णाब्जरत्नरौप्यदधीनि च ।
यवगोधूमसिद्धार्थाः फलं दीपश्च कन्यका ॥ ४५ ॥
श्रीखण्डाक्षतदूर्वेक्षुदर्पणाः पुष्पितद्रुमाः ।
लाभे वा दर्शने चैषां लाभः सौख्यं भवेद्यशः ॥ ४६ ॥
भोजनं रोदनं वीणावादनं नौप्ररोहणम् ।
अगम्यागमनं विष्ठालेपनं शस्तमीरितम् ॥ ४७ ॥

शुभ फलदायी स्वप्न—सज्जन पुरुष, राजा, ब्राह्मण, देवता, सिद्ध, गन्धर्व, किन्नर, गुरु, सफेद वस्त्र धारण किये हुए स्त्री का दर्शन, देव मन्दिर, हाथी, पर्वत, सफेद बैल, आसन और घोड़े का दर्शन या इन पर तथा सिंह पर स्वप्न में बैठने से लाभ होता है।

छत्र, ध्वज, सुवर्ण, कमल, रत्न, चाँदी, दही, जौ, गेहूँ, सरसों, फल, दीपक, कन्या, चन्दन, अक्षत, दूर्वा, गन्ना, ऐनक, फूल युक्त वृक्ष का स्वप्न में आना या दर्शन से लाभ, सुख व यश होता है।

भोजन, रोना, वीणा का शब्द सुनना, नाव पर बैठना, अगम्या से संभोग और विष्ठा में सनना स्वप्न में शुभ होता है ॥ ४४–४७ ॥

आरूढो यो हि जागर्ति सपुष्पं फलितं द्रुमम् ।
दष्टः श्वेताहिना दक्षे करे स्यात् समहाधनः ॥ ४८ ॥
रुधिरस्नानपानं च सर्पदंशो मृतिर्निजा ।
शय्याहर्म्यासनानां च ज्वलनं स्वशिरच्छिदा ॥ ४९ ॥
रक्तस्रावो जलस्नानं मरणं मांसभक्षणम् ।
सुरायाः प्रायशः पानं प्रशस्तं पायसाशनम् ॥ ५० ॥

प्रकारान्तर से शुभ स्वप्न—स्वप्न में बैठ कर जागना, खिले फूलों से युक्त वृक्ष को देखना, तथा दाहिने हाथ में सफेद सर्प के दंशन होने से देखने वाला महान् धनी होता है।

रुधिर से स्नान या लहू का पीना और सर्प द्वारा काटा जाना, अपने को मरा हुआ देखना, शय्या, मकान, आसन का जलना, मस्तक फटना, खून निकलना, जल से नहाना और मांस खाना प्रायः शराब पीना और खीर खाना स्वप्न में शुभ होता है ॥ ४८–५० ॥

कदलीकल्पवृक्षाश्च तीर्थं गङ्गादिका सरित् ।
तोरणं भूषणं राज्यं स्वन्नैश्च ग्रामवेष्टनम् ॥ ५१ ॥

देववाक्यादिनिर्घोषो गर्तान्निःसरणं तथा।
दंशो वृश्चिककीटानां तडागोद्यानदर्शनम् ॥ ५२ ॥
पीतं रक्तं फलं पुष्पं स्वप्ने प्राप्नोति यो नरः।
लभते सोऽचिरात् स्वर्णं पद्मरागमणिं तथा ॥ ५३ ॥
जयो द्यूते रणे वादे पुरुहूतध्वजेक्षणम्।
आत्मनो बन्धनं शीर्षं बाह्वोर्दर्शनमुत्तमम् ॥ ५४ ॥

पुनः प्रकारान्तर से शुभ स्वप्न—केला व कल्पवृक्ष, तीर्थ, गंगादि नदी, बन्दनवार, आभूषण, राज्य, अच्छे अन्न से गाँव का भर जाना, देव वाक्य का सुनना, गड़हे से निकलना, बिच्छू, कीड़े से कटना, तालाब, बगीचा का देखना, पीला व लाल फल, फूल प्राप्त करने से स्वप्न में शीघ्र ही सुवर्ण और पन्ना मणि की प्राप्ति होती है। इन्द्र ध्वज देखने से स्वप्न में जुआ, युद्ध व विवाद में विजय होती है। अपना बन्धन, मस्तक और भुजाओं का दर्शन स्वप्न में उत्तम होता है ॥ ५१–५४ ॥

अन्ये शुभ स्वप्नाः

अभिषेके करी विप्रो देवो वा छत्रधारणम्।
कुरुते महिषी व्याघ्री गोसिंही स्तन्यपानकम् ॥ ५५ ॥
स्वनाभौ तृणवृक्षाम्बुपुष्पाणामुद्भवस्तथा।
भुवो भूमिधरस्यापि क्रमणोत्क्षेपणे शुभे ॥ ५६ ॥
मणिसौवर्णरौप्यानां पात्रे वाम्भोजिनीदले।
योऽश्नाति पायसं स्वप्ने स राज्यमधिगच्छति ॥ ५७ ॥
गौ लिङ्गी ब्राह्मणो राजा पिता मित्रं च देवता।
यद् वदेत् सदसत् स्वप्ने तत्तथैव प्रजायते ॥ ५८ ॥
पूजितं शिवलिङ्गं च देवता वा यथाविधिः।
स्वप्ने दृष्टाः प्रयच्छन्ति नराणां विपुलं धनम् ॥ ५९ ॥
त्यक्त्वा तक्राणि कार्पासं श्वेतपर्णं शुभं मतम्।
सर्वं कृष्णमसद्धित्वा गौदेवांश्च गजद्विजान् ॥ ६० ॥

अन्य शुभ स्वप्न—हाथी या ब्राह्मण अभिषेक करता हुआ या देवता धारण किये हुए भैंस, व्याघ्री, गाय, सिंहनी दूध पीते हुए दीखे या अपनी टूँड़ी में तृण, वृक्ष, जल, फूल उत्पन्न हुआ देखे, भूमि या पहाड़ों का लांघना या उछलना शुभ होता है।

मणि, सोना, चाँदी या कमल के पत्ते में खीर का भोजन करना, स्वप्न में राज्य की प्राप्ति कराता है। गाय, संन्यासी, ब्राह्मण, राजा, पिता, मित्र, देवता स्वप्न में जो शुभ, अशुभ, कहते हैं वही होता है, शिव लिंग वा देवता की यथाविधि पूजा स्वप्न में देखने से व अटूट धन देते हैं। मठा व कपास को छोड़ कर सफेद वस्तु देखना शुभ और काली गाय, कृष्ण देवता, हाथी और काले ब्राह्मण को छोड़ कर स्वप्न में काली समस्त वस्तु देखने से अशुभ फल मिलता है ॥ ५५–६० ॥

अथाशुभस्वप्नाः

तैलाभ्यक्तोऽथ दिग्वासा आरूढो महिषं खरम् ।
उष्ट्रं कृष्णवृषं वाश्वं याम्यां गच्छन्न जीवति ॥ ६१ ॥
पाकस्थाने वने रक्तपुष्पाढ्ये सूतिकागृहे ।
विकलाङ्गो विशेत् स्वप्ने सोऽशुभैर्विप्रपूज्यते ॥ ६२ ॥
जतुकौंकुमसिल्हादि धातवो यस्य मन्दिरे ।
पतन्ति तरुतस्तस्य गेहदाहश्च चौरभीः ॥ ६३ ॥
नाभेरन्यत्र गात्रेषु तृणपुष्पद्रुमोद्गमः ।
खरोष्ट्रकपिसर्पाद्यैर्यानं स्नेहस्य भक्षणम् ॥ ६४ ॥
कलुषेणाम्बुना मस्या कर्दमैर्गोमयेन च ।
स्नेहेन वपुषो लेपः कर्दमे विनिमज्जनम् ॥ ६५ ॥
पातो दृग्दन्तहस्तस्य जिह्वायाश्च त्रयं तथा ।
एते शोकप्रदाः स्वप्ना दृष्टा हानिकरा अपि ॥ ६६ ॥

अशुभ स्वप्न—स्वप्न में तेल लगाये, नंगा, भैंसे या गदहा, या ऊँट या काला बैल या घोड़ा पर बैठ कर दक्षिण दिशा में जाना मरण कारक होता है। रसोई घर या लाल पुष्प के जंगल या सूतिका घर में स्वप्न में विकलांग होकर प्रवेश करता दीखे तो अशुभ होता है।

लाख, कुंकुम, लोहबान आदि धातु जिसके घर में पेड़ से स्वप्न में गिरती हैं, उसके घर में आंच लगती है तथा चोरों का डर होता है। नाभि को छोड़ कर अन्य अंगों में तिनका, फूल का वृक्ष पैदा हो, ऊँट, गदहा, वानर और सर्प पर बैठ कर यात्रा, तेल भक्षण, दूषित जल, स्याही, या कीचड़ या गोबर या तेल से शरीर में लेप, कीचड़ में नहाना, नेत्र, दाँत, हाथ तथा जीभ का गिरना स्वप्न में देखने से शोक प्राप्ति तथा हानि होती है ॥ ६०-६६ ॥

स्वप्ने सन्दोलनं गीतं क्रीडितं स्फोटितं तथा ।
हसितं भाषितं स्रोतोवहानीरे ह्यधो गतम् ॥ ६७ ॥
सूर्येन्दू ध्वजताराणां पातः स्वस्य चिता अपि ।
रज्वा छेदः शिरोभागे कांस्यवर्णस्य धारणम् ॥ ६८ ॥
प्रवेशो जननीगर्भे दुष्कर्मे तदरिष्टदम् ।
करवीरमशोकं च लतापातेन बन्धनम् ॥ ६९ ॥
कृष्णाम्बरधरायोषालिङ्गनं मृत्युकारकम् ।
आरुह्य पुष्पितान् वृक्षान् यो विचिन्त्य निजं वपुः ॥ ७० ॥
भूषयत्यरुणैः पुष्पैः सोऽपि प्राणैर्वियुज्यते ।

अन्य अशुभ स्वप्न—स्वप्न में झूलना, गीत गाना, खेलना, फोड़ना, हँसना, बोलना (ललकारना) नदी के जल में डूबना, सूर्य, चन्द्र, पताका, तारा का गिरना, अपनी चिता

(जलना) देखना, रस्सी से शिर काटना (फाँसी लगाना) कांसे के समान रंग का धारण करना, माता के गर्भ में प्रवेश होना. दूषित कर्म करना अरिष्ट दायक होता है।

कनहर या अशोक की डाल पर फांसी लगाना, काली धोती पहने हुए स्त्री से आलिङ्गन करना मृत्युकारक होता है। जो स्वप्न में पुष्पित वृक्षों पर बैठ कर अपने शरीर का चिन्तन करके लाल पुष्पों से विभूषित होता है उसकी मृत्यु होती है ॥ ६७–७०$\frac{1}{2}$ ॥

धृतरक्ताम्बरः श्लिष्टो हत्यामाप्नोति मानवः ॥ ७१ ॥
यस्तु धूमोपमात्मानं व्याप्तं धूमेन चेद्यदा।
भस्माज्यलोहलाक्षं च स च लक्ष्म्या वियुज्यते ॥ ७२ ॥
क्रोष्टुकुक्कुटमार्जारगोधावभ्रुभुजङ्गमाः।
मक्षिका वृश्चिका दंशा दृष्टाः स्वप्ने न शोभनाः ॥ ७३ ॥
रत्नद्रव्यायुधे यानं शय्या भूषाश्च योषिताम्।
वस्त्रादिप्रियवस्तूनामपसारोऽर्थनाशकः ॥ ७४ ॥
विवाहोत्सवयोः शोको भ्रंशो वा नखकेशयोः।
कराद्यवयवानां तु छेदनं स्वात्मनाशनम् ॥ ७५ ॥

अन्य अशुभ स्वप्न—स्वप्न में घी या लाल वस्त्रों से लिप्त होना भी मृत्यु कारक होता है। धुएँ के तुल्य आत्मा को धुएँ से व्याप्त देखना, भस्म, घी, लोहा व लाख का स्वप्न में दर्शन लक्ष्मी की हानि करने वाला होता है। सियार, मुर्गा, बिलाव, न्यौला, सर्प, मक्खी, बिच्छू और डांस को स्वप्न में देखने से अशुभ होता है।

रत्न, धन, हथियार, सवारी, खाट, स्त्रियों के गहने और वस्त्रादि प्रिय वस्तु का स्वप्न में अपहरण होने से धन का नाश होता है।

विवाह, उत्सव या नाखून या बालों का पतन देखने से शोक होता है। हाथ आदि शरीर के अवयवों का कटना देखने से अपना नाश होता है ॥७१$\frac{1}{2}$–७५॥

वपनं श्मश्रुकेशानां नेत्ररुक् पतनं तथा।
कूपगर्तदरीध्वान्तविवरेषु न शोभनम् ॥ ७६ ॥
कपोतश्येनगृध्राद्या ऋक्षकौशिकवायसाः।
शृगालशशकश्वानो दृष्टाः स्वप्ने त्वशोभनाः ॥ ७७ ॥
शष्कुलीकृशराश्राणागुडापूपादिभक्षणम्।
गोमयं चोष्णपानीयं स्वप्ने पीतं न शोभनम् ॥ ७८ ॥
रक्ते पुरीषमूत्रे वा स्रवन्मृत्युमवाप्नुयात्।
रक्तकृष्णानि वासांसि कृष्णानि च बिभर्ति यः ॥ ७९ ॥
पितृकार्ये प्रकुर्वाणो म्रियते स न संशयः।
भूतप्रेतपिशाचाद्यैः श्वपचैः सह संगतः ॥ ८० ॥
आहूतो वाऽथ तैर्याम्यां स्वल्पाहैर्म्रियते तु सः।

स्वप्न में दाढ़ी बनवाना, नेत्र रोग देखना, कुआँ, गड्ढा, गुफा अंधकार और बिल में गिरना शुभ नहीं होता है।

कबूतर, बाज, गीध, रीछ, उल्लू, कौआ सियार, खरगोश, कुत्ता, का स्वप्न में दर्शन अशुभ होता है। पूड़ी, पकवान, खिचड़ी, गुड़, मालपुआ का भक्षण और गोबर व गर्म पानी का पीना भी स्वप्न में शुभ नहीं होता है। विष्टा या पेशाब में खून गिरना देखने से मृत्यु होती है। स्वप्न में जो लाल मिश्रित काला या केवल काला कपड़ा धारण करता है या पिता-माता का क्रिया कर्म करते देखता है, उसका अवश्य ही मरण होता है। भूत, प्रेत, पिशाचादि या भंगी के साथ संगति या यमदूतों से अपहरण स्वप्न में देखने वाले का मरण होता है ॥७६-८०½॥

अन्ये अशुभस्वप्नाः

वृष्टिं योऽकालजां पश्येत् स्वप्ने सोऽपि विनश्यति ॥ ८१ ॥
असूर्यं दिवसं रात्रिं विचन्द्रां गततारकाम्।
सीसपित्तलकस्तारकांस्यताम्रायसं वपुः ॥ ८२ ॥
शुष्कवृक्षौषधं शिल्पी दृष्टाश्चैते न शोभनाः।
प्रासादच्छत्रभूध्राणां शिखराणां ध्वजस्य च ॥ ८३ ॥
पतनं शक्रचापस्य नृपराष्ट्रविनाशनम्।
तारां कोलाहलाह्वानं निन्दाक्रोशादिसंश्रवान् ॥ ८४ ॥
विन्द्याद् राजभयं दंष्ट्रिभृङ्गिकोशाद्युपद्रवान् ॥ ८५ ॥

अन्य अशुभ स्वप्न—जो स्वप्न में असमय की वर्षा को देखता है वह भी नष्ट होता है, बिना सूर्य के दिन और बिना तारागण व चन्द्रमा के रात, सीसा, पीतल, रांगा, कांसा, तांबा या लोहे की देह, सूखा वृक्ष व कारीगर का स्वप्न में देखना शुभ नहीं होता है। देव मन्दिर, छत्र, पर्वत, शिखर, ध्वजा और शक्र के धनुष का पतन, स्वप्न में देखने से राजा व राष्ट्र का नाश होता है। स्वप्न में तारा पतन, कोलाहल शब्द सुनना, निन्दा, आक्रोश, दाढ वाले, सींग वाले जीवों के उपद्रव सुनने या देखने से राजा से डर होता है ॥८१½-८५॥

अथ स्वप्नस्य फलव्यवस्था

ये दृष्टा स्वं प्रति स्वप्नाः स्वस्यैव फलदाश्च ते।
परं प्रति च ते तस्य फलदाः किञ्चिदात्मनि ॥ ८६ ॥

स्वप्न के फल की व्यवस्था—जो स्वप्न अपने लिये दीखते हैं वे अपने ही लिये फल देते हैं और दूसरे के लिये दीखने वाले स्वप्न दूसरे के लिये अधिक फलदायी और अपने लिये कुछ ही फल देते हैं ॥८६॥

अथ दुष्टस्वप्नदर्शनदोषशान्तिः

दुष्टं त्वालोकिते स्वप्ने निवेद्य ब्राह्मणाय च।
आशीर्भिस्तोषितो विप्रैः पुनः स्वप्यान्नरेश्वरः ॥ ८७ ॥

न ब्रूयाच्च पुनः स्वप्नं स स्नायात् पुण्यवारिभिः ।
कार्यो मृत्युञ्जयो होमः शान्तिः स्वस्त्ययनादिकम् ॥ ८८ ॥
सेवाश्वत्थगवां प्रातर्दानं स्वर्णादि शक्तितः ।
श्रवणं भारतादीनां स्वप्नदोषनिवृत्तये ॥ ८९ ॥
बृहस्पतिप्रणीतञ्च स्वप्नाध्यायं पठेदपि ॥ ९० ॥

दूषित स्वप्न देखने के दोष की शान्ति—राजा को दूषित स्वप्न ब्राह्मण से निवेदन कर उससे आशीर्वाद ग्रहण कर दुबारा सोना नहीं चाहिये और दुबारा सपना नहीं कहना चाहिये। तत्पश्चात् पवित्र जल से स्नान करना चाहिये। मृत्युञ्जय का हवन, शान्ति, स्वस्त्ययनादि शुभ काम, पीपल व गाय की प्रातःकाल पूजा, महाभारतादि का श्रवण और बृहस्पति जी द्वारा रचित स्वप्नाध्याय का पाठ भी स्वप्न दोष दूर करने के लिये करना चाहिये ॥८७-९०॥

अथोत्पाताः

उत्पातास्त्रिविधा ज्ञेया दिव्यभौमान्तरिक्षजाः ।
भेषु दिव्यास्तथा वृक्षध्वजादावन्तरिक्षजाः ॥ ९१ ॥
भूमौ भौमः क्रमादुग्रमध्यमाल्पफलप्रदः ॥ ९२ ॥

त्रिविध उत्पात ज्ञान—दिव्य, भौम और आन्तरिक्षज तीन प्रकार के उत्पात होते हैं। नक्षत्रों सम्बन्धी दिव्य, वृक्ष ध्वजादि का टूटना आन्तरिक्ष और पृथ्वी सम्बन्धी उत्पात भौम कहलाते हैं। ये क्रम से उग्र, मध्यम व अल्प फलदायी होते हैं॥ ९१-९२ ॥

अथोत्पातसङ्ग्रहः

भूमिकम्पो दिशां दाहो निर्घातो धूलिविभ्रमः ।
उल्कापातस्तरुच्छेदो नभसो वृष्टिरश्मनाम् ॥ ९३ ॥
अन्धकारो दिवा विद्युत् पातोऽथर्तुविपर्ययः ।
विकृतिप्रसवो जन्तो रवीन्द्वोश्च विपर्ययः ॥ ९४ ॥
ग्रहाणां वा युतिर्युद्धं स्वकाले यत्र जायते ।
वर्षाकालं विना बिम्बे रवीन्द्वोः परिमण्डलम् ॥ ९५ ॥
अकस्मात्तु स्थलार्द्रत्वं खग्रासग्रहणद्वयम् ।
बालस्त्रीद्विजवर्याणां वधः पीडा जनस्य च ॥ ९६ ॥
प्रासादस्य च देवस्य ध्वंसः पातो ध्वजस्य च ।
ध्वजवक्रातिचारस्थाः सर्वे वा स्वर्क्षगाः खगाः ॥ ९७ ॥

उत्पातों का संग्रह—धरती हिलना, दिशाओं का दाह, निर्घात, धूल उड़ना (आंधी), उल्का पतन, वृक्ष गिरना, पत्थर की वर्षा, दिन में अन्धकार होना या दिन में वर्षा होना, ऋतु परिवर्तन, (गर्मी में सर्दी आदि) जीवों की उत्पत्ति विकार के साथ होना, सूर्य, चन्द्र में विपरीतता आना, ग्रहों की युति या युद्ध, विना वर्षा ऋतु के वर्षा होना, सूर्य, चन्द्र को

मण्डल में देखना, विना हेतु के भूमि गीली होना, दो खग्रास ग्रहण होना, बालक, स्त्री व उत्तम ब्राह्मणों का वध, संसार के मनुष्यों को पीड़ा होना, देवमन्दिर या ध्वजा टूटना, समस्त ग्रहों का अपनी-अपनी राशि में वक्री या अतिचारी होना उत्पात होता है ।। ९३–९७ ।।

सर्वेऽप्येकर्क्षगाः खेटा एकर्क्षे शनिवाक्पती ।
शुक्लपक्षे भृगोरस्तोदयो वा केतुदर्शनम् ।। ९८ ।।
मुसलं खगपंक्तिस्थं द्वयादिचन्द्रादिदर्शनम् ।
चूल्यामग्न्युद्भवोऽकस्माज्जले धूमादिकं भवेत् ।। ९९।।
उलूखलघरट्टादिचलद्विस्फोटनेऽपि वा ।
प्रतिमायाः प्रकम्पो वा हसनं रोदनं तथा ।। १०० ।।
भुवो विवरमित्याद्या उत्पातास्त्वपरेऽपि च ।
ग्रन्थान्तराच्च ते ज्ञेयाः फलमेषां प्रवच्म्यहम् ।। १०१ ।।

अन्य उत्पात—समस्त ग्रह एक राशि में या शनि, गुरु एक राशि में होना, शुक्लपक्ष में शुक्र का उदय या अस्त होना, केतु का दर्शन, ग्रह पंक्ति में मूसर देखना, + दो तीन आदि चन्द्रमा का दर्शन, चूल्हे में अकस्मात् अग्नि पैदा होना या जल में धुआँ होना मूर्ति में कम्पन या हँसना या रुदन, ओखली में अपने आप शब्द होना और भूमि में छेदादि होना उत्पात होता है । अन्य उत्पात ग्रन्थान्तर से जानने चाहिये । मैं उत्पातों के फल को कहता हूँ ।।९८-१०१।।

अथोत्पातफलज्ञानाय चतुर्विधं मण्डलं कथ्यते

कृत्तिकाभरणी पुष्यमघा पूभाविशाखिका ।
पूर्वाफाल्गुनिकैतानि भानि सप्ताग्निमण्डलम् ।। १०२ ।।
मूलाश्लेषा शतार्द्रान्त्योत्तराभाद्रपदा तथा ।
पूर्वाषाढाभिधैतानि सप्तवारुणमण्डलम् ।। १०३ ।।
पुनर्भोफाश्विनी हस्तत्रितयं मृगशीर्षकम् ।
वायुमण्डलसंज्ञानि भानि सप्त स्मृतानि च ।। १०४ ।।
अभिजिच्चोत्तराषाढाऽनुराधाश्रवणद्वयम् ।
ज्येष्ठा च रोहिणी भानि सप्तचन्द्रस्य मण्डलम् ।। १०५ ।।
भूकम्पादि महोत्पातो जायते यत्र मण्डले ।
तत्तत् स्वभावजं द्रव्यं जन्तून् देशश्च पीडयेत् ।। १०६ ।।
वाय्वग्निमण्डलोद्भूता अनिष्टाः परिकीर्तिताः ।। १०७ ।।

उत्पात फल ज्ञान के लिए ४ चार मण्डलों का कथन—कृत्तिका, भरणी, पुष्य, मघा, पूर्वाभाद्रपदा, विशाखा, पूर्वाफाल्गुनी इन ७ नक्षत्रों का अग्निमण्डल, मूल, आश्लेषा, शतभिषा, आर्द्रा, रेवती, उत्तराभाद्रपदा, पूर्वाषाढा इनका वारुण (जल) मण्डल, पुनर्वसु, उत्तराफाल्गुनी, अश्विनी, हस्त, चित्रा, स्वाती, मृगशिरा का वायु मंडल और अभिजित्, उत्तराषाढा, अनुराधा, श्रवण, धनिष्ठा, ज्येष्ठा, रोहिणी इन सात नक्षत्रों का चन्द्रमंडल होता है ।

भूकम्पादि बड़े उत्पात जिस मंडल में होते हैं तो उस मंडल के स्वभाव के समान द्रव्य ाणी और देश पीड़ित होता है। वायु अग्नि मण्डल के नक्षत्र में उत्पात अशुभ होता ॥ १०२–१०७॥

अथोत्पातानां फलानि

प्रजाभीतिर्भुवः कम्पे निर्घाते भूपतेर्मृतिः।
अवर्षणं च दिग्दाहे दुर्भिक्षं धूलिवर्षणे॥ १०८॥
महर्घं चाश्मनां वृष्ट्या उल्कापाते धनक्षयः।
राज्ञां नाशस्तरुच्छेदे विद्युत्पातेऽम्बुशोषणम्॥ १०९॥
ऋतौ विपर्यये रोगो दिवा ध्वान्ते प्रजाक्षयः।
राजविघ्नकरो जन्तोर्विकृतः प्रसवो मतः॥ ११०॥
रवीन्द्वोश्च विपर्यासे घोरो भवति विग्रहः।
युद्धे युद्धं खगेन्द्राणां संयुतौ च महर्घता॥ १११॥
रवीन्द्वोः परिधौ दूरे फलं चान्यत्र मण्डले।
मध्यमं स्वीयदेशे स्यादन्यदेशे न दुष्यति॥ ११२॥

उत्पातों के फल—भूमि हिलने से प्रजा भय, निर्घात से राजा की मृत्यु, दिग्दाह से वर्षा का अभाव, धूर की वर्षा से दुर्भिक्ष, पत्थर की वर्षा से महँगी, उल्कापात से जन समुदाय की क्षति, वृक्ष गिरने से राजाओं का विनाश, बिजली गिरने से कूपादियों का पानी सूखना, ऋतु परिवर्तन से रोग, दिन में अँधेरा होने से प्रजा का क्षय, जीवों की उत्पत्ति में विकार से राज्य में विघ्न या राजा के कार्यों में बाधा, सूर्य चन्द्र के विपर्यास में घनघोर लड़ाई, ग्रहों के युद्ध में संग्राम और योग में महर्घता, सूर्य व चन्द्र की परिधि (मण्डल) दूर होने पर अन्य मण्डल में फल व अपने देश में मध्यम फल एवं अन्यदेश में दोष का अभाव होता है ॥१०८–११२॥

द्वित्रिमण्डलके तद्वत्तत्त् स्थाननिवासिनाम्।
छिन्ने खण्डफलं चातिदूरे नास्ति फलं त्विदम्॥ ११३॥
श्वेते भयं च पीते रुग्वृष्टिर्नीलेऽरुणे रणः।
कृष्णे भूपक्षयो धूम्रे नीहारः परिधौ भवेत्॥ ११४॥
प्रावृट् कालं विनाऽन्यत्र परिधिश्च तदा त्विदम्।
तस्मिन् काले तु वृष्टिः स्यात् परिधौ रूक्षिते सिते॥ ११५॥
अकाले फलपुष्पाणामुदये धान्यनाशनम्।
स्थलाद्र्त्वे स्थले वृष्टिर्महती परिकीर्तिता॥ ११६॥
स्त्रीवधे चातिदुर्भिक्षं विप्रबालवधेऽपि च।
देवध्वंसे तु तद्देशे राजध्वंसः प्रजायते॥ ११७॥

अन्य उत्पातों के फल—सूर्य या चन्द्रमा में दो या तीन मण्डल होने से दो तीन स्थान में रहने वालों को फल, खण्डित मण्डल से खण्डफल और में फल का अभाव, सफेद मण्डल से

भय, पीले से रोग, नीले से वर्षा, लाल से युद्ध, काले से राजा का क्षय और धुंधले से हिमपात या पाला या ओस गिरना होता है। ये मण्डलों का फल वर्षा काल के विना होता है। वर्षा काल में रूक्ष या सफेद मण्डल होने से वर्षा, असमय में फल, फूल उगने से धान्य (अन्न) नाश, भूमि गीली होने पर उसी स्थान में बड़ी वर्षा, स्त्री, बालक व ब्राह्मणों का वध होने से अत्यन्त दुर्भिक्ष और मूर्ति ध्वंस से उस राजा का ध्वंस होता है ।। ११३–११७ ।।

सर्वग्रासे ग्रहे सर्ववस्तूनां च महर्घता ।
दुर्भिक्षं कुर्वते खेटा भौमाद्या वक्रगामिनः ।। ११८ ।।
अतिचारगताः सर्वे स्वर्क्षे स्वोच्चगता अपि ।
ज्ञेया भावफलाश्चैकराशिस्था देशनाशकाः ।। ११९ ।।
स्यातामस्तोदयौ शुक्ले पक्षे चेद्भार्गवस्य च ।
राजयुद्धं तदा घोरं वृष्टिः स्यात्तु निरन्तरम् ।। १२० ।।
जीवार्कपुत्रयोर्योगे दुर्भिक्षं विग्रहस्तथा ।
संग्रामश्चातिदुर्भिक्षं जायते मुसलोदये ।। १२१ ।।

अन्य उत्पात फल—सर्वग्रास ग्रहण में समस्त वस्तु मँहगी, भौमादि ग्रह वक्री होने तथा समस्त ग्रह अतिचारी या अपनी राशि या उच्चस्थ होने पर भी दुर्भिक्ष, एक राशि में ग्रह हों तो देश का विनाश, शुक्र शुक्ल पक्ष में उदय व अस्त होने पर राजाओं में युद्ध एवं घनघोर वर्षा, गुरु-शनि युति में दुर्भिक्ष व विग्रह और मूसर के उदय में युद्ध तथा अत्यन्त दुर्भिक्ष होता है ।। ११८–१२१ ।।

अथ केतवः

मुसलाकृतिधूम्राभदीर्घपुच्छनिभाश्च ये ।
तथा श्वेतशिखाकारवियत् स्रोतोनिभस्तथा ।। १२२ ।।
इत्याद्याः केतवः सर्वे राष्ट्रभङ्गकरा मताः ।
धूम्रकेतूदये मृत्युर्जायते पृथिवीपतेः ।। १२३ ।।
शिखा स्रोतोनिभाः केचिच्छोभनाः परिकीर्तिताः ।
सितः स्निग्धोऽल्पको दीर्घः शीघ्रास्ते च शुभप्रदाः ।। १२४ ।।
वह्निभीरम्बुरक्ताभे कृष्णवर्णो मृतिप्रदः ।
शत्रुध्वजसमो नेष्टो धूम्रवर्णोऽपि तद्विधः ।। १२५ ।।

उदित केतु के स्वरूप व फल—मूसर की आकृति, धूएँ की आभा के समान, सफेद चोटी वाला, लम्बी पूंछ का, जल की धारा के समान इत्यादि केतु आकाश में दीखने से राष्ट्र का विनाश होता है।

धुएँ के समान केतु के उदय से राजा की मृत्यु होती है। चोटीदार तथा जलकी धारा के समान केतु कुछ शुभ होते हैं। सफेद, चिकना, छोटा, लम्बा, जल्दी अस्त होने वाला केतु

शुभ होता है। जल सदृश, लाल व काले रंग का केतु मरण दायक होता है। शत्रु की पताका सदृश व धुएँ के रंग के समान भी अशुभ होता है ॥ १२२-१२५ ॥

केतुफलम्

नेष्टो द्वित्रिचतुःशूली ह्युत्पातः कथितो बुधैः।
रक्तपंक्तिनिभे स्वर्गवर्णे प्रागपरोदये ॥ १२६ ॥
नृपनाशस्तथैशान्यां तैलाभे च महर्घता।
नाशकृत् कथितस्त्र्यस्त्रः प्रजानां तारकाप्रभः ॥ १२७ ॥
कबन्धसदृशो याम्यां दुःखदो भूमिचारिणाम्।
यावद्दिवसमुत्पातः समुदेति नभस्तले ॥ १२८ ॥
तावन् मासफलं धत्ते मासे वर्षाणि संवदेत् ॥ १२९ ॥

केतु के फल—दो, तीन, चार शूल के सदृश केतु के उदय से नेष्ट उत्पात होता है लाल पंक्ति व सुवर्ण समान से पूर्व, पश्चिम या ईशान कोण में उदय होने से राजा का नाश तेल के समान से महँगी होती है। तीन कोण के सदृश व तारों की आकृति के समान केतु के उदय से नाश होता है। जल सदृश के उदय से दक्षिण दिशा की पृथ्वी में घूमने वालों को दुःख होता है। जितने दिन वा मास आकाश में उत्पात या केतु का दर्शन होता है उतने मास और वर्ष तक फल होता है ॥ १२६-१२९ ॥

अथान्येऽप्युत्पाताः

आरण्याः पशवो ग्रामं चेद्वसन्ति निजेच्छया।
कुरुते जनशून्यं तमुलूकोऽपि गृहं विशेत् ॥ १३० ॥
वल्मीकमिन्द्रजालं वा यस्य सद्मनि जायते।
तदा गेहपतेर्नाशः कपोते वा गृहं गते ॥ १३१ ॥
द्व्यादि चन्द्रार्कबिम्बे स्याद् रोगो भीती रणे मृतिः।
ग्रहाभावे फलं नेष्टं द्व्यादिजीवे तु शोभनम् ॥ १३२ ॥
धरणीविवरे देशनृपनाशो रिपोर्भयम्।
त्रयोदशदिनः पक्षो यस्मिन् वर्षे भवेत्तदा ॥ १३३ ॥
प्रजानाशोऽथ दुर्भिक्षं तथा भूमिभुजां क्षयः ॥ १३४ ॥

अन्य उत्पात—जंगल के पशु यदि अपनी इच्छा से गाँव में रहने लगें तथा घर में उल्लू भी बसता है तो उस गाँव व घर को मनुष्य हीन करता है। जिसके घर में दीमकों द्वारा मिट्टी एकत्रित होती है या इन्द्रजाल होने लगे या कबूतर हों तो घर के मालिक का मरण होता है। दो, तीन आदि सूर्य, चन्द्रमा के दर्शन होने से रोग, भय, युद्ध में मृत्यु, ग्रहण में अशुभ फल और गुरु आदि के दो-तीन बिम्बों का दर्शन शुभ फल कारक होता है।

भूमि में गढ्ढा होने से देश के राजा का नाश, तेरह दिन का पक्ष होने पर जनता का नाश, दुर्भिक्ष और राजाओं का क्षय होता है ॥ १३०-१३४ ॥

अथ निर्घातस्वरूपं तत्फलञ्च

प्रचण्डवातसंजातनिर्घाते पतनं भुवि ।
पक्षिदीप्ते रुते नेष्टं नृपहा भास्करोदये ॥ १३५ ॥
निर्घातश्चण्डशब्दोऽथ गच्छंस्तां नाशयेद्दिशम् ।
द्विजान् क्षत्रियवैश्यांश्च हन्याद् यामक्रमाद्दिवा ॥ १३६ ॥
अस्ते चैवान्त्यजानर्थान् प्रहरैश्च यथाक्रमम् ।
यामिन्यां धान्यपैशाचान् हन्याच्चैव तुरङ्गमान् ॥ १३७ ॥

निर्घात का स्वरूप और उसका फल—प्रखर वायु चलने पर, भूमि में निर्घात गिरे और दिन में पक्षी रोने लगे तो अशुभ होता है। सूर्योदय के समय होने पर राजा का मरण होता है। प्रचण्ड शब्द करता हुआ निर्घात जिस दिशा में जाता है उस दिशा का विनाश करता है। दिन के पहिले प्रहर में होने पर ब्राह्मणों का, दूसरे में क्षत्रियों का, तीसरे में वैश्यों का, चौथे में शूद्रों का और अस्तकाल में हो तो अन्त्यजों व धन का नाश होता है। रात्रि के प्रथम प्रहर में अन्नों का, दूसरे में पिशाचों का और तीसरे में घोड़ों का विनाश होता है ॥ १३५–१३७ ॥

अथ उल्कालक्षणं तत्फलञ्च

धरणीप्राणिसंचारा घोरतत्त्वा विनिर्मिता ।
तटत्तटद्रवा विद्युज्ज्वलन्ती दीर्घवक्त्रपात् ॥ १३८ ॥
अल्पपुच्छाग्निभा धिष्ण्या द्विहस्तायामा समीपगा ।
तिर्यगूर्ध्वं गता श्वेता रक्ता तन्वी तु तारका ॥ १३९ ॥
उल्का तु विविधाकारा कृष्णपुच्छातिदारुणा ॥ १४० ॥

उल्का का लक्षण व उसका फल—भूमि के जीवों में घूमने वाली, घोर तत्त्वों से निर्मित, तट तट शब्द वाली, बिजली के समान जलती हुई, लम्बे मुख, पैर वाली, छोटी पूंछ की अग्नि की-सी चमकदार, नक्षत्ररूप, दो हाथ के लगभग, तिरछी, ऊँची, लाल शरीर, तारा स्वरूप। उल्का अनेक प्रकार की काली पूंछ वाली अधिक कठोर होती है ॥ १३८–१४० ॥

अथ दिग्दाहफलम्

दिग्दाहः पीतवर्णश्चेद् भूमिपालं निहन्ति सः ।
अग्निवर्णो निजं देशं वर्णानुत्तरतः क्रमात् ॥ १४१ ॥
धूम्रोऽल्पशस्यतां कुर्यात् कृष्णे देशे तु निर्मलम् ।
प्राच्यां भूमिभुजं हन्यादीशान्यां विदिशः क्रमात् ॥ १४२ ॥
वैश्यान् शिल्पिजनांश्चौरांस्तुरगान् क्रमतस्त्वथ ।
निशि स्वर्णनिभः सव्यवायौ खे विमले शुभः ॥ १४३ ॥

दिग्दाह का फल—पीले रंग का दिग्दाह होने पर राजा का, अग्नि वर्ण का होने से अपने देश का, उत्तर दिशा में होने से ब्राह्मणों का, पूर्व में हो तो क्षत्रियों का, दक्षिण में हो तो वैश्यों का, पश्चिम में हो तो शूद्रों का, धुएँ के समान से खेती का विनाश, काले रंग का

हो तो देश में निर्मलता, पूर्व में राजाओं का, ईशान में वैश्यों का, अग्निकोण में हो तो चित्रकारों का, नैर्ऋत्य कोण में हो तो चोरों का और वायव्य कोण में होने पर घोड़ों का नाश होता है। रात में सोने के समान दक्षिण वायु की हवा चलने पर या आकाश निर्मल होने पर दिग्दाह होता है तो शुभ होता है ॥ १४१-१४३ ॥

अथ भूकम्पफलम्

भूकम्पो यामतो वर्णक्रमाद्धन्याद्दिवानिशम्।
वायुमण्डलजो भूपशस्याम्बुमगधं तथा ॥ १४४ ॥
ग्रामान्नमुदकं वह्निमण्डलोत्थो निहन्ति हि।
इन्द्रमण्डलजो भूपांस्तथा गुर्जरदेशकान्।
भूपालांश्चीनदेशांश्च प्रचेतोमण्डलोद्भवः ॥ १४५ ॥

पृथिवी हिलने का फल—दिन या रात्रि के प्रथम प्रहर में भूकम्प हो तो ब्राह्मणों का, दूसरे में क्षत्रियों का, तीसरे में वैश्यों का और चौथे में शूद्रों का नाश होता है। वायुमण्डल से उत्पन्न भूकम्प राजा, अन्न, जल व मगध देश का, अग्निमण्डल से जायमान भूकम्प गांव, अन्न व जल का, इन्द्रमण्डल से उत्पन्न राजा व गुजरात देश का और वरुण मण्डल से उत्पन्न भूकम्प राजा व चीन देश का विनाशक होता है ॥ १४४-१४५ ॥

अथ रजोदर्शनवृष्टिः

रजश्चेच्छादयेद् ग्रामं प्रमुखान्नृपतींस्तदा।
भवेत्तद्दिशि धूम्राभे तस्मिन् कृष्णे रुजां भयम् ॥ १४६ ॥
रजः सूर्योदये व्योमं छादयेद् द्वित्रयं यदा।
तदा रोगाः प्रभूताः स्युर्निशामेकां तु भूपतेः ॥ १४७ ॥
नित्यं रात्रिद्वयं नैःस्वं क्षुद्रभयं त्रिचतुर्दिनम्।
पञ्चाहं चेद्द्वयं घोरमृते कालं च शैशिरम् ॥ १४८ ॥

धूलिदर्शन व धूलि वृष्टि का फल—यदि धूलि गाँव को आच्छादित करे तो राजाओं का नाश होता है। जिस दिशा में धुएँ के रंग की या काले रंग की धूलि की वर्षा होती है, उस दिशा में रोग का डर होता है। सूर्योदय के समय आकाश में धूर छा जाने पर दो, तीन दिन तक रहे तो अधिक रोग और एक रात आकाश में धूलि रहने पर राजा का नाश, दो रात तक छा जाने पर निर्धनता व क्षुधा का भय और तीन, चार, पाँच दिन होने पर शिशिर ऋतु को छोड़ कर छा जाने से घोर पीड़ा होती है ॥ १४६-१४८ ॥

अथ गन्धर्वनगरं तत्फलञ्च

गान्धर्वनगरं हन्ति वर्णान् श्वेतादिवर्णकम्।
क्रमात् पूर्वादिदिशो भूपामात्यसैन्यपुरोहितान्।
सद्रजो निर्धनं कुर्यादायुधाग्निनिभं भयम् ॥ १४९ ॥

गन्धर्वनगर का लक्षण व फल—आकाश में सफेद रंग की आभा होने पर ब्राह्मणों लाल रंग की आभा से क्षत्रियों का, पीले रंग की आभा से वैश्यों का और काले रंग आभा से शूद्रों का विनाश होता है। पूर्व दिशा में गान्धर्वनगर होने पर राजा का, दक्षिण मे तो मन्त्री का, पश्चिम में होने से सेना का और उत्तर में गन्धर्व नगर होने से पुरोहित का होता है। अच्छी धूलि हो तो निर्धनता एवं शत्र व अग्नि के सदृश आभा हो तो डर ह है ॥ १४९ ॥

अथैषामुत्पातानां फलपाकसमयः

षड्भिर्मासैर्भवः कम्पे जायते फलमुक्तवत्।
दिग्दाहे विकृतौ भूतौ केतुनिर्यातजस्त्रिभिः ॥ १५० ॥
रजोऽग्निवर्षणे सद्य उत्पातेऽन्यत्र हायनात् ॥ १५१ ॥

इन उत्पातों के फल की अवधि—धरती हिलने से ६ मास तक कथित फल, के निकलने व दिग्दाह और जीवों की उत्पत्ति में विकार होने पर तीन मास तक धूलि, व अ की वर्षा होने पर शीघ्र फल होता है और अन्य उत्पातों का एक साल तक फल ह है ॥ १५०–१५१ ॥

अथ वृष्टिविकृतिस्तत्फलञ्च

अकाले रुङ्नृपार्तिश्च सप्ताहं ह्यभ्रकेऽपि च।
वर्षणे वा रजोवृष्टौ नैःस्वं मासादिभिर्मृतिः ॥ १५२ ॥
भयमङ्गारके धान्यैः फलाद्यैः स्यान्न संशयः।
देशनाशाः सुकोष्णाम्बु रक्तवृष्टौ प्रजायते ॥ १५३ ॥
दीप्ते सूर्ये प्रतीपा स्याच्छाया चेदीतितो भयम्।
ऐन्द्रे काऽप्यतिवृष्टिः स्याद्व्योम्नि चण्डांशुदीपिते ॥ १५४ ॥

वर्षा विकार और उसका फल—असमय में वर्षा होने पर रोग व राजा को तथा सात दिन निरन्तर बादल होने पर या धूलि की वर्षा से दरिद्रता व मासा मरण, अंगारकों की वर्षा से निश्चय ही अन्न व फलादि का नाश, थोड़ा गरम पानी या की वर्षा से देश का नाश, दिन में सूर्य की स्थिति में छाया होने से अति भय और आका सूर्य के रहते इन्द्र धनुष के दीखने पर अधिक वर्षा होती है ॥ १५२–१५४ ॥

अथ पक्षिमृगादिविकृतिस्तत्फलञ्च

ग्राम्यारण्यास्तथा नीरस्थलजाद्युनिशाचराः।
प्राणिनो व्यत्ययं याताः स्वचक्रं पीडयन्त्यमी ॥ १५५ ॥
सन्ध्याकाले हि दीप्तायां दिशां मार्गे पतत्त्रिणः।
क्रोशन्ति जम्बुकादीनां संघाद्दूरे च तद्दिशि ॥ १५६ ॥
विहगा वियति व्यस्तं चक्रायन्त इतस्ततः।
कुक्कुटोऽस्ते च गौर्नक्तं हेमन्ते रौति कोकिलः ॥ १५७ ॥

खराः श्वानोऽथवा स्वैरं प्रक्रीडन्ति परस्परम् ।
इत्यादि विकृतौ चक्रे पीडा भवति भूयसी ॥ १५८ ॥

पक्षि, मृगादि विकार व उसका फल-- गाँव, वन, जल, स्थल, दिन तथा रात्रि में चलने वाले जीव विपरीत हो जाँय अर्थात् गाँव के वन में और वन के गाँव में रहने लगें तो राज्य पीड़ित होता है। सन्ध्या के समय पश्चिम दिशा के मार्ग में सियार आदि जीव व पक्षी शब्द करें या अपने समूह से उसी दिशा में जाकर बोलें, आकाश में पक्षी इधर-उधर व्यस्त हों या कोकिल हेमन्त में, मुर्गा अस्त समय, गाय रात्रि में शब्द करे, गदहा, कुत्ता आपस में क्रीड़ा करने लगें इत्यादि विकृति होने पर राज्य में अधिक पीड़ा होती है ॥ १५५-१५८ ॥

अथान्येऽप्यशुभदा उत्पाताः

अस्थि क्षिपति गेहे श्वा सम्मुखोऽस्ते च रोदिति ।
यस्य तद्गेहनाशः स्यात् षण्मासाभ्यन्तरे तदा ॥ १५९ ॥
रौति सूर्योदये श्वा चेद् ग्रामान्ते सूर्यदिङ्मुखः ।
भूपनाशस्तदा चास्ते कृषीशो नाशमाप्नुयात् ॥ १६० ॥
स्तम्भद्वारनिपातश्चेद्धूमोत्पत्तिर्विनाऽग्निना ।
युध्यन्ते बालकाः स्वैरं काष्ठलोष्ठैः परस्परम् ॥ १६१ ॥
तदा भूपभयं घोरं विज्ञेयं दीर्घदर्शिभिः ।
अंगना बालका माता ब्रुवते यत् स्वभावतः ।
सत्यं तज्जायते तस्माद् गूढा चेयं सरस्वती ॥ १६२ ॥

अन्य भी अशुभ प्रद उत्पात—जिसके मकान में कुत्ता हड्डी फेंकता है तथा सूर्यास्त के समय पश्चिम दिशा में मुख करके रोता है तो उसके मकान का नाश ६ मास के भीतर होता है। सूर्य की ओर मुख करके सूर्योदय काल में गाँव के अन्त में स्थित होकर कुत्ते के रोने से राजा का और अस्तकाल में रुदन से खेती करने वालों का नाश होता है। घर के दरवाजे का खम्भा गिरने से, विना अग्नि के धुआँ होने पर, बालक स्वच्छन्द काठ, लोहे से परस्पर युद्ध करने लगें तो घनघोर राजभय होता है ऐसा पंडितों ने बताया है। स्त्री, बालक, माता अपने स्वभाव से जो कहते हैं वह सत्य होता है। यह सरस्वती की गुप्त बात होती है ॥ १५९-१६२ ॥

अथोत्पातदोषापवादः

स्वस्वशान्त्या महोत्पाता विनश्यन्ति च सर्वशः ।
सप्ताहाभ्यन्तरे वृष्ट्या न भयाय न दुःखदा ॥ १६३ ॥

उत्पात दोष का परिहार—अपनी-अपनी शान्ति से सर्वथा बड़े-बड़े उत्पात समाप्त हो जाते हैं। सात दिन के भीतर वर्षा होने पर उत्पात भयदायी व दुःखदायी नहीं होते हैं ॥ १६३ ॥

अथोत्पातानामुपसंहाराः

शान्तिश्च धूमकेतुश्च दिग्दाहो भूमिकम्पकः ।
भुवो गर्तश्च निर्घात उल्कापातादयोऽपरे ॥ १६४ ॥

यस्मिन् देशे प्रजायन्ते महोत्पाता महाभयाः ।
प्रजापीडा भवेत्तत्र विनाशः पृथिवीपतेः ॥ १६५ ॥

तदा शान्तिर्विधातव्या देशे ग्रामे पुरेऽखिलैः ।
शान्त्या दोषा विनश्यन्ति त्वन्यथाऽरिष्टमद्भुतम् ॥ १६६ ॥

उत्पातों का उपसंहार—धूमकेतु के उदय में, दिग्दाह, भूमि कम्पन, भूमि में गढ्ढा, निर्घात, उल्का पातादि व अन्य उत्पात होने पर शान्ति करनी चाहिये । जिस देश में महान् उत्पात, महाभय होता है उसमें प्रजा को पीड़ा व राजा का विनाश होता है तो देश, गाँव, नगर के वासियों को शान्ति करनी चाहिये । शान्ति से समस्त दोष नष्ट हो जाते हैं और न करने पर अद्भुत अरिष्ट होता है ॥ १६४–१६६ ॥

अथ काकस्पर्शफलम्

मस्तके वायसस्पर्शे दारिद्र्यं मरणं कलिः ।
कट्यां स्कन्धे महाभीती रिष्टं चैव प्रकीर्तितम् ॥ १६७ ॥
योषितां मस्तके भर्तुर्विनाशो वा सुतस्य च ॥ १६८ ॥

कौआ के स्पर्श का फल— माथे पर कौआ का स्पर्श होने पर दरिद्रता, मृत्यु व कलह, कमर या कंधे पर कौआ का स्पर्श होने से बड़ा भय व अरिष्ट होता है । स्त्रियों के मस्तक पर स्पर्श से पति का या पुत्र का विनाश होता है ॥ १६७–१६८ ॥

अथ कदाचित् काकस्पर्शेऽपि दोषाभावः

वृक्षाधो वाऽथ सिद्धान्नं भक्षेद्दध्यादियोगतः ।
काकस्पर्शो न दोषाय कस्माच्चेद्दूषणं तदा ॥ १६९ ॥

षण्मासाभ्यन्तरे मृत्युः काकमैथुनदर्शने ।
तद्दोषशान्तये काकशान्तिं कुर्याद् विचक्षणः ॥ १७० ॥

कपोतो वायसः पल्ली सरठो मूर्ध्नि चेत् पतेत् ।
षण्मासाभ्यन्तरे तस्य स्वामिनो वा मृतिस्तदा ॥ १७१ ॥

कभी कौआ के स्पर्श में भी दोष का अभाव—वृक्ष के नीचे वा पके हुए अन्न सहि[illegible] दही के साथ भोजन करते हुए कौआ का स्पर्श दोष कारक नहीं होता है ।

कौआ का मैथुन देखने से ६ महिने के भीतर मरण होता है, इसलिए विद्वान् व्यक्ति[illegible] को दोष शान्त्यर्थ काक शान्ति करनी चाहिये । कबूतर, कौआ, छिपकली, गिरगिट जिसके मा[illegible] पर गिरते हैं उसकी या उसके स्वामी की मृत्यु होती है ॥ १६९–१७१ ॥

अथ छिक्काफलम्

औषधेऽध्ययने वादे वाहने शयनेऽशने ।
बीजवापे बुधैः प्रोक्तं शोभनं सप्तसु क्षुतम् ॥ १७२ ॥

मृत्युर्वह्निभयं हानिस्तुष्टिर्द्रव्यागमः सुखम् ।
क्लेशोऽर्थागमनं प्रोक्तं दिक्षु छिक्काफलं क्रमात् ।
यामार्धसंख्याकाष्ठातो विज्ञेयश्च पृथक् पृथक् ॥ १७३ ॥

छींक का फल—औषधि सेवन, पढ़ना, वाद-विवाद, सवारी, सोना, भोजन और बीज बोना इन सात कामों में छींक शुभ होती है।

पूर्व में छींक होने से मृत्यु, अग्निकोण में अग्निभय, दक्षिण में हानि, नैऋत्य में प्रसन्नता, पश्चिम में धनागम, वायव्य में सुख, उत्तर में क्लेश और ईशान कोण में छींक होने पर धन की प्राप्ति होती है। यह आधे-आधे पहर के क्रम से अलग-अलग फल होता है ॥ १७२–१७३ ॥

अत्रोदाहरणं यथा

आद्येऽर्धप्रहरे प्राच्यां द्वितीयेऽग्निदिशः क्रमात् ।
तृतीये याम्यदिग्भागे फलमुक्तं विचक्षणैः ॥ १७४ ॥

जैसे इसमें उदाहरण—सूर्योदय से आधे पहर पूर्व में, पुनः आधे पहर अग्निकोण में फिर आधे पहर दक्षिण दिशा में ऐसे ही आगे उक्त छींक का फल होता है ॥ १७४ ॥

अथार्घकाण्डः

चैत्रे मासि सिते पक्षेऽर्कोदये प्रतिपत्तिथौ ।
यो वासरः स राजा स्यात्तस्मिन् वर्षे ततः फलम् ॥ १७५ ॥

मेषेऽर्कवेशे यो वारः स मन्त्री कथ्यते बुधैः ।
चापे धान्यपतिर्ज्ञेय आर्द्रायां जलदाधिपः ॥ २७६ ॥
रसाधिपस्तुलायां स्यात् कर्केशस्य पतिस्तथा ।
मकरे स्वर्णरत्नादि नीरसेशो बुधैः स्मृतः ॥ १७७ ॥

अर्घ काण्ड का ज्ञान —चैत्र शुक्ल पक्ष की प्रतिपदा में सूर्योदय के समय जो वार होता है, वह वर्ष का राजा कहलाता है। मेष की संक्रान्ति में जो बार होता है, वह मन्त्री, धनु संक्रान्ति का धान्येश, आर्द्रा प्रवेश का मेघाधिप, तुला संक्रान्ति का रसेश, कर्क का शस्येश और मकर संक्रान्ति में जो बार होता है, वह नीरसेश होता है ॥ १७५–१७७ ॥

अथ विंशोपकानयनम्

शाके त्रिघ्ने हृते शैलैर्लब्धं स्थाप्यं पृथक् पृथक् ।
शेषं द्विघ्नं शरैर्युक्तं वर्षा स्याच्च पुनः पुनः ॥ १७८ ॥

लब्धं शाकं प्रकल्प्यैवं कर्तव्या प्रोक्तवत् क्रिया ।
धान्यं तृणं ततः शीतमुष्णमारुतवृद्धयः ।
नाशोऽथ विग्रहश्चैवं जायन्ते क्रमतस्त्विमे ॥ १७९ ॥

विशोपक का आनयन—शक को तीन से गुणा कर सात का भाग देने से प्राप्त लब्धि को अलग-अलग स्थापित करके शेष को दो से गुणा कर पाँच जोड़ने से वर्षा का विश्वा होता है। इसी प्रकार पूर्व स्थापित लब्धि को शक कल्पना करके पूर्ववत् पुनः पुनः क्रिया करने से क्रम बार धान्य, तृण, शीत, उष्ण, वायु, वृद्धि, नाश एवं विग्रह के विश्वा होते हैं ॥ १७८-१७९ ॥

विशेष—उदाहरण-अभीष्ट शक १९०९ × ३ = ५७२७ ÷ ७ = ८१८ ल० शे० = १ × २ = २ + ५ = ७ वृष्टि । ल० ८१८ × ३ = २४५४ ÷ ७ = ३५० ल० शे० = ४ × २ = ८ + ५ = १३ धान्य । ल० ३५० × ३ = १०५० ÷ ७ = १५० ल० शे० ० × २ ० + ५ = ५ तृण । ल० १५० × ३ = ४५० ÷ ७ = ल० ६४ शे० = २ × २ = ४ + ५ = ९ = शीत । ल० = ६४ × ३ = १९२ ÷ २७ ल० शे० ३ × २ = ६ + ५ = ११ = उष्ण । ल० = २७ × ३ = ८१ ÷ ७ = ल० ११ शे० ४ × २ = ८ + ५ = १३ = वायु । ल० ११ × ३ = ३३ ÷ ७ = ल० ४ शे० ५ × २ = १० + ० = १५ वृद्धि । ल० ४ × ३ = १२ ÷ ७ = १ ल० शे० ५ × २ = १० + ५ = १५ विनाश । ल० = १ × ३ ३ ÷ ७ = ० ल० शे० ३ × २ = ६ + ५ = ११ विग्रह । १७८-१७९ ॥

अथ सर्वनिष्पत्तिर्धर्मः सत्यञ्च

वर्षादिनवकस्याथ योगे दशहृते युतः ।
लब्धं निष्पत्तिरुत्कृष्टा मासार्धं धर्मसत्यके ॥ १८० ॥

सर्व निष्पत्ति, धर्म, सत्य का ज्ञान—वर्षादि नौ के विश्वाओं को जोड़कर दस का भाग देने से लब्धि उत्कृष्ट निष्पत्ति और मासार्ध धर्म व सत्य होता है ॥ १८० ॥

अथ क्षुधानयनम्

शाके सप्तगुणैर्नन्दैर्भक्ते लब्धं तु तत्क्वचित् ।
निधाय द्विगुणं शेषं सैकं क्षुत् स्यात्ततः पुनः ॥ १८१ ॥

लब्धं शाकं प्रकल्प्यैवं कर्त्तव्या प्रोक्तवत् क्रिया ।
तृषा निद्रा तथालस्यमुद्यमः शान्तिरेव च ॥ १८२ ॥

क्रोधो दण्डोऽथ मित्रत्वमुत्सवः पापपुण्यके ॥ १८३ ॥

शक संख्या को सात से गुणा करके ९ का भाग देने पर जो लब्धि हो, उसे अलग स्थापित कर शेष को दो से गुणा करके एक जोड़ने पर जो अंक होता है वह वर्ष की क्षुधा का विश्वा होता है। पुनः स्थापित लब्धि को शक कल्पना कर पूर्ववत् क्रिया करने से क्रम

तृषा, निद्रा, आलस्य, उद्यम, शान्ति, क्रोध, दण्ड, मित्रता, उत्सव, पुण्य और पाप के वा होते हैं ॥ १८१–१८३ ॥

विशेष—उदाहरण शक १९०९ × ७ = १३३६३ ÷ ९ ल० = १४८४ शे० = ७ × = १४ + १ = १५ क्षुधा। ल० = १४८४ × ७ = १०३८८ ÷ ९ ल० = ११५४। शे० × २ = ४ + १ = ५ तृषा। ल० = ११५४ × ७ = ८०७८ ÷ ९ ल० = ८९७। शे० = × २ = १० + १ = ११ निद्रा। ल० = ८९७ × ७ = ६२७९ ÷ ९ ल० = ६९७। शे० = × २ = ११ + १ = १३ आलस्य। ल० = ६९७ × ७ = ४८७९ ÷ ९ ल० ५४२ शे० १ × = २ + १ = ३ उद्यम। ल० = ५४२ × ७ = ३७६४ ÷ ९ = ल० = ४२१ शे० ५ × २ = + १ = ११ शान्ति। ल० ४२१ × ७ = २९४७ ÷ ९ ल० = ३२७ शे० ४ × २ = ८ + क्रोध। ल० = ३२७ × ७ = २२८९ ÷ ९ ल० = २५४ शे० ३ × २ = ६ + १ = ७ दण्ड। = २५४ × ७ = १७७८ ÷ ९ ल० = १९७ शे० ५ × २ = १० + १ = ११ मित्रता। ल० = ७ × ७ = १३७९ ÷ ९ ल० = १५३ शे० २ × २ = ४ + १ = ५ उत्सव। ल० = १५३ × = १०७१ ÷ ९ ल० = ११९ शे० ० × २ = ० + १ = १ पुण्य। ल० = ११९ × ७ = ८३३ ९ ल० = ९२ शे० ५ × २ = १० + १ = ११ पाप ॥ १८१–१८३ ॥

अथ प्रकारान्तरेण क्षुधानयनम्

शाके वेदैर्हते शैलैर्भक्ते लब्धं च पूर्ववत्।
शेषं च द्विगुणं सैकं क्षुधा तृष्णा सुषुप्तिका ॥ १८४ ॥
आलस्यमुद्यमः शान्तिः क्रोधो लाभोऽथ भेदकः।
दण्डोऽथ मैथुनं चौर्यं रसनिष्पत्तिरेव च ॥ १८५ ॥
फलनिष्पत्तिरुत्साहः पुण्यं पापं तथैव च।
सर्वरसनिष्पत्तिः संपत्तिश्च यथा क्रमम् ॥ १८६ ॥

प्रकारान्तर से क्षुधादि का आनयन—इष्ट शक को चार से गुणा कर सात से भाग पर प्राप्त लब्धि को अलग स्थापित कर शेष को दो से गुणा करने के पश्चात् उसमें एक ड़ने से जो अंक होता है वह क्षुधा के विश्वा होते हैं। पुनः पृथक् स्थापित लब्धि को शक न कर पूर्ववत् आगे क्रिया करने पर क्रम से तृषा, निद्रा, आलस्य, उद्यम, शान्ति, क्रोध, म, दण्ड, मैथुन, चौर्य, रसनिष्पत्ति, फलनिष्पत्ति, उत्साह, पुण्य, पाप तथा सर्व निष्पत्ति संपत्ति के विश्वा होते हैं ॥ १८४–१८६ ॥

विशेष—उदाहरण शक १९०९ × ४ = ७६३६ ÷ ७ ल० = १०९० शे० — ६ × २ = १२ + १ = १३ क्षुधा। ल० १०९० × ४ + ४३६० ÷ ७ ल० = ६२२ शे० ६ × २ + १ = २ तृषा। ल० ६२२ × ४ = २४८८ ÷ ७ ल० = ३५५ शे० ३ × २ + १ = ७ निद्रा। ० ३५५ × ४ = १४२० ÷ ७ ल० २०२ शे० ६ × २ + १ = १३ आलस्य। ल० २०२ × = ८०८ ÷ ७ ल० ११५ शे० ३ × २ + १ = ७ उद्यम। ल० ११५ × ४ = ४६० ÷ ७ ल०

६५ शे० ५×२+१=११ शान्ति। लं० ६५×४=२६०÷७ लं० ३७ शे० १×२+१=३ क्रोध। लं० ३७×४=१४८÷७ लं० २१ शे० १×२+३ लाभ। लं० २१×४=८४÷७=लं० १२ शे०×२+१=१ भेद। लं० १२×४=४८÷७ लं० ६ शे० ६×२+१=१३ दण्ड। लं० ६×४=२४÷७ लं० ३ शे० ३×२+१=७ मैथुन। लं० ३×४=१२÷७ लं० १ शे० ५×२+११ चौर्य। लं० १×४=४÷७ लं० ० शे० ४×२+१=९ रसनिष्पत्ति॥ १८४–१८६॥

अथोग्रत्वाद्यानयनम्

शाकश्चाष्टगुणः खेटैर्भक्ते लब्धं तु पूर्ववत्।
द्विघ्नं शेषं त्रिभिर्युक्तमुग्रत्वं च रसोद्भवः॥ १८७॥

फलोत्पत्तिस्तथा व्याधी रोगनाशस्तथैव च।
आचारश्चाप्यनाचारो मृतिर्जन्म ततः परम्।
चौरोपशमनं वह्नेर्भीतिरग्निशमः क्रमात्॥ १८८॥

उग्रत्वादि का आनयन—शक संख्या को आठ से गुणाकर ९ का भाग देने से प्राप्त लब्धि को अलग स्थापित करके शेष को दो से गुणा कर गुणनफल में तीन जोड़ने से जो अंक होता है वह रसोद्भव उग्रता होती है। पुनः पुनः लब्धि को शकमान कर पूर्ववत् क्रिया करने से फल उत्पत्ति, व्याधि, रोगनाश, आचार, अनाचार, मृत्यु, जन्म, चौर, उपशमन, अग्निभय, अग्निशान्ति के क्रम से विश्वा होते हैं॥ १८७–१८८॥

विशेष—उदाहरण शक १९०९×८=१५२७२÷९=१६९६ लं० शे० ८×२+३=१९ रसोद्भव उग्रता। लं० १६९६×८=१३५६८÷९=१५०७ लं० शे० ५×२+३=१३ फल उत्पत्ति। लं० १५०७×८=१२०५६÷९=१३३९ लं० शे० ५×२+३=१३ व्याधि। लं० १३३९×८=१०७१२÷९=११९० लं० शे० २×२+३=७ रोगनाश। लं० ११९०×८=९५२०÷९=१०५७ लं० शे० ७×२+३=१४ आचार लं० १०५७×८=८४५६÷९=९३९ लं० शे० ५×२+३=१३ अनाचार। लं० ९३९×८=७५१२÷९=८३४ लं० शे० ६×२+३=१५ मृत्यु। लं० ८३४×८=६६७२÷९=७४१ लं० शे० ३×२+३=९ चोर शान्ति। लं० ७४१×८=५९२८÷९=६५८ लं० शे० ६×२+३=१५ अग्निभय। लं० ६५८×८ ५२६४÷९=५८४ लं० शे० ८×२+३=१९ अग्नि शमन॥ १८७–१८८॥

अथ शलभाद्यानयनम्

शाके त्रिघ्ने हृते नन्दैर्लब्धं स्थाप्यं तदुक्तवत्।
द्विघ्नं शेषं त्रिभिर्युक्तं शलभो मूषकस्तथा॥ १८९॥
दैविकं पीतताम्रे च चक्रं च परचक्रकम्॥ १९०॥

शलभादि का आनयन—शक संख्या को तीन से गुणा कर ९ का भाग देने पर प्राप्त लब्धि को अलग स्थापित कर शेष को दो से गुणा कर तीन जोड़ने से जो अंक होता है वह शलभा (टिड्डी) का विश्वा होता है। फिर स्थापित लब्धि को शक मान कर पूर्ववत् क्रिया करने से मूषक, देवता, पीतल, ताम्र, स्वचक्र, परचक्र के क्रम से विश्वा होते हैं ॥ १८९–१९० ॥

विशेष—उदाहरण शक १९०९ × ३ = ५७२७ ÷ ९ = ६३६ ल० शे० ३ × २ + ३ = ९ टिड्डी। ल० ६३६ × ३ = १९०८ ÷ ९ = २१२ ल० शे० ० × २ + ३ = ३ मूषक। ल० २१२ × ३ = ६३६ ÷ ९ = ७० ल० शे० ६ × २ + ३ = १५ देवता। ल० ७० × ३ = २१० ÷ ९ = २३ ल० शे० ३ × २ + ३ = ९ पीतल। ल० २३ × ३ = ६९ ÷ ९ = ७ ल० शे० ६ × २ + ३ = १५ ताम्र। ल० ७ × ३ = २ ÷ ९ = २ ल० शे० ३ × २ + ९ स्वचक्र। ल० २ × ३ = ६ ÷ ९ = ० ल० शे० ६ × २ + ३ = १५ परचक्र ॥ १८९–१९० ॥

अथ प्रकारान्तरेण शलभाद्यानयनम्

शैलघ्नो नवहृच्छाकः शेषं द्विघ्नं युतं त्रिभिः।
शलभो मूषको दैवं पीतं ताम्रं स्वचक्रकम् ॥
परचक्रागमश्चैवं क्रमाज्ज्ञेयं च पूर्ववत् ॥ १९१ ॥

प्रकारान्तर से शलभादि का आनयन—शक संख्या को सात से गुणा कर नौ ९ का भाग देने से प्राप्त लब्धि को अलग स्थापित कर शेष को दो से गुणा कर गुणनफल में तीन जोड़ने से जो अंक होता है वह टिड्डी का विश्वा होता है। फिर प्राप्त लब्धि को शक मान कर पूर्ववत् क्रिया करने से मूषक, देबता, पीतल, ताम्र, स्वचक्र, परचक्र के विश्वा होते है ॥ १९१ ॥

विशेष—उदाहरण शक १६०९ × ७ = १३३६३ ÷ ९ = १४८४ ल० शे० ७ × २ + ३ = १७ शलभा। ल० १४८४ × ७ = १०३८८ ÷ ९ = ११५४ ल० शे० २ × २ + ३ = ७ मूषक। ल० ११५४ × ७ = ८०७८ ÷ ९ = ८९७ ल० शे० ५ × २ + ३ = १३ देवता। ल० ८९७ × ७ = ६२७९ ÷ ९ = ६९७ ल० शे० ६ × २ + ३ = १५ पीतल। ल० ६९७ × ७ = ४८७९ ÷ ९ = ५४२ शे० १ × २ + ३ = ताम्र। ल० ५४२ × ७ = ३७९४ ÷ ९ = ४२१ ल० शे० ५ × २ + ३ = १५ स्वचक्र। ल० ४२१ × ७ = २९४७ ÷ ९ = ३२७ ल० शे० ४ × २ + ३ = ११ परचक्र ॥ १९१ ॥

अथोद्भिजादिप्राण्यानयनम्

शाके बाणैर्नगैरर्कैरीशैर्निघ्ने पृथक् पृथक्।
रामभक्तेऽवशेषं यद् द्विघ्नं पञ्चयुतं क्रमात् ॥ १९२ ॥
उद्भिजः स्वेदजश्चैव जरायुसंभवोऽण्डजः ॥ १९३ ॥

उद्भिजादि प्राणियों के विश्वा का आनयन—शक संख्या को चार स्थानों पर रख कर क्रम से ५।७।१२।११ से गुणा कर तीन से भाग देने पर प्राप्त शेषों को २ दो से गुणा कर ५ पाँच जोड़ने से उद्भिज, स्वेदज, जरायुज, व अंडज के विश्वा होते हैं ।। १९२–१९३ ।।

विशेष—उदाहरण श० १९०९ × ५ = ९५४५ ÷ ३१८१ ल० शे० २ × २ + ५ = ९ उद्भिज । श० १९०९ × ७ = १३३६३ ÷ ३ = ४४५४ ल० शे० १ × २ + ५ = ७ स्वेदज । श० १९०९ × १२ = २२९०८ ÷ ३ = ७६३६ ल० शे० ० × २ + ५ = ५ जरायुज । श० १९०९ × ११ = २०९९९ ÷ ३ = ६९९९ ल० शे० २ × २ + ५ = ९ अंडज ।।१९२–१९३।।

अथ युगानां प्रमाणम्

द्वात्रिंशद्भिः सहस्रैश्च युक्तं लक्षचतुष्टयम् ।
प्रमाणं कलिवर्षाणां प्रोक्तं पूर्वैर्महर्षिभिः ।। १९४ ।।
युगानां कृतमुख्यानां क्रमान्मानं प्रजायते ।
कलेर्मानं क्रमान्निघ्नं चतुस्त्रिद्विमितैस्तदा ।। १९५ ।।

युगों का प्रमाण—पहिले के ऋषियों ने चार लाख बत्तीस हजार वर्ष कलियुग का मान बताया है । इस कलियुग प्रमाण की संख्या को चार ४, तीन ३ और दो २ से गुणा करने पर क्रम से सतयुग, त्रेता और द्वापर युग का मान होता है ।

जैसे—४३२००० × ४ = १७२८००० सतयुग । ४३२००० × ३ = १२ ६००० त्रेता युग । ४३२००० × २ = ८६४००० द्वापर युग ।। १९४–१९५ ।।

अथ गतकलिमानम्

खगशैलेन्दु रामाढ्ये शाकेऽब्दास्तु कलेर्गताः ।
तैर्विहीनं कलेर्मानं शेषे शेषकलेर्मितिः ।। १९६ ।।

व्यतीत कलियुग मान—शक में तीन हजार एक सौ उन्यासी जोड़ देने से प्राप्त संख्या व्यतीत कलियुग मान होता है । उसे कलियुग मान में घटाने से शेष भोग्य मान कलियुग का होता है ।। १९६ ।।

विशेष—उदाहरण ३१७९ + १९०९ = ५०८८ गतकलि मान ।। १९६ ।।

अथ धर्मानयनम्

खाभ्रखाभ्राङ्कवेदैश्च कलिशेषसमा युतिः ।
कलिमानेन संभक्ता यल्लब्धं धर्मराशयः ।। १९७ ।।

धर्म राशि का साधन—शेष कलि वर्षों में चार लाख नब्बे हजार जोड़कर चार लाख बत्तीस हजार से भाग देने से लब्ध स्पष्ट धर्म राशि होती है ।। १९७ ।।

अथ प्रकारान्तरेण धर्मज्ञानम्

शकार्द्धं च युतं जीवराशिभिस्त्र्युद्धृने शके।
लब्धं पुण्यं च तन्न्यूना विंशतिः पापमुच्यते ॥ १९८ ॥

प्रकारान्तर से धर्म का ज्ञान—शक के आधे में गुरु राशि संख्या जोड़ कर तीन का देने पर लब्धि पुण्य और बीस में से पुण्य को घटा देने से पाप होता है ॥ १९८ ॥

अथायव्ययानयनार्थं ध्रुवांशकाः

रसास्तिथ्यो गजाः शैलचन्द्रा नन्देन्दवस्तथा।
स्वर्गा दिशः क्रमाज्ज्ञेया रव्यादीनां ध्रुवा इमे ॥ १९९ ॥

आय, व्यय जानने के लिए ध्रुवांशक—सूर्य के ५, चन्द्रमा के १५, मंगल के ८, बुध ७, गुरु के १९, शुक्र के २१ और शनैश्चर के १० ध्रुवांशक होते हैं ॥ १९६ ॥

अथ मेषादिराशीनामायव्ययाः

निजराशिपतेर्वर्षस्वामिनो ध्रुवयोगके।
त्रिघ्ने बाणयुते भक्ते तिथिभिः शेषसम्मिताः ॥ २०० ॥

आयाः स्युस्त्रिगुणे लब्धे शराढ्यास्तिथिभिर्हृते।
शेषे व्ययाः क्रमात् स्वस्य राशीनां कथिता बुधैः ॥ २०१ ॥

मेष आदि राशियों का आय व व्यय का ज्ञान—अपनी राशि के स्वामी ध्रुवांक में स्वामी के ध्रुवांक जोड़ कर तीन से गुणा कर पाँच जोड़ने से प्राप्त अंक में १५ पन्द्रह का देने से शेष तुल्य आय और लब्धि को तीन से गुणा कर ५ पाँच जोड़ने से लब्ध संख्या में ह १५ का भाग देने से शेष व्यय होता है ॥ २००–२०१ ॥

अथ शकात् सुभिक्षादिज्ञानम्

शके त्रिघ्ने युते बाणैः शैलैर्भक्तेऽथ शेषके।
क्रमान्मध्यं सुभिक्षं च दुर्भिक्षं च सुभिक्षकम् ॥ २०२ ॥
महर्घं समता ज्ञेया चैकतो रौरवासुखम् ॥ २०३ ॥

शक से सुभिक्षादि का ज्ञान—शक को तीन से गुणा कर पाँच जोड़ने के पश्चात् सात भाग देकर शेष एक में मध्यम, दो में सुभिक्ष, तीन में दुर्भिक्ष ? चार में सुभिक्ष, पाँच में गी, छः में समता और सात शेष में घोर दुःख होता है ॥ २०२–२०३ ॥

अथ संवत्सरात् सुभिक्षादिज्ञानम्

त्रिघ्ने संवत्सरैर्युक्ते शरैर्भक्तेऽथ सप्तभिः।
चतुर्द्वित्रिमिते शेषे सुभिक्षं विपुलं भवेत् ॥ २०४ ॥

त्रिपञ्चके सुभिक्षं च षड्भूसंख्ये च मध्यमम्।
शून्ये तु रौरवं ज्ञेयं फलं वर्षे बुधैः स्मृतम् ॥ २०५ ॥

संवत् से सुभिक्षादि का ज्ञान—संवत् संख्या को तीन से गुणा कर पाँच जोड़ने पश्चात् सात का भाग देने से ४।२।३ शेष में अधिक सुभिक्ष, ३।५ में सुभिक्ष, ६।१ मध्यमता और शून्य शेष में घोर दुःख होता है ॥ २०४–२०५ ॥

अथ प्रकारान्तरेण संवत्सरादपि

द्विघ्नः संवत्सरो रामैर्हीनो भक्तो नगैस्ततः ।
शेषे बाणमिते युग्मे सुभिक्षं हायने भवेत् ॥ २०६ ॥
वेदे चन्द्रमिते ज्ञेयं दुर्भिक्षं खे तु रौरवम् ।
रसानलमिते मध्यमेतदर्थं फलं बुधैः ॥ २०७ ॥

प्रकारान्तर से संवत द्वारा सुभिक्षादि ज्ञान—संवत् संख्या को दो से गुणा कर फि तीन घटा कर सात का भाग देने से ५।२ शेष में वर्ष भर सुभिक्ष, ४।१ में दुर्भिक्ष, ० में घो दुर्भिक्ष और ६।३ शेष मे समता होती है ॥ २०६–२०७ ॥

अथ वर्षे राजादीनां संक्षेपात् फलम्

राज्ञां वैमानिकानां च वच्मि संक्षेपतः फलम् ।
गुरुशुक्रेन्दवोऽधीशाः सन्ति चेल्लग्नसौख्यदाः ॥ १०८ ॥
सुभिक्षं शोभना वृष्टिर्देशे स्वास्थ्यं प्रकुर्वते ।
शनिभौमौ प्रकुर्वाते दुर्भिक्षं विग्रहं भयम् ॥ २०९ ॥
अल्पसौख्यप्रदः सौम्यः खलु दुःखप्रदो रविः ।
फलं सविस्तरं चैषां विज्ञेयं संहितादिषु ॥ २१० ॥
तथा प्रभवमुख्यानां हायनानां पृथक् पृथक् ।
नास्माभिर्लिख्यते चात्र ग्रन्थविस्तारभीतितः ॥ २११ ॥

वर्ष में राजादिकों का संक्षेप से फल—मैं वर्ष में माननीय राजाओं के फल को संक्षे से कहता हूँ । गुरु, शुक्र, चन्द्रमा वर्ष के राजा हों तो मनुष्यों को शरीर सुख, सुभिक्ष, सुन्द वर्षा और देश में नीरोगता होती है ।

शनि या मंगल राजा होने पर दुर्भिक्ष, लड़ाई व भय, बुध हो तो थोड़ा सुख अ सूर्य वर्षेश होने पर दुःख दायी होता है । इन राजाओं का विस्तार से फल संहितादि जानना चाहिये । प्रभवादि साठ वर्षों का अलग-अलग फल ग्रन्थ बड़ा हो जाने के भय से मै नहीं लिखा है ॥ २०८–२११ ॥

अथ दीपमालिकायोगेऽनिष्टम्

दर्शे चायुष्मति स्वातौ पापाहे मासि कार्तिके ।
प्रदीपे चेत् प्रजापीडा राजयुद्धाद्युपद्रवाः ॥ २१२ ॥

दीवाली में अनिष्टयोग—कार्तिक मास अमावास्या के दिन स्वाती नक्षत्र, आयुष्म योग तथा पाप वार में दीपक जलाने से प्रजा पीड़ा (जनता को दुख) और राजाओं युद्धादि उपद्रव होते हैं ॥ २१२ ॥

ज्येष्ठप्रतिपदि योगः

ज्येष्ठशुक्ले तिथावाद्ये चन्द्रेज्यभृगुवासरे ।
शुभं फलं बुधे मध्यं पापवारेष्वसत् स्मृतम् ॥ २१३ ॥

जेठ शुक्ल प्रतिपदा में योग— जेठ सुदी परिवा के दिन सोम, गुरु व शुक्रवार होने पर शुभ फल बुधवार में मध्यम और पाप वार होने पर अशुभ फल होता है ॥ २१३ ॥

अथाषाढे द्वितीयानवमीयोगः

आषाढे शुक्लपक्षे च द्वितीयानवमीदिने ।
चन्द्रेज्यभृगुवाराः स्युः सुवृष्टिश्च समर्घता ॥ २१४ ॥

बुधे साम्यं रवौ तापः कुजे वृष्टिर्न जायते ।
शनिवारे प्रजापीडा दुर्भिक्षं रौरवं तदा ॥ २१५ ॥

आषाढ शुक्ल द्वितीया नवमी में योग—आषाढ शुक्ल पक्ष की द्वितीया व नवमी तिथि में सोम, गुरु, शुक्रवार होने पर सुन्दर वर्षा तथा अन्न सस्ता होता है और बुधवार में समता, सूर्यवार में ताप (ज्वरादि रोग), मंगलवार में वर्षा का अभाव शनिवार होने पर जनता दुःखी, दुर्भिक्ष एवं अन्न के अभाव में घनघोर कष्ट होता है ॥ २१४–२१५ ॥

अथ शनैश्चरफलम्

गुर्जरेऽजे शनौ पीडा प्रभासे च वृषस्थिते ।
मरुस्थले च युग्मर्क्षे कर्के काश्मीरमण्डले ॥ २१६ ॥

शक्रप्रस्थे च सिंहर्क्षे कन्यास्थे मालवे तथा ।
तुलादित्रितये पृथ्व्यां दुर्भिक्षं जनपीडनम् ।
सुभिक्षं मकरे कुम्भे मीने सर्वप्रजाक्षयः ॥ २१७ ॥

१२ राशियों में शनि का फल—मेषस्थ शनि में गुजरात, वृषस्थ में प्रभास क्षेत्र, मिथुनस्थ में मरुस्थल, कर्कस्थ में काश्मीर मण्डल, सिंहस्थ में इन्द्र प्रस्थ, कन्यास्थ में मालवा देश, तुला-वृश्चिक-धनु के शनि में समस्त भूमि में दुर्भिक्ष, जन उत्पीड़न, मकर-कुंभस्थ में सुभिक्ष और मीनस्थ शनि में समस्त जन समुदाय का क्षय होता है ॥ २१६–२१७ ॥

अथ कूर्मचक्रम्

कूर्मचक्रे शनिर्मध्ये ततः प्राच्यादिषु क्रमात् ।
नाशयेत् क्रमतो देशान् कृत्तिकाद्यैस्त्रिभिस्त्रिभिः ॥ २१८ ॥

निजाधिष्ठितभैर्देशानन्तर्वेदिमुखांस्ततः ।
मागधांश्च कलिङ्गादीनवन्तिकमुखांस्तथा ॥ २१९ ॥

ततः कौङ्कणपौण्ड्रादीन् सिन्धुसौराष्ट्रकादिकान् ।
पौलिन्दचीनकटचांश्च कुरुकाश्मीरमत्स्यकान् ॥ २२० ॥

खलवाल्हिकलालाटान्नवखण्डानिमांस्तथा
दृष्ट्वा स्वाधिष्ठितादेशादन्यांश्च यमदिग्गतान् ॥ २२१ ॥

कूर्म चक्रज्ञान—कूर्म स्वरूप के मध्य में कृत्तिकादि तीन नक्षत्रों में स्थापित क
आगे तीन-तीन नक्षत्रों को पूर्वादि दिशा क्रम से आठों दिशा में न्यास करने से कूर्मचक्र ह
है। इसमें शनि जिस नक्षत्र में संचार करता है उसके देश वासियों को क्रम से अन्तव
मगध, कलिङ्ग, उज्जैन, कौंकण, पौण्ड्र, सिन्धु, सौराष्ट्र, पुलिन्द, चीन, कटि, कुरु, काश्मी
मत्स्य, खल, वाल्हिक और लालाट इन नव खण्डों को तथा दक्षिणस्थ अन्य देशों को जान
नष्ट होने का आदेश देना चाहिये ॥ २१८–२२१ ॥

अथ ग्रहचारवशान् महर्घादिविचारः

सर्वधान्यं महर्घं स्याच्छुक्रक्षेत्रगते कुजे।
राहौ मन्दे च दुर्भिक्षं शुभं चन्द्रग्रहस्थिते ॥ २२४ ॥
बुधर्क्षे भास्करे चन्द्रे विरोधो धरणीभुजाम्।
तत्रार्कनन्दने चन्द्रे सर्वधान्यमहर्घता ॥ २२५ ॥
शनौ राहौ शनिक्षेत्रे तृणाभावात् पशुक्षयः।
विरोधो भूभुजां भौमे वृष्टिः स्याद्भूयसी बुधे ॥ २२६ ॥
कुजर्क्षे राहुमन्दज्ञैर्नश्यन्ति पशवो नराः।
महर्घं भृगुपुत्रेण शेषैः खेटैः फलं शुभम् ॥ २२७ ॥
क्रूरा वक्रगताः खेटाः सौम्या यद्यतिचारगाः।
तदा भूपक्षयं युद्धं जगद्घोरं भयार्दनम् ॥ २२८ ॥

ग्रहों के संचारवश महंगी, सस्ती आदि का विचार—तुला वा वृष में मंगल हो
सब अन्न मँहगे, वृष का तुला राशि में राहु या शनि होने पर दुर्भिक्ष और कर्कराशि में उ
ग्रह होने पर शुभ होता है।

मिथुन या कन्या में सूर्य या चन्द्रमा होने पर राजाओं में परस्पर विरोध, मिथुन
कन्या में शनि वा चन्द्र हो तो सब अन्न मँहगे होते हैं।

मकर या कुंभ में शनि या राहु के रहने पर घास, फूस आदि के अभाव में पशु क्ष
मकर या कुंभ में मंगल हो तो राजाओं में विरोध ओर बुध के रहने पर अधिक वर्षा होतो है

मेष या वृश्चिक राशि में राहु या शनि या बुध हो तो पशुओं का नाश व शुक्र हो
महंगी और मेष या वृश्चिक में शेष ग्रहों के रहने पर शुभ फल होता है।

पाप ग्रहों के वक्री होने पर तथा शुभ ग्रहों के अतिचार में राजाओं में लड़ाई होक
उनका क्षय और संसार भय से पीडित होता है ॥ २२४–२२८ ॥

अथ प्रतिमासं महर्घज्ञानाय चन्द्रोदयज्ञानम्

ऊर्ध्वभागे तु विज्ञेया राहुराशिप्रकोष्ठकाः।
तिर्यग्भागे तु विज्ञेया रविराशिप्रकोष्ठकाः ॥ २२९ ॥

चक्रे तत्रार्कराहोश्च घटिकाः परिकीर्तिताः ।
प्रोचुर्दर्शघटी षष्ट्या शेषा घट्यो युतास्तथा ॥ २३० ॥

दिनमानघटीभिस्ता घटीभ्यो राहुसूर्ययोः ।
अधिकाश्चेत्तदा चन्द्रदर्शनं प्रतिपद्यते ॥ २३१ ॥

प्रति मास महंगी जानने के लिए चन्द्र उदय ज्ञान—ऊपर के भाग में राहु की राशि का कोष्टक और तिरछा सूर्य राशि का कोष्टक बनाकर पूर्व कथित घटियों को कोष्ठक में लिख कर अमावस की घटियों को ६० साठ घटी में घटाने से जो अंक मिले उसे पूर्व के अंक से न्यूनाधिक समझ कर यदि यह अंक अधिक हो तो परिवा के दिन और अल्प होने पर द्वितीया के दिन चन्द्रोदय होगा यह जानना चाहिये ॥ २२९-२३१ ॥

अथ चन्द्रस्य शृङ्गोन्नतिस्तत्फलञ्च

चन्द्रो याम्योन्नतो मीनमेषगोऽभ्युदितो यतः ।
समशृङ्गो वृषे कुम्भे शेषभेषूत्तरोन्नतः ॥ २३२ ॥

याम्योन्नते च दुर्भिक्षं विधुरं स्यात् समे विधौ ।
सुभिक्षं सौम्यदिग्भागे चोन्नते मृगलांछने ॥ २३३ ॥
शूलाकारे विधौ भीतिः प्रोदिते महती स्मृता ॥ २३४ ॥

चन्द्रमा के सींगों की ऊँचाई व उसका फल—मीन तथा मेष राशि में चन्द्रमा जब उदित होता है तो दक्षिण सींग ऊँचा एवं वृष व कुम्भ में उदित हो तो समान सींग और शेष राशियों में उदय होने पर उत्तर सींग ऊँचा होता है। दक्षिण सींग ऊंचा होने पर दुर्भिक्ष, सम सींग में समानता और उत्तर सींग ऊँचा हो तो सुभिक्ष एवं शूलाकार उदित हो तो अधिक भय होता है ॥ २३२-२३४ ॥

अथ रवेर्वामदक्षिणभागयोश्चन्द्रोदयफलम्

यदि शुक्लद्वितीयायां वामे चन्द्रोदयो रवेः ।
शुभं तदाखिले मासि नो शुभं दक्षिणोदये ॥ २३५ ॥

चन्द्रोदयो बृहत्संज्ञे भवेद्धान्यं समर्घकम् ।
जघन्यभे महर्घं च ज्ञेयं धान्यं समे समम् ॥ २३६ ॥

सूर्य के वांयें व दायें चन्द्रोदय का फल—शुक्लपक्ष की द्वितीया के दिन सूर्य से बांयी ओर चन्द्रमा का उदय होने पर समस्त मास में शुभ और दक्षिण की ओर उदित हो तो अशुभ होता है। बृहत् संज्ञक नक्षत्रों में चन्द्रोदय होने पर समस्त अन्न सस्ते, जघन्य संज्ञक में मँहगी और समसंज्ञक नक्षत्रों में चन्द्रोदय होने से समानता होती है ॥ २३५-२३६ ॥

अमावस्याफलम्

शुभवारान्विते दर्शे स्यात् सुभिक्षं प्रजासुखम् ।
पापवारान्विते दुःखं तथा धान्यमहर्घता ॥ २३७ ॥

अमावस का फल—शुभवार से युक्त अमावास्या में सुभिक्ष व प्रजा (जनता) सुखी, पापग्रह से युक्त अमावस्या में प्रजा दुःखी और अन्न महंगे होते हैं ॥ २३७ ॥

अथैकमासे पञ्चवारफलम्

शुक्लाद्ये मासि चेत्पञ्च पापखेटस्य वासराः।
प्रजापीडा भवेत्तत्र धान्यस्यापि महर्घता ॥ २३८ ॥
मासे पञ्च शुभा वारा यद्येकस्मिन् प्रजायते।
सुभिक्षं सर्वसस्यानां तदा सर्वः सुखी जनः ॥ २३९ ॥

एक महीने में पाँच वारों का फल—शुक्लादि जिस चान्द्रमास में पापग्रहों के पाँच वार जब होते हैं तो प्रजा को पीड़ा और अन्न मँहगे होते हैं। तथा शुभ ग्रहों के पाँच वार जिस एक महीने में होते हैं तो सुभिक्ष एवं समस्त अन्न सुलभ होने से प्रजा सुखी होती है ॥ २३८–२३९ ॥

अथ प्रतिमासं संक्रान्तिवशात् समर्घमहर्घज्ञानम्

सुभिक्षं संक्रमे सौम्ये वारेऽधिकमुहूर्त्तके।
महर्घं पापवारे च मुहूर्त्ते चाक्षभूमिते ॥ २४० ॥
पूर्वसंक्रमणाद्द्वित्रिमितभे संक्रमे रवेः।
सुभिक्षं स्याच्चतुःपञ्चमितभे च महर्घता ॥ २४१ ॥
षष्ठभे संक्रमे चातिदुर्भिक्षं रौरवं भवेत् ॥ २४२ ॥

प्रति मास संक्रान्ति वश सस्ती मँहगी का ज्ञान—जब कि शुभग्रह के वार में अधिक मुहूर्त्त होने से संक्रान्ति होती है तो सुभिक्ष, पापग्रह के वार में पन्द्रह मुहूर्त्त की जब संक्रान्ति होती है तो मँहगी होती है। पूर्व संक्रान्ति के नक्षत्र से जब दूसरे या तीसरे नक्षत्र में संक्रान्ति होती है तो सुभिक्ष, चौथे या पाँचवें नक्षत्र में होने पर महंगी और छठे नक्षत्र में हो तो अति-दुर्भिक्ष और घोर कष्ट होता है ॥ २४०–२४२ ॥

अथ ग्रीष्मशरद्धान्यनिष्पत्तिज्ञानम्

वृषसंक्रमणे भानोः केन्द्रस्वायगतैः शुभैः।
शारदो धान्यनिष्पत्तिरुत्तमा कथिता बुधैः ॥ २४३ ॥
पापैरवस्थितैः स्वल्पा मिश्रैर्मिश्रा प्रकीर्त्तिता।
पापैर्द्यूनगतैर्नश्येदुत्पन्नमपि सस्यकम् ॥ २४४ ॥
द्यूनशत्रुगते पापे निष्पत्तिः स्वल्पका भवेत्।
इत्थं वृश्चिकसंक्रान्तौ विज्ञेयं ग्रैष्मधान्यकम् ॥ २४५ ॥

गर्मी व सर्दी के अन्नों का ज्ञान—जिस समय वृष राशि में सूर्य प्रवेश करता है तो उस समय की लग्न से केन्द्र (१।४।७।१०) में या दूसरे या ग्यारहवें शुभ ग्रह होने पर शारदी अर्थात् शरद कालीन अन्नों की उत्पत्ति उत्तम होती है ऐसा पंडितों ने बताया है। तथा

पापग्रह उक्त स्थानों में हों तो अन्न की उत्पत्ति थोड़ी और शुभ पाप दोनों हों तो न अच्छी न बुरी अर्थात् मध्यम होती है।

यदि पाप ग्रह सातवें हों तो खेती का विनाश, छठे, सातवें पापग्रह हों तो अन्न की उत्पत्ति थोड़ी होती है। इसी प्रकार वृश्चिक में सूर्य के प्रवेश समय से गर्मी के अन्नों की निष्पत्ति का ज्ञान करना चाहिये॥ २४३–२४५॥

अथ सङ्ग्रहसमयः

चापादित्रितये सूर्ये सौम्ये युक्तेक्षिते ग्रहैः।
शरद्धान्यं समर्घं स्याद् ग्राह्यं तद्धान्यजीविभिः॥ २४६॥
पापैर्युतेक्षिते धान्यं महर्घं जायतेऽखिलम्।
एवं मेषत्रिके ग्रैष्मे त्रिधा ज्ञेयं विचक्षणैः॥ २४७॥

धान्य संग्रह का मुहूर्त—धनु, मकर, कुंभस्थ सूर्य शुभ ग्रह से दृष्ट या युक्त हो तो शरद् कालीन अन्न सस्ते होते हैं अतः अन्न व्यवसायियों को संग्रह करने से लाभ होता है। पापग्रह से दृष्ट या युक्त होने पर समस्त अन्न मँहगा होता है। इसी प्रकार मेष, वृष, मिथुन सूर्य से गर्मी के अन्नों का विचार करना चाहिये॥ २४६–२४७॥

समर्घताज्ञानम्

ग्रैष्मं सस्यं ततो मूलं रसधान्यं घृतादिकम्।
हेमाद्यं तुरगो वस्त्रं मणिकाचाम्बुधान्यके॥ २४८॥
मूलं च क्रमतो ज्ञेयं मेषाद्यर्केऽखिलेक्षिते।
दर्शे वा पूर्णिमायां चेदुपरागोऽतिवर्षणम्॥ २४९॥
परिवेषस्तथा दण्ड उल्कापाताद्युपद्रवाः।
जायन्तेऽत्र तदा तेषां वस्तूनां च महर्घता।
रवौ सौम्येऽक्षिते ज्ञेय उत्पातो न महर्घता॥ २५०॥

संक्रान्ति, दर्श, पूर्णमासी, तारादिवश अन्नों की सस्ती महंगी का ज्ञान—गर्मी की खेती, मूलपदार्थ रस, धान्य, घृतादि, सुवर्णादि, अश्व, वस्त्र, मणि, काच, जल, धान्य तथा मूलपदार्थ यह क्रम से मेषादि संक्रान्तियों में प्रवेश के समय समस्त ग्रहों से दृष्ट सूर्य के रहने पर मँहगे होते हैं।

अमावस तथा पूर्णमासी में ग्रहण होने से अधिक वर्षा होती है। जिस महिना में परिवेष, (सूर्य, चन्द्रमंडल) दण्ड उदित तथा उल्कापात होता है, उसमें पूर्वोक्त पदार्थ महंगे होते हैं तथा सूर्य शुभग्रह से दृष्ट हो तो उत्पात व महंगाई नहीं होती है॥ २४८–२५०॥

अथ वृक्षादौ फलाद्यैर्धान्यादिनिष्पत्तिवृष्टिज्ञानम्

वृक्षादौ बहुभिर्पुष्पैर्महावृष्टिः प्रजायते।
यत्र स्वल्पतरा वृष्टिर्दूर्वाभिश्चेक्षवोऽधिकाः॥ २५१॥

मधूकैर्बहुगोधूमा यवाः स्युर्वटजैः फलैः ।
सुभिक्षं नागनिम्बैः स्याच्छालवृक्षैस्तु शालयः । २५२ ॥
अश्वत्थादधिकं धान्यमर्जुनादधिकं जलम् ।
क्षेममाम्रैश्च पालाशैः कोद्रवा जम्बुतस्तिलाः ॥ २५३ ॥
दुर्भिक्षं खादिरे रोगाः कुटजाः परिकीर्त्तिताः ॥ २५४ ॥

वृक्षादि में फलादि से धान्य उत्पत्ति व वर्षा ज्ञान—वृक्षादि में अधिक फूल लगने पर अधिक वर्षा और अल्प फूलों से अल्प वर्षा, अधिक दूर्वा से अधिक गन्ना, महुवे में फल पुष्प अधिक होने पर गेहूँ अधिक, वरगद में आने से जौ, नागफली व नीम आने से सुभिक्ष, साल में आने से धान, पीपल में धान्य, अर्जुन वृक्ष में आने से अधिक वर्षा, आम में आने से कल्याण, ढाक में आने से कोदो, जामुन में आने से तिल, कत्था में आने से दुर्भिक्ष और कुटज (कौरैया) में फल फूल अधिक आने पर रोग होता है ॥ २५१–२५४ ॥

अथाषाढ्यां पौर्णमास्यां वायुपरीक्षा

आषाढ़े पूर्णिमायां च प्रदोषे वा दिवानिशम् ।
प्राच्यां वायोस्तु वृष्टिः स्याद्धान्यनिष्पत्तिरुत्तमा ॥ २५५ ॥
अल्पवृष्टिस्तथाग्नेय्यामग्नेर्भीतिर्महर्घता ।
दुर्भिक्षं रौरवं घोरमनावृष्टिश्च नैर्ऋतौ ॥ २५६ ॥
वारुण्यां च महावृष्टिर्धान्योत्पत्तिश्च मध्यमा ।
वायौ वायुःप्रचण्डः स्याद्वृष्टिर्धान्यं च मध्यमम् ॥ २५७ ॥
बहुधान्यं शुभा वृष्टिरुत्तरस्यां सुखी जनः ।
ऐशान्यां सस्यसम्पत्तिर्धनाढ्याः सुखिनो जनाः ॥ २५८ ॥

आषाढ की पौर्णमासी में वायु परीक्षा—आषाढ मास की पूर्णिमा के दिन प्रदोष समय या दिन रात पूर्व दिशा की हवा चलने से वर्षा और अन्न की उपज उत्तम, अग्नि कोण की चलने से थोड़ी वर्षा, अग्नि से भय व मँहगा, दक्षिण दिशा की चलने से दुर्भिक्ष, रौरव कष्ट, नैऋत्य की चलने से वर्षा का अभाव, पश्चिम की चलने से अधिक वर्षा, मध्यम अन्न उत्पत्ति, वायव्य कोण की हवा से प्रचण्ड वर्षा, मध्यम धान्य उत्पत्ति, उत्तर की चलने से शुभ वर्षा अधिक अन्न, सुखी मनुष्य और ईशान कोण की हवा चलने से उत्तम अन्न उत्पत्ति, मनुष्य धनी व सुखी होते हैं ॥ २५५–२५८ ॥

अथाषाढ्यां धान्यादि तोलनम्

अथाषाढ्यां सर्वधान्यानि संध्यायां च पृथक् पृथक् ।
तोलयेद् वर्णमानेन जलादीनपि सर्वशः ॥ २५९ ॥
मन्त्रैस्ततोऽभिमन्त्र्याथ निशि तानधिवासयेत् ।
तोलयेच्च पुनः प्रातस्तेन मानेन दैववित् ॥ २६० ॥
वृद्धौ वृद्धिः समे साम्यं ह्रासे हानिस्तु तस्य च ॥ २६१ ॥

आषाढी के दिन धान्यादि तोलने की रीति—आषाढ मास की पूर्णिमा के दिन सायं काल समस्त धान्य और जलादिकों को वर्णमान से अलग-अलग तोल कर मंत्रों से अभिमन्त्रित करने के पश्चात् रात में अधिवासित कर प्रातः उसी मान से तोलना चाहिये। धान्यादि की तोल जान कर ज्योतिषी को बढ़ने पर संवृद्धि, समता में समानता और घटने पर घटना कहना चाहिये ॥ २५९–२६१ ॥

अथ गर्भधारणादिना वृष्टिज्ञानम्

वृष्टिर्गर्भाह्हमारभ्य पक्षैर्विश्वमितैर्भवेत्।
रात्रिगर्भे दिवा वृष्टिर्दिवा गर्भे निशि स्मृता ॥ २६२ ॥

मेघ के गर्भधारण से वर्षा का ज्ञान—गर्भ के दिन से तेरहवें पक्ष में वर्षा होती है। दिन में गर्भ होने पर रात में और रात में गर्भ होने पर दिन में वर्षा होती है ॥ २६२ ॥

अथ प्रकारान्तरेण गर्भाहाद्वृष्टिज्ञानम्

आरभ्यैकादशीं कृष्णां शुक्लादीन् माघमासके।
द्वादशस्वपि घस्रेषु विद्युद्वाताभ्रगर्जितैः ॥
रोहिण्यादिषु सूर्यस्य भेषु वृष्टिर्भवेत् क्रमात् ॥ २६३ ॥

प्रकारान्तर से गर्भ दिन से वर्षा का ज्ञान—शुक्लादि मास गणना क्रम में माघ मास कृष्ण पक्ष की एकादशी से बारह दिन में बिजली चमके, हवा चले, बादलों की गर्जन होने पर रोहिण्यादि नक्षत्रों में सूर्य के प्रवेश होने पर क्रम से वर्षा होती है ॥ २६३ ॥

अथ पुनरन्यप्रकारेण मेघगर्भज्ञानं वृष्टिज्ञानञ्च

मूलर्क्षे भास्करे याते तदारभ्य दशाहकम्।
विद्युदभ्रादिना गर्भो यत्र यत्र दिने भवेत्।
क्रमादार्द्रादिनक्षत्रं भानौ वृष्टिः प्रजायते ॥ २६४ ॥

पुनः दूसरे प्रकार से मेघगर्भ ज्ञान व वर्षा ज्ञान—मूल नक्षत्र में सूर्य के प्रवेश दिन से दस दिन के भीतर जिस, जिस दिन में बिजली, बादल आकाश में होने से गर्भ होता है, वह आर्द्रादि क्रम से उस-उस दिन वर्षा दायक होता है ॥ २६४ ॥

अथ प्रकारान्तरेण मेघगर्भज्ञानं वृष्टिज्ञानञ्च

मूलभाद्भरणी यावद् भेषु चैकादशस्वपि।
पौषे मासि दिनर्क्षेषु गर्भस्त्वभ्रादिना भवेत् ॥ २६५ ॥
तत आर्द्रादिगे सूर्ये क्रमाद् वृष्टिः प्रजायते ॥ २६६ ॥

प्रकारान्तर से मेघगर्भ ज्ञान व वर्षा ज्ञान—मूल नक्षत्र से भरणी नक्षत्र तक 'ग्यारह दिन पूस महिना में बादल आदि से गर्भ होने पर आर्द्रादि में सूर्य के प्रवेश क्रम से वर्षा होती है ॥ २६५–२६६ ॥

पुनः प्रकारान्तरम्

अश्विन्यादिषु धिष्ण्येषु चैत्रे दशसु चेद् भवेत्।
अभ्रादिकं तदा गर्भ आर्द्रादौ वृष्टिदः क्रमात् ॥ २६७ ॥

मेषार्कदिनमारभ्य ज्ञेयमेवमथापि वा ॥ २६८ ॥

पुनः प्रकारान्तर—चैत मास में अश्विन्यादि दस नक्षत्रों में बादल आदि मेघ गर्भ होने पर आर्द्रादि में सूर्य के जाने पर क्रम से वर्षा होती है।

अथवा इसी प्रकार मेष में सूर्य के प्रवेश दिन से भी विचार करना चाहिये ॥२६७-२६८॥

अथ सामान्यतो वृष्टिज्ञानम्

यदि साभ्रं नभोऽमायां सुभिक्षं च भवेद्ध्रुवम्।
यद्यभ्रं दृश्यते व्योम्नि चैकादश्यां तु कार्तिके ॥ २६९ ॥
आषाढे मासवृष्टिश्च तदा भवति भूयसी।
मार्गाष्टम्यां यदा विद्युद्वर्षणं श्रावणे तदा ॥ २७० ॥
पौषे कृष्णे दशम्यां चेद्वृष्टिर्भाद्रपदे तदा।
सप्तम्यां माघशुक्ले स्याद् भवेदभ्रादिकं तदा ॥ २७१ ॥
ज्येष्ठे मूले न चेद्वृष्टिः सुवृष्टिर्बहुला तदा ॥ २७२ ॥

सामान्यता से वर्षा का विचार—सावन मास की अमावस के दिन बादल आकाश में दीखने पर निश्चय ही सुभिक्ष होता है। यदि कार्तिक मास की एकादशी के दिन बादल होते हैं तो आषाढ महिना में अधिक वर्षा होती है। अगहन की अष्टमी में बिजली चमकने पर सावन में वर्षा, पौष कृष्ण दशमी में बादल हों तो भादों में वर्षा, माघ शुक्ल सप्तमी को बादल होने पर जेठ मास में वर्षा और मूलस्थ सूर्य में वर्षा का अभाव होने पर वर्षा काल में अधिक वर्षा होती है ॥ २६९-२७२ ॥

अथ ज्येष्ठशुक्लाष्टम्यादि दिनचतुष्टये वायुफलम्

ज्येष्ठेऽष्टम्यां तु शुक्लायां चतुर्षु दिवसेषु च।
श्रावणादौ क्रमाद्वृष्टिर्मन्दैः शस्तैः समीरणैः ॥ २७३ ॥

जेठ सुदी अष्टमी से चार दिन वायु चलने का फल—जेठ सुदी अष्टमी से चार दिन तक सुन्दर हवा चलने से सावन के आदि में अच्छी वर्षा होती है ॥ २७३ ॥

अथ स्वात्यादिषु वृष्टौ श्रावणादावनावृष्टिः

ज्येष्ठे चतुर्षु धिष्ण्येषु स्वातीमारभ्य वर्षणे।
क्रमाच्छ्रावणतो वृष्टिर्नो भवेत्तत्र तत्र च ॥ २७४ ॥

जेठ में स्वाती आदि चार नक्षत्र में वर्षा होने पर सावनादि में वर्षा का अभाव—जेठ मास में स्वाती आदि चार नक्षत्रों में वर्षा होने पर श्रावण से कार्तिक तक के आदि में वर्षा नहीं होती है ॥ २७४ ॥

अथाषाढद्वितीयादिचतुर्षु फलम्

आषाढे मासि शुक्लायां द्वितीयायां प्रवर्षणे।
तृतीयायां पुरो वायुर्मेघो वा पूर्वदिग्गतः ॥ २७५ ॥

चतुर्थ्यां जलदः प्राच्यां दक्षिणो यदि मारुतः ।
पञ्चम्यां पूर्वदिङ्मेघस्तदा श्रावणमासतः ॥ २७६ ॥
ध्रुवं वृष्टिः शुभा ज्ञेया क्रमान्मासचतुष्टये ।
चतुर्ष्वेषु दिनेष्वेव यदि वृष्टिर्निरन्तरम् ॥ २७७ ॥
तदा स्यादतिवृष्टिश्च धान्यनाशः प्रजायते ।
याम्यप्रत्यग्भवे वायौ द्व्यहं दुर्भिक्षमोरितम् ॥ २७८ ॥
तृतीयापञ्चमीघस्रे यद्युदकपूर्वजो मरुत् ।
तदा स्याद्धान्यनिष्पत्तिर्बहुला वृष्टिरुत्तमा ॥ २७९ ॥

आषाढ शुक्ल द्वितीया से चार दिन में फल—आषाढ मास शुक्ल पक्ष की द्वितीया के दिन वर्षा होने के पश्चात् तृतीया में पुरवा हवा चलने से या बादल दीखने के अनन्तर चौथ में पूर्व में बादल तथा दक्षिण की दिशा की हवा चलने से पंचमी में पूर्व दिशा में बादल होने पर श्रावणादि चार मासों में अवश्य ही शुभ वर्षा होती है ।

आषाढ शुक्ल की द्वितीया से पंचमी तक वर्षा होने पर अधिक बर्षा होने से अन्न का विनाश होता है । दो दिन दक्षिण पश्चिम की हवा चलने से दुर्भिक्ष होता है । तृतीया व पंचमी में उत्तर या पूर्व की हवा चलने से अधिक अन्न की उत्पत्ति और उत्तम वर्षा होती है ॥ २७५-२७९ ॥

अथ श्रावणशुक्लपञ्चमीफलम्

पञ्चम्यां श्रावणे शुक्ले द्व्यहं वृष्टिर्भवेद्यदि ।
याम्यप्रत्यङ्मुखे वायुर्दुर्भिक्षं जायते तदा ॥ २८० ॥

सावन सुदी पंचमी का फल—सावन सुदी पंचमी से दो दिन वर्षा हो तथा दक्षिण पश्चिम की हवा चले तो दुर्भिक्ष होता है ॥ २८० ॥

अथ सूर्यस्य रेवत्यादिषु नक्षत्रेषु वृष्टेः फलम्

रेवत्यां वर्षणे चायं नश्येद्धान्यमथाश्विभे ।
भरण्यां तद्द्वयं वृष्टिः कृत्तिकायां न चेद्रविः ॥ २८१ ॥
रोहिण्यां गर्जिते वृष्टिर्ज्ञेया मासद्वयोत्तरम् ।
मृगशीर्षे यदा न स्याद्भवेद्वृष्टिर्बहूदका ॥ २८२ ॥

रेवत्यादिस्थ सूर्य में वर्षा का फल—रेवतीस्थ सूर्य में वर्षा होने से अन्न विनाश, अश्विनी भरणीस्थ में होकर कृत्तिका में होने के पश्चात् रोहिणी में गर्जना होने से दो मास के बाद वर्षा होती है । मृगशिरा में वर्षा न होने से वर्षा काल में ज्यादा पानी बरसता है ॥ २८१-२८२ ॥

अथ संक्रान्तिदिने वृष्टिफलम्

संक्रान्तिदिवसे वृष्टौ मार्गकार्तिकयोर्यदा ।
वर्षं तन्मध्यमं ज्ञेयं पौषे मासे तु चोत्तमम् ॥ २८३ ॥

सुभिक्षं च शुभा वृष्टिः फाल्गुनादिचतुष्टये ।
रोगश्चाषाढमासे स्याच्छ्रावणे वृष्टिरुत्तमा ।
भाद्रे रोगस्तथा सौख्यमाश्विने वर्षणं भवेत् ॥ २८४ ॥

संक्रान्ति के दिन वर्षा का फल—अगहन व कार्तिक की संक्रान्ति के दिन वर्षा होने से मध्यम वर्षा, पूस की संक्रान्ति में होने से उत्तम, फागुन, चैत, वैशाख व जेठ की संक्रान्ति के दिन वर्षा होने से सुभिक्ष व शुभ वर्षा, आषाढ की में होने से रोग, सावन की में होने से उत्तम वर्षा, भादो की में रोग और क्वार की संक्रान्ति के दिन वर्षा होने से सुख होता है ॥ २८३–२८४ ॥

अथ काकनीडफलम्

स्वगृहात् काकनीडः स्यात् प्रतीच्यां वृष्टिरुत्तमा ।
उदग्याम्ये भयं मध्ये नैर्ऋतावन्तिमा स्मृता ॥ २८५ ॥
अल्पवृष्टिश्च ह्याग्नेय्यां सदन्नं स्याच्छिवेऽनिले ।
मध्ये मध्याऽथ वृक्षाग्रे बहुला वृष्टिरीरिता ॥ २८६ ॥
ईतिभीतिर्महाघोरा नीडे सर्वदिशागते ।
नीडे सकण्टके भीती रसोनं जायते ध्रुवम् ॥ २८७ ॥
प्रागुदक्पश्चिमार्द्धस्थे सुवृष्टिः कैश्चिदीरिताः ॥ २८८ ॥

घर से कौआ के घोंसला का फल—घर से पश्चिम की दिशा में कौवा का घोंसला होने पर उत्तम वर्षा, उत्तर या दक्षिण में होने से भय, नैऋत्य में होने से अन्तिम में वर्षा, अग्नि कोण में होने से थोड़ी वर्षा, वायव्य व ईशान कोण में होने से उत्तम अन्न, मध्य में होने से मध्यम वर्षा, समस्त दिशाओं में होने से ईति (अधिक वर्षा होना या सूखा पड़ना) व महाघोर भय, कांटों से युक्त होने पर भय व रस से रहित भूमि तथा किसी २ के मत में पूर्व, उत्तर व पश्चिम के आधे भाग में घोंसला हो तो सुन्दर वर्षा होती है ॥ २८५–२८८ ॥

अथ टिट्टिभाण्डफलम्

स्थितेषूच्चप्रदेशेषु टिट्टिभाण्डेषु चोत्तमा ।
वृष्टिः संजायते मासैरधोवक्त्राण्डसंख्यकैः ॥ २८९ ॥
निम्नप्रदेशसंस्थेषु स्वल्पा वृष्टिः प्रजायते ।
वृष्टिर्नैव भवेन्मासे चोर्ध्ववक्त्राण्डसंख्यके ॥ २९० ॥

टिटिहरी के अंडों का फल—ऊँचे स्थान पर जब टिटिहरी अंडा रखती है तो उत्तम वर्षा और नीचे मुख किये जितने अंडा होते हैं तो उतने मास तक वर्षा होती है ।

नीचे स्थल में अंडा धरने से थोड़ी वर्षा तथा ऊँचे मुख अंडाओं के तुल्य मास तक वर्षा का अभाव होता है ॥ २८९–२९० ॥

अथ रोहिणीचक्रम्

द्वादशांशं लिखेच्चक्रं मेषसंक्रान्तिभादितः ।
चतुर्दिक्षु समुद्राश्च चतुष्कोणेषु पर्वताः ॥ २९१ ॥

समुद्रपार्श्वयोरष्टौ तटास्तच्छेतयोस्तथा ।
मध्येऽष्टौ संधयस्तच्च साभिजिद्भगणं न्यसेत् ॥ २९२ ॥
द्वयं द्वयं समुद्रेषु तथैकैकं तटादिषु ।
रोहिणी संस्थिता यद्वद् ज्ञेयं वृष्टिफलं ततः ॥ २९३ ॥
तटेषु शोभना वृष्टिर्महावृष्टिस्तु सागरे ।
अनावृष्टिर्गिरौ देशे खण्डवृष्टिस्तु संधिषु ॥ २९४ ॥

सफल रोहिणी चक्र का ज्ञान—बारह कोष्ठकों का एक चक्र बनाकर मेष संक्रान्ति प्रवेश दिन नक्षत्र से २८ नक्षत्रों को उसमें अंकित करना चाहिये । चक्रन्यास-चारों दिशाओं में समुद्र, चारों कोणों में पर्वत, समुद्र व पर्वत के किनारों पर आठ तट, तट व पर्वत के बीच में आठ सन्धि बनानी चाहिये । इस प्रकार के रोहिणी चक्र में अभिजित् के साथ दो-दो नक्षत्र समुद्रों में तथा एक-एक पर्वत, तट, सन्धि में करके रोहिणी का ज्ञान होने पर तट में रोहिणी नक्षत्र के रहने पर अच्छी वर्षा, समुद्र में होने से अधिक वर्षा, पर्वत में वर्षा का अभाव और सन्धि में रोहिणी नक्षत्र होने पर खण्ड वर्षा होती है ॥ २९१–२९४ ॥

अथ सप्तनाडीचक्रम्

कृत्तिकादि लिखेच्चक्रं साभिजित् सप्तनाडिकम् ।
चण्डो वायुस्तथा वह्निः सौम्या नीरा जलामृता ॥ २९५ ॥
नाडीनां सप्तनामानि ज्ञेयान्येतानि पण्डितैः ।
क्रमान्मन्दार्कभौमेज्यशुक्रज्ञाब्जास्तदीश्वराः ॥ २९६ ॥

कृत्तिकादि से अभिजित् के साथ सप्त नाडीचक्र बनाना । १ प्रचण्ड, २ वायु, ३ अग्नि, ४ सौम्य, ५ नीरा, ६ जल, ७ अमृत ये सात नाडियों के नाम पंडितों ने बताये हैं । इनके स्वामी क्रम से शनि, सूर्य, मंगल, गुरु, शुक्र, बुध और चन्द्रमा होते हैं ॥ २९५–२९६ ॥

अथैतदेव स्पष्टयति

चण्डाख्या भरणीद्वन्द्वं विशाखाद्वितयं शनेः ।
ज्येष्ठाश्विरोहिणी स्वाती वायुनाडी रवेः स्मृताः ॥ २९७ ॥
चित्रामूलो मृगात्यन्त्यं दहनाख्या कुजस्य च ।
पूर्वाषाढा करोभाद्रं सौम्या नाडी बृहस्पतेः ॥ २९८ ॥
पूभोषा च पुनर्धिष्ण्यमुफा नीरा भृगोः स्मृताः ।
पूफाशताभिजित् पुष्यं जलनाडी बुधस्य सा ॥ २९९ ॥
श्रवद्वयं मघाश्लेषा इन्दोरमृतनाडिका ॥ ३०० ॥

उक्त चक्र का स्पष्टीकरण—भरणी, कृतिका, विशाखा, अनुराधा नक्षत्र व शनिवार की चंडा नाडी संज्ञा, ज्येष्ठा, अश्विनी, रोहिणी, स्वाती नक्षत्र व सूर्य वार की वायु, चित्रा, मूल, मृगशिरा, रेवती नक्षत्र व मंगलवार को अग्नि, पूर्वाषाढा, हस्त, उत्तरा भाद्रपदा आर्द्रा नक्षत्र व गुरुवार की सौम्या, पूर्वाभाद्रपदा, उत्तराषाढ, पुनर्वसु नक्षत्र व शुक्रवार की

नीरा, पूर्वाफाल्गुनी, शतभिषा, अभिजित्, पुष्य नक्षत्र व बुधवार की जल और श्रवण, धनिष्ठा मघा, आश्लेषा नक्षत्र व सोमवार की अमृत नाडी संज्ञा होती है ॥ २९७–३०० ॥

अथैतासु ग्रहेषु संस्थितेषु फलम्

द्वयाद्या यद्येकनाडीस्था सौम्याः पापाश्च खेचराः ।
तयोर्नाडी फलं वाच्यं सदसद् वा विचक्षणैः ॥ ३०१ ॥
चण्डनाड्यां महावाताद् वातनाड्यां तथाऽनिलम् ।
वह्निनाड्यां स्थिता दाहं सौम्यनाड्यामथाभ्रकम् ॥ ३०२ ॥
नीरनाड्यां पयोवृष्टिर्जलनाड्यां च वर्षणम् ।
कुर्वन्त्वमृतनाड्यां च महावृष्टिर्नभश्चराः ॥ ३०३ ॥
एकोऽपि निजनाडीस्थो धत्ते तत्तत्फलं ग्रहः ।
कुजस्तु सर्वनाडीषु स्थितो नाडीसमुद्भवम् ॥ ३०४ ॥
आर्द्राद्यर्क्षं गते सूर्ये नाड्यैक्ये फलमुच्यते ।
यद् दिने चैकनाडीस्थाः पापाः सौम्याश्च खेचराः ॥ ३०५ ॥
मिश्राश्चन्द्रसमायुक्तास्तद्दिने वृष्टिरुत्तमा ।
तोयराश्यंशगा मित्रास्तावद्वृष्टिं प्रकुर्वते ॥ ३०६ ॥

इनमें ग्रहों के रहने से फल—दो, तीन आदि शुभ या पापग्रह यदि एक नाड़ी में स्थित हों तो उनका शुभ अशुभ फल अर्थात् शुभग्रह होने पर शुभ फल व पापग्रह हों तो अशुभ फल पंडितों को कहना चाहिये। चंडा नाडी व वायु नाडी में ग्रह होने पर तेज हवा चलती है। वह्नि नाडी में हो तो दाह या अग्निभय, सौम्या नाडी में बादल, नीरा नाडी में जल वृष्टि, जल नाडी में वर्षा और अमृता नाडी में ग्रह हो तो अधिक वर्षा करते हैं। एक भी ग्रह अपनी नाडी में स्थिर होने पर अपना फल देता है और मंगल तो सब नाडियों में स्थित होकर अपना फल देता है।

जब कि आर्द्रा आदि नक्षत्रों में सूर्य गमन करता है तब नाडियों में स्थित ग्रहों के सत् असत् फल का विचार करना। जिस दिन एक नाडी में शुभ, अशुभ मिश्रित चन्द्र से युक्त ग्रह होते हैं उस दिन उत्तम वर्षा होती है। जल राशि में या जल राशि के नवांश में मित्र ग्रह जब तक रहता है तब तक वर्षा होती है ॥ ३०१–३०६ ॥

प्रकारान्तरेण नाडीस्थग्रहफलम्

यावत्तोयांशगश्चन्द्रः केवलः स्वल्पवृष्टिदः ।
एभिश्च खेचरैः सौम्यैः पापैर्विद्धो यदा शशी ॥ ३०७ ॥
पानीयं च तदा तुच्छं धान्यादीनां च नाशनम् ।
यस्य खेटस्य नाडीस्थो विधुस्तेन ग्रहेण च ॥ ३०८ ॥
युक्तश्चेद्वृष्टिदो ज्ञेयो यदि क्षीणगतो नहि ।
चन्द्रः पीयूषनाडीस्थो मिश्रैः खेटैश्च संयुतः ॥ ३०९ ॥

त्रिचतुःसप्तपंचाहं शुभवृष्टिप्रदो भवेत्।
जलनाडीस्थिते चन्द्रे मित्रखेचरसंयुते ॥ ३१० ॥
दिनार्द्धं प्रत्यहं वृष्टिः पंचाहं जायते शुभा।
नीरनाड्यां गते चन्द्रे मिश्रैः खेटैश्च संयुते ॥ ३११ ॥
पादोनत्रिदिनं वृष्टिर्बहुतोया भवेच्छुभा।
नीराख्यं जलपीयूषनाडीस्था खेचराः क्रमात् ॥ ३१२ ॥
धृत्यर्करससंख्याकान् वासरान् बहुवृष्टिदाः।

प्रकारान्तर से नाडीस्थ ग्रहों का फल—जब तक चन्द्रमा जल राशि के नवांश में रहता है तब तक थोड़ी वर्षा, शुभ, पाप से वेधित चन्द्रमा जब होता है तो थोड़ी वर्षा से अन्न का नाश होता है। जिस ग्रह की नाडी में चन्द्रमा होता है तथा उसी से युक्त होता है तो वर्षा चन्द्रमा के क्षीण न रहने पर होती है। अमृता नाडीस्थ चन्द्रमा शुभ पापग्रहों से युक्त रहने पर तीन, चार, सात या पाँच दिन तक अच्छी वर्षा करता है। जलनाडी में स्थित चन्द्रमा मित्रग्रह से युक्त रहने पर आधे दिन तक पाँच दिन पर्यन्त शुभ वर्षा होती है। नीरा नाडी में शुभ पाप ग्रहों से युक्त चन्द्रमा के होने पर तीन दिन तक तीन-तीन प्रहर वर्षा होती है। नीरा नाडी में ग्रह हो तो अठारह दिन, जल में बारह दिन तक और अमृता नाडी में समस्त ग्रहों के रहने पर ६ दिन तक खूब वर्षा होती है ॥ ३०७–३१२½ ॥

सौम्यनाडीस्थिताः सर्वे त्र्यहं वृष्टिप्रदाः खगाः।
चण्डवाय्वग्निनाडीस्था महावातातपप्रदाः ॥ ३१३ ॥
योगे शुभाधिके नाडी निर्जलापि जलप्रदा।
योगे क्रूराधिके ज्ञेया सजला निर्जला बुधैः ॥ ३१४ ॥
सौम्यनाड्यां स्थिताः पापा अनावृष्टिकरा मताः।
शुभास्तोयांशकाश्चेत्स्युः स्वल्पवृष्टिप्रदास्तदा ॥ ३१५ ॥
एकनाडीस्थिता भौमजीवचन्द्रमसो यदि।
वारिपूर्णा भवेत् पृथ्वी बहुवृष्ट्या तदाऽखिला ॥ ३१६ ॥
भृगुसौम्यौ यदैकत्र स्यातां जीवान्वितौ यदि।
वृष्टिः स्याद् बहुलाऽकस्माच्चन्द्रयोगे विशेषतः ॥ ३१७ ॥
भृगुचन्द्रमसौ पापैः खेचरैः यदि संयुतौ।
तदा स्वल्पोदका वृष्टिर्जलयोगे महत्यपि ॥ ३१८ ॥

सौम्या नाडी में समस्त ग्रह स्थित हों तो तीन दिन वर्षा, चण्डा, वायु, अग्नि नाडी में रहने पर प्रचण्ड हवा व गर्मी होती है। शुभ ग्रह अधिक निर्जल नाडी में रहने पर भी जलदायी और सजल नाडी में अधिक पाप ग्रह स्थित हों तो जल का अभाव होता है। सौम्या नाडी में पाप ग्रह हों तो अनावृष्टि तथा शुभ ग्रह जलराशि के नवांश में हो तो थोड़ी वर्षा देने वाले होते हैं।

एक नाडी में मंगल, गुरु, चन्द्रमा के रहने पर अधिक वर्षा से भूमि जल से परिपूर्ण होती है। शुक्र बुध एक नाडी में गुरु से युक्त होने पर तथा विशेष कर चन्द्र से योग करने पर अकस्मात् अधिक वर्षा होती हैं। शुक्र, चन्द्रमा पापग्रह से युक्त होने पर बड़े जल योग में भी अल्प वर्षा कराते हैं ॥ ३१३–३१८ ॥

अथ शुक्रस्थितिवशाद्ग्रहयोगाच्च वृष्टिज्ञानम्

मघादिपंचधिष्ण्यस्थः शुक्रः प्रागुदितोऽनिशम्।
वृष्टिकृत् पश्चिमाशास्थः स्वात्यादित्रितये स्थितः ॥ ३१९ ॥
वैपरीत्यमितो यातो भृगुः कुर्यादवर्षणम्।
कुर्वाते बहुलां वृष्टिं बुधशुक्रौ च संयुतौ।
समुद्रशोषणे शक्तस्तयोरन्तर्गतो रविः ॥ ३२० ॥
शुक्रात् सप्तमगश्चन्द्रो वृष्टिदः स्याच्छुभेक्षितः।
मन्दाद् वा द्यूनकोणस्थश्चन्द्रमा वृष्टिकृत्तदा ॥ ३२१ ॥
ग्रहाणामुदये चास्ते राश्यन्तर्गमनेऽवने।
संयोगे वाथ पक्षान्ते प्रायो वृष्टिः प्रजायते ॥ ३२२ ॥
उदये वाक्पतेर्दृष्टी राशिभान्तरगे कुजे।
शुक्रे चास्तमिते मन्दे त्रिविधेऽपि प्रजायते ॥ ३२३ ॥
भौमार्की एकराशौ चेदन्योन्यं समसप्तगौ।
गुरुशुक्रौ कुजार्कौ वा विदुश्चावर्षणं तदा ॥ ३२४ ॥

शुक्र की स्थिति वश व ग्रह योग से वर्षा का ज्ञान—मघा आदि पाँच नक्षत्रों में पूर्व-दिशा में प्रति दिन शुक्र का दर्शन होने पर वर्षा तथा स्वाती आदि तीन नक्षत्रों में पश्चिम दिशा में रोज दर्शन हो तो वर्षा होती है। इसके विपरीत में शुक्र दर्शन से वर्षा का अभाव होता है। बुध, शुक्र एक राशि में जब होते हैं तो अधिक पानी पड़ता है बुध, शुक्र के बीच में सूर्य होने पर समुद्र का शोषण, शुक्र से सातवें शुभग्रह से दृष्ट चन्द्र होने पर वर्षा, शनि से २।५।९ में चन्द्रमा हो तो वर्षा होती है। ग्रहों के उदय, अस्त, राशि गमन, अयन, संयोग या पक्षान्त में प्रायः वर्षा होती है। गुरु के उदय, मंगल से दृष्ट गुरु, शुक्र अस्त में तथा त्रिविध शनि में भी वर्षा होती है।

भौम-शनि, गुरु-शुक्र या मंगल-सूर्य एक ही राशि में हों या एक दूसरे से सम या सप्तम हों तो वर्षा का अभाव होता है ॥ ३१९–३२४ ॥

अथार्द्रा रविनक्षत्रे स्त्रीपुंयोगादौ वृष्टिज्ञानम्

स्त्रीसंज्ञानि दशार्द्रातो भानि प्रोक्तानि कोविदैः।
विशाखात्रितयं क्लीबं पुंसंज्ञानीतराणि च ॥ ३२५ ॥
रवेर्धिष्ण्यप्रवेशस्य काले चन्द्रार्कयोरुभे।
धिष्ण्ये च यादृशे स्यातां विज्ञेयं तद्वशात् फलम् ॥ ३२६ ॥

स्त्रीपुंसोश्च महावृष्टिरल्पा स्त्रीक्लीबयोः क्वचित् ।
अभ्रच्छाया स्त्रियोः पुंसोः क्लीबयोर्वा न किंचन ॥ ३२७ ॥
तोयचारिणि लग्ने च वृष्टियोगो यदा रवेः ।
नक्षत्रस्य प्रवेशः स्यात्तदा वृष्टिस्तु शोभना ॥ ३२८ ॥
निशायामर्धरात्रे वा रवेर्ऋक्षप्रवेशने ।
बहुतोया सुवृष्टिः स्यादन्यथा नैव जायते ॥ ३२९ ॥

आर्द्रादि नक्षत्र में सूर्य प्रवेश वश स्त्री पुरुषादि योग में वर्षा—पंडितों का कहना है कि आर्द्रा से दस नक्षत्रों की स्त्री, विशाखा से तीनों की नपुंसक और अवशिष्ट नक्षत्रों की पुरुष संज्ञा होती है । सूर्य के नक्षत्र प्रवेश काल में चन्द्र नक्षत्र को जानने पर स्त्री, पुरुष योग दोनों (सूर्य, चन्द्र) का होने पर अधिक वर्षा, स्त्री नपुंसक योग में अल्प वर्षा कहीं-कहीं, स्त्री, स्त्री योग में बादल, पुरुष नपुंसक योग में वर्षा का अभाव होता है । जलचर लग्न में सूर्य जब नक्षत्र में प्रवेश करता है तो अच्छी वर्षा होती है ।

रात्रि में या आधी रात में सूर्य जब नक्षत्र में प्रवेश करता है तो सुन्दर वर्षा इसके विपरीत में वर्षा का अभाव होता है ॥ ३२५–३२९ ॥

अथ सूर्यचन्द्रयोगे वृष्टिज्ञानम्

आर्द्रादिपंचकं पूभा रेवत्यादिचतुष्टयम् ।
पूर्वाषाढाचतुष्कं च चन्द्रर्क्षाणि चतुर्दश ॥ ३३० ॥
शेषाणि रविधिष्ण्यानि विज्ञेयानि मनीषिभिः ।
सूर्ये चन्द्रर्क्षगे वृष्टिश्चन्द्रे सूर्यर्क्षगे सति ॥ ३३१ ॥
पूभादिपंचके सूर्ये चन्द्रे चन्द्रर्क्षगेऽपि च ।
उभौ चन्द्रर्क्षगौ स्यातां स्वल्पा वृष्टिस्तदा भवेत् ॥ ३३२ ॥
तावेव यदि सूर्यर्क्षं गतौ वृष्टिर्न जायते ॥ ३३३ ॥

सूर्य चन्द्र युति में वर्षा का ज्ञान—आर्द्रा, पुनर्वसु, पुष्य, आश्लेषा, मघा, पूर्वाभाद्रपदा, रेवती, अश्विनी, भरणी, कृतिका, पूर्वाषाढा, उत्तराषाढा, श्रवण, धनिष्ठा ये चौदह नक्षत्र चन्द्रमा के और बचे हुए सूर्य के होते हैं । सूर्य, चन्द्रमा के नक्षत्र में, चन्द्रमा, सूर्य के नक्षत्र में अथवा सूर्य के पूर्वाभाद्रपदादि पाँच नक्षत्रों में होने पर और चन्द्रमा अपने नक्षत्र में हो तो वर्षा होती है ।

सूर्य, चन्द्रमा दोनों जब चन्द्र नक्षत्र में होते हैं तो थोड़ा वर्षा होती है और सूर्य के नक्षत्र में दोनों के होने पर वर्षा का अभाव होता है ॥ ३३०–३३३ ॥

अथ वर्षाकाले सद्योवृष्टिलक्षणानि

नभः काकाण्डभं गोदृङ्निभं तित्तिरिसन्निभम् ।
प्रान्त्यो जला वा मेघाः स्युर्गिरिकज्जलसन्निभा ॥ ३३४ ॥
जलजन्तुसमाकारास्ते अभ्राः सव्यगा अपि ।

गिरयोऽञ्जनसंकाशाः सवाष्पशिखिनर्तनम् ॥ ३३५ ॥
शुकनेत्रनिभक्षौद्रसन्निभाः सलिलस्रुतः ।
सन्निधौ परिवेषाश्च चन्द्रमाः शीघ्रवृष्टिकृत् ॥ ३३६ ॥
विकृतिर्लक्षणे बालाः सेतुबन्धोद्यमः पथि ।
जने मीनोत्सवो रावो भेकानां नीरसं जलम् ॥ ३३७ ॥
व्यालानां मैथुनं वृक्षाद्यारोहः प्रसवस्तथा ।
मक्षिकाः फलगुतां यान्ति सांडाःस्युस्तु पिपीलिकाः॥ ३३८ ॥

आकाश कौवे के अण्डे के समान आकृति वाला या गाय की आँख के सदृश या तीतर के तुल्य होने पर वर्षा होती है या काले पर्वत के समान मेघ हों तो वर्षा होती है। जल जीवों के समान बादल हों तथा आकाश में वामावर्त भ्रमण करते हों, पहाड़ काजल जैसे काले दीखें, मोर आँसू बहाते हुए नाचे और तोता की आँखों के समान या सहत के तुल्य बादल हों तो शीघ्र वर्षा होती है। चन्द्रमा के नजदीक परिवेश हो तो जल्दी पानी बरसता है। बालकों में विकृति से मार्ग में पुल का उद्योग, मनुष्यों में मीनोत्सव, मण्डूक शब्द से जल रसरहित होता है।

सर्पों के मैथुन, वृक्ष पर चढ़ना व प्रसव देखने पर, मक्खियों की कमी में और चींटी अपने अण्डों के साथ दीखें तो शीघ्र वर्षा होती है ॥ ३३४–३३८ ॥

उत्सृष्टाश्च गृहाद् गावो नेच्छन्ति गमनं बहिः ।
खननं भूतले श्वानो मार्जाराः पशवः खुरैः ॥ ३३९ ॥
यान्ति वल्यङ्कुराश्चोर्ध्वं सरहारोहणं तरोः ।
तृणाग्रे वृश्चिकारोहो गवामूर्ध्वनिरीक्षणम् ॥ ३४० ॥
पक्षिणां धूलिभिः स्नानं प्रदोषे मेघगर्जनम् ।
अहिदण्डाकृतिर्मेघः शीतः प्राचीभवो मरुत् ॥ ३४१ ॥
प्रत्यगिन्द्रधनुः संध्यारागोऽधो मेघगर्जनम् ।
प्रागुदक् शैवदिक् जाता रक्ता सौदामिनी तथा ॥ ३४२ ॥
मध्ये तीव्रातपश्चाह्नो नरा निद्रालवो भृशम् ।
विज्ञेया लक्षणैरेभिः सद्यो वृष्टिर्घनागमे ॥ ३४३ ॥

घर से निकाली हुई गाय जब बाहर जाने की इच्छा न करे, भूमि को कुत्तों के खोदने पर बिल्ली आदि पशुओं के खूर से खोदने पर, लताओं के अँकुर ऊपर होने पर, वृक्ष पर गिरगिट के चढ़ने से, फूस पर या तिनका के अग्रभाग में बिच्छू के चढ़ने पर, गाय, बैल के आकाश को देखने से, पक्षियों के धूलि स्नान से, प्रदोष समय मेघ की गर्जना से, सर्प के तुल्य दण्डाकृति मेघ होने से, ठण्डी पुरवाई हवा से, पश्चिम दिशा में इन्द्रधनुष से, सन्ध्या काल में अधोमुख मेघ की गर्जना से, पूरब, उत्तर, ईशान दिशा में लाल बिजली चमकने से, मध्याह्न में सूर्य की तपन से, दिन में मनुष्यों की निद्रा व आलस्य आने से भी वर्षाकाल में शीघ्र पानी बरसता है ॥ ३३९–३४३ ॥

अथोपश्रुतिशकुना:

गणाधीशं प्रपूज्यादौ कार्यं तस्मै निवेद्य च ।
साक्षतं सफलं तोयपात्रमादाय संव्रजेत् ॥ ३४४ ॥
उपश्रुतिर्यदा लक्ष्मीश्चाण्डालगृहवासिनी ।
यन्‌ मया चिन्तितं कार्यं सत्यं वद सुरेश्वरि ॥ ३४५ ॥
भवत्या विदितं सर्वं शक्तकार्ये विशेषतः ।
इत्युक्त्वा शृणुयाद्‌ वाणीं शुद्धां वाक्यत्रयान्विताम् ॥ ३४६ ॥
प्रक्षिप्य च जलं तत्र समागच्छेत् स्वमालयम् ।
सद्वाक्यस्यानुसारेण फलं ज्ञेयं यथार्थतः ॥ ३४७ ॥

उपश्रुति शकुन:—रात में उपश्रुति होने पर प्रातः गणेशजी का पूजन कर व उनसे अपना कार्य कहकर फल व अक्षत के साथ जलपात्र लेकर चाण्डाली के घर जाकर दरवाजे पर महालक्ष्मी का ध्यान करके ३४५ वें श्लोक का उच्चारण कर कहे—हे सुरेश्वरि ! आप मेरी चिन्ता को सब भाँति विशेषकर जानती हो, इसमें जो सत्य हो, उसे आप कहिये । ऐसे निवेदन कर उनके तीन वचन सुनकर जल को वहीं गिराकर अपने घर आकर उस चाण्डाली के शुभाशुभ वचन से सत् असत् फल जानना चाहिये ॥ ३४४–३४७ ॥

तत्र वार विशेषः

चाण्डाली भवने सूर्ये चन्द्रे नापितमन्दिरे ।
रजक्या मन्दिरे भौमे बोधने वैश्यमन्दिरे ॥ ३४८ ॥
ब्राह्मण्या मन्दिरे जीवे भार्गवे पण्ययोषितः ।
दास्या द्वारि शनौ यायाच्छ्रोतुं चोपश्रुतिं शुभाम् ॥ ३४९ ॥

चाण्डाली घर गमन में विशेष—शुभ उपश्रुति जानने के लिए सूर्यवार को चाण्डाली, सोम को नाईन, मंगलवार में धोबिन, बुध में बनिया के घर, गुरु में ब्राह्मणी, शुक्रवार में वेश्या और शनिवार के दिन दासी के दरवाजे पर जाकर फल सुनना चाहिये ॥३४८–३४९॥

अथ रघुवंशादि

शकुना रघुवंशस्य दुर्गाया निगमस्य वा ।
पूजितं पुस्तकं पुष्पैरक्षतैश्च फलादिभिः ॥ ३५० ॥
शनौ संस्थाप्य सूर्याहे प्रातरेव विलोकयेत् ।
कुर्यात् प्रोक्तप्रमाणेन निष्कास्य श्लोकमुत्तमम् ॥ ३५१ ॥
विज्ञेयाः शकुनास्तस्माद्यथार्थवचना हि ते ।
अविसर्गान्तपूर्वार्द्धस्तवर्गोत्तरपंचमः ॥
स्तुतिलिङ्वर्जितः श्लोकः शकुने च शुभावहः ॥ ३५२ ॥

रघुवंश का जिसमें वर्णन हो या दुर्गाजी या वेद की पुस्तक को शनिवार के दिन स्थापित कर फूल, फल, अक्षत से पूजन करके रविवार को सुबह कुमारी से पुस्तक खोलवानी

चाहिये। खोलने पर पत्रा के आदि श्लोक से शुभ, अशुभ फल समझना चाहिये। जिस श्लोक के पूर्वार्ध के अन्त में विसर्ग न हो और पंचम वर्ग के बाद तवर्ग का अक्षर न हो वह शुभ होता है तथा स्तुति व लिङ् लकार के प्रयोग वाले श्लोक के बिना अन्य श्लोक शुभ शकुन-दायक होता है ॥ ३५०–३५२ ॥

अथ सामुद्रिकपरीक्षा

विशालभालवक्त्राक्षिवक्षोबाहुकराङ्घ्रिकम् ।
सवृत्तमस्तकं नाभिर्गंभीरा नासिकोन्नता ॥ ३५३ ॥
स्निग्धदन्तत्वचं केशाः श्यामाःस्निग्धाश्च कुंचिताः ।
नेत्रप्रान्तारुणं स्निग्धं विशालं कृष्णतारकम् ॥ ३५४ ॥
दक्षावर्तवपूरोमास्निग्धगंभीरनिस्वनः ।
सफेनमूत्रको धन्यो नरो नोत्पलपार्ष्णिकः ॥ ३५५ ॥

धन्य पुरुष लक्षण—जिसका विशाल माथा, गोल मुख, चौड़े नेत्र, चौड़ी छाती, लम्बे हाथ, गोल मस्तक, गहरी ठूंड़ी, ऊँची नाक, चिकने दाँत व खाल, चिकने घुंघराले काले बाल, आँख लाल डोरे से युक्त, चिकनी विशाल आँख की पुतली काली, दक्षिणावर्त चिकने रोम से युक्त शरीर, गम्भीर आवाज, फेन के साथ पेशाब और कमल के समान हथेली होती है, वह मनुष्य धन्य होता है ॥ ३५३–३५५ ॥

धन्यपुत्रपुत्रीलक्षणम्

नरो मातृमुखो धन्यो नारी पितृमुखी तथा ।
रक्तमोष्ठनखं पाणिपादयुग्मतलं शुभम् ॥ ३५६ ॥

धन्य पुत्र-पुत्री लक्षण—माता के मुख के समान पुत्र व पिता के मुख के सदृश कन्या धन्य होती है। ओठ, नाखून, हाथ व पैर का तल लाल हो तो शुभ होता है ॥ ३५६ ॥

धन्यपुरुषलक्षणम्

औदार्यधैर्यगाम्भीर्यमहारम्भयशःप्रियः ।
प्रसन्नवदनो वंशाभिमानी प्रियसत्यवाक् ॥ ३५७ ॥

धन्य पुरुष का लक्षण—उदारता, धीरता, गम्भीरता, महान् कार्य का आरम्भी, यशस्वी, प्रिय हँसमुख, वंश का अभिमानी, मधुर सत्य बोलने वाला धन्य होता है ॥ ३५७ ॥

भाग्यवान् पुरुषलक्षणम्

नीतिमान् गुरुवाक्यस्थः शुचिर्दक्षोऽथ पापभीः ।
इत्यादिगुणसंपन्नो नरो भवति भाग्यवान् ॥ ३५८ ॥

भाग्यवान् पुरुष का लक्षण—नीतिवेत्ता, गुरुवचन पालक, पवित्र, चतुर, पाप से भयभीत इत्यादि गुणों से युक्त मनुष्य भाग्यवान् होता है ॥ ३५८ ॥

आयुरेखा-ऐश्वर्यरेखाज्ञानम्

रेखा या तर्जनींयाता तिर्यक् सायुष्यसंज्ञकाः ।
तर्जन्यंगुष्ठयोर्मध्ये तिर्यक् सैश्वर्यसंज्ञकाः ॥ ३५९ ॥

आयु रेखा, ऐश्वर्य रेखा का ज्ञान—जो रेखा तर्जनी के समीप तिरछी होती है, वह आयु रेखा और तर्जनी और अँगूठा के बीच वाली ऐश्वर्य रेखा होती है ॥ ३५९ ॥

ऐश्वर्यपितृमात्रादिवंशरेखाज्ञानम्

मणिबन्धतरैश्वर्यरेखामूले युनक्ति या।
सा रेखा पितृवंशाख्या त्वच्छिन्ना गेहसौख्यदा ॥ ३६० ॥
सम्यग् भोगवती चैषा मातृवंशविवर्द्धिनी।
आयुः कनिष्ठयोर्मध्ये रेखा कान्तकलत्रिका: ॥ ३६१ ॥

ऐश्वर्य, पिता, माता आदि वंश की रेखा—पहुँचे के मूल में जो रेखा मिलती है वह ऐश्वर्य रेखा पिता के वंश की बिना कटी घर सुख देनेवाली, अच्छी रीति भोग कराने वाली, माता के वंश को बढ़ाने वाली होती है। आयु रेखा व कनिष्ठा अँगुली के बीच में पति व स्त्री की रेखा होती है ॥ ३६०–३६१ ॥

मातुलादिरेखाज्ञानम्

करभव्यगता रेखा सा तु मातुलवर्गिका।
सूक्ष्मा मातृष्वसुः स्थूला मातुलस्यैवमन्यतः ॥ ३६२ ॥

मामा वर्ग, मौसी आदि रेखा- हाथ के मूल में जो मध्य रेखा होती है, वह मातुल वर्ग की, सूक्ष्म मौसी की और स्थूल मामा की रेखा होती है ॥ ३६२ ॥

सन्तानरेखाज्ञानम्

अङ्गुष्ठमूलरेखाभिर्विज्ञेया सन्ततिर्बुधैः।
सूक्ष्माभिः कन्यकाः पुत्राः स्थूलाभिश्च तथाविधाः ॥ ३६३ ॥

सन्तान रेखा व विचार—अँगूठा के मूल में जो रेखाएँ होती हैं, उनसे सन्तान का विचार करना जैसे सूक्ष्म से पुत्री व स्थूल से पुत्रों का निर्णय करना चाहिये ॥ ३६३ ॥

अच्छिन्नभिन्नरेखाभिः सन्ततिर्दीर्घजीविनी।
रेखा याऽनामिकामूले यशःपुण्याभिधा तु सा ॥ ३६४ ॥

जो रेखा पूर्ण अलग-अलग होती है, वह सन्तान को दीर्घकालीन जीवन देने वाली होती है। जो रेखा अनामिका अँगुली के मूल में होती है, वह यश व पुण्य को बढ़ाने वाली होती है ॥ ३६४ ॥

धनरेखाज्ञानम्

धनरेखा तु सा याता मणिबन्धात्तु मध्यमा।
स्याच्चेदखण्डिता पूर्णा सोर्ध्वरेखा तु राज्यदा ॥ ३६५ ॥
गंभीराः सुन्दराः स्निग्धाः शुभदा मधुपिंगलाः।
दक्षिणे तु करे पुंसां वामाक्षीणां तु वामके ॥ ३६६ ॥

धनरेखा ज्ञान—मणिबन्ध से पुरुष के दाहिने हाथ से तथा स्त्रियों के बायें हाथ से जो मध्यमा अँगुली तक रेखा होती है, वह धनरेखा और यही अखण्डित, पूर्ण होने पर ऊर्ध्व

रेखा राज्यप्रद होती है। गम्भीर, सुन्दर, चिकनी, सहद के रंग की शुभ फल देने वाली होती है ॥ ३६५-३६६ ॥

यवादिशुभचिह्नफलम्

अङ्गुष्ठान्ते यवो यस्य स भवेद् राज्यभाङ्नरः ।
श्रीवत्साश्वरथादर्शध्वजस्तंभगिरिस्रजः ॥ ३६७ ॥
हस्ती छत्राम्बुजं कुंभः श्रीवत्सकुलिशाङ्कुशम् ।
शृङ्गारो व्यजनं वीणा यवो मत्स्यादिकं तथा ॥ ३६८ ॥
करपादतले यस्य स भवेद्धरणीपतिः ।
खल्वाटस्तु धनी विद्वान् दंतुरः संहताङ्गुलिः ॥ ३६९ ॥

यवादि शुभ चिह्न फल—पुरुषों के दाहिने व स्त्रियों के बायें हाथ के अँगूठा के अन्त में जिसके जौ का चिह्न होता है, वह राज्यसुख भोगने वाला और श्रीवत्स, घोड़ा, रथ दर्पण, ध्वजा, खम्मा, पर्वत, माला, हाथी, छत्र, कमल, कलश, कुलिश, अँकुश, शृंगार, पंखा, यव, मछली आदि का चिह्न हाथ या पैर के नीचे होने पर राजा होता है। जिसके सिर पर बाल न जमे, वह धनी और बड़े दाँत तथा मिली हुई अँगुली वाला पण्डित होता है ॥ ३६७-३६९ ॥

अन्यशुभाशुभलक्षणम्

धनाढ्योऽल्पवयाः शूर उदारो विरलाङ्गुलिः
तिलः पादतले हस्ते नासायां दृष्टिगोचरः ॥ ३७० ॥
हृदि प्रजनने लाघे धनभाग्यप्रदो नृणाम् ।
रेखाः करतले चेत् स्यू रक्ताश्चाभ्यधिकास्तथा ॥ ३७१ ॥
रूक्षाः सूक्ष्माः सिताश्छिन्ना तदा स्याच्च दरिद्रता ।
स्थूलं प्रजननं दीर्घं वक्रं वामेवधारणम् ॥ ३७२ ॥
यस्य चेत्स दरिद्रः स्याच्छुभलक्षणवानपि ।
दरिद्रः करयुग्मेन कण्डूयति शिरस्तु यः ॥ ३७३ ॥

अन्य शुभाशुभ लक्षण—जिसकी अँगुलियों के बीच में छेद होता है, वह धनी, अल्प अवस्था वाला, वीर, उदार तथा जिसके हाथ, पैर के नीचे, नाक पर, छाती, उपस्थ तथा लाघ में तिल या हाथ में लाल मोटी रेखा होती है, वह धनी तथा भाग्यवान् होता है। सूक्ष्म, सफेद, रुखी, कटी रेखा से दरिद्रता होती है। जिसका लिंग मोटा, लम्बा, बायें ओर टेढ़ा रहता है, वह शुभ लक्षण युक्त होकर भी दरिद्री होता है। जो पुरुष दोनों हाथों से माथे को खुजलाता है, वह भी निर्धन होता है ॥ ३७०-३७३ ॥

अथ स्त्रीणां विशेषः

शुभानि यानि चिह्नानि पुंसां प्रोक्तानि सूरिभिः ।
तान्येव योषितां योऽत्र विशेषः प्रोच्यते तु सः ॥ ३७४ ॥

नटद्भ्रू विकटं भालं विशालं प्रोन्नतं तथा।
पादाङ्गुलिद्वयं चान्त्यं गमने न स्पृशेद्भुवम् ॥ ३७५ ॥

यस्याः सा विधवा नारी बह्वाहारापि तद्विधा।
दीर्घस्फिग्घन्ति भर्तारं दीर्घभाला तु देवरम् ॥ ३७६ ॥

स्त्रियों के लिए विशेष चिह्न—मनीषियों ने पुरुषों के लिए जो चिह्न बतलाये हैं, वे स्त्रियों के लिए भी समझना और जो विशेष हैं, उसे अब बताते हैं। जिस स्त्री की भृकुटी अस्थिर, विकल, विशाल, ऊंचा माथा, पैर की दो अँगुली कनिष्ठा व अनामिका चलते समय भूमि का स्पर्श न करें तथा अधिक भोजन करने वाली होती है, वह स्त्री विधवा होती है। जिसका कूल्हा बढ़ा होता है वह पति का, लम्बा माथा होने पर देवर का नाश करने वाली होती है ॥ ३७४–३७६ ॥

पतिश्वसुरनाशिका स्त्री

दुष्टा दीर्घोदरा नारी श्वशुरं हन्ति निश्चितम्।
स्वल्पगुह्या तथा शुष्कनितम्बा पतिघातिनी ॥ ३७७ ॥

श्वसुर, पति नाशिका स्त्री—जो स्त्री दुष्ट लम्बे पेट वाली होती है, वह अवश्य श्वसुर और छोटे गुह्य स्थल वाली पति का नाश करती है ॥ ३७७ ॥

दरिद्रा दुःखा स्त्री

कुलं दीर्घगला हन्ति निःस्वातिह्रस्वनासिका।
पृथुनासा भवेच्चण्डी दुःखिता कमठोदरी ॥ ३७८ ॥

दरिद्रा, दुःखा स्त्री—जिस स्त्री का गला लम्बा होता है, वह कुल का नाश करने वाली, छोटी नाक वाली दरिद्रा, मोटी नाकवाली कलहप्रिया और कछुवे के समान पेटवाली दुःख भोगने वाली होती है ॥ ३७८ ॥

त्याज्या स्त्री

हसिते गर्तगंडा या दुःशीला सा प्रकीर्तिता।
मिलद्भ्रू युगलावर्तकेशभालाऽल्पभालिका ॥ ३७९ ॥

दीर्घरोमाञ्चितग्रीवा लम्बोष्ठी विकरालिका।
इत्याद्यैरशुभैश्चिह्नैर्युक्तां नारीं परित्यजेत् ॥ ३८० ॥

त्यागने योग्य स्त्री—जिस स्त्री के हँसते समय गालों में गड्ढा पड़ता है, वह दुःशीला होती है। जिसकी दोनों भौंह मिली हों, मस्तक पर्यन्त केशवाली, गर्दन में लम्बे रोम वाली लम्बे और कराल रूप वाली का त्याग करना चाहिये ॥ ३७९–३८० ॥

अथ स्त्रीणां शुभचिह्नानि

विशाललोचना तन्वी श्यामा मधुरभाषिणी।
कृष्णलम्बकचा गौरा श्लक्ष्णगात्रा मनोहरा ॥ ३८१ ॥

हंसेभगमना मृद्वी चन्द्रवक्त्रा नितम्बिनी।
सुचरित्राल्पहारा च गूढगुल्फा कृशोदरी ॥ ३८२ ॥
लघुहस्ताङ्घ्रिका कम्बुग्रीवा वृत्तोन्नतस्तनी।
इत्यादिलक्षणोपेता सुभगा पुत्रिणी शुभा ॥ ३८३ ॥

स्त्रियों के शुभ चिह्न—जो स्त्री विशाल नेत्र वाली, काली, मीठा बोलने वाली काले लम्बे बालों वाली, सफेद वर्ण, चिकनी देहवाली, सुन्दर हंस या हाथी की तरह चलने वाली, सरल, चन्द्रमुखी, गोल नितम्ब वाली, अच्छा आचरण करने वाली, थोड़ा खाने वाली, गूढ घुटना वाली, पतला पेट वाली, छोटे हाथ, पैर वाली, शंख के तुल्य गर्दन वाली, गोल, ऊँचे वक्षस्थल वाली इत्यादि गुणों से युक्त होती है वह शुभ, अच्छे भाग्यवाली, पुत्र से युत होती है ॥ ३८१-३८३ ॥

अथ सामान्यतः शुभलक्षणानि

अर्चितं वचनं चेतश्चोन्नतं सुभगं वपुः।
पापभीरुमतिश्चोक्तचिह्नैरन्यैश्च योषिताम् ॥ ३८४ ॥

सामान्य रीति से शुभ लक्षण—सारगर्भित पूजित वाणी वाली, ऊँचे चित्त की, सुन्दर शरीर वाली और पापों से भयभीत होने वाली तथा अन्य शुभ चिह्नों से अंकित स्त्री उत्तम शुभ होती है ॥ ३८४ ॥

इति श्रीमद्दैवज्ञरावलहरिशंकरसूरिसूनुगणपतिकृते मुहूर्तगणपतौ मिश्रप्रकरण-मेकविंशतितमं समाप्तम् ॥ २१ ॥

इस प्रकार श्रीमान् दैवज्ञ रावल हरिशंकरसूरि के पुत्र पं० गणपतिजी द्वारा रचित मुहूर्तगणपति ग्रन्थ का इक्कीसवां मिश्र नामक प्रकरण समाप्त हुआ ॥ २१ ॥

इति श्रीमधुपुरीनिवासि श्रीमद्भागवताभिनवशुक पं० केशवदेवचतुर्वेदात्मजमुरलीधरचतुर्वेदकृता मिश्रप्रकरणस्य कान्तिमती हिन्दीटीका पूर्तिमगात् ॥ २१ ॥

अथ ग्रन्थालङ्कारवर्णनम्

गौडोर्वीशशिरोविभूषणमणिर्गोपालदासोऽभवन्—
मान्धातेत्यभिरक्षिता ह्यलभत ख्यातिं स दिल्लीश्वरात्।
तत्पुत्रो विजयी मनोहरनृपो विद्योतते सर्वदा
दानैर्येन च दानखण्डविहितैर्विश्वेश्वरस्तोष्यते ॥ १ ॥

ग्रन्थ अलङ्कार का वर्णन—गौडदेश के अधिपों के शिरोविभूषणमणि राजा गोपाल दास जी हुए उनके मान्धाता नाम के पुत्र उत्पन्न हुए इन्होंने दिल्ली के बादशाह से महत्

कीर्ति अर्जित की। इनके मनोहर नामक पुत्र पैदा हुए ये बड़े नामी व दानी राजा हुए। इन्होंने शास्त्रानुसार विविध दानों से भगवान् विश्व के स्वामी बाबा विश्वनाथ जी को प्रसन्न किया॥ १॥

राजामनोहरवर्णनम्

गाम्भीर्यप्रौढगौडान्वयकुमुदगणानन्दि चन्द्राभिरामः
प्रोद्दामस्वच्छकीर्तिव्रततिपिहितदिङ्मण्डलीमण्डनश्रीः ।
भूयः सत्पात्रदानप्रणयशतगुणस्वर्णपूर्णातिसार्थः
सर्वार्थावाप्तिधन्यो जगति विजयते मानभूमीश्वरोऽयम् ॥ २ ॥
प्रीत्याऽपूपुजदीशपार्थिवतनूरावृत्तिभिः कोटिशो
योऽकार्षीत् कनकेन षोडश महादानान्यथान्यानपि ।
यो धेनूर्दश पर्वतांश्च विधिवत् प्रादाद् द्विजेभ्यो मुदा
सोऽयं गौडमनोहरो नरपतिर्वर्वर्ति सर्वोत्तरः ॥ ३ ॥

राजा मनोहर का वर्णन—अति गंभीर शिक्षित गौड कुल रूपी कुमुदिनी वन को प्रफुल्लित करने वाले चन्द्रमा के समान कोतिमान् तथा यश रूपी लताओं से दसों दिशाओं में विख्यात, विद्वानों को दान, मान से संतुष्ट करने वाले संसार में सम्मान के साथ, सब सुख से संपन्न राजा की जय हो। जिन्होंने सोने के सोलह महादान, अनेक गोदान, दश पर्वतों को प्रसन्न चित्त से ब्राह्मणों को दिया और प्रेम से करोड़ों पार्थिव शिवलिंगों का पूजन किया वे मनोहर नाम के गौड देश के सबसे अच्छे राजा हुए॥ २–३ ॥

अथ राजकुमाराणां वर्णनम्

यो मूर्तिः पुरुषोत्तमस्य तपसां पुण्यस्य पूरोच्चयो
गौडप्रौढमनोहरेन्द्रनृपतेरानन्दकन्दाङ्कुरः ।
एको नायकवत्प्रियः स्वसुहृदां नारीदृशां कामवद्—
राजत्युत्तमराम एष सुचिरं श्रीमान् कुमाराग्रणीः ॥ ४ ॥

राजकुमारों का वर्णन—जो कि गौडदेशीय शिक्षित श्रेष्ठ राजा मनोहर के पूर्व तप रूपी पुण्य का पुरुषोत्तम के सदृश, आनन्द दायक स्वरूप, मित्रों को स्वामी के समान प्यारे स्त्रियों को कामदेव के समान प्रिय महाराजा मनोहर के बड़े पुत्र राजा उत्तम राम जी हुए॥४॥

शौर्योद्दामलसत्प्रतापतपनप्रौढद्विषद्घातहृत्
सर्वार्थी व्रतकल्पवृक्षसहितः कन्दर्पतुल्याकृतिः ।
गौडोर्वीशमनोहरक्षितिपतेर्वंशाम्बुजोद्योतकः
श्रीमानुत्तमराम एष युवराड् भास्वानिव भ्राजते ॥ ५ ॥

जिनकी वीरता की कीर्ति अच्छे शत्रुओं को मारने में छायी हुई है तथा समस्त कार्य की सिद्धि करने वाले, अनेक व्रत व कल्पवृक्ष के सहित, कामदेव के समान आकृति वाले गौड

देश के राजा मनोहर जी के वंश को चमकाने वाले श्रीमान् उत्तम राम जी सूर्य की तरह कमल को प्रफुल्लित करने वाले युवराज हुए ॥ ५ ॥

शौर्यौदार्यसुतीक्ष्णधीरधिषणा गाम्भीर्यशास्त्रज्ञता
देवब्राह्मणसद्गुरुप्रणयिता वश्यात्मजा सम्पदाम् ॥ ६ ॥

श्रीशम्भुपूजनसुधापरिपूर्णमूर्ते—
गौडाधिनायकमनोहरसिंधुसारात् ।
पुण्यप्रकाशपुरुषोत्तमसिंहरत्ना--
दुद्योतसिंह उदितोऽभ्युदयी विभाति ॥ ७ ॥

शूर, वीर, उदार, तीखे, धीर, बुद्धिमान् तथा अनेक शास्त्रों के रहस्य को जानने वाले देवता, ब्राह्मण, सज्जन, गुरु को नमन करने वाले, सम्पत्ति को वश में करने वाले, शिव जी की पूजा में लीन, गौडदेश के अधिनायक मनोहर नामक राजा रूपी सागर से पुण्य प्रकाशक श्री उत्तम राम सिंह जी से उद्योत सिंह जी हुए ॥ ६–७ ॥

सौजन्यामृतसिन्धुरिन्दुमहिमा सौहार्दरत्नाकरः
साहित्यादिकलाकलापकुशलः शैवप्रभावोज्ज्वलः ।
गौडोर्वीशमनोहरेन्द्रनृपतेः सूनुः कुमारः प्रभु--
र्लक्ष्मीरामकुमार एष जयति गौडप्रतापोज्ज्वलः ॥ ८ ॥

सुजनता रूपी अमृत समुद्र को चन्द्रमा के तुल्य चमकाने वाले, सुहृदय के सागर, साहित्य आदि कला समूह में चतुर, शिव जी की भक्ति से उज्ज्वल, गौडदेशीय राजा मनोहर के पुत्र श्री लक्ष्मी राम जी राजकुमार गौडदेश के बड़े प्रतापी हुए ॥ ८ ॥

आन्वीक्षिक्यां धिषणनिपुणो दण्डनीत्यां प्रचण्डो
वार्त्तावृत्तौ सहजकुशलो धर्मधर्माधिगामी ।
षाड्गुण्यादिप्रकृतिविहितो पापचातुर्यधुर्यो
लक्ष्मीरामः शिवपदरतः पूर्णकामो विभाति ॥ ९ ॥

आन्वीक्षिकी में चतुर बुद्धि, दण्डनीति में कठिन, वार्त्तावृत्ति में सहज कुशल, धर्म अधर्म का ज्ञाता, षड्गुण स्वभाव से युक्त, पाप चातुर्य में प्रधान, महादेव जी के चरणों में लीन, पूर्णकाम श्री लक्ष्मीराम जी सुशोभित हुए ॥ ९ ॥

तोषादेषां निखिलजनतानन्दनं ग्रन्थरत्नं
ज्योतिर्दीप्तं प्रकरणगणैर्भूरभेदैर्व्यधायि ।
सारोद्धारं गणपतिविदा चारुगुम्फं सुवर्णै
रत्नं पूर्णं सकलविदुषां कर्णयोर्भूषणाय ॥ १० ॥

उक्त उत्तम राजाओं के संतोष के हेतु और समस्त जनों की प्रसन्नता के लिये, विवि

प्रकरणों से युक्त, अनेक ग्रन्थों का सार ग्रहण करके गणपति ज्योतिर्विद् ने यह सुन्दर ग्रन्थ सुवर्ण से गुंफित व रत्नों से पूर्ण करके समस्त विद्वानों के कानों के सजाने को बनाया है॥१०॥

अथ ग्रन्थकर्तुः कुलपरम्परावर्णनम्

यो जन्यैर्गुर्जरेषु द्विजकुलमहितो दिव्यजातीसहस्त्रः
सच्छीलो रावलाख्यः सकलनृपतिभिः पूजितः श्लाघ्यलक्ष्मीः ।
भारद्वाजस्य गोत्रे कृतविमलयशा ब्रह्मनिष्ठो वरिष्ठो
ब्रह्मर्षिख्यातनामाऽपर इव भगवान् श्रीवसिष्ठो गरिष्ठः ॥ ११ ॥

ग्रन्थकार की कुल परम्परा का वर्णन—गुजरात देश में प्रसूत ब्राह्मण सहस्त्रौदीच्य, शीलवान्, रावल पदवीधारी, समस्त राजाओं से पूजित, प्रशंसनीय, लक्ष्मीवान् भारद्वाज गोत्र में उत्पन्न, स्वच्छ विशाल कीर्तिमान, ब्रह्मज्ञानी, ब्रह्मर्षि नाम से विख्यात तथा भगवान् वसिष्ठ के तुल्य श्रेष्ठ हुए ॥ ११ ॥

शरद्विमलचन्द्रिकाप्रथितकान्तिपूरोदधौ
यदीययशसाम्भरैर्दशदिशोऽभवन्नुज्ज्वलाः ।
सुतं खलु यशोधरं कुलधरं शुभस्यादरात्
सदाप्तहरिदर्शनं बुधजना मुदावीवदन् ॥ १२ ॥

शरत् कालीन चन्द्रमा के समान निर्मल यश को प्रकाशित करने वाले, जिनके यश से दसों दिशा पूरित हैं, उन ब्रह्मर्षि के यशोधर नामक आदर से कुल का धारण करने वाले, जिन्हें हरि दर्शन प्राप्त था वे यशोधर पंडितों को आनन्द देने वाले थे ॥ १२ ॥

आसीत्तस्यात्मजन्मा निगमपरदृशा रामदासो निवासो
यः प्रश्नादेशवाग्भिर्विरचयति खिलं भूपचक्रं स्ववश्ये ।
चूडारत्नप्रदीपैरवनितलभुजां नित्यनीराजिताङ्घ्रि-
र्विद्याविद्योतमानो वपुषि परिणते प्राप काशीं विमुक्ताम् ॥ १३ ॥

यशोधरजी के पुत्र रामदास नामक वेद, वेदांग में निष्णात हुए। जिन्होंने प्रश्न विद्या में अपनी निपुणता से सम्पूर्ण राजाओं को अपने वश में कर लिया था। जिनके चरणों की आरती राजा लोग अपने मुकुटों की मणि रूप दीपक से करते थे। उन्होंने वृद्धावस्था में काशी में जाकर शरीर का त्याग किया था ॥ १३ ॥

तस्यासीत्तनयोऽम्बुधेरिव विधुः श्रौताहिताग्निः सदा
शान्तो दान्त उदारधीः सुतपसा प्राप्तानुभावाग्रणीः ।
काशीं प्राप्य विमुक्तसर्वकलुषो दैवज्ञतातत्त्ववित्
स्वात्मज्ञो हरिशंकरो मुनिवरोऽद्वैतंयथार्थाभिधः ॥ १४ ॥

उनके समुद्र को जिस प्रकार चन्द्रमा प्रकाशित करता है, उसी प्रकार अपने पितृकुल को चमकाते हुए, अग्निहोत्र करने वाले, शान्त, तप में क्लेश सहने वाले, उदार बुद्धि, सुन्दर तपस्वी, लब्ध अनुभवियों में आगे, काशी में जाकर समस्त पापों से रहित होकर, दैवज्ञता के तत्व वेत्ता, आत्मज्ञानी, ऋषियों में श्रेष्ठ और अद्वैत के यथार्थ जानकार हरिशंकर नामक पुत्र, हुए ॥ १४ ॥

तस्यात्मजः सकलशास्त्रकलाप्रवीणो
ज्योतिर्विदः श्रुतिविदश्च गुरोः प्रसादात् ।
ग्रन्थं मुहूर्तगणपत्यभिधं विधाय
प्रीत्यार्पयच्छिवपदे गणपत्यभिख्यः ॥ १५ ॥

उन हरिशंकरजी के पुत्र समस्त शास्त्र कला में चतुर, ज्योतिर्वेत्ता, वेद के ज्ञाता गुरु की कृपा से गणपति नामक ज्योतिषी ने मुहूर्त गणपति ग्रन्थ का निर्माण करके श्री शिवजी के चरणारविन्द में प्रेम से अर्पित किया ॥ १५ ॥

भूरिप्रभेदसुमुहूर्तगणाधिपत्वात् कार्येषु विघ्नहरणाच्च गणेशतुल्यः ।
विद्योतते गणपतिद्विजनिर्मितत्वाद् ग्रन्थो मुहूर्तगणपत्यभिधास्त्रिधा यत् ॥ १६ ॥

यह ग्रन्थ अनेक भेद व अच्छे मुहूर्त समुदायों का स्वामी व कार्यों में विघ्नों का बिध्वंस करने के नाते गणेश जी के समान विघ्न हरता है, क्योंकि गणपति ब्राह्मण का बनाया हुआ है। मुहूर्त गणपति के तीन भेद हैं ॥ १६ ॥

विद्यारमासतजयातिथिपूर्णकामो निर्व्यूढयोगकरणामृतसिद्धिचारः ।
मौञ्जीविवाहगृहमंगलमंडनादौ पूज्यो मुहूर्तगणपत्यभिधो विभाति ॥ १७ ॥

जैसे सरस्वती, लक्ष्मी, सत्कर्म और अतिथि सत्कार से जिसकी सब कामनाएँ पूर्ण हो गयी हैं, निरन्तर योग का अभ्यास करने से जिसे अमरत्वसिद्धि प्राप्त हो गयी है, ऐसे गणपति की व्रतबन्ध, विवाह, गृह-प्रवेश आदि शुभकर्मों के पहले पूजा करनी चाहिये। इसी प्रकार विद्याप्राप्ति, धनप्राप्ति, निरन्तर जयप्राप्ति आदि के लिए जया, पूर्णा आदि तिथियों, योग, करण, अमृतसिद्धि आदि योग, ग्रहचार, व्रतबन्ध, विवाहादि संस्कार तथा अन्य मंगल कार्यों के ज्ञान के लिए मुहूर्त गणपति नामक ग्रन्थ को पहले पढ़ना चाहिये।

ग्रन्थ प्रणयन

ज्योतिर्विदाभरणभव्यवसन्तराजज्योतिर्निबन्धगणमण्डनरत्नमालाः ।
ग्रन्थान् मुहूर्त्तपदपूर्वकतत्त्वदीपमार्तण्डचिन्तितमणिप्रभुकल्पवृक्षात् ॥ १८ ॥

सम्यग् विचार्य कृतिनां विदुषां मतेन
श्लोकैः प्रसिद्धसुगमार्थविदैः प्रणीतः ।
ग्रन्थो मुहूर्तगणपत्यभिधो गुणज्ञैः
प्रीत्या स्वचित्तसदने परिपूजनीयः ॥ १९ ॥

ज्योतिर्विदाभरण, वसन्तराज, ज्योतिर्निबन्ध, गणक मण्डन, रत्नमाला, मुहूर्त तत्त्व प्रदीप, मुहूर्त मार्तण्ड, मुहूर्त चिन्तामणि, मुहूर्त कल्पद्रुम आदि ग्रन्थों को अच्छी प्रकार समझकर प्रसिद्ध, सुगम अर्थ सीधे श्लोकों से मुहूर्त गणपति ग्रन्थ का निर्माण किया है। गुणियों को प्रेम से अपने चित्त में इसका आदर करना चाहिये ॥ १८-१९ ॥

अत्रागमान्तरगतं खलु यद् रहस्यं
तद् वर्णितं सुजनशिष्यदयावशेन।
नासूयकाय कुटिलाय च नास्तिकाय
शुश्रूषया विरहिताय कदापि दद्यात् ॥ २० ॥

इस ग्रन्थ में अन्य ग्रन्थों का जो कुछ रहस्य वर्णित है, वह उत्तम शिष्यों की दया के लिए है। झूठे, कुटिल, नास्तिक तथा गुरु की सेवा न करने वालों को इसका उपदेश नहीं करना चाहिये ॥ २० ॥

चूडाभूपाब्दकोऽस्यं रविशशिनयनश्चायनद्वन्द्वकुम्भौ
मासैः सत्कर्णबाहुर्भगणकरणसद्योगसंक्रान्तिमालः।
रत्नालङ्कारवस्त्रोपनयपरिणयोद्यन्मुहूर्त्तादिशुण्डो
यात्रादन्तोऽस्य मिश्रप्रकरणकुसुमोत्तंसदूर्वाङ्कुराच्च ॥ २१ ॥

गणेशजी के अवयवों का वर्णन—संवत्सर आदि वर्णन मस्तक, सूर्य-चन्द्र नेत्र, उत्तरायन व दक्षिणायन दोनों कपोल, मास व अच्छे फल कान, भगण, करण ग्रम्य भुजा, शुभयोग व संक्रान्ति माला, रत्नालंकार, वस्त्र, यज्ञोपवीत, विवाह, मुहूर्त प्रकरण सूंढ़, यात्रा विचार दाँत और मिश्र प्रकरण गणेशजी की दूर्वा है ॥ २१ ॥

बारं बारं प्रवृत्ता तिथिकृतविजयानन्दयोगादिसिद्धि-
र्यज्ञाधानप्रतिष्ठाजनिविधिमहितो नामसंस्कारकान्तः।
वास्तुप्रासादशोभाधृतसृणिपरशुर्विष्टिपातापवादैः
ख्यातो राज्याभिषेकाज्जयति गणपतिः सन्मुहूर्त्तावलीनाम् ॥ २२ ॥

पूर्व पद्योक्त गणेशजी की बार-बार आने वाले तिथि, वार, नक्षत्र के विजय, आनन्दादि सुयोग, यज्ञ, आधान, प्रतिष्ठा, जन्म विधि, नाम संस्कार कान्ति तथा वास्तु, प्रासाद, स्थान की शोभा, भद्रा, व्यतीपात आदि कुयोग फरसा एवं राज्याभिषेक आदि अच्छे मुहूर्तों की पँक्ति से सुशोभित गणेश स्वरूप मुहूर्त गणपति नामक ग्रन्थ की जय हो ॥ २२ ॥

ग्रन्थ बनाने का समय

नेत्राम्भोधिधराधराक्षितिमिते श्रीविक्रमार्के शके
माघे मासि वसन्तपञ्चमतिथौ चन्द्रेऽथ मीनस्थिते।

सूनुः श्रीहरिशंकरस्य विदुषः श्रौताहिताग्नेर्मुदा
शीघ्रं शंकरपूजनाद्गणपतिर्ग्रन्थं समापूरयत् ॥ २३ ॥

ग्रन्थ बनाने का समय—विक्रम शक १७४२ माघ शुक्ल वसन्त पंचमी तिथि, मीन स्थित चन्द्रमा में श्री हरिशंकरजी के पुत्र गणपति ने अग्निहोत्र व शिवपूजा की कृपा से हर्ष के साथ शीघ्र ग्रन्थ की पूर्ति की ॥ २३ ॥

शिवधामान्वितो ग्रन्थः प्रत्यर्थं सन्मुहूर्त्तदः ।
भुवनेषु प्रसरतात् सौराल्लोक इवोदितः ॥ २४ ॥

शिवधाम से युक्त यह ग्रन्थ प्रत्येक अच्छे मुहूर्तों का बताने वाला संसार में फैले जैसे सूर्योदय से मनुष्य कार्य करते हैं उसी प्रकार इससे भी करें ॥ २४ ॥

आहिताग्नेर्द्विजश्रेष्ठाद्धरिशंकररावलात् ।
जातो गणपतिश्चाहं समाप्य ग्रन्थमुत्तमम् ॥ २५ ॥

निवेद्य चित्स्वरूपाय शिवाय प्रार्थये चिरम् ।
वरदोऽयं शुभोऽभीष्टः सर्वत्र प्रसरत्विति ॥ २६ ॥

अग्निहोत्री श्रेष्ठ ब्राह्मण पं० हरिशंकर जी रावल का पुत्र मैं गणपति नाम का उत्तम ग्रन्थ को समाप्त करके चिदानन्दरूप श्री शिवजी को निवेदन कर प्रार्थना करता हूँ कि वे वरदानी शिव मुझे वरदान दें कि चिर काल तक मेरे इस ग्रन्थ का प्रसार हो ॥ २५–२६ ॥

अथ ग्रन्थनिर्माणप्रयोजनान्तरमाह

दानैर्विक्रमभोजकर्णनृपपतीञ्छौर्येण वैन्यार्जुनान्
गाम्भीर्येण सरित्पतिं तुलयतो नीत्या सुराणां गुरुम् ।
सेनान्यं बहुसैन्यपालनगणैर्भक्त्या च गौरीपते—
र्लक्ष्मीरामविभोर्विभाकररुचः कोऽन्यस्तुलां रोहति ॥ २७ ॥

श्रीमद्गौडमनोहरक्षितिपतेः प्रीत्या प्रतीत्याधिकः
काव्ये काव्यकलासु धर्मकुशलो यः सर्वशास्त्रार्थवित् ।
तस्यासीदतिकौतुकेन विदुषां प्रीत्या पुरः प्रेरणा—
ज्ज्योतिश्शास्त्रविचारणाय सुगमग्रन्थोऽनुसंधीयताम् ॥ २८ ॥

इति नृपतनये हितं विदित्वा सपदि तदीयविनोदनाय
अथ विविधमुहूर्त्तसत्प्रबन्धो गणपतिरावलशर्मणा व्यधायि ॥ २९ ॥

ग्रन्थ निर्माण का दूसरा प्रयोजन—दान में विक्रमादित्य, भोज व कर्ण आदि राजाओं के समान, शूरता में अर्जुन व पृथु के तुल्य, गंभीरता में समुद्र के, नीति में बृहस्पति के समान, सेना पालन करने के गुणों से स्वामी कार्तिकेय के और भक्ति करने में महादेव जी के समान तथा सूर्य के तुल्य प्रतापी, लक्ष्मीपति मनोहर राजा के समान कौन हो सकता है। काव्य,

काव्यकला व धर्म में चतुर समस्त शास्त्र के अर्थ का ज्ञाता गौड देश के राजा मनोहर की प्रेम पूर्वक ज्योतिष शास्त्र का विचार करने की प्रेरणा प्राप्त होने पर उनकी प्रसन्नता के लिए अनेक मुहूर्तों का उत्तम प्रबन्ध यह मुहूर्त गणपति नामक ग्रन्थ रावल गणपति शर्मा ने बनाया है ॥ २७-२९ ॥

वाणी यथा गणपतेः शिवयोगहेतुः
काश्यां तथैव हरिशङ्करनन्दनस्य ।
एषा मुहूर्त्तगणपत्यभिधप्रबन्ध-
प्रादुर्भवा भवति भूमितले जनानाम् ॥ ३० ॥

काशी में जैसे गणेश जी की वाणी शिवयोग का कारण है, वैसे ही हरिशंकर के पुत्र रावल गणपति की मुहूर्त्त गणपति रूप वाणी भूमितल में जन समुदाय के लिये कल्याण दायक हो ॥ ३० ॥

आयुः प्रज्ञा यशः सौख्यं सौभाग्यं फलमक्षयम् ।
अभीष्टं च पशून् पुत्रान् लभतां ग्रन्थतत्त्ववित् ॥ ३१ ॥

मुहूर्त गणपति के रहस्य का ज्ञाता आयु, बुद्धि, यश, सुख, सौभाग्य, अक्षीण फल, अभीष्ट पशु व पुत्रों को प्राप्त करता है ॥ ३१ ॥

इति श्रीमद्दैवज्ञरावलहरिशंकरसूरिसूनुगणपतिकृते मुहूर्तगणपतौ ग्रन्थालङ्कार-प्रकरणम् द्वाविंशतितमं समाप्तम् । समाप्तश्चायं ग्रन्थः ॥२२॥

इस प्रकार श्रीमान् दैवज्ञ रावल पं० हरिशंकरसूरि के पुत्र पं० गणपतिजी द्वारा रचित मुहूर्तगणपति ग्रन्थ का ग्रन्थालङ्कार नाम का बाईसवाँ प्रकरण समाप्त हुआ ॥ २२ ॥

इति श्रीमधुपुरीनिवासी श्रीमद्भागवताभिनवशुक पं० केशवदेवचतुर्वेदात्मज मुरलीधरचतुर्वेदकृता मुहूर्त्तगणपतिग्रन्थस्य द्वाविंशतितमंप्रकरणस्य कान्तिमती हिन्दी टीका पूर्तिमगात् ॥ २२ ॥

—:०:—